에냐도르 시리즈 마지막 이야기

에냐도르의 유산

Das Vermächtnis von Enyador

미라 발렌틴 | 한윤진 옮김

글루온

Das Vermächtnis von Enyador

Das Vermächtnis von Enyador ⓒ 2019 Mira Valentin
All rights reserved.

Korean language edition ⓒ 2020 by Silence Book
Korean translation rights arranged with Mira Valentin c/o Agentur für Kinder-und Jugend-
buch AnetteThumser - Agentur 008. through EntersKorea Co., Ltd., Seoul, Korea.

에냐도르의 유산

지 은 이 | 미라 발렌틴(Mira Valentin)
옮 긴 이 | 한윤진
펴 낸 이 | 박동성
표지디자인 | Alexander Kopainski
손 그 림 | Lucy-Mae Tatzel

펴 낸 곳 | **사일런스북** | 경기도 수원시 장안구 송정로 76번길 36
전   화 | 070-4823-8399   팩   스 | 031-248-8399
홈페이지 | www.silencebook.co.kr

2020년 11월 22일 초판 1쇄 발행
I S B N | 979-11-89437-27-5 03850
가   격 | 18,000원

「이 도서의 국립중앙도서관 출판예정도서목록(CIP)은 서지정보유통지원시스템 홈페이
지(http://seoji.nl.go.kr)와 국가자료공동목록시스템(http://www.nl.go.kr/kolisnet)에서 이용
하실 수 있습니다.
(CIP제어번호: CIP2020047549)」

온 세상이 지옥 화염에 휩싸이고,
우리 머리 위로 샤텐발트가 무너진다 해도
언제나 내 편일 카트린 반드레스를 위해.
그래서 항상 감사해!

에냐도르

투미야 ⊗

돌아올 수 없는 늪

트레간디르 ⊗

나르 ⊗

아엘프스탄

안고르 ⊗
파비아

오스첸트리아 ⊗

츠빌링스 섬

후마

앙스트 ⊗

도른슈트랑

등장인물

인간

트리스탄	부르크스메아데 출신 고아, 카이 가족에 입양
카이	트리스탄의 의형제, 마법사
아그네스	카이의 여동생
야레드	부르크스메아데 출신 대장장이
아담	부르크스메아데 소작농의 아들
마론	'비젤'이라는 별명으로 불리기도 하며 한때 남장을 했었다.
엘리야	불사의 대마법사, 인간의 왕
그레타	프론슈타인 출신 하녀. 카이에게 관심이 있다.
티발트	프론슈타인 출신 하인, 고자가 됐다.
돌프	잘리스부르크의 노예 상인
가바인	고령의 마법사, 데모니아에서 정보원으로 활동한다.
벨타인	슈투름 산맥에 은거하는 대마법사
토메스	인간 정예 군대의 전사

엘프족

이스타리엘	알빈가르트의 왕자
이조라	이스타리엘의 쌍둥이 여동생

베리안	알빈가르트의 첫째 왕자
	아엘프스탄 지하 감옥 고문 기술자
님룬트	이스타리엘, 이조라, 베리안의 아버지이자 엘프의 왕
레이나	폐위된 왕비
귀니퍼	베리안의 아내이자 엘리야의 연인, 사망했다.
호리엘	인간 노예 부대를 이끄는 엘프 사령관
로리안	이조라의 옛 약혼자, 사망했다.
코리안	로리안의 동생, 엘프군 장교
아레티	숲지기 소녀
탄드리엘	트레간디르 수비대 사령관

데몬족

툴	외모가 아름다운 데몬
레벨	갈린 출신, 전쟁의 군주
아에타	레벨의 부인
몰구르	데몬족 원수
칼리스토	데몬족 원수의 딸
우로칸	투미야 성주, 툴의 아버지

드래곤족

사피라	트리스탄의 동맹, 드래곤족 파수꾼
스호오크	육감적이지만 의지박약한 드래곤 여인
하름	인간형으로 변하지 않는 강한 블랙 드래곤

특별 출연

그바일로	수수께끼 염소

225년 전

한 청년이 망치로 끌을 강하게 내리쳤다. 그 충격에 손가락 뼈마디가 흔들리고, 힘줄이 찢길 정도였다. 그런데도 산은 그 공격을 버텨 냈다. 고작 시커먼 화산암 조각 일부가 부서져 내린 것이 전부였다. 이윽고 낙담한 청년은 몸을 일으키고 눈가에 묻은 먼지를 문질러 지웠다. 매일 저녁, 이 반복되는 일과를 마칠 때마다 청년의 얼굴은 광부처럼 시커멓게 변했고, 근육은 전사처럼 달아올랐다.

군대에 있을 때도 비슷했다. 당시 방패를 내리친 것이 적들의 검이었다면, 오늘은 끌 위의 망치라는 정도만 다를 뿐이었다. 하긴 그것 말고도 다른 점은 또 있었다. 전쟁터에서 청년은 라미로 폰 스키르를 위해 마지못해 싸웠지만, 지금은 새 주인이 된 그녀를 위해 온 마음을 다해 일했다. 그녀는 이제 그가 숨을 쉬는 이유인 동시에 그의 심장이 계속 박동해야 하는 이유기도 했다. 매일 아침 목덜미에 닿는 그녀의 숨결을 느끼며 깨어날 때마다 청년은 좁은 갱도에서 버텨야 할 또 하루가 시작되었음을 깨닫곤 했다. 작은 오일 램프의 희미한 불빛 외에는 빛이라곤 하나도 없고 연이은 망치 소리 외에는 아무 소음도 들리지 않는 그곳에서의 하루. 처음에는 그래도 하루에 몇 미터씩 전진했지만 근래에는 겨우 몇 센티미터가 고작이었다. 꼭꼭 숨겨 놓은 보물을 드러내고 싶지 않은지 시간이 흐를수록 산은 점점 단단해져만 갔다. 지금껏 웨이요나가 여러 차례 마법을 동원했지만 바위는 보물을 순순히 내어놓지 않았다. 고집스러운 바위만큼이나 웨이요나 역시 무얼 찾는 건지조차 속 시원하게 털어놓지 않았다. 그렇지만 청년은 전혀 개의치 않았다. 지금 그는 그녀의 헌신적인 종이었다. 어리석지만 순수한 심장을 지닌…. 청년은 절 치유해 주고, 그의 어깨를 짓누르는 모든 짐에서 해방시켜 준 이 특별한 여인을 사랑했다. 그녀가 찾는 것이 설령 지옥문일지라도 청년은 상관없었다.

"내 사랑, 지금은 쉬는 거야?" 그때 갑자기 등 뒤에서 그녀의 섬세한 음성이 들려왔다. 청년은 그녀가 다가오는 기척을 전혀 알아채지 못하는 때가 많았다. 맨발로 사뿐사뿐 걷는 그녀의 발걸음, 고운 비단으로 지은 예복은 바스락 소리조차 내지 않았다. 더욱이 웨이요나는 인간이 일상에서 흔히 내는 소음도 내는 법이 없었다. 헛기침을 하거나 침을 꿀꺽 삼키는 일도 없었다.

좁은 갱도에서 청년은 천천히 그녀에게 돌아섰다. 날카로운 암벽 모서리에 이마를 부딪치지 않으려 애써야만 했다. "갈수록 점점 더 힘들어지네요." 청년이 볼멘소리로 여기저기 찢어진 손과 부풀어 오른 뼈마디를 펼쳐 보였다. "산이 거부하는 것 같아요! 어쩌면 산의 의지를 존중해야 하는 게 아닐까요."

부드럽게 고개를 저은 웨이요나가 한 손을 들어 시커먼 돌가루가 묻은 그의 뺨을 어루만졌다. "결국 산은 포기하게 될 거야. 이 싸움에서 승리하도록 내가 당신을 충분히 강하게 만들었으니까."

웨이요나는 더 말할 필요도 없었다. 단 한 번의 눈짓만으로도 저항의 싹을 잘라 버리기에 충분했다. 그리고 그녀가 하는 말은 곧 사실이었다. 이렇게 매일 반복되는 고된 중노동으로 청년은 점점 쇠약해 갔다. 어쩌면 곧 죽을 것만 같았다. 하지만 폐에 먼지가 가득 차도 청년은 끄떡없었고 걸핏하면 생기는 상처는 얼마 지나지 않아 치유되었다. 물론 웨이요나의 마법 덕분이었다. 지금 청년의 혈관에는 요정의 힘이 흐르고 있었다.

"나 잠시 떠나야 할 거 같아." 웨이요나는 별거 아니라는 듯 툭 내뱉었다.

작업 도구를 옆으로 내려놓은 청년이 커다란 눈망울로 그녀를 바라봤다. "가야 한다고요? 왜요? 언제 다시 와요?" 그녀가 저를 여기, 이 얼어붙은 북방의 황무지에 혼자 두고 가려 한다는 생각에 소름이 돋았다. 내면에서 몽글몽글 떠오른 불안감에 목덜미 근육이 단단하게 뭉쳤다. 이 슈투름폭풍 산맥에서 느끼는 고독은 끝이 없었다. 얼마 전에도 그런 경험을 겪은 적이 있었다. 바로 반고의 군대와 격전을 마친 후였다. 청년이 속한 스키르 군대는 전멸했다. 산악 민족에게 마치 가축처럼 도륙당한 그들은 생존자가 거의 없을 정도였다. 운 좋게 살아남은 청년은 심각하게 다쳤다. 복부에는 커다란 상처를 입었고, 등에는 화살 세 대가 박혀 있었다. 청년은 안간힘을 다해 몸을 질질 끌며 간신히 동굴에 도착했다. 그저 죽고 싶은 마음뿐이었다. 하지만 신들은 그에게 자비를 베풀어 죽음 대신 웨이요나를 보내 주었다. 그런데 이제 그녀가 청년을 또다시 혼자 두고 떠나려는 것이었다.

"아버지가 날 부르셨어. 이 세상에서 보내는 아버지의 시간이 끝을 향해 달려가고 있거든. 아버지의 영혼이 저세상으로 떠날 때만큼은 곁을 지켜드리고 싶어."

"슬픈 일이군요." 청년이 말했다. 이어 그의 얼굴이 다시 환해졌다. "그럼 날 데려가요! 가는 길이 험준하니까 데려다주고 싶어요. 당신을 사랑해요, 웨이요나!"

그러자 싱긋 미소를 지은 요정이 몸을 숙여 먼지가 자욱한 청년의 입술에 키스했다. 그녀의 입술에서 벚꽃과 햇살 향이 났다. "그건 불가능해. 넌 인간이잖아. 내 종족은 네 존재를 용납하지 못할 거야. 하지만 그렇게 염려할 필요는 없어. 내가 여왕이 되면 요정의 법규도 바꿀 수 있으니까."

"언제 그리될 수 있는 건데요?"

"머지않아 곧…." 그녀는 다소 모호하게 대답했다. "그러니까 그때까지 하던 일이나 계속하고 있으려무나. 이 산을 이겨 내면 우린 지금껏 에냐도르에 존재했던 그 누구보다도 더 막강한 힘을 얻을 테니까!"

"내가 찾아야 할 게 도대체 뭐예요?" 그가 속삭였다. 청년은 예전에도 이 질문을 여러 번 했었지만 딱히 명확한 답변을 얻지 못했었다. 이번에도 웨이요나는 이마를 찌푸리며 깊은 한숨을 내쉬고는 그의 두 눈을 정면으로 응시했다. 청년은 그녀의 눈빛에 서린 감정이 정확히 무엇인지 알 수가 없었다. 불신, 애정, 어쩌면 협박?

"돌이야. 붉은색 돌." 마침내 그녀가 털어놓았다. "하지만 그 어떤 경우에도 절대 손을 대면 안 돼. 그러면 그 돌이 널 죽일 거야!" 청년에게 성큼 다가온 그녀는 우아한 곡선의 몸을 그에게 바짝 기댔다. 가느다란 손가락이 그의 머리칼을 쓰다듬었다. 청년의 귓가에 닿은 요정의 숨결이 그를 최면 상태에 빠진 것처럼 이끌었다. 그녀를 욕망하는 그의 심장이 사납게 요동쳤다. 청년은 그녀가 제게 빨리 돌아올 수만 있다면 요구하는 것이 무엇이든 다 들어줄 준비가 되어 있었다.

"그 돌은 인간의 손이 닿아서는 안 되는 물건이야." 나긋한 음성으로 말했지만 그녀의 말에는 단호한 경고가 담겨 있었다. "그 돌에 손을 대는 순간 넌 파멸하고 말 거야. 내 말을 꼭 새겨듣고 명심해야 해! 그러면 수일 내로 다시 만날 수 있을 테니까. 부디 대자연의 여신이 널 인도하고 보호해주기만을 염원할게, 내 사랑 벨타인."

트리스탄

"벨타인! 당신의 바람대로 이렇게 내가 여기 왔다!"

절망에 빠진 트리스탄의 긴박한 외침은 공허하게 동굴에 울려 퍼졌다. 아무 대답도 없었다. 동굴 뒤편 마법 감옥에 갇힌 죄수의 겁먹은 신음만 들려왔다. 트리스탄은 벨타인이 지금 이 순간 어딘가에서 그의 말을 듣고 있다는 걸 느낄 수 있었다. 얼마나 승리감에 취해 있을까! 불과 몇 주 전 그가 장담했던 대로 남부의 왕자가 이렇게 제 발로 돌아왔으니. 굳은 결의와 이성이 속절없이 무너진 채. 절망이 트리스탄의 목 주변을 옥아맸다. 눈에 보이지 않은 쇠사슬처럼!

"당신은 날 살지도 못하게 하고! 죽지도 못하게 하지! 그렇다면 적어도 더는 이 사랑이란 감정을 느끼지 않게 해 달란 말이다!"

트리스탄의 절규가 동굴 암벽을 따라 수백 번 메아리쳤

15

다. 동굴 곳곳의 종유석과 결정이 그의 절규를 머금었다가 다시 외쳐 대는 것만 같았다. 트리스탄의 그 절박함 그대로. 그렇지만 여전히 아무 일도 일어나지 않았다. 상심한 트리스탄이 털썩 무릎을 꿇었다. 눈보라와 얼음 사막을 헤치고 굶주림과 싸워 가며 저 험준한 산맥과 얼어붙은 호수를 지나 간신히 이곳에 도착했다. 그리고 이제 그 북방의 지배자에게 제 영혼을 은쟁반에 올려 이렇게 송두리째 다 내어놓는데도 그는 모습조차 드러내지 않는다니.

불과 몇 분이 흘렀을 뿐이지만 트리스탄에겐 몇 시간처럼 느껴졌다. 그때 우측 벽 촛불들이 갑자기 타올랐다. 트리스탄의 시선이 붉은빛을 번뜩이는 벨타인의 눈동자와 정면으로 마주쳤다. 벨타인은 암흑 빛 돌로 만든 의자에 앉아 있었다. 석좌 팔걸이는 무수히 반짝이는 수정으로 장식되어 있었다. 등받이 위에는 까마귀 세 마리가 마치 그림처럼 미동도 없이 앉아 있었다. 지난번에 만났을 때처럼 대마법사는 붉은 벨벳 케이프를 걸치고 그 아래 금실로 자수를 놓은 튜니카와 보석으로 장식된 허리띠를 두르고 있었다. 고독한 왕국의 고독한 제왕이었지만 여전히 길들이기 힘든 거친 마력이 충만했다. 이렇게 그가 모습을 드러내자 트리스탄은 차라리 그가 계속 투명 상태로 있었던 게 나았다는 생각이

들었다.

"기다리게 해서 미안하군." 벨타인이 속삭였다. "하지만 이 흥미로운 광경을 충분히 지켜보고 싶었기에 말이야."

"무슨 광경이요? 혼자 잘난 척하던 남부의 왕자가 당신 앞에 무릎을 꿇는 그런 모습? 에냐도르의 모든 인간이 당신이 씌운 굴레에 굴복하고 만 것 같은가요?"

그건 트리스탄의 영혼에 남은 마지막 반항심의 흔적이었다. 굴복의 길로 내딛는 첫 발걸음을 거부하려는 인간으로서의 마지막 발악.

마침내 자리에서 일어난 벨타인이 그를 내려다봤다. "아니라네. 내가 노예로 삼고 싶은 건 인간 따위가 아니야. 그리고 엘프도 드래곤도 데몬도 아니지. 그들은 기나긴 여정을 위한 작은 발걸음이었을 뿐. 이를테면 먼 길을 가다 마주친 막다른 골목이었다고나 할까. 반면 넌 내가 창조할 최고의 걸작이 될 게야. 내 손으로 창조한 것의 결정판이지. 내 복수를 완성할 완벽한 도구!"

"도무지 무슨 말인지 하나도 알아듣지 못하겠군요."

"네가 감히 어찌 알 수 있겠느냐?" 벨타인이 속삭였다. 그런 뒤 트리스탄 주변을 돌며 사방에서 그를 관찰했다. 그리고 꼭 지난번처럼 다시 트리스탄의 턱을 붙잡고 들어 올렸다. 이번만큼은 트리스탄도 저항하지 않았다. 만족스러운 미소가 벨타인의 입가에 스르륵 퍼졌다. "스키르의 백성이 한때 그랬듯 참으로 아름답구나. 아베론 가문의 군주들처럼 열정적이고. 그리고 반고의 산악 민족처럼 의지도 강하지. 더욱이 도른슈트랑의 아들답게 용감해. 넌 한때 인간이 지녔던 장점을 전부 가졌어."

"그리고 당신은 내게서 그걸 전부 빼앗으려는 거죠." 트리스탄이 중얼거렸다.

"아니." 얼음장처럼 차가운 미소가 대마법사의 얼굴에 떠올랐다. "네 용기만큼은 남겨 둘 거란다. 내가 부여할 임무를 두려움 없이 수행해야 하니까."

"도대체 그 임무가 무엇이길래 굳이 나를 이용하려는 거죠?" 트리스탄이 저도 모르게 내뱉었다. 그 순간에도 제발 저 잔인한 마법사에게 굴복하지 말라고 그의 심장이 비명을 질러 댔다. 그렇지만 트리스탄은 날뛰는 제 가슴의 거부감을 애써 억눌렀다. 이조라 폰 아엘프스탄에게 느꼈던 사랑이 한때 그에게 중요했던 모든 것을 앗아갔다. 그의 이름, 그의 존재 자체가 이제는 과거가 되어 버렸다. 계속 이렇게 그녀의 노예로 사느니 차라리 벨타인의 도구가 되는 편이 나을 것 같았다.

"우선 내가 널 선택한 이유를 말해 주고 싶구나. 예전에 네 아버지에게 그랬듯." 벨타인이 대답했다. "우리 중 일부는 유독 누군가보다 강한 자들이 있지. 네 안에는 아주 특별한 힘이 깃들어 있단다. 너라면 이제껏 다른 사람들이 이겨 내지 못했던 그 변신 과정을 끝까지 견뎌 낼 수 있을 거다. 누에고치의 벽을 부수고 나와 암흑의 나비가 되어 에냐도르 상공으로 승리의 비행을 시작하겠지. 앞으로 너와 네 후손은 내게 꼭 필요한 완벽한 종이 될 게야. 감히 요정들도 해치지 못하는 강력한 존재가 될 것이다!"

"갑자기 요정은 또 왜죠? 무슨 관련이 있는 겁니까?" 트리스탄이 일어서려 했지만 벨타인의 손이 그의 어깨를 바닥으로 내리눌렀다. 트리스탄의 어깨를 움켜쥔 대마법사의 손가락이 살을 파고들었다.

"이 모든 게 다 그들 때문이다!" 벨타인이 씩씩거리며 내뱉었다. 동시에 알 수 없는 모호한 손짓을 했다. 그의 눈에서 번개가 번쩍이고, 섬세한 입술은 얇은 실처럼 가늘어졌다. 지금까지 대마법사의 석좌에 동상처럼 앉아 있었던 까마귀들마저 날아오르며 분노에 찬 울음소리를 쏟아 냈다. 잠시 옛 기억에 깊이 사로잡힌 벨타인의 몸이 부들부들 떨렸다.

"그녀는 끝내 돌아오지 않았어." 벨타인이 속삭였다. "대신 저의 잘난 종족 어떤 귀족 놈과 혼인하고는 끝내 날 배신했지. 난 그 돌에 손도 대지 않고 그리 오랫동안 지켜 왔는데 말이야. 그녀와 약속했던 그대로!" 벨타인은 잠시 딴 세상에 빠진 것 같았다. 그렇지만 곧 암흑의 베일이 미소년 같은 그의 얼굴에 다시 드리우자 하던 말을 이어 갔다. "원래 까마귀들은 그때부터 계속 내 편이었지. 그들이 그녀가 배신했다는 소식을 내게 전해 줬다. 그래서 난 내가 아팠던 것만큼 똑같이 그녀의 심장을 아프게 해 주겠노라고 결심했지. 그녀가 가장 갈망하는 것을 빼앗기로 한 거야. 설령 그 과정에서 내가 죽는 한이 있더라도. 그래서 난 결국 산에서 그 마법의 돌을 꺼내 왔다. 내 손에 닿자마자 그 돌은 날 쓰러트렸어. 그리고 내 피부를 파고 들어가 내 피를 빨아들이더군. 하지만 내 혈관에 흐르던 요정의 마력이 그 돌이 나를 죽이는 것만큼은 막아 줬지. 며칠 동안 난 애미시스트_{적수정}와 사투를 벌였다. 날 미치게 하는 고통에서 벗어나려 광산의 진흙탕 속을 뒹굴었지. 그리고 모든 걸 포기하고 제발 죽음이 찾아오기만을 기다리고 있던 그때 내 눈앞에 그녀가 보였어. 웨이요나, 요정족의 여왕이자 내 헌신을 이용하고 여러 달 동안 날 짐승처럼 부린 그 망할 여자가 돌연 다시 나타나서는 돌을 달라 요구했어. 날 여전히 제 *사랑*이라 부르면서. 여전히 날 그 죽음의 광산에 버려두었던 애송이로 취급한 거야. 하지만 난 마냥 어리숙하기만 하던 예전의 그 청년이 아니었지!"

벨타인이 울분을 토해 냈다. 그가 느끼는 혐오와 내면의 고통이 트리스탄에게 고스란히 전해졌다. 그의 얼굴은 줄곧 트리스탄을 향해 있었지만, 시선은 아련히 어딘가를 응시하고 있었다. "그런 그녀의 모습이 내게 힘을 줬어. 물론 사랑의 힘은 아니었지, 절대로! 그건 증오의 힘이었어. 난 심장에서 애미시스트를 뽑아 피가 흥건한 손으로 그녀를 향해 내밀었어. 눈물범벅이 되어 소금기 가득한 얼굴로 난 그녀에게 말했지. *'어디 가져가 봐, 할 수 있다면.'* 그런 뒤 마법의 돌을 향해 모든 걸 바꿔 놓을 주문을 외웠다. **'정말 네가 내 편이라면 저 여자를 없애 버려!'**"

트리스탄은 벨타인이 들려주는 이야기의 맥락을 서서히 이해하기 시작했다. 트리스탄 또한 사랑이라는 감정이 한 남자의 근간을 얼마나 송두리째 뒤흔들 수 있는지 몸소 겪어 보았던 터였다. 그는 지금까지 그 어디에서도 이 대마법사와 요정 여왕의 비화를 들어본 적이 없었다. 그런데 이 시점에 이런 내막을 알게 된 건 단 하나만을 의미했다. 이제 더는 이 동굴을 떠날 수 없으리라. 적어도 트리스탄 폰 도른슈트랑으로는.

"바로 그때 최강 대마법사 벨타인이 태어난 것이다." 마법사는 이야기를 이어 갔다. "내 안에 깃든 요정의 마력이 돌이 품은 에너지와 결합한 거였어. 그 힘이 드디어 날 받아들였던 거야. 날 밀어내는 대신 돕기로 한 거지. 다시 말해 내것이 된 거야! 난 이 엄청난 마법의 돌을 소유했다고 감히 말할 유일무이한 인간이 된 것이다! 그리고 웨이요나는 그것 때문에 날 증오하게 된 거고. 결국, 그녀는 내가 접근하지 못할 요정 왕국으로 그대로 도망쳐 버렸지. 하지만 이렇게 200년이 넘도록 그 안에서 꼼짝도 하지 않는 걸 보면 그녀도 우리가 다시 마주할 날만 손꼽아 기다리고 있는 거겠지. 또한 그건 그녀도 페엔_{요정} 산맥 어디에선가 애미시스트_{적수정}를 찾았다는 말일 테고."

"그러니까 당신들은 지금 막상막하로군요." 트리스탄이 결론을 내렸다.

"그런 셈이지." 벨타인이 말했다. "하지만 오늘부로 난 그녀가 감히 대적하지 못할 최강의 무기를 손에 넣을 예정이란다." 마침내 벨타인의 관심이 눈과 얼음을 뚫고 천신만고 끝에 이곳을 찾아온 소년에게 향했다. "에냐도르 종족들이 지닌 고유한 특성과 파수꾼의 저항력을 품은 존재. 불사인 동시에 붉은 마력의 힘을 지닌 자. 그건 바로 너다. 그 누구도 감히 네게 이런 제안을 하지 못할 것이다. 나 말고는 이 세상에는 절대 없지! 오늘부로 넌 내 노예가 될 거고, 내 욕망에 무릎을 꿇어야 할 것이다.”

'그럴 수 없어!' 트리스탄이 가슴으로 절규했다. 차라리 죽음을 선택하리라. 이 블루트베르크혈산 산기슭에서 이대로 저 잔혹한 벨타인의 꼭두각시가 되느니 온몸이 산산조각이 나더라도 목숨을 버리는 편이 나으리라. 그러나 그 순간 자아의 그림자가 트리스탄의 입을 틀어막았다. 그의 내면에서 여전히 부글거리는 번민의 찌꺼기가. 트리스탄에겐 그를 이 험준한 북부까지 내몬 괴로움과 맞서 싸울 의지가 더는 남아 있지 않았다. 무엇을 위해 더 싸워야 한단 말인가? 지금, 이 순간 그에게 중요한 건 단 하나뿐이었다. “그러면 사랑의 마법을 파훼해 주실 겁니까?” 결심을 내린 트리스탄이 물었다.

“그렇다.”

“그리고 웨이요나를 죽이고, 요정들을 당신 발아래 굴복시키면… 그때는 내게 죽음을 허락하실 겁니까?”

벨타인은 이 질문을 예상한 듯 망설이지 않고 대답했다. “죽음을 허락하마. 단 임무를 전부 완수하고, 자식을 하나 낳은 뒤라면.”

트리스탄은 두 눈을 질끈 감았다. 청천벽력 같은 대마법사의 말에 그의 심장이 미쳐 날뛰었다. 벨타인의 괴수가 되는 것만도 끔찍했다. 하지만 벨타인은 지금 자신의 후손까지 대대손손 괴수로 삼겠다는 것이지 않은가? 트리스탄은 그의 이름이 에냐도르 연대기에 또 다른 괴수로 계승되는 일만큼은 절대 용납할 수 없었다.

"그건 절대 하지 않을 겁니다." 단호하게 말한 트리스탄이 자리에서 벌떡 일어났다. 이번만큼은 벨타인도 다시 그의 무릎을 꿇리지 않았다. 그렇지만 조금도 우려하는 기색 없이, 오히려 이 상황을 즐기는 눈빛으로 트리스탄을 내려다보았다.

"그러면 안 될 이유는 또 뭐지? 아직도 지키고 싶은 사람이 남은 건가? 설마 이 모든 고통을 네게 지운 이조라 폰 아엘프스탄? 아니면 널 죽이고 이리로 쫓아 보낸 네 아버지, 인간의 왕? 아니면 이제는 적들의 편으로 돌아선 네 화염의 누이?"

"사피라는… 절대…" 힘겹게 말을 꺼내 봤지만 트리스탄의 목소리가 갈라졌다.

벨타인은 승자의 미소를 머금었다. "그럼 여태까지 왜 널 찾지 않았겠느냐? 정신을 못 차릴 정도로 널 괴롭히는 고독과 배고픔을 견디며 피 흘리는 심장을 부여안고 가까스로 이 험준한 슈투름폭풍 산맥을 넘어온 그 긴 여정 동안 말이야. 이유야 어떻든 그 드래곤은 오지 않았어!" 벨타인은 제 말에 힘을 실으려는 듯 일부러 잠시 말을 멈췄다가 말을 이어 갔다. "원래 인간의 피에는 배신이 흐르지. 드래곤, 데몬 그리고 엘프라고 다를 게 없어. 그러니 넌 그 누구도 지킬 필요가 없는 셈이다, 남부의 왕자. 명예라는 유혹을 그냥 너 스스로 내려놓아라. 저 에냐도르의 종족들은 이제 하등 신경 쓸 필요가 없다. 장차 넌 이 북부의 암흑 군주인 되크 발두르가 되어 그들을 지배할 테니까."

"내가 그런 괴물이 되면 날 받아들일 여자가…"

"당연히 있지!" 벨타인이 트리스탄의 말을 가로막았다. "적어도 한 명은 있다. 제 발로 널 찾아와 네게 깃든 모든 암흑을 견뎌 낼 거다. 아주 오래전부터 널 위해 선택된 여자니까."

트리스탄은 이따금 벨타인이 동굴에 감금한 저 입도 없는 죄수에게 무슨 비밀이 숨어 있는 건지 생각해 보았었다. 죄수가 그 무슨 중대한 비밀을 알고 있기에 벨타인이 아예 입을 봉해 버린 걸까? 아니면 그저 울부짖고, 구걸하는 저 불쌍한 존재에 짜증이 나서 저리 만든 걸까? 물론 트리스탄이 알 방법은 없었다. 이제 얼마 지나지 않아 저 사내의 목숨은 소멸할 운명이었으니까.

벨타인이 살짝 손가락을 튕기자 죄수를 감금해 둔 우리의 자물쇠가 덜컹 열렸다. 이어 손을 한 번 더 흔들자 죄수의 의지와는 상관없이 그의 다리가 움직였다. 죄수는 비틀거리며 위태로운 발걸음으로 그들에게 다가왔다. 공포에 질린 그의 시선이 벨타인에게 닿았다가 도움을 청하는 간절한 눈빛으로 트리스탄을 바라봤다. 이보다 더 비참한 몰골은 어디에도 없을 것이다. 다 닳아서 해진 헝겊 조각이 신체 주요 부위를 간신히 가렸고, 헝클어진 머리카락이 번민으로 가득한 허연 얼굴을 뒤덮었다. 게다가 그의 몸에서 나는 오물과 소변의 악취가 코를 찔러 숨을 쉬기가 힘들 지경이었다.

"저자에게 연민을 느끼느냐?" 대마법사가 냉소적으로 물었다.

"그렇습니다." 트리스탄이 중얼거렸다.

"저 사내가 살인자이자 배신자라고 해도 말이냐?" 벨타인은 말을 하면서 죄수에게 한 걸음 가까이 다가섰다. 하지만 코를 찌르는 악취에 콧등을 찌푸렸다. 그리고는 손끝으로 한때 온전한 셔츠였을 상체에 남은 누더기를 찢어 냈다.

"우리 모두 살인자이자 배신자가 아니던가요?" 트리스탄이 고개를 푹 숙였다. "무슨 짓을 저질렀든 이런 잔혹한 형벌을 받아 마땅한 사람은 없을 겁니다."

벨타인은 트리스탄의 말에 대답하는 대신 목을 뒤로 젖히며 크게 웃었다. 트리스탄은 제 대답의 무엇이 저 마법사를 저렇게까지 즐겁게 했는지 알 수 없었다. 그러다 불현듯 웃음이 뚝 끊기더니 대마법사가 트리스탄을 향해 돌아섰다. "난 비록 살인은 했을지언정 배신자였던 순간은 없었다." 그가 중얼거렸다.

이어 한 손으로 죄수의 어깨를 붙잡은 후 그의 가슴에 다른 한 손을 푹 찔러 넣었다. 막 날을 벼린 예리한 단검처럼 피부를 베며 쑥 들어간 그의 손이 단번에 죄수의 살과 뼈를 갈랐다. 그렇게 죽음을 맞이한 죄수가 놀란 두 눈을 부릅떴지만, 마법으로 봉해진 그의 입은 고통에 찬 비명 하나 지르지 못했다. 흥분한 까마귀들만이 머리 위로 날아다니며 시끄럽게 울어 댔다. 트리스탄은 숨이 턱 막혔다. 그 가련한 남자의 심장을 움켜쥔 벨타인이 마치 잘 익은 과실을 따는 것처럼 몸 밖으로 꺼내는 장면을 목격한 트리스탄은 충격에 휩싸였다. 마침내 심장을 꺼낸 벨타인의 두 손과 팔뚝에는 피가 흥건했다. 지푸라기 자루처럼 옆으로 풀썩 쓰러지는 남자의 육체를 무심히 내버려 둔 채 벨타인은 트리스탄에게 욕망의 원천인 그것을 불쑥 내밀었다. 그때야 트리스탄은 그것이 피와 살로 이뤄진 심장이 아니라 원석이라는 걸 깨달았다. 애미시스트, 적수정이었다.

"이것이 내 마법의 정수이자 이 에냐도르 땅에 존재하는 모든 종족의 근원이다." 트리스탄은 어떻게든 똑바로 서 있으려 안간힘을 써야 했다. 예전에 엘프들이 부르크스메아데에서 노예병을 징집하던 그 순간처럼 무릎이 저도 모르게 부들부들 떨렸다. "아니요. 인간은 그 이전부터 존재했죠." 미처 마법의 돌에서 눈을 떼지 못한 채 트리스탄이 속삭였다. 애미시스트는 엄청난 힘을 뿜어내고 있었다. 그곳에서 흘러나오는 사악하고 끈적끈적한 파장의 힘은 엘리야와 카이의 프레지오라이트녹수정에서 맥동하는 힘과는 비교조차 불가능했다. 그 사악한 기운이 주변에 있는 선함과 생명체를 전부 중독시키는 것만 같았다. 애미시스트적수정는 죽음과 파멸, 권력을 추구하는 냉혹함과 욕망을 발산했다.

"네가 옳구나." 대마법사가 말했다. "하지만 운명의 문은 닫혔고 이젠 인간에게 탈출구는 없다. 네가 바로 새로운 파종의 첫 씨앗이고, 수확까지 오래 걸리지 않을 것이다. 내 친히 그리되도록 신경 쓸 작정이니까.”

벨타인이 말하는 동안에도 그의 오른손에 놓인 돌이 번쩍이며 환한 광채를 뿜어냈다. 그는 왼손을 트리스탄의 가슴에 얹었다. 그의 손은 트리스탄의 피부를 지지던 인두만큼이나 뜨거웠다. 트리스탄이 신음했다. 신체의 근육 하나하나가 트리스탄에게 저항하며 지금이라도 당장 뿌리치라고, 어서 자신을 구하라고 절규했다. 그렇지만 그와 또 다른 훨씬 강한 힘이 그를 붙들어 이 자리를 박차고 나가지 못하고, 그 고통을 다 견디도록 만들었다. 이제 더는 돌이킬 수 없었다. 후회도, 구원도 없었다.

“어서 내 말에 복종하라!” 벨타인이 트리스탄에게 명령했다. “빠를수록 견디기가 훨씬 수월해질 거다. 어서 네가 지닌 미모를 내게 다오!”

트리스탄은 제 얼굴을 항상 좋아했었다. 그리고 주변에 있던 소녀들도 그랬었다. 제 미모에 빠진 소녀들을 유혹하고, 자신이 트리스탄에게 특별한 존재라 믿게 만드는 건 그리 어렵지 않은 일이었다. 부르크스메아데에서는 나이 든 아낙네들조차 트리스탄의 미소 한 번에 누그러지고, 그의 주머니에 빵 하나라도 더 챙겨 주곤 했다. 그 밖에도 여러 상황에서 트리스탄의 삶은 수월했었다. 오롯이 그의 미모

덕분이었다. 그런데도 미모를 잃는 일은 그나마 트리스탄이 견디기에 가장 수월한 것이었다. 그의 삶을 좌절의 늪에 빠뜨린 그 망할 저주에서 풀려나는 대신 트리스탄이 내놓은 첫 번째 제물! 굳이 소리 내어 대답할 필요도 없었다. 생각만으로도 족했다. 그저 내려놓겠다고 결심한 순간 끝이었다.

얕은 한숨이 벨타인에게서 터져 나왔다. 이어 그의 붉은 눈동자가 반짝이더니 황홀경에 빠진 것 같은 깊은숨을 토해 냈다. 벨타인이 감았던 눈꺼풀을 다시 뜨자 그새 달라진 대마법사의 얼굴이 트리스탄의 시야에 들어왔다. 그의 얼굴은 좀 더 각지고, 남성미가 풍겼다. 동시에 몸매도 훨씬 선이 우아하고, 완벽한 것이 엘프를 연상시켰다. 이윽고 트리스탄의 가슴을 짓누르던 통증이 사라졌다. 그런데도 여전히 트리스탄은 움직일 수가 없었다. 공황 상태에 빠진 트리스탄의 심장이 혈관으로 피를 마구 뿜어냈고, 덩달아 호흡도 가빠졌다.

"고맙구나, 남부의 왕자!" 한껏 기분이 좋아진 마법사의 음성이 들떴다. "네 어미가 너에게 물려준 유산을 잘 받았노라. 네가 그렇게 기꺼이 내어 줄 줄은 몰랐지만."

트리스탄은 개의치 않았다. 그에게 아름다운 겉모습은 아무짝에도 쓸모가 없었다. 그의 내면은 진즉에 상처투성이와

궤양으로 엉망이 된 상태였으니까. 그런 모습이 이제 겉으로 드러난다 해도 트리스탄은 아무렇지도 않았다. 당장 이 순간만큼은 그랬다.

트리스탄의 가슴에 놓인 벨타인의 손이 점점 광채를 내뿜으며 뜨겁게 달아올랐다. "이제 네 열정을, 온기를, 사랑을 내게 다오!" 날카로운 눈빛으로 벨타인이 그에게 명령했다.

"당신이 그런 걸 원하는 이유가 뭐죠? 사랑은 당신에게 필요한 것 중 가장 부질없는 것일 텐데!" 트리스탄이 물었다. 그러자 벨타인의 눈이 무섭게 번뜩였다. 뜨겁게 타오르는 그의 손에서 흘러들어 오는 압력이 점점 강해지자 트리스탄은 비명을 지르지 않으려 입술을 악물어야 했다.

"사랑이 없이는 증오도 없지. 좌절 없이는 복수도 없는 것처럼. 정열적인 피가 넘쳐흐르는 네 심장의 고통을 내 기쁜 마음으로 감당할 것이다. 그것으로 내가 얻을 승리가 더 값질 테니."

오롯이 더 큰 증오를 느끼기 위해, 이 세상을 암흑으로 물들이기 위해 저렇게까지 본인이 겪어야 할 고통을 의도적으로 극대화하려 애쓰는 걸 보면서 트리스탄은 저 대마법사를 잠식한 고통과 쓰라림이 궁금해졌다. 그렇지만 미처 그 생각을 갈무리할 틈조차 허락되지 않았다. 트리스탄이 잠시 망설이는 그 찰나가 대마법사에게는 너무도 긴 시간이었던 것이다.

"어서 내려놓아라!" 벨타인이 외쳤다.

"그러면 그걸로 사랑의 저주가 파훼 됩니까?" 트리스탄은 고통으로 일그러진 자신의 목소리에 소름이 돋았다.

"아니. 그건 이것과는 다른 별개의 마법이다."

"그러면 그것부터 없애 주시죠! 어서 그 저주를 풀란 말입니다!" 트리스탄은 갑자기 현기증을 느꼈다. 찰나였지만 의식을 잃을 것만 같았다. 지금 제 가슴에 얹힌 비인간적으로 빛나는 저 손에 속수무책 무너져 내릴 것만 같았다.

"그건 원하는 걸 전부 얻은 후에 처리해 줄 것이다." 벨타인이 소리쳤다. 아름다운 그의 얼굴에 짜증이 치밀었다.

"당신이야말로… 저주부터 풀어야 얻을 수 있을 겁니다!" 트리스탄이 신음했다. 또다시 의식을 잃을 것처럼 현기증이 느껴졌다. 저 대마법사의 우월한 힘에 끝까지 저항하도록 그의 두 다리를 지탱하는 건 오직 단 하나의 신념 덕분이었다. 그 무엇에도 꺾이지 않는 불굴의 의지. 그것만큼은 여전히 트리스탄의 것이었다.

그러자 벨타인이 갑자기 손을 거뒀다. 그의 입가에서 분노에 찬 괴성이 터져 나왔다. "이 저주받아 마땅한 놈이!" 그가 으르렁거렸다.

"저주야 오래전부터 받지 않았습니까." 트리스탄이 힘겹게 몸을 추스르며 이글거리는 벨타인의 두 눈을 정면으로 응시했다. 순간 트리스탄은 그의 눈동자에서 위협적으로 붉게 타오르던 눈빛이 어느새 사라진 걸 깨달았다. 애미시스트 역시 힘이 사라진 것 같았다. 어쩌면 저기에 돌파구가 있을 것이다. 트리스탄에게는 마지막 기회였다!

"돌의 힘이 약해졌군요!"

"그 입 닥치고 어서 내게 굴복해라. 안 그러면 당장 널 흙으로 되돌려주마!" 벨타인이 호통을 쳤다. 그렇지만 트리스탄은 벨타인의 이마에 송골송골 맺힌 땀방울을 보았다. 슈투름 산맥의 지배자이자 첫 시대의 대마법사인 전지전능한 벨타인 역시 한계에 이른 것이었다. 그게 뭔지는 정확히 알 수 없었지만, 뭔가가 그의 힘을 약화시켰다.

"당신은 절대 그러지 못할 겁니다. 그랬다가는 비장의 병기가 영영 사라지고 말 테니까요. 요정들과의 전쟁에 내보내려던 암흑의 나비를 죽여 버리겠다고요? 그러면 당신이 꿈꾸는 복수도 영원히 불가능해질 텐데요."

한동안 정적이 흘렀다. 머리 위에서 울부짖는 까마귀들의 울음소리만이 이 정적을 파고드는 유일한 소음이었다. 마침내 벨타인은 전혀 예측하지 못한 선택을 했다. 결국 그가 마음을 돌린 것이다. 트리스탄의 미모를 앗아가기 전의 가늘게 찢어진 눈으로 돌아간 벨타인이 적의를 가득 품은 표정으로 이를 악물며 억지로 내뱉었다. "너와 이조라 폰 아엘프스탄에게 걸린 마법은 파훼 될 것이다. 그리고 동시에 이조라의 심장에서도 내 너를 놓아주마."

그걸로 끝이었다. 새 물약을 조제하여 해독제처럼 나눠 마실 필요도 없었다. 마법사의 입에서 흘러나온 그 두 문장이 전부였다. 이제껏 트리스탄에게 이조라는 이 세상의 중심이었다. 트리스탄은 이제 질병처럼 그의 정신을 갉아먹고, 그의 뱃속에 기생하던 그 저주가 마침내 떨어져 나가며 마음의 평화가 찾아오는 기분을 느꼈다. 그렇게 그의 내면을 가득 채웠던 이조라가 불현듯 사라졌다. 제대로 파악도 되지 않고, 알지도 못하는 낯선 사람을 향한 샘솟는 갈망이 마치 폭풍을 만난 도깨비불의 불빛처럼 사라졌다. 모든 것이 다시 명확해졌다. 그런데도 그의 심장이 이렇게 계속 아픈 건 분명 다른 이유 때문이었다.

'마론! 내가 너한테 무슨 짓을 한 거냐?'

"널 힘겹게만 할 뿐인 감정은 그냥 버려라!" 벨타인이 손을 다시 트리스탄의 가슴에 얹자 끔찍한 통증을 동반한 화염이 피부에 타올랐다.

마론을 떠올리니 참기가 힘들었다. 트리스탄은 계속 그녀를 밀어냈고, 육체적으로도 아프게 했다. 오롯이 제 의지로 그를 사랑한 유일한 사람이었던 그녀를. 그 순간 트리스탄의 머릿속으로 쏟아져 들어온 수천 가지 장면들이 날카로운 단도가 되어 트리스탄을 푹푹 찔렀다. 매 순간이 고통스럽기 짝이 없었다. 그중 마지막이 가장 강력했다. 호리엘 군영의 화형대에 묶였을 당시 그를 바라보던 마론의 눈빛. 절대 그러지 말라고 외치던 소리 없는 그녀의 절규. 와이번의 독이 든 그 앰플을 절대 터트리지 말라고. 끝까지 포기하지 말라던 그녀의 절박한 눈빛. '제발 죽지 말고 버텨!'

"그런 기억들은 네게 아무런 도움이 되지 않는다. 상황만 더 힘들어질 뿐이지. 그러니 그냥 놓아 버려!" 저 멀리에서 들리는 것처럼 벨타인의 말이 트리스탄의 귓가에 어렴풋이 맴돌았다.

트리스탄은 휘청거렸다. 내적으로도, 그리고 외적으로도. 트리스탄은 자유를 얻고자 했었으나 실패하고 말았다는 뼈저린 자각에서 벗어나려 발버둥 쳤지만 허사였다. 사랑의 묘약을 거스를 만큼 강하지 못했다는 자각. 결국 그 역시 살인자이자 배신자였을 뿐이라는 자각. 그의 내면에서 그냥 포기하라고 속삭였다. 그래서 죽음을 허락받으라고, 그냥 전부 놓아 버리라고.

"그래, 그래야지!" 벨타인이 낮은 소리로 중얼거렸다. 그의 두 눈이 환각 상태에 빠진 것처럼 뒤집혔고, 눈꺼풀도 연신 깜박였다.

'죽지 말고 버티라니까!'

그때 트리스탄의 의지가 지진을 일으키듯 뚫고 나왔다. 그랬다. 아직 늦은 건 아니었다. 지금이라도 잘못된 선택을 되돌릴 기회가 있었다. 마론과 엘리야에게 용서를 구할 수 있을 것이다. 벨타인은 이 에냐도르에서 그 누구보다 강한 자였지만 트리스탄이 자발적으로 허락하지 않는 한 그가 지닌 성품을 마음대로 빼앗아 갈 수는 없으니까.

그때 애미시스트가 심하게 깜박이며 두 사람의 시선을 끌었다. 그쯤 되자 짜증과 분노로 벨타인의 이마가 잔뜩 찌푸려졌다. "어서 내가 요구한 걸 내어놓지 않으면 네놈을 이조라와 다시 엮을 것이다!" 그가 다급히 외쳤다. 공중에 그의 침이 튀겼다.

트리스탄은 또 다른 물약을 마시지 않고도 그런 일이 가능할지 확신할 수 없었다. 하지만 그런 가능성을 떠올리는 것만으로도 저항하려는 의지가 한풀 꺾였다. 그때 내면의 눈앞에 야레드의 모습이 등장했다. 부르크스메아데에서 작별 인사를 나누던 그때 강철 수갑을 차고 의연하게 말하던 야레드.

'절대로 무너지면 안 돼!'

트리스탄은 굳게 버텼다. 남은 것만이라도 지키기 위해. 가슴에 불타오르는 통증과 두개골을 날려 버릴 것만 같은 호흡 곤란마저 트리스탄은 끝내 이겨 냈다.

그러자 애미시스트의 불빛이 점차 소멸했다. 벨타인은 당황한 표정으로 그에게서 손을 거뒀다. 찰나였지만 서로를 응시하는 과정에서 트리스탄의 내면에 만족감이 피어올랐다. 대마법사의 얼굴이 분노로 일그러졌다.

"설마 아직도 네놈이 감히 내게 맞설 수 있다고 생각하는 거냐? 이미 일이 이렇게까지 다 벌어진 마당에?" 그가 트리스탄을 향해 말을 툭 내뱉었다. "그렇다면 좋다. 어디 한 번 네 고통을 더 연장해 보려무나. 그 쓰디쓴 고통이 곧 널 다시 내게 이끌 테니. 내게 끝까지 저항할 수 있는 인간은 세상에 없다. 더구나 심장도 없이 말이야."

그 말과 동시에 벨타인은 손을 뻗어 트리스탄의 가슴 한 가운데를 푹 찔렀다.

이조라

마치 갓 태어난 기분이었다. 아니면 저를 자근자근 갉아 먹던 악몽에서 깨어난 기분. 이조라는 발코니 난간에 서서 달이 떠오르는 모습을 응시하고 있었다. 그런데 그 느낌이 찾아왔다. 아무런 예고도 없이 그렇게 갑자기! 그녀의 심장을 옭아맸던 사슬이 뚝 떨어져 나갔다. 마치 지난 몇 달 동안 숨도 못 쉴 정도로 옥죄던 투명 코르셋을 누군가 단숨에 풀어 버린 것처럼. 이조라는 신선한 밤공기를 폐 속 깊숙이 들이마셨다. 한결 가벼워진 마음에 눈물이 두 뺨을 타고 흘러내렸다.

"고마워, 트리스탄." 목멘 음성으로 그녀가 흐느끼며 속삭였다.

그녀는 트리스탄이 저를 위해 한 일을 절대 잊지 않을 것이다. 그가 죽었다. 이제 앞으로 무슨 일이 벌어질지는 알 수 없으나 트리스탄은 죽어 버린 거다. 인간의 파수꾼이자 남부의 왕자였던 그는 이제 과거가 되어 버렸다. 에냐도르의 네 종족에게 닥칠 미래에는 오롯이 되크 발두르만이 존재할 뿐이다.

　이조라는 잠시 트리스탄의 추억이 저의 가슴을 한껏 휘젓도록 내버려 두었다. 먹먹해지는 고통을 마지막으로 허락했다. 그로써 슈발벤하인 숲에서 그녀가 벌인 경솔한 행동 탓에 삶 자체를 송두리째 빼앗긴 부르크스메아데의 소년을 애도했다. 이어 제 나약함을 드러낸 흔적을 얼굴에서 닦은 이조라가 서둘러 몸가짐을 정돈했다. 엘리야는 폐허가 된 제성을 살피러 며칠 전에 도른슈트랑으로 떠난 뒤였다. 그렇지만 카이는 아직 아엘프스탄에 머물고 있었다. 그도 제 형제에게 무슨 일이 일어났는지 알 권리가 있었다. 다만 이조라가 전할 소식을 받아들일 만한 상태이길 바랄 뿐.

　대연회장에서 베리안에게 숙명적인 공격을 감행한 이후로 카이는 단 한 마디도 입 밖에 꺼내지 않았다. 그저 공허한 눈빛으로 온종일 제 방에만 처박혀 있었다. 먹지도 마시지도 않았고, 잠을 자거나 인간에게 필요한 다른 욕구를 추구하지도 않았다. 하지만 카이의 프레지오라이트녹수정가 거의 정신 나간 그를 돌봤다. 누군가 카이에게 지나치게 가까이 접근하면 지팡이에 박힌 마법의 돌은 빛을 내뿜어 상대를 위협했다. 이조라에게 그런 이야기를 들려준 하녀들은 이 비밀스러운 젊은 마법사를 두려워했다. 카이가 손도 대지 않을 음식을 전달할 당번을 놓고 하녀들은 날마다 실랑이를 벌였다. 그리고 당번에 걸린 하녀가 그의 방에서 나올 때면 온몸을 덜덜 떨었다. 오늘 아침 당번이었던 하녀는 카이가 흡사 죽은 사람 같았다고, 생생한 초록 눈동자를 제외하면 굳어 버린 석고상 같았다고 말했다. 그 말을 들은 이조라는 겉으로 아무렇지 않은 척했지만 그런 상태의 카이를 마주할 생각을 하니 속으로는 하녀 못지않게 가슴이 떨렸다. 더군다나 카이는 이조라가 저지른 배신을 증오했다. 여차하면 카이는 새로 얻은 힘을 사용하여 그녀를 모욕하거나 심지어 죽이려고 할지도 몰랐다. 당장 카이가 무엇을 할 수 있고, 무엇을 할 수 없는지 그가 지닌 능력의 한계를 제대로 아는 이가 없었다. 엘리야조차 그에 관해 입을 다물었다. 사실 이조라의 남편은 그녀를 트리스탄에게서 끌고 온 후 거의 아무 말도 하지 않았다. 옛 감옥이자 이제 또다시 새로운 감옥이 된 그녀의 방으로 이조라를 안내하며 부드럽지만 확고한 음성으로 한 마디 건넨 것이 전부였다. "일이 끝나면 다시 찾아오겠소."

그리고 지금쯤이면 모든 일이 정리됐을 것이다. 하지만 문밖에서 보초를 서는 위병들 외에는 아무도 그녀의 방을 찾지 않았다. 이조라가 방문을 두드리자 문을 연 엘프 병사가 그녀에게 무엇을 원하는지 물었다.

"마법사 카이와 대화를 나누고 싶네." 이조라는 인간의 왕에게 감금된 포로가 아니라 당당한 엘프 공주의 어조로 들리기를 바라며 최대한 근엄하게 말했다.

그러자 병사들이 헛기침하며 말했다. "죄송합니다, 공주님. 지시 사항이 너무나 확고한지라…."

"저리 비켜라!" 그때 병사의 뒤편에서 또 다른 음성이 들려왔다. 마치 강판에 돌을 긁는 소리 같았다. 목소리의 주인공을 본 위병들의 얼굴에 핏기가 사라졌다. 놀란 병사가 다급히 옆으로 물러서자 이조라는 상대가 누구인지 알아보았다.

"카이." 겁먹은 기색이 역력한 이조라가 한숨을 내쉬었다.

이렇게 갑자기 제 앞에 나타난 카이를 마주한 이조라의 심장에 두려움이 스멀스멀 피어올랐다. 하녀들의 말은 조금도 과장이 아니었다. 카이는 정말 걸어 다니는 시체 같았다. 지난 며칠 사이 몰라볼 정도로 수척해 있었다. 피부에는 잿빛 막이 덮인 것만 같았고, 두 눈 아래 시커먼 다크서클이 축 늘어져 있었다. 하지만 방으로 들어와 문을 닫는 카이의

41

동작에서 이조라는 거칠고 날렵한 유령늑대의 움직임이 떠올랐다. 절뚝거림도 따각거리던 의족의 소음도 이제는 사라졌다. 카이가 선명한 초록빛 눈동자로 그녀를 응시하자 이조라는 저도 모르게 한 걸음 뒤로 물러섰다.

"그가 결국 저질러 버렸어요." 카이가 말했다. "트리스탄 말입니다."

이조라가 고개를 끄덕였다. "나도 느꼈어. 하지만 넌 어떻게 안 거지?"

이제는 서 있는 모습조차도 예전과 달랐다. 내면의 평온함이 밖으로도 고스란히 드러났다. 대다수 인간들처럼 불안정했던 예전 모습은 온데간데없었다. 내면의 힘을 가다듬을 때면 엘리야 또한 이런 묘한 차분함을 발산하곤 했었다. 그것은 내면에 깃든 마법사의 힘이 남성성보다 강할 때 자연스레 표출되는 아우라였다.

"그 사건이 일어나던 그 순간 내가 그의 곁에 있었으니까요."

"네가 직접 목격했다는 거야?" 이조라가 어리둥절한 표정으로 질문했다.

카이가 고개를 끄덕였다. "까마귀들의 눈을 빌려 봤죠. 당신이 트리스탄과 도망친 후 엘리야가 그랬듯 말입니다. 마법사에게 많은 걸 요구하는 고급 마법이죠."

순간 이조라는 가슴을 찌르는 통증을 느꼈다. 유일한 아들이자 후계자를 암흑 속에 버려두고 온 이후 지금까지 엘리야는 계속 무엇을 보았을까? 그녀도 알 것 같았다. 그러니 엘리야가 정신 나간 사람처럼 행동할 수밖에 없었으리라.

"그러니까 트리스탄을 내쫓은 이후로 그에게 벌어진 일을 엘리야도 다 알고 있었단 말이구나." 그녀가 속삭였다. "근본적으로 보면 되크 발두르를 풀어 준 건 엘리야 자신이야. 내가 다른 이의 품에 안긴 꼴을 견디지 못한 거지."

"우리 모두 엘리야가 어떤 사람인지 알고 있지요." 카이가 말했다. "또 우리는 그가 누구인지도 알고 있어요. 그는 도른슈트랑 가문 출신 인간의 왕이죠. 사랑 때문에 이 에냐도르에 전쟁을 일으킨 전적이 있고, 이제 또 두 번째 전쟁을 일으키는 셈이 되겠군요. 물론 이번만큼은 엘프족이나 데몬족과의 전쟁이 아니라 아버지와 아들 사이의 전쟁이 될 테지만. 결국 이 전쟁으로 에냐도르의 네 종족이 갈라져 서로를 도륙하게 될 겁니다."

순간 이조라는 온몸에서 힘이 쭉 빠져나가는 것 같았다. 덜덜 떨리는 무릎을 숨기려 침대 모서리에 주저앉은 이조라는 서둘러 양손을 무릎 위에 올려놓았다. 그런다고 해서 그녀를 송두리째 뒤흔드는 미래에 관한 걱정이 그녀를 잠식하는 걸 막을 수는 없었다.

"전부 다 내 잘못이야." 이조라가 중얼거렸다.

"맞아요." 카이는 아무런 소음도 내지 않고 그녀에게 다가왔다. 그의 얼굴은 일말의 감정도 드러내지 않았다. "하지만 당신 역시 악의로 저지른 짓은 아니었죠. 우리 인간은 운명의 여신이 선택한 실로 우리 앞날을 정한다고 믿습니다. 그것이 어두운 실이든, 밝은 실이든 여신이 잣는 삶의 양탄자에 감히 우리가 개입할 수는 없죠. 하지만 정해진 운명을 어떻게 받아들이고 대처할지는 우리의 몫입니다."

"그럼 네 말은 아직 상황을 바꿀 기회가 남아 있다는 건가?" 낙담한 이조라가 힘없이 물었다.

카이가 고개를 끄덕였다.

"어떻게 말이지?"

"그건 나도 모릅니다. 하지만 한 가지는 확신해요. 복수에 눈이 먼 한 대마법사의 폭정에 이 에냐도르가 끝장나도록 놔두지는 않을 겁니다. 우리는 벨타인과 되크 발두르에 맞서기 위해 연합해야 합니다."

그제야 이조라는 트리스탄의 죽음을 접한 카이가 가장 먼저 자신을 찾아온 이유를 이해했다. 그녀를 벌하거나 죽이러 온 것이 아니라 협력을 구하러 온 것이었다. 그건 이조라가 인간의 편에 설 또 한 번의 기회이기도 했다. 어쩌면 마지막일지도 모르지만.

"내가 어쩌길 바라는 거지?" 이조라가 단도직입적으로 물었다.

카이는 이조라에게 들릴 정도로 크게 한숨을 내쉬고는 그녀의 곁에 앉아 서늘한 손을 이조라의 팔에 얹었다. "엘리야는 지금처럼 나약했던 적도, 저렇게 무력하고 상처받은 적도 없었죠. 증오와 자기 연민에 사로잡힌 심장을 지닌 나약한 왕이 이끄는 군대로는 절대 이 전쟁에서 이길 수 없어요. 그러니 당신이 나서서 엘리야의 내면에서 절대 무너지지 않던 그 당당한 대마법사를 다시 끌어내요. 당신과 내 종족을 위해 그리해 줘요. 당신만이 해낼 수 있다는 걸 난 알고 있어요. 당신도 엘리야에게 그렇게 무관심하지만은 않았잖아요."

이조라는 인정하고 싶지 않았지만, 그의 말은 옳았다. 그녀는 항상 엘리야를 볼 때마다 마음 한편으로 감탄했었다. 돌발적인 그의 첫 키스. 전류가 흐르는 듯한 마법사의 손으로 때로는 부드럽게, 때로는 격정적으로 쓰다듬던 손길. 이 모든 것이 여전히 생생했다. 이조라는 제 남편에게 느끼는 감정이 정말 사랑인지 확신할 수는 없었다. 하지만 그를 거부할 마음은 단연코 없었다. 그가 어떻게 나올지는 몰라도 적어도 그녀만큼은 그랬다.

"하지만 그가 허락하지 않을 거야." 잠시 생각에 잠겨 있던 이조라가 말했다. "그러기에 엘리야는 자존심이 너무 세고… 그리고 나 때문에 상처를 심하게 입었어."

"그럼 당신이 그런 그의 생각을 바꿔 봐요." 카이가 말했다. "당신은 누군가에게 정복당하는 데 너무 익숙하군요. 이제 스스로 정복하는 법을 터득할 차례예요."

그것으로 카이는 할 말을 끝낸 것 같았다. 그대로 자리에서 일어난 그는 미련 없이 문으로 향했다. 절뚝이는 모습 하나 없이 꼿꼿한 자세로 거의 허공을 둥둥 떠가는 것만 같았다. 마법사란 참 이상한 부류라고 이조라는 생각했다. 저들은 삶이 혹독해질수록 더 강해졌다. 카이가 베리안을 공격하던 상황을 직접 목격하지는 못했지만, 카이가 애지중지하던 염소의 죽음이 그에게 어떤 변화를 일으켰는지 이해할수 있었다. 그 사건으로 마음속 담벼락이 무너지면서 평소저 어린 마법사가 절대 넘을 엄두도 내지 못했던 마법의 한계마저 허물어 버린 것이리라.

"카이!"

돌아선 그가 의아한 눈빛으로 이조라를 응시했다.

"넌 엘리야를 다시 불사의 몸으로 만들 수 있어?"

"아니요. 그건 오롯이 애미시스트_{적수정}만 가능한 일이에요. 벨타인도, 웨이요나도 인간의 왕에게 영원한 삶을 다시 선사하려면 그들이 지닌 피의 잔을 제물로 바쳐야 할 겁니다."

"피의 잔이… 뭐지?" 이조라가 간신히 물었다. 그 섬뜩한 단어만으로도 등골에 얼음장처럼 차가운 전율이 흘렀다. 그렇지만 카이는 다시 뒤로 돌아선 후 가던 길을 재촉했다. 갑작스러운 충동에 이끌린 이조라가 그를 다시 불러 세웠다. "투명 마법은 이제 제대로 쓸 수 있는 거지?"

그가 고개를 끄덕였다.

"그러면 야심한 밤, 모두가 잠이 든 후 베리안을 쫓아가 봐. 거기서 마주할 광경이 널 다시금 약하게 만들지 않기만을 바랄게. 부디 오히려 더 강해지는 계기가 되기를."

"그게 무슨 말이죠?" 처음으로 마법사의 표정에 뚜렷한 동요가 떠올랐다. 그렇지만 이조라는 차마 진실을 입 밖으로 꺼낼 엄두를 내지 못했다. 그 조언이 지하 감옥보다 모진 고통을 그에게 선사할지도 모르기 때문이었다.

그가 나간 뒤로도 방문은 다시 잠기지 않았다. 잠시 위병들과 이야기를 나누는 카이의 목소리가 들린 후 이윽고 발걸음 소리가 양방향으로 멀어졌다. 이조라는 잠시 마음을 다독인 후 마침내 자리에서 일어섰다. 금빛 실로 수를 놓은 담녹색 비단 드레스를 조심스레 쓰다듬으며 거울에 비친 제 모습을 한 번 살핀 후 천천히 밖으로 나섰다. 이조라는 오랫동안 우리에 갇혀 있다가 발목에 묶인 사슬을 끊고 도망칠 순간을 포착하려는 작은 동물처럼 문가에 잠시 멈춰 섰다. 그녀의 발목을 묶은 족쇄는 이제 없었다. 카이가 그녀를 풀어 준 것이었다. 그냥 그렇게 간단하게. 이제 곧장 아버지나 베리안을 찾아갈 수도, 원한다면 당장 이 성에서 도망칠 수도 있었다. 다만 문제라면 막상 어디로 가야 할지 전혀 떠오르지 않는다는 것이었다. 그토록 그리워하던 트리스탄도 이젠 세상에 없었고, 저를 다정하게 품어 줄 가족도, 반겨 줄 친구도 없었다. 이조라에게 소중한 사람이라고는 이제 이스타리엘뿐이었다. 하지만 그녀의 쌍둥이 오빠조차 격전을 치른 후 곧장 아그네스를 찾아 아엘프스탄을 떠났다.

어디로 가야 할지 끝내 목적지를 정하지 못했지만 이조라는 문지방을 넘어 텅 빈 복도로 나갔다. 이조라는 정처 없이 걷다가 마주친 나선형 계단을 오르며 창밖을 응시했다. 성 아래, 다리 남쪽에는 한때 호리엘의 노예 부대였지만, 이제는 자발적으로 인간 군대에 재편입한 전사들이 진을 치고 있었다. 하지만 구질구질한 병영 환경은 지금도 전혀 개선

되지 않은 상태였다. 화장실 악취 같은 냄새가 성탑까지 타고 올라왔다. 그나마 사방에 내려앉은 어둠이 씻지 않은 사내들로 북적이는 비루한 막사의 풍경을 가려 줬다. 다시 살펴보니 군데군데 군불이 피어올랐고, 사람들이 웅성거리는 소리도 들려왔다. 엘프에게 위협조차 되지 못할 오합지졸 인간 병사들이 누군가를 기다리는 것 같은 분위기가 느껴졌다. 아마도 자유의 꿈을 실현해 준 트리스탄이겠지. 하지만 트리스탄이 되크 발두르가 되어 나타난다면 저들은 어떤 결정을 내릴까? 그래도 트리스탄을 쫓을 것인가? 아니면 이제껏 단 한 번도 본 적이 없는 의기소침해진 인간 왕을 따를 것인가? 인간을 이끌 왕이 나약하면 전쟁에서 절대 이기지 못하리란 카이의 말이 백번 옳다는 생각이 들었다. 그렇다면 진정 이 에냐도르의 운명이 아엘프스탄 공주이자 인간의 왕비인 자신의 사랑에 달렸단 말인가?

두근거리는 심장으로 다시 돌아선 이조라는 가던 길을 재촉했다. 평소 성의 위층은 귀빈을 위해 배정된 곳이었다. 따라서 몰구르 폰 스키르와 그의 딸 칼리스토 역시 이곳에 묵었다. 그녀의 유골은 이제 한 줌의 재가 되어 데모니아의 산에 뿌려졌을 것이다. 지금 이 귀빈 전용 객실은 비어 있었다. 그런데도 그 객실 중 한 곳에서 흘러나오는 희미한 불빛에 이조라는 깜짝 놀랐다. 그 방은 예전에 드래곤족의 여왕 사피라가 도른슈트랑에 갇힌 야레드를 구출하러 떠나기 전 사용하던 곳이었다. 사피라가 무사히 귀환한 걸까? 어쩌면 무너진 성의 폐허에서 엘리야가 그녀를 구출해 왔을 수도 있었다. 호기심에 방 가까이 다가간 이조라가 살짝 열린 문 틈으로 방안을 염탐했다.

하지만 정작 그곳에 있던 사람은 드래곤족의 여왕이 아니라 일개 하녀였다. 이조라에게 등을 돌리고 선 하녀는 침대 매트리스를 정리하고 있었다. 하녀의 일상적인 몸놀림이라기엔 뭔가 서두르는 기색이 역력한 동작으로 지푸라기를 가득 채운 매트리스 모퉁이를 시트로 감싸고 있었다. 바로 옆 협탁에 놓아둔 양초에서 희미한 불빛이 흔들렸다.

이조라가 힘차게 문을 열어젖혔다. 깜짝 놀란 하녀가 황급히 그녀에게 다가왔다. 단출한 제복에 짧은 머리카락을 가린 두건을 쓴 하녀의 모습은 낯설었다. 그렇지만 이조라는 제 손으로 인생을 망쳐 놓은 그 비운의 소녀를 알아보았다.

"마론! 여기서 뭐 하는 거야?"

애써 당혹한 마음을 감추며 소녀는 황급히 무릎을 꿇어 절했다. "왕비님." 그녀가 말했다. "왕께서 이리 용서해 주셔서 다행입니다."

"그가 그랬던가?" 이조라가 되물었다.

"침실에 외롭게 혼자 계시다가 이리 밖에 나오신 걸 보고… 그리 짐작했습니다." 마론이 시선을 아래로 내리깔았다. 평소 전사에 가까운 저 소녀에게 기대하기 어려운 낯선 모습이었다. 여성스러운 복장에, 예절과 격식을 차린 언행이라니. 뭔가 심상치가 않았다.

"아니. 그건 카이의 작품이란다." 이조라가 간략히 설명했다. 그런 뒤 또 한 번 되물었다. "넌 지금 여기서 뭘 하는 거지?"

마론이 한숨을 내쉬었다. 결국 순종적인 척하던 태도를 버리고 확고한 시선으로 이조라의 두 눈을 마주 바라보았다. "트리스탄이 어디에 있을지 단서를 찾고 있어요. 아무도 말해 주지 않아서요. 물어보는 사람마다 저를 피하거든요."

그때야 이조라는 이곳이 사피라의 침실일 뿐만 아니라 앞으로 트리스탄이 머물 방이라는 걸 깨달았다. 혼인 서약을 한 이래 트리스탄은 아직 드래곤족의 여왕과 한 침대를 나눈 적이 단 한 번도 없었지만 엄연히 그들은 혼인한 상태였다. 성의 많은 이들처럼 마론도 사랑의 묘약에 얽힌 내막을 모르고 있었다. 따라서 마론은 제게서 트리스탄을 빼앗아 간 여자가 누구인지 제대로 알지 못할 뿐만 아니라, 어이없

게도 그것이 전적으로 사피라 때문이라 여기고 있었다. 절
망이 가져다준 용기가 발동했는지 마론은 지금까지 갖췄던
격식 따위는 다 버리고 성 밖에서 했던 대로 편하게 말했다.
"트리스탄이 어디 있는지 알아요? 당신을 찾으러 간다는 말
은 들었는데. 하지만 아직 귀환하지 않아서요. 그런 데다 엘
리야 님이 갑자기 당신만 데리고 돌아온 건 어찌 된 일이
죠? 트리스탄을 본 적 있어요?"

이조라는 소녀의 음성에 깃든 절박함과 굳은 의지에 소름
이 돋았다. 어쩌면 지금이 사실을 털어놓아야 할 순간인 것
같다는 생각이 뇌리를 스쳤다. 드래곤이 슈발벤하인 숲에
트리스탄을 떨어트린 후 벌어진 일들을 전부 고백할 순간.
그렇지만 이조라는 정작 단 한 마디도 꺼내지 못했다.

"아니."

맥없이 축 처진 마론이 고개를 푹 숙였다. 그러더니 고개
를 끄덕이며 침대 옆 협탁에서 작은 양초를 집어 들었다.

"놀라게 했다면 죄송해요. 왕비님." 그녀가 중얼거렸다.

이조라는 그대로 한 발자국 옆으로 물러서서 마론이 지나
가게 비켜 줄 수도 있었지만, 뭔가가 그녀를 붙잡았다.

"그런데 넌 왜 엘리야를 따라 도른슈트랑으로 가지 않은
거지?" 이조라가 물었다. "넌 항상 그의 곁을 지켰었잖아.

그런데 이번엔 왜 그러지 않은 거야?"

"다쳤거든요." 마론이 제 왼쪽 어깨를 눈짓으로 가리키며 말했다. "배에서 사고를 당했어요. 엘리야 님이 절 치료하는 일로 마력을 허비하게 하고 싶지 않았어요."

"그럼 내가 낫게 해 줄게!" 이조라가 단언했다. 이조라 자신도 왜 이런 결정을 내렸는지 알 수 없었다. 어쩌면 저를 갉아먹는 자책, 혹은 단순히 더는 혼자 있고 싶지 않은 욕구 때문이었을지도 모른다. "다만 치유하려면 달빛이 좀 필요해."

지금 천궁의 별자리가 어디에 걸려 있는지 살펴보러 창가까지 갈 필요도 없었다. 이조라는 밤의 매 순간을 훤히 꿰뚫고 있었기 때문이었다. "우선 네 방으로 가는 것이 좋겠구나."

마론은 고마운 기색으로 재빨리 고개를 끄덕인 후 방을 나서며 앞장섰고, 그 뒤를 이조라가 쫓았다. 그들은 하인들의 숙소로 이동했다. 단출한 방에 들어서자마자 두 사람은 마론을 치유하는 일을 조금 뒤로 미뤄야 한다는 것을 깨달았다. 방 안에는 마론의 룸메이트로 추정되는 이 말고도 또 한 사람이 있었기 때문이었다. 부르크스메아데 출신의 고집 센 농부 아담이 그녀의 무릎 위에 머리를 기대고 울먹이고 있었다. 어여쁜 엘프 소녀가 그를 이리저리 흔들자 어딘가 편찮은 아기처럼 두 눈을 질끈 감고 연신 고통에 찬 신음을 흘렸다. 그러자 엘프 소녀는 예전부터 내려온 자장가 멜로디를 계속 흥얼거렸다. "넌 누구지? 그리고… 여기서 뭘 하는 거냐?" 다소 놀란 이조라가 그녀에게 물었다.

"아레티, 이분은 엘프의 공주이시자 인간의 왕비이신 이조라 폰 아엘프스탄 님이셔." 소녀에게 지금 누구와 대면하는 건지 알려 주기 위해 마론이 조심스레 끼어들었다.

그러자 소녀의 눈이 휘둥그레졌다. "저하!" 그녀를 붙잡는 아담을 두고 재빨리 돌아선 아레티가 이조라에게 무릎을 꿇었다. 그러자 당황한 아담이 눈을 부릅뜨며 연신 그녀의 이름을 부르짖는 어이없는 상황으로 이어졌다. "아레티! 아레티! 어디 있어? 어서 돌아와, 난 네가 꼭 필요해!"

"저자는 지금 눈이 멀어 버린 것인가?" 이조라가 다소 불쾌한 음성으로 물었다. "저 소녀는 지금 한 걸음도 떨어져 있지 않은데!"

"아니요. 장님은 아니에요. 하지만… 설명하기가 복잡하네요. 아무튼 그를 진정시킬 수 있는 건 아레티뿐이랍니다."

고개를 절레절레 흔든 이조라가 침대 방향으로 손짓하자 다시 몸을 일으킨 아레티가 아담의 곁에 앉았다. 마침내 아레티의 손이 아담을 쓰다듬자마자 그의 긴장이 누그러졌다. 이조라는 몹시 당황한 표정으로 이 요상한 커플을 계속 주시했다. 눈앞의 이 장면을 어떻게 해석해야 할지 좀처럼 알수가 없었다.

"쟤는 왜 또 저러는 거야?" 마론이 서둘러 아레티에게 물었다. "이성을 잃어버린 것 같은데."

"아니. 사실은 정반대야. 아담의 정신이 변화를 겪고 있지만, 그는 이런 변화를 받아들일 준비가 아직 되지 않은 것 같아. 그의 내면의 한구석에서 그에게 주어진 새 권능을 거부하나 봐."

"저자에게 무슨 권능이 있다는 거지?" 방금 들은 말이 이조라의 호기심을 자극했다. 그녀도 요정에게 특별한 권능을 선사 받았다. 하지만 이조라도 지금까지 그런 권능이 갑자기 생긴다는 말은 생전 들어본 적이 없었다.

"있어요." 마론은 망설이는 기색이 역력했지만 결국 이조라에게 순순히 털어놓았다. "우리는 그가 선지자라고 추측하고 있어요. 사물에 깃든 마법을 알아차리고, 상황에 따라 미래도 보지요."

"믿을 수 없어! 엘리야도 그 사실을 아는 건가?"

"아니요. 아직 그분에게 전할 기회가 없었어요. 시도는 했었지만 접견 승인이 나기 전에 이미 떠나셨거든요."

이조라는 침을 꿀꺽 삼켰다. 선지자라고 불리는 저 청년의 권능이 얼마나 대단한지 정확히 파악하지는 못했다. 그렇지만 저 남자가 그들을 향해 성큼성큼 다가오고 있는 필연적인 전쟁에서 인간의 편이 되어 몹시 중요한 역할을 하게 될 거란 예감이 들었다. 그것이 엘프를 위해서도 바람직할까? 또다시 이조라의 마음은 갈피를 정하지 못하고 거친 급류에 이리저리 흔들리는 배처럼 요동쳤다. 당장 베리안에게 가서 지금 얻은 정보를 고할 수도 있었다. 오래전부터 베리안은 어떻게든 엘리야의 목을 영원히 베어 버릴 계략에 집착했다. 이제 아담이 진짜로 유용한 무기로 변모할지는 이조라의 손에 달린 것이나 다름없었다.

순간 마론의 두 눈에 깃든 불신 가득한 눈빛을 본 이조라는 자기가 너무 오래 망설였다는 것을 깨달았다. "그이가 돌아오는 즉시 알리자. 그를 접견하도록 자리를 마련해 줄게." 그녀가 서둘러 말했다.

마론은 마지못해 고개를 끄덕였지만 긴장한 듯 입술을 깨물었다. 이 비밀을 털어놓은 것을 분명 후회하는 것이리라. 하지만 한 번 내뱉은 말을 돌이킬 방법은 없었다. 결국 마론은 예의 바르게 들려도 경고의 뉘앙스가 담긴 한 마디를 덧붙였다. "당신은 이제 인간의 왕비이십니다. 그러니 당신이 다스릴 종족을 보살펴 주세요. 절대 그 힘을 약화시키면 안 됩니다!"

아주 어린 시절부터 이조라는 엘프의 공주로서 이런 식의 은근한 공격에 대처하는 법을 배워 왔다. 그녀는 일말의 감정도 내비치지 않았다. 그녀는 똑바로 서서 양손을 무릎에 얹고 대답 대신 마론에게 고개만 끄덕였다. 이에 마론이 무언가 말을 꺼내려던 순간 갑자기 아담이 두 사람의 주의를 끌었다. 그는 계속 이상한 말을 중얼거리던 행동을 멈추고 침대에 앉아 있었다. 그의 눈빛은 보름달에 비친 레오드릴 샘만큼이나 맑았다. 지금까지 본 것 중에 가장 맑은 눈빛이었다. 아담은 이조라를 똑바로 응시했다.

"달이 피를 흘리고, 심장이 뜨겁게 타오를 때. 그때가 되어야 비로소 당신이 속한 곳을 깨닫게 될 것입니다." 아담은 연민이 가득한 부드러운 음성으로 말했다. "때가 오면 당신의 선택을 고민해야 할 것입니다, 엘프 공주. 인간에게 신의를 지키지 않는 건, 당신 남편뿐만이 아니라 당신 아이마저 배신하는 거니까요."

이조라는 얼굴을 한 대 강타당한 것 같았다. 그동안 내내 떨쳐 버리려 그리도 애썼던 최악의 가능성, 그 끔찍한 우려가 현실이 될 거라니.

"말도 안 돼!" 이조라가 속삭였다. 이번만큼은 감정 조절이 안 되었다. 턱을 덜덜 떨며 한 걸음 뒤로 물러섰다.

그러자 마론이 걱정스러운 표정을 지으며 이조라의 팔에 손을 얹었다. "걱정하지 마세요. 임신한 걸 깨달은 많은 여성이 그런 감정을 느낀답니다. 그리고 엘리야 님도 곧 아버지가 될 거란 사실을 아시면 금방 마음이 누그러지실 거예요."

"그건 아무도 모르는 일이야." 이조라가 중얼거렸다. 두려움이 진득한 그녀의 절박한 눈빛이 아담을 찾았다. 좌절감에 황급히 그에게 달려간 이조라는 손가락으로 그의 어깨를 세게 움켜쥐고는 거칠게 흔들었다. "그렇지 않나? 넌 알고 있어? 알고 있냐고?"

아담은 고상한 격식을 벗어 던진 이조라의 태도에도 전혀 개의치 않았다. 그는 그저 고개만 가로저을 뿐이었다. "아니요. 그런 건 오롯이 신들만이 알고 계실 비밀이죠."

"도대체 그게 무슨 말이에요?" 마론이 끼어들었지만, 이조라는 그녀의 말을 무시했다. 드레스 자락을 거칠게 움켜쥔 이조라가 방에서 뛰쳐나갔다. 아무도 이런 모습을 보아서는 안 되었다. 그 누구에게도 절망의 나락으로 추락해 가는 엘프 공주의 모습을 들켜서는 안 되었다. 온 혈관을 독이 파고들어 괴로움에 무너져 내리는 모습을. 이조라가 미처 문밖으로 나서기도 전에 아담은 예지가 사라지고 본연의 어수룩한 농부로 돌아간 것 같았다. 등 뒤로 농부의 음성이 들렸다. "너희들 왜 그래? 무슨 일이 있었어?"

어쩌면 지금이 남편의 무한한 분노에서 벗어날 마지막 기회일 것이다. 끔찍한 경험을 또다시 겪게 하는 건, 엘리야에게 너무도 가혹한 일일 것이다. 물론 이번만큼은 연인이 아니라 베리안처럼 배신당한 남편의 입장이겠지만. 엘리야가 임신 사실을 알고 나면 목숨을 부지할 수 있을지조차 불확실했다. 그런 만큼 이조라의 결심은 확고했다. 절대 이 아이가 세상의 빛을 보게 하지 않으리라!

사피라

지끈거리는 두통, 폐에 먼지가 가득 든 것 같은 이물감, 혀에 맴도는 피의 맛. 차라리 다시 기절하고만 싶었다. 마음 한편에서는 모든 걸 포기하고 북풍에 애원하고 싶은 심정이었다. 심장이 뛸 때마다 박살 난 제 몸을 쿡쿡 찔러 대는 고통을 인제 그만 거두어 달라고. 덩실덩실 춤이라도 춰 저승길을 재촉해 달라고. 그때 사피라는 따뜻하고 얕은 호흡을 내뱉는 무언가가 제 밑에 있다는 사실을 깨달았다. 야레드는 아직 숨이 붙어 있었다! 천장이 붕괴된 참사에서 그들은 살아남았다. 그들이 여전히 살아 숨 쉬도록 허락한 것은 인간들의 운명의 여신일까, 아니면 드래곤족의 자비로운 바람신일까 알 수는 없지만 아무튼 그 어떤 선한 힘이 구원의 손을 뻗어 그들을 붙잡아 준 것이리라.

그 사이 몇 시간 혹은 며칠이 흘렀는지 전혀 감을 잡을 수 없었지만, 적막한 주변을 보아하니 이 근처엔 그들밖에 없는 것 같았다. 어차피 도른슈트랑 성의 백성들은 그들을 도와주러 오지 못할 것이다. 전부 죽었거나 산 채로 매장당했을 테니까. 사피라는 덜덜 떨리는 손으로 어두컴컴한 주변을 더듬었다. 그렇지만 그 결과 상심만 커졌다. 사피라 위에는 커다란 바윗돌이 버티고 있었다. 이 지하 공간의 뒷벽에서 떨어져 나왔을 것으로 추정되는 네모난 돌덩이였다. 그돌이 사피라와 야레드가 매몰되는 대참사를 막아 줬다. 그렇지만 동시에 커다란 돌덩이는 그들의 묘석이나 다름없었다. 이렇게 인간형인 상태에서는 저 돌을 들어 올리는 건 불가능했다. 유일한 희망이라면 코리안이 제게 먹인 변신 방지 마법 포션의 효능이 얼른 사라지는 것이었다. 죽거나 정신을 잃기 전에. 드래곤 본신으로 되돌아갈 수만 있다면 이돌은 물론 산더미처럼 쌓인 저 돌무더기도 거뜬히 들어 올릴 수 있을 것이다.

두 눈을 지그시 감은 사피라는 내면 깊숙한 곳에 잠재한 화염에 온 정신을 집중했다. 그녀의 손가락이 푸석하게 마른 야레드의 입술을 부드럽게 쓰다듬었다. "지금까지 정말 오래 버텼잖아. 그러니까 인제 와서 포기하면 안 돼! 털끝 하나 다치지 않게 내가 보살펴 줄게." 사피라가 속삭였다.

그러자 사피라의 원초적 힘이 솟아나 그녀를 각성시켰다. 그리고 그녀는 자신의 진정한 본모습인 화염의 화신으로 변해 갔다. 마치 그 망할 마법 물약을 마신 적이 없는 것처럼. 사피라의 강한 정신력이 순식간에 연약한 인간의 몸을 벗어 던졌다. 마치 고치를 뚫고 나오는 나비처럼. 강한 발톱과 발이 돌무더기로 가득한 바닥에서 몸을 지탱했고, 갑옷을 두른 듯 단단한 등이 그녀를 짓누르던 커다란 돌덩어리를 떠받쳤다. 사피라는 온 힘을 다해 몸을 일으켜 세워 돌덩이를 들어 올렸다. 제 밑에 기절해 있는 야레드가 다치지 않도록 조심조심. 먼지와 잔돌들이 사피라의 푸른 비늘 위를 덮치면서 잿빛 막을 이뤘고 그녀의 시야를 가로막았다. 한참 후에야 사피라는 주변의 붕괴 규모를 확인할 수 있었다. 얼마 전까지 근엄한 왕의 으리으리한 궁궐이 있었던 자리에는 휑하니 무너진 돌무더기만 보였다. 도른슈트랑 성 전체가 사라졌다. 이제는 성벽도, 성탑도 그리고 불과 며칠 전 사피라가 착륙했던 종루도 보이지 않았다. 그 광경은 데몬족의 공습에 폐허가 된 슈발벤하인을 떠올리게 했다. 성의 그 누구도 이 참혹한 대참사에서 살아남지 못했을 것이다. 코리안이 야레드를 성의 감옥이 아니라 성벽 밖에 있는 오두막 지하에 감금한 건 오히려 천만다행이었다. 성에서 멀리 떨어진 지하 벙커에 만들어 놓은 비밀 공간에 갇혔었기에 그들이 살아남을 수 있었던 것이다.

야레드는 여전히 정신을 차리지 못했다. 거대한 드래곤 본신으로 돌아간 사피라는 연이은 낙석을 막아 내며 그를 보호했지만, 무엇보다 마실 물을 찾는 일이 시급했다. 성이 위치한 섬 주변으로 성난 파도가 거세게 일고 있었다. 개울가나 마실 만한 물이 있는 웅덩이까지 가려면 하늘을 나는 방법밖에 없었다. 바싹 말라 퍼석해진 야레드의 피부가 다치지 않도록 유의하면서 사피라는 양 발톱으로 그의 몸통을 움켜쥐고 공중으로 날아올랐다. 드래곤 본신으로 현신했지만 몸 전체에 있던 타박상과 찰과상은 그대로였기에 하늘을 비행하는 것도 무척 힘들었다. 그렇지만 오롯이 목표에만 집중하며 몸에 난 상처를 잊으려 애썼다. 통증도 일종의 감정에 불과하다, 그리고 감정은 억누를 수 있다, 사피라는 되뇌었다.

그렇게 하늘로 날아오른 지 얼마 지나지 않아, 사피라는 지상에서 말을 타고 이동하는 소규모 기병대를 발견했다. 천천히 비행 속도를 늦춘 사피라는 예리한 눈으로 그들을 주시했다. 기병들 대다수가 엘프 병사들이었다. 그렇지만 가장 선두에는 가죽 갑옷과 검정 케이프를 걸친 키 큰 사내가 적갈색 머리칼을 휘달리며 말을 몰고 있었다. 한 손으로 말고삐를 쥐고, 다른 한 손으로는 마법 지팡이를 쥔 남자. 엘리야였다!

곧장 황급히 하강한 사피라가 기수들 코앞에 착륙하자 그녀의 모습을 본 말들이 공포에 질려 뒷걸음질 쳤다. 사피라가 미처 인간형으로 변신하기도 전에 인간의 왕이 안장에서 서둘러 뛰어내렸다. 몹시 난감한 표정으로 다가온 그가 서둘러 케이프를 벗어 그녀의 어깨에 둘렀다.

"당신이 이리 무사한 걸 신들에게 감사해야겠군." 그가 중얼거렸다. 나지막한 그의 음성에서 죄책감이 묻어났다. 사피라는 그런 엘리야의 태도가 석연치 않았다.

"야레드에게 당장 물이 필요하오!" 사피라가 황급히 말했다. "코리안이 야레드를 고문해서 죽이려 했소."

엘리야는 더는 아무 말도 하지 않고 서둘러 벨트에서 물병을 풀은 후 쩍 갈라진 대장장이의 입술에 가져다 댔다. 야레드는 물을 삼키지도 못했다.

"생명의 빛이 몹시 희박하구나. 그를 구할 수 있을지 장담하지 못하겠는걸."

눈가에 눈물이 차올랐지만 사피라는 전력을 다해 흐르는 것만큼은 참았다. 아직 희망은 있었다. 엘리야가 야레드의 이마에 손을 얹자 프레지오라이트_{녹수정}가 번쩍이며 치유 에너지로 가득한 녹색 안개를 방출했다. 사피라는 잔뜩 긴장한 상태로 그 모습을 가만히 지켜봤다. 평소 엘리야가 마력을 아끼려는 경향이 강하다는 걸 알고 있던 사피라는 아낌없이 마력을 쏟아붓는 대마법사의 태도가 몹시 낯설게 느껴졌다. 혹시 야레드가 그녀의 생각보다 엘리야에게 훨씬 중요한 존재였을까? 얼마 후 치유 과정이 끝나자 상처로 가득한 대장장이 얼굴에 생기가 조금 돌아왔다. 손을 거둔 엘리야가 심호흡했다. "정말 간신히 해냈군. 그렇지만 그 대가는 엄청났어." 사피라에게 돌아선 엘리야가 말했다. "부디 저 젊은이에게 그럴 만한 가치가 있기를 바랄 뿐이네. 그렇지 않으면 내 마력을 무의미하게 낭비한 꼴이 될 테니까."

"당연히 그럴 만한 가치가 있지." 사피라가 수척해진 야레드의 얼굴에 부드러운 시선을 던졌다.

인간의 왕은 이마를 찌푸리며 사피라를 응시했다. "무슨 일이 있었던 거지?"

"코리안에게서 야레드를 구하려 했지만, 그 엘프 놈의 덫에 걸려들고 말았소." 사피라는 도른슈트랑에서 있었던 사건의 경위를 알렸다. 호리엘의 등장과 티발트의 배신도 빼놓지 않았다. 자초지종을 들은 엘리야의 이마에 주름이 깊어졌다.

"그래서 호리엘은 어떻게 됐지?" 엘리야가 물었다.

"붕괴 현장에서 살아남지 못했을 거요. 지금 도른슈트랑은 아수라장이나 다름없으니 당장 죽지 않았어도 적어도 심하게 다쳤을 거요. 거대한 암석무더기 아래 함몰됐었으니까."

"하지만 너희는 여전히 살아 있지 않나."

"그렇지. 마치 기적처럼. 하지만 그런 기적이 두 번 일어났으리라고는 생각하지 않소."

엘리야의 얼굴에서 망설임이 느껴졌다. 사피라는 어차피 엘리야가 왕국의 잔해를 마지막으로 직접 확인할 것이고 누구도 그를 말리지 못하리라는 걸 알고 있었다. 야레드만 생각하면 곧장 아엘프스탄으로 돌아가자고 설득하고 싶었지만 그녀는 입을 다물었다. 사피라는 공중을 날아 돌아가고 싶지는 않았다. 야레드가 의식을 찾지 못하고 있는 지금 공중 비행이 그의 건강 상태를 얼마나 더 악화시킬지 걱정스러웠기 때문이었다.

"둘러봐야겠다." 마침내 사피라의 예상대로 엘리야가 결정을 내렸다. "도른슈트랑을 둘러본 지도 정말 오래됐군. 다시는 못 올 예전의 광영을 내 눈으로 직접 확인하고자 하네. 너희의 엄호를 위해 내 호위병들을 여기 두고 가겠다. 오늘

저녁까지 돌아올 것이다."

그것으로 사피라의 손에 물통을 넘긴 엘리야가 말 위로 훌쩍 올라탔다. 이상하게도 엘리야는 심한 통증을 느끼는 사람처럼 보였다. 사피라는 그런 엘리야의 모습이 오롯이 성을 잃어 그런 것인지 혹은 뭔가 또 다른 내막이 있는 건지 확신할 수 없었다. 자신이 자리를 비운 사이 마침내 그가 이 조라가 진정으로 사랑하는 상대가 누구였는지 알아낸 걸까. 게다가 전투가 끝나고 너무나 다급히 성을 떠난 바람에 이스타리엘과 카이가 트리스탄의 행방불명을 어떻게 설명했을지 알 길이 없었다. 사피라는 무척 궁금했지만 이에 관해 물어볼 수가 없었다. 결국 그 주제에 관해 일언반구 꺼내지 않고 함구하기로 했다. 사피라는 부디 저기 산 위에 수북이 쌓인 돌무더기로 변해 버린 저의 왕국을 보고 엘리야가 또 한 번 무너지지 않기만을 빌었다.

엘리야는 꽤 오랜 시간을 그곳에 머물렀다. 그가 돌아왔을 때 이미 중천에 뜬 달이 인간들의 땅에 창백하고, 무관심한 빛을 비췄다. 그 사이 엘프 병사들이 모닥불을 피워 주었다. 병사들은 그녀와 야레드 근처에 앉아 함께 불을 쬐지 않고 사방에 흩어져 보초를 섰다. 야레드는 대부분 혼절한 상태였지만, 이따금 깨어나 물을 찾기도 했다. 그 사이 사피라는 야레드가 회복할 거라는 확신이 생겼다. 시간이 흐를수록 혼절해 있는 기간이 줄어들고 있었기 때문이었다.

"환자는 좀 어떻지?" 힘든 기색으로 사피라의 곁에 털썩 주저앉으며 엘리야가 물었다.

"점점 나아지고 있군. 고맙소!"

엘리야는 활활 타오르는 모닥불의 불꽃을 물끄러미 바라보며 고개를 끄덕였다.

"어떻게 호리엘의 흔적은 좀 찾았나?"

"아니." 그가 한숨을 쉬었다. "남은 마력을 그의 무덤이 되었을 그 비밀 창고를 들어 엎는 데 썼지. 그곳에서 코리안과 티발트 그리고 엘프 병사 몇몇의 시신을 발견했어. 하지만 호리엘은 어디에도 보이지 않더군."

그 말에 사피라는 깜짝 놀랐다. "하지만 분명 거기 있었는데! 땅속까지 충분히 들춰 보았소?"

"내 마력이 고갈된 탓에 중단할 수밖에 없었지. 요새는 내 마력이… 그리 강하지는 않거든. 우리의 운이 좋다면 만신창이가 된 그의 몸뚱이가 암석 아래 더 깊은 곳 어딘가에 깔려 있겠지. 혹은 거기서 어떻게든 도망쳤어도 피난처를 찾기 전에 다친 상처 때문에 쓰러졌을지도. 하지만 내가 아는 한 호리엘은 그럴 리가 없어. 언젠가 그를 다시 보게 될 거다."

사피라는 엘리야가 말한 정보를 힘겹게 곱씹어 보았다. 처음 본 날부터 호리엘은 사피라와 그녀의 친구들에게 고통과 번민만을 안겨 주었다. 그런데도 그 엘프의 신들은 그 악한을 계속 굽어살폈다. 도대체 신들은 어찌하여 이리도 매정한 걸까? 어찌하여 냉혈 엘프의 탐욕과 악행에서 이 에냐도르를 구하지 않는 걸까?

"그래도 한 가지 좋은 건 있군." 마침내 사피라가 말했다. "언젠가 우리 중 누구라도 그놈을 죽일 영광을 누릴 테니까. 개인적으로 난 그 기회를 트리스탄이 얻었으면 하는데."

마지막 순간 멈추려 애썼지만 사피라의 입에서 그 이름이 툭 튀어나와 버렸다. 트리스탄을 입에 올린 순간 엘리야가 내뿜는 냉기가 그녀의 피부에 와 닿았다. 그 순간 그의 온몸에 경련이 일고, 팔에 난 적갈색 솜털마저 동물처럼 쭈뼛 섰다.

사피라는 오싹 소름이 끼쳤다. "왜 그러는 거요? 트리스탄에게 무슨 일이 있나?"

엘리야는 한참 동안 아무 대답도 하지 않았다. 그런 뒤 호위병에게 들리지 않는 곳까지 물러서라고 신호를 보냈다. 사파라의 눈에서 시선을 돌린 엘리야는 야레드의 얼굴을 무릎 위에서 부드럽게 감싸고 있는 그녀의 양손을 바라봤다.

"사랑받는 건 신들이 허락한 선물이지. 그렇지만 잘못된 상대를 사랑하는 경우도 있다네. 그 순간 선물은 고문으로 변해 버리는 거야.”

사피라는 엘리야의 말에서 그가 진상을 알게 되었다는 걸 깨달았다. 이어진 다음 말이 그 사실을 뒷받침했다. “너희 모두 사랑의 묘약에 대해 알고 있었으면서 누구 하나 내게 알려 주지 않았어. 어쩌면 그로 인해 생길 고통에서 날 보호 하려는 의도였을지도 모르지. 허나 너희들 모두가 날 속인 거야.”

엘리야의 말에 사피라는 달리 반박할 말이 전혀 떠오르지 않았다. 엘리야의 말은 구구절절 옳았다. 그의 관점에서 보 면 파수꾼들의 처신은 배신이나 마찬가지였다.

“너희들도 죄책감이 들겠지만 나 역시도 그렇다네. 트리 스탄과 이조라의 비밀을 알아내기 위해 난 너희 모두를 희 생시켜야만 했으니까. 내 성이 너희 머리 위로 무너지게 한 장본인이 바로 나다. 그런 결정의 여파가 어찌 될지 너무나 잘 알고 있었음에도 말이야. 그것으로 안고르 파비아는 마 지막 후계를 잃었고, 넌 네….” 엘리야는 뭐라고 불러야 할 지 떠오르지 않는 것 같았다. 그는 야레드를 가리켰다.

“이 성이 붕괴한 게 *당신* 때문이란 말인가?” 사피라는 어 안이 벙벙했다.

간신히 알아볼 정도로 엘리야가 고개를 끄덕였다. "이스타리엘이 진실을 털어놓게 하려고 오래전 요정족 여왕과 맺은 약속을 깨트렸어. 그 약속의 담보가 도른슈트랑이었지."

"그러니까 둘이서 정의롭지 못한 거래를 한 거로군."

"이 에냐도르의 역사에는 정의롭지 못한 일이 수두룩하지. 우리 모두 200년이 넘도록 서로에게 불의를 저질러 왔다."

엘리야는 침묵했다. 그리고는 하늘에 뜬 별을 응시하며 한숨을 쉬었다. 사피라의 내면에서 모순적인 감정이 차올랐다. 분노, 연민, 감탄. 다른 상반된 감정 중에서 무엇보다도 감탄이 컸다. 일면 마론을 이해할 수 있을 것만 같았다. 마론은 저 인간의 왕이 다혈질에 충동적인 결정을 내리는 걸 알면서도 무조건 따랐었다. 엘리야는 운명의 여신이 그에게 안배한 길을 절대 그대로 받아들이지 않았다. 슈투름 산맥에서 벨타인을 마주했던 때조차 신들이 마련한 혹독한 시련에 열정으로 대항했던 사내였다. 사피라가 트리스탄을 제 친형제처럼 사랑한 것도 엘리야의 그런 모습을 똑 닮았기 때문이었다. 드래곤의 내면에 끓어오르는 용암처럼 모든 걸 집어삼킬 만한 화염을 품고 있었기에. 그리고 그것이 사피라가 엘리야를 용서할 수 있는 이유이기도 했다. 빠르고, 확실하게 드래곤 종족의 방식대로.

"난 당신을 용서하겠소." 사피라가 말했다. "그러니 이제 당신도 우릴 용서하시오. 그렇지 않으면 우린 모든 걸 잃을 것이니."

인간의 왕은 간신히 고개만 끄덕였다. 그 어떤 과장된 동작보다 깊은 뜻이 담긴 대답이었다. 그렇게 인간과 드래곤 종족이 새로이 맺은 동맹이 시작되었다. 물론 아직 답을 얻지 못한 사피라의 질문이 이 결맹에 걸림돌로 남아 있었다. "트리스탄은 어떻게 된 거지?" 사피라가 재차 질문했다.

"그는 벨타인에게 갔다." 엘리야가 대답했다. 그 이상 말하지 않았지만, 사피라는 대번 그 내막을 알아차렸다. 아마도 벨타인에게 굴복하러 갔을 것이다.

"그런데 그걸 그냥 뒀단 말인가?" 앞서 슈투름 산맥 대마법사를 만났던 적이 있던 사피라는 그가 얼마나 악의에 찬 파괴력을 지닌 악당인지 잘 알고 있었다. 그런 만큼 트리스탄이 그렇게 가도록 두면 절대 안 될 일이었다.

"단순히 그리하도록 내버려 둔 것이 아니라 오히려 내가 나서서 부추긴 셈이네. 무릇 군주라면 악수지만 둬야 할 때가 있다네. 더 큰 악수를 피하기 위해서지. 군주는 훌륭한 사람들을 얻기 위해 몇몇은 포기해야 할 경우도 있는 법이네."

"정말 수수께끼 같은 소리만 하는군!" 사피라가 언짢은 음성으로 외쳤다. "하지만 한 가지만큼은 똑똑히 알겠어. 그러니까 당신이 지금 자만심에 사로잡혀 유일한 아들을 벨타인에게 바쳤다는 거지? 그랬다면 엘리야 당신은 폭군이야! 원하는 걸 못 얻었을 땐 죽은 자의 몸속까지 뒤질 불한당이야!"

이어 흥분한 사피라의 눈동자 색이 번쩍이며 파충류의 동공으로 변해 갔다. 그 모습을 다른 인간들이나 엘프들이 보았다면 흠칫 놀라거나 공포에 떨었겠지만 엘리야는 그저 무덤덤했다.

"날 어찌 생각할지는 전적으로 네 자유다." 엘리야는 노한 사피라의 일갈에 그렇게만 대답했다. "허나 드래곤의 여왕이여, 네게 묻겠다. 그럼 내가 어떻게 해야 했을까? 난 그저 내 아들이 평생 누군가의 노예가 되어 원치 않는 생을 이어 가기보다 죽음을 맞이하기를 바랐을 뿐이다. 그 마법 물약에 지배당하는 한 트리스탄은 노예와 다를 바 없지 않은가? 이제 우리가 나서서 그를 구하든지, 죽이든지 해야겠지. 어느 쪽이든 그 아이에게는 노예 같은 삶보다는 나을 것이다."

"어떻게?" 사피라가 황급히 되물었다. "무슨 수로 그를 구한단 말이지?"

"내 생각으로는 우선 아녜이를 찾아가야 할 것 같군." 엘리야가 말했다. "그 여자가 알려 준 예언은 고작 두 구절뿐이었지. 다른 예언은 그 곱절이었는데 말이야. 분명 가장 중요한 부분을 고의로 감춘 걸 거다. 지금은 그 내용을 알아내야 한다. 슈발벤하인 지하 공간에 있던 예언 기관이 닫혀 버렸으니 이제 우리가 직접 그녀를 찾아가야겠지. 이 에냐도르에서 벨타인의 음모를 막고 트리스탄을 구할 방법을 알 만한 존재는 아녜이뿐일 테니까."

사피라가 한숨을 내쉬었다. 그녀에게는 이렇게 또 도른슈트랑 가문의 편에 서서 싸우는 것 외에 달리 선택지가 없었다. 다만 도와야 할 상대가 아버지일지, 아들일지 아직은 알 수 없었지만. "좋소. 당신을 돕지. 하지만 한 가지는 알아야 하오. 트리스탄은 화염을 나눈 내 형제요. 상황이 심각해지면 난 당신의 편이 아닌 그의 편에 설 것이오."

엘리야는 간신히 들릴 만한 한숨을 토해 냈다. "도대체 왜…." 악의 없는 표정으로 엘리야가 물었다. "어째서 둘 사이의 유대가 여전할 거라 믿는 거지?"

"그건 당신도 잘 알 텐데! 토랄프가 그를 따라야 한다고 말했지. 나처럼 표식을 가진 자를!"

그때 야레드를 주시하는 엘리야의 눈빛에 사피라의 심장

이 덜컥 주저앉았다. 엘리야는 제 손을 몹시 천천히 야레드의 얼굴 위로 가져가 부르크스메아데 대장간에서 튄 불꽃으로 생긴 수많은 흉터를 쓰다듬었다. 그러면서 사피라의 말을 되뇌었다. "표식이 있는 자를 따르라고 했다…?"

도끼로 얻어맞은 것만 같은 충격과 동시에 사피라는 번뜩 깨달았다. 토랄프의 말이 반드시 트리스탄만을 암시하는 것이 아닐 수도 있음을. 야레드 역시 처음 만날 날부터 뭐라 설명하기 힘든 깊고 묘한 유대감이 느껴졌다. 더욱이 트리스탄은 언제나 형제 같은 존재였지만, 야레드에게는 다른 유형의 끌림이 있었다. 그 순간, 북부 드래곤 마을의 현명한 노파 예니가 했던 말이 떠올랐다. '결정의 날이 올 거란다, 아이야. 그때가 오면 한 가지만 생각하려무나. 인생의 선택지가 꼭 하나만이 아니라는 것을.'

오늘이 그녀가 말한 결정의 날인 걸까? 이 모든 게 트리스탄을 구하려는 거라고 주장하는 엘리야의 말을 믿어도 되는 걸까? 그리고 무엇보다도… 화염을 나눈 형제와 사랑하는 남자 사이에서 선택해야만 하는 날이 언젠가 올 거란 말인가?

이어지는 엘리야의 말은 사피라의 고민이 옳았음을 확인시켜 줬다. "나는 야레드 콘라드센을 내 군대의 사령관으로 임명할 것이다." 엘리야는 잠시 말을 멈춰 자기 말의 진정성을 확인시킨 후 덧붙였다. "저 사내가 인간들을 이끌고 되크 발두르에 맞서 전쟁을 치르게 될 거다. 어떻게든 우리는 암흑의 군주가 되어 버린 트리스탄을 다시 남부의 왕자로 바꿔 놓을 것이다. 그러지 못한다면 그를 영원히 이 세상에서 지워 버려야 하겠지만. 드래곤족의 여왕, 자넨 우리 편에 서서 싸울 텐가?"

이스타리엘

온통 피투성이였다. 예전에 아그네스가 즐겨 입던 적포도 주색 드레스가 온통 피로 물들어 있었다. 이스타리엘이 손수 아엘프스탄 왕실 전용 의상실에서 구한 고급 허리띠에도 핏자국이 선명했고, 외투는 갈가리 찢겨 있었다. 그런데도 이스타리엘이 남은 천 조각에 얼굴을 파묻자 여전히 아그네스의 체취가 느껴졌다. 고대의 유물에 남아 있을 법한 체취처럼 미미했지만…. 그의 눈에 눈물이 솟구쳤다. 가슴을 찢어발기는 슬픔에 이대로 죽어 버릴 것만 같았다. 극심한 고통에 가슴 근육이 잔뜩 뭉치고 호흡이 턱 막혀 왔다. 그때 뭔가 이상한 점이 눈에 들어왔다. 드레스 아래 걸치는 페티코트가 보이지 않았다. 이스타리엘은 평소 아그네스의 겉모습만을 눈에 담아 둔 게 아니었다. 그녀가 걸친 옷가지는 물론 피부에 있는 깨알만 한 생채기와 점 하나까지 일일이 다

78

꿰뚫고 있었다. 그런데 그녀가 걸쳤던 크림색 페티코트가 지금 어디에도 보이지 않았던 것이다.

이스타리엘은 피로 얼룩진 옷가지를 바닥에 내려놓고 성난 짐승처럼 주변을 두리번거렸다. 숲 덤불 아래 어딘가에 있을지도 모른다고 생각하며 신중히 살폈다. 시간이 흐를수록 그의 내면에 점점 희망이 차올랐다. 이윽고 덤불 속을 샅샅이 뒤진 후 이스타리엘은 무의미한 수색을 중단했다. 지금 이 상황은 어쩌면 눈속임에 불과할지도 모른다! 아그네스와 아기를 영원히 잃어버렸다고 믿게 하려는 사악한 계획일 가능성도 있었다.

"요정이로군!" 이스타리엘이 중얼거리며 주먹을 불끈 쥐었다. 그들의 관심사가 새로운 피의 잔을 찾는 것이지 아그네스의 목숨을 거둬 가는 게 아니란 건 확실했다. 이미 그에게서 어머니를 훔쳐 간 그 역겨운 존재들이 이제 이런 시답잖은 눈속임으로 그의 아내마저 빼앗아 가려 꾸민 것이 틀림없었다. 아그네스의 드레스에 묻은 저 혈흔이 어느 가련한 생물의 것인지는 몰라도 확실히 그녀의 피는 아닐 것이다. 이스타리엘은 그러길 바랐고, 그렇게 느꼈고, 그렇게 믿었다! 이스타리엘은 머리를 쥐어짜며 예전에 지하 감옥에서 엘리야가 설명했던 요정 왕국으로 들어가는 법을 떠올렸다.

그리고는 레오드릴 샘으로 향했다. 맞아. 샘물에 익사하는 것이 가장 먼저라고 했지.

이스타리엘은 서둘러 움직였다. 먼저 아그네스가 머물던 은신처에서 이곳까지 타고 온 말의 고삐를 근처 나무에 단단히 고정했다. 행여나 요정 왕국에 입성한 후 탈출하는 데 성공한다면 그때는 말이 필요할 수도 있을 것이다. 그런 뒤 이스타리엘은 샘으로 가는 좁은 길로 들어섰다. 물을 긷는 일은 주로 아그네스가 맡았었기에 이스타리엘은 평소 이 길로 다닌 적이 별로 없었다. 그렇다 보니 뭔가 달라진 게 있는지 알 수가 없었다. 언뜻 지난번보다 좀 더 어두컴컴해 보였고, 뚫고 지나가기가 어려울 정도로 빽빽해 보였다. 하지만 그 무엇도, 그 누구도 이제 그를 막을 수는 없었다.

쿵쾅거리는 심장 박동을 고스란히 느끼며 이스타리엘은 이윽고 샘에 도착했다. 푸르른 가지들에 둘러싸인 샘의 수면엔 환한 햇살이 반짝였다. 어쩐지 자연스럽지 않다는 느낌을 줄 정도로 맑았다. 그는 거울처럼 맑은 못 안으로 서슴없이 걸어 들어갔다. 그리고는 환한 빛이 뿜어 나오는 깊은 모랫바닥을 응시했다. 하지만 어디에도 요정 왕국으로 가는 입구는 보이지 않았다. 치미는 화를 꾹 누르며, 주변에서 들리는 숲의 소리와 물 튀는 소리에 가만히 귀를 기울였다. 그렇지만 그 어디에서도 레오드릴 샘 수호자의 모습을 찾을 수가 없었다.

"어서 나타나라!" 이스타리엘은 짜증이 그득한 목소리로 외쳤다. "난 대화를 하려는 것뿐이다!"

이스타리엘의 음성이 샘 뒤편에 병풍처럼 솟은 암석에 부딪혀 메아리쳤다. 덤불 사이에서 놀란 새들이 푸드덕거리며 하늘로 날아올랐지만, 그 외에는 아무것도 달라지지 않았다. 여전히 아무 대답도 없었다. 엘프 왕자의 시선이 연못 바닥에 보이는 빛무리로 향했다. 목숨을 아그네스와 바꾸라면 주저하지 않을 것이다. 그렇지만 성급한 판단으로 무의미하게 익사해 버린다면, 엘리야의 정보가 잘못된 것이라면, 아그네스는 영원히 요정 왕국에 포로로 잡혀 있게 될 것이다. 딱 제 어머니처럼. 하지만 다른 선택권은 없었다. 마침내 옷가지를 벗고 이스타리엘이 물속으로 더 깊이 걸어 들어갔다. 물밑으로 잠수하기 전 그는 잠시 망설였지만, 마지막으로 세상의 아름다움을 눈 안에 새겨 넣듯 주위를 한번 둘러보고 주어진 운명에 순응했다.

홀로 고독하게 죽을 필요는 없었다. 물속에서 요정이 그를 기다리고 있었던 것이다. 해초로 온몸을 감싼 요정이 깃털처럼 가벼운 자세로 못의 바닥에 앉아 있었다. 둘 사이에

이는 잔잔한 물결에 요정의 얼굴이 일렁여 보였다. 어쩌면 산소 결핍으로 이스타리엘의 의식이 흐려진 탓일 수도 있었을 것이고, 곧 다할 그의 운명과 벌이는 마지막 투쟁 때문일지도 몰랐다. 하지만 그녀 앞에 도착한 순간 요정의 표정에서 아주 희미한 미소를 본 것 같았다. 마치 물귀신처럼 그를 꽉 껴안은 요정은 마지막 호흡이 멈출 때까지 그를 놓아주지 않았다.

"넌 여기에 왜 온 거지? 빌라가르트는 네 눈에 절대 보이지 않았을 텐데."

가까스로 힘겹게 눈꺼풀을 들어 올린 이스타리엘이 허겁지겁 숨을 들이마셨다. 순간 눈앞에 밝은 점들이 반짝이며 춤을 췄다. 고통에 몸부림치던 폐가 끔찍한 상태에서 벗어난 후에야 눈앞의 상이 선명해졌다. 이스타리엘은 지하 동굴 속 개울가에 누운 채 눈을 떴다. 요정 두 명이 그의 앞에 서 있었다. 한 명은 레오드릴 샘의 수호자였고, 다른 한 명은 매끄럽고 윤이 나는 명주실과 꽃이 활짝 핀 넝쿨, 연녹색 이끼로 장식된 예복을 걸친 우아한 여인이었다. 그녀의 붉은빛 머리칼과 손바닥이 불안감을 자아냈다. 아그네스의 드레스에 묻어 있던 시뻘건 피처럼.

"당신은 누구죠?" 이스타리엘의 목소리가 갈라졌다.

"난 웨이요나란다. 내 종족의 여왕이지." 그녀는 별 의미 없다는 듯 무덤덤하게 말했다. 동시에 이스타리엘을 따가운 시선으로 바라봤다. 그녀의 홍채가 붉은빛으로 번뜩였다.

이스타리엘은 이 요정에게 느끼는 증오를 잠시 내려놓았다. "나를 순순히 들여보내 주었군요." 이스타리엘은 그 대신 질문을 던졌다. "어째서죠?"

"우리한테는 달리 선택권이 없었단다. 죽을 각오로 레오드릴 샘의 길을 쫓는 자는 우리 왕국에 도착하고 말 테니까. 항상 그랬고, 앞으로도 그렇겠지. 아무튼 엘프의 왕자, 드디어 네가 이곳에 오게 되었구나. 그리고 그런 널 어떻게 해야 할지 모르겠어."

뻣뻣한 동작으로 이스타리엘이 몸을 간신히 일으켰다. 축축한 머리칼이 얼굴에, 물에 흠뻑 젖은 그의 옷이 몸에 달라붙었다. 문스워드와 단도는 보이지 않았다. 누군가 치워 버린 것 같았다. "난 거래를 제안하러 이곳을 찾아왔습니다." 그가 말했다. "내 어머니와 아내를 풀어 주시지요. 대신 내가 당신을 섬길 것입니다. 적어도 난 젊은 데다 내 몸에는 왕가의 피가 흐르니까요."

노랫소리 같은 웃음소리가 웨이요나의 목청에서 흘러나왔다. 작은 종에서 울려 퍼지는 청아한 소리 같았다. "그럴 수 없단다, 왕자. 이미 수년 전에 널 해치지 않기로 약조했거든. 게다가 더 나은 걸 취할 수 있는데 굳이 내가 한 약속마저 저버려야 할 이유가 있을까? 네 아이가 새로운 피의 잔이 될 예정이란다. 하지만 네가 내 비밀을 이렇게 알아냈으니 너 또한 이 빌라가르트를 떠날 수 없겠구나."

이스타리엘의 마음에 좌절감이 퍼져 나갔다. 당장 그는 자신을 보호할 무기 하나 없었고, 저 요정 여왕을 설득할 담보도 없었다. 그저 자신을 바치겠다는 제안만으로는 충분하지 않았다.

"왜죠?" 이스타리엘이 외쳤다. "왜 이렇게까지 무자비한 겁니까?"

그러자 요정이 고개를 가로저었다. "난 무자비하지 않단다. 다만 너희와 생각하는 방식이 다를 뿐이란다. 우리는 단 하나의 소명을 위해 행동하지. 이 에냐도르 대륙에 존재하는 모든 피조물의 피해를 최소화하려는 거란다. 그러려면 누군가의 삶 하나는 부술 수밖에 없지. 그래서 난 가장 효율적인 자의 삶을 취하지. 네 아들이 너보다 수명이 길 테니까. 그 아이는 그렇게 수십 년간 다른 이들의 목숨을 수호하게 될 거란다. 난 또 100년이 지나야 새 왕족을 요구할 수 있으니까."

"죽음을 몰고 다니는 그깟 돌멩이 하나 때문에 그런 희생을 치러야 한단 말입니까!" 격분한 이스타리엘이 소리쳤다.

요정 여왕은 자제심을 잃은 것 같았다. 애미시스트적수정를 언급하는 것만으로도 그녀의 두 손에서 번쩍이는 광채가 일렁거렸다. "그 돌은 그깟 돌멩이 하나가 아니란다. 벨타인에게서 너희를 보호해 주는 유일한 방패이지. 나에게 애미시스트가 없었더라면 그 사악한 대마법사가 이미 오래전에 너희 네 종족을 전부 노예로 삼아 착취했을 것이다!"

이스타리엘은 요정 여왕의 말이 사실인지 판단할 수가 없었다. 지하 감옥에서 엘리야와 잠시 나눈 대화로 알게 된 정보는 뭔가 애미시스트와 관련이 있다는 것이 전부였다. 이에냐도르 대륙에서 가장 큰 권능을 지닌 저 둘 사이 격렬한 알력에 관한 내용은 금시초문이었다. 결국 엘리야와 트리스탄을 포함한 파수꾼들은 아마 수백 년 묵었을 이 게임판 위의 말에 불과했던 것이다.

"아그네스를 보고 싶습니다. 어디에 있습니까?"

"우리와 함께 있단다. 몸도 마음도 다친 곳 없이 멀쩡하게."

"어서 절 그녀에게 데려다주십시오."

선뜻 결정을 내리지 못한 웨이요나가 그를 물끄러미 바라봤다. 이스타리엘을 어떻게 할지 고민하는 모습이었다. 여왕은 예측하기 어려운 희한한 존재였다. 아담하고 고상한 외모의 소유자였지만 가늠조차 되지 않는 압도적인 마력이 온몸에 넘쳐흘렀다. 어떻게 보면 거의 신과 다를 바 없는 창조자이자 수호자처럼 보였다. 하지만 다른 한편으로는 목표를 위해 희생을 마다하지 않는 무자비한 통치자처럼 보이기도 했다. 당장엔 그를 아그네스에게 데려갈 수도 있겠지만 또 내일 아침이면 그를 처형하는 게 낫다고 결정을 뒤집을지도 몰랐다. 그렇지만 이스타리엘이 지금 바라는 건 오직 하나뿐이었다. 어떻게든 아그네스를 만나는 것. 그녀에게 작별 인사 한마디 남기지 못하고 이 세상을 떠나는 것만큼은 상상하고 싶지 않았다.

마침내 요정 여왕이 고개를 끄덕였다. "따라오너라."

요정들은 끝이 보이지 않는 암석 동굴로 그를 인도했다. 가면 갈수록 지금 이곳이 땅 밑이라는 실감이 났다. 다시 말해 여기서 탈출할 기회가 영영 없다는 뜻이리라. 통로는 대부분 암석으로 이루어져 있었고 이따금 흙으로 지어진 부분도 있었다. 거대한 나무 기둥이 지탱하고 있는 흙벽엔 팔뚝만 한 나무뿌리가 지하에 사는 거대한 구렁이처럼 벽을 휘감았다.

이윽고 끝이 보였고 동굴 출구는 뻥 뚫린 지형으로 이어졌다. 놀랍게도 그곳엔 거대한 성이 나타났다. 아엘프스탄과 비슷한 규모였다. 뒤틀린 암석과 종유석들이 대들보처럼 천장을 떠받치고 있었고 거대한 암석 기둥이 그것을 지탱하고 있었다. 수많은 계단과 돌길이 어둠에 가려진 위층 복도로 이어져 있었다. 수백 개의 양초가 바위틈 사이마다, 그리고 화려한 금실 세공이 돋보이는 샹들리에마다 켜져 있었다. 촛불은 어두컴컴한 홀에 따뜻한 빛을 선사했다. 고요함과 자연스러움이 깃든 장소였지만 힘과 자부심이 충만했다.

적막하게 흐르는 지하의 강 위를 두 개의 석교가 가로질렀고 그 위에 지은 홀 정중앙에 여왕의 집무실이 자리 잡고 있었다. 요정 여왕에게 걸맞은 품위 있는 공간이었다. 그곳에는 하얀색 목재로 신비롭게 장식된 웨이요나의 왕좌가 놓여 있었다. 이곳이 바로 빌라가르트의 심장부였다. 이스타리엘은 숨이 멎을 것만 같았다. 그 순간 엘프의 성이 요정성을 모티브로 지어진 것임을 단번에 깨달았기 때문이었다. 골짜기 위에 두둥실 떠 있는 상태로 건축된 두 성은 몹시 닮아 있었다. 이스타리엘이 제 뺨에 흐르는 눈물을 훔쳤다.

웨이요나의 입가에 미소가 걸렸다. "우리 요정을 제외하면 눈물 없이 이 풍경을 마주할 생명체는 없지."

"아엘프스탄을 바라본 인간들이 눈물을 흘릴 때마다 우리 엘프들은 항상 비웃곤 했죠." 이스타리엘이 대답했다.

"우리는 우리가 지닌 창의력을 전부 동원해 성심껏 너희 성을 건축했지. 우리 동맹의 증표가 될 테니 그만큼 인상 깊어야 했고, 또 절대 무너지지 않을 정도로 견고해야 했으니까."

"하지만 엘리야가 아엘프스탄에 보호 마법을 걸었지 않습니까."

인간의 왕을 언급하자 요정의 얼굴이 어두워졌다.

"그래. 하지만 그건 그가 저지른 잘못으로 애미시스트의 힘이 예정보다 훨씬 일찍 소멸했기 때문이었다. 엘리야는 나의 경고를 무시하고 아엘프스탄을 창조하는 모습을 몰래 훔쳐보았고, 결국 마법의 돌에 깃든 비밀까지 알게 됐지. 벨타인이 그에게 불사의 삶을 허락하지만 않았더라면 내 손수 그를 죽여 없앴을 것이야." 그를 죽였을 거라는 요정 여왕의 말 속에 그가 누구일지 이스타리엘은 궁금했다. 엘리야일까? 벨타인일까? "아무튼 달리 방도가 없었지. 그자와 협약을 맺는 것 외에는. 우리 비밀에 대해 입을 다무는 조건으로 난 애미시스트에 남은 마지막 힘을 인간의 성을 축조하는

데 썼단다. 하지만 결국 그는 그 협약을 깨트리고 네게 애미시스트와 피의 잔에 숨겨진 비밀을 폭로해 버렸어! 그리하여 인간의 통치자가 머물 성은 더는 이 땅에 존재하지 않게 되었다. 네게 비밀을 누설한 그 순간 도른슈트랑에는 지진이 일어나 모든 것을 집어삼켰으니까. 정말이지 궁금하구나. 네가 엘리야에게 건넨 대가가 도대체 무엇이었기에 그자가 그런 막대한 희생을 감수하고 비밀을 털어놓았는지?"

강철 장갑으로 얼굴을 세게 얻어맞은 것 같은 충격이 그의 양심을 파고들었다. 원래 엘리야는 여생을 감옥에서 보내는 한이 있더라도 그의 땅에 사는 백성들이 성벽 아래 처참히 묻히는 꼴을 절대 보고 싶지 않았을 것이다. 이조라의 비밀만 아니었더라면…. 그리고 그 비밀을 알기 위한 대가는 너무도 컸다. 이스타리엘은 자신이 원망스러웠다. 엘리야가 그리도 망설일 때 다그칠 것이 아니라 물러섰어야 했다. 이스타리엘은 입안까지 맴도는 저주 섞인 욕지기를 간신히 삼켜서 넘겼다. 아직 웨이요나에게 들어야 할 대답이 있었기에.

"그게 무엇이었든, 그럴 만한 가치가 있었기를 바란다." 요정 여왕이 신랄한 투로 말했다. 그런 뒤 여왕은 함께 온 요정에게 돌아섰다. "레이나와 아그네스를 데려오너라! 그

런 다음 샘으로 돌아가서 다른 엘프나 인간이 더는 이곳에
발을 붙이는 일이 없도록 조치하라. 엘프건 인간이건 아니
면 그들보다 더 끔찍한 종족이건 이곳에 얼씬거리지 못하게
하라!"

"제가 어찌 막을 수 있겠습니까?" 레오드릴 샘의 수호 요
정이 물었다. "죽을 각오로 샘에 뛰어드는 이는…"

"닥쳐라!" 웨이요나가 요정에게 호통을 쳤다. "네게는 저
엘프 왕자가 물속에 발을 딛기 전 그의 눈을 속일 만한 힘
이 있지 않았던가. 하지만 넌 그러지 않았지. 앞으로는 왕국
의 출입구를 더 신경 써서 지켜야 할 게다, 라일라니. 그렇
지 않으면 내 너를 피의 잔으로 만들어 버릴 테니. 어서 가
서 레오드릴 샘에 환영 마법을 걸어 놓아라!"

"그러면 엘프들이 그들을 지켜 줄 샘물을 발견하지 못할
것입니다!" 수호 요정이 항변했다. 이스타리엘은 비난이 섞
인 그녀의 눈빛에 잠시 놀랐다. 하지만 아주 잠시 반짝였던
불온한 눈빛은 곧바로 사라지고 라일라니는 주홍빛 머리칼
을 길게 늘어뜨리며 머리를 조아렸다. "명하시는 대로 하겠
습니다, 여왕님!"

설마 저 고고한 요정이 아그네스와 저에게 연민 같은 감
정을 느끼는 걸까? 엘프 왕자는 깊은 못의 바닥에서 그를

꽉 껴안는 순간 저 수호 요정이 지었던 의미심장한 미소가 생생하게 떠올랐다. 하지만 이스타리엘은 더는 그 생각에 잠길 겨를이 없었다. 수호 요정이 돌아서자마자 웨이요나가 요정 왕국의 왕좌가 자리한 홀을 향해 발걸음을 뗐기 때문이었다. 이스타리엘은 아무 말 없이 조용히 그 뒤를 따랐다.

그들은 동굴과 홀을 잇는 다리 위를 걸어 강을 건넜다. 둘은 주변을 두리번거리지도, 그 어떤 소음을 내지도 않았다. 물가에는 단 한 번도 햇살을 본 적이 없어 보이는 눈처럼 새하얀 꽃들과 연녹색 나뭇잎들이 무성했다. 요정 여왕의 왕좌 역시 온통 풀로 덮여 있었다. 기본 골조는 버드나무 기둥과 뿌리였지만, 그 위를 무성한 풀이 뒤덮고 있었다. 요정들의 모습도 그렇지만 이 왕좌의 외관만 봐도 그들이 자연과 하나 되는 삶을 중시한다는 걸 알 수 있었다. 권력, 품격 혹은 위압감을 모티브로 하는 에냐도르 종족들의 화려한 왕좌와는 결이 달랐다. 웨이요나는 우아한 동작으로 그 자리에 앉았다. 날씬하고 긴 손가락이 팔걸이 부분에 난 이끼를 부드럽게 쓰다듬었다.

"여기 빌라가르트에서 마주치는 많은 것들이 너에겐 낯설 것이다." 그녀가 말했다. "허나 시간이 지나면 그냥 그렇게 수긍하고 사는 법을 익히게 될 테지. 네 어미도 그랬으니까." 잠시 말을 멈춘 요정 여왕은 깊은 눈동자로 그를 응시했다. "벨타인이 엘프를 창조했을 때 요정을 참고했더구나. 우리가 아엘프스탄을 건설할 때 이 빌라가르트 모습대로 지었던 것처럼. 그만큼 엘프와 우리는 비슷한 면이 많지. 그런 연유에서 이 동맹이 이뤄졌던 거고, 그리고 이제 다시 그 동맹을 갱신하려는 거란다."

"이렇게 엘프의 왕위 계승자를 포로로 잡은 상태로 말인가요?"

"허나 넌 왕위 계승자가 아니잖니." 웨이요나가 차분히 대답했다. "왕위는 예전부터 네 형의 몫이었지. 님룬트는 베리안이 저지른 잘못을 전부 용서하고 차기 국왕으로 임명할 것이란다. 결국 인간과 드래곤도 우리 편에서 싸우게 되겠지."

"어째서죠?" 이스타리엘이 물었다. "전쟁이 일어날 거라 예견하시는 이유가 뭡니까? 왜 하필 지금입니까? 그리고 그 전쟁에 에냐도르 종족 모두를 끌어들이려는 이유가 무엇입니까?"

이스타리엘의 당돌한 질문에 요정 여왕의 얼굴이 미묘하게 움찔거렸다. 짜증일 수도, 양심의 가책일 수도 있겠지만 이스타리엘은 그것을 정확히 규정하지 못했다. "지난 수백 년 동안 벨타인은 날 죽이려고 호시탐탐 기회를 엿보고 있었지." 그녀가 말했다. "그리고 마침내 그 목표를 이뤄 줄 도구를 손에 넣었단다."

"그게 무슨 말입니까? 무슨 도구를 손에 넣었다는 겁니까?"

"인간의 파수꾼 말이다. 불사의 권능을 지닌 데다 화염에도, 치명적인 데몬의 안광에도 *끄떡없지.* 거기에 문스워드마저 자유자재로 사용하는 그 아이 말이다. 되크 발두르와 일대일로 맞선다면 난 승리를 장담할 수 없다. 그는 이 빌라가르트에 입성해 내게 맞설 만한 힘을 지닌 유일한 존재지. 레오드릴 샘에 요정의 마력이 아닌 다른 마력을 소유한 존재가 들어오는 순간 그자는 마력을 잃게 되어 있어. 만약 벨타인이 직접 이곳에 쳐들어왔더라면 그 역시 나약한 소년처럼 죽음을 면치 못했을 거야. 엘프, 데몬, 드래곤, 인간은 나의 상대가 되지 못한다. 허나 되크 발두르만큼은 손써 볼 도리가 없구나. 라일라니가 막아 내지 못하면 이 빌라가르트는 그의 손아귀에 넘어가고 말겠지."

"트리스탄!" 이스타리엘이 탄식했다. 동시에 이런 상황의 토대를 마련한 것이 전부 자신임을 깨달았다. 지난 몇 달 동안 파수꾼들은 엘리야에게 사랑의 묘약에 대해 보고하지 않았다. 그리고 이제 와 그 사실을 엘리야가 알게 된 순간 멈췄던 운명의 수레바퀴가 굴러가기 시작한 것이다. 포로로 감금된 인간의 왕을 협박하여 비밀을 캐낸 순간 자신은 도른슈트랑을 붕괴시켰고, 그뿐만 아니라 이 에냐도르 대륙 전체를 전쟁의 구렁텅이에 몰아넣은 것이다. 다시 말해 되크 발두르를 해방시킨 건 바로 이스타리엘 자신이었다! 피부에 기어오르는 수천 마리 독개미처럼 자책감이 그를 덮쳐왔다.

"엘프 왕자, 이런 상황에서 우리의 동맹이 절실하지 않은가?"

이스타리엘이 미약하게 고개를 끄덕였다. "하지만 빌라가르트의 출입구는 더는 숨겨진 비밀이 아닙니다. 벨타인과 엘리야는 물론 트리스탄도 분명 알고 있을 테니까요. 그런데도 날 여기에 가둬 둘 이유가 있을까요?"

"일종의 담보라고 하자꾸나. 님룬트, 엘리야 그리고 드래곤 여왕이 이 사안에 관해 문제를 제기한다면 너의 석방을 놓고 협상을 벌일 수 있을 테니. 허나 네 어미와 부인은 꿈도 꾸지 말거라. 왕자, 그건 그냥 수용해야 할 일이란다. 그렇지 않으면 너도 여기 머무르는 수밖에 없어."

이스타리엘은 요정 여왕의 이 잔혹한 결정에 반박할 겨를이 없었다. 그리고 웨이요나가 왜 데몬족에 대해서는 한마디도 언급하지 않았는지 의구심도 머릿속에서 사라졌다. 연회장으로 이어지는 복도에서 비명이 들렸기 때문이었다. 아그네스가 그곳에 서 있었다. 웨이요나의 말대로 어디 한 군데 상한 곳 없이 커다란 두 눈을 휘둥그레 뜬 채! 그녀의 눈빛에 재회를 반기는 순수한 기쁨이 넘쳐흘렀다. 아그네스는 요정족의 갈대 드레스 앞자락을 들어 올리고는 이스타리엘을 향해 황급히 달려왔다. 이스타리엘의 눈엔 아그네스밖엔 보이지 않았다. 방금 전까지 활활 타오르던 자책감도, 양심의 가책도 사라졌다. 그의 선택은 옳았다. 아그네스가 이렇게 눈앞에 있지 않은가! 그러면 된 것이다. 세상이 멸망한대도 이제는 상관없었다. 서로를 꼭 부둥켜안을 수 있다는 것만이 중요했다. 엘프 왕자는 그제야 자기 역시 엘리야나 트리스탄과 사고방식이 근본적으로 다르지 않다는 걸 깨달았다.

왕자를 향해 쏜살같이 달려온 아그네스가 그의 품에 뛰어들었다. 향기로운 그녀의 머리칼에 코를 파묻은 이스타리엘은 이 고귀한 보석 외에는 더는 잃을 게 없는 남자의 열정을 오롯이 담아 그녀를 품에 꼭 껴안았다. "널 찾아냈어!" 그가 아그네스의 귓가에 속삭였다. "전부 다 잘 될 거야!"

그렇지만 아그네스는 이스타리엘의 예상보다 훨씬 빨리 그에게서 떨어졌다.

"이스타리엘." 아그네스가 가쁜 숨을 몰아쉬며 말했다. "놀라지 말아요! 당신 어머니가 여기 있어요!"

그리고 한 걸음 옆으로 물러선 아그네스가 제 뒤를 쫓아온 우아한 여인을 바라보았다. 일생일대의 순간이었다. 어머니에 대해서 들은 것이라고는 어린 시절 님룬트가 해 준 얼마 안 되는 이야기가 다였다. 엘프의 왕은 왕비 이야기를 꺼내는 걸 무척이나 꺼렸다. 슬픔 혹은 무관심과는 전혀 다른 이유에서였다. 님룬트가 부인 이야기를 꺼내지 않은 건 그녀의 처신을 경멸했기 때문이었다. 왕비는 요정과의 협약을 무효로 만들었고 그로 인해 엘프 종족은 가장 중요한 동맹군을 잃고 말았다. 그것도 님룬트가 요정에게 제물로 바치려던 갓난아기에 대한 왕비의 부질없는 사랑 때문에.

그런데 지금 여기에 어머니가 있었다. 어머니이지만 낯선 여인. 이조라처럼 백금발을 지닌 여인. 차이라면 머리칼에 드문드문 섞인 새치 정도일까. 눈가에는 웃음으로 생긴 잔주름이 가득했지만, 높게 치솟은 양 뺨의 광대뼈가 왕족의 위엄을 드러내고 있었다. 겉보기에 그녀는 몹시 침착했다. 그렇지만 하얀 뼈가 보일 정도로 세게 맞잡은 두 손과 경직된 근육을 보며 이스타리엘은 그녀가 잔뜩 긴장하고 있음을 한눈에 알았다. 그 또한 비슷했다. 뭐라고 말을 꺼내 보려 했지만 제 감정을 어떻게 표현해야 할지 가슴이 먹먹하기만 했다. "어머니." 마침내 이스타리엘이 간신히 입 밖으로 꺼낸 첫마디였다.

그에게 다가온 레이나가 두 손을 그의 양팔에 올렸다. "신들이 우릴 갈라놓은 날부터 내 소원은 딱 하나뿐이었단다. 죽기 전에 네 얼굴을 보는 것. 그리고 네가 이렇게 건강하게 내 앞에 서 있구나, 내 아들아!"

"어머니가 살아 계신 걸 알았더라면…" 이스타리엘의 음성이 버석거리며 갈라졌지만 어머니는 그가 하려는 말을 전부 이해했다. 엘프 왕비는 아들을 끌어당겨 어깨에 머리를 기대게 한 후 그의 곱슬머리를 부드럽게 쓰다듬었다. "네가 할 수 있는 건 아무것도 없었어. 바꿀 수 있는 것도 없었고. 너와 이조라, 너희는 알빈가르트에서 내게 주어진 마지막 선물이었어. 난 지금 이런 순간을 허락한 이틸달의 여신에게 감사를 드리고만 싶구나. 이번 생에서 이럴 수 있을 거라 기대조차 안 했는데."

이스타리엘은 어머니가 이런 말로 흥분한 자신을 다독여 주려는 의도임을 알았지만 그럼에도 요정을 향한 분노가 끓어올랐다. 그는 어머니를 꼭 껴안은 팔을 풀고 웨이요나에게 돌아섰다. "어머니를 해방해 주세요!" 그가 요구했다. "이만하면 당신을 충분히 섬기지 않았습니까!"

요정 여왕의 대답은 역시나 싸늘했다. "그건 불가능하구나."

"이유가 무엇입니까?"

웨이요나는 곧은 자세로 왕좌에 앉아 있었다. 미동 하나 없는 그녀의 얼굴에는 사소한 감정도 드러나지 않았다. "내가 애미시스트를 그녀의 몸속에서 꺼내는 날 레이나는 자유를 얻게 될 거란다. 하지만 그날이 바로 그녀가 숨을 쉬는 마지막 날이 되겠지. 적수정을 끄집어내면 더는 뛸 심장이 없으니까."

"그러면 그 자리를 새 심장으로 채워 주십시오!" 억지라는 걸 알았지만 절망에 빠진 이스타리엘이 절규했다. 엘리야도 다리를 잃은 카이에게 새 다리가 자라나게 하지 못했었다.

"불가능해. 피의 잔으로 사용된 심장을 복구하는 길은 저주뿐이란다. 우리 요정은 흑마법을 쓰지 않기에 그리할 수가 없다. 아무리 선하고 숭고한 목적을 위해서라도 말이야. 벨타인이 이렇게 도전장을 내민 이상 네 어머니는 곧 죽음을 맞이할 것이고, 새 잔이 될 누군가가 그녀의 뒤를 이을 것이야."

"내가 목숨처럼 사랑하는 사람들을 마치 물건처럼 취급하는군요!" 분노가 머리끝까지 치민 이스타리엘이 한 발자국 왕좌로 다가섰다. 하지만 웨이요나의 손짓 한 번에 무형의 보호벽이 이스타리엘과 그녀 사이를 가로막았다. 이스타리엘은 화강암 장벽에 부딪힌 것처럼 튕겨 나갔다.

"왕자, 네가 아무리 용을 써도 아무것도 바꿀 수 없다는 걸 받아들여라!" 요정이 경고 조로 말했다. "넌 네 어머니와 회포를 풀며 여기 머물도록 하라. 그렇지만 벨타인 혹은 되크 발두르가 우리 성문 앞에 서는 날 엘리야, 님룬트 혹은 드래곤 여왕이 날 따르기를 거부한다면 네 어머니가 품은 피의 잔의 시대는 그걸로 막을 내리는 거다. 그럼 네 아들이 그 뒤를 잇게 될 것이다. 이것은 나의 결정이니 순종하라. 아니면 당장 여기서 도망쳐 네 목숨을 건지도록 하라. 선택은 자유이고 네가 어떤 선택을 하든 난 상관 않겠다."

카이

그바일로와 그의 암컷이 없는 마구간은 무척 적막했다. 카이는 그들이 머물던 우리 옆에 한참을 주저앉아 있었다. 끊임없이 이어지던 그바일로의 울음소리가 귓가에 맴돌았고, 절 미소 짓게 했던 많은 순간이 떠올랐다. 카이는 베리안이 그 가련한 동물을 죽인 걸 안 순간 심장이 찢겨 나가는 것만 같은 기분이었다. 그 상실감은 다리를 잃었을 때보다 더 컸다. 또 기절할 것만 같은 느낌이 찾아오자 카이는 자리에서 일어나 성으로 향했다. 추스르기 어려운 슬픔 때문인지 그는 다시 예전처럼 절뚝거렸다. 카이는 걸음걸이를 교정하느라 굳이 마력을 쓰지 않았다. 그는 그것을 있는 그대로 느끼고자 했다. 인간적인 불완전성이 가져다주는 고통을 여과 없이 그대로… 따각. 따각. 따각.

그바일로가 끔찍하게 죽은 이후 모든 것이 달라졌다. 그 순간부터 카이는 그의 마력을 구속하던 한계를 뛰어넘어 버렸다. 카이는 예전보다 강해졌고, 자신감이 넘쳐흘렀다. 그때까지 그의 힘을 통제하던 이성이 사라져 버렸다. 이제 카이는 자신이 원하면 무슨 일이든 저지를 수 있다는 사실이 오히려 두려웠다. 거기에 곧 귀환할 엘리야를 생각하니 마음이 돌덩이처럼 무거워졌다. 마법사 왕의 발치에 무릎을 꿇고 용서라도 빌고 싶은 심정이었다. 왕에게 고통을 안겨 주었으니까. 그렇다. 베리안의 저주가 엘리야에게 옮겨 간 건 전적으로 저 때문이었다. 데몬족이 인간, 엘프와 맺은 협약을 깨트린 것도 마찬가지였다. 시답지 않은 촌뜨기에 불과한 저 하나 때문에 이 온갖 사달이 났다. 태어날 때부터 돼지나 치고, 밭이나 일굴 팔자였던 저의 앞날에 신들은 도대체 무슨 계획을 세워 놓은 것일까?

어수선해진 마음을 떨쳐 버리고 카이는 서둘러 베리안의 방으로 향했다. 카이는 투명 마법을 쓰지 않았다. 앞으로 무슨 일이 닥치더라도 두 눈을 똑바로 뜨고 베리안과 맞서기로 작정했기 때문이었다. 엘리야가 도른슈트랑에서 돌아오면 무슨 일이 벌어질까. 고귀한 엘프 왕자가 사형 집행인의 칼날 아래 목이 떨어져 나가지는 않을 것이지만 엘리야는 귀환 즉시 엘프 왕에게 그의 처벌을 요구할 게 분명했다. 물론 저 역시 처벌을 피할 수는 없을 것이다. 두 사람 모두 몰구르 폰 스키르와의 분쟁을 일으킨 장본인이니까.

카이는 노크도 없이 다짜고짜 마력을 이용해 방문의 빗장을 열었다. 엘프는 사적인 공간에 불쑥 들이닥친 카이의 방문에 전혀 놀라지 않았다. 언젠가 이런 일이 벌어질 거라 마음속으로 준비가 되어 있었던 것처럼. 양손을 허리에 얹은 채 미동도 없이 카이를 물끄러미 바라볼 뿐이었다. "음, 마법사로군." 그가 읊조렸다. "네놈의 어리석음이 가져다준 충격을 어찌 좀 극복한 건가?"

방으로 들어온 카이가 베리안에게서 불과 몇 발자국 남지 않은 지점에 멈춰 섰다. "그렇다." 카이가 간결하게 대답했다. "네가 말한 그 어리석은 짓이 네 잘못 때문이란 걸 이젠 깨달은 건가?"

엘프는 대답 대신 경멸을 담은 비웃음을 던졌다. 관자놀이 혈관이 도드라져 보였다. 엘프의 잿빛 눈동자가 인간 소년을 노려봤다. 그의 눈빛에는 명백한 적대감이 서려 있었다.

"도대체 왜 그런 짓을 저지른 거지?" 카이가 물었다. "그래서 뭘 얻겠다고?"

"우매한 놈 같으니라고. 아직도 모르는가?"

카이가 고개를 흔들었다. 카이는 도무지 이해할 수 없었

다. 아엘프스탄에서 벌어지는 음모와 간계를 파악하기엔 아
직 너무 순진했다. 아주 오래전부터 엘리야는 베리안의 숙
적이었다. 그렇지만 그바일로를 죽임으로써 베리안은 엘리
야가 아닌 카이에게 먼저 도발을 해 온 것이었다. 그렇다.
카이는 아직도 그 의도를 이해하지 못했다.

"지난 두 세기 동안 너희 인간들은 어떻게든 우리 엘프를
쓰러트리려 했지. 고매한 엘프의 우월성을 깨닫지 못한 무
지한 너희 인간들은 노예로서의 운명을 거스르고 반란을 획
책했지." 베리안이 투덜거렸다.

순간 카이가 눈을 부릅떴다. 이 작자가 어디서 노예 타령
인가. 다른 종족의 등골을 빼먹으면서 부르던 노래! 콧대 높
은 엘프의 옛 가락은 하나도 변함이 없군. 또 그것이 염소를
죽인 짓과 도대체 무슨 상관이란 말인가.

"너희의 편에 같은 울림을 지닌 두 마법사가 있으리라!" 베
리안이 파수꾼에 관한 예언 일부를 인용했다. "바로 네놈과
엘리야지! 미천한 인간들이 우리 종족에게 들고일어나더니,
감히 내 아버지의 왕좌에 기어 올라왔고, 데몬 계집을 내 침
대에 밀어 넣었어. 너희 두 놈을 치워 버려야 할 때가 온 거
지. 그래서 죽인 거다. 고작 염소 한 마리 죽였다고 알빈가
르트의 왕위 계승자를 벌할 자는 그 어디에도 없을 테니까.

103

하지만 네놈은 어떻게 될까? 내 아버지가 네놈의 머리를 내
놓으라 요구하실 것이다. 통제도 못 하는 마력으로 데모니
아 공주를 죽여 버린 놈이니까. 너무도 사랑스러운 내 아내
이자 우리 두 종족의 미래였을 칼리스토 말이야!"

"그렇지만 공주를 방패막이로 삼은 건 너였어. 그래서 그
녀가 죽은 거고!" 분노에 찬 카이가 갈라진 음성으로 말했
다. 카이는 두 주먹을 불끈 움켜쥐었다. 마법 지팡이를 가져
오지 않았음에도 내면 깊숙한 곳에 초록 마력이 응집되고
있었다. 카이는 마력을 방출하지 않으려고 안간힘을 다했다.

베리안은 눈에 훤히 보이는 상대의 반응을 흐뭇한 미소
로 바라봤다. 그런 뒤 제 침대로 다가간 후 근처에 있던 상
자를 열고 그 안에서 얼룩 반점이 있는 가죽과 눈처럼 새하
얀 가죽 두 장을 꺼냈다. 그리고 그것을 카이의 발치에 던졌
다. "네놈에게 주는 선물이다. 그걸 보며 내게 맞서면 무슨
일을 당하는지 항상 기억하라고 주는 것이다. 네놈에게 소
중한 목숨이 아직 이 세상에 더 존재한다는 걸 잊지 마라.
그리고 그들의 목구멍에 칼날을 대고 있는 것이 나란 것도
잊지 말고."

짐승의 가죽을 바라본 순간 카이도 목이 졸릴 것만 같았
다. 할 말을 잊은 채 몸을 숙여 가죽을 집어 들었다. 그는 비

쩍 마른 손가락으로 거칠고 흰 가죽 털을 쓰다듬었다. 염소 털 특유의 결이 느껴졌다. 하지만 어찌 된 영문인지 카이는 그 가죽에 아무런 유대감도 느껴지지 않았다. 눈물이 날 법도 했지만 한 방울도 나오지 않았다. 그랬다, 이건 그저 짐승 가죽에 불과했다. 냄새와 외관상 어느 염소의 것이 분명한 가죽.

하지만 그바일로의 것은 아니었다!

그 순간 심장이 미친 듯이 두근거렸다. 이 또한 장난질이 아닌지 확인하기 위해 카이는 베리안을 자세히 살폈지만 그의 얼굴에는 타인에게 상처를 주고 모욕하며 느끼는 비인간적인 기쁨만이 가득했다. 베리안은 자신의 주특기인 고문에서만큼은 진정한 대가의 면모를 지녔다. 고문대 위 육신을 가학하던 기술 못지않게 상대의 정신적 고통을 극대화하는 재주가 있었다. 하지만 그런 그도 실수한 것이다. 무언가를 놓친 게 분명했다.

"그러지." 두 염소 가죽을 품에 꼭 끌어안으며 카이가 말했다. "너의 경고를 잘 이해했어."

그것으로 돌아선 카이가 들어올 때보다 훨씬 가벼운 발걸음으로 방을 나섰다. 카이는 나무 의족에 바퀴라도 단 듯이 부엌을 향해 신나게 달려갔다.

“어서 사실대로 말해라. 그렇지 않으면 앞으로 팔과 다리를 못 쓰게 만들어 버릴 테다. 그리고 귀도 떼어 버리겠어!”

예상했던 것보다 이런 협박은 효과가 탁월했다. 카이는 그대로 엘프 성의 총괄 주방장을 찾아가 으름장을 놓았다. 대연회장에 카이가 나타난 순간부터 아엘프스탄 성의 일꾼들은 모두가 두려움에 벌벌 떨었다. 그들은 부들부들 떨리는 손가락으로 카이가 찾는 엘프가 있는 곳을 가리키고는 하나같이 그곳을 급히 떠야 할 이러저러한 이유를 둘러댔다.

“맹세합니다! 베리안 왕자님께서 손수 그 염소들을 데려오셨어요!” 양손으로 제 귀를 가린 엘프가 공포에 질린 목소리로 털어놓았다. 카이의 눈빛이 어두워질수록 그는 허리를 더 굽혔다. “전 그들을 도살장에 묶어 놓았습지요. 칼을 좀 갈아야 했으니까요. 그런데 몇 분 후 다시 돌아가 보니 그새 사라졌지 뭡니까. 묶어 놓았던 줄이 둘 다 끊겨 있었어요. 문은 계속 잠겨 있었는데 말이죠. 그렇게 그냥 공중으로 사라져 버렸습니다. 아주 귀신이 곡할 노릇이었죠!”

“그래서 어찌했느냐?” 카이가 소리쳤다. “계속 말하라!”

총괄 주방장의 턱이 움찔거렸다. 눈물샘이 터지기 일보

직전이었다. "왕자님의 화를 피하려 제가 급히 마구간에서 털 무늬가 비슷한 염소 두 마리를 데려왔습니다요. 그리고 그 염소들을 도살해서 연회에 올린 것입니다. 추후에 가죽을 챙기러 오신 베리안 왕자님께서는 그런 차이를 알아채지 못하셨습니다."

순간 카이의 뱃속에 따뜻한 온기가 퍼져 나갔다. 그바일로는 살아 있었다! 나는 그바일로를 먹은 게 아니다! 카이는 앞으로도 접시 위에 놓인 염소 다리는 절대로 용납하지 못할 것만 같았다. 지금 당장 그 두 염소에게 무슨 일이 벌어진 건지 알아봐야 했다. 아무튼 그날 이후로 모습을 감췄으니까. 벌써 사흘씩이나!

"어서 도살장으로 날 안내하라!" 카이가 명령했다.

엘프 주방장은 감히 반항하지 못했다. 어깨를 한껏 움츠리고 덜덜 떨며 성 밖으로 나선 엘프는 훌구르나무가 있는 방향으로 카이를 안내했다. 도살장은 성의 외벽 근처에 있었다. 그 위치에서는 '뱃머리'를 닮은 지대와 마구간이 한눈에 들어왔다. 그 뒤에는 까마득한 절벽이 있었다. 이 염소 두 마리는 도대체 어디로 사라졌을까? 총괄 주방장이 커다란 열쇠 꾸러미에서 커다란 황동 열쇠 하나를 꺼내 자물쇠를 열었다. 주방장은 연신 고개를 절레절레 흔들며 앞서 나갔다. 카이는 그의 뒤를 따라 작은 오두막으로 들어섰다. 방은 하나뿐이었다. 땀과 피 그리고 두려움이 뒤섞여 달큰하면서도 쌉쌀한 냄새가 그의 코를 찔렀다.

"제가 여기에 그놈들을 묶어 놨습죠." 엘프 주방장이 말하며 벽돌로 쌓아 만든 벽에 고정된 강철 고리를 가리켰다. "그 이상은 말씀드릴 게 없습니다!" 주방장은 예측 불가능한 마법사가 염소를 찾지 못한 분노에 휩싸여 그의 귀와 사지 중 어딘가를 잘라 버리기 전에 최대한 빨리 사라지고 싶은 기색이 역력했다. 카이는 가련한 주방장에게 호의를 베풀기로 했다. 어차피 저 겁쟁이 엘프 놈이 옆에 있는 동안은 제대로 생각을 할 수가 없었기 때문이었다.

"썩 사라져라!"

"가가… 감사합니다, 나리님!" 한결 가벼워진 기색으로 엘프가 우물쭈물 말했다. 그리고는 허리를 몇 차례 굽신거리더니 뒷걸음질로 도살장을 벗어났다. 그런 모습을 보며 카이는 파수꾼의 시대가 온 이후 인간들에 대한 엘프의 인식이 얼마나 변했는지 다시금 절감했다.

카이의 머릿속에서도 이제 엘프 주방장은 사라졌다. 엘프가 궁을 향해 달음박질치는 모습을 잠시 바라본 후 도살장 문을 닫은 카이는 염소가 묶였던 쇠고리가 놓인 바닥에 풀썩 주저앉았다. 두 눈을 감은 카이는 정신을 집중하며 의식을 확장했다.

정말이었다. 그들은 분명 이곳에 있었다. 그들의 감정의 잔재가 이곳에 남아 있었다. 카이는 그 감정을 느낄 수 있었다. 목덜미 털이 쭈뼛 설 정도로 격한 감정이었다. 공포, 죽음에 대한 두려움, 절망. 그리고 분노. 카이는 온몸에 소름이 돋았다. 카이는 몸에서 정신을 분리하여 그바일로 속으로 들어가 보려 시도했다. 그가 어떻게 서 있었고 묶여 있었으며 그리고 어떻게 탈출했는지. 마침내 그바일로의 분노가 두려움을 이겼다. 반드시 살아야겠다고 결심한 그바일로는 저를 묶어 놓은 밧줄을 결사적으로 물어뜯었다. 암컷에게도 저처럼 하라고 독려했다. 밧줄의 끝이 바닥에 떨어지기까지 그리 오래 걸리지 않았다. 그렇지만 그들은 여전히 이곳에 갇혀 있었다. 벽돌로 지은 도살장 벽은 염소의 뿔로 무너트리기에 너무 견고했다. 엘프가 돌아올 때까지 기다리는 수도 있었다. 그가 문지방을 넘어 들어오는 순간 그를 기습 공격한 뒤 도망치는 것까지는 어떻게든 해 볼 만한 일이었다. 그렇지만 성문은 굳게 잠겨 있었고, 성의 도개교 역시 끌어올려진 상태였다. 그런 상황에서 다시 붙잡히는 건 시간문제였다. 그러니까 그 방법은 옳지 않았다. 또 다른 길이 분명 있을 것이다.

카이는 그바일로의 내면에 귀 기울였다. 때때로 둘 사이를 넘나들며 교감을 이어 준 정신적인 끈을 붙잡아 보려 애썼다. 여러 번에 걸쳐 곤란한 상황에서 저를 지켜 주던 염소의 촉을 계속 추적해 나갔다. 이번에도 그바일로는 분명 탈출구를 찾아냈을 것이다. 그리고 마침내 알아냈다! 바람처럼 눈에 보이지는 않지만 분명히 존재하는 것. 염소들은 돌바닥을 응시했다. 닳아빠진 수많은 바닥 돌 중 가장 큰 돌하나. 바로 그것이었다. 옛날 옛적 요정들이 엘프 왕가의 첫번째 왕 리아논 폰 아엘프스탄에게 하사한 마법 선물. 최악의 위험이 닥쳤을 때 왕족들이 지하 묘지로 피신할 수 있도록 만들어 준 것이지만 이제는 모두의 기억 속에서 사라진 비밀 통로의 입구. 아엘프스탄 성에는 이런 비밀 통로가 셋있었다. 그리고 그바일로는 이제 그 세 곳을 모두 알게 된셈이었다. 그리고 그 문을 여는 리듬 또한 알았다. 그바일로가 발굽으로 돌을 두드렸다. 두 번 짧게, 한 번 길게, 세 번짧게. 그러자 돌이 옆으로 스르륵 움직이며 어둠 속으로 이어진 계단이 나타났다.

순간 카이가 감았던 두 눈을 번쩍 떴다. 그의 심장이 쿵쾅거리며 요동쳤다. 의도적으로 사흘 전에 벌어진 상황을 보

려 한 것은 아니었다. 그저 정신을 집중하여 염소의 생각 속
으로 들어가 보려 했던 것뿐이었다. 카이는 갑자기 제 마력
으로 가능해진 이런 갑작스러운 힘에 당황하고 있었다. 하
지만 당장은 이에 대해 더 깊이 생각할 겨를이 없었다. 곧이
어 카이는 배고픔과 갈증, 추위와 그리움을 느꼈다. 하지만
그건 그의 감정이 아니었다. 서둘러 벌떡 일어난 카이가 커
다란 마름돌을 찾아 바닥을 두리번거렸다. 그리고 불과 몇
걸음 떨어지지 않은 곳에서 그 돌을 발견했다. 먼지가 수북
이 쌓인 그 돌은 아무리 살펴봐도 주변에 있는 돌과 전혀 달
라 보이지 않았다. 도대체 마력이 얼마나 강해야 이런 완벽
한 마법을 걸 수 있는 걸까!

　카이는 의족을 사용했다. 탁탁, 타악, 탁탁탁. 그러자 비
밀 통로 기관이 움직였다. 냉큼 한 걸음 뒤로 물러선 카이는
돌이 옆으로 움직이는 모습을 유심히 지켜봤다. 아엘프스
탄 지하 동굴로 이어진 입구는 아무 소음 하나 내지 않고 몹
시 독창적인 방식으로 날카로운 송곳니 하나 없는 아가리를
벌렸다. 엘프 성의 금역으로 카이를 초대하듯. 카이는 그곳
에 수많은 비밀과 보물이 가득하다고 알고 있었다. 하지만
카이의 관심을 끄는 건 오직 하나였다. 아니, 둘이라고 해야
하나? 남들 눈에는 보잘것없는 짐승일지언정 그에게는 피

와 살을 지닌 고귀한 보석이나 다름없는 그들.

지하로 이어진 계단을 내려가는 카이의 두 손에 식은땀이 흥건했다. 극도의 긴장감에 다리 힘이 풀릴 것만 같았지만, 간신히 넘어지지 않고 계단을 내려갔다. 미처 계단 아래에 도착하기도 전에 머리 위에서 돌문이 닫히는 소리가 들렸다. 순간 카이의 머리 위로 완전한 암흑이 내려앉았다.

눈이여, 타고난 능력의 한계에 굴복하지 말지어다. 네 약함과 싸워 이 어둠을 뚫고 시야를 확보하라! 이 칠흑 같은 어둠에 나의 달빛이 돼라!

그러자 카이의 시야가 밝아졌다. 눈앞에 여러 기구가 진열된 선반의 윤곽이 보였다. 카이는 지금 자신이 있는 방에서 나와 미로처럼 연결된 복도를 따라 걸었다. 어디에선가 부서진 병 조각을 밟는 소리가 들렸다. 그리고 총총걸음으로 돌바닥을 걷는 소리도 이어졌다. 갈라진 발굽을 지닌 생명체가 가벼운 발걸음으로 카이가 있는 쪽으로 다가오고 있었다. 형언하기 힘든 기쁨이 카이를 가득 채웠다. 그것은 비단 저만의 감정이 아니라 그바일로의 것이기도 했다. 그바일로의 감정이 고스란히 밀려들었다. 목구멍이 먹먹해지고 꺼억꺼억 딸꾹질이 나왔다. 카이는 어린아이처럼 폴짝폴짝 뛰고 싶을 지경이었다.

이윽고 하얀 악마가 모퉁이를 돌아 그에게 달려왔다. 그 바일로의 암컷 역시 그 뒤를 부리나케 쫓아왔다. 카이는 무릎을 꿇고 털썩 주저앉아 그바일로를 맞이할 준비를 했다. 곧이어 저를 향해 돌진한 털이 북슬북슬한 몸뚱이와 발굽들 사이에 파묻혔다. 염소 두 마리의 울음소리가 지하 묘지를 가득 채웠다. 서러움에 복받치는 거친 음성이었다. 그바일로는 메마른 혀로 연신 카이의 얼굴을 핥아 댔다. 그리고는 벌떡 일어나 앞발로 카이의 가슴팍을 두드리며 왜 이제야 왔냐는 듯 원망 섞인 기쁨의 울음소리를 냈다.

카이는 마침내 눈물이 찔끔 나도록 큰 소리로 웃었다. "내가 널 찾았어! 너 살아 있었구나!" 카이가 환호성을 터트렸다.

재회의 기쁨을 만끽하던 카이가 잠시 후 이성을 찾았다. 현재 염소들의 상태는 몹시 심각했다. 두 눈은 움푹 꺼지고, 광대뼈가 얼굴에서 툭 튀어나올 것만 같았다. 지난 며칠 동안 이 아래에서 약간의 이슬 말고는 아예 먹이를 구하지 못했을 것이 분명했다. 어떻게든 최대한 빨리 이들을 바깥으로 데려갈 방법을 찾아야만 했다.

"어서 여기서 나가자!" 카이가 그바일로의 앞발을 떼어 내려놓고 자리에서 일어나며 말했다. 비밀 입구를 향해 먼저 한 걸음을 떼었지만 두 염소는 그 자리에서 꼼짝도 하지 않았다.

"왜 그래? 이만하면 이 어두컴컴한 암흑이랑 배고픔, 갈증이 진저리나지 않아?"

그러자 그바일로가 발굽으로 연신 바닥을 긁어 댔다. 결국 카이는 시력을 최고조로 강화하는 데 엄청난 마력을 소모해야 했다. 그런 후 염소가 뭔가를 발굽으로 긁고 있다는 것을 깨달았다. 짙은 색 가죽으로 된 작은 두루마리였다. 그바일로는 이제 그것을 주둥이로 물어 카이에게 건넸다. 아마 카이에게 돌진할 때부터 갖고 있었지만 미처 카이가 알아채지 못했던 것이리라. 그도 그럴 것이 카이는 온통 재회의 기쁨에만 몰두해 있었으니까.

"그게 뭐야?" 카이가 이마를 찌푸리며 물었다.

그게 무엇이든 그바일로는 카이에게 꼭 주고 싶었던 모양이었다. 비틀거리며 다가온 그바일로가 카이의 손에 가죽 두루마리를 떨어트렸다. 카이는 잔뜩 긴장한 기색으로 그것을 살펴보았다. 지금 강화한 시력의 한계로는 자세한 세부사항까지 알아보기가 힘들었지만, 가죽 두루마리의 형태를 유지해 주는 섬세한 끈이 보였다. 그 위에 담쟁이 넝쿨잎이 새겨진 봉인이 보였다. 양 측면은 두 개의 코르크 마개로 막혀 있었다. 아무 이유 없이 맥박이 빨라졌다. 그의 양손에 진동이 일더니 피부의 모공에서 초록 연무가 피어올랐다. 이런 반응이 뜻하는 건 단 하나였다. 바로 이 물건에 마력이 깃들어 있다는 것. 이 안에 든 것이 무엇이든, 마법사가 만들었거나 혹은 특정 마법이 걸려 있는 것이리라. 카이는 더는 고민하지 않았다. 부들부들 떨리는 손가락으로 봉인을 뜯은 뒤 코르크 마개를 열었다. 그러자 두루마리 내부에서 무언가가 뚝 떨어졌다. 카이는 재빨리 왼손을 뻗어 그것을 낚아챘다. 미미하지만 쿡쿡 찌르는 통증이 손바닥 안쪽에 느껴졌다.

"제기랄…." 욕설과 함께 카이가 그것을 손에서 놓았다. 그러자 부서진 파편이 바닥에 떨어졌다. 바닥에 부딪히는 소리도 들리지 않을 정도로 작은 파편이었다. 하지만 카이 손에 남은 상처는 예상보다 훨씬 컸다.

"내게 건네기 전에 왜 저걸 밟은 거야?" 카이가 그바일로를 나무랐다.

죄책감을 느끼는 듯 염소가 머리를 얌전하게 조아렸다. 카이는 다치지 않은 손으로 염소의 뿔을 쓰다듬었다. "그래도 괜찮아. 중요한 건 네가 다시 살아 돌아왔다는 거니까."

한숨을 내쉰 카이가 말려 있는 양피지를 다시 펼쳤다. 지금껏 그가 단 한 번도 보지 못한 문자로 이루어진 낯선 언어로 쓰인 탓에 카이는 내용을 조금도 이해하지 못했다. 카이는 양피지를 고이 접어 주머니에 넣었다.

"이건 나중에 따로 살펴볼게. 지금은 무엇보다 신선한 건초와 물 한 통을 구하는 게 먼저야."

이번에는 염소도 첫 번째 방으로 돌아가는 카이를 뒤따랐다. 그곳에서 카이는 비밀의 문을 여는 기관을 찾아 주변을 둘러보았다. 이번에도 그바일로가 울음소리로 벽에 숨겨진 돌 기관의 위치를 알려 줬다. 반대편 돌과 완전한 대칭을 이루는 이 돌은 염소의 키가 닿지 않는 높은 곳에 있었다. 카이도 그 돌에 닿으려 손을 번쩍 들어 올려야 했다.

"너희들이 이곳에서 못 빠져나온 이유를 이제 확실히 알았네." 카이가 말하며 손가락으로 박자에 맞춰 돌 기관을 두드렸다.

❧

그로부터 한 시간쯤 지난 후 그레타가 카이를 찾아 마구간으로 왔다. 카이는 여전히 행복한 표정으로 미소를 띤 채 우리에 잠들어 있는 염소 한 쌍을 애정이 듬뿍 담긴 눈길로 바라보고 있었다. 두 염소는 돼지가 된 것처럼 건초를 먹어 치우고, 물도 세 양동이씩이나 비웠다. 그런 뒤 신선한 건초에 쓰러져 잠들어 버렸다.

"저기 저 염소… 혹시 그바일로예요?" 그레타가 외쳤다. "세상에나. 카이, 당신 지옥에라도 다녀온 거예요?"

"뭐 그렇다고 할 수도 있겠지." 카이가 씩 미소를 지으며 대답했다. 그런 뒤 그레타에게 키스를 하려고 제게 끌어당겼지만 그녀는 포옹을 뿌리치고 한 발자국 뒤로 물러섰다.

"마법사님, 그 손 치우시죠! 이번만큼은 그렇게 쉽게 벗어날 수 없어요! 당신이 마지막으로 온전한 정신이었을 때 아무렇지도 않게 소금 결계를 넘어 베리안의 여편네를 죽였죠. 그리고는 지난 며칠간 대화도 나눌 수 없는 지경이었어요. 여기 일꾼들 모두가 당신 얘기로 아주 시끄러울 정도였으니까요. 그런데 지금은 또 이렇게 마구간에서 휘파람이나 불면서 이미 죽었어야 할 염소를 지키고 있다니요?"

"염소 두 마리지." 카이가 여전히 미소를 머금은 채 그레타의 말을 정정했다. "그리고 그 수가 금세 더 늘어날 것 같아. 저 뱃속에 뭔가 꿈틀거리는 것만 같아서 말이지."

마냥 기분이 좋아 능글대는 카이가 못마땅했던 그레타가 그의 뺨을 향해 손을 날렸지만 카이는 적절한 시점에 피했다.

"알았어, 알았다고." 여전히 웃음기가 가시지 않은 얼굴로 카이가 그간 있었던 일을 전부 털어놓았다. 그레타는 카이가 이상한 문자가 쓰인 가죽 양피지를 언급할 때까지 아무말 없이 듣기만 했다. 이마를 찌푸리며 다친 손을 휙 잡아챈 그레타는 그가 상처에 감아 놓은 천을 풀었다. 그런 뒤 그의 손을 양동이에 든 깨끗한 물에 담근 후 상처를 씻어 내기 시작했다.

"그냥 좀 긁힌 거네요!" 그레타가 말했다. "이렇게 붕대로 감아 놓을 정도는 아니에요."

그제야 카이도 제 손바닥을 자세히 살폈다. 그레타의 말이 옳았다. 그의 피부에 언뜻 보이는 베인 상처는 가시넝쿨에 긁힌 수준보다 약간 심한 정도였다.

"이런 엄살쟁이 같으니라고!" 하녀가 도발적으로 눈썹 하나를 높이 치켜들었다.

카이는 이 말에 머쓱해졌다. "하지만 그때는 피가 엄청 났었어!" 어떻게든 핑계를 대 보려 할수록 그레타의 고약한 심보만 부추길 뿐이었다. 잠시 무자비하게 쏟아지는 그레타의 폭언을 가만히 듣고만 있던 카이는 그녀의 조롱에 너무 지친 나머지 그녀를 끌어안고 우리 쪽으로 밀어붙였다. "인류의 가장 위대한 마법사에게 반항하는 버릇없는 여인에게 무슨 일이 일어나는지 알아?" 그가 귓가에 속삭였다.

카이의 품에 갇힌 그레타가 몸을 비틀었지만 어차피 그녀의 저항은 반쯤 진심이 아니었다. "마법이라도 걸리나요?" 애교가 가득한 음성으로 그레타가 물었다. 동시에 카이 다리 사이에 제 허벅지를 살포시 누르고는 아주 슬쩍 이리저리 움직였다.

"그 여인은 평생을 그 마법사를 섬기며 살게 될걸."

"섬겨요? 당신을요?" 그레타에게서 조롱기가 섞인 웃음소리가 터져 나오자 카이는 지금 제힘이 얼마나 막강한지 당장 보여 주고 싶다는 충동을 느꼈다. 하지만 그가 무엇을 하든, 그가 얼마나 강한지 증명해 보이든 이 여자는 자신을 계속 저런 식으로 내려다볼 것이 분명했다. 아니면 이 또한 카이가 제대로 이해하지 못하는 게임의 일부였을까? 그레타가 제 허벅지를 이리저리 비비는 강도가 점점 강해지는 걸 보면 그런 카이의 추측이 맞는 것 같기도 했다. 카이는 그레타의 머리카락을 살포시 잡아당겨 그녀의 머리를 살짝 뒤로 젖혔다.

"물론 나도 네가 날 섬기는 건 사양해." 그녀의 치맛자락을 들치며 그가 속삭였다.

그레타가 나지막한 신음을 흘렸다. 이어 양팔을 카이의 목에 두른 그레타가 제 하체를 그에게 좀 더 밀착했다. "그럼 내게 원하는 게 뭐죠, 꼬마 마법사님?"

카이는 마구간 출입구에 마법을 걸어 단단히 봉쇄하려 잠시 그레타에게서 떨어졌다. 그의 손짓 한 번에 없던 자물쇠가 생겨났다. 그리고 이어 속눈썹을 한 번 깜박이자 덜컥하고 잠겼다. 물론 그레타는 아무런 감흥도 없는 것 같았다. 다만 그레타는 마치 신하를 질책하는 여왕처럼 도도한 표정으로 울타리 옆 건초 더미로 카이를 밀었다. 그리고는 번뜩이는 눈빛으로 드레스를 들어 올리고는 그대로 카이 위에 올라탔다. 그레타의 몸에서 느껴지는 열기에 빠져든 카이는 그 안에서 질식할 것만 같았다. 카이에게서 발산된 마력의 광채가 두 사람의 피부를 타오르게 했다. 그 짜릿한 느낌에 움찔거리던 그레타가 큰 소리로 웃어 재꼈다.

"카이, 어서 말해 봐요. 도대체 내게 원하는 게 뭐예요?" 그레타는 아까 했던 질문을 반복했다.

"난 당신이 앞으로도 영원히 내 곁에 있었으면 좋겠어. 그러니까 나와 싸우려 들거나 내가 당신에게 충분하지 않다는 그런 태도는 인제 그만뒀으면 해!"

카이는 진심을 꾹꾹 눌러 담아 말했지만, 그레타는 여전히 키득거리며 웃기만 했다. 그리고는 곧장 제 입술을 카이에게 누르며 그 이상의 말을 막아 버렸다.

트리스탄

무릇 남자의 인생에서 눈물을 흘릴 일은 거의 없었다. 전장에서든, 사랑 때문이든 눈물 따위를 흘릴 여지는 없었다. 그렇지만 첩첩산중의 호숫가 수면에 비친 제 얼굴을 바라본 순간 트리스탄은 마침내 눈물을 흘려도 될 만한 장면과 마주했다. 아무도 나약함으로 받아들이지 않을 눈물. 트리스탄의 눈에 사막의 모래처럼 붉고 양피지처럼 거칠거칠한 사내의 얼굴이 들어왔다. 툭 튀어나온 광대뼈 사이에 휘어진 매부리코가 제멋대로 붙어 있었다. 눈썹과 속눈썹마저 다 빠진 탓에 피처럼 붉은 눈동자가 더욱 두드러져 보였다. 소름 끼치는 모습이었다. 어딜 봐도 트리스탄 폰 도른슈트랑의 모습은 아니었다. 그럼에도 눈물은 흐르지 않았다. 가슴 한복판에 심장이 없는데 울 수 있는 사람이 어디 있을까?

트리스탄은 습관처럼 한때 호리엘이 제게 낙인을 찍었던

지점을 만지작거렸다. 이제 그곳에는 도른슈트랑 상징인 두 개의 원 대신 불룩한 흉터가 있었다. 그곳이 바로 벨타인의 손이 불쑥 제 몸속으로 들어온 지점이었을 것이다. 트리스탄은 그다음 벌어진 일을 전혀 기억하지 못했다. 다시 정신을 차리고 보니 그는 이 호숫가에 홀로 쓰러져 있었다. 이곳은 공기가 매섭지 않은 걸로 보아 블루트베르크_{혈산}에서 남쪽으로 한참을 내려온 곳인 것 같았다. 호수만 봐도 북쪽 산기슭 그늘에만 살얼음이 보였다.

트리스탄은 검은 케이프의 후드를 얼굴 위까지 푹 덮어썼다. 그 누구도 이런 그의 모습을 보지 말았으면 했다. 당장 머리 위에서 원을 그리며 돌고 있는 저 까마귀 떼들조차. 아마 벨타인도 그럴 목적으로 이런 옷가지를 입혀 보냈을 것이다. 불사의 권능을 지닌 트리스탄이 설마 얼어 죽을까 봐 걱정하지는 않았을 테고.

이제 뭘 해야 하지? 트리스탄은 벨타인의 동굴에서 벌어진 일을 곰곰이 되짚어 보았다. 트리스탄은 알 수가 없었다. 벨타인이 그리도 바랐던 대로 기어이 저를 개조해 낸 걸까? 어디까지 성공한 걸까? 분명 트리스탄은 끝까지 저항했었는데…. 어쨌든 이제 벨타인이 바라는 게 무엇인지는 명확히 알게 되었다. 바로 요정 여왕의 죽음.

그렇다면 이제 뭘 해야 하지? 트리스탄의 생각이 다시 원점을 맴돌았다. 벨타인이 요구한 임무를 완수한 후 저 대마법사의 차가운 영혼에 일말의 자비라도 남아 있기만을 기대해 보는 방법도 있었다. 웨이요나가 마지막 숨을 거두고 나면 대마법사가 절 고통에서 해방해 줄 수도 있으리라. 하지만 마지막 요구 사항을 이행할 때까지, 즉 후손을 낳을 때까지 절대 죽음을 허락하지 않을 게 확실했다. 그때까지는 대마법사의 잔인한 굴레에서 벗어날 탈출구는 없었다. 트리스탄은 제 존엄성과 참된 자아를 지키려 마지막까지 발버둥쳐 봤지만 결국 실패하고 말았다!

벨타인이 저를 왜 이렇게 풀어 줬는지 트리스탄은 이해가 되지 않았다. 지금 트리스탄은 애미시스트적수정를 몸에 품고 있지 않은가? 행여나 제 몸을 갈라 그것을 엘리야에게 넘기면 어쩌려고? 마침내 결심을 내린 듯 단호하게 자리에서 일어난 트리스탄이 호숫가에서 이어진 산기슭을 따라 내려갔다. 까마귀 떼가 살아 움직이는 구름처럼 그의 뒤를 쫓았다. 검은 깃털 속에 어두운 욕망을 품고. 트리스탄은 문스워드를 꺼내 칼날이 제 가슴으로 향하게 한 후 갈라진 바위틈에 단단히 고정했다. 트리스탄은 제 몸의 모든 근육에 명령하려는 거였다. 그대로 검 위로 쓰러지라고! 참으로 기구하다는 생각이 들었다. 어찌 사람이 이렇게 죽음에 익숙해져 갈 수 있는지.

이번만큼은 죽음의 통증이 찾아오지 않았다. 데몬의 피부마저 꿰뚫는다는 전설의 문스틸로 제련된 검도 되크 발두르라는 이름의 끔찍한 괴수에게는 전혀 힘을 쓰지 못했다. 검은 그에게 상처조차 남기지 못했다. 피부에 눌린 자국 하나도…. 벨타인이 보호막을 쳐 놓은 것이었다. 애미시스트를 담은 그릇이 깨지지 않도록. 죽음을 갈망하는 피의 잔이 자결할 수 없도록!

까마귀의 쉰 울음소리가 조소 어린 비웃음처럼 그의 위에서 울려 퍼진 순간 트리스탄은 대마법사가 이 광경을 지켜보고 있다는 확신이 들었다. 그러니까 그 괴상망측한 우리에 갇혀 있지 않더라도 트리스탄은 그의 죄수에 불과했다. 이제 이 에냐도르 대륙 전체가 우리였다. 심장도, 목표도, 그 어떤 정신도 깃들어 있지 않은 이 끔찍한 육신마저도 우리 속에 갇히고 말았다. 트리스탄이 갈 수 있는 장소는 그 어디에도 없었고, 그에게 문을 열고 반갑게 맞이해 줄 사람도 이제는 없었다. 트리스탄에 남은 건 벨타인의 약속뿐이었다. 끝이 있다는 약속! 그 끝이 무엇이건 이 또한 끝나리라는 희망만이 남았다. 까마귀 떼는 트리스탄이 호수에서 계곡으로 이어지는 길을 따라 걷기 시작할 때에도 감시의 눈을 떼지 않고 계속 주시했다. 잠시 후 트리스탄은 서쪽으로 방향을 틀었다. 그는 이 길이 어디로 이어지는지 알고 있었다. 크리스탈 성이 있는 데몬족의 땅 스키르였다. 지금까지 그 성을 두 눈으로 직접 마주한 인간은 없다고 전해졌다. 그리고 자신이 그곳에 간다고 한들 그 사실은 전혀 바뀌지 않을 것이다. 트리스탄이 자신이 도대체 어떤 존재로 변한 건지 가늠조차 못 했지만 한 가지만은 확신했다. 부르크스메아데 출신의 인간 소년은 이제 먼 과거가 되어 버렸다.

툴

인간형으로 변신하지 않는 드래곤은 몹시 희귀했다. 주로 접근이 불가능한 슈투름 산맥의 동쪽 끝자락에서 비슷한 부류끼리 모여 살았다. 그런 드래곤들은 에냐도르 종족들 간의 분쟁을 최대한 멀리했다. 모름지기 데몬족이라면 그런 드래곤을 탐내기 마련이었다. 물론 복종시키기가 몹시 힘들었지만, 길들인 데몬은 큰 명성을 얻었기에 가치 있는 일로 받아들여졌다. 몰구르가 산기슭에서 발견한 잠든 화이트 드래곤은 단순한 전리품 이상이었다. 피부색이 이렇게나 새하얀 드래곤은 툴도 지금까지 본 적이 없었다. 저 드래곤을 복종시킨다면 데몬 원수 앞에서 자신의 존재감을 한껏 드높일 수 있을 텐데. 하지만 그는 누구에게도 환영받지 못했을 뿐 아니라 여전히 위험한 데몬족 파수꾼으로 여겨지고 있었다. 따라서 직접 나설 처지가 아니었기에 안전거리 밖에서 싸움을 지켜볼 수밖에 없었다. 당연히 이 명예로운 싸움의 주인공은 몰구르였다. 툴은 일말의 불만스러운 표정도 드러내지 못하고 지켜만 볼 뿐이었다.

욕망을 품은 대상을 자칫 죽여 버리는 실수를 방지하는 차원에서 데몬족의 원수는 살인적인 안광을 거둬들였다. 의지가 강한 존재일수록 데몬족의 무시무시한 안광에 거세게 저항했다. 그렇지만 드래곤은 대개 불안정했고, 전투에서 예상보다 빨리 죽는 경우가 있었으므로 몰구르는 제가 귀히 여기는 표본이 갑자기 죽지 않도록 신경을 썼다. 대신 드래곤에게 산발적인 고통을 안기는 안광만을 쏘아 보내며, 팔과 어깨를 앞발로 후려치고 물어뜯으려는 드래곤의 공격에 창과 방패를 사용해 맞서 싸웠다.

드래곤 주변에는 거대한 경기장처럼 가파르게 솟은 암석들이 병풍처럼 에워싸고 있었다. 여기서 도망치기란 불가능했다. 애초에 그런 탈출 시도를 방지하기 위해 몰구르는 양옆으로 몹시 무거운 추가 달린 거대한 사슬을 마치 투석처럼 날개 죽지 사이로 던져 드래곤의 날개를 찢어 놓았다. 드래곤이 끊임없이 저항하면서 날개는 점점 더 너덜너덜해졌다. 그러다 보니 드래곤은 아예 하늘을 날 수 없는 상태가 되었다.

"이 세상에서 네 놈이 설 자리가 어디인지 알려 주겠다!" 몰구르가 소리치며 앞으로 돌진했다. 주둥이가 포박된 드래곤이 처절하게 등 뒤로 목을 젖히며 자신을 속박한 사슬에서 벗어나려 기를 썼다. 몰구르는 드래곤의 등 뒤로 올라타 왼쪽 눈에 단도를 박아 넣었다. 드래곤은 고통에 몸부림쳤다. 강력한 파이어볼이 드래곤의 주둥아리에서 뿜어져 나왔지만 몰구르는 꿈쩍도 하지 않고 드래곤의 뒷덜미를 붙잡고 있었다. 그리고 드래곤의 눈에 박힌 단검을 움켜쥐고는 무자비하게 휘저었다.

툴은 눈꺼풀을 내리깔았다. 하지만 머릿속에는 지금 이 결투보다 더 보고 싶지 않은 또 다른 결투 장면이 재생되고 있었기에 다시 눈을 뜨고 말았다. 그 안에서는 눈처럼 흰 드래곤이 아니라 빛나는 비늘과 사나운 눈빛을 지닌 레드 드래곤과의 접전이 벌어지고 있었다. 무엇을 하든, 어느 곳으로 가든 툴의 뇌리는 스호오크를 잊지 못했다. 살아 있을 때도, 그렇지 않은 지금도. 이런 기억의 잔상들이 진정한 데몬으로 거듭나려는 툴의 발목을 붙잡았다. 그런 기억이 지금도 툴에게 연민을 느끼게 했다. 새 주군의 잔인함에 이제 앞다리를 꿇고 그의 다리 아래 머리를 조아리며 굴복해 버린 한쪽 눈을 실명한 화이트 드래곤에게….

몰구르는 승리에 도취해 의기양양한 표정으로 드래곤을 내려다봤다. 몰구르 또한 피와 땀 그리고 먼지를 한껏 뒤집어쓴 몰골이었지만 그의 붉은 눈동자에는 남의 고통을 즐기는 쾌락이 가득했다. 드래곤의 한쪽 눈에 박혀 있는 단검을 또 한 번 비틀자 드래곤은 고통에 울부짖으며 비명을 질렀다. 몰구르는 발을 드래곤 머리 위에 올려놓은 뒤 마침내 그 단도를 뽑았다. "네놈은 이제 내 것이다!" 몰구르가 외쳤다. "이제부터 노예인 네놈은 내가 적군을 상대할 때마다 날 적진으로 태워가야 할 것이야."

좌절한 드래곤의 목구멍에서 미약한 그르렁 소리가 흘러나왔다. 드래곤이 몰구르의 의지를 용납한 것이었다. 결투는 툴의 예상보다 너무 싱겁게 끝났다. 데몬족 원수의 압도적인 승리였다. 적수를 쓰러트리는 데 마법 따윈 필요 없었다. 누구의 도움도 없이 혼자서 해냈다. 오롯이 그의 잔혹함만으로. 이 제압 과정을 마친 몰구르가 동행한 모든 데몬들에게 성공적인 결과물을 증명하려는 듯 화이트 드래곤의 날개를 꿰뚫었던 사슬을 치우게 한 후 드래곤의 하관에 강철 재갈을 장착했다. 이렇게 임시로 만든 고삐를 손에 쥔 몰구르가 거대한 짐승의 등에 올라탔다.

사지를 부들부들 떠는 드래곤의 상태를 알아챈 툴은 그

모습에 소름이 끼쳤다. 드래곤은 연신 불안한 표정으로 머리를 이리저리 흔들었다. 한쪽 눈을 못 쓰게 된 탓에 갑자기 시야가 몹시 좁아졌기 때문이었다.

"왜 저렇게까지 하셨을까?" 툴이 옆에 있던 한 데몬 전사에게 질문했다. "저러면 나중에 원수님도 공격받기 쉬운 상태가 되는 건 아닐지."

"그렇지 않습니다." 병사는 툴의 질문이 몹시 불경하다는 투로 나무라듯 말했다. "모든 눈먼 생물이 그렇듯이 시각이 없어지면 다른 감각이 그것을 대신하게 됩니다. 저 드래곤은 청각과 후각이 훨씬 예민해질 것이니 한쪽 눈이 없어도 쓸 만하지요. 지금 저 드래곤이 까딱 숨이라도 잘못 내쉬면 원수께서 다른 한쪽 눈마저 뽑아 버릴 겁니다."

잔인무도한 데몬의 성품은 도무지 이해하기 어려웠다. 이해하기 어렵다는 것 자체가 툴을 힘들게 했다. 잔인무도함을 타고나지 못한 자는 이러한 데몬의 언어를 끝내 깨우치지 못할 가능성이 있었다. 툴이 지금 이곳에 있는 이유도 바로 그것이었다. 툴은 데몬족의 표현을 배우고 싶었고, 고문하고, 증오하고, 죽이고 싶었다. 그의 머릿속에서 모든 기억이 사라져 더는 아무런 감정도 느끼지 못하고, 아무도 그리워하지 않을 때까지.

몰구르가 드래곤을 타고 공중으로 날아올랐다. 하지만 이내 처음 전투를 시작했던 구덩이로 되돌아왔다. 몰구르는 서둘러 드래곤의 등에서 뛰어내렸다. "전투를 준비하라!" 몰구르가 툴과 다른 병사들에게 황급히 소리쳤다. 모두 잠시 놀랐지만 데몬족 전원이 아무 망설임 없이 창과 도끼를 쥐었다. 툴은 여전히 무겁기만 해 애를 먹이는 문스워드를 꺼내 들었다. 문스워드. 여태껏 그가 얻고자 애썼던 그 어떤 호칭이나 직위보다 이 검 하나가 데몬들의 경외심을 자아냈다. 문스틸로 제작된 검이기 때문은 아니었다. 문스틸이 탐났다면 누구든 훔쳐 올 수도 있었을 것이다. 그들이 부러워한 건 그 검으로 유령늑대들을 호령할 수 있었기 때문이었다. 무시무시한 유령늑대들이 데몬 성 주변을 어슬렁거리며 툴의 명령만을 기다리고 있었기 때문이었다.

"하늘에서 무엇을 보셨습니까?" 툴이 그의 주군에게 속삭였다.

"뭔가 이상한 것이었다." 원수는 눈에 허깨비라도 씐 것처럼 확신이 부족한 투로 대답했다. 툴은 되묻지 않았다. 데몬들은 동쪽 산등성이를 따라 일상적인 정찰을 위해 열 명도 채 되지 않는 소규모 병사들만을 데려온 터였다. 이 지역은 저 화이트 드래곤처럼 몇 안 되는 예외의 경우를 제외하면 아무도 살지 않는 척박한 지대였다. 어쨌거나 몰구르 폰 스키르는 몹시 긴장한 것처럼 보였다. 툴은 불안했다. 저 데몬을 공포로 몰아넣은 게 도대체 무엇이란 말인가?

처음에 보인 건 까마귀 떼였다. 죽음의 전령처럼 등장한 까마귀 떼가 산에서 나온 시커먼 형체의 머리 위를 맴돌았다. 그중 일부는 까악까악 울부짖고 날개를 퍼덕이며 시커먼 그 형체의 어깨에 내려앉았다. 상대의 얼굴은 보이지 않았다. 케이프에 달린 후드 깊숙이 얼굴을 가리고 있었기 때문이었다. 그는 신중한 걸음걸이로 일말의 망설임 없이 데몬족을 향해 다가왔다. 그러려던 것은 아니었지만 툴은 저도 모르게 한 걸음 뒤로 물러섰다.

"누구냐?" 몰구르가 소리쳤다. 이어 아무 답변도 돌아오지 않자 그의 손이 허리에 고정한 검의 손잡이를 세게 움켜쥐었다. 데몬족 정찰대 전원의 긴장감이 고스란히 느껴졌다. 화이트 드래곤마저 그르렁거리며 상대를 위협하는 대신 불안한 듯 콧김을 씩씩 뿜으며 고개를 움츠렸다. 불과 몇 발자국만을 남겨 둔 채 그 사내가 자리에 멈춰 섰다. 마침내 정체를 알 수 없는 형체가 머리를 들자 붉게 이글거리는 눈동자가 보였다.

"어서 신분을 밝혀라!" 데몬족의 원수가 거칠게 외쳤다.

그러자 그 형체는 말없이 검을 뽑아 들었다. 황금빛 하피가 양각된 검의 손잡이를 본 툴은 곧바로 그가 누군지 알아챘다. 트리스탄! 불그죽죽한 데몬족의 피부로 뒤덮인 트리스탄의 손이 칼날을 쓰다듬자 칼에 화염이 일었다. 데몬족 사이에 탄성이 흘러나왔다.

"난 북부의 지배자이자 모든 것을 집어삼키는 화염, 되크 발두르다." 그믐밤처럼 어둡고, 샤텐발트그림자 숲 마물처럼 잔혹한 음성이었다. 목소리만 들었을 뿐인데 툴의 곁에 있던 병사들이 사지를 벌벌 떨었다. 몰구르만이 정신을 차렸다. 지금 저 데몬족 원수가 머릿속으로 무슨 생각을 하는지는 알 수 없었으나 누구보다 강한 데몬임에는 틀림이 없었다. 그런 그에게 두려움이란 낯선 단어였고, 복종이란 떠올릴 수조차 없는 선택지였다. 데몬족의 원수는 여전히 전투 대기 자세로 검을 쥐고 있었다. "뭘 원하는 거지?" 그가 도전적인 음성으로 외쳤다.

"너!" 트리스탄이 대답했다. 동시에 좀 더 가까이 다가온 트리스탄의 눈빛이 몰구르만큼이나 번뜩였다. 툴은 숨이 턱 막혔다. 벨타인이라는 작자가 인간의 파수꾼 트리스탄에게 무슨 짓을 한 것인지 짐작조차 할 수 없었다. 그는 평범한 데몬이 아니었다. 그렇다고 드래곤도 아니었고 엘프도 아니었다. 모든 것을 뛰어넘는 존재였다. 그는 분명 맨손으로 불을 일으켰고, 치명적인 안광을 쏘았으며 문스워드를 휘둘렀다. 그리고 그 무엇도 그의 깊숙한 곳까지 꿰뚫지 못할 것처럼 보였다. 트리스탄의 안광은 몰구르의 목숨을 앗아가지는 않았다. 데몬족의 원수가 신음을 흘리며 되크 발두르 앞에 무릎을 꿇었다. 새 주인을 도우려던 드래곤 역시 미처 주둥이를 벌리기도 전에 그와 똑같은 처지에 놓였다. 드래곤은 신음을 흘리며 고개를 옆으로 틀었다. 감히 쳐다볼 수조차 없었는지 실명한 눈만이 압도적인 존재이자 재앙의 근원을 향한 채 쓰러졌다.

툴은 제 용기를 전부 끌어모아 한 걸음 앞으로 나섰다. "트리스탄!"

암흑의 형상이 움찔하는 찰나 툴은 그의 눈에 서린 씁쓸함과 슬픔을 보았다. 뒤이어 머리를 헤집는 격렬한 두통이 찾아와 모든 생각을 날려 버렸다. 툴은 이내 신음을 흘리며 눈꺼풀을 내리깔았다. 툴의 두 다리가 덜덜 떨렸다.

"내게 무릎을 꿇어라, 데몬족의 파수꾼!" 되크 발두르가 명령했다. 툴은 그의 명령에 따랐다. 곁에 있던 다른 병사들도 서둘러 무릎을 꿇었다. 천천히 그들 곁으로 걸어온 트리스탄이 기척도 내지 않고 그들 곁을 한 바퀴 도는 동안 툴의 심장이 마구 날뛰었다. 툴은 두 눈으로 똑똑히 보았다. 몰구르 폰 스키르와 악명이 자자한 공포의 부대 전사들 전원이 그의 눈빛 하나에 울부짖으며 무너지는 광경을. 트리스탄의 손이 또 한 번 검을 쓰다듬자 화염이 사라졌다. 그의 머리 위로 날아오른 까마귀들이 북쪽에서 몰려오는 폭풍을 향해 울부짖었다.

"너희는 날 위해 전쟁에 참전할 것이다." 트리스탄이 공표했다. "임무를 완수하는 날까지 앞으로 너희는 내 종이 될 것이다. 내게 요정 여왕의 머리를 가져와라. 그러면 너희에게 자유를 허락할 것이다." 몰구르의 코앞에서 그가 잠시 말을 멈추었다. 그리고는 몰구르가 얼굴을 치켜들려 하자 그를 내리눌러 버렸다. "너희가 웨이요나를 죽이고 나면 이 되크 발두르 또한 모닥불 앞에서나 회자할 이야깃거리가 될 것이다. 그러니 어서 이 명령을 완수하고 너희와 날 이 속박에서 해방하라. 너희에게 다른 선택권은 없다."

한때 스키르의 크리스탈 성은 그곳을 통치하는 가문의 자부심이었다. 수백 년 전 팀발트 데어 큘레가 당시 스키르 군주의 광영을 외부에 시각적으로 표현하고자 심혈을 기울여 지은 성이었다. 슈투름 산맥의 보석 채석장에서 캔 거대한 수정 덩어리를 에냐도르 북부의 이블리스 강기슭까지 옮기기 위해 노예 부대 전체가 동원되었다. 당시 성에는 보석과 거울 수십만 점에 반사되던 양초의 불빛이 적어도 수백만 개에 이르렀었다고 데모니아 연대기에 기록되어 있었다. 하지만 한때 성을 빛냈던 상감 세공과 화려한 장식들은 이제 과거가 되어 버렸다. 스키르 왕가의 상징이었던 미모가 사라지면서 스키르 가문은 거울뿐만 아니라 모든 휘황찬란한 장신구에 흥미를 잃어버렸던 것이다. 데몬족을 이끈 첫 번째 원수 라미로 폰 스키르는 성 내의 모든 거울을 우중충한 짐승 가죽으로 덮었다. 그러다 보니 이 건축물은 이제 왕궁이라기보다 짐승의 가죽으로 가득한 요새처럼 변해 갔다. 외관이나 내부 모두. 왕궁 지하 감옥에 감금된 포로는 비참한 생활을 견뎌야 했다. 대연회장은 주로 약탈이나 전쟁 계획을 수립하는 장소로 쓰였고, 왕족에게 걸맞은 연회가 열리는 일은 몹시 드물었다.

이날 밤 연회장은 더욱더 고요했다. 트리스탄은 짐승 가죽으로 장식된 몰구르의 왕좌를 차지했다. 데몬족의 원수는 왕좌에서 쫓겨나 제 부하들과 같은 자리에 서야 했다. 왕좌

위에 근엄하게 앉은 트리스탄을 둘러싸고 있는 까마귀 떼는 데몬들의 미세한 움직임 하나하나를 예의주시하는 것처럼 보였다. 그 모습에서 툴은 타 종족의 왕좌에 앉는 걸 주저하지 않던 엘리야를 어렴풋이 떠올렸다. 암흑 군주가 되어 버린 그의 아들과 달리 엘리야는 적어도 님룬트가 저와 같은 선상에 앉는 걸 허용했었다. 그렇지만 되크 발두르에게 타협은 눈곱만치도 없었다. 분노에 부들부들 떠는 데몬족의 우두머리에겐 눈길조차 주지 않았고, 그들이 모시던 원수를 모욕하는 이 상황을 제대로 파악하지 못하고 당황해하며 당분간 침묵을 선택한 데몬족의 전사들도 그의 안중엔 없었다. 여전히 그 누구도 트리스탄의 얼굴 전체를 보지 못했다. 왕좌 양옆으로 켜진 촛불 아래 짙은 회색 입술만 간신히 보였다. 이따금 그 입술 사이로 놀랍도록 하얀 치아가 일렬로 모습을 드러냈다. 그 모습마저도 얼마나 기묘하던지! 그렇지만 데몬족 위에 우뚝 군림하는 저 모습에서 트리스탄 폰 도른슈트랑의 본모습이 언뜻 보이는 것 같기도 했다. 한때 인간 사내였던 트리스탄의 옛 모습이 냉혹함과 음험함 뒤에 잔영처럼 드리워 있었다. 파수꾼들은 언젠가 이런 일이 벌어질지도 모른다고 예상했었다. 이스타리엘이 앞서 예견했던 이 상황은 정말 현실이 되어 버렸다. 불편한 감정이 툴을 사로잡았다. 정말 운명을 바꿀 수는 없는 걸까? 저 자신이 할 수 있는 일이 아직 있을까? 생각이 여기까지 닿았을 때 툴의 시선이 몰구르와 마주쳤다. 그는 소리 없이 말을 전했다. 툴은 몰구르의 생각을 대번에 알아챘다. 툴은 고개를 끄덕인 후 집중하기 위해 눈을 감았다.

"당장 그만두는 게 좋을 텐데!" 트리스탄의 음성이 천둥처럼 울려 퍼지자 툴은 금세 감았던 눈꺼풀을 번쩍 들어 올렸다. "유령늑대가 아직 네게 종속되어 있긴 하지, 데몬족 파수꾼. 하지만 그건 네가 내 편에 있을 때만 그럴 거다. 네가 진정 내게 맞서려 한다면 내 손수 네 검에 유령늑대의 피를 적신 뒤 그 검을 다시 네 피에 담글 것이다!"

툴이 입술을 깨물었다. 목숨을 지키려면 어떻게든 유령늑대를 제 편으로 데리고 있어야 했다. 되크 발두르가 유령늑대를 소유하는 순간 데몬족의 파수꾼은 아무런 쓸모도 없어질 것이다. 저 자신을 위해서도, 그리고 다른 이들에게도 마찬가지일 것이다. 아엘프스탄 전투에서 저자가 아직 인간에 불과했던 그 기회를 제대로 활용했었더라면! 그때 유령늑대들에게 저 녀석을 덮치라고 명령했어야 했는데!

"스키르의 데몬들이여," 왕좌에 앉은 암흑의 사내가 모두를 향해 돌아섰다. "최후의 전투를 치를 채비를 하라. 이제 우리는 요정 여왕 웨이요나를 죽이러 페엔요정 산맥으로 진군한다."

"어떻게 달리 방법이 있으십니까?" 몰구르가 끼어들었다. "지난 수십 년간 그 어떤 생명체도 요정들을 본 적이 없소. 게다가 그들의 왕국으로 향하는 입구조차 아는 이가 없소."

"까마귀들이 출입구를 안다." 트리스탄이 대답했다. "너희는 우리 뒤를 쫓아와 나를 위해 그 문을 열면 된다."

데몬의 원수가 트리스탄에게 한 걸음 다가섰지만 그가 손을 들자 곧장 그 자리에 멈춰 섰다. "요정 왕국에 가려면 우선 알빈가르트로 향해야 합니다." 그리고는 잠시 고민했다. "님룬트와 엘리야가 우리에게 맞설 거요. 두 종족의 군대가 바로 지금 아엘프스탄의 성문을 단단히 지키고 있소. 그러니까 당장은 전투를 벌이기에 적절한 시기가 아니오."

"지금 망설이는 건가, 데몬?" 이 질문은 데몬의 원수뿐만 아니라 그의 종족 전체에게 던지는 모욕이나 다름없는 말이었다. 순간 술렁이는 음성이 곳곳에서 들려왔다.

몰구르는 양손으로 주먹을 움켜쥐었다. "군대를 괴멸시킬 상황을 피하기 위한 것이지 주저해서가 아니오! 지난 전투에서 우리는 많은 드래곤을 잃었소. 그것도 당신 때문이었지!" 뼈가 툭 튀어나온 검지가 트리스탄을 가리켰다. "당신이 직접 나서서 드래곤의 여왕이 제 부하들을 해방하는 걸 돕지 않았소? 그리고 그들은 이제 인간과 엘프의 편에서 싸우게 되겠군."

"잃어버린 드래곤을 되찾을 수 있도록 손을 써 보겠다!" 트리스탄이 말했다.

갑자기 침묵이 내려앉았다. 되크 발두르와 데몬족 원수는 서로 시선을 고정한 채 단 한마디도 하지 않았다. 그런 뒤 갑자기 몰구르의 얼굴에 희미한 미소가 떠올랐다. 그리고는 곧 혐오스러운 표정 속으로 웃음기가 사라졌다. "좋소." 그가 트리스탄의 제안에 동의했다. "드래곤 여왕을 굴복시켜 준다면, 당신의 요구 사항을 전부 이행하겠소. 난 드래곤을 다시 노예로 삼고, 엘프를 학살하고, 인간들을 불태워 버리겠노라 맹세했었지. 그러니 요정 몇 명 더 없앤다고 그리 달라질 것도 없으니."

트리스탄은 알아보기 힘들 정도로 아주 살짝 고개를 끄덕였다. "그렇게 될 것이다." 그러더니 까마귀 한 마리에게 눈짓으로 신호를 보냈다. 까마귀는 푸드득 자리를 차고 올라 가죽으로 덮은 샹들리에 위를 지나 연회장 복도를 따라 날아갔다. "내가 없다고 날 속일 생각은 하지 마라. 군대를 모아 슈발벤하인에 집결한 뒤 우리가 돌아올 때까지 기다려라."

"우리라니?" 툴이 당황한 음성으로 물었다.

"그래." 트리스탄의 섬뜩한 표정이 툴에게 향했다. "넌 나와 함께 간다, 유령늑대의 정복자."

"네 포로로 말인가?"

"내 동맹이자 네 종족의 원수가 내 부재를 틈타 유령늑대로 쓸데없는 짓거리를 벌이지 않도록 확실히 하기 위해서지."

툴은 미처 거기까지는 생각하지 못했었다. 그들이 되크발두르와 마주친 순간까지 툴은 몰구르의 측근으로 있으면서 어느 정도 안정감을 느꼈었다. 엘프들과 결별한 뒤로 두 종족은 원수지간이 되었지만 누구도 이렇게 빨리 전쟁이 터지리라고 예상하지 못했었다. 그러나 상황이 급변한 만큼 샤텐발트 마물들의 위상은 이전보다 훨씬 더 높아졌다. 유령늑대와 와이번에게 명령을 내릴 자가 결정적인 역할을 하게 될 것이다. 그러니까 향후 툴이 스키르에 머문다면 하피의 둥지에 갇힌 한 마리 염소나 다름없을 것이다. 왜냐하면 몰구르 자신이 유령늑대의 정복자로 등극하는 일이 얼마나 간단한지 깨닫기까지 그리 오래 걸리지 않을 테니까.

짜증으로 가득한 데몬족 원수의 눈빛에서 툴은 그런 가

설이 틀리지 않았음을 깨달았다. 스파이도 아니고 드래곤을 제압한 것도 아닌 이상 파수꾼은 쓸모가 없었다. 갈린이 그러했듯 스키르 역시 아엘프스탄만큼이나 그의 안식처가 될 수 없는 곳이었다. 툴은 고향도, 가족도 없었다. 그 어디에도 그의 삶을 소중하게 여겨 줄 이 하나 없었다. 모두가 그의 심장에 단도를 박아 넣을 궁리만 했다. 그러니 단 한 번도 진정한 친구였던 적이 없는 이 망가진 인간과 간다고 한들 더 나쁠 것도 없을 것이다. 저에게도 저주를 퍼부을 만한 신이 있었더라면 툴은 지금 당장 그러고 싶었다.

마론

마론은 온통 피로 칠갑한 드래곤 여왕의 인상적인 등장이 내심 부러웠다는 걸 솔직히 인정해야만 했다. 그녀가 저 하늘에서 시커먼 점으로 등장하자 아엘프스탄 수비대 전체에 비상이 걸렸다. 성벽을 어슬렁거리던 와이번 떼가 일제히 그녀를 향해 날아갔다. 드래곤 여왕은 이 에냐도르에서 가장 잔혹한 마물들의 엄호를 받으며 귀가 먹먹해질 정도의 괴성과 함께 거친 날갯짓으로 성을 향해 날아와 너른 앞마당에 착륙했다. 그 광경을 목격한 대다수 엘프는 기겁하여 말문이 막혀 버렸지만, 마론은 의연한 자세를 유지하려 애썼다. 그때 마론은 사피라가 혼자가 아니라는 걸 깨달았다. 그녀의 등에 야레드가 앉아 있었다. 잿빛 얼굴에 주름이 가득했지만 적어도 숨은 쉬고 있었다. 저 위풍당당한 드래곤 여인에게 느끼는 시기심에도 불구하고 마론의 마음에 기쁨이 차올랐다. 야레드에게 변고가 생겼다는 사실을 알게 된 후 마론은 저 대장장이를 도른슈트랑 성에 혼자 두고 온 것에 대해 극심한 자책감에 시달리던 터였다. 저의 그릇된 판단 때문에 야레드는 그 배신자 소굴에 홀로 남아 코리안에게 갖은 굴욕을 당하고 거의 죽음의 문턱을 넘을 뻔했다. 야레드의 귀환을 확인한 마론은 이제야 숨통이 트이는 것 같았다.

카이는 의족 따위는 없는 것처럼, 그리고 등에 드래곤 날개라도 달린 것처럼 마구간에서 달려왔다. 예상한 대로 그의 마법 지팡이가 환한 광채를 뿜어냈다. 인간형으로 변신한 사피라가 엘프 병사들 앞에 잠시라도 나신으로 서지 않도록 배려하기 위해서였다. 한결 가벼워진 마음으로 카이와 막 도착한 두 사람은 서로 부둥켜안았다. 이어 사피라가 와이번들에게 눈짓하자 그들은 사납게 비명을 지르며 공중으로 날아올라 다시 성벽을 점령했다. 마론이 머뭇거리며 그들에게 다가갔다.

"엘리야 님은 어디 있지?" 그들에게 마론이 다가섰을 때 카이가 물었다.

"샤텐발트로 가고 있을 거다." 사피라가 대답했다. "내일 곧장 그를 뒤따라가기로 했어. 우선 야레드부터 안전하게 잘 챙겨 놓은 뒤 말이야."

"샤텐발트에서 또 뭘 하려는 거지? 그나마 남은 마력까지 다 잃으려고?" 카이가 화들짝 놀란 음성으로 말했다.

"아니다. 그가 찾으려는 건…" 주변을 둘러보다 마론과 눈이 마주친 사피라의 얼굴이 이내 굳어졌다. "그나저나 우선 아엘프스탄이 지금 어떤 상황인지 알아야겠어. 방해받지 않고 대화할 장소부터 찾아보자."

마론은 분노 섞인 불쾌한 감정이 복받쳤다. 어디서 굴러 들어 온 돌이나 다름없는 이 드래곤 여왕은 여전히 절 믿지 않았다. 마론은 처음부터 줄곧 엘리야 편에 서서 신의를 지켜 왔음에도. 저 여자가 이제 왕과 자신의 사이마저 갈라놓으려는 속셈인 걸까? 트리스탄과 저 사이에 끼어들었던 것처럼? 하기야 뭐, 이런 시시껄렁한 게임이 더는 오래가지 않을 테니 아무래도 상관은 없었다.

그때 갑자기 마론의 다리 옆에 나지막이 음매 울음소리가 들려왔다. 시선을 아래로 향한 마론은 순간 굳어 버렸다. 반면 영문도 모르는 야레드는 염소의 하얀 털을 쓰다듬었다. "그래, 그바일로. 어떻게 아엘프스탄은 잘 지키고 있었냐?"

"그 염소… 그바일로야?" 놀란 마론이 말했다.

카이가 환한 미소를 지으며 고개를 끄덕였다.

"하지만 그때… 네가 먹어 버렸잖아!"

"먹어 버렸다니?" 사피라와 야레드가 거의 동시에 소리쳤다.

"그게 말이야." 창피한 듯 카이가 머리를 긁적였다. "한동안은 모두가 정말 그런 줄로만 알았지."

막 도착한 이들은 의아한 표정으로 서로를 마주 보더니 고개를 돌려 어린 마법사를 응시했다. 그리고 다시 마론을 힐끗 쳐다본 사피라가 말했다. "해야 할 이야기가 많은 것 같구나." 그리고는 성을 향해 돌아선 사피라가 발걸음을 옮기려 했다. 그렇지만 그바일로는 반항적인 기세로 폴짝거리며 마론 주변을 뛰어다니더니, 결국 그녀의 바짓가랑이를 덥석 물었다. 그녀가 꼼짝도 하지 않으려 하자 그바일로가 잡아당겼다.

"어서 저 정신 나간 염소 좀 진정시켜 봐. 그리고 빨리 가자." 한숨을 내쉰 드래곤 여왕이 카이에게 돌아서며 말했다. 이마를 찌푸린 카이가 잠시 멈춰 섰다.

"과거를 돌이켜 보면 그바일로의 행동을 무시할 때마다 안 좋은 일이 생겼어." 그의 시선이 마론에게 향했다. "그바일로는 네가 우리와 함께 가기를 원하는 것 같은데. 왜일까?"

"그야 나도 모르지." 마론은 무덤덤하게 대답했지만 발걸음은 이미 그들과 함께 갈 채비가 되어 있었다. 그러자 길길이 날뛰던 그바일로가 곧바로 얌전해졌다. 그리고는 뭉뚝한 꼬리를 강아지처럼 흔들며 주둥이를 벌려 마론의 바짓가랑이를 놓아주었다. 그의 주둥이가 마치 씩 미소라도 짓는 것처럼 보였다.

"그럼 결정된 거네. 마론, 너도 함께 가자." 카이가 확고하게 말했다.

사피라는 언짢은 기색을 숨기지 않으며 눈썹을 치켜세웠지만 아무 말도 하지 않았다. 그저 위풍당당하고 접근하기 어려운 고고한 분위기로 엘프들을 지나 성으로 향했다. 나머지 일행도 말없이 그녀의 뒤를 쫓았다. 적어도 야레드만큼은 마론이 함께 가게 되어 기쁜 것 같았다. 그녀에게 윙크를 보내며 친근하게 어깨를 두드렸다. "널 이렇게 다시 볼 거라 생각하지 못했다, 비젤." 그가 나지막이 말했다. "너와 나, 둘 다 지옥문 앞까지 갔다 왔지 모냐."

"지옥문이라… 앞으로도 계속 닫혀 있길…." 마론이 그에게 대답하며 미소를 지어 보였다. 옛 친구가 이렇게 곁에 있어 몹시 기뻤다. 야레드는 그녀와 진정으로 가까운 유일한 인간이었다. 반면 아담은 예전엔 단순 무지해서 말이 잘 통하지 않았지만 요새는 너무 많이 변해 혼란스러웠다. 야레드가 없는 동안 이 성에는 의지할 사람이 아무도 없었다. 다행히 야레드가 돌아왔으니 이젠 달라지겠지.

147

일행은 님룬트의 알현실을 지나 카이의 방으로 향했다. 그곳에서 사피라는 도른슈트랑에서 겪은 일을 상세하게 들려주었다. 갈증으로 야레드를 죽이려 하던 코리안에서부터, 성벽 밖에 있던 비밀 감옥 그리고 유서 깊은 인간 요새의 붕괴까지. 그 장면을 떠올리자 마론은 심장에 비수가 꽂히는 것만 같았다. 그녀의 기억 속에 남은 도른슈트랑은 새로운 번영을 준비 중이었다. 그런데 이제 모든 것이 폐허 더미가 되어 버렸다니! 성은 물론 인간의 미래마저도. 이야기를 전하는 동안 손으로 야레드의 손을 쓰다듬는 사피라를 보며 마론의 표정이 돌처럼 굳었다. 게다가 대장장이의 반응은 한술 더 떴다. 그의 눈은 무표정했지만 입가에는 기뻐 어쩔 줄 모르는 미소가 떠올랐다. 설마 진심인 걸까? 정말 야레드마저 저 드래곤 창녀의 유혹에 빠져 버린 남자들의 대열에 합류하려 저러는 걸까? 그리고 그보다 더 역겨운 건… 예전에 도른슈트랑에서 제게 여인은 단 하나뿐이라던 그 말이 저 여자 얘기였단 말일까? 정말이지 기절초풍할 노릇이었다. 그러니까 야레드는 친구로서 그녀의 편에 서려 이곳에 있는 것이 아니었다. 야레드는 저뿐만 아니라 아담에게도 전혀 관심이 없었고 그저 사피라에게만 알랑대고 있었다. 다른 사내들과 똑같이!

"당신은 정말 저들 모두를 다 가져야 만족할 모양이군요. 그렇지 않나요?" 마론이 사피라의 말을 끊고 따져 물었다. "처음에는 트리스탄, 그런데 이제는 야레드라니. 게다가 엘리야 님마저도 당신 마음대로 주무르려 하고 말이죠. 당신 발톱 사이에 모두를 움켜쥐고 자나 깨나 벗고 있는 그 가슴 사이로 끌어당기고 싶은가 보군요."

사피라의 눈이 휘둥그레졌다. "뭐라고, 너 지금 제정신이야?"

카이의 표정도 어두워졌다. "마론, 너 원래 네 감정을 잘 추스르잖아. 네가 이런 식으로 나오면 그바일로의 충고고 뭐고 난 널 쫓아낼 수밖에 없어."

마론은 카이의 말에 전혀 아랑곳하지 않고 사피라와 계속 분노에 찬 눈빛을 주고받았다. "난 단 한 번도 네게서 누군가를 빼앗은 적이 없다!" 화가 난 사피라가 씩씩거리며 말했다. "트리스탄도, 야레드도. 그리고 더구나 엘리야는 말할 건더기도 없지. 진실을 보지 못하는 건 오롯이 네 어리석음 때문이란 걸 깨닫기 바란다."

"그럼 그 진실이 도대체 뭐란 말이죠?" 마론이 곧장 맞받아쳤다. "트리스탄은 어디에 있어요? 벌써 며칠째 묻고 있지만 그 누구도 내게 대답해 주지 않아!"

이번에도 솔직히 털어놓으려는 사람이 없었다. 카이, 사피라 그리고 야레드는 그저 불안한 눈빛만을 교환할 뿐이었다.

"그건 너와 전혀 상관없는 일이다, 비젤." 마침내 야레드가 입을 뗐다. "우린 그저 네게 말하지 말아야 할 이유가 있을 뿐이야."

카이가 한숨을 쉬었다. "넌 엘리야에게 정말 충성스러운 신하였기 때문에 우린 이 이야기를 네게 하지 않는 것이 좋겠다고 결정했지. 하지만 이제 상황이 좀 달라졌으니…."

"잘 됐군!" 사피라가 벌컥 화를 냈다. "어서 저 여자에게 다 말해 버려! 고작 저런 유치한 행동에 마음이 약해져서야 원…. 그리고 다 까발린 뒤에 저 여잘 나한테 좀 보내. 난 꼭 사과를 받아야겠으니까. 정말이지 너희에겐 이 드래곤족 여왕의 명예 따윈 아무것도 아닌가 보구나. 저 족제비가 원하는 걸 갖다 바치는 것만 중요하고!"

자리에서 벌떡 일어선 사피라가 뒤도 돌아보지 않고 그대로 방을 나가 버렸다. 카이의 방문이 쿵 하고 거칠게 닫혔다. 이 상황을 지켜보던 그바일로가 펄쩍펄쩍 뛰더니 비통한 울음소리를 내기 시작했다.

"세상이 전부 미쳐가고 있어." 야레드가 손바닥으로 제 얼굴을 덮으며 한숨을 내쉬었다. "저 밖에는 지금 전쟁이 터지기 일보 직전인데, 너희들은 전부 얼간이처럼 구는 것밖에

할 줄 모르냐. 그건 너도 마찬가지야, 그바일로!"

마론의 눈에 눈물이 차올랐다. 왜 아무도 그녀의 아픔을 전혀 이해하지 못하는 걸까? "내가 저 여자보다 트리스탄을 먼저 사랑했어!" 눈물이 터지는 바람에 그랬는지 그녀의 입에서 그만 이 말이 튀어나오고야 말았다. "그를 위해 내 목숨 50년을 팔았어! 그런데 저 드래곤 창녀가 그에게 마법을 걸어 버렸다고!"

"사피라는 그러지 않았어!" 카이가 단호하게 말했다. "사피라는 트리스탄에게 좋은 친구일 뿐 그 이상도 그 이하도 아니야. 물론 그의 아내이긴 하지만 솔직히 그런 건 아무 의미도 없어. 그들의 혼인은 제대로 완성되지 않았으니까."

"뭐라고?" 마론은 카이의 말을 듣긴 했지만, 그 숨은 뜻이 무엇인지 제대로 이해하지 못했다. 마론은 엘프의 군영에서 탈출한 트리스탄과 슈발벤하인에서 재회하던 그 순간을 여전히 똑똑히 기억했다. 당시 절 바라보는 그의 눈빛은 공허하기만 했고, 애정 어린 예전의 흔적은 조금도 찾아볼 수 없었다. 사피라가 등장하자마자 그의 감정은 온데간데없이 사라졌었다. 그렇다면 이유는 딱 한 가지밖에 없지 않은가?

"하지만…" 그녀의 목소리가 갈라졌다. "트리스탄은 날 사랑했어. 저 여자보다 날 먼저!"

"그래. 하지만 그 사랑이 사라진 것은 사피라 때문이 아니야. 이조라 때문이었지."

"이조라라니?" 순간 마론의 눈앞이 깜깜해졌다. 카이가 도대체 무슨 말을 하는 거지?

"이조라가 트리스탄에게 사랑의 묘약을 마시게 했어. 당시 그녀는 그가 로리안 폰 안고르 파비아라고 착각했었거든. 이 모든 게 우연이 만들어 낸 운명의 장난이었지. 그 운명 속에 무슨 의미가 들어 있는지는 알 수 없으나 우리가 절대 들여다볼 수 없는 그런 불운이 끼어든 거야."

"이조라…." 그 이름을 간신히 입 밖으로 꺼내는 것 외에 마론은 아무 말도 하지 못했다. 최근에 엘프 공주와 나눈 대화가 머릿속에 떠올랐다. 특히 그녀가 마지막으로 남긴 말이 뼈를 때렸다. 마론이 갑자기 숨을 헐떡이기 시작했다. "엘리야 님…. 그분도 알고 계셔?"

카이가 한숨을 내쉬었다. "그래. 이스타리엘이 그에게 털어놓았어."

"너희들 어떻게 그럴 수가 있어?" 마론이 항의했다. "나도 절대 그 비밀을 누설하지 않았을 텐데! 왜 나한테만 숨긴 거야!" 이성을 잃은 데몬처럼 날뛰던 마론이 문득 무언가를 깨달은 듯 얼굴을 양손으로 가리고는 절규했다. "아아, 안 돼!"

그런 뒤 벌떡 자리에서 일어났지만 야레드가 그녀를 붙잡았다. "무슨 일이야? 어디로 가려는 거냐?"

마론은 절 붙잡은 야레드를 급하게 밀쳤다. 그리고 거의 비틀거리다시피 간신히 문가로 향했다. 그녀의 뒤편에는 카이의 마법 지팡이에 고정된 프레지오라이트가 밝은 빛을 뿜어내고 있었다.

"마론? 네 목숨 50년을 도대체 무엇과 바꾼 거야?" 카이가 등 뒤에 대고 소리쳤지만, 마론은 당장 그런 걸 설명할 겨를이 없었다. 그녀는 있는 힘껏 회랑을 달려 사피라의 방으로 향했다. 그녀의 등 뒤로 카이와 야레드의 발걸음 소리와 잔뜩 긴장한 채 총총거리며 달려오는 그바일로의 발굽 소리도 들렸지만 마론은 뒤돌아보지 않았다. 지금 머릿속에는 오롯이 아녜이의 흑마법 주술이 걸린 무시무시한 선물에 대한 생각뿐이었다. 사피라의 베게 아래 숨겨 놓았던 주술 부적! 설마 그사이에 침대에 누운 건 아니겠지? 아녜이의 흑마법이 벌써 사피라의 혈관에 스며들었을까? 내가 도대체 무슨 짓을 한 거지?

노크도 하지 않고 문을 벌컥 연 마론은 안도감을 느꼈다. 팔짱을 끼고 입술을 깨문 사피라가 창가에 서 있었다. 그녀의 방에 난입한 마론을 마주한 사피라가 한쪽 눈썹을 높이 들어

올렸다. "그래서? 이쯤이면 내게 사죄해야 하지 않을까?"

"죄송해요." 마론이 말을 더듬었다. "내가 제대로 봤어야 했어요. 그리고 제대로 느꼈어야 했는데. 아아, 내가 눈이 멀었었나 봐요!"

"그래 맞아. 두더지만큼이나 눈이 멀었지. 내가 몇 번이고 말하지 않았나!" 사피라가 힐책했지만 적어도 짜증으로 찌푸려졌던 이마의 주름이 사라졌다. 사피라가 분노한 건 마론이 미워서라기보다는 자신이 저지르지도 않은 불의에 추락한 명예 때문이었다. 미안한 마음에 마론은 몸 둘 바를 몰랐다. 어쩌면 시간이 흐르면 언젠가 사피라가 자신을 용서할 수도 있으리라. 요동치던 마론의 심장 박동이 서서히 진정됐다. 마론 뒤로 카이와 야레드가 그바일로를 대동한 채 문가에 나타났다. 그바일로는 염소라기보다 구슬피 우는 어린아이에 가까운 울음소리를 내었다.

"사피라." 카이가 그녀를 불렀다. 떨리는 그의 음성에 마론의 내면에 불안감이 차올랐다. "오른손에 든 그건 뭐지?"

"나도 그걸 알고 싶군." 드래곤 여왕이 가슴 앞에 낀 팔짱을 풀자 그녀의 오른손에 들린 이끼, 천 조각, 돌멩이로 구성된 괴상한 물체가 나타났다. 부적이었다. 그걸 건넨 아녜이조차 천으로 싸서 만졌던 끔찍한 물건! 사피라는 맨손으로 그것을 들고 있었다. 엄지에서 피가 흘렀다. "내 베개 아래 이런 게 있더군. 이걸 꺼낼 때 손을 베어 버렸지 뭐야."

갑자기 방 안으로 쏘아진 초록 광선이 사피라의 손에서 주술 부적을 떨어트렸다. 깜짝 놀란 드래곤 여왕이 한 걸음 뒤로 물러섰다. 그런 뒤 상처 난 손을 들어 올리고는 뚫어져라 응시했다. 마론의 눈에 그녀의 손가락 근육이 파르르 떨리는 게 보였다.

"이게 뭐지? 도대체 이게 뭐길래… 내가 왜 이러는 거지?" 사피라가 속삭였다. 동시에 다리에 힘이 풀린 듯 풀썩 무릎을 꿇었다. 야레드가 황급히 사피라의 곁으로 달려가려 했지만 카이가 마력을 쏘아 그를 바닥에 쓰러트리며 제지했다.

"어서 나가! 모두 사피라한테서 멀리 떨어져야 해!" 마론의 어깨를 움켜쥔 카이가 그녀를 문밖으로 밀치며 외쳤다. 마론은 사지가 마비된 것처럼 비틀거리며 뒷걸음질 쳤다. 온몸에 힘이 빠져나갔고 당장 어찌해야 할 바를 몰랐다. 이윽고 그들 사이 방문이 닫히기 전 카이의 시선이 그녀와 마주쳤다.

"마론, 어서 신들에게 용서를 빌어라! 어쩌면 드래곤의 여왕이 다시는 하늘을 날지 못하게 될지도 몰라. 전적으로 네 잘못 때문에."

이조라

깊은 생각에 잠긴 이조라는 손에 든 거위 깃털을 만지작
거렸다. 거의 한 시간째 어릴 적 이스타리엘과 함께 비밀 아
지트로 삼았던 동굴에 앉아 있었다. 인간의 왕이 불사의 권
능을 지닌 채 포로로 감금당하고, 그의 아들이 부르크스메
아데의 한 농가에서 고아로 자라던 그 시절이었다. 이조라
는 착잡한 마음으로 이 동굴에 얽힌 은밀한 추억을 떠올렸
다. 이곳에서 이스타리엘은 그녀에게 활쏘기를 가르쳤고,
그녀는 그 대가로 엘프 도서관에서 가져온 시답잖은 책들을
읽어 주었다. 쌍둥이 오누이가 여기서 보낸 시간은 궁정의
모든 제약과 의무에서 잠시 벗어나는 짧지만 달콤한 일탈이
었다. 이조라는 그 어디에서도 여기서만큼 자유를 느껴 본
적이 없었다.

이조라는 제 손에 들린 순수하고 새하얀 거위 깃털을 바

라보며 또다시 생각에 잠겼다. 깃털 끝은 매끄럽게 절단되어 있었다. 몹시 날카롭고 뾰족했다. 작고 여린 생물에게는 치명적일 만큼. 이조라는 마치 적군의 머리를 어깨에서 베어 버리기 직전 검날을 훑는 기사처럼 손가락으로 깃을 쓰다듬었다.

그때 성에서 들려오는 발굽 소리가 그녀의 관심을 끌었다. 슬로나무 덤불에 뒤덮인 이 동굴은 밖에서는 입구가 거의 보이지 않았다. 그렇지만 이조라는 저 아래에서 이동 중인 사람을 볼 수 있었다. 다리로 방향을 조절하기보다 주로 말의 고삐를 세게 움켜쥐고 잡아당기는 몹시 서투른 기수였다. 저런 식으로 말을 다루면 말의 입가는 찢어질 듯 아플 수밖에 없을 것이다. 불쌍한 저 갈색 말은 두 눈을 연신 굴리며 기수의 난폭한 처우에 맞섰다. 처음에 이조라는 곧바로 관심을 꺼 버리려고 했지만 그 기수가 남자가 아니라 여자라는 사실을 깨달았다. 마론이었다. 그녀의 얼굴은 눈물로 뒤범벅이었다. 아무도 절 보지 못할 거라 여겼는지 제 감정을 온전히 드러낸 것 같았다. 무슨 일이 있었기에…. 자신이 지금 여기 이 동굴에 웅크리고 앉아 거위 깃털 하나를 쥐고 이렇게 어리석은 신경전을 벌이는 사이 성에서 도대체 무슨 일이 있었던 걸까? 하긴 아무려면 어떨까? 중요한 것은 아무것도 없었다. 절체절명의 결단을 앞둔 그녀는 다른 곳에 신경을 쓸 만한 여유가 없었다. 그런데도 마론이 그냥 저런 상태로 말을 몰고 가도록 놔두기가 께름칙했다. 잠시 자신의 문제를 접어 둔다 해도 나쁠 건 없지 않겠는가. 고작 일순간일 뿐이니. 이조라는 엘프족 공주의 품격에 걸맞게 아무 소리 하나 내지 않고 슬로나무 뒤편으로 모습을 드러냈다. 마론은 지금 그녀가 있는 곳 바로 아래까지 말을 타고 올라왔다. 얼굴에 가득한 눈물 탓에 시야가 좁아진 마론은 곧바로 그녀를 알아보지 못했다. 이조라가 헛기침을 하자 한 손으로 고삐를 쥔 소녀가 서둘러 다른 한 손으로 얼굴훔쳤다. 제 앞에 등장한 상대를 알아차린 마론이 흠칫 놀랐다. "웬일이시죠? 여기서 뭐 하는 겁니까?" 다소 침착한 음성으로 그녀가 물었다.

"나도 그걸 네게 묻고 싶다만."

마론이 시선을 아래로 떨궜다. 상심이 너무 큰 나머지 둘러댈 거짓말조차 생각나지 않을 정도로 절박해 보였다. "사피라가 돌아왔어요." 마론이 소식을 전했다. "그리고 이제난 내게서 트리스탄의 마음을 훔쳐 간 이가 그녀가 아니란것도 알게 되었어요."

이조라의 낯빛이 창백해졌다. 왜 저 소녀가 그냥 지나가

게 두지 않았던 걸까? 이제 이조라는 그녀의 비난을 고스란히 들어야만 할 판이었다. 물론 마론에게 욕을 먹어도 싼 것은 맞지만, 지금 이 순간만큼은 그러고 싶지 않았다.

"정말 미안해." 이조라가 진심을 담아 용서를 구했다. "네게 상처를 주려고 그런 건 절대 아니야. 사실…"

"알고 있어요." 마론이 이조라의 말을 단박에 잘랐다. 그 순간에도 인제 그만 멈추라고 명령한 주인의 말을 듣지 않는 눈물이 마론의 양 뺨을 타고 하염없이 흘러내렸다. "물론 고의로 그런 건 아니었겠죠. 그런데 내가 사피라의 침대에 주술 부적을 몰래 숨겨 놨어요. 목숨을 빼앗아 갈 몹쓸 힘이 깃든 사악한 물건이란 걸 알면서도." 마론이 또다시 말고삐를 잡아당기자 그녀가 탄 말이 불안해하며 이리저리 뛰기 시작했다.

"네가 드래곤족의 여왕을 죽였단 말이야?" 이조라는 거의 넋이 나갈 것 같은 음성으로 물었다.

마론이 고개를 저었다. "아니요. 하지만 주술 부적에 손을 다쳤어요. 가까스로 카이가 흑마법이 진행되는 걸 막았지만 이미 팔 전체에 퍼졌어요. 그래서 팔이 마비되어 버렸죠."

그 말에 이조라는 조금이나마 진정할 수 있었다. "마비된 팔이라도 있는 것이 아예 없는 것보다는 나아." 이조라가 지극히 사실적인 관점에서 말했다.

"엘프에게는 그렇죠. 인간이나 데몬도 그럴 거고요. 하지만 드래곤족에게 팔이 마비된다는 건 더는 하늘을 날지 못한다는 뜻이에요. 사피라가 창공을 날지 못한다면 어떻게 제 종족을 이끌고 전투에 나서겠어요?"

이조라는 미처 거기까지 생각하지 못했다. 사실은 한 치 앞도 생각할 여유가 없었다. 그녀의 삶을 결정적으로 뒤바꿀 중대한 갈림길에 서 있었기 때문이었다. 마론은 이조라가 침묵하는 동안 그녀를 자세히 관찰했다. "지금 손에 든 그 깃은 뭐예요?" 이상한 낌새를 차린 마론이 캐물었다.

이조라는 대답하는 대신 살생 도구를 재빨리 등 뒤로 숨겼다. 마론이 이마를 찌푸렸다. "난 작은 마을에서 컸죠." 이조라는 사뭇 달라진 마론의 음색을 놓치지 않았다. 좀 더 부드러우면서 동정심이 깃든 말투로 마론이 말했다. "당신처럼 그런 깃털을 사용하는 여자는 딱 두 부류였어요. 남편이 아닌 사내의 아이를 밴 경우, 그리고 그러잖아도 이미 먹여 살려야 할 식구가 많아 해마다 겨울이면 아사 직전까지 간 경우였죠. 이유야 어쨌든 결과는 하나같이 처참했어요. 그들은 모두 창상열에 시달렸고 절망적인 상태에 빠졌죠. 결국 일부는 살아남지 못했어요. 일부는 아이를 낳았죠. 그러나 불행히도 기형아였어요. 이조라, 그러지 말아요. 그건 정말이지 잘못된 선택이에요."

"하지만 이 애의 아버지가 누구인지 모르겠어!" 지금까지 공주의 자존심을 떠받쳐 주던 도도한 벽이 무너져 내리는 순간이었다. 요정들의 마법에 무너진 도른슈트랑 성처럼 풀썩 쓰러지고 말았다. 이조라가 어깨를 들썩이며 흐느껴 울었다. 그녀는 곧 눈물범벅이 되었다.

"그러니까 신들의 비밀이란 아담의 말이 그런 뜻이었군요." 마론이 중얼거렸다. "그 뒤로 몇 시간 내내 아담에게 좀 더 알아내 보려 했지만 그는 아무 기억도 하지 못했어요. 정말 모르시겠어요? 짐작하기조차 어렵나요?"

"전혀 모르겠어!" 이조라가 흐느끼며 말했다. "엘리야가 이 사실을 알면 날 죽일 거야!"

"어쩌면요." 마론의 진지한 대답에 이조라는 숨이 멎을 것만 같았다. 이조라는 부질없는 대화는 이쯤에서 그만두고 원래 계획하던 일로 돌아가야겠다고 생각했다. 그런데 이상하게도 묘한 희망이 슬며시 가슴속에 피어올랐다. 이런 감정이 어디에서 시작된 건지 딱히 설명할 수는 없었다. 원래 마론은 그녀의 친구이기는커녕 뜻을 함께하는 동맹이었던 적도 없었다. 한때 그녀는 이조라가 품었던 욕망의 희생자였다. 그러니까 언제라도 도살장으로 보내도 괜찮을 어린 양이었다.

"하지만 당신을 용서할 만한 선한 마음이 그분의 내면에 있을지 또 누가 알겠어요."

"그래, 누가 그걸 알겠어." 이조라가 느릿하게 마론의 말을 따라 했다.

그때 또 한 번 말이 요란한 스텝으로 날뛰기 시작했다. 이 가련한 짐승은 제 등에 탄 어설픈 기수가 고삐를 놓치고 저를 놓아주지 않을까 하는 무의미한 기대에 부푼 것 같았다. 어떤 면에서 이조라의 기분도 꼭 그랬다. 자신을 옥죄는 사슬을 뛰어넘어 아무 데로나 마냥 질주하고 싶었다. 당장 여기에서만 멀리 벗어날 수만 있다면. 모든 생각을 털어 버릴 수만 있다면.

"그러지 말고 나랑 같이 가요." 그때 마론이 전혀 예상치 못한 말을 꺼냈다. 뜬금없는 제안이었다. 제 뱃속을 갈라 속에 든 것을 끄집어내 보여 주는 듯한, 젊은 여전사다운 제안이었다. 공주는 느닷없는 제안에 망설였다.

"어디로 말이니?"

"샤텐발트로 가요. 아녜이가 그곳에 있거든요. 부디 사피라에게 건 마법을 거두라고 설득할 참이에요. 그리고 엘리야 님도 곧 그곳에 오실 테니까 당신과 배 속의 아이를 그의 자식으로 받아들이도록 설득할 기회가 있지 않을까요. 어쩌면 전혀 다른 결과가 나올 수도 있겠고, 우리 둘 다 다시는 돌아오지 못할 수도 있겠지요. 하지만 난 증오에 떠밀려 다니는 삶은 이제 사양할래요. 지금이 내 삶의 마지막 여행이 되거나 내가 저지른 실수를 만회할 마지막 기회가 될지도 몰라요. 그건 당신도 마찬가지네요, 공주님. 그러니까 같이 가서 운명이 우리에게 예정해 놓은 것을 확인해 봐요."

그리고는 이조라에게 한 손을 뻗으려던 마론이 말안장에서 또 미끄러졌다. 마론도 자신의 승마 실력이 얼마나 부족한지 잘 알고 있었다.

이조라가 거위 깃털을 움켜쥐었던 주먹을 펼쳐 그것을 날려 보냈다. 불어온 바람에 깃털은 이 아엘프스탄에서 그들의 여행이 끝날 남부 어딘가를 향해 날아갔다. 이조라는 말 앞으로 다가와 마론의 말에 올라탔다.

"절대로 고삐를 세게 잡아당기면 안 돼. 말의 입가가 다치지 않도록 살살…." 이조라는 말의 고삐를 느슨하게 쥐었다. "내 친히 엘프의 승마술을 알려 주마. 어쩌면 이 세상에서 나한테 승마를 배울 마지막 사람이 너일지도 모르겠구나."

샤텐발트로 향하는 여정 내내 그들은 트리스탄에 대해 단 한마디도 하지 않았다. 물론 이조라만큼이나 마론도 그에 관한 생각이 머릿속을 떠나지 않았을 것이다. 이제는 엄청 난 괴수로 변해 버린 트리스탄! 이조라는 이 인간 소녀가 제 법 괜찮은 여행 동지라는 걸 인정해야만 했다. 솔직히 엘리 야나 이스타리엘보다 나았고, 트리스탄과 비교해도 훨씬 수 월했다. 저 어린 여전사는 전혀 웃지도 않았고, 저녁이면 모 닥불 가에서 즐거운 이야기 하나 나누지 않았지만, 이조라 가 원치 않는 그 무엇도 억지로 강요하지 않았다. 게다가 사 냥, 경호, 방향 찾기 등 일반적으로 남자들이 하던 일도 능 숙하게 도맡아 했다. 마론은 겉모습만 사내 같은 것이 아니 었다. 이조라를 성적으로 탐하지 않는다는 점만 빼고는 행 동도 사내 같았다. 마론은 여정 내내 이조라에게 정말 아무 것도 요구하지 않았다. 그래서인지 그녀와 야생에서 보낸 이 여정은 예상보다 무척 평온하고 쾌적했다. 항상 머리 모 양을 신경 쓰고, 분위기에 맞춰 적절한 미소를 지어야 한다 는 강박을 난생처음으로 내려놓을 수 있었다. 함께 길을 떠 난 첫날 밤부터 이조라는 마론이 올가미로 잡아 온 산토끼를 손질하려다가 드레스를 더럽히고 말았다. 인간 소녀는 이조라가 죽은 짐승의 껍질을 벗기려 낑낑대는 모습을 가만히 지켜봤다. 한참을 보다 못해 이조라의 손에서 토끼를 가로챈 마론이 옆에 있는 나무 아래에서 단도로 능숙하게 껍질을 벗기기 시작했다.

"이럴 땐 목이 아니라 다리부터 시작하는 거랍니다." 능숙한 손길로 사냥감의 엉덩이 뒤쪽 가죽을 잘라 내며 마론이 설명했다. 순간 이조라는 비위가 상했지만, 관심을 두고 그 모습을 지켜봤다. 마론은 무릎에 올려놓았던 가죽 조각에 피로 얼룩진 손등을 쓱 닦아 내렸다. 마침내 가죽 전체를 토끼의 머리 위로 잡아당겨 벗겨 낼 때까지 묵묵히 작업을 이어 갔다.

"넌 정말 할 줄 아는 게 많구나." 이조라가 부러운 목소리로 말했다. "거기에 비하면 난 아무 쓸모도 없어. 때로는 엘프의 성이 아니라 인간 마을에서 태어났으면 좋겠다고 생각한 적도 있어."

"정말 어리석은 소원이네요." 마론이 대답했다. 이어 토끼 배의 얇은 피부를 갈라내자 체액과 내장이 후드득 쏟아져 나오며 김이 모락모락 피어올랐다. 맨손으로 내장을 잡아 뜯는 마론의 모습에 이조라는 고개만 절레절레 흔들었다.

"인간 마을에서 태어났다면 마구간 돼지보다 못한 대접을 받았을걸요. 다섯 살부터 양모를 짜고, 여덟 살에는 버터를 만들어야 했을 테니까요. 열 살에는 주린 배를 잡고 참는 것이 일상이 되었을 거고, 열다섯 살에는 인근에 사는 농부에게 팔려가겠죠. 그리고 그 사람은 당신이 산욕열로 피 흘리며 죽어갈 때까지 계속해서 당신의 배를 부르게 할 거고요." 이조라가 건넨 꼬챙이를 온기가 채 가시지 않은 토끼 몸통에 꽂으면서 마론이 말을 이었다. "아니면 애당초 당신을 전사로 키웠을지도 모르죠. 나처럼. 그러면 내면에 있는 모든 여성성을 거부하고, 희망이나 소원 혹은 눈물 따위는 전부 묻어 버리라고 배웠을 거예요. 마을에 온 엘프들이 당신을 사지로 끌고 가기 전까지 목검과 주먹으로 때리고 괴롭혔겠죠. 그러니 내 말 믿어요, 공주님. 아엘프스탄은 그나마 나은 선택지라니까요."

이조라가 고개를 푹 숙였다. 그녀가 상상했던 인간의 삶은 로맨틱한 감정으로 가득했었다. 이조라가 몰래 읽었던 소설이나 시에서처럼. 물론 생활이 궁핍할 수도 있을 거라 막연히 예상했지만 사랑을 할 줄 아는 인간이라는 종족은 모험할 수 있어 좋겠다고 생각했었다.

"여자의 삶은 장소 불문하고 쉽지 않아." 이조라가 투덜대며, 저녁 거리를 불가에 적당한 간격으로 올려놓는 일을 거들었다. "차라리 남자로 태어났으면 훨씬 수월했을 텐데."

마론은 어깨를 으쓱였다. "그것도 나름대로 단점이 있을걸요."

그들은 고기가 다 익을 때까지 침묵했다. 그런 뒤 숲 기슭에서 채취한 허브를 고기에 뿌렸다. 이윽고 하늘에 달이 떠오르자 이조라는 난파된 배에서 입은 마론의 상처를 말끔히 치료해 주었다. 상처는 이조라가 짐작했던 것보다 훨씬 깊었다. 그새 두꺼운 딱지가 앉아 있었지만 염증이 악화하여 속에는 고름이 가득했다. 상처를 자세히 살펴본 이조라는 이 인간 소녀가 존경스럽기까지 했다. 어떻게 저런 상태로 버텨 낸 걸까? 저런 상처를 입고도 혹독한 삶을 견뎌 낼 수 있었던 걸까? 한결 나아졌다는 말은 하지 않았지만 감사하는 마음으로 마론은 치유 능력을 지닌 이조라의 손길을 받아들였다. 그리고는 잠을 청하기 위해 불가에 누웠다.

지금 그들 뒤편에 우거진 나무들은 샤텐발트 숲의 일부였다. 순찰을 도는 엘프 정찰대와 마주치지 않도록 숲 가장자리를 따라 말을 타고 이동하다가 아녜이의 나무집으로 이어지는 좁은 길로 들어서기로 결정했다. 이조라는 그녀의 동행이 그 길을 찾을 수 있다고 말하자 믿음이 갔다. 마론은 내일이면 그곳에 당도할 것이라 말했다. 물론 정말 그리될지는 오롯이 이틸달의 여신만이 알겠지만.

우거진 숲의 그림자가 타오르는 모닥불 불빛에 어른거릴 때마다 마치 그들을 잡으려 손을 뻗어 오는 것 같은 불안한 기분에 이조라는 반은 깨어 있고, 반은 잠든 상태로 밤을 지새웠다. 이조라는 격노한 하피와 피눈물을 흘리는 엘리야의 두 눈에 화들짝 놀라 악몽에서 깨어났다. 꿈속에서 이조라는 암흑 군주의 모습을 한 트리스탄을 보았다. 여기저기 널린 시체와 활활 타오르는 화염을 배경으로 우뚝 선 그 끔찍한 모습에 놀란 이조라가 거친 숨을 토하며 벌떡 일어나 자리에 앉았다. 순간 이조라는 마론 역시 악몽에 시달리고 있다는 걸 깨달았다. 마론도 이리저리 뒤척이며, 유령늑대와 백골 왕좌에 관한 이야기를 중얼거렸다. 마론은 거의 새벽녘이 되어서야 진정하는 것 같았고, 그제야 이조라도 다시금 얕은 잠에 빠져들었다.

마론과 함께 야영하고 처음 맞이한 아침, 뻣뻣해진 사지를 일으킨 이조라가 출발 준비를 하며 말에 안장을 올렸다. 이번에도 이조라가 말고삐를 쥐었지만, 때때로 마론에게 고삐를 넘기고 승마 기술을 전수했다. 소녀의 습득력은 매우 빨랐다. 정오가 되었을 무렵 그들은 자리를 바꿔 앉을 수 있었다. 이제 마론은 훨씬 고분고분해진 말을 몰아 숲으로 향했다. 곧 그들은 나뭇가지들이 나지막이 뻗어 있는 숲속을 지나게 되었다. 눈앞의 좁은 오솔길은 깊은 숲속으로 이어졌지만, 말에서 내리지 않아도 될 만큼 널찍했고 나뭇가지도 높게 뻗어 있었다. 덤불 속에서 작은 짐승들이 내는 바스락 소리는 여느 숲과 다르지 않았다. 곰팡내와 썩은 짐승의 악취가 풍겨 오기도 했다. 어쨌거나 그들에게 가장 큰 위협이 됐을 샤텐발트의 마물들은 모두 사라지고 없었다. 숲에 들어서며 잔뜩 긴장했던 이조라는 한결 마음이 놓였다.

오솔길을 따라 이동하며 마론은 태양의 위치를 가늠하려고 이따금 멈춰 서기도 했지만, 빽빽한 나뭇잎이 우거진 나뭇가지 탓에 하늘을 확인하기가 어려웠다. 이조라는 차츰 그들이 계속 같은 곳을 맴도는 것만 같은 의심이 들었다.

"혹시 우리 길을 잃어버린 거야?" 마침내 이조라가 조심스레 질문했다.

마론은 한숨을 내쉬며 말안장에서 몸을 돌려 대답했다. "어쩌면요."

"이제 어쩔 생각이야?"

"계속 찾아야죠, 뭐. 달리 방도가 있겠어요?" 고삐를 잡아당긴 마론이 말에서 내렸다. 그리고 벨트에서 작은 사냥용 단도를 꺼내 눈에 띄는 커다란 참나무에 표식을 새겼다. "이러면 좀 수월해지겠죠."

그때 까마귀 한 마리가 까악 울음소리를 내며 머리 위로 날아갔다. 그리 큰 소리도 아니었지만 두 사람의 시선이 소리가 들려온 나무 위로 향했다. 눈에 들어온 광경에 이조라는 깜짝 놀라 온몸이 굳어 버렸다. 한 마리가 아니었다. 시선이 닿은 나뭇가지에는 까마귀가 떼를 지어 앉아 있었다. 불행을 암시하는 메신저들! 그들 중 한 마리가 울자 무리 전체가 까악거리며 울기 시작했다. 울창한 숲 곳곳에 까마귀 떼의 울음소리가 메아리치며 울려 퍼졌다. 까마귀 떼가 퍼덕이며 그녀를 향해 돌진했다. 이조라는 공황 상태에 빠졌다. 이조라는 여전히 말안장 뒤쪽에 앉아 있었다. 까마귀 떼가 이조라의 목과 말고삐에 내려앉았다. 잔뜩 겁먹은 말이 앞발을 들며 벌떡 일어서면서 이조라는 말에서 미끄러질 뻔했다. 그렇지만 다행히도 제때 말안장을 움켜쥐고 버틸 수 있었다. 몸을 곧추세운 말이 몸부림치는 바람에 땅바닥에 떨어져 질질 끌리는 고삐를 쥐려 했지만 실패했다. 계속 그녀를 향해 하강한 까마귀 떼가 뾰족한 부리로 말의 머리를 쪼아 댔고, 날카로운 발톱으로 이조라의 팔뚝을 움켜쥐었다.

그때 옆에서 마론이 비명을 질렀다. 그제야 이조라는 까마귀 떼 중 대다수가 그녀의 동행을 집중적으로 공격해 쓰러트렸다는 걸 깨달았다. 마론은 시커멓고 금속처럼 빛나는 깃털을 가진 저 까마귀 떼에 완전히 둘러싸여 있었다. "어서 도망쳐요." 다급히 외치는 마론의 비명이 이조라의 귓가를 때렸다. "가서 엘리야 님을 찾아요!"

"안 돼!" 이조라가 외쳤다. "널 두고 가지 않을 거야!" 그렇지만 저 시커먼 새들이 쪼아 대는 날카로운 부리와 발톱을 피하기로 결심한 말이 이조라의 의지와는 상관없이 갑자기 내달리기 시작했다. 이조라는 격렬하게 날뛰는 말 등에서 간신히 버티고 있었다. 그렇게 한참을 통제되지 않은 말의 질주를 버텨 낸 후 이조라가 말 목에 걸쳐진 고삐를 겨우 손에 쥐었다. 그때만큼은 이조라도 예전에 마론이 그랬던 것처럼 고삐를 거칠게 움켜쥐지 않고는 달리 방법이 없었다. 이조라는 황톳빛 준마가 옆구리를 파르르 떨고, 눈을 부릅뜨며 멈춰 설 때까지 말고삐를 세게 잡아당겼다. 그리고 말 머리 위로 고삐를 들어 방향을 튼 후 오던 길로 되돌아갔다. 그렇지만 이조라는 도저히 길을 찾을 수가 없었다. 낙담한 이조라가 연신 사방을 두리번거리며, 섬세한 청력의 힘을 빌려 이 암흑 속에 울려 퍼지는 모든 소리에 유심히 귀를 기울였다. 그렇지만 이제는 그 어디에서도 비명 소리는 물론 까마귀 울음소리, 날갯짓 소리 하나 들리지 않았다. 이제 뭘 어떻게 해야 하지? 울컥 울음이 터질 것만 같았지만 어디에서든 품위를 지켜야 한다는 생각에 간신히 참아 냈다. 이조라는 원래 마론이 가려던 방향도 그리고 지금 그녀가 있을 것으로 추정되는 위치도 전혀 파악할 수 없었다. 하지만 이 숲을 벗어나려면 한 방향을 선택해야만 했다. 본능적으로 이조라는 관목의 왼쪽으로 말을 몰았고, 길게 늘어진 가문비 나뭇가지에 걸리지 않도록 말의 목에 몸을 납작하게 붙였다.

계속 말을 달리다 보니 심장 박동이 점점 진정되면서 호흡도 정상으로 돌아왔다. 그렇지만 마론이 까마귀 떼에 습격받던 끔찍한 장면이 뇌리에서 사라지지 않았다. 저 검은 짐승들은 왜 하필 마론만을 공격했을까? 그들은 마론을 어디로 데려갔을까? 저 까마귀 떼 습격을 주도한 흑마법의 배후는 누구였을까? 저 까마귀 떼를 보낸 건 어쩌면 아녜이일 수도 있을 것이다. 그렇지만 그 마녀의 소행이라면 왜 마론만 데려가고, 자신은 내버려 둔 걸까?

깊은 생각에 잠겼던 이조라는 갑자기 말이 멈춰 섰다는 것도 제대로 인지하지 못했다. 하지만 그녀가 익히 잘 아는

환한 초록 불빛이 시야에 들어오자 이조라는 곧게 몸을 세
웠다. 바로 그녀의 코앞에 한 손으로 흑마의 고삐를 쥐고 다
른 한 손에는 번쩍이는 불빛을 뿜어내는 프레지오라이트가
박힌 마법 지팡이를 든 엘리야가 있었다. "정말 당신이오?"
엘리야가 느릿한 투로 물었다.

엘리야와 마주친 순간 이조라는 이상하게도 심장이 따뜻
해지는 기분이었다. 동시에 얼음처럼 차가운 죽음에 대한
공포도 차올랐다. 잔뜩 긴장한 이조라가 침을 꿀꺽 삼켰다.
"마력을 낭비하지 말아요, 여보. 난 모든 일이 끝날 때까지
방에서 자숙하고 있었어야 할 이조라 폰 아엘프스탄이 맞으
니까요."

"당신은 내 명령을 한사코 따르지 않는군. 도대체 왜 그
러는 거지?" 엘리야는 여전히 이조라가 진짜 그녀인지 혹은
샤텐발트가 만들어 낸 환상인지 확신하지 못하는 것 같았
다. 이런 상황에서 정말 털어놓는 것이 옳은 걸까? 전부? 지
금? 여기서?

"당신의 편에 서고 싶으니까요."

엘리야가 마법 지팡이를 아래로 내리자 마법의 돌이 뿜어
내던 빛이 소멸했다. 추측건대 그는 이미 상당 부분 마력을
소모한 것 같았다. 샤텐발트는 그만큼 탐욕적이었다. 취할

수 있는 마력은 남김없이 끌어당겼다. "몇 시간 전부터 내 눈엔 당신이 보였어." 엘리야가 말했다. "도깨비불이 수풀과 덤불 너머로 당신 얼굴을 비춰 주었거든. 지금 이대로 당신을 따라간다면 아마도 늪에 빠져 죽고 말겠지. 그렇지만 다행히도 난 이제 당신이란 여잘 믿는 남자에게 무슨 일이 벌어지는지 잘 알아."

엘리야의 말에 이조라의 가슴이 먹먹해졌다. 뭐라 달리 반박할 말이 떠오르지 않았기에 이조라는 그저 혼잣말처럼 중얼거렸다. "난 도깨비불 떼가 전멸했다고 생각했는데요."

"나도 그렇게 생각했었지. 하지만 일부가 살아남은 것 같더군. 그리고 그 마물들이 샤텐발트로 돌아왔어."

이조라는 바닥을 응시한 채 고개만 끄덕였다. 당장 여기 이 숲에서 엘리야에 사실을 전부 털어놓을 수는 없는 노릇이었다. "마론과 난 당신을 찾고 있었어요." 대신 그녀가 설명했다. "그런데 갑자기 까마귀 떼가 나타나 우리를 공격했어요. 놀란 말이 그곳에서 도망치는 바람에 마론과 헤어졌고 그 후론 마론을 보지 못했어요."

"까마귀 떼라고?" 남편의 얼굴이 어두워졌다.

"짚이는 게 있나요?"

"있지. 그 까마귀들은 벨타인의 심복이야. 그의 눈이자 귀

가 되고, 그자가 갈 수 없는 모든 곳에 대신 가지. 벨타인은
그들이 보는 것을 보고, 듣는 것을 듣지. 까마귀 떼와 마법
으로 연결되어 있거든."

이조라도 익히 알고 있었다. 엘리야가 트리스탄과 그녀가
어디에서 무슨 짓을 하는지 알아내기 위해 그런 식의 마법
을 사용했다는 걸 카이에게서 들었기 때문이었다. 엘리야는
그들이 도망친 이후 줄곧 그들을 감시했던 것이다. "마론을
도울 방법이 있을까요?"

엘리야가 고개를 저었다. "이 샤텐발트에 머무는 동안은
어찌해 볼 도리가 없군. 우선 아녜이를 찾고 난 후 그녀의
흔적을 살피도록 하지."

엘리야가 계속 그들 두 사람을 함께 지칭하는 걸 보니 이
조라를 데려갈 생각인 듯했다. 이조라가 여기까지 찾아와
들러붙은 이상 달리 방도가 없었을 것이다.

"마녀의 나무집이 어디에 있는지 알고 있어요?" 이조라가
살짝 겁먹은 음성으로 물었다.

그는 엉거주춤 맞은편 방향을 가리켰다. "저쪽이오. 드래
곤 여왕이 합류하면, 아녜이에게 우릴 들여보내 달라고 할
참이오. 그런 뒤 사피라가 당신을 아엘프스탄으로 데려다줄
것이오."

그러니까 엘리야는 어떻게든 이조라에게서 벗어날 궁리를 하고 있었던 것이다. 이조라는 그의 계획대로 상황이 돌아가지 않고 있는 게 좋은 건지 나쁜 건지 알 수 없었다. 하지만 그새 아엘프스탄에서 벌어진 일 중 적어도 그 부분만큼은 엘리야에게 알려야 한다는 건 확실했다. 그것도 당장에.

"사피라는 오지 않을 거예요." 그녀가 말했다. "흑마법이 창공을 나는 그녀의 권능을 빼앗았거든요. 그러니까 우리 둘이서 아네이를 대적해야 해요."

아그네스

탈출구가 보이지 않는 암담한 상황이었지만 그래도 아그네스는 마냥 행복했다. 이스타리엘이 그 끔찍한 관문을 통해 빌라가르트로 오는 걸 상상해 보지도, 차마 바라지도 않았었다. 그럼에도 이스타리엘은 자신이 있는 곳으로 오기 위해 숨이 끊어지는 질식의 고통을 견뎠다. 하지만 이스타리엘이 아그네스와 레이나에게 레오드릴 샘의 비밀을 알아낸 과정을 설명하는 동안 아그네스는 양심의 가책을 느꼈다. 이스타리엘은 엘리야를 협박했고, 그것으로 도른슈트랑의 백성들을 희생시켰다. 아무리 인간 왕의 고백으로 어떤 결과가 벌어질지 몰랐다고 하더라도, 상황을 그렇게까지 몰고 가면 안 될 일이었다. 그건 그녀의 의지에도, 또한 그의 어머니의 의지에도 맞지 않았으니까. 엘리야가 원체 고집이 센 사람이란 건 잘 알려진 사실이었고 이스타리엘을 종종 부당하게 대우한 것도 사실이었다. 하지만 이번 일은 결이 조금 달랐다. 옥중 대화에서 엘리야는 살아남은 자의 행복을 위해 과거의 비밀을 덮어두어야 하는 때가 종종 있다고 누누이 강조하지 않았던가. 따라서 도른슈트랑이 붕괴하고, 트리스탄이 암흑의 굴레에 갇혀 버리게 된 건 결국 이스타리엘이 엘리야의 말을 무시하고 고집을 부린 탓이 컸다.

"당신이 우릴 포기했어야 옳았어요." 아그네스가 기어들어 가는 목소리로 말했다.

그들은 아그네스가 납치된 후로 침실로 사용하는 방에 함께 앉아 있었다. 이 지하 왕국에 지어진 빌라가르트의 다른 방처럼 이 방에도 창문이 하나도 없었다. 바닥은 단단하게 다져진 진흙이었고, 한쪽 벽은 암석으로 그리고 다른 한쪽은 벽돌로 지어졌다. 그 외에 침대와 작은 탁자와 의자 두 개만 달랑 있는, 장식 하나 없는 단출한 방이었다. 아그네스와 함께 침대 모서리에 앉은 이스타리엘은 아직도 레오드릴샘에 흠뻑 젖은 상태였다. 그가 살짝 고개를 흔들었다. 그리고 아그네스의 턱을 살포시 위로 올리더니 그녀의 입술에 가볍게 키스했다.

"난 어릴 적부터 도리에 맞게 행동하는 법을 배웠지." 이스타리엘이 말했다. "하지만 때로는 명예롭고 올바른 결정을 내리기 힘든 상황도 존재하더군. 우리의 삶 속에서 무엇이 더 중요할까? 종족의 행복일까? 사랑하는 이들의 행복일까?" 잠시 말을 멈춘 이스타리엘이 궁금하다는 눈빛으로 아그네스를 바라봤다. 그녀는 아무 대답도 하지 못했다. 아그네스 또한 정답을 알지 못했기 때문이었다. 그때 아그네스가 떠올렸던 생각을 뒷받침해 줄 사건이 떠올랐다. "엘리야도 한때 백성을 배신했어요. 귀니퍼를 사랑했기 때문이었죠. 당신은 늘 그 점을 비난했었죠."

"그건 사랑 때문이 아니야. 문제는 그의 행동이었지." 이스타리엘이 반론했다. "그에게 주어진 불멸의 긴 시간 동안 그녈 사랑하는 건 문제가 아니야. 단지 누군가의 아내였던 그녀를 건드리면 안 됐었어."

아그네스가 한숨을 내쉬었다. "그런 말은 엘프나 할 수 있는 거죠."

그러다 서로를 바라본 순간 둘은 동시에 지금 이런 대화를 나눌 만큼 한가한 상황이 아니라는 걸 깨달았다. 옛일을 따져 본들 저 바깥 에냐도르 지상에서 벌어진 그리고 계속 벌어지고 있는 일들을 바꿀 수는 없는 노릇이었다. 더구나 지금 당장 중요한 것은 그들이 재회했다는 것 말고는 아무것도 없었다.

"내 아들에게 너무 심하게 대하지 말려무나." 레이나가 둘 사이에 불쑥 끼어들었다. "모든 시대를 통틀어 보면 피로 얼룩진 전쟁들은 전부 사랑에서 촉발됐지. 나도 같은 이유로 내 남편과 아이들을 떠난 거고. 베리안이 저렇게까지 잔인한 성정을 지니게 된 것도 엘리야와 귀니퍼가 안긴 치욕을 견디지 못해서였을 거란다. 그리고 벨타인 역시 짝사랑의 고통이 한 사내를 어느 만큼이나 비참하게 내모는지 직접 겪지 않았더라면 한때 그랬던 것처럼 여전히 순수한 인간 청년으로 남았겠지."

"벨타인이요?" 이스타리엘이 당황한 음성으로 되물었다. "그자에 대해 아시는 게 더 있나요?" 이스타리엘은 제 어머니에게 부드럽고도 깊이를 가늠할 수 없는 진지한 음성으로 말하고 있었다. 아그네스는 태어나 어머니를 처음 만난 그가 지금 어떤 기분일지 상상조차 할 수 없었다. 그렇지만 둘의 몸가짐에 밴 엘프 특유의 겸양과 궁중 예절 이면에 어머니와 자식만이 공유하는 깊은 유대감이 느껴졌다.

레이나가 고개를 끄덕였다. "벨타인과 웨이요나는 그녀가 왕위에 오르기 전까지 연인 사이였단다. 당시 요정 여왕은 블루트베르크혈산에 애미시스트적수정가 숨겨져 있다는 정보를 듣고, 그것을 캐내러 슈투름 산맥으로 향했었지. 벨타인은 스키르 왕국 군대의 병사였어. 순수한 심장을 지닌 매우 다정한 젊은이였지. 그런데 전투에서 패배하고 산속에서 거의 죽어가는 벨타인을 발견한 웨이요나가 마법의 힘으로 그를 치유해 줬단다. 그 대가로 그때부터 벨타인은 블루트베르크 광산에서 돌을 캐며 어떻게든 그녀의 마음을 얻으려 노력했지. 여러 갈래로 난 갱도 속에서 벨타인은 맨손으로 돌덩이들을 밖으로 끄집어냈어. 오늘날 그가 기거하는 그의 왕국은 그렇게 완성된 거란다. 이윽고 벨타인이 애미시스트를 찾기 직전 웨이요나는 요정 왕국의 수도인 빌라가르트로 되돌아가야 했어. 그녀의 아버지인 요정 왕이 세상과 작별하려던 시기였지. 그리고 그 즉시 여왕으로 등극한 웨이요나는 요정족의 고위 귀족인 쿠베니안과 혼인했단다. 웨이요나도 알고 있었던 거지. 요정에게 인간 출신인 신랑은 어림도 없다는 사실을. 그들의 자식은 순혈이어야만 했고, 순수한 마력을 타고났어야 했거든. 그러니까 웨이요나는 우리와는 다른 결정을 내렸던 거야. 사랑을 버리고 에냐도르 대륙에 사는 모든 생명의 존속을 선택했지. 예전부터 요정은 자연의 균형을 관장하고 있었기에 그런 요정족의 왕가가 사라졌다면 이 에냐도르도 멸망했을 테지."

"그래서 벨타인은 어떻게 됐나요?" 아그네스는 숨을 죽이며 레이나에게 물었다.

레이나가 한숨을 내쉬었다. "요정 여왕이 벨타인에게 상황 설명을 하려고 다시 북부로 향한 그때 그는 애미시스트를 이미 발굴한 상태였단다. 벨타인의 피에 흐르던 요정의 마력은 그 무시무시한 마법의 돌이 내뿜는 치명적인 힘을 견디게 해 주었고, 결국 그 돌은 그와 하나가 됐어. 그로써 그에겐 엄청난 마력이 생겼고 동시에 불사의 권능까지 얻었지. 그의 종족, 즉 인간 중 첫 번째 대마법사로 등극한 거란다. 그렇지만 자연이 인간에게 마법을 허락한 사례를 보면 선한 의도로 끝난 적이 단 한 번도 없었지. 그런 무한한 힘을 쓰기에 인간은 너무 충동적이었고, 예측 불가한 성향을 지녔으니까. 애미시스트는 벨타인의 영혼에 독을 풀었고, 블루트베르크는 잃어버린 제 심장을 찾으려 비명을 질렀어. 슈투름 산맥을 찾은 웨이요나는 그렇게 그 남자를 발견하게 된 거야. 그는 이미 한때 그녀가 사랑했던 청년이 아니었지. 내면 깊숙이 어둠의 힘이 파고들어 망가져 버린 존재였어. 벨타인은 마법의 돌을 이용해 저를 배신한 요정 여왕에게 맞섰고, 웨이요나는 가까스로 목숨만 챙겨 그곳을 빠져나왔지. 한때 연인 사이였던 그들은 그 이후로 철천지원수가 되어 버렸단다. 서로에 대한 두려움과 증오로 하루하루를 보내온 거지. 벨타인은 웨이요나가 혼인을 하고 바로 몇 달 뒤에 쿠베니안을 찾아 죽여 버렸고, 웨이요나는 그 이후로 재혼하지 않았어. 대신 그녀도 빌라가르트의 깊은 산맥에 숨겨진 또 다른 애미시스트를 찾는 데 성공했지. 그리고… 피의 잔이 되어 그 적수정을 품고 있는 것이 바로 나란다."

"왜 그런 거죠?" 고통이 가득한 얼굴로 이스타리엘이 질문했다. "그 돌이 어머니의 몸을 필요로 하는 이유가 뭡니까? 에냐도르 전역에 널린 프레지오라이트 중에서 그런 제물을 요구하는 마법의 돌은 없지 않습니까?"

"이 마법의 돌이 한때 그것이 묻혀 있던 산의 심장이기 때문이란다. 산의 가장 깊은 내부에 있었던 것처럼 애미시스트는 따뜻한 품으로 절 품고, 맥동하게 해 줄 무언가를 요구하는 것이지. 그래서 내가 이 빌라가르트를 떠나지 못하는 거고. 마법의 돌을 품었던 산에서 그 애미시스트를 완전히 제거하면 산이 붕괴하고 말 테니까."

"그러면… 트리스탄이 블루트베르크를 떠나면 그곳이 붕괴한단 말인가요?" 궁금해진 이스타리엘이 되물었다.

레이나가 막 대답하려던 찰나 문이 열리고 병사 두 명과 작은 물병이 담긴 쟁반을 든 하인을 대동한 웨이요나가 들어왔다. 요정 여왕이 감히 속을 헤아리기 힘든 눈빛으로 이스타리엘을 유심히 관찰하는 사이 다가온 하녀가 레이나에게 물병을 건넸다. 아그네스도 처음 보는 광경이었지만, 엘프 왕비는 그 용도를 정확히 알고 있는 것 같았다. 아무것도 묻지 않고 물병을 집은 레이나가 그 내용물을 단번에 입안에 넣고 삼켰다.

"왕자, 넌 이제 자유이니 떠나도 좋다." 웨이요나가 통보했다. 깜짝 놀란 아그네스가 이스타리엘을 바라봤다. 이런 반전은 그들 중 누구도 예상하지 못했다. 아그네스는 비수로 심장을 쿡 찔리는 느낌이었다. 물론 이스타리엘까지 포로로 감금되지 않아도 된다는 사실이 기쁘기는 했지만.

"아그네스와 내 어머니를 여기에 두고는 그럴 수 없습니다." 이스타리엘이 냉담하게 받아쳤다.

웨이요나가 입술을 깨물었다. "날 자극하지 말거라! 기회를 줄 때 이곳을 떠나라. 지금 당장… 혼자서!"

"어떻게 생각을 그렇게 빨리 바꿀 수 있는 겁니까?" 이스타리엘이 침대 가장자리에서 일어섰다. 이스타리엘의 체구는 요정보다 거의 머리 두 개만큼 컸지만, 침착한 웨이요나의 태도는 전혀 바뀌지 않았다.

"아엘프스탄 하늘에 새로운 폭풍이 몰려오고 있다." 웨이요나가 말했다. "베리안과 어린 마법사가 분란을 일으키고 있다. 인간과 엘프 간 맺어진 동맹이 곧 깨질 위험에 처해 있다. 라일라니가 비전을 통해 보았다 하더구나. 그러니 당장 너의 성으로 돌아가 최악의 상황만큼은 막아야 할 것이야. 그런 다음 엘리야의 편에 서서 되크 발두르와의 싸움을 지원해야 한다."

"만약 내가 그 무엇도 하지 않겠다면 어쩔 겁니까?" 웨이요나에게 한 걸음 성큼 다가선 이스타리엘이 도전적으로 말하자 요정 여왕은 그와 시선을 마주하기 위해 고개를 뒤로 젖혀야 했다. "만약 지금 아엘프스탄에서 벌어지는 저 사건에 아무 조치도 취하지 않거나, 엘리야 대신 트리스탄과 동맹을 맺는다면 말입니다. 그러면 무슨 일이 벌어지는 겁니까, 요정 여왕님?"

아그네스가 겁에 질릴 정도로 둘은 서로를 잡아먹을 것처럼 불꽃 튀는 시선으로 노려봤다. 웨이요나는 이 세계에서 가장 막강한 존재였다. 그녀의 손짓 한 번이면 이스타리엘이 엄청난 고통에 나뒹굴거나 그냥 그 자리에서 목숨을 잃고 바닥에 고꾸라질 수도 있었다. 그런 줄 알면서도 이스타리엘은 그녀의 계획에 계속 반기를 들었다. 아무래도 요정 여왕에겐 무력 사용을 자제해야 하는 무언가 피치 못할 사정이 있는 것처럼 보였다.

"난 네가 그리하리라는 걸 알고 있단다. 넌 결국 이 일을 할 수밖에 없을 거야. 저들을 돌려받으려면 말이지." 여왕의 검지가 아그네스와 레이나를 차례로 가리켰다. "하긴 네 어머니만큼은 돌려줄 수 없겠구나. 하지만 네 아내는 풀어 주마. 그러니 어서 내가 말한 대로 하려무나. 그러고 나면 하룻밤과 한나절 정도는 회포를 풀 수 있게 해 주겠다. 그런 뒤 나에게 돌아오면 네 아들 대신 널 이곳에 두라는 너의 제안을 받아들이마."

"안 돼요!" 아그네스가 벌떡 자리에서 일어섰다. 그녀의 귓속에 피가 솟구치고, 심장이 공포로 물들었다. "이스타리엘, 제발 그러지 말아요! 당신이 나 때문에 목숨을 버리는 건 절대 원치 않아요."

"너와 우리 아이가 아니면 누굴 위해서 그러겠어." 그녀를 바라보는 이스타리엘의 눈빛은 친밀한 애정으로 가득했지만 그보다 결연한 자부심을 더 강렬하게 내뿜고 있었다. 아그네스는 숨이 막혔다. 이스타리엘이 천천히 웨이요나에게 돌아섰다. 대답을 하는 동안 그는 근육 하나 움찔거리지 않았다. "그리하겠습니다."

땅 밑에 위치한 요정 왕국에는 여러 비밀이 숨겨져 있었다. 빌라가르트로 향하는 길을 직접 경험한 뒤로 아그네스는 이곳을 떠나는 방법은 무엇일지 곰곰이 고민했었다. 레이나도, 요정들 중 누구도 그 얘기를 해 준 적이 없었고, 혹은 아예 언급하는 걸 원하지 않았다. 그리고 드디어 그 방법을 알게 되었다. 웨이요나와 그녀의 종복 그리고 병사들 무리가 여러 갈래로 길이 나뉜 미로로 그들을 데려갔다. 길을 따라 갈수록 주변이 점점 뜨거워졌다. 후끈한 열기와 함께 유황의 증기와 불에 탄 흙냄새가 아그네스의 코를 자극했다. 마침내 목적지에 도착하자 주변 온도가 급격히 높아졌다. 머리칼에 불이 붙지나 않을지 걱정스러울 정도로 뜨거웠다.

길은 삐죽 튀어나온 거대한 암석 앞에서 끝이 났다. 한 걸음 옆으로 비켜선 웨이요나의 시선이 암석 옆 커다란 동굴로 향했다. 그 동굴을 따라 용암이 강물처럼 흐르고 있었다. 용암은 그들이 서 있는 곳에서 불과 몇 미터 떨어지지 않은 곳까지 넘실거렸다. 뜨거운 열기에 아그네스는 속눈썹이 지글거리며 타들어 가는 느낌이었다.

"이곳이 너희 같은 이방인이 우리 왕국에서 밖으로 나가는 유일한 출구이다." 웨이요나가 이스타리엘에게 돌아섰다. "네가 저 위 바깥세상에 다시 태어나려면 이 뜨거운 에냐도르의 자궁 속에 용해되어야 한다."

순간 아그네스는 차오르는 눈물을 쏟으며 그녀의 왕자를 붙잡고 제발 그러지 말라고 애원하고 싶은 마음이 굴뚝같았지만, 그러지 않은 이유는 딱 하나였다. 이스타리엘이 여전히 파수꾼이라는 걸 알았기 때문이었다. 화염이 이스타리엘을 해치지 못한다는 건 예전에 엘리야가 몹시 인상적인 방식으로 시연한 바 있었다. 그래서 아그네스는 아무렇지 않게 생각하려고 노력했다. 어차피 이스타리엘이 불에 타지도, 고통을 받지도 않을 것이고, 제 눈앞에서 죽어 버리는 일 따위는 없을 테니까.

웨이요나가 그런 아그네스의 생각을 엿보기라도 한 듯 이스타리엘의 가슴에 한 손을 얹은 후 말했다. "레오드릴 샘이 우리 왕국을 방문한 모든 방문자의 마법을 정화하듯 이 우라돈 강의 원천 역시 그렇단다. 그러니 왕자, 넌 화염에 타오르게 될 거야. 앞서 이곳을 다녀간 모든 이들도 그랬듯이."

이스타리엘은 아주 잠시 망설였지만, 이윽고 한 차례 긴 심호흡을 했다. 용암이 저를 휘감아 버리기 전에 화염의 고통을 살짝 맛보기라도 하듯. "준비됐습니다." 확고한 음성으로 대답했다. 그 순간 안 그러려고 무던히도 애썼지만 아그네스는 흐느껴 울고 말았다. 이스타리엘이 그녀에게 돌아서려던 순간, 웨이요나는 다른 손마저 그의 가슴에 가져다 대고는 강력한 힘으로 그를 제지했다. 그녀의 눈빛이 붉게 변하며 강렬히 타올랐다. "네가 다시 태어나게 될 때를 대비해 원래 네가 받았어야 할 권능을 잠시 보류해 뒀었단다." 웨이요나가 말했다. "이제 그 권능을 너에게 줄 때가 왔구나, 운명의 왕자여! 켄타우르스 별자리가 저 하늘에 떠 있는 동안만 그 어떤 고통도 느끼지 않는 네 형과는 다를 것이란다. 내 친히 마법에서 기원하는 모든 고통에서 널 해방해 주마." 그녀의 손바닥이 환하게 빛났다. 그러자 이스타리엘의 몸이 거의 알아보기 힘들 정도로 미세하게 떨렸다. 몇 초밖에 되지 않는 짧은 시간이 흐른 후 웨이요나가 뒤로 물러서며 그에게 고개를 끄덕였다. "이제 되크 발두르는 그 사악한 눈빛으로 널 죽이지 못할 것이다. 하지만 검으로는 널 해칠 수 있으니 엘프 왕자여, 부디 조심하려무나. 네 목숨은 하나뿐이니까!"

아그네스의 눈에 눈물이 차올랐다. 그녀는 용감하게 입술을 깨물었다. 잘 가라는 인사도, 마지막 키스도 그녀의 입술엔 허락되지 않을 것이었다. 그러나 자신이 이 작별에 깃든 공포를 인정하기를 기어코 거부하는 만큼 이것이 절대 그들의 마지막일 리가 없었다. 아그네스는 손톱이 손바닥을 파고들며 붉은 자국을 남길 때까지 있는 힘껏 주먹을 움켜쥐었다. 이스타리엘도 그녀와 같은 생각인 것 같았다. 그는 아그네스에게 작별 인사를 하러 다가오지 않았다. 대신 제 어머니를 품에 안고, 눈물로 흥건히 젖은 그녀의 얼굴을 제 가슴팍에 누른 채 꼭 안아 주었다. 레이나가 그의 귓가에 뭔가를 속삭이며 무한한 헌신의 감정을 담아 이스타리엘의 얼굴을 쓰다듬었다. 그런 뒤 이스타리엘은 어머니를 안은 손을 풀고 돌아섰다.

아그네스는 그가 돌계단 아래로 내려가는 모습을 뚫어져라 응시했다. 이스타리엘은 용암 가장자리에 도착한 후에야 아그네스에게 돌아섰다. 용암의 열기가 그를 덮치고, 그곳에서 타오르는 불꽃이 탐욕스레 그의 머리카락을 핥는 사이 이스타리엘이 그녀를 향해 아련한 미소를 지었다. 아그네스는 두 눈을 크게 뜨고 제 몸을 희생하며 펄펄 끓는 에냐도르의 품속에 뛰어든 이스타리엘이 화염에 휩싸이는 모습을 생생히 지켜봤다. 단 하루! 이제 그 이상은 함께하지 못할 것이다. 웨이요나는 이스타리엘이 영원히 이 빌라가르트에 남는 조건으로 아이와 그녀를 아엘프스탄으로 보내 줄 것이라 단언했다. 아그네스는 그런 결정을 내린 요정 여왕이 진심으로 미웠다.

카이

아담의 눈이 위로 뒤집혔다. 고통스러운 신음과 함께 경련이 찾아왔다. 팔다리가 심하게 뒤틀리며 곧 사달이 날 것만 같았다. 앉혀 놓은 의자에서 떨어지기 일보 직전, 카이가 황급히 다가갔다.

"뭐가 보여?" 카이는 어떻게든 아담이 정신을 차리게 해 보려고 말을 걸었지만 헛수고였다. 어릴 적부터 친구였던 아담은 이제 제 몸을 이탈했다. 단순무식한 농부의 아들은 죽었다. 그 대신 지금 그의 몸에 남아 있는 자는 정체 모를 선지자일 뿐이었다. 미미한 마력에도 이성을 잃어버리는 예측 불허한 선지자. 결국 카이는 마력을 쓰는 것 외에 달리 방도가 없었다.

네 눈에 명하노니 앞을 보라. 네 눈꺼풀에 명하노니 눈을 떠라. 네 영혼에 명하노니 정신을 차릴지어다!

아담은 고문이라도 당하는 것처럼 괴성을 질렀다. 그런 뒤 눈을 부릅뜨고 무표정한 눈빛으로 카이를 노려봤다. 덜덜 떨리던 근육의 흔들림이 잦아들면서 크게 숨을 들이켰다. 조금이나마 마음이 가벼워진 카이가 엘프 숲지기 아레티에게 고개를 끄덕여 보였다. 아레티는 뒤에서 두 손을 아담의 뺨에 얹어 고개를 조심스레 돌렸다. 아담이 그리도 격렬하게 보기를 거부하던 방향, 바로 사피라 쪽으로….

지금까지 몇 번을 시도해 보았었다. 사피라의 다친 팔을 봐 달라고 부탁할 때마다 아담은 광기에 날뛰다 정신을 잃고 쓰러졌다. 그리고 조금은 진정되어 보이는 지금도 그의 음성은 떨리고 있었다. 여전히 그가 자신과 싸우고 있다는 걸 알 수 있었다. "이 마법에는… 암흑이 보인다!" 그가 말했다. "어둠 속에서 타오르는 불꽃, 피처럼 붉은 불꽃이 보여! 썩은 시체와 곰팡이가 가득한 화염!"

"그러니까 이 주술 부적에는 벨타인의 마력이 스며들어 있다는 거로군." 이윽고 카이가 결론을 내렸다. "하지만 마론은 이걸 아녜이에게서 받았다고 했잖아. 그렇다면 그 마녀가 벨타인과 직접적인 관계를 맺고 있으며, 그가 준 임무를 수행 중이란 의미겠네."

아담이 흐느껴 울기 시작했다. 사피라 역시 눈물이 날 지경이었다. 흑마법이 더 진행되지 않도록 카이가 임시 조처를 해 놓긴 했지만 그녀는 예전과 달랐다. 팔에서 힘이 빠지면서 눈동자에 드래곤의 강인함마저 사라져 버렸다. 야레드가 밤낮으로 돌보며 헌신했으나 사피라의 참담한 기분을 풀어 줄 수는 없었다. 지금도 야레드는 그녀의 허리에 팔을 두른 채 가까이 붙어 앉아 있었다. 마치 그녀의 담요라도 되어 그녀를 이 세상에서 보호해 주려는 것처럼. 외관상 야레드는 여전히 수척해 보였지만, 정신력만큼은 아담과 달리 강건했다.

"당장 나로서는 손쓸 방법이 없어." 카이가 솔직히 털어놓았다. "이건 벨타인의 마력이지만 아녜이가 구현한 거라서. 운이 좋다면 마론이 그 마녀에게 마법을 파훼해 달라고 설득할 수 있을지도 모르지."

"그렇지만 마론에게는 그런 거래에 필요한 수명이 남아 있지 않을걸." 아레티가 불쑥 끼어들었다. "그 아이는 이미 저 끔찍한 걸 얻으려 50년이나 되는 수명을 넘겼거든."

"그렇다면 내가 하겠다." 야레드가 선언했다.

"말도 안 돼!" 마침내 드래곤 여왕이 움직였다. 자리에서 벌떡 일어난 그녀가 격분한 눈빛으로 야레드를 노려보았다. "이 마비된 팔 때문에 네 목숨을 허비하게 두진 않을 거야. 게다가 네게는 중대한 임무가 있잖아. 엘리야가 널 인간 군대의 총사령관으로 임명한 걸 잊은 거야?"

"물론 아니지. 그렇지만 그가 왜 그리했는지도 잊지 않고 있지. 당신과 당신 종족을 그의 편에 묶어 놓기 위해서였잖아. 엘리야는 당신이 기억하는 예언을 반박하며 당신과 트리스탄의 형제애가 애초에 존재하지 않았다는 걸 일깨우려 날 이용한 거지. 어찌 보면 우린 그의 야심을 채우기 위한 노름판에서 꼭두각시처럼 놀아나고 있는 걸지도 몰라."

카이는 야레드의 말이 옳은 건지 판단할 수 없었다. 그러나 엘리야가 샤텐발트에 머무는 동안 여기 아엘프스탄에 있는 그 누구도 그의 공백을 메울 수 없었던 건 사실이었다. 마법사 왕 없이는 감히 그 어떤 결정도 내리지 못했다. 엘프의 왕인 님룬트조차도 그랬다. 그렇기에 지금 인간 군대는 아무 임무도 없이 그저 성문 앞에 진을 치고 있었고, 와이번은 성벽 첨탑 위에서 꼼짝도 하지 않았다. 그리고 님룬트 역시 침소를 벗어나지 않았다. 폭풍 전야와 같은 정말 기묘한 상황이었다. 불길한 기운만 감돌 뿐, 누구 하나 엘리야의 귀환 후 무슨 일이 벌어질지 짐작조차 하지 못했다.

그때 갑자기 암컷과 함께 구석에 잠자코 앉아 있던 그바일로가 불쑥 튀어나와 앞다리를 번쩍 들었다. 그바일로와 다시 상봉한 이후 카이는 두 염소를 항상 곁에 두었다. 흥분한 발걸음으로 아담에게 총총 걸어간 그바일로가 고개를 비스듬히 기울이더니 그를 주시했다. 둘 사이에 기묘한 일이 벌어졌다. 카이는 염소의 눈빛에 아담의 정신을 휩싸고 있던 베일이 벗겨진 것 같은 느낌을 받았다. 입을 헤 벌리고 눈을 부릅뜬 아담이 상체를 앞으로 굽히고 수평으로 찢어진 염소의 동공을 바라봤다. "괴로움이… 모든 것을 집어삼키는 화염에… 독을 퍼트리니." 그가 속삭였다. "허나 그 심장을 되찾는 순간 구원을 받으리라!"

방에 있던 누구 하나 감히 말문을 열지 못했다. 지붕을 스치는 바람 소리가 들릴 만큼 고요했다. 저 아래층 부엌에서 부딪치는 냄비 뚜껑 소리가 들릴 정도였다. 순간 다시 뒤로 몸을 기댄 아담이 한 차례 거친 숨을 토했다. 양손으로 얼굴을 가린 아담이 손가락 사이로 빼꼼히 주위를 둘러보며 고통스러운 목소리로 말했다. "이제 됐지? 난 이제 그만 가도 되는 거지?"

순간 카이의 머리에는 온갖 생각이 요동쳤다. "그래." 아담의 힘이 다 빠져 버린 걸 직감한 카이가 속삭였다. 마력을 전부 써 버린 카이도 당장은 그 이상 답을 유도할 자신이 없었다. 아담의 팔을 부축한 아레티가 그를 위로 끌어당겼다. "고마워." 카이가 아레티에게 말했다. "부디 아담과 같이 있으면서 잘 챙겨 줘! 당신은 그에게 안식을 주는 영혼이로군." 한 차례 고개를 끄덕인 아레티가 카이에게 엘프 여인 특유의 미소를 선사했다. 그리고는 아담을 조심스레 부축하여 방 밖으로 나갔다. 이제 방에는 카이, 사피라, 야레드 그리고 염소만 남았다.

드래곤 여왕이 말문을 열었다. "아담은 트리스탄을 언급한 거야, 그렇지 않나? 샤텐발트에서 아녜이도 되크 발두르를 그렇게 불렀지. '*모든 것을 집어삼키는 화염*'이라고. 하지만 그의 심장을 되찾아야 한다는 말은 무슨 뜻일까?"

카이와 야레드의 시선이 짧게 교차했다. "아무래도 그 말은 트리스탄에게 심장이 없단 거겠지. 벨타인이 그를 피의 잔으로 만들어 버렸을 테니까." 카이가 침통한 표정으로 말했다. 안 그래도 수심이 가득한 사피라의 얼굴이 더 잿빛으로 변하는 모습을 곁에서 지켜보기가 힘들었다.

"그럼 어떻게 해야 하지?" 어리둥절해진 야레드가 물었다. "어떻게 해야 트리스탄의 심장을 되찾아 줄 수 있지?"

"모르겠어." 절망감을 감추지 못하고 카이가 힘없이 대답했다. 카이는 먼저 대장장이를 응시한 후 이어 정신이 무너진 드래곤 여왕을 바라봤다. 그들은 이제 형제 같은 존재였던 트리스탄을 잃어버렸다. "무모하게 슈투름 산맥으로 쳐

들어가서 처절한 개죽음을 당하는 것 말고는 우리가 할 수 있는 건 아무것도 없어.”

⚜

　기다림의 연속이었다. 엘리야와 마론이 돌아오기를 기다리며 카이는 트리스탄과 마주 설 날을 기대했다. 이런 상황 자체가 카이를 녹초로 만들었다. 불안해진 카이는 가만히 있지 못하고 성안을 휘젓고 다녔다. 염소들은 그의 방안에 가둬 두고 베리안이 다시는 잡아가지 못하도록 마법으로 문을 걸어 잠갔다. 카이는 일꾼들의 숙소와 주방을 돌아다니며 사라진 돌프에 대해 수소문했지만, 대연회장에서 사건이 벌어진 운명적인 그 날 밤 이후 그를 본 사람은 없었다. 이조라도 보이지 않았지만 이상하게도 그리 걱정이 되지 않았다. 온종일 방안에만 갇혀 있던 때보다 아무래도 여기저기 볼 일이 많을 테니까. 순간 마지막으로 이조라를 만났을 때 그녀가 했던 말이 떠올랐다. ‘야심한 밤 성의 모든 이들이 잠들었을 때 베리안을 뒤따라가 봐.’ 그바일로와 재회하고 난 후 사피라에게 비극적인 사건까지 터지는 바람에 카이는 이조라가 귀띔해 준 말을 까맣게 잊고 있었다. 마침 아엘프스탄에 밤이 찾아온 지금, 카이는 이참에 엘프 공주의 충고를 따르기로 결심했다. 투명 마법은 여전히 쓰기가 꺼려졌다. 그 마법을 쓸 때마다 프레지오라이트가 그에게 등을 돌렸던 여러 순간이 너무도 생생히 떠올랐다. 그렇지만 스타프린스의 뒤를 밟으려면 그 방법 외에는 달리 묘안이 없었다. 카이가 마법의 돌에 진심을 담아 도와 달라고 부탁하자 예전처럼 마법이 작동했다. 사실 카이 본인은 마법이 제대로 작동했는지 알 수가 없었다. 본인의 눈에 변한 건 아무것도 없었으니까. 카이는 발걸음을 옮길 때 아무런 소음도 내지 않으려 나무 의족을 조심스레 움직였다. 마력을 방출하자 모든 것이 일사천리로 진행됐다. 언제부턴가 카이는 예전에 감히 엄두도 못 냈던 일들을 아무렇지 않게 해내곤 했다. 동시에 그런 상황이 두렵기도 했다. 감정에 취해 제 마력을 통제하지 못한 엘리야가 악천후를 일으키고, 전쟁을 촉발한 여러 순간을 떠올렸다. 카이 자신도 벌써 그 전철을 밟고 있는 것은 아닐까? 베리안을 공격하려다 그의 아내를 죽임으로써 종족 간의 결맹을 깨뜨리지 않았던가. 다시금 죄책감이 그를 짓눌렀다.

굳게 마음을 다잡은 카이가 엘프 왕자의 방으로 향했다. 카이는 왼손으로 마법 지팡이를 꼭 쥐었다. 지하 묘지에서 손바닥에 생겼던 상처는 이제 다 나은 상태였다. 신기한 일이었다. 처음에 다쳤을 때 피가 많이 흘렀음에도 몇 시간도 안 돼 완전히 아물었다. 상처를 살펴보며 힐책하던 그레타가 문득 떠올랐다. 카이는 그레타가 보고 싶었다. 따뜻한 그녀의 몸이 그리웠다. 어쩌면 오늘 밤 그레타가 제 방으로 찾아올지도 모른다고, 그랬으면 좋겠다고 생각했다.

베리안의 방에는 아무도 없었다. 잠자코 가만히 기다리던 카이는 방을 나선 후 성의 가장 위층부터 수색을 이어 갔다. 왕의 침소 앞엔 유독 반짝이는 갑옷을 걸친 무표정한 엘프병 네 명이 보초를 서고 있었다. 투명 마법은 제대로 시전된 게 확실했다. 카이의 등장에도 보초를 선 병사 중 누구 하나 반응하지 않았다. 카이는 그들 곁을 살금살금 지나 문가에 귀를 바싹 가져다 댔다. 문은 두꺼운 떡갈나무로 만들어진 탓에 엿들으려면 감각을 최대한 끌어올려야만 했다. 그러자 그곳에서 베리안의 음성이 들렸다. "아버지, 도무지 이해가 되지 않습니다. 인간의 왕을 따르는 건 우리 종족에게 너무 큰 수치입니다. 저 두 마법사를 없앨 시도라도 해 보시죠. 그런 뒤 데몬족과 틀어진 관계를 어떻게 복구할지 결정하면 됩니다."

"아니다." 님룬트의 대답은 조금 더 먼 곳에서 들렸다. "지

금은 엘리야와 불협화음이 생기지 않도록 신경 써야 할 때
다. 불사의 몸인 그는 강한 마력을 지녔지." 아무래도 마법
사 왕이 필사의 존재로 추락한 정보는 엘프 왕가에 퍼지지
않은 것 같았다. 이조라도 그 비밀만큼은 누설하지 않았던
것이다. 그 사실을 확인한 카이는 다소 안심이 되었다.

"그 어린 마법사 역시 마찬가지야." 님룬트가 이어 말했
다. "하찮은 염소 때문에 헛짓거리를 저지르기 전까지 그자
는 별 볼 일 없는 존재였지. 허나 지금은 그를 추방해 버릴
수도 없게 되었어."

"제게 아직 이조라의 피가 남아 있습니다." 베리안이 서
둘러 말했다. "그리고 카이라는 놈은 불사의 몸도 아닙니다.
그러니 그 마법사를 포로로 감금하시죠. 엘리야를 압박할
유용한 도구가 될 것입니다."

"엘리야가 뒤를 봐주는 놈인데, 그렇게 섣불리 머리카락
하나라도 건드렸다가는 엘리야가 네 어깨에서 머리통을 뜯
어내 아엘프스탄 성벽에 꽂아 놓을 것이야!" 님룬트가 불호
령을 쏟아 냈다.

카이의 입가에 희미한 미소가 떠올랐다. 엘리야가 저의
뒤를 봐주기는커녕 중요한 사람으로 여기지도 않는다는 걸
너무 잘 알았기 때문이었다. 다행히도 이런 정보가 저 엘프

왕에게 전해지지 않은 것 같았다.

"그러니 잠자코 있거라. 그리고 그 카이라는 사내에게 아무 짓도 하지 말도록. 더불어 드래곤족의 여왕이나 엘리야의 다른 일행에게도." 님룬트가 제 아들에게 호통을 쳤다. 그런 뒤 갑자기 님룬트의 음성이 부드러워졌다 "당분간은 인간과 사이좋게 지내는 법을 익혀야 할 것이야. 정말로 전쟁이 일어난다면 우리 편에 마법사가 있는 편이 훨씬 나으니까 말이다."

잠시 입을 다물고 있던 베리안이 불쾌한 심기를 드러내며 말했다. "아버지를 이해할 수가 없군요⋯."

"그건 이미 말하지 않았더냐." 님룬트는 이미 결론을 내린 것 같았다. 베리안이 방에서 나올 것을 고려한 카이가 재빨리 문가에서 한 걸음 뒤로 물러서려 했지만 다가오는 발걸음 소리는 들리지 않았다.

"인간들 사이에 첩자를 하나 심어 놨습니다." 왕자의 음성이 들렸다. "만약 마법사를 손에 넣을 방법을 알아낸다면 생각을 바꾸시겠습니까?"

"그럴지도." 님룬트가 대답했다. "허나 단번에 숨통을 확실히 끊어 놓을 만한 계획이어야 할 게다. 최근에 네가 했던 시도보다는 당연히 나아야 할 테고."

"기대하셔도 좋습니다."

이어 카이가 있는 문가로 다가오는 발걸음 소리가 들렸다. 카이는 재빨리 한 걸음 뒤로 물러섰다. 순간 손잡이가 슬며시 움직이더니 문틈이 살짝 열렸다.

"그런데 말이다. 베리안," 그때 님룬트가 갑자기 말했다. 그 말에 조금 열렸던 문틈이 도로 닫혔다. 카이는 마법으로 청력을 최대치로 끌어올렸다. "가서 이조라를 좀 찾아보거라. 그 아이가 더는 제 방에 갇혀 있지 않다고 하더구나. 이조라와 얘기를 좀 나눠야겠다. 그것도 오늘 밤 당장."

"예. 그렇게 하겠습니다." 이윽고 문이 열리고 스타프린스가 걸어 나왔다. 돌처럼 굳은 표정과 잔인한 눈빛은 카이가 알던 그 모습 그대로였다. 어린 마법사의 내면에 분노가 치밀었다. 아무 소리도 내지 않으려, 동시에 탐욕스레 번쩍이려는 제 프레지오라이트를 억누르려 카이는 두 주먹을 불끈 쥐었다. 그런 카이의 존재를 전혀 눈치채지 못한 베리안이 거대한 나선형 계단 방향으로 발걸음을 옮겼다. 카이는 조용히 그 뒤를 밟았다. 그의 발걸음은 몇 층 아래에 있는 일꾼들의 숙소까지 이어졌다. 아마도 그곳에 베리안이 언급했던 첩자가 머무는 것 같았다. 그런 생각에 카이의 맥박이 점점 빨라졌다. 제 종족을 남몰래 등 뒤에서 배신한 파렴치한

이 도대체 누구였을까? 하인들이 머무는 숙소가 가까워지자 의심이 가는 인물이 떠올랐다. 돌프. 처음부터 그는 카이의 반대편에 서서 온갖 흉악한 짓을 꾀했었다. 엘리야가 제 말을 전혀 듣지 않고, 되려 지하 감옥에 처넣은 뒤로도 그놈은 이 엘프의 성에서 주군으로 모실 대상을 계속 찾고 있었던 모양이었다. 지금도 그놈은 여전히 성안 곳곳을 누비며 중요하다고 판단되는 인물을 염탐하고 있을 것이다. 그렇지 않다면 어떻게 지난 며칠 동안 코빼기도 보이지 않는단 말인가?

그렇지만 베리안은 하인들이 머무는 숙소를 지나쳐 회랑을 따라 계속 걸었다. 카이는 당혹스러웠다. 혹시 따로 만나는 비밀 장소라도 있는 걸까? 주방 옆에 있는 곡식 창고? 혹은 동쪽 성곽에 위치한 황혼의 사원 안에 있는 비밀의 방? 하지만 얼마 지나지 않아 엘프 왕자가 걸음을 멈췄다. 카이에게 너무나 익숙한 방 앞이었다. 카이는 온몸에 소름이 돋았다. 엘프 왕자는 노크도 없이 대뜸 문을 열고 들어갔다. 카이는 심장이 그대로 멈춰 버릴 것만 같았다.

"거기 너, 당장 나가!" 베리안이 명령했다. 화들짝 놀란 여인의 비명이 들리더니 산발한 어린 하녀가 맨발로 카이 앞을 부리나케 지나갔다. 당황한 와중에도 하녀와 부딪치지 않으려 살짝 옆으로 비켜선 카이가 문이 열린 틈을 타 방안으로 슬며시 들어갔다.

나이트가운만 걸친 그레타가 침대에 앉아 얇은 숄을 어깨에 살짝 두르고 있었다. 그 광경에 카이의 목이 졸리는 것만 같았다. "저하, 무엇을 도와 드릴까요?" 타인을 제 맘대로 주무르려 할 때 주로 짓던 순박한 표정으로 그레타가 말했다. 고개를 조아리기 전 속눈썹을 몇 차례 깜박이는 것도 잊지 않았다.

"뭐라도 좀 쓸모 있는 정보를 듣고 싶다!" 베리안이 호통을 쳤다. "내 밑에서 일한 지 벌써 몇 주가 흘렀지만 아직도 너의 가치를 입증하지 못했지."

"잊지 마시죠, 저하. 그 정복자의 검이 있던 위치를 알려 드린 사람이 바로 저라는 것을요."

"그래서?" 불쑥 침대 가까이 다가선 베리안이 그레타의 머리칼을 거칠게 움켜쥐고는 뒤로 잡아당겼다. "그리고는 곧장 네 마법사 애인을 지하 감옥에서 풀어 줬었지!"

"신뢰를 유지하려면 어쩔 수가 없었어요!" 그레타가 서둘러 대답했다.

카이는 마비된 사람처럼 꼼짝도 할 수 없었다. 정말 저 여자의 말이 전부 다 진실이란 말인가? 지금까지 그레타의 행동이 시종일관 연기였다는 말인가? 저를 향한 욕망도, 사랑도, 저를 쓰다듬던 그 손길마저도 전부 다 위선이었단 말인가?

"아마도 판도가 바뀌었기에 그리 행동한 거겠지." 베리안
이 비아냥거렸다. "트리스탄이 결국 인간 군대를 해방시켰
고, 드래곤이 아엘프스탄을 공격했으니까. 넌 언제나 승자
의 편에 서기 위해 안달이지, 이 창녀 같은 계집!" 베리안이
그녀를 거칠게 흔들었다. 그의 손이 제 벨트에 고정된 단도
에 닿았다.

"그렇지 않아요!" 그레타가 잔뜩 겁에 질린 목소리로 말
했다. "전 항상 저하의 편이었답니다. 단지 그땐 카이의 신
뢰를 얻어야 했어요. 그리고 이제는 저하께서 그와 엘리야
를 물리치는 데 큰 도움이 될 만한 정보를 알려 드릴 수 있
어요."

그레타의 말에 솔깃했는지 베리안이 그녀를 놓아주었다.
팔짱을 낀 베리안이 그레타 위로 몸을 숙이고는 무시무시한
잿빛 눈동자로 뚫어져라 쏘아보며 말했다. "당장 말해! 이번
만큼은 지난번보다 쓸 만한 정보이기만을 바랄 뿐이다."

풀려난 그레타가 거친 숨을 토했다. 엘프 왕자의 우악스
러운 행동에 어깨에 둘렀던 숄이 미끄러졌다. 그러자 쇄골
라인이 노출된 드레스 위로 뽀얀 피부가 빛났다. 그레타는
드러난 맨살을 다시 가리려는 시도조차 하지 않았다. "두 염

소는 죽지 않았답니다. 카이가 지하 묘지에서 그들을 발견했어요. 아무도 해독하지 못하는 문서 하나와 함께요."

"흥미롭군." 베리안이 눈썹 하나를 위로 치켜들었다. "그 문서로 인해 아무도 예견하지 못한 일들이 벌어지겠군. 그리고 카이는 머지않아 그 염소들 때문에 몰락하고 말 거다. 그렇게 되도록 내가 직접 나설 거니까. 또 다른 정보가 있느냐?"

그레타는 곤혹스러운 듯 침대 주변을 어루만졌다. 누군가의 시선이 따가워 몹시 불편한 사람처럼 행동했다. "어쩌면… 확실한 건 아니지만…." 그레타가 머뭇거렸다.

"쓸데없이 수작 부리지 말고 어서 다 털어놓지 않으면 네 년 얼굴이 지닌 매력마저 전부 없애 주마." 그의 손이 또다시 단검으로 향했다. 그런 그의 태도에 그레타는 없던 확신도 생긴 듯했다. "카이가 엘리야에 대해 좀 이상하기도 하고 뭔가 의미심장한 말을 했어요. 추측하기로는… 그가 더는 불사의 몸이 아닐 가능성도 있을 것 같아요."

"그럼 그를 죽일 수 있다는 말이냐?" 베리안의 눈이 광기로 번뜩였다. "그러니까… 내가 이 검으로 그를 베면 그 망할 마법사 왕이 영영 목숨을 잃는단 말이냐?"

"아마도 그런 것 같아요." 그레타가 중얼거렸다.

"정말이라면 그거야말로 희소식이군. 네년이 쓸모 있다는 걸 드디어 이렇게 증명하는구나!" 베리안은 혐오스럽고 역겨운 미소를 지었다. 엘리야를 죽일 방법을 전부 떠올리며 제 평생의 숙적을 제거할 방법을 고르는 데 푹 빠진 것 같았다.

'아아, 그레타. 넌 도대체 무슨 짓을 한 거야?'

"돌프가 어디로 사라졌는지도 알아냈어요." 그레타는 길든 까마귀처럼 계속 종알거렸다. "주방장이 그러는데 그가 인간 군대 진영으로 가는 걸 보았대요. 그리고 그날 밤 이후로 돌아오지 않았다더군요."

"그놈을 성으로 데려오너라! 다음에 염소를 없애는 데 또 실패하면 그자에게 책임을 떠넘길 수 있을 테니. 난 돌프란 놈이 지난번 그놈처럼 도망쳐 버리지 못하게 할 작정이다. 그때 그놈… 이름이 뭐라 했더라?"

"티발트입니다." 그레타가 중얼거렸다.

"그래, 그놈." 베리안이 만족스러운 눈빛으로 그레타를 내려다보았다. 이제 인간의 비밀에 대한 그의 갈증은 어느 정도 해소된 것 같았다. 그 대신에 그의 내면에 또 다른 욕구가 불처럼 타올랐다. 그레타를 바라보는 베리안의 시선에서 카이는 그 욕구가 무엇인지 대번 알아차렸다. 그레타의 공포를 즐기는 듯한 느릿하고 끈적이는 눈빛으로 그녀의 몸을 훑은 베리안의 시선이 목덜미에서 멈췄다. 그레타의 목선에 한 손을 가져다 댄 베리안이 사납게 날뛰는 그녀의 혈관을 부드럽게 쓰다듬었다. 베리안의 의도를 깨달은 그레타가 순순히 침대에 몸을 뉘었다.

"넌 벌써 여러 차례 내 욕망을 받아들였지." 베리안이 말했다. "허나 넌 항상 눈을 감고 그 꼬마 마법사 놈을 떠올리는 것 같더군. 이번만큼은 눈을 뜨고 나를 똑똑히 봐라!"

"저하께서 원하시는 대로 따를 것입니다!"

목선에서 점점 아래로 내려간 베리안의 손이 나이트가운의 끝자락을 붙잡더니 단숨에 찢어 버렸다. 그 이상 지켜보는 건 카이에게 무리였다. 내면에 마력이 차오르며 그의 분노가 거친 파도처럼, 혹은 산 전체를 날려 버릴 만한 가공할 용암처럼 끓어올랐다. 맑은 밤하늘에 갑자기 천둥이 치더니 미쳐 날뛰는 광풍에 뜯겨 나간 지붕 널빤지들이 성 외벽에 부딪혀 굉음을 내며 그 파편이 이리저리 튀었다. 카이의 눈앞에 펼쳐지던 차마 눈 뜨고 볼 수 없었던 장면이 짙푸른 안개 속으로 사라졌다. 안개는 곧이어 청록색으로 그리고 푸른색으로 변했다. 카이는 제 안에서 무슨 일이 벌어진 건지 정확히 설명할 수 없었다. 프레지오라이트가 산산조각이 날 것처럼 눈부신 광채를 발산했다.

다시 내 모습을 드러내라. 죽음을 내릴 자가 누구인지 저

들이 똑똑히 보아야 할 것이니라.

허공에서 갑자기 카이가 등장하자 당황한 베리안이 눈만 껌벅였다. 놀란 그레타는 비명을 질렀다. 동시에 그녀의 눈에서 눈물이 흘러내렸다. 그녀의 입술이 움직였지만 카이의 귀에는 아무 말도 들리지 않았다. 그저 귓가에 버스럭거리기만 했다. 카이가 왼손을 들어 올려 마력을 응집했다. 절모욕하고 조롱한 저 연놈들을 단죄할 검이자 화염이 될 것이다. 그때 카이의 눈에 무언가가 보였다. 지하 묘지에서 입었던 상처 주변에 푸르스름한 원이 그려졌다. 독해파리 같은 반투명한 원이 마치 심장처럼 고동치며 점점 커졌다.

"카이! 제발 안 돼요!" 그레타의 간청이 그의 귓가에 들렸다. "신들이시여, 제발 절 구해 주세요!"

카이는 이 마법이 무엇인지 알 수조차 없었다. 무슨 효력이 있는지 어떤 결과를 가져올지도 예상할 수도 없었다. 술에서 깨어나 취중에 제가 저지른 짓에 경악하는 주정뱅이처럼 어찌할 바를 몰랐다. 카이의 손에서 점점 커진 원은 이제 손 전체를 휘감았다. 카이의 노한 시선이 그레타와 마주쳤고, 순간 화염처럼 활활 타올랐다. 카이는 그녀의 고통과 더불어 깊이를 헤아리기 힘든 두려움을 보았다. 순간 안타까운 마음에 그의 심장도 오그라들 것만 같았다.

'도대체 무슨 짓을 한 거냐? 이 망할 여자야!'

카이가 통제할 수 있는 건 아무것도 없었다. 펄펄 끓는 물이 냄비 뚜껑을 밀고 쏟아져 나오듯, 제어되지 않는 카이의 마력이 사방으로 튀어나왔다. 주체할 수 없는 힘에 카이가 어쩔 수 없이 양팔을 옆으로 벌렸다. 이제 운명을 결정하는 건 신들의 몫이었다. 강력한 충격에 성은 지진이 난 것처럼 요동쳤다. 귓가엔 윙윙거리는 이명이 들렸다. 카이의 푸르스름한 마력 폭풍이 아엘프스탄 협곡을 따라 거대한 급류처럼 퍼져 나가자 창틀을 지탱하던 돌이 와르르 무너져 내렸다. 엄청난 폭발이었다. 이윽고 고요함이 찾아왔다. 그러나 카이는 지난 몇백 년간 이 성을 떠받치고 있던 석조 아치가 미세하게 흔들리는 느낌이 들었다. 급기야 발아래 바닥이 이리저리 요동쳤다. 순간 카이는 숨을 멈추고 아엘프스탄 성의 추락을 기다렸다. 왕이고 하인이고 할 것 없이 이 성안의 모두와 함께 나락으로 추락하기만을…. 그렇지만 예상과 달리 아무 일도 일어나지 않았다.

카이의 시선이 그레타를 향했다. "당신은 날, 그리고 인간 전부를 배신했어. 당신이 그리 말하던 사랑은 연극에 불과했어."

"아니에요, 카이! 그렇지 않아요!"

마침내 일이 이렇게 되어 버렸다. 그 많은 시간을 보낸 후에 이렇게. 지금껏 카이를 내려다보던 그레타의 오만한 눈빛은 이제 온데간데없었다. 대신 그의 발아래 바짝 엎드려 목숨을 구걸했다. 카이는 할 수만 있다면 저 못된 여자가 저를 조롱하던 그 시절로, 그 세상으로 시간을 돌리고 싶었다. 한편으로는 이런 상황에서조차 여전히 이런 생각이나 하는 자신이 저 여자만큼이나 경멸스러웠다.

"그 입 닥쳐!" 카이가 냉정한 음성으로 명령하자 그레타의 입술이 굳게 닫혔다.

그런 뒤 카이는 여전히 고고함과 자만심이 충만한 엘프 특유의 표정을 지은 채 침대 가장자리에 서 있던 베리안에게 돌아섰다. 당장 들이닥칠 죽음의 위협 앞에서도 베리안은 아무 감정도 내비치지 않았다. "절대 빠져나가지 못할 거야. 이번만큼은 내가 특별히 신경 쓸 테니까." 카이가 속삭였다. "난 엘리야가 네놈에게 판결을 내릴 때까지 기다리지 않을 작정이거든. 내가 직접 심판할 거니까. 넌 가장 비참한 죽음을 맞이하게 될 거다, 아엘프스탄의 왕자. 그것도 네 종족 전체가 지켜보는 앞에서."

이조라

아녜이는 지난번에 봤을 때와 변한 것이 거의 없었다. 장밋빛 싱그러운 젊음을 유지한 마녀는 백골로 만든 의자에 여왕처럼 앉아 있었다. 그녀의 섬세한 손가락이 팔걸이 위에서 춤을 췄고, 주름살 하나 없는 얼굴에는 교활한 미소가 걸려 있었다.

"엘리야." 아녜이가 간드러진 음성으로 창녀처럼 알랑거렸다. 이조라가 이 자리에 있다는 것쯤은 깡그리 무시한 채.

"잘 있었나, 아녜이." 엘리야는 사무적으로 응답했다. "이샤텐발트그림자 숲의 생활이 제법 괜찮은가 보군. 나와 달리 이 숲이 네 마력을 빼앗는 것 같지 않으니 말이야."

"그렇답니다." 아녜이는 그 이상 설명하지 않았다. 엘리야가 다가서자 아녜이는 제 의자 발치에 놓인 등받이 없는 의자를 가리켰다. 격분한 이조라의 탄식에도 엘리야는 아랑곳하지 않고 순순히 그 자리에 앉으며 아무 말 없이 이 나무집에서의 권력 관계를 순순히 받아들였다. 추측건대 지금 엘리야는 왕이 아니라 마법사로서 이곳을 방문한 것 같았다. 그럼에도 이조라의 입에선 분노 섞인 한숨이 흘러나왔다. 처음으로 아녜이는 이조라의 눈을 정면으로 마주했다. "당신도 거기 앉아도 좋아요." 몹시 생색내는 투로 제 왼쪽에 있는 여분의 나무의자를 가리켰다.

"고맙지만 난 그냥 서 있겠어."

엘리야는 이런 사소한 말싸움을 귓등으로 넘기고 곧장 본론으로 넘어갔다. 애당초 엘리야가 예의 바른 사내였던 적은 없었다. 엘프와는 전혀 다른 모습이었고 이조라가 처음부터 그에게 매력을 느꼈던 이유이기도 했다. "넌 내게 진실을 전부 털어놓지 않았지. 네가 알려 준 예언 부분은 불완전해. 예언의 나머지 구절은 무엇이었지?" 엘리야가 물었다.

그러자 아녜이가 큰 소리로 웃어 재꼈다. "엘리야 님, 내 왕이자, 똑똑하고 오래된 내 친구. 이렇게 당신이 알아낼 거라 예상했었어요." 높은 왕좌에 앉아서일까 저 여자는 분명 상대보다 격상된 제 위치를 십분 즐기고 있었다. 목을 꼿꼿하게 세우고 승리에 찬 미소를 지으며 상대를 내려다보았다. "알려 주는 건 문제가 아니에요. 다만 이런 일엔 보상이 필요하죠."

"내게서 수명을 얻는 일은 없을 것이야."

"안 돼요?" 아녜이는 과장되게 슬픈 표정을 연기하며 뿌루퉁한 입 모양을 만들었다. "그렇다면 그런 중대한 정보를 넘기는 대가로 뭘 주시겠어요?"

"네 목숨을 살려 주지." 엘리야의 대답과 동시에 일 초도 안 될 찰나 마녀는 거의 알아보기 힘들 정도로 미약하게 몸을 부르르 떨었다. 그렇지만 마녀는 곧장 감정을 추슬렀다.

"지금 이 숲에 있는 한 당신은 그 어떤 힘도 쓰지 못할걸요. 당신의 검도 무용지물일 테고, 얼마 남지 않은 그 미약한 마력 역시 매한가지랍니다."

"네 말이 옳아. 그렇지만 너도 언젠가는 이 샤텐발트를 떠나는 날이 오겠지. 그날이 오면 넌 나에 대한 두려움으로 숨한 번 제대로 쉬지 못하며 살게 될 것이다. 피에 굶주린 유령처럼 늘 너의 모가지에 들러붙어 있을 테니까." 그의 말을 더욱 강조하려 자리에서 벌떡 일어난 엘리야가 선 채로 아녜이를 내려다봤다. 이조라는 이쯤 되면 잔뜩 성난 마녀가 엘리야와 한바탕 결투를 불사할지도 모른다고 예상했다. 그렇지만 아녜이의 전략은 이조라의 예상과는 전혀 딴판이었다. 우아하게 자리에서 일어난 아녜이는 엉덩이를 살랑살랑 흔들며 엘리야에게 다가갔다. 그의 주변을 한 바퀴 돌며 특유의 소름 돋는 미소를 또 한 번 지으면서 손을 들어 엘리야의 뺨을 어루만졌다. "내 왕국에 불쑥 들어와 거래 대가를 제시하기는커녕 협박만 하시는군요. 그러면 당신이 이 에냐도르의 주인이 되는 일에 내가 순순히 협조해 줄 것 같은가요?" 아녜이가 낮은 소리로 말했다.

이조라는 당황스러웠다. 그녀는 예언의 마지막 부분이 단지 트리스탄을 구하는 일과 관련이 있을 거라 짐작했었다. 그렇지만 보아하니 아녜이가 고의로 숨긴 그 두세 구절에 훨씬 많은 비밀이 숨어 있는 것 같았다.

엘리야는 마녀가 절 쓰다듬도록 그냥 내버려 두었다. 아녜이의 손길 하나하나를 쫓는 그의 시선이 이조라가 끼어들지 못할 그들만의 묘한 분위기를 조성했다. 표면적으로는 엘리야가 저와 하나가 되자는 저 파렴치한 여자의 유혹에 기꺼이 응하는 것처럼 보였다. 제 눈앞에서 벌어지는 저 장면이 실상은 그런 유혹과 상관없다는 걸 알면서도 이조라는 가슴속에 치미는 울화를 억제할 수 없었다. 이윽고 계속 아래로 내려간 아녜이의 손이 엘리야의 가슴에 닿았다. "당신의 고통이 느껴지는군요. 나의 왕." 아녜이가 속삭였다. "이렇게나 힘들어하는 건 저주 때문이군요. 그걸 이 정도로 참아 내는 당신의 힘이 감탄스러울 지경이에요. 도른슈트랑 가문의 아들답게 정말 그 어떤 고통도 당신을 무너트리지 못하는군요."

엘리야는 아무 대꾸도 없이 아녜이가 본론을 꺼내기를 잠자코 기다렸다. 그렇지만 아녜이는 아직 마법사다운 잡담을 끝낼 생각이 없었던 모양이었다. "왜 이런 끔찍한 고통에서 벗어나려 하지 않는 거죠? 어서 그냥 다른 이에게 넘겨 버려요!"

"지금 당장은 그럴 때가 아니니까." 엘리야가 대답했다.

"그럴 때가 아니라뇨?" 미처 삼키기도 전에 이조라의 입에서 그 말이 툭 튀어나오고 말았다. 이런 상황에서는 가만히 입을 닫고 있는 게 낫다는 걸 알고 있었지만, 남편의 이상한 대답이 그녀를 혼란스럽게 만들었다.

아녜이가 키득거렸다. 그러면서 찰나였지만 악의 가득한 눈빛으로 슬쩍 이조라를 훑더니 다시 엘리야에게 시선을 돌렸다. "당신은 아직 저 여자를 신뢰하지 않는군요. 당신 심장에 핀 꽃이자 신들에게 맹세한 아내인데 말이죠. 그런데도 저 여자를 굶주린 하피만큼이나 믿지 못하는 거고요." 그들 사이 벌어진 틈을 더 벌려 놓으려 작정한 듯 아녜이는 제 입술을 엘리야의 입술에 가까이 가져갔다.

'저건 그저 게임이야, 게임일 뿐이라고!'

그럼에도 이조라는 치미는 분노에 두 주먹을 불끈 쥐었다. 그렇지만 아녜이는 이내 뒤로 물러선 뒤 엘리야를 쓰다듬으며 주위를 맴돌았다. 한 걸음씩 발걸음을 옮길 때마다 그녀의 표정은 점점 진지해졌다. "항상 당신을 존경했답니다, 나의 왕. 당신은 그 긴 시간 내내 슈투름 산맥 대마법사에게 저항하셨죠. 우리 중 누구도 당신의 의지를 꺾지 못했어요."

"그자를 위해 일하는 대가가 무엇인가?" 엘리야가 물었다.

"한때 웨이요나가 제안했던 보상과 같은 것이지요. 물론 그 요정 여왕의 약속은 지켜지지 않았지만요."

"불사의 권능인가?"

마녀가 고개를 끄덕였다. "젊음을 유지한 채 영원한 삶을 사는 거죠. 그분이 당신에게서 거둬 당신 아들에게 줘 버린 바로 그 권능 말이에요."

"많이도 알고 있구나."

"그래요." 아녜이가 말했다. "이 샤텐발트는 그분의 영역이죠. 그러니 이곳에서 일어나는 일은 전부 알고 있어요. 그리고 까마귀들이 그분의 지시 사항을 내게 전달하죠. 지금

쯤이면 그분도 당신이 이곳에 있다는 걸 알고 있겠죠." 아녜이는 반대편에 있는 작은 창문 구멍을 가리켰다. 그곳에는 시커먼 새들이 앉아 머리를 비딱하게 기울인 채 얘기를 낱낱이 엿듣고 있었다. 까마귀의 시커먼 동공이 일행을 세세히 관찰했다.

"난 당신을 돕지 않을 거랍니다, 마법사 왕. 그렇지만 당신의 죽음을 바라는 것도 아녜요. 당신도, 우리 종족도요. 그러니 최선을 다해 지켜봐요!" 그렇게 말하며 까치발을 든 아녜이가 엘리야에게 키스했다. 쿵쾅거리는 심장을 느끼며 이조라는 마녀가 제 입술을 그의 것에 포개는 장면을 지켜봤다. 노골적인 혀의 놀림을 가리려는 듯 백발 곱슬머리가 마치 커튼처럼 얼굴 위를 가렸다. 엘리야는 그녀를 막지도, 그 키스를 거부하지도 않았다. 몇 초 정도의 짧은 키스를 마치고 그에게서 떨어진 아녜이가 원래 앉았던 자리로 되돌아갔다. 마치 아무 일도 없던 것처럼.

"엘리야 폰 도른슈트랑, 잘 가요. 부디 티케_{운명의 여신}가 당신이 갈 길을 보우해 주기를."

엘리야는 아녜이에게 고개만 끄덕여 보이고는 아무 말 없이 나무집을 떠났다. 이조라는 황급히 그의 뒤를 쫓아 나무집의 사다리를 내려왔다. 그녀의 머릿속은 이루 말할 수 없는 혼란이 요동치고 있었다.

❖

　엘리야는 아무 말도 하지 않았다. 이조라는 이 시점에 적절한 질문이 무엇인지 생각해 내기 위해 애를 쓰며 왕의 눈치만 살폈다. 몸을 곧추세우고 침묵으로 일관한 채 엘리야는 이조라에게 눈길 한 번 주지 않고 앞만 바라봤다. 지금 아내와 함께 길을 가고 있다는 걸 아예 생각도 안 하는 사람처럼. 어쩌면 아녜이의 말이 옳았을지도 모르겠다는 생각이 들었다. 자신은 엘리야에게 있어 호시탐탐 그의 목을 노리는 배고픈 샤텐발트 마물과 다르지 않을지도 모른다. 아니면 떨쳐 버리기 힘든 성가신 기생충 같은 존재일까.

　한 시간 정도의 시간이 그렇게 흘렀고 그사이 이조라는 엘리야에게서 대답을 얻으려던 마음조차 접었다. 이윽고 그들 앞에 샤텐발트 숲의 끝이 나타났다. 알빈가르트 평야를 향해 힘차게 말을 몰던 엘리야가 고삐를 잡아당겨 말을 세우더니 사방을 두리번거렸다. 여전히 에냐도르 대륙은 여름이었다. 들판에는 과일나무들이 서 있었고 지평선 끝까지 이어지는 들판에는 옥수수가 자랐다. 나뭇가지에 앉은 새들이 종알종알 지저귀었다. 마치 청중에게 이제 더는 걱정할 일이 없다고 속삭이는 음유 시인처럼.

그때 약간 앞으로 몸을 숙인 엘리야가 입가에 한 손을 대고 뭔가를 뱉어 냈다. 바로 그 순간 그들의 몸을 타고 따끔거리는 전류가 흘렀다. 되살아난 그의 마력이 발산하는 전류였다. 수백 개의 찌릿찌릿한 파장이 그의 몸에서 흘러나왔다. 흥분을 주체하지 못할 때마다 늘 그랬던 것처럼.

궁금해진 이조라가 곁에서 눈썹을 높이 치켜뜨며 어깨너머로 그를 살폈다. "그게 뭐예요? 이빨인가요? 설마 아녜이의 것은 아니죠?" 이조라가 소스라치며 말했다. 혐오감을 감추지 못하고 이조라가 코에 주름이 잡힐 만큼 얼굴을 찌푸렸다. 기묘한 작별 키스에 담긴 비밀이 바로 저것이었구나. 그러니까 그 키스는 단지 목적 달성을 위한 수단에 불과했던 것이었다. 누군가에게 들키지 않고 은밀히 메시지를 전달하기 위한 수단.

엘리야는 이조라에게 슬쩍 핀잔 어린 시선을 보낸 후 제 손바닥에 놓인 역겨운 하얀 이빨을 관찰했다. "이 물건이 누구의 것인지는 그리 중요하지 않소. 그보다 더 중요한 건 이 물건에 담긴 메시지지."

이조라도 잠시 망설였지만 역겨움을 극복하고 자세히 그

물건을 살폈다. 인간 혹은 엘프의 것으로 추정되는 진짜 어금니였다. 새겨 넣은 건지 마법으로 지진 건지 알 수는 없으나 아주 작은 글자들이 쓰여 있었다. 이조라는 그곳에 적힌 문구를 해독하려고 눈에 잔뜩 힘을 주었다. "최후에는 가장 강한 자가 또 다른 강자를 격파하리라. 모든 것을 주고, 가져가는 힘을 누가 얻게 될 것인가?" 이조라가 속삭이듯 읽어 내렸다. "이게 무슨 의미일까요?"

귀중한 이빨을 손에 움켜쥔 엘리야가 그것을 쌈지에 고이 넣고 가죽끈으로 신중하게 매듭을 묶었다. "그 말은 요정 여왕 웨이요나의 협력 없이는 멸망밖에 없다는 뜻이오. 이 세상에서 가장 강한 자는 그녀일 테고 벨타인을 물리칠 수 있는 것도 그녀뿐이지. 이제 당신을 당신 아버지에게 데려다주겠소. 나는 빌라가르트로 들어가는 죽음의 관문을 또 한 번 통과해야 하니까."

이조라는 직감했다. 설명은 그것으로 끝이었고, 더 이상의 논의는 허락되지 않을 것이었다. 이제 엘리야는 자신을 믿지도, 사랑하지도 않았다. 카이의 계획은 실패로 판명 났다. 그녀는 절대 이 남자의 마음을 되찾을 수 없을 것이다. 하긴 그걸 정말 원하는지조차 이조라는 확신하지 못했다. 수많은 생각이 머릿속에 쉼 없이 교차했다. 그중 하나가 다

른 모든 생각을 제치고 불쑥 떠올랐다. "마론은 어떻게 되는
거죠?" 마침내 이조라가 입을 열었다.

"어차피 이런 암흑 속에서는 그녀를 찾지 못할 것이오."
엘리야가 대답했다.

"하지만… 지금은 밝은 대낮인데요!"

마침내 그녀에게 몸을 돌린 마법사 왕이 무표정한 눈빛으
로 그녀를 빤히 바라봤다. 그 눈빛에는 저에 대한 열정의 흔
적은 찾아볼 수 없었다. "지금 그 아이가 있는 곳은 그렇지
않소." 그 말을 끝으로 말머리를 돌린 엘리야가 서쪽을 향해
질주했다.

마론

까마귀 떼는 그녀를 놓아주지 않았다. 그녀를 둘러싼 까마귀들의 강렬한 눈빛에 그녀는 옴짝달싹할 엄두도 내지 못했다. 또한 요란한 날갯짓은 그녀의 몸을 압도했다. 그렇게 까마귀 떼는 마론의 정신과 육체를 동시에 지배했다. 때로는 하늘을 나는 것 같기도 했지만 또 어떤 때는 숲속 바닥 위를 제 발로 달리고 있는 것 같기도 했다. 도대체 어찌된 영문일까. 이따금 그녀의 내면에서 솟구쳐 오르는 저항의 불꽃은 까마귀 떼의 목구멍에서 흘러나오는 소름 끼치는 울음소리와 날카로운 발톱에 여지없이 진화되고 말았다. 어디선가 핏방울이 후드득 내리더니 눈 안까지 흘러들어 왔고 그녀의 검 자루 위로 뚝뚝 떨어졌다. 그러는 동안에도 마론은 제 의지와는 상관없이 악마의 부름에 순응하고 있었다. 도대체 까마귀 떼가 절 어디로 데려가는 걸까. 그렇게 마론은 방향 감각을 잃었고 시간이 흐를수록 의식도 점점 희미해졌다. 그렇게 얼마나 시간이 흘렀을까. 무아지경에 빠진 그녀의 눈앞에 성벽처럼 시커멓고 커다란 물체가 어른거리더니 점점 가까워지고 있었다. 비틀거리며 어떻게든 스스로서 보려 애를 쓰며 마론은 얼굴에 묻은 피를 소매로 훔쳐 냈다. 정신을 차리고 보니 숲의 가장자리였다. 이곳에서는 샤텐발트 숲이 내뿜는 암흑의 기운이 느껴지지 않았다. 나뭇가지 사이로 저물어 가는 햇살의 끝자락이 스며들었고 머리 위 나무 꼭대기에서는 다람쥐들이 뛰어놀고 있었다. 왼쪽으로는 우뚝 솟은 산이 보였고 거기서 걸어서 약 30분 정도 거리에 지금까지 그녀가 단 한 번도 본 적이 없는 성의 윤곽이 어렴풋이 보였다. 태양의 위치를 가늠하고, 예전에 엘리야가 보여 준 에냐도르 대륙 지도를 기억에서 떠올린 마론은 그곳이 나르누크일 거라 짐작했다. 엘프족의 문스워드가 제작되는 광산 도시였다. 어떻게 그 짧은 시간 동안 이 먼 곳까지 이동할 수 있었던 걸까?

까마귀 떼는 그녀의 뒤편 나무숲에 앉아 대기하고 있었다. 숲을 감시하고 그녀의 퇴로를 차단하라는 임무를 하달받은 병사들 같았다. 마론도 굳이 저들의 뜻에 저항할 생각은 없었다. 어차피 이런 가공할 공격의 배후에 있을 만한 자는 이 세상에 오직 한 사람뿐이었다. 슈투름 산맥의 대마법사 벨타인. 마론 역시 그의 뜻을 거스를 수 없다는 걸 알았다. 그가 원하는 바가 무엇인지는 몰라도 이 도시가 아마도 그 출발점이 될 것이 분명했다.

마론은 점점 길어지는 제 그림자를 따라 눈앞에 보이는 성으로 걸어갔다. 저무는 태양은 성 앞에 줄지어 늘어선 거주 지역과 두터운 성벽 뒤 우뚝 솟은 영주의 저택에 주홍빛 마지막 햇살을 드리웠다. 그곳을 향해 발길을 옮기며 마론은 혼자 샤텐발트에 남았을 이조라를 떠올렸다. 자신과 트리스탄의 인생을 망쳐 버린 어리석고, 철없는 엘프 공주. 그러고 보니 마론 자신이 사피라의 삶을 파괴해 버리게 만든 원흉 역시 이조라였다. 그런데도 마론은 이조라를 미워하지 않기로 했다. 이제 마음에서 증오라는 감정을 아예 내려놓기로 맹세했다. 증오는 결국 좌절만을 낳는다는 걸 깨달았기에.

얼마 가지 않아 길은 두 갈래로 나뉘었다. 왼편에 산 위쪽으로 난 샛길이 보였다. 아엘프스탄 북부로 이어지는 길이 분명했다. 잠시 멈춰 선 마론은 그 길을 유심히 살폈다. 어쩌면 이 여정의 최종 목적지가 나르누크가 아닐지도 몰랐다. 그렇다면 이 여정의 끝은 어디이며 그곳에서는 무엇이 저를 기다리고 있는 걸까? 벨타인, 혹은 저 까마귀 떼를 조종한 배후 인물이 누구이든, 그자가 저를 여기까지 데려온 걸 보면 분명 저를 최대한 빨리 아엘프스탄으로 돌려보내려는 건 아닐 것이었다. 잠시 망설인 마론은 결국 산으로 이어지는 길을 선택했다. 이윽고 작은 동굴에 도착할 무렵 태양은 이미 지평선을 어루만지고 있었다. 이 동굴은 길 뒤편에 가려져 잘 보이지 않았지만 용케도 마론의 눈에 띄었다. 처음에는 단지 밤을 보낼 만한 곳일지 살펴보기 위해 그곳에 다가갔다. 그런데 그곳에서 산만 한 짐승 두 마리를 발견했다. 땅바닥에 드러누운 그들이 호흡할 때마다 박자에 맞춰 커다란 몸뚱이가 오르락내리락했다. 하얗고, 거대한 치명적인 짐승. 유령늑대였다! 겁에 질린 마론이 돌처럼 굳어 버렸다. 저 짐승들이 어떻게 여기까지 온 걸까? 아엘프스탄에서 데몬족 원수와 함께 떠난 툴이 전부 데려가지 않았던가?

그때 까마귀 한 마리가 마론의 머리 위로 날아들었다. 그리고는 시끄럽게 울며 동굴 안을 마구 휘젓고 다녔다. 듣기 싫은 새의 쉰 목소리가 곤히 잠든 두 짐승을 깨웠다. 시끄러운 소리에 머리를 쳐든 두 마리 늑대가 귀를 쫑긋 세우고 마론이 있는 쪽을 노려봤다. 마론은 살짝 몸을 움츠렸지만 예리한 늑대의 눈이 이미 그녀의 위치를 파악한 후였다. 거의 동시에 자리에서 벌떡 일어선 유령늑대가 울부짖었다. 죽음과 잔혹함이 뼈저리게 느껴지는 정말 소름 끼치는 소리였다. 마론의 심장이 미친 듯이 날뛰었다. 마론은 양손으로 제목을 감싸며 몸을 움츠렸다. 그리고 이어질 다음 공격을 기다렸지만, 덤불에서 바스락거리는 소리도, 탐욕스럽게 헐떡이는 늑대의 숨소리도, 저를 향해 달려오는 샤텐발트 마물의 발아래 부서지는 나뭇가지의 소리도 들리지 않았다.

'정신 차려!'

모든 의지를 끌어모아 몸을 일으킨 마론이 검을 들었다. 그때 후드를 뒤집어쓴 누군가가 눈에 들어왔다. 겨우 몇 발자국 떨어진 길 한가운데에 서서 온통 시커먼 옷으로 휘감은 그 형체는 후드 아래로 번뜩이는 붉은 눈동자만 유독 형형했다. 까마귀 떼가 그 형체 위를 소리 없이 맴돌았다. 그 양옆으로 유령늑대들도 자리를 잡았으나 소리 하나 내지 않았다. 순간 마론의 몸이 벌벌 떨려왔다. 반은 공포로, 반은 흥분으로. "트리스탄? 설마 너야?"

상대가 대답 대신 손에 쥔 검을 들어 올린 후 다른 한 손으로 칼날을 쓰다듬자 위협적인 화염이 타올랐다. 한 걸음 가까이 그가 다가오자 늑대 두 마리도 그를 따르며 그르렁거렸다. 나지막하지만 위협적인 소리였다.

227

"난 북부의 지배자이자 모든 것을 집어삼키는 화염, 되크발두르다." 이 목소리! 예전보다는 훨씬 저음이지만, 밤마다 제 귓가에 이야기를 속삭여 주고 쾨니히스하인 전투지에서 그녀의 이름을 외쳐 부르던 바로 그 음성이었다. 마론이 그렇게나 사랑했었던 그 목소리! 한 번만이라도 그 목소리의 대답을 들을 수만 있다면 백 번이고 천 번이고 질문해도 지치지 않을…. 하지만 이제 증오와 고통만 진하게 배어 있는 그 음성에 마론의 마음이 아팠다.

"아니야. 넌 트리스탄 폰 도른슈트랑이야. 부르크스메아데에서 온 남자. 인간이라고!" 마론이 외쳤다.

그는 천천히 고개를 흔들었다. "오래전부터 그 사내인 적은 없었어." 또 한 번 손으로 검날을 쓰다듬자 화염이 스르륵 꺼졌다. "이제 난 드래곤이면서도 드래곤이 아니야." 그가 성큼 다가왔다. 그의 이글거리던 눈동자가 핏빛으로 작열했다. "동시에 데몬이면서도 데몬이 아니고."

이제 그의 피부에 느껴지는 열기와 유령늑대의 목구멍에서 풍기는 악취가 느껴질 정도로 지척까지 다가왔다. 하지만 그의 얼굴에서 마론은 그 어떤 악의도 찾아볼 수 없었다. 흔들리는 눈동자 말고는…. 겉으로는 아무리 위협적이어도 그 눈빛으로 마론을 해칠 수는 없었다. 그래 맞아! 그러니까 내가 수명의 50년을 바쳤던 거야!

"또한 엘프이면서도 난 그런 존재가 아니지." 되크 발두르가 속삭였다. 그리고는 후드를 젖혔다.

마론은 침을 꿀꺽 삼켰다. 무슨 일이 벌어질지 예상은 해보았었지만 이런 일이 벌어지리라고는 짐작조차 하지 못했었다. 도무지 말이 나오지 않았다. 그저 눈물만 차오를 뿐이었다. 그저 눈물을 가려 줄 이 어둠을 허락한 신들께 감사할 따름이었다. 잠시 주저하던 마론이 한 손을 들어 그의 새 얼굴에 가져다 댔다. 그리고는 손가락으로 창백한 그의 피부를 쓰다듬었다. 트리스탄이 눈을 감았다. 마론은 한때 그의 눈꺼풀을 장식하던 짙은 속눈썹과 미묘한 움직임만으로도 소녀들에게 그의 키스를 꿈꾸게 하던 두툼하고 육감적이던 입술을 떠올렸다. 지금은 아무것도 남아 있지 않았다. 그런데도 마론의 눈앞에는 여전히 아름답고 용감한 사내가 보였다. 자기 자신을 잃지 않으려 혹독한 채찍질과 화상을 견뎌 낸 남자가 서 있었다. 어쩌면… 실낱같은 희망이지만… 그가 아직 완전히 자기 자신을 잃어버리지 않았을 수도 있지 않을까?

"그래, 맞아. 넌 드래곤도, 데몬도, 엘프도 아니야. 그자는 널 완전히 바꾸는 데 실패한 거야. 네게서 의지까지 전부 빼앗아가지는 못한 거지. 그리고 너의 사랑도."

그러자 갑자기 트리스탄이 감았던 눈을 황급히 떴다. 그의 눈은 분노로 이글거렸다. "난 절대 사랑 따위는 하지 않아." 동시에 빠르게 뻗은 그의 손이 마론의 목을 움켜쥐었다. 깜짝 놀란 마론이 뒷걸음질 치며 비틀거렸지만 그는 놓아주지 않았다. "벨타인은 내 아내가 될 상대로 널 여기까지 데려온 거다. 네가 내 곁에 있어야 하는 이유는 딱 하나다. 슈투름 산맥 대마법사를 위해 헌신할 괴물이 될 내 자식을 품는 일! 벨타인은 그에게 충성할 새로운 종족을 창조하고 싶어 해. 그러니 우리가 그의 검과 방패가 되어 그의 뜻을 거스르는 적들을 물리쳐야 해."

마론은 반박하고 싶었다. 그리고 무엇보다도 비명을 질러 공포를 토해 버리고 싶었다. 하지만 무자비한 트리스탄의 악력이 단 한 음절도 목구멍 밖으로 나오지 못하게 막았다. 트리스탄은 마론의 목을 끌어당겨 눈을 응시했다. 마론은 그의 눈에 서린 굳은 결심을 읽었다. "넌 내 편에 서게 될 거야. 벨타인이 그걸 원하니까. 하지만 난 널 절대 사랑하지 않을 것이다. 이런 방식이든, 또 예전의 그 방식이든!"

이미 결론이 내려졌고, 파멸이 명백해 보이는 이 순간에도 마론은 알아차릴 수 있었다. 트리스탄이 아직 대마법사에게 저항하고 있다는 것을. 표면적으로는 온전히 굴복한 것처럼 보여도 마론의 추측이 맞았던 것이다. 저 시커먼 형상 속 깊은 곳 어딘가에 여전히 굴복이라고는 모르는 남부의 왕자가 잠들어 있었다. 마음을 다잡은 마론이 그의 손을 덥석 붙잡아 제 목에서 떼어 냈다. 트리스탄은 맞대응하는 대신 그냥 잠자코 내버려 두었다.

"받아들이겠어." 마론이 말했다. 아직 어떻게 해야 트리스탄을 도울 수 있을지도, 그리고 벨타인의 사슬에서 그를 구출하려면 뭘 해야 할지도 전혀 감이 오지 않았다. 하지만 내면의 충동에 몸을 맡긴 마론이 얇고 핏기없는 그의 입술에 키스했다. 트리스탄은 아무 미동도 없이 가만히 받아들였다. "나도 예전의 내가 아니야." 그녀가 말했다. "그렇지만 우리가 서로를 위해 정해진 짝이라는 생각만큼은 변함없어."

그때 머리 위로 세찬 날갯짓 소리와 함께 까마귀 떼가 울부짖으며 공중으로 날아올랐다. 흡사 북쪽으로부터 하달된 승인을 알리는 것처럼. 혹은 슈투름 산맥 대마법사가 이룬 또 하나의 쾌거를 축하하기라도 하듯. 그렇게 되크 발두르와 그의 신부가 마침내 짝을 찾았다.

⚜

"마론!" 잠을 쫓아내려는 듯 눈을 비비며 툴이 또 한 번 그녀를 뚫어지게 바라보았다. 눈앞에 보이는 저 모습이 허상이 아니라 진짜라는 걸 확인하려는 것 같았다. 툴은 동굴 안 깊숙한 곳에 잠자리를 마련했던 모양이었다. 휴식을 취할 때만큼은 가능한 트리스탄에게서 최대한 멀찍이 떨어져 있으려는 것처럼.

"툴이로군." 마론이 차가운 목소리로 대답했다. 저 데몬과 마론은 친밀한 사이가 아니었다. 마론은 몰구르 폰 스키르의 편을 든 툴을 혐오하기까지 했었다. 잠자리에서 일어난 툴은 지금 그녀가 적인지 친구인지 판단하지 못해 주저하는 몸짓으로 어정쩡하게 다가왔다. 마론 또한 기본적으로 그들 사이를 어찌 정의해야 할지 난감했다. 그녀의 코앞까지 다가와 굳어 버린 툴은 마론과 트리스탄을 번갈아 가며 주시했다. "그런데 넌 여기서 뭐 하는 거냐? 네 군주의 뒤치다꺼리를 하느라 정신없이 바쁜 거 아니었나? 여긴 그 반대 진영이다, 꼬마 비젤. 버림받고 낙인찍힌 자들이 모인."

그 말에 마론이 가슴 앞으로 팔짱을 꼈다. "누군가가 널 밀어냈던 적이 있었던가? 난 도무지 그런 기억이 없는데. 오

히려 반대였지. 진정한 데몬이 되겠다며 엘리야 님과 파수
꾼들을 배신한 건 너였잖아. 그래서 어찌 생각대로 잘 되던
가? 너의 그 데몬족 원수가 널 어여삐 봐주던가?"

심기가 불편해진 툴의 눈에서 튀는 불꽃을 보며 마론은
제 추측이 옳았다는 것을 확인했다. 당연히 데몬들 사이에
파수꾼이 낄 자리는 없었을 것이다. 툴이 타고난 본성 자체
가 억압이나 잔혹함과는 거리가 멀었기에…. 그러니까 데몬
족 원수를 따라가기 전까지 툴은 본인이 속해야 할 곳에 있
었던 거였다. 다만 스호오크를 잃은 상실감이 그를 눈먼 장
님으로 만든 게 분명했다.

"난 데몬 원수가 파견한 사절이다. 지금도 그분의 전폭적
인 신뢰를 충분히 누리고 있지." 툴이 강조했다. "우리 데몬
족은 되크 발두르와 동맹을 맺었다. 우리는 요정족에 맞서
전쟁을 치를 예정이야. 그런 우리에게 맞서는 자는 전부 적
으로 간주할 거다." 툴은 말을 하는 도중에 마론을 세심히
살폈다. 그녀의 얼굴에 보이는 미묘한 표정까지 파악하려는
것 같았다. 마론은 밀려드는 공포를 툴이 알아차리지 못하
도록 애써 갈무리했다. 어차피 알지도 못하는 요정족 따위
는 애당초 관심 밖이었다. 허나 엘리야와 파수꾼들은 그녀
에게 소중했다. 야레드와 아담만큼이나. 그리고 이제는 사

피라까지도 죽지 않기를 기원했다. 질투에 눈이 멀어 그녀에게 끔찍한 불행을 안겼으니까. 트리스탄 역시 그녀의 대답을 기다리는 것 같았다. 그는 끔찍한 얼굴을 세상에 감추려는 듯 어느새 후드를 덮어쓴 상태였다. 하지만 초조한 듯 떨리는 붉은 눈동자만큼은 계속 그녀를 주시했다. 만약 속마음을 솔직히 털어놓으면 트리스탄이 어떻게 나올까? 갑자기 오한이 덮쳐 왔다.

"지금 왜 아엘프스탄으로 가려는 거야?" 마론은 입장을 명확히 밝히는 대신 질문을 던졌다.

"사피라와 대화하기 위해서다." 툴이 대답했다.

"무엇에 대해?"

"당연히 드래곤족의 미래에 대해서지." 트리스탄의 음성이 들려왔다. 깊은 산속의 호수처럼 울림이 깊고 맑은 음색이었다. 눈을 감고 들으면 그가 아직도 절대 꺾이지 않는 남부 왕자라고 해도 믿길 음성이었다. "이제 드래곤들도 어느 편에 설지 결정해야 해. 우리는 그들이 우리 편에 서기를 원하고 있다."

"엘리야 님이나 님룬트와는 대화하지 않을 거야?" 마론이 물었다. "인간과 엘프는 어떻게 할 생각이야?"

"지금 우리가 관심 두는 대상은 드래곤족뿐이다."

마론은 그 관심이 어디서 기인하는지 너무 잘 알았다. 드래곤이 있으면 데몬족의 군대는 몇 배나 더 강해질 수 있었다. 사피라와 드래곤족이 자유 의지로 그들을 따를지 혹은 또다시 주종 관계를 맺을지는 중요하지 않은 것 같았다. 오롯이 결과만이 중요했다. 즉 공중을 나는 군대를 편성할 수 있느냐만이 관심사였다.

"도대체 어디까지 선을 넘으려는 거야?" 마론이 그대로 트리스탄에게 돌아섰다. "드래곤족을 노예로 삼으려고 네 화염 누이마저 죽일 셈이야?"

트리스탄의 대답은 그 자신의 정체성만큼이나 파악하기 힘들고, 암울했다. "사피라가 정말 내 화염 누이라면 그리되지는 않겠지."

마론은 트리스탄이 진정한 동기를 숨기려고 그렇게 말하는 건지, 혹은 정말 그렇게 믿는 건지 판단할 수 없었다. 그 무엇 하나 예전 같지 않았다. 지금 이 대륙엔 안전한 곳이라곤 없었다. 온 대륙이 암흑의 권력과 그 종복들의 지배하에 놓일 판이었다. 하지만 앞으로 무슨 일이 벌어지든 마론에게 그리 중요하지 않았다. 어쨌거나 그녀는 이렇게 트리스탄을 찾아냈으니. 이제 남은 것은 어떻게든 그를 첫눈에 사랑에 빠졌었던 그 사내로 되돌릴 방법을 찾아내는 것뿐이었

다. 실패해도 트리스탄 없이 사느니 차라리 되크 발두르의
곁에서 죽는 편이 나으리라.

"요정 여왕은 왜 죽이려는 거야?" 마론이 물었다.

"벨타인이 요구하니까."

"성공하면 그가 뭘 해 주기로 했어?"

트리스탄이 아주 잠시 망설였다. "자유."

마론도 그 이상은 알 필요가 없었다.

"눈에 띄지 않고 성 내부까지 들어갈 수 있어." 마론이 말
했다. "내일 새벽에 북문 앞으로 와. 내가 직접 사피라를 데
려올게."

⚜

아엘프스탄의 경비병들은 조금도 의심하지 않았다. 여전
히 인간과 엘프 병사들이 함께 성문을 지키고 있었고, 그중
에는 마론의 얼굴을 아는 이들이 더러 있었다. 이틀 전에 말
을 몰고 성 밖으로 나섰던 그녀가 말도 없이 걸어서 다른 쪽
성문 앞에 나타났건만 이유를 묻는 이도 없었다. 어쨌거나
마론은 최고 권력층의 측근이자 그들의 신뢰를 전폭적으로
받는 사람이라 일개 병사보다는 지위가 훨씬 높았다. 마론

은 곧장 사피라의 방으로 향했다. 성의 나선형 계단을 오를 때마다 마론의 발걸음 소리가 대리석 복도에 울려 퍼졌다. 발밑 나선형 계단만큼이나 마론의 마음도 어지러웠다. 왜 이리 주저하는 마음이 드는 걸까? 트리스탄은 절대 사피라에게 해코지를 하려는 게 아닌데. 단지 벨타인이 맡긴 임무를 이루려면 드래곤이 꼭 필요해서 그녀를 만나자는 것 아닌가. 사피라는 항상 그의 편에 섰었다. 그런 만큼 이번에도 그렇게만 해 준다면 모든 게 잘 해결될 터였다. 그러면 인간도, 엘프도 전쟁에 휘말리지 않아도 될 테니까. 마론은 사피라의 방문 앞에 설 때까지 속으로 이런 생각을 계속 되뇌었다. 마론은 소심하게 방문을 두드렸다.

"누구냐?" 드래곤 여왕의 음성이 방안에서 들렸다.

"나예요. 마론."

"마론?"

몇 초 후 철커덕 소리와 함께 자물쇠가 열렸다. 살짝 놀란 마론이 뒤로 물러섰다. 방문을 연 사람이 사피라가 아니라 야레드였기 때문이었다. 회색 반바지만 걸친 채 눈에 띄게 호흡이 가쁜 상태였다. "아녜이에게 다녀왔어? 그 마녀가 뭐래?" 야레드가 질문을 쏟아 냈다. "그런데 어떻게 이렇게 빨리 돌아온 거야?" 흉터 가득한 그의 이마에 근심 어린 주름이 파였다.

"어서 마론을 들어오게 하고 문을 닫지그래!" 뒤에서 사피라의 음성이 들려왔다.

마론의 팔뚝을 잡은 야레드가 서둘러 방안으로 끌어당겼다. 그리고는 방문을 다시 꼼꼼하게 잠갔다. 어찌 보면 마론은 지금 이 방에 갇힌 거나 다름없었다. 만약 자신이 가져온 것이 해독제가 아니라 되크 발두르의 전언이라는 걸 안 드래곤 여왕이 진노한다면, 마론은 독 안에 든 생쥐 꼴이 되는 셈이었다. 더욱이 야레드가 함께 있는 이 상황이 불편했다. 그가 함께 있으면 항상 마음이 편했었는데 이번만큼은 편하기는커녕 오히려 정반대였다.

사피라는 침대에 앉아 있었다. 거의 헐벗은 상태인 그녀는 침대 시트로 겨우 가슴만 가렸다. 건강한 한쪽 팔로 시트를 움켜쥐고 있었지만 다친 팔은 힘없이 축 늘어진 상태였다. "그래서?" 사피라가 최대한 여왕다운 말투를 유지하려 애썼지만 그녀의 음성에는 어린아이 같은 초조함이 묻어났다. 그녀가 양 눈썹을 끌어올렸다. "아녜이가 뭐라 하더냐?"

마론이 발걸음을 떼어 몇 걸음 앞으로 다가섰다. 어차피 외교적 수완과는 거리가 먼 마론이었기에 이번에도 그녀는 까놓고 말했다. "아녜이와는 만나지 못했어요."

사피라가 한참이나 속눈썹을 깜박였다. 그러는 동안 마론은 사피라의 팔을 집어삼킨 마비 증세가 온몸으로 퍼져 나가는 건 아닌지 걱정스러웠다. 하지만 사피라는 표정 하나 바뀌지 않았다. 다만 동공이 좁아지며 수직으로 변했다. 사피라가 재차 물었다.

"왜 그러지 못했지?"

"나도 그러고 싶었죠…" 마론이 말을 꺼냈지만 야레드가 그녀의 말을 가로막았다.

"넌 네 수명의 50년이나 그 여자에게 넘겨줬어. 사피라를 거의 죽일 뻔한 그깟 부적 하나를 얻기 위해서. 그런데 이제 그 빌어먹을 여자와 만나는 것조차…"

"그냥 저 아이가 말하게 둬!" 사피라가 침대 시트를 옆으로 치우며 침대에서 내려왔다. 사피라는 서투른 손놀림으로 나이트가운을 걸치려 했지만 힘없이 축 늘어진 팔 때문에 그것마저 힘들었다. 사피라의 호통에 입술을 꽉 깨문 야레드가 다가가 그녀를 도왔다.

"가는 도중에 갑자기 까마귀 떼가 날아와 날 덮치고는 트리스탄에게 데려갔어요." 마론이 설명했다.

"트리스탄?" 사피라의 목소리에 반가움이 느껴졌다. 그렇지만 이내 얼굴이 어두워졌다. "되크 발두르였겠지."

239

"그들은 하나예요." 마론이 설명했다. "그렇지만 계속 그런 상태로 있진 않을 거예요. 이번 한 번만 그를 도와주면 어떻게든 해결책을 찾을 거예요. 지금 성 밖에서 당신을 기다리고 있어요. 사피라, 부탁할게요! 할 말이 있다고 하니 부디 그의 말을 들어줘요."

"너 지금 제정신이야? 비젤?" 야레드가 불꽃이 튈 것 같은 눈빛으로 노려보며 성큼 다가왔다. "우리가 알던 트리스탄은 이미 죽었어. 되크 발두르는 괴물일 뿐이야. 자비나 온정이라고는 눈곱만큼도 모르는 대마법사에게 조종당하는 짐승이지. 그런데 넌 우리더러 아무 보호 장치도 없이 그를 만나라는 거냐? 그가 사피라를 죽이고 그녀의 종족을 노예로 삼으려 들 텐데. 절대 사피라가 너와 함께 가는 일은 없을 거야!"

"그건 네가 결정할 사안이 아니야!" 흥분한 마론이 돌아서며 드래곤 여왕을 가리켰다. "사피라가 결정할 일이지!"

두 사람의 시선이 곧장 한 손으로 드레스 단추를 잠그는 데 몰두해 있는 사피라에게 향했다. 하던 일을 마친 사피라는 의자 팔걸이에 걸쳐 있던 케이프를 쥐었다. "마론의 말이 옳아. 그건 내가 결정할 사안이지. 그리고 내 화염의 형제가 어떻게 변했는지 내 눈으로 꼭 보고 싶기도 하고."

"그러지 마!" 야레드가 난파선에서 구조를 요청하는 사람처럼 간절히 애원했다. 야레드가 사피라의 길을 막아섰다. 사피라는 애정 어리지만 단호한 손길로 그를 옆으로 밀었다. 그런 뒤 마론에게 고개를 끄덕였다. "어서 날 트리스탄에게 데려가라!"

"적어도 병사라도 몇 명 데려가자. 아니면 카이를 깨우든지!" 야레드는 어떻게든 사피라를 설득하려고 했다.

사피라는 고개를 저었다. "아니야. 무장한 호위병을 대동하면 우리 사이에 남아 있는 신뢰마저 부서질 거야. 카이 역시 데려가지 않겠어. 그도 지금 제정신이 아니니까. 말 한마디 삐끗하거나 실수로 마력이라도 방출했다가는 모든 걸 그르칠 수도 있어. 트리스탄은 절대 나를 해치지 않을 거야. 그러니까 우선 그의 말을 들어보겠어. 그리고 아담이 전한 계시를 트리스탄에게 알려야 해."

그것으로 확정됐다. 야레드도 더는 반박하지 않았지만, 아엘프스탄의 텅 빈 회랑을 지나가는 동안 줄곧 넋으로 빠져드는 것 같은 께름칙한 표정을 지었다. 벽에 고정된 횃불이 흉터 가득한 그의 얼굴에 그림자를 드리웠다. 결의에 찬 사나이의 비장한 모습이었다. 무슨 일이 있어도 사피라의 곁에서 물러서지 않고 언제라도 그녀를 위해 기꺼이 목숨을

241

바치겠다는 각오가 그대로 드러났다. 마론도 야레드가 지조 있는 녀석이라는 건 알았었지만 지금 눈으로 확인하고 또 한 번 감탄했다. 그리고 바로 그런 이유에서 야레드는 앞으로 그녀가 경계해야 할 대상일 수밖에 없었다.

북문을 지키는 병사들은 그들의 갑작스러운 등장에 다소 놀라는 눈치였지만 정중하게 성문을 열어 주었다. 마론과 일행은 도개교를 건너 마구간 옆길로 들어섰다. 마구간은 데몬족이 입성했을 땐 군영으로 쓰이다가 그들이 떠난 후 그대로 방치된 채로 비어 있었다. 모든 생명체가 떠나 버린 자리에 거무죽죽한 골조만이 시커먼 어둠을 버텨 내고 있었다. 때마침 동쪽 산기슭에서 첫 아침 햇살이 희끄무레 올라와 주홍빛 따사함을 선사해 줄 참이었다. 숙명적으로 암흑과 입맞춤해야만 하는 희망의 숨결처럼. 그들은 약속 장소에 제때 도착했다. 운명의 시간이 다가오고 있었다. 한때 굳게 결속했던 친구들 사이에 대화가 어떻게 끝나느냐에 모든 것이 달려 있었다. 마론은 귓속에 피가 들끓는 소리가 들리는 것 같았다.

"도대체 그놈은 어디 있는 거냐?" 야레드가 투덜거렸다. "성에서 얼마나 멀리 떨어진 곳까지 우릴 데려가는 거냐?"

"이제 멀지 않았어." 마론도 트리스탄이 정확히 어디 있는지 알지 못했지만, 우선 그렇게 대답했다. 그때 갑자기 이를 드러내며 위협하는 유령늑대 소리가 들리자 그들은 자리에 멈춰 섰다. 야레드가 검을 꺼내 들었다. 마론은 곁에 있는 사피라의 몸이 잔뜩 긴장하는 것을 느꼈다. "유령늑대라니… 이건 우리한테 알려 주지 않았잖아!" 눈동자가 드래곤의 동공으로 변한 사피라가 낮은 음성으로 마론을 나무랐다.

"그건 그리 중요하지 않으니까." 몇 미터 떨어지지 않은 지점에서 트리스탄의 음성이 들렸다. 처음에 마론은 그를 발견하지 못했지만 울창한 가시덤불 뒤에서 트리스탄이 툴과 두 마리의 샤텐발트 마수를 양옆에 대동한 채 앞으로 걸어 나왔다. 떠오르는 태양이 트리스탄의 창백한 옆얼굴에 따사로운 빛을 비춰 주며 뭐라 형언할 수 없는 역설적인 장면을 연출했다. 그 모습을 마주한 순간 사피라의 호흡이 두 배로 가빠지며 저도 모르게 한 걸음 뒤로 물러섰다. 그녀의 입술은 말을 잊었고 온몸이 파르르 떨렸다. 그녀는 마비되지 않은 손으로 벌어지려는 입을 가렸다.

"내 모습이 그렇게나 놀랄 정도인가, 화염의 누이?" 트리스탄이 물었다. "슈투름 산맥을 다시 찾아가면 내게 무슨 일이 벌어질지 몰랐던 건가? 그곳으로 가는 긴 여정 중에 이따금 난 네가 날아와 날 다시 데려가 주기만을 소망하곤

243

했었지. 예전에 쾨니히스하인 군영에서 그랬던 것처럼. 하지만 넌 오지 않았어."

"당시 사피라는 엄청난 돌무더기에 갇힌 상태였어." 야레드가 씩씩거리며 대꾸했다. 야레드만큼은 추하게 변한 트리스탄의 외모에도 그다지 충격을 받지 않은 것 같아 보였다. 되크 발두르의 붉은 눈동자가 야레드를 향했지만 통증을 일으키지는 않았다. "나도 알아." 트리스탄이 대답했다. "그리고 이제는 사피라가 선택해야 할 때라는 것도…. 도른슈트랑 아니면 슈투름 산맥. 너 아니면 나. 사피라는 둘 중 하나를 결정해야 해."

"누가 그러디? 벨타인이?" 마침내 사피라가 입을 열었다. "지금 그자가 네 안에 어떤 치명적인 독을 퍼트리는지 정말 느끼지 못하는 거야? 그자는 너에게 악의 씨앗을 뿌리고, 고통을 추수하려는 거야. 끝내 너를 머리카락부터 발톱 끝까지 집어삼키려는 거지. 그런데 넌 벌써부터 그놈에게 굴복하여 순종적인 종복이 되어 버렸나 보구나. 그렇게 그자가 원하는 대로 피의 잔이 되어 에냐도르 곳곳을 누비다 보면 네 안에는 오롯이 고통과 씁쓸함만이 켜켜이 쌓이게 될 거야."

"난 어떻게든 해결책을 찾게 될 거야." 툴과 유령늑대를 뒤에 둔 채 트리스탄이 가까이 다가왔다. 당장이라도 목을 조를 것만 같은 공포감이 마론에게 밀려왔다. 어느새 지평선 위로 한 뼘만큼 태양이 떠올랐다. 한 줄기 햇살마다 새로운 축복을 담아 에냐도르 구석구석을 비춰 줄 태양이 되크발두르의 시커먼 후드 속에 숨겨진 잔인함을 제일 먼저 드러내 주었다. 햇빛을 받아 더 창백해진 얼굴로 그가 말했다. "전부 다 괜찮아질 거야. 요정 여왕을 죽이는 임무에 힘만 보태 준다면 말이야. 내 편에 서라, 화염의 누이! 데몬과 드래곤이 동맹을 맺으면 우린 이 임무를 완수할 수 있어."

사피라가 고개를 가로저었다. 마론은 점점 더 초조해졌다. "벨타인이 얼마나 무자비한 자인지 이미 겪어 봤잖아. 네게 조금이라도 쓸모가 남아 있는 한 널 절대 놓아주지 않을 거야. 트리스탄, 지금은 오히려 우리의 검 끝을 슈투름 산맥으로 향해야 할 때야. 네가 에냐도르의 모든 종족과 함께해 준다면 사악한 대마법사를 물리칠 수 있을 거야. 넌 그의 가장 소중한 물건을 가슴에 지니고 있으니까."

트리스탄은 시답잖다는 듯 웃음을 터트렸다. "설마 벨타인이 이 애미시스트를 회수할 아무 대책도 없이 내가 여기저기 돌아다니게 놔뒀을 것 같으냐? 난 이 마법의 돌을 잠시 보관하고 있을 뿐이고 이 돌의 주인은 벨타인이야. 그가 부르는 순간 이 애미시스트는 곧장 제 주인의 부름에 따르 겠지. 내 몸은 그저 그릇에 불과해."

"그러면 맞서 싸워, 트리스탄! 네 불굴의 의지를 전부 끌 어모아 대항하란 말이야." 사피라가 미처 말을 끝내기도 전 에 머리 위로 푸드덕거리는 날갯짓 소리가 들려왔다. 처음 에 마론은 까마귀 떼가 돌아온 건가 생각했지만, 고개를 들 어 위를 올려다보니 뜻밖에도 와이번 대여섯 마리가 공중을 날고 있었다. 순간 고요한 새벽하늘을 찢을 것만 같은 마수 의 울음소리가 울려 퍼졌다.

순간 트리스탄의 표정이 굳었다. "와이번을 불렀어? 왜지?"

'어지간히도 두려웠나 보군.' 마론은 이 말을 차마 입 밖 으로 꺼내지 못했다. 처음으로 트리스탄의 눈에서 데몬족의 무시무시한 안광이 쏘아지고 있었기 때문이었다. 그의 시선 이 공중의 마물에게 향하자 와이번 한 마리가 몸통을 뒤틀 며 비명과 함께 그대로 곤두박질쳤다. 마치 벼락이라도 맞 아 죽음의 문턱에서 몸부림치듯 와이번이 날개를 허우적거 리더니 이내 미동도 없이 축 늘어졌다.

"예전에도 날 저버리더니 이번에도 그럴 모양이었군." 이 윽고 사피라에게 돌아선 트리스탄이 그녀에게 성큼 다가서 며 속삭였다. "우리 사이에 남아 있던 한 가닥 우정마저도 저버리고 내 등 뒤에서 넌 나의 적들과 한 패거리가 되었어. 이제 나는 너를 신뢰할 수가 없다!"

"아니야!" 사피라가 다급히 속삭이며 또 한 걸음 뒤로 물러섰다. 그녀의 머리 위를 와이번들이 울부짖으며 선회했다. "트리스탄… 내 말 좀 들어봐!"

그렇지만 그들 모두 알고 있었다. 이제 트리스탄의 귀는 그 누구의 말도 들으려 하지 않을 것이고, 그의 눈은 되크 발두르가 보는 것만을 볼 것이었다. 이글거리는 그의 두 눈에서 끝없는 분노가 암흑의 에너지를 타고 분출하고 있었다. 마론은 혈관 속 피가 멈출 것만 같았다.

그때 마론은 갑자기 차가운 칼날이 제 목에 닿는 것을 느꼈다. 야레드의 팔이 마론의 턱 주변을 거칠게 휘감아 젖혀 올렸다. 동시에 되크 발두르의 치명적인 안광을 피하려는 듯 마론을 방패 삼아 뒤에 숨었다. "보아하니 마론이 네게 정해진 여인이로구나. 내 말이 맞지?" 야레드가 외쳤다. "우릴 성에서 꾀어내려고 마론을 보낸 거고. 이 여자의 목숨이 중요하다면 사피라가 돌아가게 놔둬라!"

마론의 눈에서 절망의 눈물이 흘러내렸다. 언제나 야레드는 저와 가까운 사이였다. 호리엘의 노예 부대에서 함께 탈출했고, 그 후에도 함께 힘을 모아 아담을 보살폈다. 그에게 제 번민과 고통을 하소연한 적도 많았다. 그랬던 야레드가 이제는 제 목을 베어 버리겠다고 위협하고 있다니. 도대체 어쩌다 이렇게까지 되어 버린 걸까? 놀랍게도 트리스탄은 눈 하나 깜박이지 않고 가만히 서 있었다. 그의 양옆으로 마치 그림자인 것처럼 툴과 유령늑대들이 늘어섰다. 마론의 목덜미에 잔뜩 긴장한 야레드의 거친 숨결이 느껴졌다. 단도를 든 그의 손이 부들부들 떨렸다.

"그 검 내려놔라!" 툴이 대장장이에게 경고했다. "넌 상황을 악화시킬 뿐이야. 우린 협상하러 온 거지, 살육을 벌이려고 온 게 아니다."

트리스탄이 거칠게 손을 들어 툴을 제지했다. 영겁 같은 몇 초가 흘렀다. 거기 선 모두는 서로를 번갈아 노려보며 상대를 저울질했다. 그러다가 마침내 트리스탄이 미약하게 고개를 끄덕였다. "돌아가겠다!" 그가 말했다. "난 분명 너희에게 기회를 주었지만 거부한 건 너희다. 다음번엔 어림도 없으니 나에게 더는 온정을 기대하지 말라. 그때는 무릎을 꿇거나 파멸하거나 둘 중 하나만을 선택해야 할 것이다."

마론은 트리스탄이 왜 저런 결정을 내렸는지 알 수 없었다. 혹시 그녀의 목숨이 중요해서 그런 것은 아닐까? 아니면 사피라와 야레드를 단숨에 베어 버리자니 마지막 남은 양심

이 찔려서 그러는 걸까? 무엇 때문인지는 몰라도 트리스탄
은 야레드가 그녀의 목을 팔로 휘감은 채 아엘프스탄 성문
으로 뒷걸음질 치도록 그냥 내버려 뒀다. 그들의 모습이 보
이자 성에서는 뿔 나팔 소리가 울려 퍼졌다. 소름 끼치는 와
이번의 괴성과 유령늑대의 으르렁거림까지 뒤섞여 아수라
장을 연출했다. 그렇게 북에서 온 암흑 군주와 그 일행은 발
길을 돌렸다. 마침내 성문이 열리고, 무장한 병사 여럿이 그
들을 향해 우르르 몰려왔다. 그제야 마론의 턱을 움켜쥐었
던 야레드가 그녀를 놔주었다. "아까 난 네가 그 마녀에게
수명을 한 10년쯤 더 팔았으면 좋았겠다고 생각했어!" 야
레드가 귓가에 속삭였다. 그의 말은 맨살을 지지는 시뻘건
석탄처럼 마론을 아프게 했다.

　병사들이 그녀를 둥그렇게 에워쌌다. 마론은 겁에 질린
그들의 얼굴을 바라보았다. 검을 든 손들이 벌벌 떨고 있었
다. 비상사태를 알리는 뿔 나팔 소리를 듣고 더 많은 병사가
달려왔다. 성 전체가 가장 끔찍한 방식으로 잠에서 깬 것이
다. 이 모든 혼란 가운데 갑자기 사피라의 손이 그녀의 어깨
에 닿았다. "벨타인이 트리스탄을 놓아줄 거라 믿어서는 절
대 안 돼! 어떻게든 그의 심장을 되찾아 주어야만 해! 그래
야만 구할 수 있어. 트리스탄과 우리 모두를." 드래곤족 여

왕이 말했다. 사피라는 그 말과 함께 야레드의 칼을 마론의 목에서 치웠다. 마론은 대답하지 않았다. 그녀의 머리는 텅 비어 있었다. 혈관에 피가 한 방울도 흐르지 않는 것만 같았다. 마론은 뒤도 돌아보지 않고 그대로 트리스탄을 향해 뛰었다. 한 걸음씩 멀어질 때마다 아엘프스탄 협곡은 점점 더 깊어 보였다. 한 걸음씩 멀어질 때마다 그들 사이에 패인 깊은 골 역시 바닥을 알 수 없을 만큼 깊어만 갔다.

　트리스탄은 꼼짝도 하지 않고 서서 마론을 기다리고 있었다. 마론은 진지한 표정으로 그를 바라보며 이제 더는 아무것도 되돌릴 수 없다는 걸 깨달았다. 트리스탄은 아무 말 없이 마론의 허리를 한쪽 팔로 휘감아 유령늑대 위에 태웠다. 중심을 잡기 위해 마론은 얼음장 같은 두 손으로 유령늑대의 따뜻한 털을 움켜쥐었다. 이윽고 되크 발두르가 늑대 등에 올라타자 대열을 갖춘 아엘프스탄 병사들 사이에서 두려움 가득한 장탄식이 터져 나왔다. 마론의 허리에 팔을 두르고, 마지막으로 사피라와 야레드를 한 번 더 바라본 트리스탄이 짐승의 머리를 반대로 돌려 쏜살같이 질주했다.

카이

그레타는 오열했다. 그녀의 울음 섞인 넋두리만이 이른 새
벽 아엘프스탄 협곡에 울려 퍼지는 유일한 소리였다. 카이는
성의 발코니에 서서 무덤덤한 얼굴로 그녀를 내려다보았다.
하지만 마법 지팡이를 움켜쥔 경직된 손가락에서 그도 내심
크게 동요하고 있음을 엿볼 수 있었다. 형의 집행을 보러 아
엘프스탄 전부가 모였다. 엘프와 인간, 일꾼과 병사들은 물
론이고 님룬트까지. 섬세하고 각진 얼굴이 밀랍 가면처럼 굳
어 버린 채 엘프 왕은 카이와 어느 정도 떨어진 권좌에 앉아
있었다. 그레타가 어떻게 되든 엘프의 왕이 관여할 바는 아
니었다. 그렇지만 그다음 벌어질 일에 님룬트는 만반의 태
세를 갖추어 놓았다. 엘프군의 거의 모든 병력이 출전 준비
를 마친 상태로 처형장 바로 옆 고원에 집결 중이었다. 군사
들은 완전 무장한 상태였고 궁수들의 활시위에는 이미 활이

올려진 상태였다. 모두가 카이를 노려보고 있었다.

카이의 뒤편으로 작은 동요가 일었다. 카이는 주변 인파를 비집고 들어오는 사피라를 발견했다. 그녀는 머리를 절레절레 흔들며 카이 곁에 섰다. "넌 또 무슨 짓을 하는 거야?" 사피라가 비난하는 투로 속삭였다. "벨타인과 웨이요나가 에냐도르에 전쟁을 일으키려는 것만으로는 부족해? 진정 이 동맹마저 갈라놔야 속이 시원하겠어?"

"난 그저 정의를 실현하려는 중이야." 카이는 사피라를 돌아보지도 않고 대답했다. "결국에는 우리 모두 각자 결정해야 하지. 지난밤 당신이 그랬던 것처럼."

"카이, 적어도 난 전쟁에 불을 지피지는 않았어!" 사피라가 애써 자신을 변호했다.

"아니. 당신도 독자적으로 되크 발두르와 협상에 나섰잖아. 이제 그는 데몬 군대를 끌고 이 아엘프스탄을 공격해 오겠지. 그러니까 내게 책임감 따위를 운운하지 말았으면 해."

사피라는 분한 듯 씩씩거렸지만 논쟁을 더 이어 가지는 않았다. 대신 외교적인 방식으로 카이를 설득하려 했다. "네가 얼마나 상처 입었을지는 알겠어. 원한다면 그레타를 처벌해. 하지만 베리안만큼은 놔둬라. 평화를 위해!"

그 말에 카이는 완고한 자세를 풀고 사피라에게 돌아섰

다. 그의 내면에는 마력이 부글부글 끓고 있었다. 목소리가 떨리는 것만큼은 막지 못했지만 그럼에도 님룬트에게 들릴 만큼 큰 목소리로 또박또박 말했다. "베리안은 너무도 많은 불행을 일으켰어. 그 죗값을 치르려면 목숨이 열 개라도 모자라!"

"지금 넌 신이라도 된 듯 행동하고 있어!" 사피라가 외쳤다.

"아니. 난 일개 재판관으로서 행동할 뿐이야." 그 말을 끝으로 돌아선 카이는 형 집행관에게 시작하라는 신호를 보냈다.

처형대 옆으로 집행관 엘프가 다가서자 그레타가 다시 비명을 질렀다. 그는 숙련된 솜씨로 죄수복을 찢어 버렸다. 벌거벗은 그레타의 나신을 본 군중들이 웅성거리며 저마다 귓속말을 하며 수군거렸다. 외설적인 말이 여기저기서 튀어나왔고, 몇몇 하인들은 상스러운 제스처를 취하기도 했다. 그렇지만 님룬트와 그의 군대는 한결같은 자세로 서서 그들 앞에 펼쳐지는 촌극을 무표정한 얼굴로 응시했다.

"카이!" 그레타가 외쳤다. 그녀의 갈라진 목소리가 울려 퍼졌다. "제발 자비를 베풀어 줘요. 이렇게 애원할게요!" 그녀가 쏟는 눈물에 어린 마법사의 심장이 녹아 버릴 것만 같았다. 저를 배신하고, 모욕한 여자였다. 거기에 그의 사랑마

저 발로 짓밟아 버린 여자. 그러니 똑같이 되돌려주어야 마땅하다. 그런데도 카이는 이런 상황을 초래한 자기 자신이 저 여자만큼이나 증오스러웠다.

이윽고 형 집행관이 그레타가 묶인 기둥 뒤에 마련된 나무통에 성큼 다가가 뚜껑을 열었다. 그리고 커다란 국자로 점성이 강한 갈색 물질을 퍼냈다. 끈적끈적한 타르였다. 관중들의 야유가 터져 나왔고 그레타는 찢어지는 비명을 질러 댔다. 집행관이 죄수 곁에 섰다. 마지막으로 카이를 쳐다본 집행관이 고개를 한 번 끄덕였다. 그리고는 정확히 그레타의 정수리에 타르를 휙 뿌렸다. 환한 금발에 뿌려진 끈적끈적한 액체가 새하얀 피부를 더럽히며 얼굴과 눈가로 흘러내렸다. 그레타는 통곡을 멈추고 숨 쉴 틈을 찾아 헐떡였다.

"뭐야, 저게 다야?" 그 광경에 아연실색한 사피라가 물었다. "심지어 어디 한군데 아픈 것도 아니잖아!"

카이가 고개를 저었다. 그의 시선은 여전히 집행관에게서 꽂혀 있었다. 집행관은 이어 거친 돼지 털로 만든 솔을 꺼내 그레타의 몸 전체에 타르를 발랐다. 이제 겨우 숨 쉴 틈을 찾은 그레타는 또다시 애걸복걸하기 시작했다. "그레타에게 이보다 더 심한 고문은 없을 거야."

카이의 말에 사피라는 우스꽝스럽다는 듯 코웃음을 쳤지

만 카이는 착잡한 심정이었다. 카이와는 정반대로 하인들은 보기 드문 구경거리에 신이 나 있었다. 하녀들 중 한 명이 손가락으로 그레타를 가리키며 주변의 군중에게 뭐라 농을 던지자 여기저기서 악의적인 웃음이 터져 나왔다. 욕설과 야유의 진흙탕 물이 파도처럼 번져 나갔다. 그렇게 그들은 이 굴욕의 축제가 가져다준 즐거움을 한껏 누렸다. 카이는 저를 배신한 연인이 만인의 눈앞에서 경멸당하는 모습을 묵묵히 지켜보았다. 어쩌면 그레타에겐 가장 수치스러운 형벌일지도 몰랐다. 아무 관련도 없는 군중에게서 굴욕을 당하고 웃음거리로 전락했으니까.

집행관은 통속에 연거푸 솔을 넣었다 뺐다 하면서 계속 그녀의 몸에 타르를 칠했다. 그레타가 머리부터 발끝까지 타르를 뒤집어쓰고 나서야 한 걸음 뒤로 물러선 집행관은 난폭한 군중들에게 죄인의 처분을 맡겼다. 형 집행의 2막이 시작되었다. 십여 명의 군중이 손수 형을 집행하고자 처형대 앞으로 쏟아져 나왔다. 그들은 처형대 근처에 준비된 깃털 자루에 탐욕적으로 손을 뻗었다. 야유와 욕설을 퍼부으며 그들은 석상처럼 굳어 버린 그레타에게 정숙하지 못한 여자의 상징인 깃털을 한 움큼씩 집어 던졌다. 사슬에 묶인 그레타는 더는 이 세상 사람이 아닌 것처럼 그 굴욕을 견뎌

냈다. 내면의 가장 천박한 충동을 실현하는 데 열광한 군중들이 던진 하얀 깃털이 공중을 날아다녔다. 깃털 하나가 바람을 타고 카이에게까지 날아왔다. 카이가 손을 뻗자 깃털이 살포시 내려앉았다. 그리고는 이내 치직 소리와 함께 사라져 버렸다. 그와 함께 카이의 마음속에서 그레타도 사라져 갔다.

형장에 준비해 놓은 새털 자루가 동이 나고 처형대가 새털이 난무하는 도살장처럼 변해 버린 후에야 군중들이 서서히 자리를 떴다. 그녀의 모습을 지켜보던 카이는 두 갈래 상반된 느낌에 얼굴이 화끈 달아올랐다. 하나는 만족감이었다. 수년간 이어 온 전쟁에서 마침내 숙적의 머리통을 날려 버린 것 같은 쾌감이었다. 다른 한편으로는 기분이 참 더러웠다. 그레타와 마찬가지로 자기 자신도 오물을 뒤집어쓴 느낌, 털 뽑힌 닭처럼 기둥에 묶인 채 머리카락부터 발끝까지 숨구멍마다 온통 타르와 깃털을 뒤집어쓴 느낌이었다.

"이제 저 여자를 풀어 주고, 성문 밖으로 쫓아내라!" 카이는 얼음장처럼 냉랭한 음성으로 호령했다. 카이의 프레지오라이트가 번쩍이자 군중 속 소음이 멈췄고, 집행관은 서둘러 그레타를 묶은 사슬을 풀은 뒤 처형대 계단 쪽으로 그녀를 밀쳤다. 그녀의 다리가 마지못해 겨우 움직였다. 타르에

미끄러진 그레타가 두 팔을 허우적거리자 군중들 사이 여기
저기에서 비웃음이 터져 나왔다.

"저 창녀를 어서 쫓아내라!" 누군가 소리쳤다.

"맞아. 그대로 산에 들어가서 네 운을 시험해 보라고!"

"닭 짓거리를 참 많이도 했나 보군. 그러니까 몸에 깃털이
나지."

병사들이 달려 나와 그레타가 지나갈 수 있도록 길을 터
주었다. 온갖 저주의 말들이 쏟아지고, 달걀과 양배추가 날
아왔다. 누군가 이럴 목적으로 주방에서 미리 준비해 온 것
이었다. 성문 앞에 도착하기 직전 그레타는 마지막으로 뒤
를 돌아 카이의 눈을 응시했다. 그녀의 눈빛에는 카이의 예
상과 달리 분노도, 복수심도 전혀 보이지 않았다. 하지만 그
보다 훨씬 끔찍한 감정이 보였다. 슬픔이었다. 어쩌면 괜찮
았을 법한 삶을 한순간에 망쳐 버린 슬픔. 누군가에게 내동
댕이쳐진 슬픔. 그러나 이젠 너무 늦어 버렸다. 그레타가 이
순간 그 어떤 후회를 한들, 그리고 그 어떤 참회 어린 고백
을 하고자 한들 이제 그럴 기회는 영영 없을 것이다. 모든
것을 제 가슴 속에 묻어 둘 수밖에…. 그레타는 말없이 사라
졌다. 성 밖으로 그녀가 쫓겨난 순간 카이의 심장에서도 추
방되었다.

이제 모두의 눈이 다시 카이에게 쏠렸다. 어수선한 틈을 타 집행관은 서둘러 처형장을 벗어났다. 그도 엘프였기에 차라리 제 손으로 저의 오장육부를 끄집어낼지언정 차마 스타프린스에게 손을 대기는 싫었던 모양이었다. 이제 엘프 대신 인간 사형 집행관이 시커먼 두건으로 얼굴을 가린 채 전임자가 있던 자리로 올라왔다. 그 역시 자기가 하게 될 행동의 결과가 두려운 건 매한가지였으리라. 군중은 숨을 죽였다. 님룬트의 병사들이 처형장으로 진입해 들어오고, 궁수들은 무기를 들어 올렸다. 카이도 제 심장을 노리는 수십 개의 화살촉이 눈에 들어왔지만 조금도 두려워하지 않았다. 자신을 지켜 줄 그만의 특별한 보호막이 있었기 때문이었다. 마력. 물론 병사들도 알고 있었다. 궁수들 몇몇은 두려움에 덜덜 떨었다. 그 모습을 본 엘프 왕은 불안했는지 카이에게서 조금 더 멀리 물러섰다. 카이 주변에 서 있던 무리도 슬그머니 자리를 피했다. 하지만 사피라만큼은 그의 곁에 남아 있었다.

"그래서 이제 어쩔 셈이야?" 사피라가 물었다. "아직 되돌릴 기회는 있어. 어서 엘프 왕자를 앞으로 불러 몇 마디 꾸짖은 다음 풀어 줘!"

카이는 사피라의 조언에 대꾸하지 않았다. 인제 와서 형벌을 철회하기엔 베리안에 대한 카이의 분노가 너무 깊었다. 저 엘프가 저한테 저지른 짓을 절대 잊을 수가 없었다. 베리안과 똑같은 죄를 저지른 자라면 누구든 사지가 절단나는 참형을 당해야 마땅했겠지만, 지금껏 아무도 아엘프스탄의 왕위 계승자를 단죄할 엄두를 내지 못했었다. 그런데 이제 어느 한 촌구석에서 올라온 비리비리한 사내가 그 어느 기사도, 제왕도 여태껏 하지 못한 그 일을 감행하려는 것이었다.

"베리안 폰 아엘프스탄을 당장 끌고 와라!" 카이는 제 아래에 집결 중인 인간 군대 병사들에게 명령했다. 완전 무장한 채 검을 든 병사들이 서둘러 움직였고, 얼마 지나지 않아 스타프린스를 처형장으로 데리고 왔다. 베리안은 그레타와 마찬가지로 오물로 얼룩진 죄수복을 입고 있었다. 맨발에 양손은 등 뒤로 포박당한 채였다. 엘프 왕자의 품격에 맞지 않은 이런 처참한 몰골에 군중들은 수군덕대기 시작했고, 엘프군은 하명을 기다리며 국왕을 바라봤다.

하지만 엘프 국왕은 표정 하나 변하지 않았다. 그 역시 카이가 이 처형을 포기하고 그냥 없었던 일로 처리하기만을 기대하는 것 같았다.

"좋아." 사피라가 말했다. "너와 달리 난 날아오는 화살을 막아 줄 마법의 돌이 없어. 그러니까 한 번만 더 생각해 봐, 카이. 아직도 늦지 않았어." 말을 마친 사피라는 화살의 사정권에서 벗어나려는 듯 한참 뒤로 물러섰다.

병사들은 베리안을 처형대 위로 데려왔다. 사형 집행인은 신중하게 처형대의 대들보에 밧줄을 걸어 올가미를 만들었다. 그리고는 옆에 있는 기둥에 죄수를 묶었다. 전문가답게 그의 동작은 몹시 신중하고도 차분했다. 그의 관심과 시선은 오롯이 밧줄에만 고정되어 있었다. 베리안은 자신이 어떤 방식으로 죽게 될지를 제 눈으로 생생하게 목격했지만 여전히 그의 눈빛에는 두려움이나 후회 따위는 전혀 보이지 않았다. 아니 정반대였다. 그의 눈빛엔 사악한 불꽃이 튀고 있었다. 그 모습을 지켜보던 카이가 결심을 굳혔다.

"베리안 폰 아엘프스탄!" 카이가 음성을 높이자 고원에 모인 인간과 엘프들 모두가 그를 향해 고개를 돌렸다. "너는 반역죄로 기소되었다. 너는 가장 비열한 방식으로 인간의 왕을 살해하려 했다. 그리고 얼마 전에는 파수꾼들을 독살하려 시도했고. 야비하게도 자신의 목숨을 부지하려고 아내를 희생시켰다."

지금 이 순간 누구 하나 입도 뻥끗하지 못했다. 그저 어리둥절한 표정으로 왕족이 참관하는 이 자리에서 감히 왕세자를 단죄하려는 어린 마법사만 응시할 뿐이었다.

"파렴치하고 무분별한 행동을 일삼고 인간의 안녕을 끊임 없이 위협한 죄를 물어 너를 교수형에 처하는 바이다!"

이제 물은 엎어졌다. 누구도 이런 결론을 예상하지 못했다. 엘프들이 서 있는 대열에서 분노의 탄식이 터져 나왔다. 일부 군중은 겁먹고 움츠러들었지만, 어떤 이들은 목에 힘을 주고 만족스러운 표정을 지었다.

"마지막으로 할 말이 있나?" 마법사의 청록빛 눈동자가 베리안을 노려봤다.

"당연하지!" 엘프 왕자가 대답했다. "교수형은 네가 당해야 마땅하다, 이 미천한 노예 놈아! 너 따위가 감히 내게 판결을 내린다고? 그게 통할 것 같으냐?"

"이렇게 죄인의 마지막 말을 들었으니," 무표정한 얼굴로 카이가 말했다. "형을 집행하라!" 카이가 마법 지팡이를 들어 올리자 초록 불빛이 뻗어 나와 누에고치처럼 카이 주변에 보호막을 형성했다. 엘프 궁수들이 활시위를 당겼다. 병사들은 검을 높이 들고 처형장으로 진격했다.

"멈춰라!" 순간 엘프 왕의 음성이 울려 퍼졌다. 그의 벼락 같은 음성이 악몽에 허우적거리는 성 전체를 깨우는 것 같았다. 순간 검을 들고 돌진하던 병사들이 제자리에 멈춰 섰다. 궁수들은 활시위를 내렸다. 사형 집행인 역시 동작을 멈췄다. 그리고는 어떻게 해야 할지 갈피를 잡지 못해 난처한 눈빛으로 님룬트와 카이를 번갈아 바라봤다.

아주 천천히, 거의 발을 끄는 것만 같은 발걸음으로 오만함의 최상급인 엘프의 왕 님룬트가 카이에게 다가왔다. 지척에서 멈춰 선 엘프 왕이 고개를 숙이고 고통스러운 표정으로 카이를 노려보았다. 그의 턱이 파르르 떨렸다. 카이는 그가 이 판결을 취소해 달라고 부탁할 거라 짐작했다. "네 분노를 이해한다. 내 아들이 몹쓸 짓을 저질렀어." 그가 속삭였다. "허나 베리안은 우리 엘프 왕가의 왕위 계승자다. 네가 그 아이의 목숨을 거두는 순간 우리 두 종족 사이에는 그 어떤 동맹도 불가능할 것이다."

"현명한 왕은 개인사가 아니라 백성의 행복을 위해 결정을 내리지요." 카이가 대답했다.

"그건 현명한 마법사도 마찬가지 아니겠는가." 님룬트의 눈이 형형하게 번뜩였다. "저 아래만 봐도 인간들이 많지 않더냐!" 그가 재차 음성을 키웠다. 엘프 왕의 검지가 고원 위에 겁먹은 양 떼처럼 옹기종기 붙어 있는 수많은 하녀, 하인 그리고 병사들을 가리켰다. 그럼 그렇지. 님룬트가 어떤 엘프인데, 변할 리가 없지. 그는 종전의 오만한 태도를 완전히 되찾은 것 같았다. 파멸을 부르는 권력의 오만함. 그것이 평화를 낳아 주길 기대하는 건 어리석은 일이었다. 예전에도 그랬고 지금도 마찬가지였다.

"노인장, 이제 비켜 주시지요." 카이가 호령했다. "그러다가 당신 병사들이 쏜 화살에 맞기라도 하면 어쩌려고요!" 프레지오라이트가 빛을 발산하도록 놔둔 채 카이는 사형 집행인에게 고개를 끄덕여 신호를 보냈다. 그는 베리안의 목에 올가미를 걸었다. 님룬트가 노발대발하며 옆으로 비켜섰다. 그 역시 자신의 병사들에게 명령을 내렸다. 카이를 겨냥하던 궁수들이 방향을 돌려 인간들을 겨눴다. 그 순간 카이는 갈등에 빠졌다. 어떻게든 저들을 구할 방도를 찾아야 했다. 자신의 경솔한 처신 때문에 위험에 빠진 저들을 보호해야 했다. 하지만 군중을 향해 무턱대고 마력을 쏟아붓는다면 그로 인한 희생자가 다수 발생할 것이 뻔했다. 카이는 곤경에 빠졌다.

"멈춰라!" 갑자기 아래에서 누군가 소리쳤다. 순간 군중들이 반으로 갈라지며 훤칠한 키의 남자가 등장했다. 복장은 너저분했지만 누가 봐도 왕족의 품격을 갖춘 엘프였다. 이스타리엘을 보고 이렇게 반가웠던 적이 있었을까. 카이는 한결 마음이 가벼워졌다. 그대로 처형대로 오른 엘프 왕자는 무뚝뚝한 손짓 하나로 사형 집행인을 쫓아 버렸다. 안 그 래도 찜찜하던 임무에서 해방된 게 기뻤는지 남자는 허겁지 겁 계단을 뛰어 내려가 무리 속으로 사라졌다. 이스타리엘 이 베리안 곁으로 다가섰다. 베리안은 사슬에 묶여 처형대 올가미를 목에 건 채 도발적인 눈빛으로 제 동생을 쏘아보 고 있었다.

"앞으로 이 왕국은 엘프의 파수꾼이 다스리게 될 것이 다!" 군중에게 돌아선 이스타리엘이 외쳤다. 놀란 군중들이 눈을 동그랗게 뜨고 그를 바라봤다. 마치 태양신이 강림하 기라도 한 것처럼 이스타리엘의 입술만 응시했다. "난 제왕 도 아니고, 마법사도 아니다. 그렇다고 누구의 사주를 받은 하수인도 아니고, 폭도의 우두머리도 아니다. 나는 엘프의 파수꾼이다. 앞으로 너희들 모두는 나의 결정을 따라야 할 것이다." 그제야 이스타리엘은 카이와 제 아버지를 차례로 쳐다봤다. 경고와 더불어 위엄이 서린 눈빛이었다. "나, 엘 프의 파수꾼은 이로써 베리안 폰 아엘프스탄이 저지른 만행 을 용서하겠노라. 그렇지만 지금까지 저지른 죗값을 치르라 는 의미에서 열두 달 동안 성전에서 봉사할 것을 명하노라."

순간 카이는 화가 치밀어 올랐다. 소리라도 버럭 지르며 마력을 방출하고 싶은 심정이었다. 그렇지만 프레지오라이트는 카이의 그런 결정을 만류하기라도 하듯 빛이 사라지기 시작했다. 마치 제 마법사가 의도적으로 빛을 거둬들인 것처럼 푸르른 광채가 서서히 소멸해 갔다. 그러자 흥분에 들떠 있던 광장에는 적막이 내려앉았다. 아주 짧은 순간이었지만 카이는 제멋대로 결정을 내린 마법의 돌에 항의하고 싶었지만 문득 아녜이가 떠올랐다. 프레지오라이트의 빛이 일시적이 아니라 영구적으로 소멸해 버렸던 아녜이! 아마 꺼져 버린 그녀의 녹수정도 제가 품은 마력을 수치스러운 곳에 사용하는 그녀의 만행에 분노를 표출한 것이었으리라. 명예로운 마법사가 넘지 말아야 할 선을 저도 넘을 뻔했다는 걸까? 카이는 곁눈질로 님룬트를 흘겨보았다. 그 역시도 자신을 예의 주시하고 있었다. 궁수의 화살 세례에서 자신을 지켜 줄 마법 보호막이 사라진 판에 엘프 국왕을 더는 자극하지 않는 편이 상책일 것이었다.

"파수꾼의 판결을 수용하겠소." 카이가 간신히 말을 내뱉었다.

님룬트가 고개를 끄덕였다. "나 또한 마찬가지다."

"하지만 난 아니야!" 처형대에 묶인 베리안이 고래고래 고함을 질렀다. "난 사원에서 종노릇이나 할 수는 없어! 대신에 목숨을 걸고 저 마법사와 결투를 신청하는 바이다."

"기각한다." 제 형제에게 등을 돌린 채 이스타리엘이 대답했다. "모두가 나의 결정을 따라야 할 것이다. 그리고 엘리야의 귀환을 기다린 후 새로운 동맹을 체결할 것이다. 엘프, 인간, 드래곤 그리고 요정이 함께 힘을 모아 진정한 위협이 도사리고 있는 그곳을 향해 함께 무기를 들 것이다." 한 손을 위로 든 이스타리엘이 북문 밖을 가리켰다. "벨타인과 그의 종복이 곧 지옥의 공포를 몰고 이곳에 쳐들어올 것이다. 우리가 함께 힘을 모아 그들을 막지 못하면 저들이 몰고 온 화염에 우리 가족이 불타 죽고, 저들의 군대에 우리 병사들이 짓밟히리라!"

"요정이라 말했느냐, 아들아?" 님룬트가 몹시 당황한 기색으로 말했다. "지난 수십 년간 그 종족을 만나지…"

"정확히 말해 21년 전부터겠죠!" 이스타리엘이 그의 말을 잘랐다. "딱 그만큼 내 어머니가 포로로 붙잡혀 있었으니까요."

님룬트가 거칠게 숨을 들이마셨다. 잠시 뭐라 대답해야 할지 할 말을 잊은 것처럼 보였지만 잔뜩 긴장했는지 어깨가 경직된 채 예전부터 했던 하나 마나 한 말을 늘어놓았다. "네 어머니는 자발적으로 그런 삶을 선택한 거였다. 우리 종족의 미래를 위태롭게 만든 몹시 이기적이고 독단적인 결정이었지."

"틀렸습니다!" 이스타리엘이 처형대에서 내려와 아버지가 있는 발코니 아래로 다가왔다. 군중들이 경외심이 가득한 눈빛으로 그에게 자리를 내주었다. "어머니가 그리하신 건 우리 종족의 미래가 바로 나였기 때문이죠!"

카이는 이제껏 저렇게 확신에 차고 당당한 이스타리엘의 모습을 본 적이 없었다. 저 엘프 종족의 둘째 왕자는 항상 엘리야에게 휘둘렸고, 내내 뒷줄에 서서 이인자처럼 트리스탄을 따랐었다. 그새 무엇이 저 엘프 왕자를 저렇게까지 바꿔 놓은 걸까? 그나저나 도대체 아그네스는 어디에 있단 말인가? 그때 성안으로 말발굽 소리가 울려 퍼지는 바람에 카이는 미처 아무 질문도 하지 못했다. 무척이나 비범한 동시에 지금 이 상황에 어울리지 않는 갑작스러운 소음에 만인의 눈이 아치문으로 향했다. 이스타리엘 역시 님룬트와의 논쟁을 잠시 멈추고 소리 나는 방향을 바라봤다. 대리석 회랑을 따라 말이 질주했다. 말발굽이 섬세하게 광을 낸 바닥을 긁어 놓았고, 가쁜 숨을 몰아쉬는 말의 숨소리가 아치문 너머 카이의 귀까지 들려왔다. 성 안뜰에 있는 이스타리엘과 달리 발코니에서는 상대의 모습이 보이지 않았다. 익숙한 얼굴을 알아본 이스타리엘의 얼굴에 엘프 특유의 화사한 표정이 떠올랐다. 그는 궁중에서 신분이 높은 여인에게 걸맞은 예법에 따라 몸을 숙여 인사했다. "누이!"

그러고는 다시 몸을 곧게 세운 이스타리엘이 이번에는 친근감보다는 예의와 격식을 담아 정중한 태도로 인사했다. "전하!"

참 이상했다. 카이는 지난 며칠간 벌어진 사건에 대해 엘리야가 얼마나 진노할지를 잘 알면서도 그의 귀환에 한편으로는 마음이 놓였다.

마법사 왕이 말을 탄 채 몇 걸음 더 앞으로 나오자 그제야 카이도 그의 모습이 보였다. 말 위에 곧게 몸을 세운 모습이 마지막으로 봤을 때보다 훨씬 전사 같은 분위기를 자아냈다. 엘리야는 제자리에서 주변을 한 바퀴 돌며 한 사람 한 사람을 일일이 눈에 담았다. 지금 이 상황을 어림잡아 파악하려는 듯.

"보아하니 잘 통제하고 있는 것 같군, 엘프의 파수꾼." 엘리야가 이스타리엘에게 말했다. 그런 뒤 다시 처형대로 말을 몰아 경멸이 가득한 눈빛으로 베리안을 위에서 아래로 훑었다. "자넨 아닌 거 같고. 스타프린스!"

그에 대한 답변으로 베리안의 입에서 온갖 저주가 터져 나왔지만 인간 왕은 들은 척도 하지 않고 카이가 있는 곳으로 시선을 들어 올리며 고개를 절레절레 흔들었다. "그리고 네가 최악이구나. 마력을 제대로 길들이지 못하면 그 마력이 네게 무슨 짓을 저지를지 제대로 이해할 때까지 잠을 재우지 않겠다!"

카이는 스승에게 호되게 혼나는 제자처럼 고개 푹 숙인 후 끄덕였다. 그의 스승이자 왕인 엘리야를 가까이에서 보필하는 건 어쨌거나 유익한 일인 게 틀림없었다. 물론 그가 무척이나 혐오스러울 때도 있긴 하지만. 전지전능해 보이는 엘리야조차도 그레타를 잃은 일만큼은 도울 방도가 없을 것이었다. 그 일만큼은 이 세상 그 누구도, 이 세상의 그 어떤 긴 시간도, 영원도 해결해 주지 못하리라.

사피라

    엘리야와 이스타리엘이 사피라를 포함해 모든 이들을 소환했다. 알현실로 들어서는 사피라는 야릇한 기분에 사로잡혀 있었다. 며칠 전부터 그녀를 엄습해 오던 바로 그 느낌이었다. 무언가가 게걸스럽게 저를 파먹어 들어오는 느낌. 욱신거리면서도 마비된 것 같은 먹먹한 느낌. 이런 느낌이 도대체 어디서 오는 건지 알 수가 없었다. 다만 그것이 아엘프스탄의 어지러운 상황이나 곧 터질 전쟁 혹은 그녀가 그리도 혐오하는 여러 음모와는 상관없다는 것만은 확실했다. 이렇게나 머리가 지끈거리며 멍해지는 건 분명 다른 이유 때문일 것이다. 외적 원인이 아니라 저 자신과 관련된 문제임이 틀림없었다. 창문을 통해 까마득한 협곡 아래를 내려다볼 때도 예전과 달리 눈이 침침했다. 드래곤 본신으로 되돌아가 그곳을 뛰어내리고 싶은 가슴 벅찬 설렘은 사라지고 그저 무덤덤하기만 했다. 오롯이 자신을 갉아먹는 낯선 기분만이 그녀를 지배했다. 어쩌면 너무 오랫동안 인간형에 갇힌 드래곤에게 나타나는 무기력증일지도 몰랐다. 물론 사피라는 본신으로 변신할 수는 있었다. 하지만 그렇다 한들 그녀가 뭘 할 수 있단 말인가? 창공을 날지도 못하는 드래곤은 아무짝에도 쓸모가 없는 것을!

사피라는 당장 눈앞에서 진행 중인 제왕들과 파수꾼들의 협상에 집중하기 위해 이런 잡생각을 애써 억눌렀다. 지금은 드래곤 종족과 에냐도르 대륙의 미래를 위해 더 강해져야만 할 때였다. 이러한 국면에서 저 자신만을 걱정하는 건 진정한 여왕답지 못한 처사일 것이었다.

알현실에 도착하기 직전 그녀는 야레드와 마주쳤다. 그녀를 찾아다닌 모양이었다. 인간 군대가 착용하는 쇠사슬 갑옷을 걸친 야레드는 갑옷 아래 가죽 정복을 받쳐 입고 있었다. 거기에는 도른슈트랑을 상징하는 두 개의 원이 새겨져 있었다. 벨트에 고정된 고급 가죽 검집에는 새 검이 꽂혀 있었다. 적어도 엘리야는 새로 임명한 사령관이 너저분해 보이지 않도록 세심하게 장비를 갖춰 준 모양이었다. 그런 야레드의 모습에 사피라는 흐뭇한 미소를 지었다. "지금 친위대와 함께 있어야 하는 거 아니야?"

"병사 중에서 날 대신할 자를 지명해 두었지. 체구가 유난히 큰 병사 기억하지, 토메스라고?"

사피라가 고개를 저었다. "그렇게 첫 임무부터 소홀히 하는 건 옳지 않아. 난 괜찮으니까 신경 쓰지 않아도 돼."

"그건 나도 잘 알아. 단지 당신이 잘 있다는 걸 내 눈으로 확인하고 싶었을 뿐이야." 야레드는 그렇게 말하면서도 그녀에게서 걱정스러운 시선을 떼지 못했다. 사피라는 의식적으로 턱을 조금 높이 치켜들었다. 사피라는 말을 꺼내고 싶지 않았다. 트리스탄에 대해서도, 그리고 지금 그녀를 갉아먹고 있는 느낌에 대해서도. 둘 중 어떤 주제에 대해서도 무슨 말을 어떻게 해야 할지 종잡을 수가 없었기 때문이었다. 사피라는 감추려 애썼지만 야레드는 그녀의 우울한 기분을 감지했다. 사피라는 이런 상황이 편치 않았다.

"어서 친위대에 돌아가. 엘리야를 성나게 하지 말고. 올바른 결정을 내리려면 나도 이제 생각을 좀 정리해야 하니까."

"알겠습니다. 저언하." 야레드가 따사로운 미소와 함께 대답했다. 그 모습에서 사피라는 그가 제 결정을 존중해 주면서도 필요한 순간엔 언제라도 모든 걸 제쳐두고 제게 달려올 거라는 확신이 들었다. 그리고 머지않아 그런 순간은 오고 말 것이다. 그것도 어쩌면 아주 빨리. 야레드는 그녀의 손을 부드럽게 한 번 쥐었다 놓은 다음 뒤돌아 떠났다.

알현실에 들어선 사피라는 호출된 나머지 인사들이 전부 자리에 모여 있다는 걸 깨달았다. 님룬트는 상아를 깎아 만든 자신의 옥좌에 앉아 있었다. 그의 등 뒤에는 여전히 거대한 엘프의 제1 검이 칼날을 아래로 한 채 세워져 있었다. 협상 당사자들 사이에 악감정이 없다는 것을 보여 주는 증표였다. 이 무슨 웃지 못할 광대극이란 말인가. 불과 두 시간 전만 해도 서로를 죽일 듯이 달려들던 바로 그자들이 맞나 싶었다.

왕좌의 양옆으로 화려한 의자가 두 개 더 놓여 있었다. 한쪽에는 엘리야가 앉아 있었다. 그 역시 평화를 추구하고자 하는 의도를 입증하려는 듯 마법 지팡이를 등 뒤에 세워 놓았다. 다른 의자는 비어 있었다.

"드래곤족의 여왕, 이리 와서 앉으시오!" 님룬트가 그녀에게 청했다. 여기 아엘프스탄은 엄연히 계급 구조가 지배하는 곳이었다. 제왕들은 단상에 설치된 좌석에 앉았고, 파수꾼과 마법사는 한 계단 아래 기립했다. 사피라는 이런 식의 궁중 예절이 여전히 낯설었다. 차라리 원탁에 둘러앉아 이 협상을 진행한다면 한결 마음에 편할 텐데. 더불어 항상 꼿꼿함 뒤에 음흉한 꼼수를 숨기고 있는 엘프들을 위해 꿀술이라도 한 잔씩 돌린다면 금상첨화겠지. 사피라는 님룬트의 요청대로 그의 옆자리에 앉았다. 사피라는 여전히 다루기 힘든 제 문스워드를 카이에게 맡기고 온 터라 다른 제왕들처럼 등 뒤에 평화의 상징으로 세워 둘 만한 것이 없었지만, 어쩌면 마비된 그녀의 한쪽 팔만으로도 충분할 것이다. 이보다 자신의 비무장을 증명할 확실한 징표가 또 어디 있겠냐고 생각하니 씁쓸했다.

팔짱을 끼고 세 국왕 앞에 선 이스타리엘은 속을 알 수 없는 표정으로 입을 꾹 다물고 있었다. 곁에 선 그의 쌍둥이 누이는 훨씬 위축되고 불안해 보였다. 사피라는 저 멍청한 엘프 계집이 도대체 여기에서 뭘 하려는 건지 알 수가 없었다. 카이는 안전을 고려한 듯 그의 소중한 염소들과 함께 알현실 뒤편에 서 있었다. 일찌감치 너무 많은 화를 불러일으킨 장본인이니까 뒷전에 물러서 있는 게 당연한지도 몰랐다.

"베리안은 어떻게 됐지?" 사파리가 미처 다른 두 국왕이 용건을 꺼내기도 전에 불쑥 물었다.

"우리 종족의 파수꾼이 내린 결정을 수용하여 황혼의 아들들이 있는 성전으로 내 아들을 보냈다." 님룬트가 무미건조한 표정으로 대답했다. 그의 시선이 잠시 이스타리엘에게 닿았지만 카이에게는 눈길 한 번 주지 않았다.

"그게 무슨 뜻이지?" 사피라가 물었다.

"황혼의 아들이란 엘프족의 사제를 그리 칭하지." 이스타리엘이 사피라에게 설명했다. "그들은 하루 두 번, 즉 태양이 뜨고 질 때만 성전을 벗어나 신들을 경배하는 의식을 거행한다. 반면 그들을 위해 일하는 종복은 성전을 한 발자국도 벗어날 수 없다. 그들이 아노르_{태양의 신}와 이틸_{달의 여신}을 만나고 싶을 땐 성전의 동쪽과 서쪽으로 뚫린 두 개의 둥근 창을 통할 수밖에 없지. 그렇기에 종복은 대개 죄수들이 많아. 죽어서라도 자기 영혼에 아노르의 자비가 깃들기를 바라는 거지."

"그러면 베리안은 거기서 나오지 못한단 말인가?"

"적어도 보름달이 열두 번 뜨고 지는 동안은 그렇다." 이스타리엘이 대답했다. 사피라는 일단은 그것으로 만족했다. 적어도 배신을 밥 먹듯이 하는 엘프 한 명이 줄어든 셈이었다. 여전히 이 아엘프스탄에 있긴 해도 적어도 동쪽 성전의 담벼락 안에 갇힌 상태니까. 다만 엘리야가 그를 배신한 저 파렴치한 부인을 그곳에 가두도록 결단을 내리지 않은 것이 내심 안타까웠다. 나란히 죄수복을 입고 그들의 신에게 무릎을 꿇은 엘프 왕가 두 오누이. 상상만으로도 참 아름다운 모습일 텐데.

이제 인간의 왕이 이스타리엘에게 몸을 돌렸다. 그가 던진 한마디에 곁에 앉은 엘프 국왕이 남몰래 몸서리를 쳤다. "이제 자네가 빌라가르트에서 겪은 일을 우리 모두에게 소상히 말해 주는 편이 좋을 것 같군."

이스타리엘이 한 걸음 앞으로 나왔다. "요정 왕국에서 제 어머니를 만났습니다." 그건 이미 고원에 모여 있던 전 백성들 앞에서 외쳤던 말이었다. 사피라는 그 말을 듣고 당황스러웠다. 왕비는 자식을 셋 낳았고 마지막에 쌍둥이를 출산하다가 죽었다고 들었던 터였기 때문이었다. 그리고 지금 이상하게도 이조라와 카이의 얼굴에만 동요한 표정이 엿보였다. 그렇다면 적어도 저 두 왕은 이스타리엘이 무슨 말을 하고 있는지 정확히 알고 있다는 뜻이었다. 그들은 잔뜩 긴장한 채 이스타리엘의 이야기에 귀를 기울였다.

"고귀한 엘프의 왕비 레이나는 내가 태어난 그 날 밤, 나 대신 자신을 희생하셨습니다. 요정의 여왕 웨이요나에게 그분의 몸을 살아 있는 피의 잔으로 바친 것이지요. 그녀는 지금도 가슴 안에 애미시스트를 품고 있죠. 그 마법의 돌은 벨타인의 것과 마찬가지로 웨이요나에게 굉장한 마력을 허락했습니다. 둘은 내면에 요정의 마력을 품고 있었기에 이 세상에서 가장 강한 마법의 돌에 감히 손을 댈 수 있었던 것입니다. 지금까지 다른 마법사들은 전부 실패했지만 말입니다. 그렇지만 둘은 200년 전부터 서로를 증오하고 있었죠. 지금까지는 둘 중 누구도 먼저 나서서 상대를 공격하지 못했어요. 그러던 중 마침내 트리스탄의 무릎을 꿇린 벨타인은 빌라가르트를 공격할 채비를 갖췄습니다. 트리스탄이 데몬족을 그의 편으로 끌어들이는 데 성공한다면…"

"그건 이미 그리됐어." 사피라가 이스타리엘의 말을 잘랐다. "어젯밤 성문 앞에서 트리스탄을 만났다. 툴과 유령늑대 두 마리가 그의 곁에 있더군. 그리고 마론도."

"마론이라고?" 침묵하던 이조라가 꺼낸 첫마디였지만 그녀의 말에 아무도 대꾸하지 않았다. 당장 고삐 풀린 괴물과 샤텐발트 마수가 활개 치고 있는 마당에 변절한 농가의 여식 따위에 누가 관심을 두겠는가?

모두가 사피라를 응시했다. 엘리야가 처음으로 입을 열었다. "그래서 내 아들이 어떻게 되었던가?"

사피라가 한숨을 내뱉었다. 하나밖에 없는 그의 아들이 암흑에 물들어 버렸다는 소식을 전하기가 힘들었다. 아니 트리스탄은 암흑에 물든 것이 아니라 이제 암흑 그 자체였다. 보는 것만으로도 소름 끼치는 존재가 되어 버렸다. "암담한 상태였소." 사피라가 말했다. "괴로움이 그를 집어삼킨 거지. 이스타리엘의 모친처럼 이제 트리스탄도 가슴에 애미시스트를 품고 있으니까."

엘리야는 놀라움을 감추지 못했다. "그러면 그 아이가 영영…"

"그건 아니오. 아담이 트리스탄에 관한 예언을 언급한 적이 있었지. 트리스탄을 구하려면 그의 심장을 되찾아야 한다고 하더군. 아직은 벨타인에게 완전히 종속된 건 아니지만, 하루하루 무너져 내리고 있지. 그의 의지가 괴로움에 잠식되어 가고 있어."

"그럴 리 없어." 이스타리엘이 말했다. "내 어머니도 심장 없이 살고 계시는데. 그렇지만 전혀 고통스러워하시지 않던 걸. 아주 평온하게 잘 지내고 있었어."

"그건 물약 때문이겠지." 엘리야가 중얼거렸다.

"물약이라니?" 움찔 놀란 이스타리엘이 인간의 왕을 향해 한 걸음 다가섰다. 그들 사이에 팽팽한 긴장감이 감돌았다. "무슨 물약 말이오?"

"웨이요나가 피의 잔을 위해 준비한 거지. 요정 여왕은 타인의 인생을 함부로 훔치고, 희생양이 된 자를 우리에 가두는 몰상식한 벨타인과는 다르니까. 그렇기에 그녀는 레이나에게 고통을 줄여 줄 마법 물약을 건넸을 것이다. 그러면 적어도 만족스러운 생활을 누릴 수 있을 테니까."

"만족스러운 생활이라고?" 이스타리엘이 분개한 음성으로 대들었다. "그게 어찌 만족스러운 생활일 수 있지? 지하 세계에서 자식들과 떨어져 살아야 하는 삶이? 또한 매 순간 이 인생의 마지막이 될지도 모르는데?"

엘프 왕자는 당장 엘리야의 멱살이라도 잡을 것처럼 분노를 쏟아 냈다. 하지만 분노를 행동으로 옮긴 건 오히려 엘리야였다. 그가 자리를 박차고 일어서자 이스타리엘은 분을 삭이고 입술을 굳게 다물었다. 그렇지만 여전히 양손으로 주먹을 세게 말아 쥐고 거친 숨을 토해 냈다.

"웨이요나와 레이나가 맺은 협약이 있다. 엘프의 왕비는 자발적으로 그리고 협약 내용을 온전히 숙지하고 그 계약을 체결했지. 우리 중 누구도 네 어머니의 독자적인 행동을 막지 못했어. 이제 그녀의 심장은 회생이 불가능할 정도로 훼손됐지. 하지만 트리스탄은 상황이 다른 것 같구나. 아까 말했던 이상한 예언에 대해 더 알고 싶다. 그 아담이라는 자는 누구지?"

"우리와 함께 부르크스메아데에서 온 어린 농부입니다." 여전히 뒤에서 쭈그리고 있던 카이가 대답했다. "왕께서도 이미 그를 알고 계십니다. 항상 우리와 함께했으니까요."

"붉은 머리칼을 지닌 그 무지렁이 말이더냐?"

카이가 고개를 끄덕였다. "그렇습니다. 한때 그랬었죠. 하지만 전하께서 트리스탄과 이조라의 꽁무니를 쫓느라 바쁜 사이 꽤 많이 변하긴 했죠."

저 녀석이 거의 대놓고 까대네! 사피라는 저러다 저들이 공동의 적을 향해 검을 겨누는 건 고사하고 서로에게 칼날을 들이대는 날이 오는 건 아닌지 걱정스러웠다.

다행히도 엘리야는 카이의 도발에 넘어가지 않고 제자리에 다시 앉으며 의심 가득한 눈초리로 바라봤다. "변했다니, 무엇이 변했다는 거지?"

"그는 선지자입니다. 마론이 아담을 도른슈트랑에서 데려왔죠. 당신에게 도움이 될 거라 믿었거든요."

"선지자라니? 그가 마법을 보는 눈을 가졌단 말이냐?"

"네. 그게 뭔지는 몰라도… 애미시스트의 마력이 깃든 곳에만 가면 아주 정신줄을 놓아 버립니다. 그렇다 보니 도른슈트랑에서는 도저히 견디지 못했죠. 여기 아엘프스탄에서도 주기적으로 광기에 빠지곤 했어요. 젊은 엘프 여인이 곁에 있을 때만 어느 정도 정신을 붙잡고 있었죠."

"이해가 되는구나." 엘리야가 중얼거렸다. "이 아엘프스탄도 붉은 마력으로 가득하니까. 원래 이 성을 건설한 것도 웨이요나였고, 이어 도른슈트랑을 보호해 줄 마법의 장벽을 쳐 준 것도 그녀였지. 그 마법을 마지막으로 그녀의 애미시스트가 선대의 피의 잔을 떠나 버렸지. 그래서 레이나가 그 뒤를 잇게 된 거고. 그 아담이란 자를 이리로 데려오라. 당장 그와 얘기를 해야겠다!"

카이가 한숨을 쉬며 고개를 끄덕였다. 그렇지만 그는 알현실에서 나가지 않고 보초병 중 한 명을 보내 아담과 아레티를 데려오게 했다.

"선지자가 도대체 뭔지는 몰라도, 우리는 우선 웨이요나와 벨타인 사이에 일어날 이 전쟁에 개입할지 말지부터 결정해야 하오." 님룬트가 원래 의논하려던 주제를 되짚었다.

"그건 논의하고 말고 할 것도 없습니다." 이스타리엘이 말했다. "웨이요나가 날 이곳에 보낸 이유는 우리 모두가 동맹을 맺고 연합군을 결성하도록 하기 위해서였죠. 그녀는 엘프, 인간, 드래곤이 요정의 편에 서기를 원합니다. 그래야만 벨타인, 되크 발두르 그리고 데몬족을 물리칠 테니까요."

"벨타인 역시 같은 이유로 트리스탄을 보낸 것 같더군." 사피라가 말했다. "어젯밤 트리스탄이 나를 찾아와 드래곤을 달라고 하더군."

잠시 모두가 침묵했다. 엘리야가 호화로운 의자에서 앞

281

으로 몸을 숙여 사피라와 시선을 맞췄다. "물론 거절했겠지. 이제 또 다른 한 사람을 책임져야 한다는 걸 깨달았을 테니까. 인간 군대의 총사령관 말이야."

사피라는 시선을 바닥에 떨어뜨린 채 고개만 끄덕였다.

"인간 군대의 총사령관이 누군데 그러죠?" 어리둥절해진 카이가 물었다.

"야레드 콘라드센이다." 만족스러운 표정으로 다시 의자에 몸을 기댄 엘리야가 가슴 앞에 팔짱을 꼈다.

"야레드요? 하지만 그는… 대장장이에 불과합니다!" 카이가 외쳤다.

"그리고 제대로 훈련을 받은 전사이기도 하지. 검사이자 궁수이기도 하고. 그 허접한 노예 부대에서 유일하게 믿고 맡길 수 있는 자라네."

"그리고 그런 임무를 내려 사피라를 당신에게 붙들어 놓을 유일한 사람이기도 하고요. 그렇지 않습니까?" 카이가 허탈한 표정을 지었다. 참석자 모두가 마찬가지였고 사피라 역시 망연자실했다. 설령 엘리야가 미끼로 꿰어 그녀를 유인했든 그렇지 않든, 인간의 편에 서는 것이 정의로운 선택임엔 틀림이 없었다. 그런데도 사피라는 뭔가 석연치 않았다. 토랄프의 예언을 진정으로 믿었다면… 그랬더라도 똑같은 선택을 했을까?

"드래곤과 와이번이 승패를 좌우할 것이다." 엘리야가 말했다. "그러니 트리스탄 손에 넘어가는 일이 생겨서는 안되지. 그런 이유로 우리는 앞으로 드래곤족의 여왕을 그 어떤 왕실의 보물과 마법의 돌보다도 더 안전히 지켜야 할 것이다."

'사지가 마비된 드래곤을 황금 새장에 넣어 두겠다는 소리로군!' 사피라의 머릿속에 이런 생각이 스치자 또다시 먹먹한 상실감이 온몸에 퍼졌다.

"그렇다면 드래곤 여왕은 벨타인과의 전쟁에서 웨이요나 편에 설 건가?" 이스타리엘이 다급히 질문했다. 순간 모두의 시선이 그에게 향했다.

"그게 네게 왜 그리 중요하지? 그래서 네가 얻는 게 무어냐? 아그네스인가?" 엘리야가 숨겨 두었던 질문을 꺼냈다.

한 방 얻어맞은 듯 엘프 왕자는 몇 초 동안 머뭇거리다가 잠시 후 말문을 열었다. "그렇소."

"어떻게 감히 내 여동생을 빌라가르트에 두고 올 수가 있는지 정말 이해가 안 돼!" 카이가 씩씩거리며 말했다.

"그러면 내가 뭘 어찌해야 했을까? 이것 말고는 달리 선택권이 없었단 말이야!" 이스타리엘도 카이에게 쏘아붙였다. 카이도 되받아치고 싶었지만, 간신히 입술을 깨물며 엘프 왕자의 말을 들었다.

"웨이요나와 내가 맺은 거래와는 상관없이 너희가 벨타인, 트리스탄과 맞서 싸워야 하는 상황은 달라질 게 전혀 없어." 이스타리엘이 맹세라도 하듯 단호하게 말했다.

"널 믿는다." 이런 상황을 정리할 수 있는 건 당연히 엘리야뿐이었다. 그의 결론은 요정의 편에 서는 것이었다. "인간 군대와 마법사들이 너를 위해 싸울 것이다."

엘프 왕자가 감사의 뜻으로 그에게 고개를 끄덕였다. 그런 뒤 기대와 근심이 뒤섞인 눈빛으로 제 아버지와 사피라를 응시했다.

"나도 당신 말을 믿는다." 사피라가 결정했다. 그들 중 그나마 만인의 행복을 챙기고 순수한 양심에 따라 행동하는 건 이스타리엘이 유일했다. 만약 사피라가 누군가를 따라야 한다면 그건 이스타리엘이어야 했다. "드래곤족과 와이번은 너의 편이다."

이제 모든 시선이 엘프의 왕에게 향했다. 님룬트와 그의 둘째 아들의 관계가 특별히 좋았던 적이 단 한 번도 없었다는 건 누구나 다 아는 사실이었다. 교만함과 자부심으로 똘똘 뭉친 왕의 눈에 비친 둘째 아들은 처음 태어난 순간부터 패배자였다. 아무런 권능도 타고 나지 못한 아이. 무일푼인 인간 여인과 제멋대로 혼인해 버린 배신자. 제 형의 교활함도, 잔혹함도 가지지 못한 이스타리엘이 이제 엘프 종족의 운명을 정하려 했다. 님룬트가 보기에 이스타리엘은 한 국가를 이끌어 나가기엔 미덥지 못하고 위험천만한 풋내기에 불과했다. 지금 이 순간만 해도 그가 얼마나 힘겨워하는지 한눈에 보였다.

"아엘프스탄은 페엔요정 산맥 중심부에 위치한다." 골똘히 생각 잠겼던 님룬트가 대답했다. "그리고 되크 발두르가 호시탐탐 드래곤 여왕을 노리고 있지. 그가 사피라를 납치하거나 죽이려 시도한다면, 그건 곧 우리 성문 앞에서 전투가 벌어진다는 의미일 테고. 난 드래곤이 입장을 바꿀 가능성이 존재하는 한 내 군대를 벨타인과 요정들의 전쟁에 방패로 내세우지 않을 것이다. 그러기엔 감당해야 할 위험이 너무 크구나!"

사피라는 분노를 드러내지 않으려고 애를 썼다. 저 오만한 엘프는 그러니까 모두가 연결된 이 동맹 사슬에서 사피라가 가장 약한 고리라고 생각하는 것이다. 어쩌면 상아와 대리석으로 두른 여기 이 감옥에 갇힌 채 날지도 못하고, 공중에서 적을 물리치는 건 꿈도 꿀 수 없는 이 상태를 고려하면 그리 틀린 판단이 아닐지도 모른다는 생각이 들자 사피라는 또 한 번 의기소침해졌다. 더욱이 저 엘프의 말에 반박하는 이가 하나도 없었다.

"그러면 사피라에게 접근하지 못하도록 만반의 대비를 해야겠군요." 마침내 이스타리엘이 썩 내키지 않는 듯 제안했다. "우리의 군대를 알빈가르트와 데모니아 사이에 위치한 무인 지대인 슈발벤하인에 배치합시다."

"슈발벤하인은 오래전부터 데몬족들이 공격하던 곳이야. 내가 트리스탄이라면, 그들의 부대를 가장 먼저 그곳에 집결시킬 거야. 출전을 위한 거점으로 삼기에 최적인 장소이기 때문이지." 엘리야가 말했다. 그의 눈이 사피라의 의중을 떠보려는 것처럼 그녀를 세심히 관찰했다. "하지만 님룬트의 지적은 타당해. 드래곤족 여왕이 아엘프스탄을 떠나 다른 장소로 이동하는 게 좋겠다. 깊은 협곡이 없고, 마법에 걸린 산길이 없는 지역이면 좋겠구나."

"나르누크는 어떨지." 이스타리엘이 추천했다.

"안 돼. 광업 도시 나르누크는 성은 너무 낡아 적의 공격에도 취약하고 시설도 엉망이지. 적군의 공성전을 오래 버텨 내기가 어렵다." 마법사 왕이 잠시 제 장인인 엘프 왕의 눈치를 살피더니 이내 비장한 표정을 지었다. 엘리야의 군어진 표정에 모두가 숨을 죽였다. "우리는 트레간디르로 이동한다."

"감히 어떻게 그곳을?" 님룬트가 자리에서 벌떡 일어났다. "트레간디르는 당신이나 당신 아들에게 속한 땅이 아니다. 그곳은 엘프의 요새로…"

"…북부로부터의 공격을 막아 내려면 항상 그래왔듯 그곳이 꼭 필요하오!" 엘리야가 호통을 쳤다. 그의 초록 눈이 형형하게 번뜩였다. "더욱이 그 성은 성주가 종적을 감춰 버린 주인 없는 성이잖소."

호리엘! 어느 누구도 그 이름을 언급하지는 않았지만 지금 이 자리에 있는 모두가 소름이 돋은 것 같았다. 엘리야는 도전적인 눈빛으로 님룬트를 노려봤다. 마치 이번만큼은 담판을 짓고 말겠다는 단호한 표정이었다. 행여 잔인무도한 가신이 저를 구해 주리라는 희망을 여전히 품고 있거나, 간계를 써서 예전에 엘프족이 누렸던 권력을 어떻게든 회복하려는 생각이 털끝만큼이라도 있다면 지금 이 자리에서 명확히 하라는 압박이 담긴 표정이었다.

"트리간디르는 아엘프스탄에서 너무 멀어서, 벨타인 혹은 되크 발두르가 우릴 공격해 오면 제때 대응하기가 어렵소." 님룬트는 어떻게든 빠져나가 보려 했다. "불행을 막기에 너

무 먼 곳에 있는 바람에 일을 그르친 경험이 이미 있지 않
소. 결국 그 때문에 우리 두 종족이 고난을 겪었었지."

"하지만 그때와 다른 점이라면 그 불행의 씨앗이었던 베
리안이 지금 죄수의 신분으로 사원에 처박혀 있다는 거겠
지." 엘리야가 잘라 말했다. "게다가 드래곤과 와이번은 물
론 인간 군대의 절반이 이곳에서 당신을 수호할 것이오. 난
두 발 뻗고 자면서도 믿고 맡길 수 있는 최측근만을 데리고
출정할 것이니. 우리는 트레간디르에서 사피라를 보호하고,
당신은 아엘프스탄에서 요정 왕국을 지키면 되는 거요. 데
몬족이 이 성으로 들이닥친다면 내가 곧바로 알게 될 것이
오. 우리에게는 두 마법사와 선지자까지 한 명 있으니. 그로
써 당신은 드래곤족 여왕 때문에 야기될 즉각적인 위협에서
해방되는 것이지. 그것 말고도 당신 아들의 충정이 미덥지
못한 이유가 또 있는 건가?"

사피라는 그것이 올바른 결정이었는지 확신이 서지 않았
다. 그로써 엘리야가 그녀의 군대를 양분했기 때문이었다.
그렇지만 님룬트가 맹세를 하도록 설득하려면 다른 선택지
는 없었다는 것도 알았다. 이 에냐도르 전체의 운명이 드래
곤에 달려 있는 지금 드래곤 여왕인 자신이 이렇게나 나약
한 상태라는 것이 너무도 수치스러웠다.

"그렇다면 좋소." 님룬트가 제안을 수용했다. "당장은 북부의 위협이 지금까지 우리 사이에 있었던 그 어떤 분쟁보다 더 큰 위험이라는 걸 공감하고 있으니까 말이오. 엘리야당신은 트레간디르로 진군해서 드래곤족의 전투력을 지키시오. 나는 이스타리엘의 뜻을 따라 우리 엘프 종족들을 보살피도록 하겠소." 이렇게 말하며 님룬트는 다시 왕좌에 앉았다. 늠름한 왕이라기보단 패배한 전사 같았다.

"그렇게 될 것이오." 엘리야가 말했다. 그는 이스타리엘에게 그 말을 전달하듯 고개를 끄덕였다. 그때 알현실의 문이 열리더니 병사 하나가 한껏 자세를 숙이고 위태로운 시선으로 주변을 두리번거리는 둘을 데리고 들어왔다.

"전하, 마법사님께서… 이 둘을 찾으셨다고 들었습니다…." 병사가 아뢰었다. 그는 누구에게 보고해야 할지 몰라 몹시 난감한 눈초리였다. 그는 자신이 저지른 실수에 처벌이라도 받을까 봐 두려워 벌벌 떨었다. 님룬트 역시 아주 잠시 당황한 것처럼 보였다.

"아담이로군." 엘리야가 그를 구해 줬다. "그리고 자넨…?"

"아레티예요." 이조라가 대신 대답했다.

"전하." 숲지기 엘프 소녀는 님룬트 앞에서 무릎을 굽히고 절하더니, 그런 뒤 이스타리엘과 이조라에게 그리고 마지막

으로 엘리야와 사피라에게 예를 갖췄다. 그렇게 격식을 갖
춰 인사했건만, 아무도 그녀에게 눈길을 주지 않았다. 모두
의 시선이 온통 아담에게만 쏠려 있었다. 그는 정신줄을 놓
기 직전처럼 보였다. 아담은 가까스로 그 자리에 서 있었지
만, 뜨거운 석탄 위에 서 있는 것처럼 안절부절못했다.

"흥미롭군." 엘리야가 말했다. 자리에서 일어난 엘리야가
아담에게 다가갔다. 아담의 코앞에서 멈춰 선 엘리야는 위
에서 아래로 샅샅이 훑으며 그를 살폈다. "이 공간에서 내가
보지 못하는 무언가가 보이는 것이냐?"

고통에 시달리듯 힘들어하며 아담이 주위를 둘러싼 이들을
둘러봤다. 그의 시선이 가장 먼저 사피라에게서 멈췄다. "흑
마법 주술에 걸려 드래곤 여왕의 힘이 쇠약해지고 있군요."

엘리야가 고개를 끄덕였다. "그리고 또?"

"그리고 영혼이 염소와 연결된 마법사가 보입니다." 그는
카이를 가리키더니 이어 이스타리엘을 바라봤다. "세 번째
죽음을 맞이하기 위해 이미 두 번이나 죽어야만 했던 왕자
도 있군요."

"그게 무슨 말이지?" 의아한 표정으로 엘리야가 이스타리
엘을 쳐다봤지만 그는 속눈썹 하나 깜박이지 않고 모르는
척했다. 선지자도 더는 설명하지 않았다. 이제 그의 검지가

이조라에게 향했다. "그리고 감히 측정 불가한 마음의 짐을 진 공주가 보입니다. 고통의 달인인 당신보다 훨씬 더 무거운 짐을 지고 있군요."

이조라는 눈에 띄게 몸서리쳤지만 아무 말도 하지 않았다. 추측건대 트리스탄과 함께 도망쳤던 그 수치스러운 사건을 또 입에 올리고 싶지 않았을 것이다. 사피라는 저 버릇없는 엘프 공주에게 아무 연민도 느끼지 못했다. 그녀의 고통이 뭐 얼마나 대단하기에 여기 이 공간에 있는 누구보다 크다고 저리 단언한단 말인가? 엘리야 역시 아무 질문이 없는 걸 보면 자신과 생각이 비슷한 것 같았다. 다만 그의 낯빛만이 희미한 잿빛으로 변했다. 그 순간만큼은 엘리야가 훨씬 늙어 보였다. 잠시 헛기침을 한 엘리야가 다시 아담에게 돌아섰다. "내 아들에게 심장을 되돌려주면 자유를 얻을 거라 네가 말했다지? 어찌하면 그리되겠느냐?"

붉은 머리칼을 지닌 소년이 고개를 저었다. "기억이 나지 않습니다."

"아니, 기억이 날 거다." 엘리야가 달래듯 아주 작은 목소리로 말했다. 그리고는 마치 토끼를 붙잡듯 살포시 아담의 목덜미를 잡았다. 선지자는 이내 온몸이 얼어붙었다. 두 사람의 시선이 한데 뒤얽혔다. 그가 심장에 관한 예언을 계시

받던 날 그바일로와 아담이 그랬던 것처럼.

"이제 좀 기억이 나는가?" 엘리야가 조용히 물었다.

"예." 아담이 속삭였다. 그의 눈꺼풀이 깜박였다.

"심장은 어디 있느냐?"

"블루트베르크혈산 중심부에 있습니다."

"심장을 찾으려면 어떻게 해야 하지?"

"마법을 보는 눈…만이 그곳을 발견할 것입니다…." 순간 아담의 몸이 부들부들 떨기 시작했다. 엘리야마저 당황할 만큼 격렬하게 발작을 일으켰다. "왜 그러느냐? 어서 계속 말해 보아라!" 엘리야는 소년에게 명령했다. 아담은 쭉 찢어진 눈초리로 그를 노려보며 비명을 지를 것처럼 입을 떡 벌렸다. 그리고는 지난 몇 주 동안 달고 살았던 허튼소리를 또다시 늘어놓기 시작했다. "내가… 해낼 거야. 견뎌 낼 거야…. 끝까지 버텨 낼 거야!"

"무슨 말이냐?"

조금 전만 해도 마법사 왕이 아담의 정신 나간 영혼 속으로 어렵지 않게 스며 들어간 것처럼 보였었다. 하지만 이제 그의 영혼과의 접점을 잃고 만 것이 분명했다.

"내 곁에 있어라!" 엘리야가 아담에게 명령했다. "너 스스로 두려움을 떨쳐 내야 한다. 그러지 않으면 네 삶으로 돌아오는 길을 절대 찾지 못할 것이야!"

지금 아담이 내면의 눈으로 보고 있는 것이 무엇이었든 그 장면은 그를 엄청난 공포의 도가니로 몰아넣고 있는 것처럼 보였다. 자력으로는 그 공포의 굴레를 깨고 다시 평상시의 의식을 되찾기 어려워 보였다. 공포의 도가니 속일까? 아니면 그보다 더 깊은 심연 속일까? 아담은 그 중간쯤 어딘가에 꼼짝없이 붙잡혀 있었다. 고통과 공포로 가득한 구덩이 속 어딘가에…. 그의 몸이 사정없이 경련을 일으키더니 입가에는 거품이 쏟아져 나왔다. 그런데도 엘리야는 잠자코 보고만 있던 아레티가 겁먹은 시선으로 다가올 때까지도 아담을 놓지 않았다. 아마 저 엘프 숲지기는 몇 분 전까지만 해도 왕들을 직접 만나 본 적도 없었을 것이다. 그런 그녀가 지금 감히 왕 앞에 나서려는 것이었다. 더구나 왕이 필사적으로 노력하여 얻어내려는 결과물에 재를 뿌리려고…. 아레티는 엘리야의 팔에 한 손을 올렸다. 사피라는 저 여인이 무척 대담하다고 인정할 수밖에 없었다.

"안 됩니다. 벌써 끝났어요. 그러시면 아담에게 고통만 더할 뿐이에요!"

"망할!" 엘리야가 욕설을 퍼부으며 그녀를 밀쳐 냈다. 그렇지만 더 시도해 봤자 부질없다는 걸 깨달은 엘리야가 마

293

지못해 아담의 목에서 손을 치웠다. "심장을 어떻게 찾을 수 있는지 꼭 알아내야 한다! 가장 중차대한 곳을 보려 하지 않는다면 선지자가 무슨 소용이 있단 말이더냐?"

아담은 방금까지 마법사가 움켜쥐었던 부위를 두 손으로 누른 채 옆으로 비틀거렸다. 동시에 내면을 장악한 공포의 힘에 여전히 몸을 떨었다. 두 눈을 크게 부릅뜨고, 머리카락은 엉망으로 헝클어진 채였다.

"그것이 자물쇠이자 열쇠입니다." 아레티가 나지막이 말했다. "벽에 보이는 붉은색투성이인 것들…." 아담에게 다가선 아레티가 한쪽 팔을 그의 어깨에 다정하게 올려놓은 뒤 아픈 아이를 위로하려는 엄마처럼 부드럽게 쓰다듬었다.

"너희도 함께 트레간디르로 간다." 엘리야가 결정했다. "마력이 좀 적은 곳으로 가면 저 아이가 예지의 눈을 다시 뜨지도 모르지."

"두 마법사와 저주받은 드래곤 여왕에게 둘러싸인 채 말입니까?" 카이가 겁도 없이 끼어들었다.

"그러면 넌 여기에 남도록 해라!" 엘리야가 으르렁거렸다.

"당신은 저자를 데려가야 할 것이오. 저 마법사가 내 성에 있는 걸 이제 한순간도 견딜 수 없으니…. 그건 내가 용납하지 않겠소!" 님룬트는 단호했다.

엘리야는 달리 반박하지 않았다. 아마 애당초 카이를 두고 갈 생각이 없었을 것이다. 다만 제 분노와 패배감을 풀 대상이 필요했던 것이리라. 뒤이어 트레간디르로 출정하기 위해 준비해야 할 사항들에 관한 논의가 이어졌고 사피라는 반쯤만 귀를 열고 말없이 듣기만 했다. 하지만 질문 하나가 그녀의 머릿속을 계속 맴돌았다. 그리고 아직까지 누구 하나 그 질문을 하지 않았다는 사실도 놀라웠다. 하기야 이곳에 모인 모든 이들이 오늘 보고, 들은 충격적인 일들에 몹시 어리둥절한 상태이긴 하겠지만. 분위기가 좀 진정된 후에야 사피라는 그동안 품어 온 의문을 제기했다. "벨타인이 트리스탄의 심장을 보관해 놓은 이유가 뭘까? 쓸모가 없잖나? 그렇지 않나?"

그 순간 모두가 뒤통수를 얻어맞은 듯 적막이 내려앉았다. 이러한 반응만으로도 사피라는 이 질문이 얼마나 타당한 것이었는지 확인할 수 있었다. 엘리야를 비롯한 전원이 눈을 커다랗게 뜨고 그녀를 주시했다. 하지만 어느 누구도 그녀의 질문에 대답하지 못했다.

트리스탄

데몬족은 트리스탄의 명령대로 슈발벤하인에 진영을 꾸렸다. 지금은 폐허로 변해 버렸지만 한때 북부로부터의 공격을 막아 내던 엘프 요새와 그리 멀지 않은 곳이었다. 트리스탄에겐 추억의 장소였던 이 일대가 초토화되어 옛 흔적이 사라진 것이 오히려 마음을 편하게 해 주었다. 이조라가 숲에서 그를 찾아냈던 그 날, 그리고 함께 반쯤 무너진 탑에서 열정적인 시간을 보냈던 그 날의 기억을 떠올리게 하는 거추장스러운 것들이 사라졌으니까. 돌이켜보면 트리스탄의 몰락은 돌무더기와 잿더미로 가득한 바로 이곳에서 시작되었다. 눈치채기도 전에 그리고 막아 볼 틈도 없이 어느새 다가와 그를 집어삼켰다. 지금 시점에 그가 다시 이 자리로 돌아왔다는 건 어찌 보면 매우 시의적절했다. 이 장소야말로 추악해진 그의 얼굴과 그에 못지않게 망가져 버린 그의 영혼을 비춰 줄 거울 같은 곳이었기에. 슈발벤하인은 괴멸과 몰락의 상징이었다. 트리스탄 자신을 꼭 닮은 곳이었다.

사방에 부서진 돌무더기가 많아 그들은 숲 가장자리에 군영을 세웠다. 갈린, 스키르 그리고 데모니아의 여러 지역에서 징집된 많은 데몬들이 이곳으로 함께 진군했다. 거의 4천에 육박하는 데몬 군대는 그들에게 맞선 적군을 으스러뜨릴 마음의 준비가 되어 있었다. 이들의 유일한 약점은 드래곤이었다. 지금 그들이 보유한 드래곤은 고작 100마리에 불과했다. 아엘프스탄을 정복하기에는 충분치 못했다. 그곳엔 비슷한 수의 드래곤뿐만 아니라 치명적인 독을 지닌 와이번까지 가세해 있었다.

"유령늑대는 얼마나 있지?" 트리스탄이 툴에게 물었다. 툴은 깊은 생각에 빠진 채 말없이 그의 주변을 터벅터벅 맴돌고 있었다.

"120마리 정도. 하지만 몰구르가 식량 공급 문제를 최대한 빨리 해결하지 못한다면 그 수도 곧 줄어들 거야. 벌써부터 유령늑대는 데몬을, 데몬은 유령늑대를 잡아먹기 시작했어. 투석기가 만들어지기도 전에 조만간 서로를 도륙하는 대학살이 일어날 것 같아."

"샤냥꾼이 더 필요하겠군." 트리스탄이 한마디로 잘라 말했다.

"우리에게 필요한 건 마법사야. 카이가 그랬던 것처럼 땅에서 토끼굴을 열어 주거나 적어도 과수를 자라게 해 줄 마법사 말이야. 네 까마귀에게 말해 보면 어떨까!"

곳곳에 날개 달린 첩자들투성이였다. 그들은 항상 트리스탄의 곁을 맴돌며 날카로운 눈빛으로 그를 관찰하고, 그의 결정을 지켜봤다. 트리스탄으로서는 벨타인이 언제 저들의 눈을 통해 저를 주시하는지는 알 수가 없었다. 까마귀 떼는 슈투름 산맥에서 지령을 가져왔다. 트리스탄의 주군은 여러모로 그에게 만족한 것 같았지만 모든 면에서 그런 것 같지는 않았다. '해결책을 찾으려면, 내게 완전히 복종해야 할 것이다.' 가장 최근에 벨타인이 트리스탄에게 속삭였던 메시지였다. 메시지는 트리스탄만 이해할 수 있는 까마귀의 소리 없는 언어로 전달되었다. 물론 두 눈 꾹 감고 그의 명령을 따르는 것도 하나의 쉬운 해결책이긴 했다. 마론은 군영의 막사에 앉아 있을 것이다. 저항할 의지도 없이 무기력하게⋯. 그가 원한다면 모든 것을 내어 줄 준비가 되어 있겠지. 그렇다. 그녀는 절대 그의 뜻을 거역하지 않을 것이다. 그리고 트리스탄의 내면 한구석엔 광기가 차올라 밖으로 터져 나오기 직전이었다. 끝없는 욕정이 분출구를 찾아 부글거리며 폭발하기 직전이었다. 그런데도 그는 복종의 마지막 문턱만 큼은 넘어서지 않기 위해 필사적으로 저항하고 있었다.

이런 괴로움이 그를 완전히 집어삼키기 전 트리스탄과 툴은 몰구르의 막사에 도착했다. 날이 갈수록 고통은 커져만 갔고, 그의 영혼은 점점 더 까마득한 심연 속으로 추락하고 있는 느낌이었다. 출입구를 지키던 병사들이 옆으로 물러서며 재빠르게 시선을 떨어뜨린 채 그들을 막사 안으로 들여보냈다. 몰구르는 엉성하게 급조한 백골 권좌에 앉아 있었다. 전반적으로 군영의 상황이 녹록지 않는다는 걸 방증했다. 그의 곁에는 또 다른 데몬이 서 있었다. 트리스탄은 곧장 그를 알아봤다. 갈린에서 만난 적이 있는 전쟁의 군주 레벨이었다. 그들의 갑작스러운 등장이 불쾌했는지 그의 붉은 눈동자가 번뜩였다.

"어디 한번 날 쫓아내 보지그래. 그럼 네 마누라를 과부로 만들어 줄 테니." 트리스탄이 경고했다. "내 동행인은 물론 유령늑대를 공격해도 그리될 것이다. 이제 시대가 바뀌었지. 너희가 이제 내 노예고, 네 표정이 마음에 들지 않으면 *내가* 널 환형에 처할 것이다."

"부디 레벨 경에게 관용을 베푸시오." 몰구르가 송곳니를 세게 악물며 간신히 말했다. "막 갈린에서 도착한 터라, 예전과 달라진 정세를 구체적으로 설명해 줄 기회가 아직 없었소."

"그러면 우선 내 볼일을 끝낸 후 그리하라." 트리스탄은 등이 굽은 데몬 여인이 그에게 권한 의자에 앉기를 마다하고 몰구르에게 한 걸음 성큼 다가섰다. 그러면서 레벨에게는 눈길 한번 주지 않았다. "전쟁 준비 작업이 너무 더뎌 만족스럽지 못하다. 특히 사냥꾼이나 기술자가 너무 부족해. 식량도 부족하고, 화장실은 고약한 냄새가 하늘까지 진동하는 데다 완성된 투석기는 겨우 세 대밖에 되지 않더군."

"일꾼들의 원성이 자자하오." 몰구르가 말했다. "인근 숲에는 짐승들이 거의 살지 않아 군대 전체를 먹일 수가 없다고 하오. 굶주린 배로 일하는 걸 즐길 자는 없으니…."

"아직 내 말이 끝나지 않았다!" 트리스탄이 씩씩거렸다. "일전에 드래곤끼리 싸움 붙인 후 패배한 드래곤을 죽여 버리는 데몬을 지켜본 적이 있었지. 만약 군영 동쪽에 격투장을 파라고 하면 너의 부하들은 신바람이 나겠지?"

몰구르는 어깨를 으쓱였다. "군의 사기를 유지하려면 오락거리가 필요하지요."

"오락거리라고!" 분노에 격앙된 트리스탄의 눈동자가 불처럼 타올랐고, 순간 끔찍한 고통에 몰구르가 몸을 뒤틀었다. 몰구르 곁에서 상황을 지켜보던 레벨이 놀라움과 분노에 찬 신음을 흘리자 툴이 웃음을 터트렸다.

그렇지만 트리스탄은 데몬의 원수에게만 집중했다. "가장 중요한 무기를 부수는 일을 어찌 오락거리라 부르는 거냐! 드래곤의 가치는 헤아릴 수조차 없거늘. 앞으로 드래곤의 전투력을 깎아내리는 데몬은 그 누구라도 사형에 처할 것이다! 알아들었는가?"

"알았소." 고통에 몸부림치면서 몰구르가 간신히 대답했다.

트리스탄이 또 한 번 무시무시한 안광을 발산하며 그를 노려보았다.

"그리하겠소, 주군!" 또다시 밀려온 고통에 데몬이 비명을 질러 댔다.

"좋아." 그제야 트리스탄이 무시무시한 안광을 거뒀다. 그런 후 돌처럼 굳어 있는 레벨에게 돌아섰다. "너나 네 앞잡이 중 누구라도 날 죽일 수만 있다면 내 기꺼이 내 몸을 내어 주겠다. 하지만 그건 불가능한 일이지. 행여나 나 대신 내 일행에게 그 마수를 뻗는다면, 그들이 흘리는 핏방울마다 네 부하 백 명씩을 죽여 버릴 것이다. 그러니 알아서 잘 처신하도록."

그것으로 돌아선 트리스탄은 곧장 그곳을 벗어나려 했다.

그러나 트리스탄이 그렇게 수모를 줬음에도 몰구르가 자리에서 벌떡 일어나 재차 목소리를 높였다. "드래곤 여왕을 우리에게 데려다준다 하지 않았소. 분명 드래곤 종족을 통째로 우리 손아귀에 넣는다는 전제하에 이 거사를 도모한 것 같은데. 하물며 당신은 왜 아직까지도 우리 데몬이 아닌 엘프나 인간 따위와 소통하는 거요? 아버지와 마주치는 게 꺼려지기라도 하는 건가? 설마 방금 나한테 한 것과 달리 그자의 눈을 차마 정면으로 보지 못하는 건가?"

트리스탄은 저 데몬을 죽여 버리고 싶은 충동을 느꼈다. 몸을 타고 기어오르는 뱀처럼 살생 욕구가 온 혈관을 따라 스멀스멀 퍼졌다. 트리스탄은 그런 충동을 억제하려 안간힘을 써야만 했다. "닥쳐라!" 트리스탄이 고함을 쳤다. "드래곤 여왕을 언제, 어디서 복종시킬지는 오롯이 내가 결정한다. 그때까지 그리 오래 걸리지 않을 것이다."

트리스탄은 서둘러 막사 천막을 가르며 밖으로 나갔다. 한때 심장이 뛰던 그 자리가 활활 타오르는 것 같은 느낌이었다. 툴이 그림자처럼 그 뒤를 쫓았다. 하지만 아무 말도 하지 않았다. 평소 툴은 트리스탄의 행동에 관해 말을 아끼는 편이었다. 긍정적으로 생각해서인지, 혹은 몹시 경멸하기 때문인지는 알 수가 없었다. 이동하는 길목에서 마주친 데몬들은 공포에 사로잡힌 짐승처럼 뒷걸음질 쳤다. 그들의 모습이 보이면 목공들도 하던 일을 멈추고 투석기 뒤로 몸을 숨기기 바빴다. 트리스탄은 그런 그들이 귀찮은 벌레라도 되는 것처럼 시선 한 번 건네지 않고 그들 사이를 황급히 지나쳤다. 행여나 누구라도 귓가에서 윙윙거리기라도 했다가는 살생을 피하지 못할 것 같아서였다.

이윽고 군영에서 가장 규모가 큰 막사 앞에 멈춰 선 트리스탄은 미쳐 날뛰는 마음을 진정시키려 노력했다. 그때 까마귀 한 마리가 트리스탄의 어깨에 내려앉았지만, 그는 손을 휘둘러 까마귀를 내쫓아 버렸다. "함께 들어가지 않을래?" 트리스탄이 툴에게 말했다.

데몬의 파수꾼은 가볍게 고개를 흔들었다. "마론은 내가 그 자리에 있는 걸 싫어할 거다. 그리고 지금이 아니더라도 언젠가는 단둘이 있어야 하지 않겠나."

"네놈은 내가 꼭 두려워하기라도 하는 것처럼 말하는군. 날 두렵게 할 무언가가 여전히 존재하기라도 하는 것처럼 말이야."

"난 아직 네가 두려워하는 무언가가 존재한다고 믿는다, 트리스탄. 그렇지 않았다면 넌 조금 전 몰구르가 비난했던 그 일을 벌써 처리했을 테니까. 이런 말을 한다고 날 바닥에 내던지기 전에 한 마디 더 덧붙이자면, 지금 너의 상태를 보니 내 삶에도 아직은 마지막 희망이 남아 있다고 말하고 싶군."

툴이 이렇게나마 의견 비슷한 걸 개진한 건 처음이었다. 불과 몇 분 전, 몰구르가 언급했던 주제를 들먹이지만 않았더라면, 트리스탄도 어쩌면 조금은 귀담아들었을 수도 있었을 것이다. 하지만 몹시 심란한 상태였던 트리스탄은 손등을 들어 그대로 툴의 얼굴을 갈겼다.

"입 조심해!"

툴이 고개를 끄덕였다. "항상 유념하도록 하죠…. 주군!" 그것으로 돌아선 툴은 북새통인 막사들 사이로 모습을 감췄다. 트리스탄에게 공허함이 덮쳐 왔다. 그는 고개를 아래로 숙인 뒤 후드를 더 푹 눌러썼다. 그리고는 마침내 막사의 가림막을 옆으로 치우고 안으로 들어갔다.

마론은 그들의 잠자리가 될 간이침대에 책상다리하고 앉아 막사로 들어오는 트리스탄을 바라봤다. 혼자 있는 동안 소일거리를 찾아볼 수도 있었다. 그렇지만 마론은 불가에 장작을 넣지도, 한 사냥꾼이 가져다준 자고새의 털을 뽑고, 손질을 시작하지도 않았다. 마론은 그냥 그 자리에 앉은 채로 하염없이 트리스탄만 기다렸다.

"툴이 참 배려심이 깊어!" 그녀가 말했다. "정말로 네 발꿈치에 붙어 다니는 그림자가 되기를 마다했단 말이야?"

트리스탄이 고개를 끄덕였다. 지금 어떻게 대처해야 좋을지 도통 감을 잡을 수 없었다. 의지와는 상관없이 머릿속 옛기억들이 물밀듯이 밀려들어 왔다. 다른 누군가의 삶을 훔쳐보는 것처럼 그의 눈앞에 생생하게 펼쳐졌다, 다른 막사에서 벌어졌던 추억의 장면이었다. 끓어오르는 애정과 들킬까 봐 두려워하며 불안에 떨던 마음이 공존했던 그 날, 단 하룻밤. 그는 제 앞에 있는 마론을 바라보며 그녀가 팔을 들어 올리던 자태 하나하나, 그녀의 가슴에 매여 있던 끈을 풀던 순간까지 새록새록 떠올랐다. 입술을 살며시 말아 올리며 그의 입술에 다가오던 모습, 상처 가득한 제 피부를 쓰다듬던 그녀의 따스한 손길도.

그때 자리에서 벌떡 일어난 마론이 트리스탄에게 다가서자 생각에 잠겨 있던 트리스탄이 정신을 차렸다. 그는 얼굴을 숨기려 서둘러 고개를 푹 숙였다.

"네 잘난 미모가 좋아 곁에 있었던 적은 없었어." 마론이 말했다. "네 부모가 누구든, 네 직책이 무엇이든 그런 것 따위는 전혀 상관없어. 내게 중요했던 건 다른 거니까. 어떻게든 살아남으려 한 너의 굳은 결의, 잔인한 호리엘에게 당당히 맞서던 용기, 그리고 너의 강한 심장!"

"그렇게 과거를 운운하는 건 달리 이유가 있어서겠지." 트리스탄이 대답했다. "모든 게 변해 버린 지금 말이야. 이제 난 살아남고자 하는 의지도 없고, 심지어 심장도 없어. 없어져 버린 심장에 대해 이러쿵저러쿵 말하는 것도 그렇고."

마론은 대답 대신 트리스탄의 가슴에 한 손을 얹었다. 아주 잠시 머뭇거린 마론은 셔츠 매듭을 풀러 흉터가 가득한 피부가 보이는 부분까지 살며시 벗겼다. 그녀의 손가락이 화상 흉터를 쓰다듬으며, 벨타인이 제 권능의 징표로 남겨 놓은 종기를 어루만졌다. 그녀의 손이 다시는 영원히 듣지 못할지도 모르는 박동을 찾아 그의 가슴 부위를 더듬었다.

"이게 여기서 뭘 하는 거야? …이 마법의 돌 말이야." 그녀가 물었다. "쿵쿵거리지도 않고, 맥박도 없고, 네 생명력을 채워 주는 것 같지도 않은데."

트리스탄의 목구멍이 오그라들었다. 전혀 마음에 들지 않는 나약함의 신호였다. "아니, 마법의 돌은 죽었어. 나처럼. 어쩌면 나만큼이나 끔찍하고 고통스러울지도 모르지. 내 피를 자양분으로 삼지만, 단 한 번도 허기를 채운 적이 없을 테니까."

"그런데도 이 마법의 돌이 네 몸에 온기가 흐르게 해 주

잖아." 마론이 속삭였다. "아직은 모든 걸 다 잃어버린 건
아니야."

마론은 대화가 겉도는 느낌이 들었다. 하지만 마론은 그
의 마음에 희망을 깨우고 싶었다. 느낌과 감정을 깨우고 싶
었다. 트리스탄을 망설이게 하는, 그래서 더는 느끼지 않으
려는 그 감정을 깨우고 싶었다. 트리스탄은 그녀에게서 벗
어나려 했지만 마론이 재빨리 그의 팔에 제 손을 얹어 그를
붙잡았다. 그의 팔은 납보다도 무거웠고 마론은 연약한 소
녀였다. 하지만 가슴만큼은 전사의 힘으로 단단히 무장한
마론은 겨우 그를 붙잡아 놓는 데 성공했다.

"날 바라봐, 트리스탄!"

트리스탄은 그녀의 눈을 보고 싶기도, 동시에 그렇지 않
기도 했다. 시간을 뒤로 돌려 그녀의 품이 허락하는 아늑함
에 빠지고 싶은 마음과 그냥 쓸데없는 헛수고를 그만두도
록 제 손으로 그녀의 목을 졸라 버리고픈 충동을 동시에 느
꼈다. 저렇게 제 마음을 헤집어 놓고 가야 할 길을 막으려는
시도를 당장 그만두도록. 아무도 막사 안으로 들여보내 주
지 않자 까마귀 몇 마리가 닫힌 막사 밖을 이리저리 날아다
니며 까악까악 울부짖었다. 트리스탄이 몸을 돌려 까마귀들
에게 가려 하자 마론이 그의 머리를 붙잡고 놔주지 않았다.

트리스탄이 천천히 숨을 내쉬었다. "눈 감아!" 트리스탄이 조용히 말했다.

마론은 그의 말대로 눈꺼풀을 내리깔았다. 트리스탄은 마론의 얼굴을 자세히 관찰했다. 살며시 떨리는 속눈썹, 콧등에 보이는 희미한 주근깨, 살며시 깨문 입술. 괴물이 되지 않은 인간의 모습은 얼마나 아름다운가! 트리스탄은 천천히 후드를 목 뒤로 젖혔다. 그리고는 마론의 오른손을 잡아 살며시 제 뺨에 올려놓았다. 마론은 눈을 감은 채 손가락을 움직이며 그의 얼굴을 더듬었다. 달콤한 키스가 아니라 죽음의 위협을 부르는 그의 입술. 더는 반짝이지 않고 타인에게 고통만 안겨 주는 그의 눈. 그리고 미움과 번민에 더 익숙해져 버린 그의 이마까지. 이 전부를 확인하는 데 꼭 눈으로 볼 필요도 없었다. 그녀의 턱이 덜덜 떨렸고, 꼭 감은 눈꺼풀 아래 눈물이 고였다. 그렇지만 마론의 입에서 나온 말은 혐오나 거부감과는 완전히 다른 말이었다.

"넌 여전히 너야, 트리스탄. 단지 암흑의 세계에 빠져든 것뿐이지." 마론은 손으로 그의 얼굴을 쓰다듬었다. 날개로 그를 간질이는 나비처럼 섬세하게. "난 작은 불빛에 불과해. 하지만 허락한다면 내가 꺼져 버릴 그 순간까지 네가 가야 하는 그 밤을 함께 걷겠어."

트리스탄의 몸에 전율이 흘렀다. 슈발벤하인 숲에서 매료되었던 그때처럼. 하지만 이번은 그때와 조금 달랐다. 불쑥 그의 마음을 덮쳐 온 마법의 힘과는 달리 악몽 속을 헤매는 그를 쓰다듬어 깨우는 따스한 햇살처럼 부드러웠다. 사랑의 묘약에 지배받았던 트리스탄은 무한한 욕정을 느꼈었다. 섬뜩한 갈망, 그리고 다른 누군가를 소유하고픈 적나라한 충동과 함께. 하지만 지금 그가 느끼는 감정은 전혀 달랐다. 그냥 상대에게 기댄 채 펑펑 울고만 싶은 그리움이었다. 마론의 어깨에 이마를 기댄 트리스탄은 그녀가 자신을 꼭 끌어안게 허락했다. 그렇게 그녀의 품이 선사한 따뜻한 온기와 귓가에 닿는 그녀의 숨결을 느꼈다. 트리스탄에게는 그런 감정을 흘려보낼 눈물이 없었지만, 제 어깨를 짓누르던 속박이 조금이나마 가벼워지는 기분이었다. 누군가 한 덩이 짐이라도 덜어 주려는 진실한 마음만 보여 준다면 제아무리 더 무거운 고통일지라도 얼마든지 짊어지고 갈 수 있을 것만 같았다.

다시 몸을 일으키려던 트리스탄은 어느새 마론이 눈을 뜨고 있다는 걸 깨달았다. 그녀는 눈길을 피하지 않고 추악해진 그의 용모를 정면으로 응시했다. 예전에도 항상 그랬었던 것처럼. 그녀의 팔이 트리스탄의 목을 감싸 안아 힘껏 끌어당겼다. 트리스탄은 그 자리에서 움직일 시도조차 하지 못했다. 지금까지 모든 걸 파괴만 해 온 그가 이 순간마저 망가뜨릴지도 모른다는 순수한 두려움 탓이었다. 이윽고 마론의 입술이 그에게 닿았다. 그것이 그의 첫 호흡인 것처럼 익숙한 그녀의 체향을 들이마셨고, 첫 키스인 것처럼 제게 닿는 그녀의 입술의 움직임에 화답했다. "혹시 오늘 밤 내가 잠들려 하면 날 깨워 줘." 그가 마론의 귓가에 속삭였다. "부디 내 꿈이 데려갈 암흑에서 날 지켜 줘!"

바로 그때 까마귀 한 마리가 막사 입구를 가린 천 사이를 비집고 들어왔다. 크게 벌린 부리 사이로 나오는 울음소리가 승리에 도취한 것처럼 들렸다. 까마귀는 머리 위를 맴돌다가 차가운 눈으로 그들을 내려다봤다. 트리스탄이 손을 재빨리 뻗어 까마귀를 붙들었다. 순간 증오와 분노가 되돌아왔고, 그의 가슴에 있는 마법의 돌이 그의 혈관에 강렬한 독을 뿜어냈다. 트리스탄의 시선이 손에 쥔 까마귀의 시선과 녹아들어 하나가 되었다. "절대 그럴 일 없어!" 트리스탄은 이 까마귀의 눈을 통해 절 관찰할 슈투름 산맥의 대마법사를 향해 일갈했다. "난 당신이 얻고자 하는 걸 절대 내어주지 않을 거야! 그러느니 당신의 세계가 내린 저주 속에서 영원히 불타오르겠어!"

그 말과 함께 트리스탄은 까마귀의 시커먼 몸뚱이를 으깨 버리려는 듯 거칠게 움켜쥐었다. 그러나 죽기 직전에 손아귀 힘을 풀었다.

어떻게 표현하기조차 힘든 기이한 방법으로 까마귀는 그의 머릿속에 직접 메시지를 전했다. 눈과 눈을 통해 형상과 느낌으로 전달되는 그 메시지는 그 어떤 언어보다 수천 배나 명확했다. 그의 가슴속에 자리 잡은 돌이 박동하기 시작했다. 낯설고 차가운 돌의 스산한 박동을 느끼며 트리스탄은 이제 어디로 가야 할지 깨달았다. 그의 이야기가 어디서 끝나야 할지도. 이야기가 처음 시작된 그곳. 바로 그곳이었다.

이스타리엘

    말을 타고 빨리 달리면 아엘프스탄에서 트레간디르까지는 몇 시간 내로 주파할 수 있었다. 그렇지만 도보로 행군하는 인간 군대가 일행의 절반이나 되었기에 시간이 하염없이 지체됐다. 행군 첫날 오후가 되어서야 그들은 마침내 산자락을 벗어날 수 있었다. 이제 오른편 멀리 나르누크가 보였다. 이블리스 강은 여름 내내 강수량이 적었던 탓에 수위가 낮아진 상태였지만 손쉽게 강을 건널 지점을 찾기 위해서 시간을 많이 허비해야만 했다. 군량을 실은 마차도 문제였다. '돌아올 수 없는 늪'의 지류를 따라 흘러나온 진창에 계속 빠졌기 때문이었다. 이스타리엘은 연신 불안한 듯 동쪽을 응시했다. 이제 위협을 느낄 정도로 슈발벤하인이 지척에 있었다. 행여나 데몬족 정찰대가 그들을 발견한다면, 트리스탄은 그들이 예상했던 것보다 훨씬 더 빨리 공격해 올 수도 있었다. 그들이 이 여정을 감행한 것은 사파리를 안전한 곳에 데려다 놓고, 동시에 불안해하는 그의 아버지를 드래곤 여왕으로 인해 야기될지도 모를 적들의 공격에서 벗어나게 해 주려는 목적이었다. 아엘프스탄만큼 견고한 성인 트레간디르가 점점 가까워지고 있었지만, 그곳에 도착하기 전까지는 아직 마음을 놓을 수 없었다.

이스타리엘은 엘리야 옆으로 말을 몰았다. "이쯤 해서 선발대를 보냅시다. 이러다가 적의 드래곤이나 유령늑대와 맞부딪치기라도 한다면 전쟁을 제대로 치르기도 전에 이 에냐도르 전쟁에서 패하게 될 것이오!"

인간의 왕이 고개를 끄덕였다. "네 말이 옳구나. 자네가 사피라, 이조라 그리고 카이와 함께 먼저 앞장서라. 야레드와 친위대도 데려가고. 난 내 병사들과 함께하겠다."

"당신의 임무는 사피라를 보호하는 것이오. 당신네 백성들이 마음에 걸린다는 건 충분히 이해하지만, 트리스탄은 인간 부대엔 전혀 관심이 없소. 그러니 그가 혹시라도 공격을 개시한다면 그 목표는 우리가 될 것이오. 그리고 카이에게 무슨 일이라도 생기면 우리를 보호해 줄 마법사가 없어지는 거기도 하고."

엘리야의 심기가 불편한 게 눈에 보였다. 앞서 제 종족을 버린 전적이 있었던 터라 그 이후로 그는 인간 백성의 안녕을 최우선으로 모든 것을 결정하려 했다. 그렇지만 엘리야 역시 이 순간 더 큰 위험이 도사리고 있는 곳은 인간 병사들이 있는 곳이 아니라 다른 곳이라는 걸 잘 알았다. 사피라가 있는 그 장소. "그러면 내가 동행하고 카이가 남도록 하지."

"당신이 여전히 불사의 권능을 지녔다면 그렇게 믿고 맡기겠지만 당신은 이제 불사의 몸이 아니지 않소. 그러니 난 두 마법사 모두를 내 곁에 두고 싶소. 내 말을 따르기로 이미 맹세하지 않았소? 아니었던가?"

"그랬었지."

"그러면 우리와 함께 갑시다. 당신의 군대는 아무 탈 없이 요새에 당도할 거요. 내 말을 믿으시오."

이스타리엘의 주장이 옳다는 것은 둘 다 아는 사실이었다. 그런데도 엘리야는 제 사람들을 두고 발걸음을 떼기가 쉽지 않았다. 100여 명에 이르는 병사들에게 가야 할 길과 늪 가에 있는 함정에 관해 설명하는 데 한참이 소요됐다. 엘리야가 그렇게나 공을 들인 만큼 트레간디르로 이어지는 길을 벗어나지 않고 쭉 따라온다면 안전하게 목적지에 도착할 것이 분명했다. 단지 몇 킬로미터 떨어지지 않은 곳에 수많은 영혼을 집어삼킨 늪이 광범위하게 펼쳐져 있었다. 전설에 따르면 달빛이 비출 때면 사악한 유령들이 그곳에서 기어 나온다고 했다. 암살자, 반역자, 파렴치범… 살아 있어도 마주치고 싶지 않은 온갖 흉악범들의 혼령을 마주치고 싶은 자가 어디 있겠는가. 예전부터 트레간디르는 알빈가르트의 북쪽 경계선을 지키는 망루 임무를 수행했다. 그러니까 이 요새가 막아 내야 했던 위협은 비단 데몬족뿐만이 아니었다.

마지막 남은 구간을 빠른 속도로 주파하는 사이 태양이 수평선을 뉘엿뉘엿 넘어가고 있었다. 도중에 잠시 말을 멈춘 건 승마 실력이 형편없는 카이와 그의 염소 때문이었다. 이스타리엘은 저 어린 마법사가 여전히 말 위에서 허우적대는 게 영 이해가 되지 않았다. 매끈한 은쟁반에 올려놓은 돼지 요리처럼 어떻게 저렇게까지 꼴불견인 자세로 뒤뚱거리는지. 승마 실력만큼은 마법으로도 어떻게 해 볼 도리가 없는 모양이었다. 그새 야레드와 아담의 승마 솜씨가 제법 나아진 걸 보면 저런 재능 부족도 집안 내력임이 분명했다. 이스타리엘은 아그네스를 떠올리고는 한숨을 쉬었다. 그녀를 당장 제 말안장 앞에 앉히고, 그녀의 머리칼에서 풍기는 향기를 맡을 수만 있다면, 무엇이든 내어 줄 텐데…. 그렇지만 아그네스를 다시 보려면 더욱 강해져야 했고, 웨이요나가 벨타인과의 전쟁에서 승리하도록 협력해야 했다. 지금은 나약한 감상에 빠져 있을 때가 아니었다. 잠시 한눈을 판 대가를 머리통으로 치러야 할 수도 있었기 때문이었다. 안절부절못하고 버둥거리는 마법사와 계속 그의 주위를 맴돌며 뒤처져 있는 염소를 한심한 눈으로 바라보던 이스타리엘은 결국 제 안장 앞에 그바일로를 앉혔다. 그나마 검은 반점의 암컷만큼은 아엘프스탄에 두고 왔으니 망정이지 안 그랬더라면 얼마나 더 볼썽사나운 소동이 벌어졌을까. 이스타리엘은 제 앞에서 성을 내며 항의하는 염소의 울음소리는 못 들은 척하며 한 손으로 말고삐를 쥐었다.

 "네 몸을 어떻게든 추스르고 말이 달리도록 해 봐. 이러다가는 후발대가 우리를 추월하겠어!" 이스타리엘이 카이를 다그쳤다. 카이가 깊은 한숨을 내쉬었다. 그리고는 될 대로 되라는 마음이 들었는지 조금은 편안해진 표정으로, 그러나 여전히 불안한 자세로 그럭저럭 이스타리엘을 쫓아왔다.

 주변이 어둑해질 무렵 일행은 마침내 트레간디르에 도착했다. 고대의 망루처럼 비현실적인 성의 모습이 그들 앞에 나타났다. 성은 들판 한가운데 우뚝 솟아 있었다. 산이나 언덕처럼 솟아오른 지형으로 둘러싸여 있지 않아 얼핏 보면 공격에 취약해 보였다. 하지만 이스타리엘이 좀 더 자세히 살펴보니 성벽은 두 겹으로 두텁게 축조되었고 성벽 주위를 깊이 파인 성호가 둘러싸고 있었다. 설령 적군이 성호를 건너 첫 번째 외벽을 부수고 침투하더라도 성곽과 내외벽 사이의 통로에 갇히는 신세가 되고 말 것이었다. 따라서 통로 양쪽 내외벽 위에 궁수들을 배치하면 적군을 물리치는 건 쉬운 게임이었다. 트레간디르에는 아엘프스탄 혹은 도른슈트랑처럼 성벽을 보호하는 방어 마법 따위는 걸려 있지 않았다. 하지만 알빈가르트 연대기를 참조해 보면 이 성은 단 한 차례도 적군에게 점령당한 적이 없었다.

현재 상황에 비추어 볼 때 호리엘이 고용해 놓은 일꾼들은 물론 성벽 방어를 위한 수비대의 인원도 충분했다. 님룬트는 이미 전서구를 날려 그들이 온다는 걸 미리 알려 놓은 상태였다. 뿔 나팔이 울려 낯선 외부인들의 접근을 알렸다. 이윽고 보초병들이 이조라의 빛나는 머리칼과 마법 지팡이를 든 두 마법사를 식별한 순간 성의 도교가 내려왔다. 과묵한 엘프 장교가 번쩍이는 갑옷을 걸치고 정중하지만, 냉정한 태도로 그들을 맞이했다. "트레간디르에 오신 걸 환영합니다, 저하!" 그는 이스타리엘과 이조라에게 고개를 숙였다. 하지만 사피라나 엘리야와는 가급적 눈길을 마주치지 않으려 애썼다. 그것만 봐도 이 엘프 장교가 누구에게 충성을 바치고 있는지 명확히 알 수 있었다. 당연히 호리엘이었다.

이스타리엘이 말에서 내렸다. "우리가 타고 온 군마를 잘 먹이고, 주변 경계를 강화하라. 해 뜰 무렵 인간 보병 부대가 이곳에 당도할 것이다. 지난 며칠간 특별히 보고할 사항이 있었는가?"

사령관이 고개를 저었다. "늪지대는 현재 매우 고요합니다. 이렇다 할 데몬족의 공격도 없었고, 마물들도 출몰하지 않았습니다."

"유령늑대를 본 적이 있는가? 시커먼 후드를 덮어쓴 사람… 혹은 까마귀들은?"

마지막 말에 엘프의 얼굴이 미묘하게 움직였다.

"까마귀 떼라면 본 적이 있습니다. 원래 이 주변에서는 찾아보기 힘든 동물입니다만, 유독 최근에 많은 개체가 관찰됐습니다. 때로는 무리 지어 다니기도 하고, 한 마리씩 목격되기도 했습니다. 까마귀 떼 중 일부를 사냥하여 구워 먹기도 했습니다만."

이스타리엘은 엘리야와 어두운 눈빛을 교환했다. 그런 뒤 장교에게 돌아섰다. "앞으로 까마귀를 발견하는 즉시 사살하라. 목격하는 대로 전부. 성벽에 궁수와 보초병의 수를 배로 강화한다!"

"알겠습니다. 저하." 사령관은 차가운 표정으로 고개만 끄덕였다. 그 이상의 질문은 없었다. 순종적인 군인다운 태도였다. 그렇지만 이스타리엘은 그들의 적이 이 트레간디르 성벽 안에 어슬렁거린다는 인상을 지울 수가 없었다. 속으로 그는 저 엘프 장교를 눈여겨 살펴봐야겠다고 다짐했다.

"너의 이름은 무엇이냐?"

"탄드리엘입니다. 아버지가 오스첸트리아의 총독이시죠."

"그를 알고 있다. 명망 높은 가문 출신이로군."

"감사합니다. 저하." 엘프 장교는 조심스레 허리를 숙여 예를 표하더니 곁에 있던 종자에게 이스타리엘의 말을 넘겨주었다. 이어 이조라의 암말과 다른 말들을 데려가기 위해 다른 하인들이 허둥지둥 다가왔다. 이윽고 탄드리엘이 앞장을 섰고, 나머지 무리는 침묵을 지키며 뒤를 쫓았다. 성으로 향하는 길 내내 이마를 찌푸리고 있는 걸 보면 엘리야도 저 엘프 장교를 신뢰하지 못하는 것 같았다. 추측건대 엘리야가 그런 표정을 짓는 데는 또 다른 이유가 있었을 것이다. 예전에 귀니퍼와 관련된 끔찍한 사건이 일어난 이후 그는 무려 18년 만에 이곳 트레간디르 땅을 다시 밟았다. 엘리야에게 이곳은 마음의 고향이자 동시에 공포의 장소이기도 할 것이다. 그런데도 그는 사피라를 이곳으로 데려와야 한다고 고집을 부렸었다.

탄트리엘은 일행을 숙소로 안내했다. 장식 하나 없는 밋밋한 벽에 작은 창문이 몇 개 나 있는 방이었다. 화려한 아엘프스탄에 익숙해진 그들에게는 몹시 낯선 분위기였다. 엘리야가 혼자 방을 쓰기를 원했기에, 이조라는 이스타리엘의 옆방을 별도로 배정받았다. 친위대는 한 층 아래에 방이 배정됐다. 야레드는 곧장 병사들의 위치를 지정하며 경계 태세를 갖춘 뒤 자신은 그 즉시 사피라를 호위할 정도로 신중하고 기민하게 대처했다.

"저 엘프는 뭔가 믿음직스럽지 않아." 잠시 후 늦은 저녁 식사를 하며 카이가 이스타리엘에게 속삭였다. 티 나지 않게 나이프 끝으로 문가와 벽을 따라 배치된 낯선 병사들을 가리켰다. "내가 보기에는 말이지. 저들이 여전히…"

"…옛 주군에게 충성을 바치고 있단 말이겠지. 알고 있어." 엘프 왕자가 머뭇거리는 카이의 뒷말을 마무리했다. 그들은 목소리를 낮춰 대화를 나눴다. 이곳 트레간디르에서의 식사 시간은 너무도 조용했기 때문이었다. 음악으로 식사 분위기를 조성하고, 식기에서 나는 소음을 가려 주며 흥을 돋우는 악단도 없었다. 하긴 이 성의 모든 공간이 고요했다. 의심스러울 정도로.

"호리엘은… 어디에 있을까?" 카이가 이스타리엘이 머릿속으로 계속 생각하던 질문을 꺼냈다.

"적어도 이곳은 아니야. 이 성안에 있었더라면 어떻게든 우리가 성에 들어오지 못하게 막았을 테니까."

"만약 덫을 놓은 거라면?"

"그러면 모두의 안전이 신들의 손에 달린 거겠지."

카이는 한숨을 푹 쉬었다. 그의 앞에 접시 하나가 놓였다. 잠시 그 모습을 바라본 카이가 또 한 번 한숨을 쉬며 질색했다.

"왜 그러지?" 이스타리엘이 의아한 표정으로 질문했다.

"고기! 그때 이후로 다시는 입에 대지 않을 작정이었거든."

이스타리엘이 고개를 절레절레 흔들며 식탁보를 살짝 들고는 카이의 의자 밑에 앉아 뿔로 그의 의족을 긁고 있는 그바일로를 가리켰다.

"그래도… 이제는 그 어떤 모험도 하고 싶지 않아." 카이가 접시를 물렸다. 그러자 필요한 것이 있는지 묻고자 하녀들이 곧장 달려왔다.

"빵 한 조각. 그리고 감자를 좀 곁들여서."

"그거 가지고는 배가 고플 텐데." 닭 다리에 이빨을 박아 넣으며 이스타리엘이 단언했다. 아니면 다리뼈가 얇은 걸 보니 혹시 까마귀 다리였을까?

"이래 봬도 부르크스메아데의 혹독한 겨울도 버텨 낸 몸이라고. 이 정도면 정말 천국의 밥상이지."

엘프 왕자는 그 주제에 관해 더는 대꾸하지 않았다. 대신 이조라와 함께 식탁 건너편에 앉은 엘리야를 관찰했다. 그러고 보니 그들은 지난 몇 시간 내내 전혀 말이 없었다. 그리고 식사 시간 동안에도 둘 사이에는 단 한 마디도 오가지 않았다. 무척 창백해 보이는 두 사람은 내키지 않는 표정으로 음식을 이리저리 찌르고만 있었다. 반면 붉은 머리 얼간이 아담은 갑자기 딴사람이 된 것 같았다. 요정의 마력이 넘쳐흐르던 아엘프스탄에서 멀어진 뒤로 아담은 평범한 사람으로 되돌아온 것 같았다. 적어도 제 앞에 놓인 고기를 입안으로 밀어 넣으며 웃기도 하고 이따금 엘프 소녀와 시시덕거리기도 했다. 그는 지금 이곳이 어떤 상황인지 심각성을 전혀 파악하지 못하는 눈치였다.

얼마 지나지 않아 상황이 급변했다. 서쪽 망루에서 요란한 뿔 나팔 신호가 울린 것이다. 경고음은 불길하고도 위협적인 느낌을 자아냈다. 나팔 소리가 끊어질 듯 이어지며 성 안에 메아리쳤다. 어느 순간 끝없는 늪 속으로 빨려 들어가 사라지는가 싶더니 몇 초 후 구덩이 속에서 유령의 울음소리처럼 다시 튀어나오기를 반복했다.

"저게… 무슨 소리죠?" 깜짝 놀란 아담이 소리쳤다. 들고 있던 고기 뼈마저 놓치고, 공포에 눈이 휘둥그레졌다.

"신호가 한 번 울리면 방문자가 있다는 의미다." 의미를 알 수 없는 미소를 입가에 띄우며 탄드리엘이 대답했다.

"그러면 인간 군대의 도착을 알리는 신호일 수도 있다는 건가요?"

엘프 장교가 고개를 끄덕였다. 그렇지만 바로 그때 또 한 번 뿔 나팔이 울렸다.

"그러면 두 번 울리면 무슨 뜻입니까?" 아담이 숨을 헐떡이며 말했다.

그 공간에 도열해 있던 병사들이 전부 한 걸음 앞으로 걸어 나와 문가를 향해 돌아선 후 일제히 검을 쥐었다. 엘리야 역시 창백한 밀랍 가면을 쓴 것처럼 굳은 얼굴로 자리에서 일어났다. "나팔이 두 번 울리면 전투에 대비하라는 명령이다. 이제 적의 공습이 임박했다는 의미지."

이스타리엘도 이 뿔 나팔 신호의 의미를 잘 알고 있었다. 세 번째 나팔은 울리지 않았다. 그건 늪에서 위협이 발생했을 경우에만 울리는 신호였다. 그런 만큼 지금 그들을 향해 돌진해 오는 적은 적어도 늪지대의 마물은 아니었다. 그렇다고 덜 위험한 적이라고 단정할 순 없었다. 마법사 왕도 마법 지팡이를 세게 움켜쥐었다.

"무기를 들어라!" 탄드리엘이 외쳤다.

대혼란이 찾아왔다. 일꾼들은 앞으로 몇 시간 동안 몸을 숨길 만한 은신처를 찾으려 연회장 밖으로 쏜살같이 뛰쳐나왔다. 엘프 부대는 두 줄로 복도를 지나 행군했다. 모두가 정신없이 날뛰는 북새통에 카이의 외투 자락에 몸을 숨긴 그바일로가 도움을 청하듯 애절한 눈빛으로 이스타리엘을 바라봤다. 그렇지만 엘프 왕자는 미처 아무 명령도 내리지 못했다. 그러기도 전에 석조 지붕 위에 내려앉은 드래곤의 무시무시한 발톱이 성을 뒤흔들었기 때문이었다. 여자들의 날카로운 비명과 남자들의 고함이 여기저기서 울려 퍼졌다. 삐걱거리는 투석기 소리, 석궁에서 쏜 화살의 파공음이 연이어 들려왔고 곧이어 머리 위 천장이 또다시 진동했다. 지붕 위에서 돌들이 무너져 내렸다. 침입자는 콧김을 씩씩 내뿜으면서 발톱으로 부서진 틈을 긁어 대며 안으로 비집고 들어오려 했다. 결국 거대한 몸뚱이가 꿍음과 함께 바닥에 떨어졌다.

사피라가 이스타리엘 곁으로 다가왔다. "저 가련한 생물도 내 종족의 일원이야. 그런데 여기 이렇게 가만히 웅크린 상태로 저들이 학살당하는 꼴을 지켜볼 수만은 없어!"

"그렇게 해야 해!" 이스타리엘이 대답했다. "그 가련한 당신 종족의 등에 탄 데몬이 노리는 것은 단 하나지. 바로 당신의 죽음!" 이스타리엘은 그가 담을 수 있는 진심을 전부 끌어모아 최대한 강한 어조로 말했지만, 사피라는 뜻을 굽힐 의사가 없어 보였다. 지난 며칠 내내 좌절과 실의에 빠져 있던 여인은 어느새 사라졌다. 대신 드래곤족의 여왕이 다시 깨어났다. 이스타리엘의 두뇌가 최고 속도로 바삐 움직였다. 당장 그가 맡은 이 임무를 어떻게든 완수해야만 아그네스를 살려 낼 수 있을 것이다. 이 순간 사피라가 일을 그르친다면 모든 것을 잃고 말 터였다.

이스타리엘은 카이를 불렀다. "야레드 그리고 사피라와 함께 어서 지하 창고로 가라. 그리고 다시 연락할 때까지 그곳에 숨어 있어. 드래곤 여왕이 스스로 목숨을 위험에 빠트리려 하면 수단과 방법을 가리지 말고 막아 내라!"

낯빛이 창백해진 카이가 간신히 알아볼 정도로 고개를 끄덕였다. "어서 가자!" 카이가 다치지 않은 사피라의 팔을 붙잡으며 외쳤다.

"엘리야에게 그의 군대를 두고 오게 설득하더니 이제는 저 가련한 드래곤들을 데몬에게서 해방시키려는 내 의지마

저 막는구나!" 사피라가 소리쳤다. "내가 네게 신의를 맹세한 건 네가 신중하고 자비롭다고 판단했기 때문이었어!"

"내게 실망했다면 유감이로군. 하지만 당신은 카이와 함께 가야 해." 이스타리엘이 고집불통 사피라보다 그의 명령을 훨씬 더 잘 이해한 야레드에게 고개를 끄덕여 보였다. 젊은 사령관 야레드는 직접 사피라의 아픈 팔을 조심스레 부축하며 카이와 함께 그녀를 끌어당겼다. 한껏 머리를 낮춘 그바일로가 총총걸음으로 그들의 뒤를 쫓았다.

엘리야가 이스타리엘에게 고개를 끄덕였다. "왕국을 다스리는 일이란 그 누구에게도 쉽지 않은 일이지. 언젠가 아그네스를 희생해야 하는 날이 오더라도 지금처럼 과단성 있게 결정을 내려야 한다. 불행히도 난 그러지 못했지."

엘리야는 애초에 대답을 기대하지 않았고, 이스타리엘도 대답할 생각이 없었다. 그들은 대연회장에 남은 인원을 뒤로 한 채 상황 파악을 위해 엘프 병사들을 쫓아 성벽 위 통로로 향했다. 그사이 기습 공격은 일단 끝이 났고 대부분의 드래곤 라이더들은 성채와 거리를 유지한 채 대치 중이었다. 드래곤스피어드래곤 전용 창가 장착된 거대한 석궁들이 망루를 빙 둘러 배치되어 있었고 사방으로 드래곤스피어가 연이어 발사되고 있었다. 성 안뜰에는 청록빛 드래곤이 쓰러져 있었다. 피를 철철 흘리는 드래곤은 죽음과 사투를 벌이느라 몸을 덜덜 떨고 있었다. 그 곁에는 데몬 한 명이 쓰러져 있었다. 드래곤과 드래곤 라이더는 드래곤스피어에 꿰뚫린 상태였다. 공중에서 이 성을 공격하면 어떻게 되는지 본때를 보여 준 셈이었다.

데몬 군대는 이스타리엘의 예상보다 수가 적었다. 기껏해야 천 명 정도밖에 되지 않았다. 적군은 사정거리에서 벗어난 성 밖 맞은편 평지에 진을 치고 무언가를 기다릴 뿐 섣불리 공격해 오지는 않았다. 그들은 투석기도 없었고 공성전을 위한 탑도 가져오지 않았다.

"뭔가 좀 이상하구나." 엘리야가 이스타리엘의 생각을 읽기라도 한 듯 읊조렸다. "저 정도 병력으로는 이 트레간디르를 절대 점령할 수 없어. 트리스탄도 분명 알고 있을 터인데 무모한 공격을 감행한 이유가 뭘까?"

"그가 보이나?"

엘리야가 눈을 좁혔다 뜨며 약간의 마력을 동원해 시력을 강화했다. 그는 차근차근 데몬의 진영을 훑고는 고개를 가로저었다.

"적어도 최전방에는 없구나. 내 아들도, 그의 몸을 차지해 버린 그 괴수도 절대 제 병사 뒤에 숨는 비겁한 짓 따위는 하지 않을 텐데."

"그러면 어디 있을까?"

엘리야가 고개를 살짝 흔들었다. "어딘가 다른 곳에 있겠지. 허울뿐인 이 공격은 시선을 돌리려는 계략이다. 당장 이곳을 떠나서 두고 온 일행이 괜찮은지 살펴야겠다. 아무래도 우리가 멍청한 짓을 한 것 같구나." 그것으로 돌아선 엘리야가 서둘러 성으로 달렸다. 이스타리엘도 그 뒤를 쫓아 달려갔다. 귓속에 피가 솟구치는 거 같았다. 혹시 성문을 통과하지 않고 성안으로 들어오는 방법이 따로 있는 건 아닌지 생각해 내려 애를 썼지만 아무 방법도 떠오르지 않았다. 트레간디르의 비밀 통로 혹은 비밀의 문 따위에 대해서는 알려진 바가 없었다. 적군이 눈에 띄지 않고 몰래 잠입할 방법은 없었다.

이스타리엘은 후미진 구석에 숨어 있는 이조라, 아담, 아레티를 발견하고는 안도의 한숨을 내쉬었다. 적어도 저들만큼은 안전했다. 이제 최대한 빨리 사피라를 찾아야만 했다. 트리스탄은 제 오누이나 다름없었던 그녀를 누구보다 잘 알았다. 설마 사피라를 그들 무리에서 떼어 놓으려 아까 그 드래곤을 의도적으로 희생시킨 거였을까? 만약 그런 거였다면… 카이가 과연 해낼 수 있을까? 제 형제에 맞서 싸워 이겨 낼 만큼 강할까?

이스타리엘은 아무 결론도 내릴 수 없었다. 트리스탄도 되크 발두르가 전능한 건 아니라고 저한테 분명히 말했었으니까, 어쩌면 카이가 잘 해낼지도 몰랐다. 그때 갑자기 아무 기척도 없이 맞은편 문을 열고 누군가가 들어왔다. 트리스탄이었다. 완전한 암흑에 둘러싸인 시커먼 형체가 왼쪽 어깨에 까마귀를 올려놓은 채 유유히 걸어 들어왔다. 그는 혼자였다. 어차피 누굴 데려와도 곧 죽을 목숨이란 걸 알기 때문에 혈혈단신 혼자서 온 게 분명했다. 다행히도 트리스탄은 아직 사피라를 찾지 못한 눈치였다.

"내 화염의 누이는 어디 있지?" 그의 음성이 방안에 울려 퍼졌다. 음습한 지하 감옥의 어둠처럼, 코를 찌르는 곰팡내처럼, 스멀스멀 기어오르는 파멸의 기운처럼…. 이스타리엘의 심장에 공포가 퍼져 나갔다. 저 사내가 발산하는 막강한 힘과 분노가 온몸에 느껴졌다. 되크 발두르에게 감히 필적할 자는 그들 중 아무도 없었다. 아마 자신도 상대가 되지 못할 것이다. 하지만 선택의 여지가 없었다. 단호하게 검을 뽑은 이스타리엘이 되크 발두르의 앞을 가로막았다. "넌 그녈 얻을 수 없어!"

자리에 멈춰 선 트리스탄이 경멸과 조롱이 반반 섞인 시선으로 그를 바라봤다. "예전에도 이런 적이 있었지. 그때의 결투가 난 아직도 생생해. 마지막에 넌 진창에 드러누워 꼭 뒤집힌 딱정벌레처럼 쓰러져 있었지. 그때도 넌 운명이 가는 길을 막지 못했어. 그러니까 이번에는 잠자코 복종하는 편이 훨씬 나을 거다." 역시 검을 빼 든 되크 발두르는 손짓 하나만으로 칼날에 화염을 일으켰다.

"트리스탄, 안 돼!" 그때 이스타리엘의 뒤에서 누군가 날카로운 비명을 질렀다. 그 음성이 후드를 뒤집어쓴 괴수의 주의를 빼앗았다. 그의 잔혹한 시선 이조라에게 닿았다.

"어서 뒤로 물러서!" 엘프 왕자가 다급히 제 누이에게 외쳤지만 그녀를 막지 못했다. 이조라는 몸을 덜덜 떨었지만 여전히 곧은 자세로 한 걸음 앞으로 걸어 나왔다. "제발 우리와 싸우지 마, 트리스탄!" 그녀가 간청했다. "벨타인에게 굴복해선 안 돼!"

"내가 네 오빠를 죽인다면 그건 순전히 네 잘못이야. 널 위해 두 번이나 결투에 나선 저 꼴을 잘 지켜보라고. 이제 또다시 결투에서 패할 테니까!" 후드 아래 붉은 눈동자가 무섭게 번뜩이자 이조라는 새된 비명을 지르며 바닥에 쓰러졌다. 이스타리엘은 심장이 오그라들었다. 아주 잠시 트리스탄이 제 누이를 죽였다고 생각했지만 이내 그가 그저 고통만을 주었다는 걸 깨달았다. 미동도 없이 우뚝 선 트리스탄은 화염에 휩싸인 검을 들고 한때 정염에 빠져 눈먼 사랑을 바쳤던 여인을 잔혹하게 고문 중이었다. 이조라는 연신 비명을 질러 댔다. 이스타리엘은 검을 높이 치켜들었다. 그 순간 엘리야가 제 아들과 아내 사이로 몸을 던졌다. 하지만 엘리야 역시 되크 발두르의 치명적인 안광에는 속수무책이었다. 수백 년간 내공이 쌓인 마력도 그의 안광 앞에서는 무용지물이었다. 결국 엘리야도 이조라처럼 바닥에 무릎을 꿇고 고통에 몸부림쳤다.

"이런 것이 정녕 당신이 원하던 것이었습니까, 아버지?" 트리스탄이 냉정하게 물었다. "죽음에 다가가는 그 느낌이 그리우셨습니까? 그리 원하신다면 마지막으로 뼈저리게 느끼시도록 도와 드리죠."

이스타리엘은 절망감에 휩싸였다. 이대로는 도저히 가망이 없었다! 그 어떤 명검도, 마법도 북부에서 등장한 저 괴물을 막아 낼 수 없을 것이었다. 이제 기대 볼 건 딱 하나뿐이었다. 여러 달 전 한 대장장이 친구가 보잘것없는 고아 소년에게 해 주었다던 그 충고. '*어떤 상황에서도 절대 무너지지 마라!*' 바로 그 충고를 따르는 수밖에….

"당장 멈춰!" 이스타리엘이 트리스탄에게 말했다. "꼭 그래야만 한다면 아예 끝장을 내 버려. 하지만 그럴 생각이 아니라면 더는 그를 괴롭히지 마!"

활활 타오르는 두 눈이 이제 그에게 향했다. 눈이 멀 정도로 눈부신 그 광채가 날카로운 비수처럼 그의 눈을 파고들어 영혼을 찌를 것만 같았다. 순간 움찔했지만 통증은 없었다. 날아오던 비수가 보이지 않는 갑주에 튕겨 나가는 기묘한 느낌이 들었다. 날아오는 안광의 칼날도, 갑주처럼 둘러싼 보호막도 모두 붉은빛이었다. 트리스탄의 당황한 모습이 눈에 들어왔다. "어떻게 막아 낸 거지?" 그가 거칠게 소리쳤다.

"그게 바로 내 권능이니까. 마법의 힘은 내게 그 어떤 고통도 주지 못한다."

"네겐 아무 권능도 없었는데. 요정들이 거부했었다고 하지 않았나. 애당초 넌 제물로 바쳐질 쓸데없는 왕자였으니까."

"하지만 지금은 그렇지 않아. 네가 이제 더는 트리스탄 폰 도른슈트랑이 아닌 것처럼." 그 말을 끝으로 이스타리엘이 머리 위로 검을 높이 들었다.

되크 발두르는 붉은 눈동자를 상대에게서 떼지 않고 그의 주변을 천천히 맴돌았다. 이제 엘리야도, 이조라도 그의 관심 밖이었다. 오직 그에게 감히 대항하고 나선 고집 센 엘프 왕자에게만 집중했다. "내 앞에 무릎을 꿇어라. 엘프의 파수꾼. 그러면 오늘만큼은 널 살려 줄 수도 있다!" 그가 이스타리엘에게 소리쳤다.

이스타리엘은 어림없다는 듯이 고개를 저었다. 그들은 계속 기회만 엿볼 뿐 누구도 선제공격에 나서지 않았다.

그때 소리가 들렸다. 긴박하고 요란한 신호음은 말로 표현하기 힘든 끔찍한 무언가가 그들을 덮쳐오고 있음을 알렸다. 세 번째 뿔 나팔 신호였다. 늪지대 너머로 나팔 소리가 메아리치며 사라지려는 순간 구석에 있던 아담이 온몸을 뒤틀었고, 눈이 위로 뒤집혔다. "죽음이 트레간디르를 향해 다가오고 있어." 그의 목구멍에서 거친 쉰 음성이 흘러나왔다. "칠흑 같은 어둠을 뚫고 그것이 오고 있구나."

트리스탄은 검을 내렸다. "정말인가 보군. 염소나 치던 촌놈 아담이 갑자기 미래를 볼 수 있게 됐다는 소문이."

순간 모두가 얼어붙었다. 이조라를 일으켜 세워 제 등 뒤로 숨기던 엘리야 역시 황급히 아담에게 돌아섰다. "설마 늪의 그림자가 일어난 것인가? 어찌 그럴 수 있지? 그들이 늪을 벗어나지 못하도록 마법 장벽이 막고 있을 텐데."

"그가 부숴 버렸으니까요." 아담이 가쁜 숨을 몰아쉬며 대답했다.

"누가 말이냐? 되크 발두르인가?"

334

"요새의 군주! 그가 그 문에 대해 알고 있었어요. 당장 그 문을 닫아요!"

아담이 말하는 그 *요새의 군주*가 누구인지는 모두가 알고 있었고, 모두가 그를 증오했다. 그렇지만 그 누구도 그를 트리스탄만큼 열렬히 미워하지는 않았을 것이다. 피처럼 붉은 트리스탄의 눈동자가 그 어느 때보다 활활 타올랐다. 순간 엘프 왕자와의 결투는 뒷전으로 밀려나 버렸다. 쿵쿵거리며 아담에게 다가선 트리스탄이 아담의 목을 틀어쥐었다. "아담, 어서 말해라. 호리엘! 그놈을 찾으려면 어디로 가야 할지!"

아담이 경련을 일으키며 헐떡였다. "늪…."

"너도 같이 간다!" 트리스탄이 결정했다. "어서 날 그놈에게 인도해!"

그때 격렬한 경련이 뻣뻣한 아담의 사지를 훑고 지나갔다. "그래애애." 아담이 헐떡였다. "내가 버텨 내 볼게… 이제 서 있을 거야!" 아담의 입에서 그 요상한 말이 또 나오던 순간 눈빛이 티 없이 맑아졌다. 광기가 사라지고 무언가 다른 것들이 그 자리를 채웠다. 체념? 포용? 평화? 이스타리엘은 아담 얼굴에 드리운 그것이 무엇인지 정확히 읽어 낼 수가 없었다. 선지자는 이제 아무 두려움 없이 되크 발두르의 망가진 얼굴을 직시했다. "내가 너를 도와줄게. 그 누구보다 네게 도움이 될 사람은 바로 나야. 일행의 목숨을 살려 주면 함께 가 줄게."

"좋다." 거칠게 아담의 어깨를 붙잡은 트리스탄이 몇 분 전 자신이 등장했던 문 쪽으로 그를 밀었다. 그들은 카이와 사피라가 사라진 지하 창고 쪽으로 향했다. 저 아래에 아담이 말했던 비밀의 문이 있을 것이다. 연대기에도, 지도에도 표시되어 있지 않은 숨겨진 문은 이곳 어딘가에 있을 것이다. 수백 년 동안 늘 늪지대 마물의 공격에서 알빈가르트를 지켜왔던 이 트레간디르 어딘가에. 그리고 언제, 어떻게 알게 되었는지는 몰라도 호리엘은 분명 이 문에 대해 알고 있었을 것이다. 그리고 그는 그 문을 열었을 것이다. 트리스탄이 이 성안으로 들어오도록 유인하고, 뒤이어 늪의 왕국에서 넘어올 언데드 유령의 힘을 빌려 그들 모두를 한꺼번에 보내 버리려는 속셈이었다. 호리엘의 비열함과 간악함을 능가할 자는 아마 이 세상 어디에도 없을 것이다.

"암흑 군주님!" 섬세한 여성의 음성이 들려왔다. 이스타리엘은 믿기지 않는다는 표정으로 아담이 서 있던 구석을 향해 돌아섰다. 백지장처럼 새하얘진 낯빛에 부들부들 몸을 떨면서도 양손을 다소곳이 맞잡은 아레티가 한 걸음 앞으로 걸어 나왔다. "저도 데려가세요. 광기가 아담을 덮치면 저만

이 그를 진정시킬 수 있으니까요."

"그렇단 말이지?" 아레티에게 돌아선 트리스탄이 그녀의 모습을 위아래로 훑었다. 살아 있는 생명체를 훑어보는 시선이라기보다는 사나운 야생 들개에게 씌울 입마개가 쓸 만한지를 살피는 것 같은 눈길로. 그리고는 시답잖다는 표정으로 고개를 끄덕였다. "네 맘대로 하라." 다시 아담에게 돌아선 트리스탄은 그를 문가로 떠밀었다. 이스타리엘 곁을 지나가던 순간 아주 잠시 멈춰 선 트리스탄이 마지막으로 의기양양한 눈빛을 쏘아 보냈다. "언젠가 내 앞에 무릎을 꿇는 날이 꼭 오고 말 거야!"

엘프 왕자는 입술을 굳게 다물었다.

"그리될 거다." 아담이 말했다. "하지만 지금은 가야 할 때다. 어서 가자."

카이

카이와 일행은 바람이 불어오는 쪽을 향해 성의 가장 아래층으로 내려갔다. 늪지대에서 불어온 바람이 벽에 뚫린 문을 통해 흘러들어 오고 있었다. 믿을 수 없는 광경이었다. 그들은 커다란 구멍 앞에 멈춰 섰다. 처음부터 항상 그곳에 존재했던 구멍처럼 보였다. 요리사가 부엌에서 나온 음식물 쓰레기를 성 밖 돼지우리로 실어 나르기 위해 매일 드나드는 뒷문처럼 지극히 평범해 보였고 관리가 잘 되어 있었다.

"엘리야가 이 성은 난공불락이라고 강조하지 않았던가?" 야레드가 신랄하게 꼬집었다. "게다가 이스타리엘의 계획은 또 어떻고? 우리더러 여기에 처박혀 숨어 있으라는 건가? 뭐 꼬락서니를 보아하니 아주 알맞은 장소 같긴 하군."

"쉿!" 사피라가 다급히 한 손을 그의 입술에 가져다 댔다. "까마귀의 날갯짓 소리가 들려! 어서 뒤로 물러서!"

그들은 그곳에서 최대한 조용히 빠져나와 옆방에 놓여 있는 커다란 궤 뒤에 몸을 숨겼다. 그바일로는 아스펜나무 이파리처럼 파르르 떨었다. 카이는 겁에 질린 그바일로가 울음소리라도 내지 않을까 걱정스러워 염소의 작은 주둥이를 손으로 움켜쥐었다. 그렇게 아무 일도 일어나지 않고 몇 분이 흘렀다. 다시 퍼덕이는 날갯짓 소리가 들려왔다. 날개의 시커먼 그림자가 바닥을 휘젓다가 다시 멀어졌다.

"인제 어쩌지?" 사피라가 속삭였다.

"당신은 몸을 잘 숨기는 것 외에 아무것도 할 필요가 없어." 카이가 말했다. "잊은 건 아니겠지? 당신이 스스로 목숨을 위험에 빠트리는 걸 막으라고 날 보낸 거 말이야. '수단과 방법을 가리지 말고' 널 지키라는 소리 들었지?" 야레드가 카이의 말에 고개를 끄덕이며 동조했다.

"그러면 당장 아까 거기로 가서 그 문을 봉쇄해 버리든지!" 비위가 상한 사피라가 무뚝뚝하게 말했다. "넌 마법사잖아. 그러니 성벽에 마법을 걸란 말이야!"

인정하고 싶지는 않았지만 아마도 그것이 유일한 방법일 것이다. 늪지대 방향으로 나 있는 그 비밀의 문은 왠지 모르게 꺼림칙했다. 카이에겐 낯선 마법이 그 문에 걸려 있는 것 같았지만, 그런데도 카이는 그 마력이 발산하는 음색을 이해할 수 있을 것 같은 느낌이 들었다. 고대로부터 전해 내려온 노랫가락처럼 어디선가 들어본 듯한…. 혹시 저 마법도 엘리야와 관련이 있는 걸까? 문을 살펴보기로 작심한 카이가 이윽고 몸을 일으키던 순간 밖에서 다가오는 발걸음 소리가 들렸다. 그들은 궤 뒤로 더 바짝 몸을 움츠렸다.

아무 소리도 나지 않았다. 목소리도, 숨소리도, 심장 박동 소리마저도. 그리고 눈에 보이는 것도 없었다, 그럼에도 그들 모두는 저 밖에 누가 와 있는지 알 것 같았다. 짐작하건대 까마귀 떼가 그를 불렀을 것이다. 그들을 이곳 지하 창고로 보낸 이스타리엘의 결정은 최악의 한 수였다. 되크 발두르가 욕망하던 대상을 은쟁반에 올려 고스란히 바친 꼴이 되고 말았다. 지금 이 순간 이 트레간디르에서 여기보다 더 위험한 장소는 또 없을 것이다.

저자가 우리를 보게 하지 마라! 나는 그를 죽이는 것도, 그의 손에 죽는 것도 바라지 않으니. 부디 나를 도와 다오. 어서 우리를 그의 시야에서 숨겨라!

모든 절망을 담아 카이는 프레지오라이트에 절규했다. 지금까지 개인이 아닌 집단에 투명 마법을 걸어 본 경험은 없었다. 염소 한 마리까지 치면 네 명에게 동시에 마법이 통할지 확신이 서지 않았다. 이 마법은 카이가 가장 꺼리는 마법인 데다가, 제대로 작동한다 해도 트리스탄의 눈에도 제가 안 보일지는 확신할 수 없었다. 처음 그가 이 마법에 성공했을 때도 엘리야는 그를 볼 수 있었지 않았던가.

발걸음 소리가 그들이 숨어 있는 방을 지나쳤다. 그러나 카이가 막 숨을 돌리려던 찰나 발걸음 소리가 다시 되돌아왔다. 문가에 우뚝 선 시커먼 형체가 그들이 있는 방향을 노려봤다. 점점 더 가까이 다가온 그의 붉은 눈동자가 무섭게 번뜩였다. 카이는 염소의 주둥이를 더 꼭 붙잡았다. 지금은 안 돼! 숨소리도… 끽소리도… 절대로 안 돼!

후드를 뒤집어쓴 형체가 숨을 크게 들여 마셨다. 마치 그들 목덜미에 송골송골 맺힌 식은땀 냄새를 맡기라도 한 것처럼. 다행히 그 형체는 다시 뒤로 돌아 계단 방향으로 멀어져 갔다.

"빌어먹을!" 어느 정도 위험이 흘러가자 사피라가 욕설을 퍼부었다.

"오히려 신들께 감사해야지!" 야레드가 그녀의 말을 정정해 주었다. 그런데 둘의 모습은 보이지 않고 목소리만 귓가에 들렸다. 그들 모두 서로에게 보이지 않는 게 확실했다.

"트리스탄이 성에 있어. 내가 나서지 않으면 이 성에 있는 모두를 죽이고 말 거야!" 사피라가 격정에 휩싸였다.

"그건 이스타리엘이 해결할 문제야. 되크 발두르를 어떻게 잡아야 할지는 그가 고민해야 할 사항이고 우리는 무조건 도망쳐야 해!"

사피라는 도통 이해되지 않는 표정으로 야레드가 있을 것으로 추정되는 방향을 응시했다. "어디로 도망친단 말이야? 트리스탄이 군대를 끌고 와서 저렇게 성문 앞에 진을 치고 있는데."

"늪지대로."

"설마 '돌아올 수 없는 늪'을 말하는 건가? 당신은 그 이름이 괜히 생겼다고 생각하는 거야? 당장 난 그 늪 위를 날 수 없어. 잊은 건 아니겠지?"

"그걸 내가 어떻게 잊겠어." 한 걸음 물러선 야레드가 손을 더듬어 사피라를 찾았다. 그리고 카이는 그들의 입술이 서로를 반기며 내는 소음을 그대로 다 들어야만 했다. "하지만 지금 우리는 투명 상태야. 저 늪지대 밖에 뭐가 있든 트리스탄처럼 우릴 못 보고 지나칠 거라고."

"그리고 우리에겐 그바일로도 있어. 하얀 악마가 우리를 인도할 거야." 카이가 결심한 듯 말했다.

그들은 서로 잃어버리지 않도록 손을 잡았다. 그렇게 카이 일행은 기이한 마법의 석문을 통과해 밖으로 나갔다. 목적지를 정확히 아는 것처럼 그바일로가 당당히 앞장섰지만, 투명 마법 때문에 보이지 않아 쫓아갈 수가 없었다. 결국 사피라는 그녀가 걸친 튜니카의 끈을 뜯어 염소와 카이를 양쪽 끝에 묶어 연결했다.

성으로부터 어느 정도 벗어났을 무렵, 카이가 뒤돌아서서 그들이 빠져나온 석문을 응시했다. 문은 아직 활짝 열린 상태였다. 행여나 발각될까 두려운 마음에 마력으로 문을 닫는 걸 포기하고 말았던 게 후회스러웠다. 트레간디르를 저렇게 무방비 상태로 내버려 두고 온 것 같아 속이 찜찜했다. 이미 저 성벽 안 어딘가에 트리스탄이 있을 터인데, 그 어떤 흉측한 마물들이 그를 뒤쫓을지 누가 알겠는가.

"아무래도 저 문을 닫고 올 걸 그랬어." 카이가 중얼거렸다.

"그럴 만한 시간이 없었잖아." 야레드가 황급히 말했다. "되크 발두르가 누구라도 족쳐서 우리가 있는 곳을 알아내기 전에 그곳을 벗어나 늪지대로 최대한 더 깊이 들어와야 했으니까."

카이는 대장장이의 말이 옳다는 걸 알았지만, 그래도 찜찜한 생각을 떨칠 수가 없었다. 그의 시선이 성 동쪽에 있는 작은 촌락을 훑었다. 희미한 달빛 아래 보이는 그곳은 유령 마을 같은 인상을 풍겼다. 그 어디에도 불빛 하나 새어 나오지 않았고, 여관 같은 곳에서 들릴 법한 시끌벅적한 소음 하나 들려오지 않았다. 원래 트레간디르 성 주민에게 생필품을 공급하면서 먹고살던 농부들의 촌락이었지만 데몬 군대가 진군하자마자 안전을 위해 성안으로 모두 도망쳐 버린 것 같았다. 그런데 결국 적군의 품으로 달려간 셈이 되었으니 참으로 안타까운 노릇이었다.

그때 그들 앞에 있던 진흙 수렁이 갑자기 부글거리기 시작했다. 카이는 소스라치게 놀라 뒤로 물러섰다. 그바일로 역시 돌처럼 제자리에서 굳어 버렸다. 염소 목에 묶어 놓은 끈이 느슨해지더니 물러서던 카이가 염소의 엉덩이에 부딪혔다.

"무슨 일이지?" 사피라가 속삭였다.

오감을 통해 확실히 느낀 건 아니었지만 육감으로 알 수 있었다. 차가운 밤의 장막이 저를 완전히 뒤덮으며 영원히 잠재우려는 느낌이랄까. 잠시 후 왼편 수렁의 수면이 부글거리기 시작했다. 오른쪽 진창에서는 무언가를 우적우적 씹는 소리가 들렸다. 그리고 그들 바로 앞에서는 바싹 마른 나뭇가지가 바스러지는 소리가 들렸다. 설마 뼈다귀가 부스러지는 소리는 아니었겠지?

"모르겠어." 카이가 대답했다. 그의 맥박이 급격히 빨라졌고, 마법 지팡이에 고정된 프레지오라이트가 환한 광채를 뿜어냈다. 서늘한 초록 불빛 아래 카이는 그들을 보고 말았다. 해골처럼 야윈 창백한 형체들을. 늪 구멍 여기저기에서 언데드들이 기어 나왔다. 탐욕적으로 허공을 응시한 눈동자에 비쩍 마른 손가락을 앞으로 뻗은 채로. 핏기없이 눈처럼 새하얀 피부가 달빛을 반사하고 있었다.

"그러니까 이 늪이 진정한 의미에서 돌아올 수 없는 늪은 아니었군." 야레드가 속삭였다. "다만 돌아올 때 어떤 모습인지는 이렇게 똑똑히 알게 됐고 말이야!"

그바일로가 정신을 차리라고 다그치듯 일행의 다리 사이를 이리저리 휘젓고 다녔다. 그리고는 다시 성을 향해 달려갔다. 순간 카이가 손에 쥐었던 목줄이 미끄러졌다. 하지만 몸은 흐리멍덩해진 정신보다 재빨랐다. 무턱대고 염소가 이끄는 방향으로 내달렸다. 늪에서 스멀스멀 기어 나온 수백에 달하는 언데드 떼거리를 벗어나려는 본능에 몸을 맡기고 무조건 반대 방향으로 내달렸다.

그렇게 허겁지겁 한참을 달린 후 카이는 일행의 행방을 확인하고자 했다. 그 자리에 우뚝 멈춰 선 카이가 야레드와 사피라의 이름을 소리 높여 외쳤다.

"난 여기 있어!" 그때 바로 옆에서 호흡이 거칠어진 드래곤 여왕의 음성이 들렸다. "저 마수들에게 우리 모습이 보일까?"

"그걸 내가 어찌 알겠어? 저들에게 물어볼 수도 없고."

"카이, 넌 마법사잖아! 그것도 어마어마한 마력의 소유자. 네 마력으로 하마터면 엘프의 성이 무너져 버릴 뻔한 적도 있잖아. 그냥 네 감을 믿어 봐!"

"느낌상 그런 것 같아." 카이가 중얼거렸다. "저들에겐 우리 모습이 보이는 것 같아!"

"그렇다면 우선 저들 근처에 얼씬도 말아야겠군. 하지만 저들이 노리는 건 우리가 아닌 것 같다. 분명 다른 뭔가가 있는 것 같다."

"난 어서 저 석문부터 닫아야겠어!" 그의 머릿속에 내재한 마법사의 율법 같은 것이 작용했다. 마법사가 가진 본능적 지식이랄까, 아니면 깨달음이랄까. 그것이 무엇이든 갑자기 허공에서 튀어나와 카이의 행동을 강제했다.

"그럼 어서 가서 닫으라고!" 야레드가 황급히 끼어들었다. "우린 널 도울 수 없어. 그러니까 저 마을로 돌아가 있겠다."

세 번째 뿔 나팔이 다급하게 울려 퍼지는 걸로 보아 트레간디르 위병들 역시 언데드가 늪에서 기어 나와 공격해 오고 있는 것을 발견한 것 같았다. 야레드도, 사피라도 그를

346

볼 수 없었건만 카이는 고개를 끄덕였다. 그리고는 온 힘을 다해 석문을 향해 질주했다. 혈혈단신이었다. 그바일로도, 믿을 만한 동지도 없었다. 석문 앞에서 카이는 정신을 집중하고 제 내면에 있는 마력을 한껏 끌어모았다. 그렇게 하면 제법 쓸 만한 힌트가 떠오르지 않을까 내심 기대했지만 아무 일도 일어나지 않았다. 그의 시선이 마침내 석문 상부의 둥근 아치에 닿았다. 그 순간 어디서 많이 본 것 같은 느낌이 들었다. 문득 그바일로가 갇혀 있던 지하 묘지의 문이 떠올랐다. 정확한 박자에 맞춰 두드리면 열렸던 마법의 문!

네 멜로디에 맞는 박자를 내게 알려 다오! 카이가 성벽에 간청했다. **어서 나와 춤을 추자꾸나, 내 너를 이끌 것이니!**

하지만 여전히 아무 변화도 없었다. 진흙투성이의 땅바닥을 맨발로 저벅저벅 다가오는 소리가 점점 가까워지고 있었다. 카이에게 더는 시간이 없었다. 멜로디고 박자고 떠올려 볼 겨를조차 없었다! 아무 생각도 떠오르지 않았다. 그와 이 석문 사이에 연결 고리가 될 만한 게 무엇이라도 있었다면 지푸라기라도 잡는 심정으로 시도해 보았을 것이다. 그렇지만 텅 빈 공허함이 그를 집어삼켰다. 카이는 낙심한 눈빛으로 야레드와 사피라가 그바일로와 함께 향했을 것으로 짐작되는 버려진 동쪽 마을을 물끄러미 응시했다. 이제는 그들과 마지막 작별 인사를 나눌 기회조차 없을 것이다. 이것이 그의 마지막일 테니까. 이렇게 된 바에야 카이는 가장 비싼 값에 제 목숨을 팔기로 마음먹었다.

"멈춰라!" 카이가 언데드 떼거리에 소리치자 유령 같은 그들의 몸뚱이가 어둠 속에서 모습을 드러냈다. 카이의 프레지오라이트가 그를 지원했다. 프레지오라이트는 카이를 공격하려는 언데드 중 하나에게 마력을 쏘아 보냈다. 둥근 초록 섬광이 언데드 가슴 정중앙을 관통했다. 귀가 먹먹해질 정도로 비명을 지르며 거죽만 남은 마수의 해골이 그대로 화염에 휩싸였다. 하지만 그 참혹한 모습조차 카이에게 몰려오는 다른 공격자들의 발걸음을 막지 못했다. 카이는 또 한 번 마력 섬광을 쏘아 보냈다. 또 한 번, 그리고 또 한 번…. 그럼에도 언데드들은 점점 더 가까이 다가오며 포위망을 좁혔다.

그때 번쩍이는 섬광과 함께 사방이 갑자기 대낮같이 밝아졌다. 지옥 불이 늪지대 마수들을 집어삼켰다. 아비규환 같은 비명이 공중을 가득 메웠고, 맨 앞줄에 있던 언데드들이 화염에 휩싸였다. 카이는 화염이 날아온 쪽을 바라보았다. 버려진 마을 방향이었다. 그곳엔 사피라가 있었다. 투명 마법은 해제된 상태였다. 드래곤 본신으로 현신하는 과정에서

348

카이가 걸어 놓은 마법이 풀린 것 같았다. 사피라는 무시무
시한 발톱과 죽 뻗은 날렵한 목을 휘둘러 댔다. 그녀는 주변
의 언데드들을 사정없이 때려눕히면서 한 걸음 한 걸음 그
에게 다가오고 있었다. 사피라가 발을 내디딜 때마다 땅이
진동했다. 날카로운 이빨 사이로 침이 흘러내렸고, 등골이
오싹해질 정도로 무섭게 포효했다. 지옥의 사자마저도 이
순간만큼은 쥐구멍이라도 찾아 슬그머니 몸을 숨길 만큼 압
도적인 모습이었다. 그녀가 또 한 번 화염 기둥을 뿜어냈다.
무자비한 공격에 그다음 대열에 있던 언데드들이 속수무책
으로 나뒹굴었다. 인페르노의 화염이 타오르는 가운데 카이
는 뒤따르는 언데드 무리를 보았다. 늪에서 계속 기어 나오
는 저들은 그 수가 수백, 아니 수천에 달했다. 벌집에서 나
오는 말벌 떼처럼 늪에서 기어 나온 언데드의 끝없는 행렬
이 트레간디르를 향해 꾸역꾸역 다가오고 있었다. 사피라
혼자서는 힘이 부칠 것이다. 많은 수의 언데드를 죽일 수는
있겠지만 끝없이 밀려드는 적을 드래곤 혼자서 감당하기에
는 역부족일 것이다. 곧 화염도 바닥이 날 테고.

　무심코 카이의 시선이 사피라 뒤편에 있는 방앗간에 닿았
다. 동시에 어린 시절의 추억이 갑자기 떠올랐다. 트리스탄
과 카이는 돼지우리 뒤에서 몰래 놀곤 했었다. 뭔가 큰일을

저질러 보고 싶은 치기 어린 만용이 작동했던 것일까, 그들은 숨겨 놓은 값비싼 밀가루를 찾아내 장난을 치기로 했다. 카이는 꽃미남 형제 트리스탄이 귀 뒤로 매끄러운 머리카락을 넘기며 밀가루 자루를 부여잡고 미소를 짓던 모습이 생생했다. 그때 카이가 한 일이라고는 고작 촛불에 불을 붙이는 것이 전부였다.

"이제 정말 집중해야 해!" 기억 속의 트리스탄이 그에게 말했다. "자, 이제 굉장한 불꽃 쇼가 펼쳐질 테니 제대로 지켜보라고!"

현실로 돌아온 카이는 마법 지팡이를 방앗간 지붕 쪽으로 치켜들고는 단숨에 지붕을 날려 버렸다. 우지끈 기둥이 부러지는 소리와 함께 지붕의 널빤지가 공중으로 날아갔다.

열려라! 밀가루 포대여! 내가 바람을 불러, 너의 옷을 풀어 헤치고 가루로 만든 네 심장을 공중에 흩뿌리려 하노라! 거칠고 광포한 소용돌이 바람이여, 어서 이리로 와 모든 것을 휩쓸어 버릴지어다!

요란한 바람 소리가 하늘을 메웠다. 사방에서 폭풍이 몰려와 고삐 풀린 야생마처럼 거칠게 날뛰었다. 밀가루가 구름을 이루며 공중에 떠오르더니 점점 부풀어 올랐다. 그리고는 이내 늪지대 위로 자욱이 퍼져 나갔다. 밀가루 구름은 금세 언데드 군대를 덮어 버렸다. 하얀 밀가루가 그들 위로 폭설처럼 내렸다. 순간 세상은 소리를 잃고 잠시 고요해졌다.

"사피라! 지금이야!" 카이가 외쳤다.

드래곤 여왕은 그의 의도를 재빨리 파악했다. 그녀는 남아 있는 모든 화력을 담아 거대한 불덩이를 밤하늘에 뿜어냈다.

예전에 트리스탄이 시도했던 불장난으로 카이는 머리카락을 태워 먹었을 뿐 운 좋게도 다치지는 않았었다. 그렇지만 양초의 불꽃이 돼지우리 뒤편에 자욱이 퍼져 있던 곱게 빻은 밀가루에 닿은 순간 불이 붙고 말았다. 급작스러운 폭발에 트리스탄과 카이가 뒷걸음질 쳐야 했을 정도였다. 그리고 방금 눈앞에서 사피라가 일으킨 저 화염 폭풍은 진정한 폭발이 무엇인지를 보여 주었다. 너울거리는 밀가루 구름을 맞춘 화염 기둥은 공중을 떠다니는 수백만 개의 먼짓가루에 옮겨붙었다. 시끄러운 폭발음이 울려 퍼지는 가운데 카이는 저를 향해 밀려오는 엄청난 열파를 막기 위해 황급히 얼굴을 가려야만 했다. 언데드 떼거리의 절규가 카이의 귓가에 수천 번 메아리쳤지만, 아무런 연민도 느껴지지 않았다. 마수들은 이윽고 바닥에 쓰러지기 직전까지 마치 살아 움직이는 횃불처럼 카이가 있는 곳으로 비틀거리며 계속 다가왔다. 불에 타는 살 냄새가 카이의 코를 찔렀다. 카이는 현기증이 났다.

사피라는 방앗간 옆에 몸을 숨겼다. 다행히도 그녀도 어디 한 곳 다치지 않은 것처럼 보였다. 한쪽 날개가 마비된 상태였지만, 그럼에도 사피라의 드래곤 본신은 여전히 인상적이었다. 그녀의 푸른 비늘이 화염 바다의 불빛에 번쩍였다. 카이는 석문을 향해 다시 돌아섰다. 석문 주변에는 연기가 자욱했고, 바람에 날린 재가 너울거리며 춤을 췄다. 그 광경을 물끄러미 응시하던 카이가 순간 얼어붙었다. 날아다니는 재를 뚫고 시커먼 그림자가 석문을 나서고 있었기 때문이었다. 트리스탄이었다. 흩날리던 재가 그의 어깨 위에 살포시 내려앉았다. 카이는 깜짝 놀라 비명을 지르고 싶었지만 공포에 사로잡힌 탓에 아무 소리도 입 밖으로 나오지 않았다.

셀 수 없이 많은 시체가 불길에 휩싸인 채 바닥을 나뒹굴고 있었음에도 트리스탄은 아랑곳하지 않았다. 제 앞에 걸리적거리는 몇몇 시체를 밟고 넘어갔지만 그의 망토 자락에는 화염이 전혀 옮겨붙지 않았다. "그래, 역시 내 화염 누이가 여기 있었군." 트리스탄이 방앗간 쪽으로 발걸음을 옮겼다.

카이는 당장 뭘 어떻게 해야 할지 아무 생각도 떠오르지 않았다. 당황한 그의 시선이 사피라를 찾았다. 드래곤 여왕은 위풍당당한 자세로 고개를 빳빳이 세우고 당당한 눈빛으로 저를 향해 다가오는 트리스탄을 바라보고 있었다. 그녀는 도망친다거나 자신을 방어하려는 무의미한 시도를 하지 않았다. 화염에 불타지 않는 상대에게 불을 뿜어 봤자 무슨 소용이 있겠는가? 불멸의 권능을 지닌 저 망할 암흑의 피조물에게 그녀의 날카로운 이빨이 다 무슨 소용이란 말인가?

카이도 알고 있었다. 당장 조치를 취해야 한다는 것을. 하지만 뭘 어떻게 해야 하지? 그때 카이는 지척에 다른 누군가가 있다는 것을 깨달았다. 놀랍게도 그는 아담이었다. 아담의 뒤에는 심각한 표정을 한 엘프 숲지기 아레티가 서 있었다.

총명하게 반짝이는 그의 두 눈을 보며 카이는 오랜만에 저 선지자가 정신을 차린 것 같다고 생각했다.

"그냥 들키지나 마라. 네가 할 수 있는 건 아무것도 없으니까." 아담이 속삭였다.

"하지만 난…." 카이가 침을 꿀꺽 삼켰다.

"우리가 알아서 할게. 내가 사피라를 챙길 테니까. 넌 그냥 얌전히 있어."

"네가?" 저렇게 말도 안 되는 제안이 또 어디 있단 말인가? 제 몸 하나 제대로 건사하지 못하는 저 정신 나간 놈이 어떻게 다른 누군가를 보살핀단 말인지.

"그냥 믿어 봐라. 저 석문을 작동시키는 리듬은 길게, 짧게, 짧게, 길게야. 그렇게 두 번 반복하면 된다. 석문 아치 꼭대기에 박힌 돌에." 마지막으로 그가 남긴 말이었다. 그런 뒤 아레티의 손을 잡고는 트리스탄을 쫓아갔다. 카이는 뜨거운 시선으로 그의 뒷모습을 쫓았다. 지금 이 순간 야레드가 어디서 무얼 하고 있는지 알지 못했지만, 제 연인이 되크발두르에게 납치당하도록 놔둘 놈이 아니었다. 그러느니 차라리 저를 희생하고 저 무시무시한 화염의 검에 목숨을 잃는 것을 선택할 놈이었다. 하지만 그런 일은 일어나지 않았다. 트리스탄이 사피라 바로 앞에 도착할 때까지도 야레드는 나타나지 않았다. 사피라와 마주 선 트리스탄이 뭔가를 말하는 것 같았다. 하지만 아무리 마법으로 청력을 강화해 봐도 대화 내용이 전혀 들리지 않았다. 이어 드래곤 여왕이 다시 무력한 인간의 옷을 입었다. 트리스탄은 그녀의 벌거벗은 나체를 가리려는 듯 어깨에 걸친 케이프를 벗었다. 그리고는 몹시 섬세하고, 애정 가득한 손길로 사피라의 어깨에 케이프를 둘러 주었다. 그제야 카이는 후드로 가리지 않은 제 형제의 달라진 모습을 온전히 볼 수 있었다. 순간 연민으로 차오른 눈물이 안구에 맺힌 흉측한 형제의 모습을 씻어 내렸다. 카이와는 달리 사피라는 울지 않았다. 고개를 돌려 피하지 않고 정면으로 트리스탄을 바라봤다. 오랫동안 그리고 몹시 강렬한 눈빛으로. 마침내 그녀는 알아보기 힘들 정도로 살며시 고개를 끄덕였다.

도대체 일이 어떻게 돌아가고 있는 거지? 드라고니아 정복을 위해 트리스탄이 군대를 이동할 것인가? 아니면 아엘프스탄에 주둔하는 백여 마리의 드래곤만으로 만족하고 곧장 엘프의 성을 공격할 것일까? 사피라의 소유인 정복자의 검을 그가 다시 취한다면 와이번은 어떻게 되는 걸까? 누구도 이런 질문에 답해 주지 못할 것이다. 미래의 방향을 결정해 줄 사피라가 이제 북부에서 온 암흑 군주의 포로가 되어 버렸기 때문이었다. 이렇게 허망하게 에냐도르의 패권을 가를 전쟁에서 일찌감치 패한 거란 말인가! 드래곤 없이는 님룬트도 전투에 참전하지 않을 것이다. 웨이요나와 엘리야는 벨타인과 대적할 만한 힘이 없었다. 해보나 마나였다!

트레간디르의 성벽 앞에 몸을 웅크리고 있던 카이는 제 눈앞에서 펼쳐진 끔찍한 연극을 숨죽이고 지켜봤다. 거대한 유령늑대 두 마리가 그의 곁을 지나갔다. 트리스탄은 그

중 한 마리 위에 사피라를 앉히고는 저도 그 뒤에 올라탔다. 아담과 아레티를 태운 또 다른 한 마리도 기척도 없이 재빨리 사라졌다. 그들이 모습을 감추고 한참 뒤에야 카이는 멍한 상태에서 벗어나 몸을 움직일 수 있었다. 카이는 금방이라도 뼈가 부러질 것 같은 노인처럼 마법 지팡이에 기댄 채 천천히 몸을 일으켰다. 야레드와 그바일로는 여전히 종적을 감춘 상태였다. 우선 그들에게 무슨 일이 생겼는지 파악해야 했다. 당장 구할 수 있는 이들부터 구하는 것이 급선무였다. 의족을 질질 끌며 한때 방앗간이었던 장소까지 간신히 무거운 발걸음을 옮겼다. 그곳에 살아 움직이는 것은 아무것도 없었다. 그 주변 일대가 밀가루 먼지와 쪼개진 나무 조각들로 뒤덮여 있었다.

또 한 번 날 도와 우리 몸에 빛을 비춰 다오. 카이가 프레지오라이트에 도움을 청했다. **그리하여 친구들을 볼 수 있도록 해 다오. 부디 그들을 찾아 치료할 수 있도록.**

야레드는 치료가 필요해 보이지 않았다. 나름의 방식으로 그바일로가 그를 보호해 준 것 같았다. 투명 마법이 해제되자마자 염소가 그들이 쓰러져 있던 잿더미에서 몸을 일으켰다. 야레드는 씩씩거리며 호통을 쳤다.

"이 역겨운 배신자 같으니라고. 그바일로! 결단코 네 녀석의 머리를 잘라서 베리안의 사원에 걸어 놓고 말 테다!"

카이는 죄책감으로 가득한 염소의 눈빛을 응시했다. 그리고는 야레드가 파묻혀 있는 폐허 더미 옆에 무릎을 꿇고 앉아 속을 들여다보았다. 수많은 목재와 판자 더미 사이로 대장장이의 얼굴이 빼꼼히 보였다. 새하얀 밀가루와 시커먼 그을음으로 뒤범벅이 된 채였다. 분칠이라도 한 것처럼 폭발의 잔재가 그의 흉터를 뒤덮고 있었다. 그렇지만 진정한 상처는 그의 눈빛에 있었다. 분노와 슬픔이 그 안에 교차했다. "날 어서 꺼내라, 좀." 갈라진 목소리로 그가 속삭였다.

"무슨 일이 있었던 거야?" 카이가 물었다.

"사피라야. 그녀가 그바일로에게 내 입을 덮치라고 명령했어. 트리스탄이 내 고함을 듣지 못하도록."

카이가 한숨을 쉬었다. 그는 야레드의 분노를 이해할 수 있었다. 적들이, 배고픔이 그리고 질병이 진심으로 아끼는 사람들을 덮쳤을 때 아무것도 할 수 없는 무력한 느낌이 어떤 건지 카이도 잘 알고 있었기 때문이었다. 물론 그바일로와 사피라는 선의로 그런 선택을 한 게 분명했다. "그들이 널 보호해 준 거로구나." 카이는 둘을 변호해 주려고 했다.

"난 보호받고 싶지 않아! 누굴 위해서 목숨을 바칠지는 나 스스로 결정해!" 야레드가 씩씩거리며 화를 냈다. "그러니까 이제 어서 날 꺼내 줘, 카이. 안 그러면 정말 네놈의 염소를 어떻게 해 버릴지 모른다!"

야레드가 갇힌 저 감옥에서 그를 꺼내는 건 오래 걸리지 않았다. 카이의 마력은 여전히 강했고, 최근에는 전혀 줄어들 기색이 없었다. 아무 말 없이 손짓 몇 번으로 방앗간 지붕의 부서진 판자들을 단숨에 치워 버렸다. 짓누르던 판자 감옥이 사라지자 야레드가 벌떡 일어섰다. 그의 무릎은 여전히 휘청거렸고, 머리 꼭대기에서 발끝까지 뽀얗게 먼지를 뒤집어쓴 상태였다. 그는 계속 나무라는 눈빛으로 그바일로를 노려봤다. "트리스탄이 그녀를 어디로 데려간 거냐? 슈발벤하인인가?"

"아마도." 카이가 대답했다.

"당장 그녀를 구하러 가겠어."

"그럴 필요 없다." 카이는 마법의 문을 통과해 그리로 다가온 상대를 확인하려 돌아설 필요도 없었다. 한때 불사였던 대마법사, 사랑해선 안 될 남자를 사랑한 엘프 공주, 그리고 맡은 임무를 다 망쳐 버린 파수꾼이었다. 하지만 적어도 그들은 살아 있었다. 무슨 이유였는지는 모르지만 어쨌든 트리스탄은 그들을 처단하지 않고 살려 둔 것이었다.

엘리야가 제 방식대로 야레드의 임무를 상기시키기 전에

카이는 자신이 나서야겠다고 결심했다. "넌 여전히 인간 군대의 총사령관이고, 왕실 경비대를 이끄는 수장이야. 엘리야가 그 임무에서 널 해임하지 않는 이상 죽어서도, 살아서도 그 책임을 다해야 해. 그러니 신들에게 기도해라. 이 대륙에 부는 기류가 한 번 더 뒤집히기만을. 그렇지 않으면 넌 영영 사피라를 다시 보지 못할 테니까."

이조라

문프린세스는 밤을 사랑했다. 이튿날 아침 태양신이 제자리를 되찾으려 창공에 일어서는 순간이 찾아오면 그녀는 울적한 기분에 빠져들었다. 햇살이 환히 비추는 낮은 원래 진정한 남자들을 위한 것이었으니까. 전사, 제왕 그리고 대마법사 같은 이들 말이다. 그들은 아노르의 빛을 받을 때 더욱 빛나는 존재들이었다. 반면에 어둠이 던지는 유혹에는 무감각했다. 한때 지금과는 전혀 다른 삶을 살았던 트리스탄도 그런 류에 속했었지. 고즈넉한 방에 달린 작은 창가에 서서 새벽녘 동쪽 지평선을 따라 황금빛으로 물든 구름을 응시하던 이조라는 이제 어디선가 트리스탄도 사라져 가는 밤을 자신만큼이나 아쉬워할 거라는 확신이 들었다. 그림자를 드리워 흉측한 얼굴을 가려 주고 그 위에 새겨진 보여 주고 싶지 않은 감정을 시커먼 베일 뒤에 숨겨 주는 어둠의 시간들을.

이조라는 이따금 트리스탄을 떠올렸다. 예전만큼 파괴적인 열정은 아니었지만, 마음이 쓰이는 건 어쩔 수 없었다. 그날 밤 그가 준 고통은 자기가 그에게 저지른 짓에 비하면 정말 아무것도 아니었다는 걸 본인도 잘 알고 있었다. 그럼에도 이조라는 그의 잔혹한 눈빛을 기억에서 지워 보려 애썼다. 그녀의 손이 아직은 솟아오르지 않은 아랫배로 내려가 그 안에서 조용히 그리고 비밀리에 성장하고 있을 작은 생명을 쓰다듬었다. 그녀의 몸에는 이렇게 두 심장이 뛰고 있는데, 트리스탄에게는 단 하나도 없다니. 이 얼마나 잔인한 운명의 조롱이란 말인가. 이 아이의 아버지가 누구인지 확인할 날이 언젠가 찾아올까? 하지만 그렇다고 한들 무슨 의미가 있을까?

이따금씩 그녀는 비천한 하녀나 창녀들이 할 법한 생각에 휩싸이곤 했다. 전쟁통에는 원래 평소보다 많은 아이가 세상에 태어난다. 그 아이들이 언제 생겼는지 제대로 아는 사람이 어디 있겠는가! 그러니 최대한 이 아이를 태중에 오래 품고 있다가 팔삭둥이 아기라면서 엘리야의 품에 안기면 그만이지 않겠는가. 나쁘지 않은 계획 같았다. 예로부터 결혼 관계에서 이런 일이 어디 한두 번이었겠는가. 수치스러운 거짓말이긴 하지만 결국은 관련된 모두에게 득이 될 해결책이었다. 문제가 하나 있다면, 덧없는 손길만으로 아이가 생기는 것은 아니라는 데 있었다. 그리고 언제부턴가 남편은 덧없는 손길로만 그녀를 대했다. 이조라가 끊임없이 고민했던 문제였다. 하지만 지난 밤 엘리야는 트리스탄과 그녀 사이에 몸을 던져 고통을 대신 감당하려 했다. 사랑이었을까? 사랑이 아니라면 인간의 그런 행동에는 또 다른 이유가 있는 걸까?

이조라는 그가 극심한 고통에 시달리고 있다는 걸 잘 알고 있었다. 허나 그들 사이를 가로막은 거대한 대리석 같은 장벽 때문에, 더구나 돌처럼 굳어 버린 무표정한 그의 얼굴 때문에 그의 마음 상태가 어떤 건지 짐작조차 하기 어려웠다. 하지만 이조라는 엘프족 여인이었고 살아 숨 쉬는 밀랍 인형에 둘러싸인 삶에 원래부터 익숙했다. 미묘한 동작 하나, 스치는 눈빛만으로도 인간의 감정쯤은 파악해 낼 수 있었다. 아무리 그가 지난 200년간 그런 감정들을 숨기는 훈련을 해 왔다고 할지언정.

비열한 동기에서였는지 아니면 깊은 뜻이 있어서였는지 확실하지는 않았지만 어쨌든 이조라는 제 방을 빠져나와 엘리야의 거처로 발걸음을 옮겼다. 방문을 두드렸지만 아무 대답도 없었다. 일부러 문을 잠그지 않았을지도 모른다는 막연한 기대로 손잡이를 아래로 내리자 문이 열렸다.

조금 전 이조라가 그랬던 것처럼 엘리야도 창가에 서서 태양이 떠오르는 모습을 지켜보고 있었다. 단출한 튜니카와 무릎까지 오는 반바지를 걸친 그는 왕보다는 전사에 가까워 보였다. 머리카락은 여전히 땋아 내린 상태였다. 어느 모로 보나 잠자리에 들 생각은 없는 것 같았다. 지난밤 겪은 일 때문일까.

"이 시간에 당신이 무슨 일로 날 찾아온 거지?" 뒤로 돌아서지도 않은 채 엘리야가 말했다.

이조라는 대답하지 않았다. 대신 그에게 다가간 후 그의 어깨너머로 늪지대를 바라보았다. 숯처럼 시커멓게 타 버린 언데드의 시체를 또 한 번 삼켜 버린 늪은 고요했다. 카이는 마법의 문을 도로 닫았다. 에냐도르를 위협할 커다란 위험의 통로를 일단은 틀어막은 것이었다. 그렇지만 그들 중 누구도 돌이킬 수 없는 파멸이 코앞까지 다가왔다는 걸 잊지 않았다.

"희망. 그리움. 나도 모르겠네요." 그녀가 말했다.

"당신이 이해하지도 못할 말은 하지 말지, 공주." 그의 음성은 지난 며칠간 나눈 무미건조한 대화처럼 차갑기 그지없었다.

"당신은 내가 받아야 할 고통을 대신 맞았어요. 왜 그런 거죠?"

"앞으로는 나의 욕구보다 내 종족의 안전을 먼저 생각하겠노라고 맹세했기 때문이오. 거지든 양치기든 나의 보호를 받을 자격이 있지. 그건 당신도 마찬가지요."

"하지만 난 당신 종족이 아닌 걸요." 이조라는 그를 만지고 싶었지만 거부당할까 봐 두려워 그럴 엄두가 나지 않았다. 더군다나 이조라에게 돌아선 그가 그녀를 살그머니 밀어 제게서 떨어트리기까지 했다.

"당신은 인간 왕국의 왕비니까. 그 자체만으로도 내 보호 아래 있는 거요."

"일개 거지나 양치기처럼요?"

"그렇지."

저 말이 진심일지도 몰랐다. 어쩌면 그를 위험으로 내몬 감정이 정말 저런 이유였을지도 모른다. 이 마법사의 생각이나 감정을 읽어 낼 사람은 애초부터 없었다. 그것이 이조라가 그에게 매료되는 부분이기도 했다. 예측불허하고 열정적인 인간의 영혼.

"아무튼 감사해요. 나의 왕이시여." 그녀가 말했다.

그는 희미하게 고개만 끄덕이고는 동이 트는 태양을 하염없이 바라봤다. 이조라는 가만히 입을 다물었다. 차마 그 끔찍한 비밀을 털어놓을 수는 없었다. 그랬다가는 그의 내면에서 부글거리는 휴화산이 폭발하고야 말 것이기에. 이조라는 한참 동안을 그렇게 가만히 서 있었다. 두 사람의 거리는 닿을 듯 말 듯 가까웠지만 서로를 만지지 않았다.

"이 방이 어떤 곳인지 아시오?" 이윽고 엘리야가 말문을 열었다. "이곳에서 무슨 일이 벌어졌었는지?"

이조라는 가슴에 묵직한 압박감을 느꼈다. 짐작이 가는 바가 없진 않았지만 차마 입 밖으로 꺼내지 않고, 고개만 저었다.

"당신은 그때 어렸었지. 금발을 한 작은 요정의 화사한 모습으로 아엘프스탄의 회랑을 드나들곤 했어. 그곳이 어디든 당신이 등장하면 인간을 매료시켰고, 무표정하고 암울한 엘프들마저 입가에 미소를 머금게 했지. 그때부터 사람들은 당신이 당신 어머니가 지녔던 매력과 생기발랄함을 그대로 닮았다 말했었지. 당신 쌍둥이 오빠와는 정반대로 말이야. 이스타리엘은 어려서부터 자신이 얼마나 환영받지 못하는 존재인지 느끼고 있었다오. 그가 나타나도 누구 하나 미소를 지어 주지 않았으니까."

"알고 있어요." 이조라가 중얼거렸다.

"이 방은 귀니퍼가 쓰던 곳이오." 엘리야가 말했다. 그러면서 속이 뒤집히는 듯 한숨을 쉬었다. "이 창가에 서서 매일 아침 머리카락을 빗었지. 저기에 거울이 있었다오. 눈을 감으면 아직도 그 거울을 통해 나를 바라보며 미소를 짓던 그녀의 모습이 생생해. 또 저기에는 작은 옷장이 있었는데…. 옷가지 하나하나에 그녀의 살 내음이 아직도 풍기는 것 같아. 녹색과 푸른 드레스를 유독 좋아했소. 꼭 당신처럼." 잠시 말을 멈춘 엘리야가 돌아서더니 마침내 이조라와 시선을 마주쳤다. 그리고는 고개만 돌려 침대가 있는 쪽을 가리켰다. "귀니퍼는 이따금 한밤중에 깨어나 신들에게 용서를 구하곤 했어. 이곳에서 멀리 떨어진 곳에서 내가 그랬던 것처럼. 우리는 서로를 놓겠다고 수천 번을 거듭 맹세하곤 했었소. 그렇지만 이곳이든, 아엘프스탄이든 다시 마주칠 때마다 우린 새로 시작했고 또다시 같은 맹세를 반복해야만 했어. 여기 이 침대에서 우린 사랑을 나눴었지. 여기서 트리스탄이 생겼다오. 그리고 나 없이 이 침대에서 혼자 그 아이를 낳아야만 했어. 그리고 이곳에서 베리안이 그녀의 심장에 단검을 꽂아 넣었어." 엘리야의 얼굴이 증오와 고통과 슬픔으로 일그러졌다. 그의 눈가에 맺혔던 눈물방울이 뺨을 타고 흘러내렸다. 이조라는 부드럽게 그의 뺨을 닦아

주었다.

"그 이후로 난 절대 사랑에 빠지지 않기로 맹세했지. 저기 밖에 보이는 늪지대에서 내 가치관에 어긋나는 짓을 저지르면서까지. 베리안에게 무한한 고통을 안겨 주기 위해 내 생애 딱 한 번 흑마법을 사용했다오. 그리고 이제는 그런 내 과오에 대한 대가를 치르고 있는 셈이지. 이렇게 전부 내게 되돌아오고 있어. 내 꿈속에서도, 현실에서도 날 쫓고 있지. 함부로 타인에게 부당한 고통을 안긴 나를 신들이 단죄하고 있는 거야. 귀니퍼가 베리안을 기만한 것처럼 내게도 똑같은 경험을 겪게 할 아내를 안겨 줬지. 내가 또다시 내 종족을, 그리고 내 아들과 나 자신을 저버리면서까지 그녀의 사랑을 갈망하도록, 그녀의 사랑을 얻기 위해 광기에 사로잡히게 한 거요."

이조라는 단 한 음절도 입 밖으로 꺼내지 못했다. 신들이 그에게 내린 시련이 사실은 그가 말한 것보다 훨씬 더 가혹하다는 걸 저 혼자만 알고 있었기에. 신들의 뜻을 거스른 인간의 왕에게 내려진 단죄는 가히 완벽했다. 그녀는 두려움에 목이 졸리는 것만 같았다. 그렇지만 이조라는 그대로 엘리야를 끌어안고, 그의 어깨를 짓누를 짐을 함께 나누고픈 마음도 들었다. 그렇게 그가 잠들 수 있도록 토닥여 주고,

예전처럼 강한 전사의 모습으로 잠든 그를 밤새 바라보고 싶었다. 하지만 이런 감정은 가당치도 않은 것이었다. 그렇지만 어차피 그들 사이에 맺어진 이 기이한 관계 역시 원래부터 모순덩어리가 아니었던가.

"그래도 난 신들이 당신을 사랑한다고 생각해요." 그녀가 말했다. "그렇기에 신들은 당신이 이대로 몰락하지 않도록 배려하실 거예요."

"당신은 정말 단순하군. 이건 지하 묘지에서 당신이 몰래 훔쳐보던 그런 시시껄렁한 이야기가 아니라오. 인생은 우리에게 행복한 결말을 허락하지 않을 거요."

이조라는 절 저렇게까지 무시하고 자포자기하는 엘리야의 말에 화가 치밀었다. 두 가지 모두 용납할 수 없었다. 결국 두 손을 그의 뺨에 얹고 엘리야의 눈을 똑바로 쳐다보며 이조라가 속삭였다. "그러면 당신이 그렇게 만들어요! 당신은 할 수 있어요! 당신이 못한다면 감히 누가 그럴 수 있겠어요?"

그의 눈빛이 그녀의 눈빛에 녹아들었다. 이조라의 목덜미에 따끔거리는 그의 마력이 느껴졌다. 동시에 등골을 타고 흐른 전율이 그녀를 몸서리치게 했다. 어느 순간 그의 양손이 그녀의 둔부에 닿았다. 조심스레 손가락에 힘을 준 엘리야가 그녀를 제게 끌어당겼다. 황홀한 듯 가쁜 숨을 토하며 이조라가 그의 뜻에 화답했다. 그녀의 맥박이 요동쳤다. 그를 움직인 동기가 무엇인지는 이조라도 정의할 수 없었다. 정욕, 그리움, 사랑, 아니면 두려움이었을까? 그녀의 이마를 스친 입술이 서서히 아래로 내려와 속눈썹, 코끝에 흔적을 남기고는 마침내 입술에 닿았다. 예전에 비해 키스는 격정적이지 않았다. 그의 태도는 겁먹은 것에 가까웠다. 마치 어린 소년이 소녀에게 하는 수줍은 키스처럼. 막 부화한 불나방이 파르르 떨며 달빛에 부서질 것 같은 날개를 말리는 것처럼. 이 가련한 사내에 대한 애정이 몽글몽글 샘솟았다. 베리안이 이조라의 손을 그의 손에 얹어 준 이래 처음으로 마음이 온전히 그에게 향했다. 이조라는 그의 튜니카 아래 잔뜩 긴장하는 근육의 힘이 느껴졌다. 두근거리는 심장 박동을 느끼며 이런 달콤한 기분에 조금이라도 더 빠져들고 싶은 욕구에 그에게 더 가까이 다가갔다. 엘리야의 손이 차츰 엉덩이에서 점점 위로 올라와 어느새 배에 닿았다. 순간 그가 얼어붙은 것처럼 그 자리에 멈춰 섰다.

돌연 엘리야가 입술을 떼어 냈다. 그의 호흡이 가빠지고 마법사의 형형한 초록 눈동자가 빛났다. 분위기에 젖었던 이조라가 감당하기 힘든 냉정함과 더불어 당황스러움이 가득한 눈빛이었다.

"아이를 가졌군!"

이조라는 숨이 턱 막혔다. 여태껏 엘리야는 그 사실을 눈치채지 못하고 있었던 것이다. 그러나 이젠 그 무엇으로도 바뀔 수 없는 사실이 되고 말았다. 엘리야는 다시 한번 그녀의 배를 쓰다듬어 보았고, 이젠 그 사실을 확인했을 것이다.

"그래요." 이조라가 속삭였다. 턱이 떨렸지만 시선을 피하지 않고 대답했다.

"내 아이인가?" 엘리야의 음성은 겨울 새벽처럼 차가웠다.

"도른슈트랑 가문의 아들이죠." 이조라가 대답했다. 눈가에 차오른 눈물이, 이제 겨우 제게 다가왔지만 또다시 멀어질 남자의 모습을 가렸다. "혹은 딸이거나."

이조라는 곧 녹색 섬광을 동반한 번개, 천둥, 우박 등이 쏟아질 거라 추측했다. 어쩌면 그래야 했을지도 모른다. 이조라가 어떻게 손쓸 도리가 없을 정도로 저에 대한 분노를 쏟아내야 맞는 상황이었다. 엘리야는 두 손으로 그녀의 복부를 쓰다듬더니 따뜻한 온기가 드레스 천 아래로 스며들 정도의 부드러운 압력으로 살며시 눌렀다. "아들이군." 그가 말했다.

엘리야는 신음하며 두 눈을 지그시 감았다. 그는 한참을 그렇게 서 있었다. 신들과 제 인생을 원망하며. 그런 뒤 다시 눈을 뜬 엘리야가 이조라를 마주 바라봤다. 헤아리기 힘든 깊은 눈빛으로. "지금 나를 찾은 이유가 잠자리를 함께하기 위해서였던 건가? 끝내 날 속이려던 참이었소? 내 둥지에 뻐꾸기 새끼를 넣으려고?"

"당신 핏줄을 이은 아이예요!" 이조라가 흐느끼며 말했다. "그래요. 어쩌면 그럴 생각이었을지도 몰라요. 하지만 당신 앞에서 연기하는 게 너무 미안했어요. 솔직히 오늘 당신을 찾아온 이유가 무엇인지는 나도 모르겠어요. 당신은 내 남편이지만 난 당신에게 그저 성가신 잡초에 불과하죠. 이미 트레간디르의 꽃을 가져가 버린 당신에게 내가 뭘 줄 수 있겠어요? 그래요, 난 사랑의 묘약이 지닌 힘을 이겨내기에 너무 나약했어요. 그렇지만 당신도 이 세상의 모든 유혹을 거부할 정도로 강하진 않았잖아요. 당신은 자신도 단죄하지 못하면서 내게 어떤 벌을 내리려는 건가요?"

엘리야가 거친 숨을 몰아쉬었다. 그의 얼굴에 오만가지 표정이 교차했다. 흥분한 엘프 공주가 그 감정을 제대로 파악하기에는 너무 복잡하고 미묘한 표정이었다. 엘리야는 양손으로 얼굴을 감싸고 다시 창문을 향해 돌아섰다. 고개를 절레절레 흔들며 창밖의 늪지대 풍경을 물끄러미 응시했다.

"당신 말이 옳아." 이윽고 그가 말했다. "생각했던 것보다 우린 많이 닮았어."

"그래서요?" 이조라가 대범하게 되물었다.

그가 천천히 돌아섰다. 그리고는 마치 처음 만난 사람처럼 이조라를 위아래로 찬찬히 살폈다. "서로에 대한 존경심을 되찾기 위해 다시 한번 노력해 보도록 합시다."

⚜

몇 시간 후 인간 군대는 단 한 명의 부상자도 없이 성에 도착했다. 이스타리엘의 예상이 옳았다. 지척에 있던 데몬 군대는 그들을 공격하지 않고 지나갔다. 고작 백여 명에 불과한 인간 따위는 그들의 관심 밖이었다. 원했던 건 이미 손에 쥔 상태였다.

병사들이 각자 배치된 된 구역으로 이동하는 모습을 지켜보던 엘리야가 기존 엘프 병력을 성 안뜰로 소집했다. 갑옷과 갑주를 갖추고 도른슈트랑의 검을 허리에 찬 엘리야의 손에는 판결봉이 들려 있었다. 그 곁에는 이스타리엘이 그와 비슷한 자세로 서 있었다. 그 역시 엘프족 고유의 방식으로 완전 무장한 상태였다. 이러한 분위기로 볼 때 엘프들을 소집한 데는 예사롭지 않은 이유가 있는 게 분명했다. 야레드가 이끄는 친위대의 모습만 보더라도 그랬다. 주군의 등 뒤로 전원 기립해 있는 친위대의 손에는 검이 들려 있었다.

이조라는 성의 안뜰이 훤히 보이는 성벽 통로에 자리를 잡았다. 인간들이 중요 지점마다 배치되어 태세를 갖추는 동안 더 많은 엘프가 속속 모여들었다. 마침내 전원이 모인 것을 확인한 이스타리엘이 말문을 열었다.

"탄드리엘 폰 오스첸트리아!" 그가 큰소리로 외치자 엘프 수비대 사령관이 망설임 없이 앞으로 나섰다. 그의 눈빛에는 친절한 척 가장했던 호의는 온데간데없었고 거부감만이 가득했다. "트레간디르 성의 전 영주인 호리엘과 결탁한 사실을 인정하는가? 네놈이 인간의 왕과 드래곤의 여왕 그리고 엘프의 파수꾼을 배신하고, 고의로 그들의 목숨을 위험에 빠뜨렸는가?"

탄드리엘의 눈매가 좁아졌다. 경멸적인 표정을 지으며 입술을 일그러뜨렸다. "아닙니다!"

이스타리엘은 반항 섞인 그의 대답에 당황하지 않았다. 빌라가르트에서 귀환한 이후 이스타리엘은 그 이전 어느 때보다 엘프 왕자다운 면모를 보여 주었다. 예전과는 달리 대담하게 독자적으로 결정을 내렸다. 이스타리엘은 일말의 감정도 드러내지 않으면서 단호하게 엘프 장교를 추궁했다.
"거짓말을 하는군!"

"전 거짓말을 하지 않습니다!" 탄드리엘이 소리쳤다. "저 음흉한 마법사는 왕이 아니라 사생아를 새끼로 둔 배신자에 불과합니다! 우리 엘프의 긍지가 살아 있다면 어떤 희생을 치르더라도 저자의 존재를 용납해선 안 될 것입니다. 더불어 그 드래곤 계집도 여왕이 아니라 제멋대로 반고의 왕좌에 앉은 비천하고 방탕한 계집일 뿐이죠." 이 충격적인 발언에 싸늘한 침묵이 사방으로 번져 나갔다. 엘리야는 속눈썹하나 깜박이지 않았다. 탄드리엘은 일말의 동요 없이 하던 말을 이어 갔다. "저하께서 진정으로 엘프 종족을 지키려 하신다면, 우리 종족에게 허락됐던 옛 힘을 다시 키우십시오. 드래곤, 인간 따위와 협정을 맺지 마시고 저들을 노예로 삼으셔야 합니다. 제 주군인 호리엘 님께서 저 미천한 생물들을 다뤘던 방식으로 말입니다."

"그만하면 충분하다." 이스타리엘이 단호하게 말했다. "그러니까 너는 지금 호리엘이 마법의 문을 여는 데 협력했다고 인정하는 것인가?"

"그렇습니다!" 엘프 장교가 도전적인 눈빛으로 턱을 높이 치켜들었다.

"지금 어디에 있지?"

"멀리 떠나셨습니다. 저하의 손이 닿지 않는 곳으로. 저하께서는 결코 그분을 붙잡지 못하실 겁니다!"

"대신에 *너*를 이리 붙잡았지." 이스타리엘이 냉정하게 말했다. "트레간디르에는 이제 배신자가 단 한 명뿐이고, 그건 바로 너다. 탄드리엘 폰 오스첸트리아, 네게 참수형을 선고한다."

그제야 주변에 있던 엘프 병사들이 웅성거렸다. 불만이 깃든 속삭임이 여기저기서 터져 나왔다. 분명 탄드리엘 뒤에는 엘프 수비대가 있었다. 그가 호리엘 뒤에 있었던 것처럼. 여차하면 엘프 왕자에게 반기를 들 정도로 충성심도 깊었다. 엘리야가 성벽 위로 눈짓 신호를 보내자 그곳에 자리 잡은 궁수들은 전투태세에 돌입했다. 그들이 일제히 화살을 꺼내 손에 쥐자 이조라는 방해가 되지 않으려 망루 외벽 쪽으로 서둘러 물러섰다.

"죽음 따위는 두렵지 않습니다." 탄드리엘이 담담히 말했다. "저하께 충성을 맹세하느니, 기꺼이 아노르의 화염에 뛰어들 것입니다!" 엘프 장교가 이스타리엘의 발 앞에 침을 뱉었다.

"그냥 너 스스로 말뚝에 머리를 처박아 네놈에게 쓸 독을 아껴 다오, 이 와이번 같은 놈아!" 엘리야가 호통을 쳤다.

"당신이 날 처형한다고?" 탄드리엘이 벌컥 화를 냈다. "당신의 검날은 고귀한 엘프의 피를 적실 자격이 없어. 이미 양심도 없이 트레간디르의 꽃을 꺾지 않았던가!"

그 말에 눈을 번뜩이며 엘리야가 검을 들어 올렸다. 그렇지만 이스타리엘이 격분한 그를 살짝 뒤로 밀며 단죄받아야 할 죄인과 엘리야 사이에 섰다. "너는 내 지휘권 아래 있으니 *내가* 직접 널 처형한다. 명예롭게 죽음을 맞이하라. 그리하면 아노르께서 널 그분의 왕국에 받아들여 주실 테니!"

이조라는 숨을 멈췄다. 이제껏 이스타리엘은 누군가를 직접 처형해 본 적이 없었다. 아엘프스탄 근방에서 벌어졌던 전투에 참전한 경험은 있었지만, 손수 검을 들어 무기도 없는 죄수의 몸을 베는 것은 차원이 다른 일이었다. 원래 엘프족은 그런 식의 잔인한 일을 도맡아 처리하는 사형 집행관을 별도로 두고 있었다. 이조라는 차라리 엘리야가 직접 처형에 나서는 것이 나을 것만 같았다. 인간의 왕에게는 죄수를 처단하는 것이 그리 비정상적인 일도 아니었고, 이 정도로 심각한 상황이라면 직접 검을 드는 것이 어쩌면 명예로운 선택일 수도 있었다. 반면 이스타리엘은 이 일로 명예를 더럽히게 될지도 몰랐다.

탄드리엘이 바닥에 놓인 처형대에 무릎을 꿇는 동안 대기 중이던 친위대가 주변의 엘프들을 뒤로 물러서게 했다. 탄드리엘은 가슴 보호구를 벗은 후 평소 소지했던 무기들 옆에 가지런히 내려놓았다. 그런 뒤 제 단도로 머리카락을 잘랐다. 금발 가닥이 소리 없이 바닥에 떨어졌다.

"저자가 왜 저러는 거야?" 이조라 앞에 서 있던 궁수가 동료에게 속삭였다.

"나도 모르지. 시간을 벌려고 저러는 걸지도!" 그의 동료가 추측했다.

"피 때문이다." 이조라가 밋밋한 음성으로 말했다. "엘프에게 머리카락에 피를 묻히는 행위는 명예롭지 못하니까."

그제야 그녀를 돌아본 첫 번째 궁수가 눈이 휘둥그레졌다. 이어 두 번째 궁수가 얕보듯 중얼거렸다. "엘프 주제에…."

이어 탄드리엘은 군대의 대열처럼 가지런히 내려놓은 다른 무기들 옆에 마지막으로 단도를 정렬했다. 비단 같은 머리카락은 이제 그의 턱에 닿을락 말락 했다. 머리를 처형대에 올려놓은 그는 모든 걸 신들에게 맡겼다. 그의 곁에 선 이스타리엘이 양손으로 검의 손잡이를 움켜쥐었다. 부드러운 산들바람에 그의 짙은 곱슬머리가 살랑거렸다. 엘리야가 그에게 파수꾼의 표식을 떠넘기기 전까지 이스타리엘은 순수했고, 또 선량하고 아름다웠다. 이조라는 이제 상처로 가득할 제 쌍둥이 오빠의 영혼을 진심으로 애도했다. 마침내 그가 검을 내리치자 이조라도 움찔했다. 예리하게 벼려진 칼날이 탄드리엘의 머리를 단번에 그의 어깨에서 분리했다. 이스타리엘의 얼굴에 피가 튀고, 성 안뜰의 포석에도 흘러내렸다. 이스타리엘은 얼굴에 묻은 죽음의 색채를 닦지 않았다. 오히려 돌처럼 굳은 표정을 유지하고 한 손으로 검을 높이 쳐든 채 다른 엘프들을 향해 돌아섰다.

"트레간디르의 병사들이여! 내게 존중과 경의를 표하라. 이 성과 그 주인을 목숨 걸고 지키겠노라 맹세하라. 그리고 약자들을 보호하라. 적군 앞에서 절대 도망치지 마라. 한 번 뱉은 말을 지켜라. 항상 겸손하고, 긍지로 검을 휘둘러라. 엘프 종족을 위해, 그리고 이 에냐도르 대륙의 평화를 위해. 내 너희에게 마지막 선택권을 주겠노라. 지금 내게 맹세하든지, 아니면 당장 저 성문을 나가 이곳을 떠나라!" 이스타리엘은 내려진 도개교를 피 묻은 검으로 가리켰다. 이조라는 병사들이 이스타리엘의 명령에 복종할지 조마조마했다. 조금 전까지만 해도 호리엘에게 헌신하던 자들이었다. 이제 저들은 추방된 반역자의 삶과 이스타리엘을 섬기는 삶 중에 하나를 선택해야 했다. 이스타리엘은 그들을 *미천한 짐승*

378

같은 노예로 여기지 않는다고 천명했다. 반면 호리엘과 탄드리엘은 이 점을 간과하고 있었다. 병사들의 얼굴마다 고통스러운 선택을 두고 갈등하는 표정이 역력했다. 그때 갑자기 한 엘프 병사가 처음으로 무릎을 꿇으며 말했다. "저하께서 제 주군이시며, 앞으로 죽는 날까지 충성을 바치겠습니다." 그러자 뒤이어 다른 병사들도 차례대로 무릎을 꿇었고, 결국 수비대 전원이 엎드려 절했다. 단 한 명도 거부하지 않았다. "제 주군이신 저하께 충성을 맹세합니다." 이제 그들은 한목소리가 되어 외쳤다.

마침내 이스타리엘이 해낸 것이다. 이제 트레간디르가 그의 손에 들어왔다.

"이제 넌 네 종족을 대변하는 진정한 파수꾼이로구나." 한 손을 엘프 왕자의 어깨에 올려 토닥이면서 엘리야가 말했다. 이스타리엘은 그에게 고개를 끄덕여 보인 후 수비대를 를 해산시켰다. 그런 후 자리를 떴다. 그에겐 당장 해결해야 할 일들이 너무 많았다.

사피라

슈발벤하인으로 향하는 여정은 참으로 비현실적이었다. 마치 꿈속을 헤매듯 자욱한 잿빛 안개가 사피라의 의식을 몽롱하게 뒤덮었다. 김이 모락모락 피어오르는 하얀 짐승의 등 위에서 간혹 혼절 상태에 빠지기도 했지만 그러면 그런대로 그냥 몸을 내맡겼다. 그렇게 사피라는 불확실한 미래로 달려가고 있었다. 그녀의 배를 휘감은 트리스탄의 팔뚝도 어느덧 속박의 사슬이라기보단 저를 지탱해 주는 버팀목처럼 느껴졌다. 물론 모든 것이 예전과는 달라졌다는 걸 사피라도 잘 알았다. 그는 슈투름 산맥에서 기절한 저를 기어코 등에 업고 가 주던 동지가 아니었다. 그녀의 힘을 빌려 드래곤 종족을 굴복시키려는 벨타인의 종복에 불과했다. 극심한 피로감이 밀려왔고 그녀는 다시 정신을 잃었다.

데몬족의 군영에 도착했을 때는 이른 새벽이었다. 몰구르가 호위를 대동한 채 첫 번째 막사에서 그들을 기다리고 있었다. 트리스탄은 유령늑대의 등에서 먼저 뛰어내린 후 사피라가 내리는 것을 도왔다.

"마침내 성공하셨군." 데몬의 원수가 말했다. 동시에 탐욕적이고 음탕한 눈빛이 옷가지 하나 제대로 걸치지 못한 사피라의 몸을 훑었다.

트리스탄은 몰구르의 단정적인 발언에 아무 대답도 하지 않았다.

"레벨과 그의 병사들은 어디 있소? 그리고 당신의 친구인 데몬의 파수꾼은? 낙오라도 한 건가?" 몰구르가 황급히 물었다.

"뒤따라오고 있다. 낙오한 자는 없다. 몇 시간 내로 전부 이곳에 도착할 거다."

"다친 자가 정녕 하나도 없단 말이오?" 데몬은 도저히 믿기지 않는 눈빛으로 새 주군을 바라보았다. "어찌 병사를 단하나도 잃지 않고 트레간디르를 뒤집어 놓았단 말이오?"

"운이 좋았다. 내 평생의 숙적인 놈이 날 도왔지. 분탕질에 천부적인 재능을 지닌 놈이 하나 있다."

트리스탄은 그 이상 답을 해 주지 않았다. 알쏭달쏭한 대답에 어리둥절한 표정을 지었지만 몰구르는 전능한 되크 발두르가 제 발 앞에 던져 주는 건 뭐든지 받아먹겠다고 선언했던 만큼 그냥 그렇게 받아들이는 것 같았다. 캐묻기를 포기한 몰구르는 또 다른 유령늑대의 등에서 내리는 아담과 아레티를 가리켰다. "저 둘은 또 누구요?"

"우리를 위해 미래를 읽어 줄 선지자다. 그리고 저 소녀는 그냥… 아무도 아니다."

"그러면 재미 좀 보라고 내 병사들에게 던져 줘도 되는 거요?"

트리스탄의 눈동자에 번뜩이는 불꽃이 튀자 데몬 원수는 황급히 고개를 돌려 그의 시선을 피했다. 그리고는 고개를 숙인 채 배고픔과 관련하여 뭔가를 구시렁거렸다. 굶주림은 이제 비단 병사들의 배에만 국한된 문제가 아니었던 것이다. 군영에 도착하고 나니 사피라 역시 배에서 꼬르륵 소리가 났다. 그녀는 이전에도 데몬 군대와 여러 번 맞부딪혔었다. 그녀는 데몬 전사들의 영혼이 얼마나 예측불허하고, 잔혹한지 너무 잘 알았다. 자비라고는 모르는 자들이었고, 구성원이 지켜야 할 법도라든지 규범조차 없었다. 데몬 군영의 삶은 강자가 모든 권한을 취하는 약육강식의 세상이었다. 그리고 그 정점에 선 최강자가 바로 트리스탄이었다. 그런 만큼 그들의 안전은 이제 전적으로 그에게 달려 있었다.

트리스탄은 그녀의 팔뚝을 붙잡고 아담과 아레티에게 눈짓으로 신호했다.

몰구르가 차가운 미소를 지어 보였다. "필요한 것이 있으시오?" 그가 물었다. "고문 도구? 사슬? 아니면 가둬 둘 우리?"

"그딴 건 하나도 필요 없다!" 트리스탄이 소리쳤다. "드래곤 여왕과 난 이제 협상을 해야 한다. 내 막사 근처에 처소를 마련하고 호위로 병사 둘을 세워라. 네놈은 얼씬거리지도 말고!"

감히 데몬의 원수를 어찌 저렇게 무시할 수 있는 거지! 수모를 당한 몰구르의 자존심이 얼마나 깊은 상처를 받았는지 한눈에 보일 정도였지만, 최강 데몬은 트리스탄의 명령에 끽소리도 내지 못했다. 대신 제 병사 하나를 불러 가혹한 어조로 어서 적당한 막사를 하나 비우라고 닦달했다.

트리스탄은 아무 말 없이 세 명의 포로를 대동한 채 앞장선 데몬을 따라나섰다. 막사로 이동하는 길목에 마주친 모든 데몬 전사들이 고개를 돌려 그들을 바라봤다. 끈적거리는 눈빛이 개똥처럼 질척이며 두 여인에게 달라붙자 사피라는 어깨를 가린 케이프를 좀 더 단단히 여몄다. 어쨌거나 데몬들은 가까이 접근할 엄두도 내지 못하는 것 같았다. 오히려 정반대였다. 데몬들은 트리스탄의 모습을 발견할 때마다 뒷걸음질 치기 바빴다.

몰구르의 명을 받고 앞서 달려온 병사가 제 동료를 막사에서 쫓아내는 데는 2분 정도가 소요됐다. 그들은 필요한 소지품을 주섬주섬 챙기고는 새 임무가 하명되기 전 서둘러 그 자리를 떴다. 트리스탄은 한 칸 옆에 있는 꽤 근사한 막사를 가리키며 아담에게 말했다. "너희는 우선 저곳에 가 있어. 절대 내 허락 없이 저곳을 벗어나는 일이 없도록. 안 그러면 너희에겐 죽음뿐이다!" 그가 아담에게 말했다.

선지자가 고개를 끄덕였다. 그런 뒤 아레티의 손을 잡은 아담이 잔뜩 겁먹은 엘프 소녀를 제 뒤로 끌며 막사로 이동했다. 사피라는 아담과 아레티가 막사로 들어가는 모습을 지켜봤다. 그때 트리스탄이 그녀가 머물 막사의 가림막을 위로 들어 올렸다. 무언의 명령에 그녀는 순순히 안으로 들어갔다. 막사 안은 어두컴컴했다. 코를 찌르는 악취가 공중에 가득했다. 처음으로 사피라는 아엘프스탄이 그리웠다. 항상 향기가 가득하고, 하얀 시트가 깔린 잠자리가 있는 아엘프스탄으로 되돌아가고 싶다는 생각이 들었다. 트리스탄의 손짓에 사피라는 조잡한 널빤지에 대충 못을 박아 만든 침상 가장자리에 걸터앉았다. 이윽고 둘만 남게 되자 트리스탄은 훼손된 제 얼굴이 떠올랐는지 황급히 사피라에게 등을 돌렸다.

"팔은 어떻게 된 거냐?" 그가 물었다.

"마법 때문에. 누군가 실수로 날 맞혀 버렸지. 뭐, 그리 심각하진 않아." 사피라가 말을 돌렸다.

트리스탄은 헛기침을 했다. 한 번 크게 심호흡을 한 그가 다시 원래 쟁점으로 돌아왔다. "우리는 드라고니아로 가서 네 종족을 우리 군대에 편입시킬 거야." 그가 단도직입적으로 말했다. "그러니 네가 결정해. 우리가 무력으로 그들을 굴복시키게 할 건지 아니면 자발적으로 참전하도록 네가 설득할 것인지 말이야."

"구태여 무력을 쓰지 않아도 돼." 사피라가 대답했다.

"좋아. 그러면 이틀 뒤에 출발한다. 그때까지 툴과 레벨이 부대와 함께 복귀하겠지. 난 우리와 동행하기에 적합한 병사들과 드래곤들을 수배하도록 하지."

"그래." 사피라가 대답했다. 막사 안은 컴컴했지만 트리스탄은 계속 사피라와 눈을 마주치지 않으려 신경을 썼다.

"정복자의 검은 어디에 있어?" 트리스탄이 물었다.

"아엘프스탄에. 카이의 방에 두고 왔어. 투명 마법을 걸어 뒀지."

"하지만 아담은 볼 수 있겠군. 그렇지 않나?"

385

사피라는 이것까지는 미처 생각하지 못했었다. 트레간디르에서 선지자가 갑자기 끼어들며 트리스탄과 동행하겠다고 약속한 그 순간… 그가 뭐라고 했더라? '그 누구보다 네게 도움이 될 사람은 바로 나야.'라고 했던가. 그 말이 정복자의 검을 취하는 일을 의미한 것이었을까? "아마도." 사피라가 한숨을 쉬며 대답했다.

"좋아, 그러면 이렇게 하지. 우선 와이번부터 데려온 후 드라고니아에 가자. 아버지가 먼저 선수를 치기 전에 막아야 해."

어떻게 사람이 이렇게나 냉혹하게 변할 수 있는 건지! 그의 내면에서 저 잔혹한 되크 발두르를 몰아내고 부르크스메아데의 트리스탄을 깨울 수만 있다면 사피라는 무엇이든 다 줄 수 있을 것만 같았다.

"나 좀 봐 봐!" 사피라가 그에게 부탁했다.

자만심으로 똘똘 뭉쳐진, 변해 버린 그가 그런 요구에 순순히 응하지 않으리라는 걸 사피라는 잘 알았다. 그러나 예전의 인간적인 모습이 아직은 그의 내면 어딘가에 숨어 있었다. 그녀의 요청에 트리스탄이 돌아선 것이었다. 데몬의 피부와 얇은 입술로 망가져 버린 얼굴이 천천히 그녀를 향했다. 속눈썹 하나 없이 눈가에는 축 늘어진 다크서클과 종양이 가득한 그의 얼굴을 사피라가 바라보도록 허락했다. 사피라는 목이 메었다.

"이런 모습을 굳이 그렇게 꼭 보고 싶었던 거야? 이제 만족해?" 그가 물었다.

사피라가 고개를 저었다. "너의 얼굴은 아무래도 상관없었을 거야. 너의 내면까지도 그런 모습으로 변해 버렸다는 걸 몰랐더라면."

"듣기에 그럴싸하지만 무의미한 말이로군. 그런 미사여구는 이젠 아무런 도움이 되지 않아."

자리에서 일어나 사피라가 그에게 다가갔다. "하지만 난 널 도울 수 있어, 트리스탄. 벨타인의 속박에서 벗어나는 방법을 알고 있으니까. 가서 네 심장을 도로 가져와! 그러면 그에게 저항할 수 있을 만큼 다시 강해질 거야. 벨타인의 마법은 네 깊숙이 완전히 스며들지 못했어. 예전의 네 모습으로 되돌릴 수 있어. 그러니까 그 사악한 마법사의 명령을 따르는 건 인제 그만둬. 그 검도 내려놓고, 드래곤들을 그냥 그들이 속한 곳에 내버려 둬. 대신 슈투름 산맥으로 전진해서 벨타인이 네게서 빼앗아 간 심장을 되찾자!"

트리스탄의 얼굴에는 아무런 감정도 엿보이지 않았다. 사피라가 쏟아 내듯 흘린 이런 정보에 그가 놀랐는지조차 확

387

인할 방법이 없었다.

"마론이 너와 떠나기 전 그 사실을 그녀에게 알려 줬는데…. 하지만 너에게 전달하지 못했나 보군." 사피라가 확인하고자 했다.

"도대체 이런 정보를 어디서 안 거야?" 트리스탄이 담담히 물었다.

"아담이 말해 줬어. 하지만 일부는… 내가 짜 맞춰 본 거야."

"그럼 정말 그렇게 될지 확신할 수는 없는 거로군."

사피라가 낙담한 표정으로 고개를 흔들었다. "아무리 그렇다 해도 넌 꼭 시도해 봐야 해. 난 네 눈에서 그게 보여. 그리고 네 목소리에서도 들을 수 있고, 네 피부에 아직 배어 있는 온기에서도 느낄 수 있어. 트리스탄, 넌 아직 완전히 망가지지 않았어! 아무리 모두가 그렇다고 생각해도… 난 그걸 알 수 있어!"

트리스탄이 큰 숨을 토해 냈다. 낙담하고 좌절에 빠진 사람의 한숨 소리가 들렸다. "그렇게 보는 건 너와 마론, 둘뿐이야. 벨타인이 순순히 내어 주고 싶지 않아 하는 것을 그에게서 빼앗는 건 애초부터 불가능하다. 난 차라리 그가 한 약속을 믿겠어."

"그게 뭔데?"

사피라를 믿고 말해도 될지 망설이는 모습이 확연했다. 사피라는 싫건 좋건 포로로 끌려온 신세였다. 그렇지만 한때 그들 사이에 존재했던 유대감이 일부나마 남아 있었다. 그들의 우정을 간신히 연결해 주는 마지막 실 한 가닥처럼. 되크 발두르 역시 아직도 느낄 수 있었고 아무리 애를 써도 부정할 수 없는 감정의 끈이었다.

"벨타인이 날 놓아주기로 했다."

"네 말은 죽는다는 거야?" 사피라는 트리스탄의 말이 믿기지 않았다.

그가 고개를 끄덕였다. "내가 웨이요나를 죽이고 그리고…" 그가 말을 멈췄다.

"그리고?"

"그리고 자식을 낳고 나면. 그는 새로운 종족을 창조하고 싶어 해. 그의 말이면 뭐든 헌신할 암흑의 종복을."

사피라가 격분했다. 비틀거리면서 한 걸음 뒤로 물러설 만큼 큰 충격을 받았다. "그래서 마론을 데려온 거야? 대마법사에게 바칠 네 아들을 낳게 하려고? 도대체 마론에게 무슨 짓을 한 거야, 트리스탄?"

"난 아무 짓도 하지 않았어!" 그가 소리쳤다. 격분한 그의 눈동자가 무시무시한 눈빛을 쏘았지만 사피라는 그런 그의 시선이 전혀 두렵지 않았다. "난 그녀에게 아무 짓도 하지 않았고, 앞으로도 계속 그럴 예정이야. 난… 그냥 그럴 수가 없어."

이 세상에는 얼마나 많은 종류의 사랑이 존재하는지 참으로 신기할 지경이었다. 트리스탄은 온갖 유형의 사랑을 이미 겪어 보았지만 그중 그 무엇 하나 제대로 이해하지 못했다. 그리고 지금 그와 마론 사이에 일어난 일도 명확히 이해했다고 보기가 어려웠다. 사피라는 그에게 그 답을 알려 주지 않기로 결심했다. 남자들이 사랑이라는 말에 어떻게 반응하는지 누구보다 잘 알았기 때문이었다. 그들에게 사랑은 날카로운 검이자 팽팽하게 시위가 당겨진 석궁이었다. 섣불리 다가가기엔 너무나도 위험한 것.

"그러면 벨타인이 네가 염원하는 그것을 허락하지 않을 텐데." 사피라가 말했다.

또다시 무슨 생각을 하는지 속내가 읽히지 않았다. 대답 대신 트리스탄은 막사 정면에 있는 함 앞에서 몸을 숙이더니 그것을 열었다. 그 안에는 오물이 굳어 딱딱해진, 다 찢어진 데몬족의 바지 외에 아무것도 없었다. 역겨운 표정을 지은 트리스탄이 너저분한 옷가지를 구석에 던져 버렸다.

"네가 입을 만한 옷가지와 생활하는 데 필요한 물품들을 곧 챙겨 보낼게. 출발할 때까지 푹 쉬고 있어.”

“어디부터 가려는 거지?” 사피라가 다급히 물었다.

사피라는 그나마 성한 한쪽 팔을 들어 막 밖으로 나서려는 트리스탄을 붙잡았다. “우리 어디로 출발할 거야? 아엘프스탄이야? 아니면 슈투름 산맥?”

불편한 기색으로 몸을 뺀 트리스탄이 출구로 돌아섰다. 천막을 들어 올린 후 잠시 멈춰 선 그가 깊은 한숨을 내쉬었다. “나도 모르겠다.”

그리고는 사피라만 홀로 둔 채 막사를 떠났다.

얼마 후 사피라가 머무는 막사로 아담과 아레티가 찾아왔다. 아직까지 얼굴이 밀랍처럼 창백한 걸 보면 아마 저 둘은 한꺼번에 수많은 데몬족을 마주한 충격에서 아직 벗어나지 못한 것 같았다.

“마론을 봤어요!” 아레티가 말했다. “트리스탄이 머무는 막사에서요!”

사피라는 암흑 군주와 한 막사에서 지내야 하는 소녀의 심정이 어떨지 가슴이 먹먹해졌다. 지난 몇 달간 저를 적대시하던 태도와 그녀의 팔을 마비시킨 저주의 부적을 떠올리면 아직도 울화가 치밀어 올랐다. 하지만 이제 마론의 어깨를 짓누를 끔찍한 짐을 생각하니 원망이나 분노 따위는 대수롭지 않은 감정에 불과했다.

"어떻게 지내는 거 같아?" 사피라가 물었다.

"잘 지내는 것 같아요." 아레티가 대답했다. "그녀는 트리스탄이 당신을 포로로 잡아 온 걸 몹시 슬퍼했어요. 우리는 마론에게 약속을 받아 냈어요. 트리스탄한테 당신을 해치지 말라고 잘 말해 주기로요."

사피라가 고개를 저었다. "트리스탄은 내게 아무 짓도 하지 않아. 오히려 난 마론이 걱정될 뿐이야." 깊은 한숨을 내쉰 사피라가 방금 트리스탄에게 들은 정보를 공유했다. 그녀가 그 이야기를 마칠 무렵 아담과 아레티는 충격에 휩싸인 것처럼 보였다.

"새 종족? 벨타인이 그 종족으로 무슨 짓을 벌이려는 속셈인 거죠? 그들을 이용해 이 에냐도르 전체를 노예로 삼으려는 걸까요?" 엘프 숲지기가 물었다.

"그건 아무도 모르지. 하지만 그렇게 되지 않도록 우리가 막아야 해. 트리스탄이 계속 벨타인이 하명한 임무를 따르기로 결정한다면, 우린 어떻게든 탈출해서 그의 심장을 찾아봐야 해."

"도망친다고요? 데몬들이 득실거리는 이 군영에서 날지도 못하는 드래곤과 함께요?"

사피라가 막 대답하려던 찰나 막사 입구의 가림막이 열리면서 여자 데몬이 들어왔다. 나이를 분간할 수 없는 데몬 여자의 머리에는 구부러진 뿔들이 나 있었고 등에는 커다란 혹이 달려 있었다. 등짝에는 털이 수북이 자라나 있었고 목덜미에서 짧은 머리털과 만나 기이한 경계를 이루었다. 그녀는 쟁반을 담은 사각 바구니를 힘겹게 끌고 오고 있었다. 쟁반 위에는 흐물흐물한 버섯과 양파, 그리고 정체를 알 수 없는 고기로 만든 육포 한 조각이 올려져 있었다.

"여기, 어서 가져가라, 이 뾰족 귀야!" 그녀는 가장 가까운데 서 있던 아레티에게 소리를 질렀다. 드레스 자락 아래로 언뜻 보이는 붉은 뱀과 흡사한 꼬리에 사피라의 시선이 닿았다. 공포에 질린 표정으로 쟁반을 받아 든 아레티는 그것을 침대 옆 협탁에 내려놓았다. 데몬 여인은 막사 한구석에 있는 함 앞으로 가서 몸을 숙이더니 그것을 열었다. 그리고 아무 말 없이 옷가지와 수건 몇 장 그리고 뚜껑 닫힌 물병을 넣었다. 그런 뒤 몸을 일으켜 사피라에게 누더기 한 무더기를 건넸다.

"이 정도면 너에겐 분수에 넘치지, 드래곤 여자야!"

사피라는 옷 꾸러미를 풀어 보았다. 아마 포대기 같은, 다 찢어진 옷가지들이 보였다. 꾸러미를 건네준 데몬 여인이 걸치고 있는 옷과 비슷했다.

"손가락이 멀쩡하다면 바느질을 해서 입든지. 바늘과 실은 함에 넣어 뒀으니까."

"고맙네…." 사피라는 호기심 어린 눈빛으로 그녀를 바라봤지만 딱히 데몬 여인이 대꾸해 주기를 기대하진 않았다.

"난 아에타다. 전쟁의 군주, 레벨 폰 갈린의 부인이지."

"의복을 가져다줘서 고맙군, 아에타."

여인은 아무도 알아듣지 못할 구시렁거리는 소리를 냈다. 그런 뒤 굳은살투성이 손을 내밀며 사피라에게 말했다. "그리고 그 케이프는 이리 내놔라. 그건 암흑 군주의 것이니까!"

사피라는 이 싸움닭 같은 여자와 계속 논쟁을 벌일 생각이 없었으므로 어깨에 두른 케이프를 벗어 그녀에게 건넸다. 사피라의 벗은 몸에 닿은 아에타의 짜증 어린 시선이 날씬한 신체 곡선을 훑었다. "너희들은 정말 역겨운 종족이야. 수치심도 없고 아둔하지." 그녀가 단언했다.

"글쎄. 지금 내가 나신인 것은 네가 부탁했기 때문이지. 그리고 내가 정말로 아둔한지 아닌지는 곧 알게 되겠지."

아에타는 그 말에 달리 반박하지 않고 그저 제 두 손에 놓인 케이프를 꼭 쥐고는 그곳에서 발을 질질 끌며 밖으로 나갔다.

아레티는 사피라의 등 뒤에서 경악하여 입을 다물 줄 몰랐다. 꼬리를 지닌 데몬의 마지막 모습이 완전히 사라질 때까지 눈길을 떼지 못한 채 잠자코 있었다. "봤어요?" 데몬이 가청 거리 밖으로 벗어난 것을 확인한 아레티가 마침내 입을 뗐다. "어떻게 저렇게까지 추할 수가 있는 거죠? 교활한 데다 시기와 질투로 가득 찬 저런 얼굴은 처음 봐요."

"우리 네 종족의 생김새는 벨타인이 수백 년 전에 이미 결정을 내렸던 거지. 우리가 어떻게 사느냐의 문제 역시 그 결정과 적잖이 관련이 있어. 난 저 여자가 가엾기만 하구나." 사피라는 그 시간 내내 아무런 말도 없었던 아담에게 돌아섰다. "네 생각은 어때? 트리스탄이 어떤 결정을 내릴까?"

"그걸 내가 어찌 알겠어요?" 아담이 어깨를 으쓱이며 대답했다.

"너는 선지자잖아. 그러니 뭔가를 보았겠지. 그렇지 않았다면 그렇게 선뜻 트리스탄을 따라나섰겠어? 아담, 솔직히 말해 봐. 도대체 무엇을 본 거지?"

한숨을 깊이 내쉰 아담이 사피라와 아레티를 번갈아 바라보았다. 사피라와 아레티 모두 긴장된 눈빛으로 그를 응시했다. "우리는 북부에 있었어요. 슈투름 산맥이었죠."

"그래서?" 사피라가 재촉했다. "누가 또 거기에 있었지?"

아담이 고개를 저었다. "난 고작 딱 한 장면만 봤을 뿐이에요. 블루트베르크의 깊은 동굴에 우리 셋이 서 있었어요. 트리스탄이 근처에 있었는지는 알 수가 없군요."

사피라는 가까이 다가가 그의 표정을 자세히 관찰했다. 트레간디르를 출발한 이후 지금까지 줄곧 경악과 공포의 연속이었지만 그는 이전보다 훨씬 차분해 보였다. 무엇이 이 특별한 소년에게 갑자기 이러한 내적 확신을 가져다준 것일까? 아니면 정확히 그 반대인 걸까? 확신이 무너지고 있어서일까? 아무튼 그가 마지막으로 본 비전이 아담을 변화시켰을 테고, 사피라는 그런 변화가 기꺼웠다. 적어도 한 막사 안에서 광기에 빠진 선지자의 모습을 견뎌 내야 하는 소모적인 시간을 덜어 줄 것이기 때문이었다.

"아담, 도대체 뭘 본 거야? 네가 봤다는 그 장면에서 무슨 일이 일어난 거지?" 사피라가 물었다.

"내 운명을 완성했어요." 아담이 말했다. 그 이상은 들을 수가 없었다.

아레티도 계속 그의 내면을 일깨우려 하지 않았다. 아마도 그것이 올바른 행동 방식이었을 것이다. 이제까지 심하게 압박을 받을 때마다 아담은 경기를 일으키고, 고함을 지르며 격한 반응을 보였을 뿐이니까. 따라서 애당초 자극하지 않는 편이 나을 것이다. 엘프 숲지기는 한때 의복이었을 천 조각들을 사피라의 손에서 빼앗다시피 가져갔다. "당신 팔 상태로는 제대로 꿰매지도 못할 것 같은데요." 그녀가 말했다. "그러니까 내가 마무리하게 해 줘요. 바늘과 실은 내가 또 잘 알거든요."

이스타리엘

　새하얀 도자기 수조 안에 가느다란 붉은 색 무늬가 퍼져
나갔다. 이윽고 그 안에 담긴 물 전체가 핑크빛으로 물들었
다. 죽음의 색이라 부르기에는 다소 옅었다. 다만 죽음을 연
상시키기엔 충분했다. 수조의 양면을 두 팔로 붙잡고 선 이
스타리엘은 마지막 핏방울이 제 코를 타고 흘러 수조 속으
로 떨어지는 모습을 가만히 지켜봤다. 머릿속에 처형 장면
이 이미 수백 번 반복됐다. 가지런히 내려놓은 탄드리엘의
무기, 피를 튀기며 머리가 날아간 후 덩그러니 남은 그의 몸
뚱이, 바람에 휘날리던 그의 금발 머리카락. 동족인 엘프의
머리를 벤 순간 이스타리엘의 내면에 무언가가 부서져 버렸
지만 누구도 알아서는 안 될 일이었다. 슈발벤하인에서 그
는 데몬 한 명을 죽였었다. 그리고 아엘프스탄 전투에서도
하름의 등에서 창으로 또 다른 데몬을 꿰뚫어 버린 적도 있

었다. 감정이 극적으로 고조되고, 생명의 위협을 느꼈던 두 순간 모두 생각하기도 전에 몸이 먼저 반응했었다. 지금까지 그의 의지에 따라 다른 엘프를 향해, 그것도 무기 하나 손에 쥐지 않은 귀족 가문의 엘프에게 검을 든 적은 단 한 번도 없었다. 저와 너무도 닮은 누군가에게.

순간 문이 열리고 엘리야가 들어왔다. 황급히 수조에서 시선을 뗀 이스타리엘이 수건을 들어 얼굴을 닦았다. 지나치다 싶을 만큼 꼼꼼하게. 파수꾼과 왕자에게 걸맞지 않은 모든 종류의 물기를 두 뺨에서 제거하려는 듯. 인간의 왕은 동정심 어린 표정으로 이스타리엘의 모습을 말없이 지켜보았다. "이 또한 지나갈 것이다." 마침내 그를 향해 돌아선 이스타리엘에게 그가 말했다. "지금은 네 영혼이 갈기갈기 찢어지는 것 같겠지만 점차 아물어 갈 것이고 결국엔 흉터를 지닌 채 살아가는 법을 배우게 될 거다."

"난 괜찮소." 엘프 왕자가 말했다.

"알고 있다." 엘리야가 대답했다. 창가로 걸어간 그가 창문가의 모서리에 기댔다. "앞으로 우리가 어떻게 해야 할지 결정해야 할 때가 왔다."

"어떻게 하다니?" 이스타리엘의 목소리는 지금 그의 기분을 고스란히 드러냈다. 좌절과 낙담으로 가라앉은 목소리였다.

"우리 중 누구도 사피라가 어떻게 나올지 알지 못하지. 트리스탄이 뭘 하려는 속셈인지조차 오리무중이다. 둘은 그들만의 역사가 있는 사이야. 데몬, 드래곤에 이어 샤텐발트 마수들까지 합세하여 총공세를 펼친다면 난 일찌감치 백기를 들 것이다. 허나 넌 다르다. 너에겐 요정들이 있으니까. 요정들의 힘을 절대 과소평가해선 안 될 것이다."

"난들 무슨 뾰족한 수가 있겠소?" 이스타리엘이 혼자 중얼거렸다. 그는 빌라가르트를 떠올렸다. 어쩌면 앞으로 영원히 보지 못할 그의 아내와 어머니가 있는 그곳. "그렇게나 위대한 요정들은 다 어디 있는 거지? 웨이요나는 우리만 전쟁터로 내보냈어. 벨타인이 트리스탄을 사지로 내몰았듯이. 둘 중 누구도 동굴에서 기어 나올 엄두도 내지 못하면서 우리가 대신 죽기만을 바라고 있지!"

엘리야가 고개를 끄덕였다. "그랬지. 시대를 막론하고 권력자들은 항상 그런 식이었지. 우리도 궁수들과 보병을 희생시키곤 했다. 승패를 가를 열쇠는 병사들이 아니라 우리 자신이었으니까. 왕이 죽으면 그 전쟁은 패배로 끝나는 거니까."

"그들이 진정한 제왕이 되고자 한다면 에냐도르 한복판에서 만나 둘 중 하나가 쓰러질 때까지 마력을 겨뤄야 마땅하지 않겠소? 그 둘은 제왕이 되려는 자에 걸맞지 않게 너무 비겁해!"

"그렇지 않아." 엘리야가 말했다. "웨이요나라면 에냐도르를 구하기 위해 기꺼이 제 목숨을 희생할 거다. 다만 요정 왕국과 요정족 전부가 벨타인의 손아귀에 떨어질까 봐 우려하는 거지. 그래서 대신 널 보낸 거다. 하지만 그녀의 도움이 필요한 순간이 오면 꼭 모습을 드러낼 거다."

"꼭 그러기를 바라야겠군." 이스타리엘은 이에 대해 더는 이러쿵저러쿵 말하고 싶지도 않았다. 당장은 너무 의기소침해진 상태였다.

다시 돌아선 엘리야가 창밖의 늪지대를 바라봤다. "18년 전 날 함정에 빠트린 주범이 무엇인지 알고 있느냐? 그때 날 굴복시킨 건 베리안이 아니라 내면의 나약함이었다. 당시 저 밖에서 나는 베리안에게 저주를 퍼부었고 그로 인해 나는 두 발로 나 자신을 지탱하지 못할 정도로 힘을 소진해 버렸다. 그래서 난 그들에게 아주 쉬운 먹잇감이 되었지."

"그들이라니?"

"도깨비불이다. 그들은 날 늪지대로 유혹했고, 늪에 빠진 난 질식해 버렸지. 그때 베리안이 내 시신을 수습한 거였어. 그렇게 난 아엘프스탄 감옥에 처박히게 된 거다."

"도깨비불이라고!" 이스타리엘이 알 수 없는 표정으로 엘리야의 말을 반복했다. "내가 그 생각을 왜 못했을까?" 단번에 이스타리엘의 마음에 희망의 빛이 차올랐다.

"적지 않은 도깨비불들이 아직 살아 있다. 지난번 전투에서 구사일생으로 살아남은 너의 작은 병사들이 샤텐발트로 다시 도망친 것 같더구나. 아녜이를 찾아가는 길목에서 그들을 보았다. 도깨비불들을 다시 불러모으면 트리스탄도 맞서지 못할 군대를 갖출 수 있을 거다."

엘리야의 말이 옳았다. 샤텐발트 마물들 중 되크 발두르에게 해를 입힐 수 있는 건 도깨비불들이 유일했다. 그들에게는 되크 발두르를 죽일 힘은 없었다. 하지만 암흑 군주의 내면에 트리스탄의 영혼이 아주 조금만이라도 남아 있다면 그 부분을 자극하고 미혹시켜 잠시라도 그를 저지할 수 있을 것이다. 예전부터 트리스탄은 제 아비를 닮아 유혹에 취약했으니.

"당장 아엘프스탄으로 까마귀를 보내 하름을 불러오겠소."

"그건 널 위해 내가 이미 처리해 뒀다."

"잘 하셨소!" 충동적으로 창가로 성큼 다가간 이스타리엘이 엘리야의 어깨에 양손을 올렸다. 마법사의 왕은 비장한 표정으로 고개를 끄덕이며 그에게 화답했다.

✤

그다음 날 아침, 하름이 트레간디르에 입성했다. 블랙 드래곤은 탄드리엘이 흘린 피로 여전히 얼룩져 있는 성 안뜰에 착륙했다. 전투 중에 추락해 죽은 드래곤의 시체는 벌써 소각한 이후였기에 다행히 하름은 사나운 꼴을 보지 않아도 되었다. 이스타리엘은 하름이 사피라처럼 인간형으로 변신할 수 있으면 좋겠다고 생각했던 적이 많았다. 지금도 그럴 수만 있다면 그에게서 아엘프스탄의 최신 동향을 듣고, 당장 시행해야 할 임무에 대한 그의 의견도 들어보고 싶었다. 하지만 블랙 드래곤과 대화는 나누지 못해도 저렇게 건강하고 강한 모습을 되찾은 걸 보는 것만으로도 기뻤다.

"잘 회복했구나." 한 손을 블랙 드래곤의 콧구멍에 대며 이스타리엘이 하름에게 인사했다. 하름은 뜨거운 콧김을 뿜으며 그의 인사에 화답했다. 그와 함께 하늘을 비행하던 것도 몇 년은 족히 지난 것처럼 느껴졌다.

트레간디르 수비대는 드래곤과 가까이 있는 게 몹시 어색했다. 특히 죽고 죽이는 적으로서가 아닌 동맹 관계인 드래곤은 더욱 낯설기만 했다. 그래서인지 병사들은 성벽 뒤로 바짝 물러서서 경계심과 불신을 담은 시선으로 시커먼 괴수를 지켜보는 것을 선택했다. 하름 역시 비슷한 눈초리였다. 그는 이곳이 드래곤에게 안전한 장소가 아니라는 걸 본능적으로 감지하는 것 같았다.

이조라, 카이 그리고 엘리야가 작별 인사를 하러 다가왔다. 세 명 모두 이마에 걱정 어린 주름이 가득했다. 샤텐발트를 샅샅이 수색해야 하는 전사에게 무슨 일이 벌어질지 아무도 예측할 수 없었기 때문이었다.

"네 정복자의 검을 잘 지켜야 한다!" 엘리야가 말했다. "적당한 시점이 오면 사피라의 소유였던 정복자의 검을 누구에게 줘야 할지 의논해야 할 거다. 그 검을 제대로 다루려면 엘프여야겠지. 하지만 아직은 아엘프스탄에 그 검을 놔두는 게 훨씬 안전할 것 같다. 와이번이 아직 우리 지배하에 있으니 말이다."

이스타리엘이 고개를 끄덕였다. 그는 엘리야가 검을 곧장 회수하라고 명령하지 않은 이유를 누구보다 잘 이해했다. 그 막중한 임무를 넘겨줄 만큼 충분히 신뢰할 만한 엘프가 없었기 때문이었다. 딱 한 명 있긴 했지만.

"이조라에게 줍시다! 어렸을 때부터 내가 문스워드로 싸우는 법을 가르쳤으니. 위급한 상황이 오면…"

"네 누이는 절대 검을 들지 않을 것이며, 또한 그 어떤 전투에도 참전하지 않을 것이야!" 엘리야가 단언했다. 이스타리엘은 곧바로 하던 말을 멈추고 침묵했다. 인간 왕의 음성에 이조라에 대한 깊은 염려가 깃들어 있었기에 이스타리엘은 약간 어리둥절했다. 며칠 전만 해도 저 둘은 서로를 쳐다보지도 않던 사이였다. 도대체 저 둘 사이에 무슨 일이 있었던 걸까?

"네가 임무를 마치고 돌아오면 그때 고민해 보자." 엘리야가 조금 더 침착한 음성으로 덧붙였다. 엘프 왕자는 여전히 어리둥절한 기색으로 엘리야를 응시했다. 하름이 시키먼 날개를 펼치자 이스타리엘이 그 위로 올라탔다. 드래곤의 등에 앉자마자 자유를 흠뻑 담은 바람의 향기가 느껴졌다. 다시 용기를 낸 이스타리엘이 창공으로 고개를 들어 올렸다. "샤텐발트로!"

거대한 블랙 드래곤이 지상에서 곧장 공중으로 날아오르느라 땅을 박차고 뛰어오르자 주변에 한바탕 소동이 벌어졌다. 청소용 양동이, 공구 상자의 각종 도구 그리고 주변에 있던 커다란 물통이 굉장한 소용돌이에 날아가 벽에 부딪혔다. 엘프들은 전부 몸을 피하며 어디론가 황급히 대피했지만, 이미 아엘프스탄에서부터 이런 소동에 그나마 익숙한 인간들은 고개만 빼꼼히 내밀고 그 장엄한 광경을 지켜봤다. 이스타리엘은 드래곤 목덜미에 난 날카롭고 뾰족한 비늘을 꽉 붙잡았다. 그렇게 그들은 트레간디르 상공으로 솟구쳐 올랐다. 하름은 성벽을 따라 원을 그리며 한 바퀴를 선회하면서 제 등에 탄 라이더의 귀가 먹먹해질 정도로 크게 포효하여 작별 인사를 남겼다. 하름은 불신에 찬 시선으로 절 지켜보던 엘프 수비대를 떠나서 마음이 홀가분해진 것처럼 보였다. 서늘한 비늘로 덮인 하름의 몸과 얼굴에 닿는 시원한 바람을 느끼며 이스타리엘이 마음껏 숨을 들이마셨다. 그들의 목적지가 누구도 가고 싶어 하지 않는 소름 끼치는 장소이긴 하지만 지금 이 순간만큼은 이 하늘을 지배하는 제왕이 된 것만 같은 기분이 들었다. 설령 천 년을 타고 다닌다고 해도 드래곤 등 위에서 하늘을 나는 일은 매번 가슴 설레는 경험으로 다가올 것이다. 아그네스만 곁에 있다면 이 길로 곧장 드넓은 바다를 넘어 어딘가에 있을 미지의 땅을 찾아 떠나 버릴 텐데. 그리고는 다시는 돌아오지 않을 텐데.

그들은 이블리스 강을 건너 아엘프스탄을 스치듯 날아갔다. 이스타리엘은 사피라 소유인 와이번의 정복자 검을 아주 잠시 떠올렸지만 이내 그 생각을 접었다. 카이가 이미 강력한 투명 마법을 걸어 둔 터였다. 그러니 검을 찾으려면 아마 여러 시간 혹은 며칠을 그의 방에서 헤매야 할 게 뻔했다. 지붕 틈일지 벽 속일지, 어디에 숨겨 놓았는지 알 수 없으니까. 더욱이 검을 찾아낸다 해도 괜히 샤텐발트로 가져갔다가는 이동 중에 잃어버릴지도 몰랐다. 맨눈으로는 볼 수도 없는 검을 간수한다는 게 만만한 일은 아닐 것이다. 결국 이스타리엘은 아엘프스탄을 그대로 지나쳐 곧장 샤텐발트로 향했다. 지난번과 마찬가지로 하름은 샤텐발트 위를 비행하는 데 아무 어려움도 없었고, 숲속 작은 공터에 무난히 착륙했다.

하름의 등에서 내려온 이스타리엘이 주변을 둘러봤다. 아래에서 보니 이곳은 숲속 빈터라고 부르기엔 걸맞지 않았다. 실제로는 바람에 쓰러진 시커먼 전나무 우듬지 사이로 만들어진 작은 구멍으로 아주 미약한 햇살만이 스며들어 왔다. 이리저리 쓰러진 나무 기둥 사이로 보랏빛 꽃들이 피어 있었다. 샤텐발트에서는 좀처럼 볼 수 없는 희귀한 풍경이었다. 이스타리엘은 드래곤에게 잠시 기다려 달라고 부탁하고는 나무 기둥 위로 올라갔다가 다시 숲 바닥으로 내려왔다. 환한 햇살 아래에서는 도깨비불은 찾을 수가 없었기에 이스타리엘은 숲속으로 깊이 들어가야 했다. 이스타리엘은 관목과 수풀 더미 아래를 샅샅이 수색하며 몇 시간 동안을 찾아보았지만, 단 한 마리의 도깨비불도 보이지 않았다. 그렇게 한참을 허탕 친 후에야 문득 예전에 툴이 격전지에서 유령늑대를 부르던 방식이 떠올랐다. 당시 정복자와 샤텐발트의 마물 사이에 정신적 교감이 수백 미터가 넘는 거리까지 작동했었다. 샤텐발트가 그런 교감 에너지를 집어삼킨다 치더라도, 적어도 가까운 반경 안에 있는 도깨비불 한두 마리에게 메시지를 전달하는 것은 가능할 것이다. 이스타리엘은 근처에 보이는 홀구르나무 기둥에 기대고 선 채 두 눈을 감았다. 그리고 황홀한 불빛으로 적들을 홀려 쓰러뜨리는 아름답지만 치명적인 마물을 열정적으로 떠올렸다. 밝은 빛을 발산하며 꿈틀대는 구름처럼 몰려다니는 존재를. 이스타리엘은 항상 그런 도깨비불의 희생양이 되었던 트리스탄과 엘리야를 떠올렸다. 이스타리엘은 그들을 소환하기 위해 생각나는 대로 명령했다. 이스타리엘은 툴이 쓴 방식이 뭔지는 알지 못했다. 꾹 감은 눈꺼풀 사이로 마침내 주홍빛 빛이 스며든 후에야 이스타리엘은 두 눈을 다시 떴다. 그의 눈앞에 손 한 뼘 정도의 거리를 두고 도깨비불 한 마리가 너울거리며 공중에 떠 있었다. 작은 화염의 팔을 마구 흔드는 모습이 춤을 추는 것 같은 인상을 풍겼다.

"나머지 도깨비불 떼를 데려와라!" 이스타리엘이 속삭였다. "정말 마지막으로 너희 도움이 꼭 필요해!"

이스타리엘이 도깨비불 떼와 처음 마주쳤을 때처럼, 마물 사이에 그 소식이 순식간에 퍼졌다. 이스타리엘은 그들이 서로 어떻게 소통하는 건지 알 수는 없었지만 무언가 정교한 체계가 있는 것만큼은 분명했다. 그의 명령이 내려진 지 채 몇 초도 되지 않아 또 다른 도깨비불이 눈앞에 나타났다. 도깨비불들은 이스타리엘 주변에서 살랑이며 머리 위로 원을 그리며 날아다녔고, 불타는 코를 그의 뺨에 비볐다. 이스타리엘은 작은 마물들이 원하는 대로 하도록 잠시 놔두었다. 도깨비불이 비벼 대도 그는 아프지 않았기 때문이었다. 한 시간쯤 지나자 더 모일 도깨비불이 없는 것 같은 분위기였다. 이스타리엘은 도깨비불의 수를 정확히 가늠하지는 못했지만 그의 앞에서 꿈틀대는 불꽃 구름을 보니 예전의 십 분의 일밖에 되지 않아 보였다. 호리엘과 가바인은 이 도깨비불 군단을 정말 제대로 타격했던 것이다. 결국 늪지대에 서식하는 도깨비불들까지 그러모아야 할 만큼 숫자가 줄어들었다.

"이 샤텐발트의 피난처를 한 번 더 떠나 줘야겠다." 이스타리엘이 마물들에게 말했다. "날씨는 좋다. 비가 올 기미도 없고. 그러니 이대로 트레간디르로 날아간다. 그곳 지하실에 너희들이 머물 만한 곳이 있을 거다."

도깨비불들이 날개를 팔랑거렸다. 저 소리가 분명 꼬마

마수들의 대답일 것이 분명했다. 이스타리엘은 도깨비불 떼가 자발적으로 따라오는 것인지, 모험심이나 투쟁심을 느껴서인지 정확히 파악할 방법이 달리 없었다. 어쨌든 그가 홀구르나무를 떠나 작은 숲속 공터로 향하자 꼬마 마수들이 전부 그의 뒤를 쫓았다.

다시 공터에 도착하자 놀랄 만한 상황이 그를 기다리고 있었다. 하름은 더는 혼자가 아니었다. 드래곤 옆에는 아녜이가 서 있었다. 마녀는 보랏빛 꽃들이 수북이 담긴 바구니를 들고 있었다. 아녜이가 이스타리엘을 향해 미소를 지었다. 하지만 이스타리엘은 저 여자의 미소가 얼마나 신뢰할 수 없는 것인지 너무 잘 알고 있었다. 절대 믿어서는 안 되었다. 이스타리엘이 조심스레 검을 뽑아 들었다. "원하는 게 뭐냐?" 이스타리엘이 그녀에게 호통을 쳤다.

"안 그러는 게 좋을 텐데, 엘프 왕자." 아녜이가 속삭이듯 말했다. 어쩌면 저리도 나긋나긋한 목소리를 낼 수 있는 걸까! "난 그저 마법 물약에 넣을 몇 가지 재료를 찾으러 나왔을 뿐이란다. 여기 이곳에 핀 꽃들은 정말 귀한 재료거든. 어떻게 재료를 배합하느냐에 따라 누군가를 치유할 수도, 혹은 죽일 수도 있지."

"그래서 뭘 어쩌려는 속셈이지? 치료할 건가? 죽일 건가?"

엉덩이를 살랑살랑 흔들며 아녜이가 다가왔다. 그녀는 여전히 젊고 싱그러웠다. 아마도 남들로부터 수명을 갈취해 생긴 에너지를 이 샤텐발트가 빨아들이지 않기 때문일 것이다. 다만 새하얀 머리카락만큼은 원래의 나이에 맞는 색으로 남아 있었다. 아마도 그녀의 프레지오라이트가 아녜이를 온전히 용서하지 않았다는 명백한 증거일 수도 있었다. 그녀의 프레지오라이트는 자발적으로 빛을 되찾은 게 아닐 것이다. 다만 다시 타오르라는 벨타인의 명령을 어쩔 수 없이 따른 것뿐이었다. 즉, 배신을 저지르면서까지 저에게 봉사하는 마녀에게 하사한 벨타인의 선물인 셈이었다.

"당연히 치료지." 아녜이가 느릿하게 말했다. 마치 치료 말고 다른 사악한 일은 한 번도 해 본 일이 없었던 사람처럼. "이제 딱 한 가지 재료만 더 있으면 되는데… 이 샤텐발트에서 그걸 얻을 수가 없어서 말이지."

그녀의 머리 위로 까마귀 한 마리가 시끄럽게 울어 댔다. 이스타리엘은 고개를 들어 떡갈나무 꼭대기에 앉은 까마귀를 응시했다. 아녜이의 눈이 번뜩였다. 팔 하나만큼의 거리를 두고 멈춰 선 아녜이의 얼굴에는 연신 알랑거리는 미소가 사라지지 않았다. 하지만 그 웃음 속에는 다른 무언가가 더 담겨 있었다. 무언가 심상치 않은 진지함이… 이스타리엘은 혼란스러웠다.

"너와 네 드래곤이 정말 제때 와 주었어." 그녀가 말했다. "어서 날 나르누크로 데려다주렴. 그 지역 금 시장에서 사야 할 게 있거든."

"금을 사겠다고? 마법 물약에 타려는 거겠지? 하지만 당신은 마법사가 아니던가! 직접 땅을 파서 캐내든지, 아니면 당신 구역을 지나는 귀족을 털면 될 거 아닌가!" 이스타리엘은 어떤 경우에도 저 파렴치한 여자를 제 소중한 드래곤에 태울 생각이 없었다. 이렇게 지척에서 저 역겨운 여자를 마주하는 것만으로도 아주 끔찍했다. 벨타인이 트리스탄을 손아귀에 넣도록 돕고, 사피라의 팔을 못 쓰게 만든 자가 바로 저 여자였다. 아무리 저 마녀가 나중에 엘리야에게 예언의 뒷부분을 전달했다고 해도 절대 믿을 수 없는 배신자인 건 변함없는 사실이었다.

끔찍한 미소가 그녀의 얼굴에서 사라지지 않았다. 오히려 정반대였다. 시간이 흐를수록 더 활짝 피어올랐다. "샤텐발트 땅을 파 본들 아무런 의미가 없단다. 이곳에는 금이 매장되어 있지 않으니까. 그리고 귀족이 지나가기를 기다릴 시간도 없어. 당장 써야 할 물약이라서 말이지. 혹시 엘프 왕자 당신이 금 1온스를 몸에 지니고 있다면 모를까."

"내겐 금이 없다." 이스타리엘이 무뚝뚝하게 말했다. "당신 일은 스스로 알아서 해결하도록 해!" 도깨비불들도 격분한 이스타리엘의 기분을 공유한 것 같았다. 그들은 윙윙거리며 이스타리엘 뒤편에서 사나워진 벌 떼처럼 맥동했다. 그들 중 일부는 위협하듯 조금 앞으로 나와 빛을 뿜었지만, 한 손을 치켜든 아녜이가 마력으로 그들을 뒤로 밀어냈다.

"너희들은 내가 이 샤텐발트를 지배하는 주인이라는 걸 아직도 모르는 게냐? 이 안에서는 내 권능이 너희 전부를 합친 것보다 강하단다."

"정말 그렇다면, 당신은 절대 이곳을 벗어나면 안 되겠네!" 이스타리엘이 말했다.

그러자 아녜이의 눈이 아주 잠시 나무 꼭대기에 앉아 있는 까마귀에 닿았다. 그리고 신중하게 다음 말을 골랐다. "정말 지니고 있는 금이 없어? 반지나, 목걸이나… 아니면 작은 *금니*라도?"

그때 불현듯 이스타리엘은 아녜이의 행동에 다른 뜻이 숨어 있음을 깨달았다. 지금 문제는 저 까마귀였다. 저 짐승의 눈을 빌려 벨타인이 마녀를 관찰하고 있기 때문이리라. 그런 이유에서 저 마녀는 엘리야에게 예언을 말로 전하지 않고 이빨에 새겨 건넸던 것이다. 이렇게 저 마녀와 마주친 것도 어쩌면 우연이 아닌 걸까? 뭔가를 알려 주려 자신이 오기만을 기다렸던 건 아닐까? 순간 이스타리엘은 저 배신자 같은 시커먼 짐승을 당장 쏘아 버릴 활을 챙겨 오지 않은 자신을 욕했다.

"내가 당신을 태워 주면 내게 뭘 줄 건가?" 이스타리엘이 그녀에게 질문했다.

"그러면…" 마녀가 춤추듯 그에게 가까이 다가왔다. "키스는 어때? 아니면 날 찾아오는 고객이 항상 원하는 그런 보상도 있지. 왕자 당신의 미래를 위한 좋은 예언 같은 거?"

"좋다." 저 마녀가 혹시라도 첫 번째 말한 대가 쪽으로 마음이 기울기라도 할까 봐 이스타리엘이 서둘러 대답했다. "함께 가도 좋다. 하지만 가는 길에 손가락 하나라도 까딱한다면 그 즉시 당신을 던져 버릴 거야!"

그 말에 아녜이는 아무런 토를 달지 않았다. 그녀는 이스타리엘에게 알랑거리던 태도를 곧장 버리고, 서둘러 드래곤에게 다가갔다. 그리고는 꽃이 담긴 바구니를 손에 꼭 쥔 채 가로놓인 나무 기둥을 어린 사슴처럼 깡충 뛰어넘었다. 이스타리엘도 서둘러 그녀의 뒤를 따랐다. 그 순간 까마귀의 시선이 저의 일거수일투족을 감시하고 있다는 느낌이 문득 들었다. 당장 이 숲을 떠나고 싶은 마음뿐이었다! 도깨비불 떼는 이스타리엘의 마음을 읽기라도 한 것처럼 주인 일행과 까마귀 사이에 반짝이는 장막을 쳐 가로막았다. 그러자 까마귀는 시끄럽게 울며 하늘로 날아올랐다.

이스타리엘은 아녜이가 서둘러 하름의 등 위로 오르도록 도왔다. 그런 뒤 자신도 그녀의 뒤에 올라앉은 후 드래곤에게 출발 신호를 보냈다. 트레간디르에서 그랬던 것처럼 이곳에서도 도움닫기를 할 만한 공간이 없었다. 따라서 주변 공터에 쓰러진 나무들 위로 강력한 소용돌이를 일으키며 수직으로 공중에 떠올랐다. 공간이 좁았지만 이륙은 성공적이었다. 숲 위로 날아오른 그들은 샤텐발트의 시커먼 우듬지를 뒤로하고 힘차게 비행했다. 숲의 끝자락에서 완전히 벗어난 후에야 이스타리엘은 안도의 한숨을 내쉬었다. 암흑의 힘이 그들을 나락으로 끌어당기지도 않았고, 악천후가 몰려와 드래곤의 비행을 방해하지도 않았다. 그런 상황은 그의 마음을 한결 놓이게도 했지만 또 한편으로는 불편하게 만들기도 했다. 까마귀한테도 상황은 같았으니까. 이제 더는 시끄럽게 까악거리며 울지 않았지만 직접적인 해를 끼칠 힘이 없는 도깨비불 떼에 둘러싸인 채 까마귀가 여전히 그들을 따라 이동하고 있었다. 까마귀는 도깨비불에게 미혹되어 길을 잃지 않을 정도로 강한 정신력을 지닌 것 같았다.

"화염을 쏴!" 아녜이가 속삭였다. "드래곤에게 저 까마귀를 불태워 버리라고 말하라고. 어서 당장!"

그때 고개를 싹 옆으로 돌린 하름은 제 등에 탄 이들의 대화를 정확히 들은 것 같았다.

"그렇게 해라!" 이스타리엘이 하름에게 속삭였다. "까마귀를 불태워 버려!"

하름이 몸을 비틀어 시커먼 밀정에게 파이어볼을 쏘았다. 그렇지만 까마귀는 예상보다 민첩했다. 재빠른 몸놀림으로 저를 공격해 오는 불덩이를 피했다. 동시에 까마귀의 두 눈이 붉게 빛났다. 이스타리엘은 저 번쩍임이 드래곤이 뿜은 화염이 반사된 것이기만을 소원했다. 드래곤은 다시 한번 공격을 감행했다. 그렇지만 이번엔 방법을 바꿨다. 드래곤은 까마귀의 회피 작전을 파악하고는 왼쪽, 오른쪽을 번갈아 가며 이리저리 끊임없이 방향을 바꾸면서 까마귀를 뒤쫓았다. 그러는 와중에 아녜이가 드래곤의 등 뒤에서 허우적대기 시작했다. 당황한 그녀는 연신 비명을 질러 댔지만 양손으로 꽃이 든 바구니를 절대 놓지 않고 꼭 움켜쥐고 있었다. 결국 이스타리엘이 직접 몸을 날려 간신히 그녀의 추락을 막았다. 얼마 후 하름의 몸이 균형을 잡고 나서야 한바탕 소동이 막을 내렸다. 이스타리엘은 서둘러 아래를 내려다보았다. 시커멓게 불에 탄 까마귀의 몸뚱이가 나락으로 추락하는 모습을 확인했다. "잘했어!" 이스타리엘이 환호하며, 반짝이는 드래곤의 새까만 비늘 쓰다듬었다.

"신들이시여, 감사합니다. 우리가 해냈구나!" 아녜이도 환호했다.

짜증이 가득한 얼굴로 이스타리엘은 그녀의 어깨를 붙잡고 제 눈을 보게 했다. "방금 이게 다 무슨 일이냐, 마녀? 우리에게 또 무슨 해코지를 하려던 거였지?"

"해코지를 하려던 게 아니야!" 확언하는 아녜이의 얼굴에 처음으로 긴장감이 가셨다. "우선 벨타인의 감시자를 치워야 했어. 나도 너희를 돕고 싶었으니까!"

"당신은 항상 당신 자신만 챙겼어. 그런데 왜 내가 그 말을 믿어야 할까?"

"이 물약이 누굴 위한 건지 들으면 날 믿게 될 텐데." 아녜이가 말했다.

이스타리엘이 뒤로 몸을 젖히며 한쪽 눈썹을 위로 쳐들었다. "누굴 위한 거지?"

"드래곤 여왕. 그녀가 하늘을 다시 날아야 할 거 아냐!"

"그럴 거면서 그 망할 주술 부적을 건넨 이유가 뭐야?"

"그건 애당초 드래곤 여왕을 노린 것이 아니었어. 원래 목표하던 건 이조라였지. 그 멍청한 계집이 그 부적을 엉뚱한 침대 속에 숨겨 둘지 난들 어찌 알았겠나?"

"이조라? 그 아이는 내 혈육이야. 이 망할 마녀야!"

"그래서 뭐?" 아녜이는 전혀 후회하는 기색이 없었다. "이조라가 없으면 사랑의 마법도 성립되지 않아. 사랑의 마법이 사라지면 되크 발두르도 없지. 너희들 모두에게 그녀를 죽일 기회가 있었지만 실행에 옮긴 건 오직 나뿐이었어! 에냐도르를 구하려면 어쩔 수 없는 선택이었지."

또다시 그 숙명적인 질문이 던져졌다. 개개인의 행복과 왕국의 미래 중 무엇이 더 중요한가? 이스타리엘은 이 물음에 이번에도 침묵으로 답을 대신해야만 했다. 사실은 대답이고 뭐고 뱃속에서 마녀에 대한 짜증이 부글부글 끓어올랐다. 물론 이제는 저 망할 여자가 왜 그런 짓을 벌였는지 이해할 수는 있었다. 물론 그것도 저 여자가 지금 진실을 말하고 있다는 가정하에 그렇다는 것이지만.

"그러면 이렇게 갑자기 편을 바꾼 이유를 설명해 봐라." 이스타리엘이 아녜이에게 요구했다.

언짢은 미소가 그녀의 얼굴에 스쳐 지나갔다. "엘프 왕자, 당신은 나란 인간을 이미 잘 알고 있지 않은가? 그 역시 나 자신을 위해서야. 다른 이유는 없어."

418

"그럼 그렇게 조력한 후 우리에게 얻으려는 건 뭐지?" 이스타리엘이 그녀의 말을 자르며 질문했다.

"너희에게? 하, 없어. 내가 바라는 건 웨이요나한테 있으니까. 한때 그녀가 내게 약속했었지만 아직 내게 주지 않은 그것! 바로 그녀의 피란다. 영원한 삶, 영원한 젊음! 바로 그거지. 때마다 누군가에게 대가를 주고 조금씩 사야 하는 이런 상황이 이젠 지겨워."

"사피라를 치유해 주면 웨이요나가 요정의 마력을 줄 거라 믿는 건가? 웨이요나의 입장에서 본다면 그건 너무나 과한 대가인 것 같은데. 내가 아는 한 그녀가 다른 종족에게 그런 힘을 나눠 준 경우는 딱 한 번뿐이었지. 슈투름 산맥의 잔혹한 대마법사 말이야. 그리고 그게 어떤 결과를 낳았는지 우리 모두 잘 알고 있잖나?"

"믿고 싶은 대로 믿으렴." 아녜이가 날카롭게 대답했다. "예전에 거의 성공 문턱까지 갔었는데, 이번에는 꼭 성공하고 말 거야. 이름을 걸고 약속했으니까 요정 여왕도 그 약속을 지켜야만 해!"

하름이 구름 속을 통과하자 미세한 안개가 마녀의 얼굴을 덮었다. 이스타리엘과 마녀는 잠시 침묵하며 시야가 다시 깨끗해지기만을 기다렸다. 그리고 다시 그리됐을 때 이미 페엔 산맥의 봉우리가 저 멀리 지평선에 나타났다.

"가려는 목적지가 정말 나르누크인가?" 이스타리엘이 물었다. "사피라는 아마 슈발벤하인에 있을 가능성이 큰데. 트리스탄과 데몬 군대 전체가 감시하겠지. 그곳에 있는 사피라에게 어떻게 접근하려는 거지?"

"그건 내가 알아서 할 테니 걱정하지 마, 왕자. 그냥 날 그 광산 도시에 데려다주기만 하면 돼. 그곳까지 가면 슈발벤하인까지는 금방이니까."

마녀는 그러고는 입을 닫았다. 이스타리엘은 자신이 저 마녀를 샤텐발트에서 데려온 일로 운명의 수레바퀴가 다시 움직이지 않았기만을 간절히 소망했다. 하름이 죽이기 직전 붉게 빛나던 까마귀의 눈동자가 그의 머릿속을 여전히 맴돌았다. 벨타인은 아녜이가 어떻게 도망쳤는지 전부 목격했다. 어쩌면 그녀가 제조하려는 저 물약이 누구를 위한 것인지도 알고 있을지 모른다. 이 추측이 옳다면 과연 앞으로 무슨 일이 벌어질까?

하름은 나르누크에서 얼마 떨어지지 않은 산맥의 건너편에서 서서히 하강했다. 드래곤은 커다란 암석 지대 뒤편으로 착륙했고, 아녜이는 드래곤 등에서 우아하게 미끄러지듯 내려갔다.

"엘프 왕자, 고맙구나." 그녀가 말했다. "내가 성공하면 당신한테도 소식이 가겠지."

"벨타인은 어쩌고?" 이스타리엘이 물었다. "그가 당신을 찾지 않을까?"

아녜이는 저를 뒤쫓을 상대가 불사인 대마법사가 아니라 동네 개구쟁이쯤이라도 되는 것처럼 어깨만 한 번 으쓱였다.

"날 쉽게 찾지 못하도록 대비를 단단히 해 두었지. 샤텐발트에는 일반 마법보다 훨씬 강하고 특별한 게 몇 가지 있단다. 이것 좀 보렴!" 그녀는 바구니에서 내용물을 알 수 없는 플라스크 하나를 꺼내 들었다. 아무것도 들지 않은 것처럼 보이기도 했다. "그 카이라는 꼬맹이는 원하는 만큼 투명 마법을 쓸 수 있지. 그렇지만 벨타인은 그를 항상 볼 수 있단다. 하지만 난 다르지. 지금 이 순간 이후 아무리 그 붉은 눈동자를 번뜩인들 날 보지 못할 거란다. 난 너희랑은 차원이 다르거든. 이제 곧 북풍이 너희를 덮칠 테니 조심하렴. 그럼 잘 가라, 이스타리엘 폰 아엘프스탄!" 그 말을 끝으로 손에 든 플라스크를 입술에 댄 아녜이가 내용물을 쭉 들이켰다. 투명 액체를 마시는 동안 그녀의 몸이 서서히 흐릿해지더니 어느 순간 들고 있던 바구니와 함께 허공으로 사라졌다.

툴

마론과 사피라가 군영에 머문 뒤로 트리스탄은 뭔가 변했다. 데몬의 관점에서 보면 그리 바람직한 변화는 아니었다. 툴과 마찬가지로 몰구르 역시 암흑 군주의 생활을 유심히 지켜보았을 터였고, 어쩌면 되크 발두르가 두 여인의 치마폭 속에서 나약해졌다고 주장할지도 몰랐다. 그래도 툴에겐 위안이 되는 구석도 있었다. 전투에서 공을 세워 명성과 권력을 얻고 싶은 생각을 이미 오래전에 접은 게 천만다행이란 생각이 들었다. 트리스탄이 진정한 데몬에 가까워져 가는 모습을 보면서 오히려 툴은 그 일원이 되고픈 갈망이 사그라졌다. 모든 것이 변해 버렸다. 그동안 툴은 한때 인간의 파수꾼이었던 트리스탄을 거울삼아 자신의 모습을 비춰볼 수 있었다. 무너지고, 상처 입고, 망가진 존재. 아무리 생각해도 데몬 노릇은 할 짓이 못되었다. 그렇다면 트리스탄이

처했던 상황에서 데몬 말고 다른 선택이 있었을까? 북쪽의 슈투름 산맥에서 풀려났던 그때 트리스탄은 마음만 먹으면 어디로든 갈 수 있었다. 하지만 위풍당당한 드래곤족이 사는 동부를 등지고, 빛나는 엘프족의 서부는 물론 인간이 사는 남부와도 기어코 척을 졌다. 물론 툴의 눈에 인간은 딱히 뛰어난 능력이 없는 종족이었다. 하지만 적어도 용모만큼은 대부분 데몬족보다 아름답다고 생각했다. 결국 트리스탄은 모든 것을 등지고 데모니아로 왔다. 눈꺼풀을 내리깔지 않고도 그를 바라볼 수 있는 종족을 선택했던 것이다. 암흑 군주는 몰구르와 레벨에 비하면 여전히 봐 줄 만한 용모였다. 정말 스산하고 무시무시했지만 데몬족에게는 도리어 그런 모습이 매력적으로 비쳤다. 처음부터 그런 모습으로 데몬족 사이에서 태어났다면 어서 그를 아름다운 데몬을 익사시키는 토이펠 호수에 빠트려야 한다고 주장하는 목소리가 나올 수준이었다. 툴의 시각으로는 그렇게 보였다. 물론 마론과 사피라의 눈에는 다르게 보였던 것 같았지만. 그럼에도 그들은 각자의 방식대로 그를 사랑했다. 그리고 그들의 사랑은 되크 발두르에게 변화를 일으켰다. 그의 가슴에서 절망을 몰아냈다. 그 안에 있는 애미시스트를 조롱이라도 하듯이. 암흑 군주는 기존에 세운 계획에 의구심을 품으며 갈등하는 것 같았고 옆에서 보기에도 지나치게 많이 고민했다. 툴의 눈에도 뻔히 보이는 트리스탄의 내면적 갈등을 데몬족이나 벨타인도 곧 알아차릴 것이고, 그렇게 된다면 그냥 계속 지켜보지만은 않을 것이다. 툴은 자신이 직접 나서야 할 때가 온 건지 고민스러웠다.

트리스탄은 트레간디르에서 귀환하자마자 툴을 불러 사피라의 계획에 대해 말해 주었다. 툴은 엄청난 전쟁의 참화를 피하기 위해서는 드래곤 여왕의 제안을 따라야 한다고 생각했다. 물론 성공 확률이 높지 않다는 건 인정할 수밖에 없었다. 감히 블루트베르크에 발을 들여놓는 자는 누구든 벨타인의 손짓 한 번에 먼지가 되어 버릴 테니까. 그리고 그건 트리스탄이 누구보다 잘 알고 있었다.

무슨 일이 곧 터지고 말리란 걸 둘 다 예감했지만, 둘 중 누구도 진짜 속마음을 솔직히 털어놓지 않았다. 끊임없이 감시하는 까마귀 두 마리를 달고 암흑 군주와 툴은 아무 말 없이 몰구르의 막사로 향했다. 그곳에서는 트레간디르 군영 문제와 향후 계획을 논의하는 회의가 열릴 예정이었다. 가는 길에 툴은 군영의 데몬들이 전과 사뭇 다른 눈빛으로 자신을 바라본다는 것을 불현듯 깨달았다. 누구도 더는 그를 조롱하지 않았고, 감히 그의 아름다운 외모를 지적하지 않앉다. 그에게 손가락질하는 자도 없었다. 그가 되크 발두르의 최측근이 된 후, 증오의 대상이었던 파수꾼의 오명은 사라졌고 이제는 유령늑대의 지배자이자 암흑 군주의 오른팔인 툴만 남게 되었다. 이 무슨 운명의 아이러니란 말인가? 지금 이 순간 그의 내면에서는 파수꾼으로서의 자아가 목청을 높여 소리를 질러 대고 있건만.

그들이 막사에 들어서자 몰구르와 레벨은 이미 회의석에 앉아 있었다. 두 데몬은 이미 가장 중요한 핵심 정보를 서로 주고받은 것처럼 보였다.

트리스탄은 예의를 차리느라 시간을 허투루 낭비하지 않았다. "트레간디르의 포위 공격은 몹시 성공적이었다. 고작 드래곤 한 마리와 드래곤 라이더 한 명 외에 단 한 명의 병사도 잃지 않았으니까." 트리스탄은 이미 모두가 아는 내용을 한 번 더 요약했다. "게다가 드래곤족의 여왕인 사피라가 내게 약속했다. 드래곤을 정복하러 동부로 갈 때, 그녀가 직접 나서서 우리에게 평화적으로 복종하라고 그들을 설득해 주기로. 그것으로 우리는 흘려야 할 피와 시간을 아낄 수 있을 것이다."

"잘됐군요." 자신의 권좌에 앉은 채 몰구르가 대답했다. 데몬족의 원수는 그 자리가 붙박이라 절대 떨어질 수 없다는 듯 딱 붙어 앉아 굳은살투성이인 우악스러운 손으로 백골 권좌의 팔걸이를 세게 움켜쥐었다. 데몬의 원수는 제왕인 자신의 존엄성을 강조할 기회가 있을 때마다 놓치지 않고 어떻게든 활용했다. 아마도 트리스탄이 수시로 내뱉는 경멸적인 언사에 깎여만 가는 저의 존엄성을 회복하고 싶은 모양이었다. "그러면 언제 출정합니까?"

"조금만 더 있다가." 트리스탄이 말했다. "우선 다른 임무를 처리하기 위해 전사 일부를 보내야 한다. 내가 직접 그 원정대를 이끌 것이다."

그러니까 결국 암흑 군주는 제 심장을 찾기로 결심한 것이다! 툴은 마음속으로 박수를 쳤다. 사피라가 정말 대단한 일을 해냈다고 인정할 수밖에 없었다. 단 한 번의 대화가 천 번의 전투보다 나았다! 트리스탄이 하던 말을 계속했다. "지금 아엘프스탄으로 가서 와이번을 굴복시킬 정복자의 검을 훔칠 것이다. 내가 데려온 저 붉은 머리 인간은 선지자다. 그의 눈은 투명 마법을 꿰뚫어 볼 수 있으니 내가 검을 찾도록 도울 것이다."

"와이번 말이군요!" 몰구르가 감탄하며 고개를 끄덕였다. "그들이 우리 편에 선다면 정말 유용할 것이오!"

순간 실망감이 칼날처럼 툴의 뱃속을 후볐다. 트리스탄이 이런 결정을 내리다니! 아니다! 이 결정을 내린 건 트리스탄이 아닌 되크 발두르였다. 모든 일이 벨타인이 계획했던 대로 흘러가고 있었다. 슈투름 산맥의 대마법사에 맞서는 반란은커녕 가벼운 저항조차 꿈도 꾸지 못하는 상황이라니! 데몬, 드래곤, 유령늑대를 이미 손에 넣은 트리스탄이 기어코 와이번까지 얻는다면 이스타리엘과 엘리야는 결국 아엘프스탄 협곡으로 추락하거나 돌아올 수 없는 늪에 빠져 죽을 일밖에 없을 것이다. 결과는 불 보듯 뻔했다. 그렇게 완성될 암흑 군대는 천하무적일 테니까.

"그럼 아담이 거부하면 어찌 됩니까?" 툴이 대범하게 말을 가로챘다. "아니면 또 정신 착란 상태가 되든지요?"

"내가 손수 챙길 것이다. 그가 이미 내게 약속한 일이니 지킬 것이다." 트리스탄이 대답했다. 시커먼 후드 속에 푹 파묻힌 얼굴에서 그의 속마음을 제대로 읽어 내기는 불가능했다.

순간 밖에서 막사를 향해 다가오던 한 무리의 발걸음 소리가 입구 앞에서 멈춰 섰다. 막사의 보초병이 가림막을 열었다.

"원수님. 암흑 군주님." 병사가 몰구르와 트리스탄을 향해 말했다. "지하 군주 우로칸 님과 그분의 군대가 도착했습니다!"

툴은 그 이름을 듣는 순간 움찔했다. 전혀 예상치 못한 일이었다. 그렇게 멀리 떨어진 지역의 군주들까지 이곳 군영으로 소집했다는 얘기는 들은 적이 없었다. 툴은 트리스탄이 스키르와 갈린의 대규모 병력만으로 전쟁을 치를 거라 막연히 생각했었다. 어쩌면 그냥 그렇게 믿고 싶었던 걸지도.

"어서 들라 하라!" 몰구르가 반색하며 말했다.

위병이 그의 명령에 크게 절을 한 후 한 걸음 옆으로 물러서며 막 도착한 전사에게 길을 열어 주었다. 측근 둘을 대동한 우로칸이 막사 안으로 들어섰다. 지하 군주의 몰골을 보니 긴 여정이었던 것 같았다. 먼지와 진흙투성이인 그의 갑주만 봐도 황량한 투미야 평야를 지나 이블리스 강과 늪지대를 건너 고되게 진군해 왔다는 것을 추측할 수 있었다. 여느 데몬 전사처럼 그의 피부에는 흉터가 가득했다. 툴이 마지막으로 만났을 때와 비교하면, 흉터에 노화로 인한 주름이 더해지면서 인상이 훨씬 흉측해졌다. 그렇지만 그의 표정에서는 아무런 감정도 읽을 수 없었다. 우로칸은 가장 먼저 트리스탄에게 고개를 조아린 후, 이어 몰구르에게, 그리고 믿을 수 없게도 툴, 자신에게도 인사했다.

"데몬의 파수꾼이자 유령늑대의 정복자님." 데몬족의 노장이 말문을 열었다. "이리 뵈니 기쁘군요."

'그러게요. 이리되리라 누가 생각했겠습니까. 당신께서 내 영혼을 토이펠 호수 속 아이들에게 보내려던 그때만 해도 말입니다!'

"고맙군요… 아버지." 툴이 간신히 말했다. 툴은 트리스탄의 시선이 그들 사이를 이리저리 번갈아 오가는 것을 느꼈지만, 그는 딱히 아무 말도 하지 않았다.

우로칸은 송곳니를 드러내며 씩 미소를 지은 후, 다시 몰구르를 향해 돌아섰다. "늦어서 죄송하오, 주군. 드래곤의 폭동에 여정이 좀 지체됐습니다. 폭동을 주도한 자를 체포하여 처형하느라 늦었지요. 반역자 드래곤들의 인간형 몸뚱이를 투미야 교수대에 매달아 놓았으니 지금쯤 대머리독수리 떼의 뱃속으로 들어갔겠지요."

"폭동을 일으킨 드래곤이라니? 그런 건 살면서 여태껏 단한 번도 들어본 적이 없거늘!" 몰구르가 불평했다.

"그리 큰 문제는 아니었소." 우로칸이 몰구르를 진정시키려 했다. "다만 에냐도르에 어떤 풍조가 번지고 있는지 말해주는 사건이긴 하지만. 드래곤 여왕에 관한 소문이 자자하오. 제 종족을 해방하려 그 여자가 움직인다는 소문이 우리의 귀까지 흘러들어 왔소. 주군께서 소유하신 노예의 상당 부분을 해방시켰다던데…. 적어도 내가 들은 바로는 그랬소만."

"사실이오. 허나 그 망할 년은 지금 우리 군영에 포로로 잡혀 있으니 이제 폭동 따원 없을 것이오!"

"정말 좋은 소식이군요!" 우로칸이 대답했다. 그리고는 주제를 바꿔 데몬 원수와 트리스탄에게 그가 데리고 온 병력과 무기에 대해 보고했다. 툴은 저들의 대화에 좀처럼 집중할 수 없었다. 폭동을 일으켰다는 드래곤에 관한 얘기가 그를 혼란스럽게 했다. 그는 스호오크와 많은 시간을 보내며 나름 드래곤족의 습성을 파악했다고 생각했었다. 파수꾼의 피를 타고난 사피라와 극소수 몇몇을 제외하면, 드래곤은 본디 주인에게 저항할 수 없는 특성을 지닌 종족이었다. 귀에 못이 박히도록 들었던 이야기대로였다. 그렇다면 반란을 일으켰다는 그 드래곤들 전원이 굴복하지 않는 의지를 타고난 별종이었거나, 그게 아니라면 지금 제 아버지가 거짓말을 하고 있는 거였다. 툴은 섣불리 행동에 나서기 전에 사실부터 확인해야겠다고 생각했다.

"할 말이 있구나, 아들아." 회의를 마친 후 우로칸이 때마침 말을 걸어왔다. 트리스탄과 함께 막사를 나온 툴이 아버지와 단둘이 있어야만 하는 이유를 어떻게 둘러대야 하나 고민하던 차였다. 그들은 아무 말 없이 막사 근처 모닥불 가로 걸어갔다. 지체 높은 군주가 눈썹 하나 추켜세우는 것만으로 그곳에 있던 병사들이 서둘러 자리를 피했다. 그런 뒤 모닥불 가장자리에 앉은 지하 군주가 제 곁을 가리키며 툴에게 자리를 권했다. 속삭여도 들릴 정도로 가까운 거리였다. 아버지의 의도를 곧장 파악한 툴은 권하는 대로 자리에 앉았다.

"드래곤의 봉기라뇨?" 툴이 우물쭈물 말했다.

우로칸은 별거 아니라는 듯 그저 어깨를 한 번 으쓱였다. "뭐라도 둘러대야 했으니까."

"그러니까 사실이 아니란 말이군요. 그럼 무엇 때문에 이리 늦으신 겁니까?"

그의 아버지는 붉은 눈동자를 반짝이며 툴을 위아래로 훑었다. 호의적이지도, 적대적이지도 않은 눈빛. 뭐랄까, 유독 강한 드래곤을 굴복시키려고 결심한 순간 보일 법한 눈빛이었다. "몰구르에게 대를 이을 아들이 없다는 건 너도 잘 알고 있겠지?" 그가 조용히 물었다. "고작 딸이 하나 더 있을 뿐이야. 만약 그가 전장에서 전사라도 한다면, 이 긍지 높은 데몬족을 누가 이끌어야 마땅할 거 같으냐?"

"그런 생각은 해 본 적이 없습니다. 현재 몰구르는 데몬의 왕도 아닐뿐더러 실질적인 지도자도 아니지 않습니까. 우리는 되크 발두르의 명령을 따를 뿐이죠. 더군다나 데몬 왕가의 정통성 자체가 논란의 여지가 많지 않습니까. 우리 문화가 본래부터 그렇게 생겨 먹은 걸요. 설령 몰구르에게 아들이 있다고 한들 무슨 소용이 있겠습니까. 더 강한 도전자가 나타나면 머지않아 왕좌에서 쫓겨날 텐데."

툴의 아버지가 툴의 말을 인정하듯 그의 어깨를 두드렸다. "제대로 파악했구나, 툴. 우리 종족은 최강의 힘을 입증해 보인 데몬을 왕의 후계로 인정한다. 그러니 네가 아니라면 누가 그 자리에 오를 수 있단 말이더냐?"

너무도 대담하고, 터무니없는 말에 툴은 웃음을 참지 못할 지경이었다. "누가요? 턱도 없는 일이지요. 레벨이나 아버지 아니면 붉은 눈동자를 지닌 다른 데몬이겠죠! 하지만 나는 절대 아닙니다!"

"투미야에 이미 네 이야기가 돌고 있다." 우로칸이 말했다. "유령늑대의 무리를 휘하에 두고, 마법의 검을 휘두르며 암흑 군주의 오른팔이 된 네가 한때 드래곤을 굴복시키기도 했었다고 말이다."

툴은 한숨을 내쉬었다. 소문 중 제대로 맞는 건 아무것도 없었다. 특히 마지막 부분은 정말이지 아니었다. 유령늑대가 그에게 복종하는 이유 역시 단 하나였다. 트리스탄이 아직 그를 신뢰하기 때문일 것이다. 이런 상황에서 조금이라도 판세가 달라진다면 유령늑대는 그가 자비를 애원할 틈도 주지 않고 쏜살같이 달려들어 물어뜯을 게 분명했다. 어쨌든 이런 역심이 가득한 문제 제기는 그렇다 치더라도 아버지가 뻔뻔하게 데몬 군주를 속인 이유는 여전히 해명되지 않았다. "그래서 늦은 이유가 무엇입니까?" 튤이 다시 물었다.

사방을 살핀 우로칸이 아들에게 더 가까이 다가갔다. 그에게서 썩은 치아의 악취가 풍겼다. "늪지대에 불길한 사건이 일어났었다지." 그가 속삭였다. "마침 너도 그때 트레간디르에 있었으니 네 눈으로도 목격했을 거다."

"언데드 말입니까? 그 어둠의 그림자라면 저도 봤습니다."

"그자가 그들을 불러냈다더구나!" 우로칸이 속삭였다.

"불러냈다고요? 누가 말입니까?"

"백발의 엘프 말이다. 한때 그 성을 소유했던 옛 성주."

"호리엘이요?" 깜짝 놀란 튤이 저도 모르게 큰 소리로 반문했다. 눈앞에 붉은 장막이 드리워진 것만 같았다. 순식간에 아엘프스탄 성 앞에 설치된 이동식 감옥으로 되돌아간 튤은 새로 벼려 예리한 검기를 발산하는 검날을 그대로 스호오크의 살에 푹 박아 넣는 엘프를 무력하고 나약한 시선으로 바라만 보고 있었다. 잔혹한 미소를 지으며 아무렇지도 않게 그녀의 동맥을 파헤치던 그 엘프의 만행을. 그리고 낭자한 피가 장막처럼 시야를 덮었다. 사방을 뒤덮은 그녀의 피!

"목소리를 낮춰라!" 그의 아버지가 툴을 나무랐다. 그리고는 하던 말을 이어 갔지만, 툴은 더는 귀담아듣지 않았다. "우리가 그를 숨겨 줬다. 그 대가로 모든 일이 끝난 뒤 네가 왕위에 오르는 일에 협력하겠다고 약속했지. 암흑의 그림자들이 저를 따른다더군! 그가 어떻게 손쓴 것인지는 아무도 모르지만 말이야…." 잠시 말을 멈춘 우로칸이 미심쩍은 시선으로 그의 아들을 바라보았다. "뭐가 문제냐? 왜 아무 말도 없느냐?"

툴은 우선 그에게서 움찔거리며 물러났다. 그런 뒤 아예 자리에서 일어섰다. 툴은 화낼 힘도 없었다. 역겨움뿐이었다. 툴은 아버지를 내려다봤다.

"당신은 절 갈린으로 보내셨습니다. 나 같은 아들을 둔 치욕을 더는 견딜 수 없어서 그러셨겠죠. 그런데 이제 좀 쓸모 있어 보이니 저를 아예 데모니아 왕좌에 앉히려 하시는군요. 또 그렇게 당신의 지위를 높이려 말입니다. 당신에게는 오롯이 권력과 명성이 전부니까요, 아버지. 전 당신을 너무 잘 알고 있죠!"

"그래서? 권력과 명성을 좇는 것이 뭐 그리 잘못됐단 말이냐? 난 데몬이다, 툴…. 그것도 진정한 데몬이지!" 이 마지막 말은 울분을 토하듯 외쳤다. 우로칸 폰 투미야, 최강의 데몬 군대를 이끄는 지하 군주이자 왕의 사촌과 혼인한 그는 장수로서 이중적 삶을 산다는 손가락질을 참을 만큼 참아 왔다. 아내의 애절한 간청에 못 이겨 불초한 자식을 버리지 않고 키웠으며 그 때문에 성안의 데몬들이 수군거리고 조롱하는 수모를 견뎌야 했다. 지나치게 아름답게 태어난 아들을 위해 다른 데몬을 매질하고, 교수형에 처한 적도 한두 번이 아니었다. 툴도 그런 과거를 누구보다 잘 알았다. 하지만 그런 걸로 아버지를 존경할 수는 없는 노릇이었다. 그 모든 희생을 감수했다고는 하지만 아버지가 그에게 전혀 주지 않았거나 앗아가 버린 소중한 것들도 있었기 때문이다. 보호받는 기분, 인정받는 느낌, 격려.

"당신은 항상 절 못마땅해하셨죠." 툴이 씩씩대며 말했다. "다만 어머니와 그분의 귀족 작위 때문에 참아 내신 것뿐입니다. 당신이 꿈꾸는 권력을 얻는 데 힘을 보태느니 차라리 죽음을 선택하겠습니다." 툴은 자리를 뜨려고 돌아섰지만, 잠시 멈칫하더니 다시 아버지에게 돌아섰다. "호리엘은 어디 있습니까? 여전히 투미야에 있습니까?"

435

"그건 왜 묻느냐? 그 엘프에게 관심을 두는 이유가 뭐지?"

톨은 아무 대답도 하지 않았다. 비록 속은 조바심으로 타들어 갔지만.

✤

톨은 눈을 뜬 채 침상에 누워 있었다. 막사 밖에서 순찰하는 보초병의 발걸음 수를 하나하나 세면서, 그리고 근무 교대가 이루어지는 시간 간격을 머릿속에 일일이 새기며 때를 기다렸다. 그렇게 하루 중 가장 어두운 암흑의 시간이 되어 군영 안 모두가 잠들었을 즈음이 돼서야 톨은 소리 없이 자리에서 일어섰다. 그리고는 막사 밖으로 슬며시 빠져나와 유령늑대처럼 살금살금 군영을 가로질렀다. 그의 목적지는 그리 멀지 않았다. 트리스탄은 중요한 인물들이 항상 그의 주변에 있도록 막사를 신경 써 배치했다. 그렇기에 몇 분 안에 사피라가 머무는 막사에 들키지 않고 도착할 수 있었다. 인근에 나란히 붙어 있는 트리스탄의 막사에는 촛불 하나만이 타오르고 있었다. 그 불빛 아래 마론과 트리스탄의 실루엣이 언뜻 보였다. 아주 잠시 톨은 막사 틈 사이로 내부를 들여다보면 어떤 광경이 눈 앞에 펼쳐질지 떠올려 보았다.

436

저 둘은 사랑놀이에 빠진 상태일까? 아니면 그냥 등을 돌리고 누워 있을까? 눈물을 흘리고 있을까, 아니면 황홀경? 툴은 지금 저들이 어떤 상태인지 궁금했지만 알 도리가 없었다. 하기야 자신이 지금 하려는 일이 의미 있는 일일지조차 확신하기 어려웠다. 다만 지금 막사 지붕에 앉은 저 까마귀들이 잠들지 않은 것만큼은 확실했다. 지금도 저들은 지붕에 가만히 앉아 시커먼 눈동자를 번뜩이며 그를 주시하고 있었다. 그러니 서둘러야만 했다. 제 모공에서 흘러나오는 배신의 냄새를 까마귀들이 맡기 전에.

운이 좋았다. 다행히 몹시 야심한 시각이다 보니 피곤에 지쳐 곧 쓰러질 것 같은 보초병 한 명만이 사피라의 막사를 지키고 있었다. 단도를 꺼내 든 툴은 데몬 병사가 미처 주변에 경보를 울리기 전에 그의 목에 칼을 찔러 넣었다. 위병은 피가 울컥 쏟아지는 목을 부여잡고 휘둥그레 눈만 치켜뜬 채 끽소리도 못하고 바닥에 쓰러졌다. 툴은 막사 입구 안으로 시체를 끌어들였다. 이제 최대한 빨리 움직여야만 했다. 어둠 속에 침상 두 개가 눈에 들어왔다. 한 곳에는 드래곤 여왕이 곤히 잠들어 있었고, 다른 한 곳엔 아담과 이상한 엘프 소녀 아레티가 함께 누워 있었다. 아직 저 둘이 어떤 사이인지 도무지 알 수가 없었지만, 인제 와서 그런 일까지 신경 쓰기에는 너무 시간이 촉박했다. 긴박한 손길로 툴은 잠이 든 셋을 전부 흔들어 깨웠다.

"툴!" 야심한 밤에 절 찾아온 시커먼 형체를 알아본 사피라가 외쳤다. 툴은 황급히 검지를 입술에 가져다 댔다. "네가 왜 여기 있는 거야?" 사피라가 속삭이듯 물었다.

"내일이면 트리스탄이 아담과 함께 아엘프스탄으로 갈 거다. 네 정복자 검과 와이번을 데려오기 위해서지. 그러니 너희들은 어서 이곳에서 도망쳐야 해. 그것도 당장!"

"하지만 어떻게 그게 가능하겠어? 난 이제 날지도 못하는데!" 사피라가 속삭였다.

"그럼 발가락 열 개로 살금살금 도망가든지. 막사 앞 보초는 내가 해치웠다!"

그제야 사피라의 시선이 피를 철철 흘리며 바닥에 쓰러진 병사에게 닿았다. 살짝 놀란 듯 몸을 움찔한 그녀가 고개를 절레절레 흔들며 힐난하는 눈초리로 그를 바라봤다. "툴, 대체 무슨 짓을 벌이는 거야? 우린 절대 이 군영을 탈출하지 못할 거다. 그러기 전에 누군가 저 시체를 발견할 테지. 그러면 난 살인죄로 족쇄까지 차야 할 거고."

"망설이는 이유가 뭐지? 갈린의 절반을 잿더미로 초토화시킨 드래곤 여왕에게 무슨 일이 일어난 거냐?"

"그 여왕의 사지가 이렇게 마비됐잖냐!" 사피라가 속삭였다.

순간 부드러운 미풍에 막사 가림막이 살짝 펄럭였다. 툴은 형체 없는 누군가가 이 공간에 들어온 것 같은 느낌을 받았다. 하지만 아무리 주위를 둘러봐도 이 어두컴컴한 암흑 속에는 기가 꺾인 포로 셋 외에는 아무도 없었다. 툴은 어떻게든 무기력한 상태에 빠진 사피라의 용기를 북돋아 보려고 입을 열려던 참이었다. 그런데 누군가가 그보다 한 박자 빨랐다.

"정말 멍청하고 어리석은 불행이네. 나도 인정할 수밖에 없군. 자, 여기 있다. 네 날개를 되찾으려면 어서 이걸 마셔라."

사피라와 툴은 동시에 펄쩍 뛰었다. "여기 누가 또 있는 거지? 방금 누구였어?"

킥킥거리는 고주파 목소리가 들렸다. 마치 소녀가 내는 소리 같았으나 여전히 모습은 보이지 않았다. 바로 옆에서 바스락거리는 천 자락 소리가 들리자 툴은 그것을 잡으려 팔을 뻗었지만 아무것도 손에 닿지 않았다.

"데몬의 파수꾼. 생각보다 기억력이 나쁘구나. 그래서야 어디 스키르의 백골 왕좌에 오를 수 있겠는가?" 보이지 않는 자의 음성이 말했다. 어디에선가 들어본 적이 있는 것 같은 귀에 익은 음성이었다.

 "아녜이네요." 아담의 여자, 엘프 소녀가 나지막한 한숨을
쉬며 말했다. 그 순간 툴도 지금 저와 대화하는 상대가 누군
지 번뜩 떠올랐다. 바로 샤텐발트의 마녀였다.

 "아레에에티이이!" 아녜이의 낭랑한 음성이 엘프 소녀의
말이 맞았다는 걸 확인해 주었다. "네가 왜 또 여기 있는 거
냐! 마을로 돌아가서 연인을 묻으려던 거 아니었나?" 악의
에 찬 킥킥 소리가 또 들려왔다. 저 마녀에 대해 툴은 많이
알지 못했다. 다만 타인의 고통을 즐긴다는 것과 벨타인의
편에 섰다는 것 정도가 전부였다. 어쩌면 저 막사 밖에 있
는 시커먼 새와 전혀 다를 바가 없을지도 몰랐다. 그들을 실
컷 우롱하다가 마지막엔 비명을 질러 산통을 깰 작정인지도
몰랐다. 꾸벅 졸기나 하던 보초병 열 명보다 훨씬 더 고약한
상대였다! 제기랄, 어디 있는지 도무지 알 수가 있어야지!
툴은 두 눈을 감고 집중해 보았다. 보이지 않는 마녀의 몸을
오감으로 느껴 보려 시도했다. 아직 단도가 손에 들려 있는
만큼, 아까처럼 한 번 더 옷자락 소리가 들리는 순간, 곧장
그것을 마녀의 심장에 꽂아 버릴 테니!

 "전부 설명하기에는 시간이 충분하지 않구나." 아녜이가
말했다. "애초에 그 주술 부적은 널 표적으로 삼은 게 아니
었어. 그러니 어서 이 마법 물약을 마시렴. 그럼 너의 팔을

마비시킨 주술이 파훼 될 거란다. 그러면 네가 그리도 원했던 일을 할 수 있을 것이다."

마녀의 모습은 여전히 보이지 않았지만, 갑자기 사피라의 왼손에 작은 플라스크 하나가 불쑥 나타났다. 모두가 믿기지 않는 눈으로 그 플라스크만 응시했다. 마법의 물약을 본 아담의 표정이 급격히 밝아졌다. "대단해!" 두 눈동자를 반짝이며 아담이 속삭였다. "좋군요! 어느 모로 보나 정말 좋군요! 환한 꽃잎처럼 섬세하고, 순금처럼 빛나네요!"

"네 앞에서는 정말 아무것도 감출 수 없겠구나." 아녜이가 불평했다. "물약에 넣은 원료조차…."

"미안해요, 아주머니. 다 떠벌릴 생각은 아니었어요." 아담이 미안한 기색으로 대답했다.

막사 안에 썰렁한 적막함이 내려앉았다. 무슨 이유인지는 몰라도 아녜이는 잠시 말문이 막힌 것 같았다. 그러더니 큰소리로 호되게 꾸짖었다. "너 방금 날 아주머니라 불렀니?"

아담은 방금 자신이 또 뭘 잘못했는지 몰라 당황한 것 같아 보였다. 어리둥절 도움을 청하는 눈빛으로 툴과 사피라를 번갈아 바라보았다. 그 둘 또한 어찌할 바를 몰라 어깨만 으쓱여 보일 뿐이었다. 아담이 기어들어 가는 목소리로 말했다. "할머니보다는 훨씬 정중하다고 생각해서… 그리 불렀는데요.”

“아니, 할머니라니!” 아녜이가 마침내 모습을 드러냈다. 양팔을 거세게 휘두르며 쿵쿵거리는 발걸음으로 아담에게 바싹 다가갔다. 아담은 그 즉시 겁에 질려 뒤로 물러섰다. 잠시 툴은 급소를 훤히 다 드러낸 마녀를 그냥 찔러 버릴까 고민했다. 그렇지만 그렇게 단숨에 끝장내 버리기에는 저 여자의 등장은 너무도 예사롭지 않았다. 어쩌면 그녀가 그들의 운명을 가를 비밀을 품고 있을지도 몰랐다.

“도대체 내 모습이 어떻게 보이기에 그러니?” 아녜이가 씩씩거리며 물었다.

“나이 든 여자요.” 아담이 머뭇거리며 답했다.

“얼마나 늙어 보이는데 그래? 어서 보이는 대로 말해 봐!”

“검버섯, 주름진 피부, 축 처진 뺨과 가슴, 구부정한 어깨, 숱이 거의 없는 머리카락…”

“그만!” 아녜이가 괴로워하며 외쳤다.

아담은 즉시 멈췄다. 겁에 질렸던 그의 눈빛은 이제 연민이 가득했다. “미안해요.” 아담이 주저하며 말했다. “내 눈은…”

“네 눈이 무엇을 보는지는 나도 알아. 몰랐으면 애당초 이곳에 오지도 않았겠지!” 숨을 거칠게 내쉬며 아녜이가 아담에게서 돌아섰다. 그러자 툴도 그녀의 얼굴을 찬찬히 뜯어볼 수 있었다. 하지만 아담이 말한 노화 징후는 찾아볼 수 없었다. 그 어느 때보다 아녜이는 아름다웠고, 싱그러웠다. 복숭아 같은 피부에 흡사 엘프처럼 날렵한 몸매는 탄력이 넘쳤고 매혹적이었다. 다만 육감적인 가느다란 입술만큼은 씰룩씰룩 불편한 심기를 드러내고 있었다.

"젠장, 이렇게 모습을 드러내는 게 아니었는데. 이제 이 막사를 나서자마자 벨타인이 내 위치를 금방 알아챌 거야." 아녜이가 중얼거렸다. 동시에 그녀는 케이프의 후드를 잡아당겨 트리스탄이 항상 그러듯이 얼굴까지 푹 뒤집어썼다.

"그럼 벨타인과 결별한 건가?" 여전히 한 손에 플라스크를 든 사피라가 아녜이에게 물었다.

"그럴 만한 사정이 좀 있단다." 마녀가 대답했다. "그러니 마셔라. 여기서 눈에 띄지 않고 벗어나려면 교란 작전이 필요하니까."

"우리 계획을 어떻게 알아낸·거지?" 툴은 불신이 가득한 음성으로 물었다. 배신의 아이콘인 저 마녀를 쉽게 믿어서는 안 되었다. 어쩌면 저 배신자는 연기의 달인일지도 몰랐다. 여전히 그들의 적에게 동조하면서 한바탕 연극을 벌이고 있는 건지도. 그렇다면 사피라가 이곳을 벗어남으로써 이득을 볼 자는 누구일까? 아무리 생각해 봐도 논리적으로는 전혀 설명이 되지 않았다.

"늪의 약초." 아녜이는 간단히 대답했다. "비전을 보여 주는 최고의 수단이지. 믿기지 않는다면 엘리야에게 물어보렴. 언젠가 재회할 수만 있다면 말이야."

사피라는 그만하면 됐다고 생각한 것 같았다. 그녀는 작은 유리병의 코르크를 열고 내용물의 냄새를 맡았다. 플라스크에서 흘러나온 기분 좋은 달콤한 향이 코로 스며드는 순간 아담이 말한 것처럼 좋은 예감이 들었다. 단순히 그 냄새만 맡았을 뿐이지만 마법 물약에 대한 믿음이 생겼다. 이윽고 마음을 굳힌 듯 사피라가 툴에게 돌아섰다. "너도 우리와 함께 갈 건가?"

툴은 살며시 고개를 내저였다. "아직 처리해야 할 일이 남았다."

"그러면 어서 눈에 띄지 않게 돌아가도록 해라. 내가 이곳을 뚫고 하늘로 날아오를 때 이 근방에서 목격되면 안 될 테니까."

사피라는 작은 유리병을 입술로 가져가 단숨에 비워 버렸다.

아그네스

아그네스는 언제나 해야 할 일이 있었다. 부모님의 농장에서는 해도 해도 끝나지 않는 것이 일이었다. 그 후 엘리야, 이스타리엘과 에냐도르 대륙을 횡단할 때도 마찬가지였다. 그들의 은신처였던 작은 오두막에서도 매번 음식을 준비하고 그 망할 레오드릴 샘에서 물을 길어 와야만 했었다. 지금은 달라도 너무 달랐다. 생각이란 걸 하기 시작한 후 처음으로 두 손으로 뭘 해야 좋을지 도통 알 수가 없었다. 이곳 빌라가르트는 모든 것이 자연과 어우러진 마법 같은 장소였다. 이곳에서는 모든 것이 저절로 작동되거나 간단한 요정 마법으로 해결됐다. 주방에도, 공방에도 그녀가 거들 일이 전혀 없었다. 이곳에서 인간의 기술은 일종의 금기처럼 여겨지는 것 같았다. 따라서 아그네스는 소일거리조차 없이 무료한 시간을 보내야만 했다. 그러다 보니 머릿속엔 온갖 잡생각들만

뜀박질했다. 매 순간 이스타리엘, 카이, 트리스탄 생각이 머릿속을 가득 채웠다. 때로는 이조라와 엘리야, 부모님, 그레타와 엄지가 잘린 돌프까지 떠오르기도 했다. 무한해 보이는 시간 속에 희망, 두려움, 추측 따위가 얽히고설켜 쳇바퀴를 돌았고 거기에 더하여 여태껏 생각하지 못했던 새로운 가능성들까지 찾아 헤매다 보니 머리가 터질 지경이었다. 정말 끔찍했다! 그나마 이런 아그네스의 심정을 제대로 이해하는 것처럼 보이는 레이나도 이런 일련의 과정들을 겪은 것 같았다. 그렇지만 엘프 왕비는 그런 복잡한 심경을 겉으로 그대로 드러내기에 너무 고상했다. 대신 왕비는 무의미한 뜨개질과 자수로 무료한 시간을 바쁘게 보냈다. 방금 그녀는 작은 덮개를 완성했다. 직접 뽑아낸 명주실을 사용해 손수 제작한 레이스를 모서리마다 덧대어 고급스럽게 마무리했다. 오직 엘프 여인이나 떠올릴 법한 디자인이었다. 저 작은 천 조각을 장식하는 데 쓰인 시간이면 부르크스메아데 농가의 여인은 혼수용 담요를 완성했을 것이다.

자수틀에서 작은 덮개를 꺼낸 엘프 왕비는 몹시 흡족한 표정으로 그것을 바라보았다. "아가, 이리 오렴." 레이나가 제 옆의 침대 매트리스를 두드렸다. "네가 그렇게 방안을 서성이니 내가 다 불안해지는구나."

아그네스는 어느새 제2의 어머니나 다름없는 사이가 되어 버린 엘프 왕비 레이나의 말을 순순히 따랐다. 그녀마저 없었더라면, 아그네스는 이곳에서 미쳐 버렸을 것이다.

"그게 뭐죠?" 아그네스는 어떻게든 잡념을 떨치고 레이나가 완성한 수공예품에 관심을 보이려 노력했다.

"네 아기가 덮을 담요란다. 이것 좀 보거라!" 왕비는 천 조각을 자신의 무릎 위에 펼쳤다. 그제야 아그네스는 레이나가 온종일 공들여 수놓은 작품을 바라보았다. 이제껏 레이나의 심중을 전혀 헤아리지 못한 제 무관심이 사뭇 부끄러웠다. "이건 엘프의 문스워드인데, 인간을 상징하는 두 개의 원과 하나로 연결했단다. 그리고 초록빛 바탕에 황금 장미를 곁들였지. 이건 언젠가 네 아들이 착용하게 될 아엘프스탄의 문장이란다." 레이나의 두 눈이 촉촉해졌다. 아그네스도 눈물을 참기 위해 안간힘을 써야만 했다. 두 여인은 잘 알고 있었다. 태어날 아이가 이 아엘프스탄의 문장을 착용할 수 있으려면 한 가지 조건이 충족되어야 했다. 아이의 아버지가 대신 적수정을 가슴에 품는 것. "내 손자가 정말 보고 싶구나." 레이나가 속삭였다. 그녀의 손이 아직은 납작한 아그네스의 배 위를 쓰다듬었다. "이조라도 보고 싶고, 베리안도."

"님룬트 님은요?" 조금은 대담한 질문이었다.

레이나가 한숨을 쉬었다. 그리고 눈가에 흐르는 눈물을 손등으로 훔쳤다. "그이도 보고 싶구나. 긴 세월 동안 내 남편이었고, 항상 나를 존중해 줬지."

존중이란 표현은 아그네스가 예전에 들었던 *배회한다*는 말과 비슷한 느낌을 주었다. 둘 다 고상한 표현인 건 맞지만, 여기 빌라가르트에 주저앉아 보내는 시간만큼이나 지루하고 무의미하게 들렸다. 미천한 아랫것들과 마찬가지로 자신들 역시 피와 살을 지닌 똑같은 존재라는 걸 슬그머니 감추려고 귀족들이 고안해 낸 표현들일 뿐이었다. 존중이라니 가당키나 한가? 레이나를 이 지경으로 만든 게 누구인데. 그런 존중이란 걸 해 주는 배우자는 아마도 곰팡이가 피지 않아 그럭저럭 쓸 만한 양모 한 자루, 혹은 제법 단단하게 숙성된 버터 한 통과 다를 게 없어 보였다. 누군가의 아내가 된 여자로서 만족스럽지는 않더라도 그저 받아들일 수밖에 없는 정도의 것이랄까. 그런 맥락에서 보면 농부의 아내든 왕비든 크게 다를 것도 없었다.

"정말 너무 고와요. 고맙습니다!" 한 손을 레이나의 팔뚝에 올려놓은 아그네스가 슬픈 표정으로 그녀를 바라보았다. "어떻게 생각하세요? 그가 다시 돌아올까요?"

왕비는 고개를 끄덕였다. "그 아이는 올 거란다. 널 위해서, 그리고 너희 둘의 아들을 위해서."

"하지만 그러려면 벨타인과 트리스탄을 물리쳐야 하잖아
요." 이스타리엘에 대한 걱정이 본격적으로 아그네스의 숨
통을 조여 왔다. 그때 우라돈 강기슭에서 제대로 작별 인사
를 나누지 않은 것을 족히 수천 번은 후회했다. 어쩌면 그녀
의 왕자를 다시 못 볼지도 모르는데 그렇게 허무하게 그를
보내다니…. 제 입술을 그의 입술에 부딪치며 그의 체향을
기억할 최후의 기회를 영영 놓쳐 버린 건 아닐까.

"그 아이가 작별 인사도 하지 않고, 어떻게 눈을 감겠니."
레이나의 얼굴에 빙그레 미소가 떠올랐다. "하지만 나와는
작별 인사를 나눴지. 그래서 난 나중에 내가 없어도 너희가
날 기억할 만한 뭔가를 남기고 싶었단다. 여기 이 작은 담요
는 네게 주는 선물이란다. 그 아이에게는 이미 마지막 유언
을 남겼고."

"그이에게 뭐라고 하셨나요?" 왕비에게 비밀을 털어놓으
라 말할 권리가 저에겐 없다는 자각에 이르기도 전에 불쑥
질문이 나오고 말았다. 레이나도 호락호락 대답하지 않았다.
미소만 지은 왕비는 작은 담요를 고이 개어 아그네스에게
건넸다. "소중히 간직해야 한다!"

"그럴게요."

둘은 한참 동안 서로를 바라봤다. 이제 막 서로를 찾아냈지만 조만간 다시 헤어질 수밖에 없다는 걸 알게 된 두 인간이 나눌 법한 시선이었다. 더는 대화를 나눌 시간이 허락되지 않았다. 그 순간 문이 열리며 샘의 정령 라일라니와 다른 두 남자 요정을 대동한 웨이요나가 방으로 들어온 것이다. 웨이요나와 함께 온 요정들은 아그네스가 한 번도 보지 못한 특이한 재질의 갑옷을 걸치고 있었다. 전부 은으로 제작된 갑주였지만, 양피지처럼 얇고 가벼워 보였다. 웨이요나 역시 비슷한 호신용 갑주를 어깨와 가슴 그리고 손목에 착용하고 있었다. 차이라면 그녀의 무구는 금빛으로 휘황찬란하게 번쩍였다. 웨이요나는 봄날의 잎사귀를 연상시키는 연초록 실크 드레스를 갑옷 아래 받쳐 입고 있었다. "이제 때가 되었구나." 그녀가 말했다.

'안 돼요!' 그것이 아그네스의 머릿속에 떠오른 유일한 생각이었다. '난 아직 마음의 준비가 되지 않았어요.' 아직은 고민해야 할 것도 많고, 레이나에게 들려줘야 할 이야기도 너무 많이 남아 있었다. 그리고 아직 꾸지 못한 수천 가지 악몽도 있을 테니. '그러니 지금은 아니에요!'

"트레간디르로 이동해야 한다. 그곳에서 트리스탄과 이스타리엘을 만나게 될 것이다." 라일라니가 설명했다. "난 왕국을 지켜야 하기에 이곳에 남아 있어야 하겠지만….” 언제나 그랬듯 저 요정의 속내는 도통 읽을 수가 없었다. 때때로 아그네스는 저 수호 정령이 이스타리엘에게 홀딱 반한 건 아닐까 하는 생각이 들곤 했다. 하지만 지금처럼 무표정한 얼굴에 불타는 주홍빛 머리칼을 휘날리며 서 있는 모습을 보면 꼭 웨이요나처럼 초연하기만 했다. 속내를 읽을 수 없는 초월적인 존재 같았다.

“웨이요나 님께서 직접 벨타인을 마주하실 겁니까?” 레이나가 두려운 기색 하나 없이 물었다.

“북부의 대마법사는 이미 블루트베르크를 떠났다.” 웨이요나가 말했다. “조만간 그자가 충복들과 합류할 테니 우리가 직접 그곳으로 가서 그를 상대할 것이야.”

“상대한다니요?” 아그네스가 요정 여왕의 말을 반복했다. “그게 무슨 뜻이죠?”

“내가 직접 그와 맞서겠다는 것이다. 이제 때가 되었느니라.”

‘때가 된 게 아니라 지나도 한참 지났죠.’ 아그네스가 속으로 생각했다. 무려 200년이 훌쩍 지나 버린 지금에야 요정 여왕은 옛 연인을 다시 조우하려는 것이었다. 적수정의 마력과 무한한 권능을 지닌 불사의 존재, 벨타인을. 둘 사이에 엉클어진 일을 정리하지 못하고 급기야 네 종족과 에냐도르 대륙 전체를 그들의 전쟁에 끌어들인 이 마당에.

"넌 우리와 함께 갈 것이야." 웨이요나가 레이나에게 말했다. "피의 잔에 금이라도 가게 되면 애미시스트의 마력을 더는 품을 수 없기 마련이다. 마지막 순간에 이르렀을 때 피의 잔은 속박에서 벗어나 해방을 맞이하게 될 것이다."

잔인한 말을 어찌 저리도 고상하게 표현할 수 있는 걸까! 엘프 왕비는 대답 대신 고개만 한 번 살짝 끄덕였다. 그런 뒤 자리에서 일어나 드레스 자락을 정돈했다. "난 준비됐어요."

아그네스도 그녀를 따라 자리에서 벌떡 일어났다. "부디 저도 함께 데려가 주세요, 제발 부탁드려요!"

단호히 고개를 흔드는 웨이요나의 진노한 표정을 보며 아그네스는 아예 기대를 접는 편이 낫겠다는 것을 깨달았다. 칭얼대는 아이에게 꿀단지를 핥는 행동은 절대 안 된다고 말하는 엄마처럼 단호했다. 아그네스는 아이보다도 무기력한 느낌이 들었다.

"안 돼. 넌 이스타리엘을 내 곁에 붙들어 둘 담보야. 이 빌라가르트는 안전하지만 저 밖은 곳곳에 엄청난 위험이 도사리고 있어. 그러니 넌 여기 남아야 한다." 웨이요나가 결정을 내렸다.

아그네스는 거기서 포기하지 않았다. 이제껏 살면서 단 한 번도 해 본 적이 없는 행동을 서슴지 않고 해 버렸다. 다른 누군가에게 무릎을 꿇은 것이다. 그리고 애절한 눈빛으로 요정 여왕을 바라보았다. "신들과 내 아들의 인생을 걸고 맹세할게요. 절대 도망치지 않겠어요! 그러니 제발 날 데려가 주세요!"

"저 여자의 존재 자체가 이스타리엘에게 자극제가 될 것입니다, 전하." 라일라니가 살짝 끼어들어 제 의견을 고했다. "아그네스를 보는 것만으로도 그의 검날이 더 예리해질 거라 확신합니다."

웨이요나는 회의적인 시선으로 레오드릴 샘의 수호 정령을 응시했다. 그리고는 이마를 잔뜩 찌푸린 채 바닥에 무릎을 꿇은 인간 소녀를 찬찬히 관찰했다. "네 정녕 네 아들의 인생을 건다 하였느냐?" 마침내 요정 여왕이 아그네스의 마지막 말을 반복했다.

"네. 제 말을 믿으셔도 됩니다."

"그렇다면 좋다. 데려가도록 하지." 요정이 결정했다. "네 남편이 망설이는 순간이 오면 그를 격려해 주려무나. 허나 이 위기가 걷히고 나면 너를 곧장 트레간디르의 가장 깊숙한 감옥에 가둘 것이다. 그리고 그 감옥 창살을 마법으로 겹겹이 둘러쌀 것이야."

마론

인생이 사람을 갖고 노는 방식은 참으로 묘했다. 부와 평화를 가져다줘도 인간들은 마음 편히 누리지 못했다. 쓸데없는 번민에 시달리며 잠자리에서 몇 시간을 뒤척이기 일쑤였다. 그러다가 모든 것이 끝장나 버리고 배고픔과 전쟁의 위협이 다가오면, 그제야 불현듯 행복이 무엇인지 깨닫곤 했다. 요새 들어 마론의 상태가 꼭 그랬다. 내일 아침은 또 어떤 하루를 그녀에게 가져다줄지 알 수가 없었다. 얼마 남지 않았을 삶의 마지막을 장식할 시간이 될지. 전쟁을 불러올지 아니면 반역을 불러올지. 그러다 보니 그녀는 매일 밤 깊은 잠에 온전히 빠져들지 못했고 수시로 잠에서 깨어나 희미한 촛불 아래 트리스탄의 얼굴을 쳐다보곤 했다. 그의 흉측한 얼굴에도 이제는 차츰 익숙해졌다. 하기야 인간은 적응의 동물이어서 모든 것에 익숙해지기 마련이니…. 오래 보면 볼수록 공포가 차츰 사라졌다. 언제부터인지 그녀의 눈에는 북부에서 내려온 잔혹한 지배자가 아니라 한때 그녀가 알던 한 소년의 모습이 보였다.

그의 뒤에 누워 몸을 꼭 붙이고 양팔로 그를 안아 준 것이 제법 효과가 있었던 것 같았다. 그는 제 목덜미를 간지럽히는 마론의 숨결을 좋아했다. 그래서인지, 자리에 들 땐 항상 등을 돌리고 누웠지만, 잠이 들면 곧 마론 쪽으로 돌아눕곤 했다. 그래서 그녀는 이렇게라도 그의 얼굴을 바라볼 수 있었다.

마론은 골똘히 생각하지 않기로 했다. 데몬족의 계획이 무엇인지, 그리고 저기 아래 트레간디르에서 무슨 일이 벌어졌는지 따위는 아무래도 상관없었다. 그녀는 진심으로 지금 이 순간만을 살았다. 운명의 여신이 그녀에게 베풀어 준 자비를 당연한 것으로 여기지 않았다. 마론이 원했던 건 이미 전부 얻었다. 따라서 이 행복이 얼마나 오래갈지는 그리 중요하지 않았고 지금 이 순간 얼마나 강렬한지가 중요했다.

트리스탄을 깨우지 않으려 조심스레 그의 이마에서 머리카락 하나를 떼어 낸 후 가냘픈 손가락으로 그의 거친 피부를 쓰다듬었다. 신에게 감히 도전하는 자들에게 신은 얼마나 잔인한지! 심하게 훼손됐지만 여전히 인상적인 느낌을 풍기는 그 얼굴에 점점 더 빠져들고 있던 그 순간, 갑자기 막사 밖에서 요란한 비명이 들려왔다. 몇 초 후 또 다른 비명들이 이어졌다. 이어 천이 찢어지는 소리와 함께 고막이 터질 것만 같은 포효가 들렸다. 그 소음에 잠에서 깬 트리스탄이 번쩍 눈을 떴다. 그런 후 속눈썹을 몇 번 깜박일 만한 짧은 시간 동안 그녀에게 살포시 미소를 지었다. 그렇지만 곧 자신이 누구인지, 그리고 지금 어디에 있는지 떠올린 순간 그 미소는 온데간데없이 사라졌다. 트리스탄은 황급히 몸을 일으켜 자리에 앉았다. "무슨 일이지?"

불빛이 번쩍이며 밤하늘에 수를 놓았다. 막사의 천을 통해 그 빛이 비칠 정도로 대단했다. 동시에 이리저리 뛰어다니는 데몬 전사들의 그림자가 비쳤다. 비명과 고함 소리. 공중을 가르는 화살의 파공음. 이윽고 거친 바람이 입구의 가림막을 흔들었다. 트리스탄이 자리에서 벌떡 일어섰다. 그대로 케이프를 집어 든 그는 마론에게 눈길 한 번 주지 않고 곧장 밖으로 달려나갔다.

마론도 더는 침대에 머무르지 않았다. 지금 밖에서 무슨 난리가 벌어졌는지는 몰라도 상황이 종료될 때까지 은신처에 숨어서 기다릴 생각은 없었다. 막사 앞 보초병을 포함해 그 어느 데몬도 마론에게 신경 쓸 겨를이 없었다. 마론이 밖

으로 나선 바로 그 순간 사파이어 색조의 블루 드래곤이 창
공으로 날아올랐기 때문이었다. 막사 기둥이 부러지고, 천
막이 찢어졌다. 화염이 옮겨붙은 메마른 초원은 금세 불바
다가 되었다. 그렇게 저 블루 드래곤은 이 일대를 초토화시
켰다. 공중으로 연이어 화살 세례가 퍼부어졌고, 드래곤 여
왕의 가슴과 목에 몇 개가 적중됐지만 아무렇지도 않은 것
같았다. 그녀의 황금빛 눈동자가 격렬하게 번뜩였다. 이어
사피라의 두 눈이 트리스탄을 노려봤다. 하지만 그 눈빛에
는 분노나 복수심이 아니라 진지한 약속 같은 것이 담겨 있
었다. 아마도 그 눈빛의 의미는 오직 트리스탄만이 이해할
수 있을 것 같았다. 전혀 예상치 못한 사피라의 폭주는 그야
말로 압도적이었다. 드래곤 본신으로 현신한 사피라의 위력
이 얼마나 막강한지 마론은 처음으로 목격했다. 마침내 드
래곤 여왕이 공중에서 선회하며 북부로 방향을 틀자 사피라
의 등 뒤에 탄 누군가가 보였다. 아담과 아레티였다!

   트리스탄은 막사에서 뛰쳐나간 후 그리 멀리까지 가지는
않았다. 마론이 있는 곳에서 불과 몇 걸음 떨어진 곳에 가만
히 서 있었다. 미묘한 감정의 흔적도 보이지 않고, 도주하는
저들을 물끄러미 바라만 보고 있었다. 그에게 다가간 마론
이 트리스탄의 곁에 섰다. "도대체 뭘 하려는 걸까?"

"내 심장을 훔치러 간 거야." 너무 야릇한 대답에 마론은 그 말을 어떻게 해석해야 할지 잠시 고민해야만 했다. 비유적으로 말한 걸까? 그러나 잠시 후 마론은 아엘프스탄에서 도망치듯 떠나던 상황을 떠올렸다. 그때 사피라도 그와 비슷한 얘기를 한 적이 있었다. 하지만 생각이 나질 않았다. 그간에 정신없는 일들이 계속 터지는 바람에 아마도 까맣게 잊어버린 것 같았다. "아엘프스탄에서 그날 밤… 사피라가 그와 비슷한 얘기를 했었는데…. 어쩌면 내가…?"

"자책할 필요는 없어." 사피라의 시커먼 그림자에 가려진 달을 응시하던 트리스탄이 밤하늘에서 시선을 떼고 마론에게 돌아섰다. "어차피 실패하고 말 불확실한 계획이야. 어쩌면 다시는 저들을 보지 못할 수도 있겠지. 벨타인이 저 셋을 모두 죽여 버릴 테니까."

"저들을 쫓아가고 싶니?"

"아니." 트리스탄은 여기저기에서 황급히 화재를 진압하느라 정신없는 전사들을 두고 다시 막사로 돌아섰다.

마론이 그의 팔을 붙잡았다. "데몬들은 네가 사피라의 협조 아래 드래곤족을 굴복시키기를 기대하고 있어. 이제 그녀도 없는데 어쩔 셈이야?"

"고전적인 방법을 택하는 수밖에. 오랜 세월 동안 데몬들이 해온 대로." 잠시 그의 적안이 흉흉하게 번쩍였지만, 트리스탄은 금세 갈무리했다. "게다가 사피라는 정복자의 검이 숨겨진 장소까지 털어놓았어. 내일이면 내 손안에 넣을 수 있을 거야."

트리스탄이 이렇게 나올 때마다 마론은 그의 속내를 좀체 알 수가 없었다. 겉으로 드러난 것처럼 속마음도 무자비하고 냉혹해진 걸까? 화염의 누이가 도망치도록 그냥 내버려 둔 것은 그녀의 목숨을 소중하게 여겼기 때문일까? 아니면 알고자 했던 정보를 전부 캐냈기에 앞으로 그녀에게 닥칠 운명 따위엔 더는 관심이 없었기 때문일까? 마론은 알 수가 없었다. 하지만 한 가지만은 확실했다. 사피라가 트리스탄의 손아귀에 드래곤 종족을 넘겨주겠다고 했던 이유는 그녀가 저 슈투름 산맥에서 뭔가 획기적인 반전을 만들어 낼 수 있다고 확신했기 때문이었다. 그런 믿음이 없었다면 절대 트리스탄의 요구에 응했을 리가 없었다.

"도대체 네 심장 얘기는 뭐야? 그게 무슨 뜻이지?" 마론이 트리스탄에게 물었다.

"사피라는 내가 심장을 되찾으면 벨타인에게 저항할 힘을 다시 회복할 거라 생각해. 아담이 그렇게 말했다더군. 그리고 나머지는 순전히 해석하기 나름이겠지." 그의 음성엔 불쾌함이 섞여 있었다. 애초에 이런 당치 않은 가설을 두고 마론과 이러쿵저러쿵 의논할 생각이 없었던 것이다.

"그런데 어떻게 갑자기 하늘을 날게 됐을까?" 마론이 말을 이어 갔다. "오른팔이 마비돼서 날개도 그럴 텐데. 아녜이의 주술 때문에 그렇게 됐었지. 그렇다면 그 마녀가 그 주술을 되돌렸다는 뜻일까?"

트리스탄이 흠칫 그 자리에 멈춰 섰다. "그 샤텐발트 마녀 말이야?" 그 말과 동시에 벌써 그의 시선이 주변을 바삐 오가는 이들을 훑고 있다는 걸 마론은 놓치지 않았다. "그 여자가 이곳에 왔었다면 분명 이런 어수선한 혼란을 틈타 도망치려 할 거야!" 트리스탄은 사방을 둘러보며 사피라의 막사에서 빠져나온 후 최대한 빨리 사라지려는 자가 택할 법한 동선을 파악하려 했다. 진영이 설치된 숲 가장자리가 최적의 장소처럼 보였다. 트리스탄은 서둘러 그쪽으로 이동했다. 마론도 소리 없이 그의 뒤를 쫓았다. 트리스탄이 아녜이를 어떻게 하려는 심산인지는 몰라도 지금 당장 이 자리에서 죽이는 것만큼은 어떻게든 막고 싶었다. 제 것이었던 수명이 그 즉시 소멸되고 말 테니까. 어쩌면 아직은 되찾을 방법이 있을지도 모른다!

군영 가장자리, 숲 기슭에 위치한 막사 뒤편에도 의심할

만한 흔적은 없었다. 그렇지만 트리스탄은 발걸음을 멈추지
않고 계속 숲 안쪽으로 들어갔다. 그들은 얼마 지나지 않아
숲에 머물던 유령늑대 무리와 마주쳤다. 트리스탄은 일부러
샤텐발트의 마수를 데몬족과 분리해 놓았었다. 마수들이 군
영에서가 아니라 숲에서 먹잇감을 찾으라는 의도에서였다.
그런데도 몰구르의 사냥꾼들이 덤불 아래로 사라져 영영 돌
아오지 않는 일이 심심치 않게 반복됐다.

트리스탄과 마론이 아직 시야에 들어오지도 않았건만, 유
령늑대들은 바스락거리는 나뭇가지 소리만 듣고도 불청객
이 왔다는 것을 알아차렸다. 여러 목구멍에서 흘러나온 으
르렁거리는 소리가 어둠의 장막을 뚫고 울려 퍼졌다. 그 소
리만으로도 마론은 온몸이 오그라들었다. 샤텐발트에서 아
녜이가 데려왔던 유령늑대가 그녀를 바닥에 찍어 누르던 순
간 그녀의 시야를 가득 메웠던 날카로운 송곳니와 끔찍한
입 냄새 그리고 핏줄이 선 두 눈이 여전히 생생했다. 트리스
탄이 곁에 없었더라면 저 소리만으로도 마론은 목숨을 부지
하려 전력을 다해 도망쳤을 것이다.

그들의 등장에 민첩하게 수풀 사이로 숨어드는 형체가 어
렴풋이 느껴졌다. 늑대들 곁엔 누군가가 있었다. 저 무시무
시한 마수들이 받아들인 자. 심지어 마수들이 그르렁거리는

461

소리로 신호를 보내 조심하라고 위험을 일깨워 준 자. 과연 그자는 누구일까?

트리스탄도 그런 움직임을 포착한 것 같았다. "누구냐? 모습을 드러내라!" 그가 소리치며 걸음에 속도를 냈다. 트리스탄의 등장에 가장 앞줄에 있던 늑대들이 꼬리를 내리고 바짝 엎드렸다. 트리스탄은 치명적인 눈빛 하나로 그들을 제압했다. 유령늑대들은 연신 신음을 흘리며 그의 마광에서 벗어나 보려 애를 썼다. 삽시간에 늑대 무리 전체가 혼란에 빠졌다.

"트리스탄, 당장 멈춰. 나야!" 목소리의 주인공이 누구인지는 마론도 곧장 알아챌 수 있었다. 아녜이가 아니었다. 어슬렁거리던 형체는 툴이었다. 서둘러 모습을 감췄던 나무덤불 사이에서 툴이 천천히 앞으로 걸어 나왔다.

"넌 여기서 뭘 하는 거지?" 트리스탄이 툴에게 물었다.

"난… 며칠만이라도 군영에서 벗어나 있고 싶었다." 데몬이 말했다.

"도망이라도 치려던 건가? 이유가 뭐지?"

"도망칠 의도는 전혀 없었다." 툴은 트리스탄을 진정시키려 했다. "다만 내 고향 투미야에 꼭 처리해야 할 일이 있어."

"굳이 지금 이런 시기에 군영을 떠날 정도로 긴박한 일이 도대체 뭐지? 네 아버지가 이곳에 온 것과 관련이 있는 건가?"

툴이 한숨을 내쉬었다. 그는 곁에 웅크리고 앉은 늑대의 새하얀 털을 찬찬히 쓰다듬었다. 그런 뒤 트리스탄의 시선을 정면으로 마주했다. 그의 눈에는 분명 두려움이 있었지만, 다른 한편으로는 굳은 결의도 보였다.

"우리 모두의 숙적인 그놈이 지금 거기에 있다는 걸 우로칸이 내게 털어놓았다. 내가 가서 그 자식을 찾아내 스호오크에게 진 빚을 갚아 주고 올 것이다."

아주 잠깐 트리스탄은 아무 반응도 없었다. 이어 입술에 독이 스며든 것처럼 겨우 한 마디를 간신히 내뱉었다. 작지만, 부글부글 끓어오르는 음성으로. "호리엘!"

툴이 고개를 끄덕였다. "내가 그놈을 죽일 거야."

"그건 내가 허락할 수 없어." 트리스탄이 툴에게 다가가자 늑대들은 안절부절못했지만, 툴은 뒤로 물러서지 않았다. 시커먼 얼굴과 까만 동공을 부릅뜨고 서 있는 툴의 모습에서 마론은 진정한 데몬을 발견했다. 표정과 몸짓 어느 구석에서도 지난 몇 주간 보여 주었던 머뭇거리는 태도를 전혀 찾아볼 수 없었다.

"호리엘은 예전부터 *내 거*였어." 트리스탄이 단호하게 선언했다. "그놈이 투미야에서 뭘 하는 거지?"

"내게 넘기겠다고 약속하면 알려 주겠어!" 툴이 격렬하게 맞섰다. "네게는 고작 흉터 몇 개만을 빚졌을 뿐이지만, 나한테서는 인생에 딱 한 번 느꼈던 행복을 빼앗아 갔어!"

트리스탄은 데몬의 파수꾼을 위아래로 찬찬히 살폈다. 트리스탄은 제 생각을 순순히 털어놓지도 않았지만, 감히 저에게 무례하게 대든 툴을 벌하지도 않았다. 대신 손가락을 들어 반대 방향에 위치한 군영을 가리켰다. 그것으로 할 말은 전부 전달한 것이었다.

"그럴 수 없어." 툴이 속삭였다. "이런 식으로 널 따르는 게 너무 힘겨워."

순간 마론은 숨이 멎을 것만 같았다. 데몬들 중 누구도, 저들의 수장인 데몬 원수조차 감히 되크 발두르의 명을 거부할 엄두를 내지 못했다. 하지만 툴이 그걸 하고야 만 것이다. 너무도 절박했기에. 그 행동이 가져올 결과는 불 보듯 뻔했지만 그럼에도 툴은 암흑의 군주가 내린 명을 거부했다. 마론은 어떻게든 툴을 도울 방도를 짜내 보려 했지만, 아무것도 떠오르지 않았다.

"그럼 어디 네가 원하는 대로 해 보든지." 트리스탄이 얼음장같이 싸늘한 목소리로 대답했다. "하지만 그 결정은 분명 네 스스로…" 갑자기 말을 멈춘 암흑 군주가 황급히 뒤로

돌아섰다. 마론은 흉흉히 빛나는 그의 적안을 보았다. 수명
을 대가로 아녜이가 걸어 준 마법이 치명적인 마광에서 그
녀를 보호해 주고 있었음에도, 그녀는 순간적으로 온몸이 움
츠러들었다. 그 순간 갑자기 냉기가 엄습했다. 눈 깜짝할 사
이에 사방에 서리가 맺혔다. 이어 작은 얼음 결정이 홍수처
럼 밀려와 바닥을 집어삼키고 나무 기둥 위로 타고 올라갔
다. 불과 몇 초 만에 일어난 일이었다. 꽃이 핀 이끼와 선갈
퀴 위를 투명한 얼음 막이 뒤덮었다. 나무 기둥 사이로 일진
광풍이 몰아치더니 수없이 많은 눈송이를 몰고 왔다. 흡사
북부의 맹추위가 금방이라도 이곳을 강타할 것만 같았다. 침
묵이 흘렀다. 마론은 소름이 돋았다. 아무 소리도 들리지 않
았다. 미세한 소음조차도. 숲 전체가 숨을 멈춘 것일까.

  까마귀들이 날아왔다. 밀밭을 뒤덮은 메뚜기 떼처럼 시끄
럽게 울부짖고, 퍼덕이면서. 그리고는 그들 머리 위를 스칠
듯 맴돌았다. 무리 중 일부는 나뭇가지에 앉았다. 여전히 귀
를 찔러 대는 울음소리는 멈추지 않았다. 툴과 트리스탄은
까마귀들에겐 눈길도 주지 않았다. 그들의 시선은 군영으로
난 오솔길에만 고정되어 있었다. 그곳에서 돌풍이 불어왔
다. 그리고 그 길 위에 형체 하나가 나타나더니 그들 쪽으로
다가왔다. 몸을 곧게 세운 채 거의 허공에 떠 있는 것 같은

가벼운 발걸음으로. 형체는 강력한 아우라를 뿜어내고 있었다. 둔탁하고 위협적인 음색을 지닌 마력이랄까. 마론은 그 음색이 저의 귀에도 들리는 것만 같았다. 이 에냐도르 대륙에서 저런 카리스마를 지닌 자는 단 한 명뿐이었다. 슈투름 산맥의 대마법사 벨타인. 이제 그가 그들을 전쟁으로 내몰기 위해 친히 등장한 것이다.

벨타인은 몇 걸음 앞까지 그들에게 다가와 멈춰 섰다. 그리고 눌러쓴 망토의 후드를 벗어 얼굴을 드러냈다. 마론의 상상 속 벨타인은 항상 노인이었다. 새하얀 수염과 불신으로 번뜩이는 작은 눈을 지닌 노신사. 단 한 번도 저 마법사가 엘리야처럼 젊음을 유지하고 있을 거라 생각해 보지 않았다. 에냐도르의 네 종족과 샤텐발트의 마수들을 창조한 자가 저렇게 고운 외모를 지닌 소년이었다니! 수려하고, 오밀조밀하게 균형 잡힌 데다 누가 봐도 아름답지만 왠지 모를 반감을 불러일으키는 그의 얼굴에는 수염조차 자라지 않았다.

"트리스탄." 그가 말했다. 목소리마저도 불협화음처럼 귀에 거슬렸다. 이 마법사는 모든 면에서 부자연스러웠다.

"나의 주군이시여." 되크 발두르가 공손히 대답하며 무릎을 꿇었다.

"널 데모니아로 보낸 이유는 날 위해 군대를 모으고, 자식을 생산하라는 거였다." 벨타인이 목소리를 깔고 말했다. "이렇게 드래곤 여왕이 탈출하는 걸 지켜만 보라고 한 게 아니었어. 침대에서 네 여자에게 등 돌리고 누우라 한 것이 아니었다고!"

트리스탄은 아무 대꾸도 없이 얇은 입술만 꽉 깨물었다. 급작스러운 벨타인의 등장에 당황한 것 같았다. 툴과 마론 그리고 유령늑대들만큼이나. 샤텐발트의 마물들은 아예 돌처럼 굳어 버렸다. 머리를 조아린 무리 전체가 그의 시선이 자신에게 닿지 않기를 바라는 듯 바닥에 몸을 납작 붙였다.

"드디어 웨이요나가 빌라가르트를 떠났다." 벨타인이 말을 이었다. "이제 곧 트레간디르에 도착해 동맹군을 결집할 것이다. 그녀가 와이번과 도깨비불의 수호를 받으면 넌 어찌 그녀를 물리칠 셈이냐?"

"도깨비불은 전멸했습니다." 트리스탄이 변명하려 했다. "그리고 정복자의 검을 취한 후엔 저 자신이 와이번을 지배하게 될 것입니다."

"너무 늦었다!" 순간 벨타인의 눈에서 붉은 불꽃이 번쩍였다. 그의 음성이 점점 더 커졌다. "정복자의 검은 이미 적의 손에 떨어졌다. 그들이 찾아내는 광경을 내 직접 확인했지. 게다가 이스타리엘은 새로운 도깨비불 떼를 모았지. 네가 여기에 죽치고 앉아 네 운명을 한탄하는 동안 트레간디르는 착실히 전쟁 준비를 했단 말이다. 네게는 드래곤도 거의 없는 데다, 겨우 몇 마리 안 되는 유령늑대가 전부 아니더냐. 데몬족은 엘프군에 맞서 싸울 적수가 되지 못한다. 그러니 우리에겐 트레간디르를 접수할 만한 위력을 지닌 군대가 필요하다."

"어떤 군대 말입니까?" 트리스탄이 쏴붙이듯 물었다. 트리스탄은 여전히 벨타인 앞에 무릎을 꿇고 있었지만, 팔뚝의 근육이 불거질 정도로 두 주먹을 꽉 움켜쥐었다.

"늪지대의 언데드."

그 이름만으로도 공포가 밀려왔다. 침묵이 그들을 지배했다. 마론은 제 눈으로 직접 그 마수를 본 적이 없었지만 상상만으로도 맥박이 빨라졌다. 배신자와 살인자들로 이루어진 무리. 살아서도 양심 하나 없던 자들의 총집합. 죽어서도 자비라고는 눈곱만큼도 없는 잔혹한 언데드!

"어떻게 그들을 우리 손에 넣는단 말입니까?" 트리스탄이 물었다. "그들은 그 누구도 추종하지 않습니다. 누구도 그들을 지배하지 못합니다. 최근에 트레간디르를 공격했을 때만 봐도 불쑥 등장했다가 갑자기 사라졌습니다."

잔혹한 미소가 벨타인의 얼굴에 떠올랐다. "데몬의 파수꾼에게 물어보거라. 늪지대의 그림자들이 누구를 따르는지 그는 알고 있으니까."

트리스탄이 툴을 돌아봤다. "누구지?"

데몬은 불편한 기색이 역력했다. 그 이름을 차마 입 밖에 꺼내지 못하고 몇 차례나 한숨을 내쉰 뒤에야 평소보다 훨씬 작은 소리로 대답했다. "호리엘."

"그와 동맹을 맺도록 하라." 벨타인이 명령했다. "난 웨이요나가 트레간디르 성 밖으로 나오도록 유인할 것이야. 그러면 언데드의 군대가 그녀를 끝장내 버릴 것이다!"

"그럴 수 없습니다!" 트리스탄의 눈이 길게 좁혀졌다. 불끈 움켜쥔 두 손의 뼈마디가 붉은 피부 아래 하얗게 드러났다. 트리스탄은 벨타인이 아직 허락하지 않았음에도 자리에서 벌떡 일어났다. "전 호리엘과 절대 동맹을 맺지 않습니다!"

격노한 베리안의 눈에 불꽃이 튀었다. 그리고는 복종을 거부한 저의 종복을 노려봤다. 트리스탄이 그에게 반항한 것은 이번이 처음은 아니었다. 그리고 벨타인은 정확히 알고 있었다. 트리스탄이 어디에서 그런 의지력을 얻는지를. 그렇기에 대마법사는 고통을 가해 트리스탄을 무너트리는 대신 마론에게 마수를 뻗었다. 얼음장처럼 차가운 벨타인의 손이 마론의 손목을 덥석 거머쥐더니 앞으로 끌어당겼다. 그녀의 입에서 나지막한 비명이 새어 나왔다. 벨타인의 손가락이 거미 다리처럼 목 주변에서 스멀스멀 춤을 추는 것 같았다. 그것이 그녀가 인지한 유일한 느낌이었다. 벨타인에게는 체취도, 온기도 없었다. 그는 인간이라기보다 인간의 형상을 지닌 조형물일 뿐이었다.

"이 아이를 네 곁에 둔 건 분명한 쓰임새가 있어서였지. 하지만 네가 그리 거부하니 이 소녀는 아무짝에도 쓸모가 없구나." 그의 손톱이 마론의 목을 파고들었다. 그녀의 심장이 미친 듯이 날뛰었다. 이렇게 끝을 맞이하는 거였을까? 짧아진 수명의 마지막 순간이 정녕 이것이었단 말인가? 그녀의 시선이 트리스탄과 얽혔다. 그리고 정말 오랜만에 처음으로 그의 눈빛에서 그것을 다시 보았다. 누가 보더라도 너무나 명백한 그 감정. 애착, 공포, 그리고 패배감. 트리스탄은 쥐었던 주먹을 풀고 바닥으로 시선을 조아렸다. "지시하시는 대로 따르겠습니다."

벨타인이 흡족한 미소를 머금었다. 그리고는 마론을 놓아줬다. 마치 문둥병자라도 만졌던 것처럼 그녀를 휙 밀쳐 냈다. "널 무너트리는 건 아주 간단하지, 남부의 왕자. 그저 어떤 무기를 써야 할지 제대로 알기만 하면 되니까." 그리고는 만족스러운 표정으로 주위를 둘러봤다. 그러던 중 툴의 표정에서 또 다른 저항의 불씨를 발견한 것 같았다. "그리고 너, 데몬의 파수꾼. 너도 그 엘프에게 손가락 하나 댈 생각을 버려야 할 것이야. 들었느냐?" 벨타인이 호되게 경고했다.

"들었습니다." 툴이 대답했다. 툴의 음성에 깔린 도발적인 기색을 마론도 느낄 정도였지만, 대마법사는 달리 반응하지 않았다. 추측건대 벨타인은 더 이상 누군가를 고문하는 데 흥미가 사라진 것 같았다. 툴쯤이야 까마귀 몇 마리만 붙여 놓으면 그만이니까. 멀리 떨어진 곳에서도 저 데몬의 일거수일투족을 벨타인이 낱낱이 감시할 수 있다는 건 모두가 아는 사실이었다.

"그러면 이제 투미야로 이동하여 호리엘과 동맹을 맺는 겁니까?" 트리스탄이 무미건조하게 물었다.

벨타인은 고개를 저었다. "그럴 필요는 없다. 그가 직접 트레간디르로 오도록 내가 손쓰겠다. 넌 그저 데몬 군대와 몇 안 되는 드래곤이라도 결집시켜 놔라. 그런 뒤 최정예 전사들을 선발해 북부로 보내도록 하라. 네 심장을 탈환하겠다고 블루트베르크로 날아간 그 멍청한 계집들을 반드시 붙잡아 오도록! 난 그 두 년 모두가 내 발밑에 죽어 자빠진 꼴을 보고 싶다!"

둘 모두? 계집들? 머릿속에서 마론의 뇌가 빠르게 돌아갔다. 어째서 벨타인은 아담을 언급하지 않는 걸까? 혹시 벨타인이 그의 존재를 아예 알아채지 못한 건 아닐까? 까마귀의 눈이 그를 보지 못하는 걸까? 마침 트리스탄과 툴도 같은 생각을 떠올린 것 같았지만 아무도 그 얘기를 꺼내지 않았다.

"명대로 하겠습니다." 트리스탄이 대화를 마무리했다. "데몬 군주 레벨 폰 갈린을 보내도록 하겠습니다. 지금까지 드래곤과 싸워서 져 본 적이 없는 데몬 전사이니까요."

"좋아. 그러면 이제 네 최후의 전투를 가로막을 것이 아무것도 없겠구나. 내일이면 전쟁이 일어날 거다. 그리고 그 이튿날이면 네가 그리 원했던 안식을 누리게 될 것이야. 그러니 내가 너에게 바라는 바를 차질 없이 완수하도록 하라." 그것으로 양팔을 하늘로 높이 뻗은 벨타인은 얼마 전 엘리야가 에냐도르 방방곡곡에 불러온 여름의 심장에 마법의 칼을 박아 넣었다. 얼마 지나지 않아 눈보라가 들이닥쳐 에냐도르 전역에 하얀 담요를 덮었다. 새하얀 세상은 아직은 어린 소녀처럼 깨끗하고 순수하기만 했다. 아무 흔적도, 더러움도 없이. 하지만 벨타인이 모든 것을 끝마치고 나면 온통 피로 얼룩지겠지.

카이

    트레간디르 동쪽 성벽 위에서 내려다보니 성 앞마을과 그 양옆으로 펼쳐진 늪지대가 한눈에 들어왔다. 저기 지평선 뒤쪽 어딘가에 이블리스 강이 흘렀고, 거기서 조금만 더 가면 슈발벤하인이 위치했다. 카이와 엘리야는 바람에 실려 오는 눈송이를 응시했다. 대륙을 야금야금 파먹어 들던 겨울이 마침내 에냐도르 서쪽 끝까지 덮쳐 오고 있었다. 밀려오는 추위에 결국 카이는 목을 움츠리고 망토를 바짝 조여야만 했다. 작은 얼음 결정들이 그의 얼굴을 거세게 채찍질했다.

    "정말 이대로 손 놓고 지켜보시기만 할 건가요?" 그가 엘리야에게 물었다.

    인간의 왕이 고개를 흔들었다. "벨타인은 나보다 수백 배나 강한 자이다. 고작 몇 시간 햇볕을 쬐려고 마력을 전부 소모해야겠느냐?" 엘리야는 휘몰아치는 눈보라를 잠시 더 바라보고는 뒤로 돌아 성으로 갔다. 카이가 재빨리 그의 뒤를 쫓았다. "이게 다 그자가 계획한 거라고요? 이러다가 우리는 싸워 보기도 전에 기진맥진해서 쓰러지겠네요?" 카이가 물었다.

"아니. 벨타인은 우리가 그렇게까지 나약하다고 생각하지 않을 거다. 하지만 겨울은 그의 편이긴 하지. 데몬은 특성상 겨울을 잘 견디니까. 반면 드래곤은 추위가 일정 한도를 넘으면 아예 날지를 못해. 지금 상황을 종합해 보면 트리스탄이 사피라를 압박하는 데 성공하지 못한 것 같구나." 잠시 멈춰 선 엘리야가 카이가 선 방향으로 얼굴을 돌렸다. 눈보라 치는 폭풍에 눈을 보호하려는 듯 잔뜩 찌푸렸다. "다시 말해, 저들에겐 드래곤이 없다는 얘기지!"

처음엔 그의 말에 어느 정도 안도감을 느꼈다. 그렇지만 이내 그 말이 품은 속뜻을 깨달았다. 사피라가 굴복하지 않았다면 그것은 곧 되크 발두르가 그녀를 죽였다는 의미였다. 정말 생각만 해도 끔찍했다. 파수꾼들에게도 큰 손실이었다. 카이는 진심으로 그렇지 않기만을 기원했다.

"도깨비불은 어떻게 됐나요?" 카이가 물었다. "전투에 투입할 수 있기나 한 건가요?"

전날 이스타리엘은 샤텐발트의 마물들과 함께 트레간디르로 귀환했다. 이제 그의 휘하에는 샤텐발트에서 모아 온 작은 무리에 더하여 늪지대에서 불러 모은 더 큰 무리까지 합세해 있었다. 그들을 전부 합치니 아엘프스탄 전투 때보다도 그 수가 훨씬 많았다. 도깨비불 떼는 성의 지하 창고에 머물렀다. 그렇다 보니 주방 하녀들도 감히 그곳에 들를 엄두를 내지 못했다. 결국 이스타리엘은 하루 대부분을 그들 대신 밀가루와 콩이 든 자루를 옮겨 주는 일에 할애해야 했다. 카이나 엘리야도 이스타리엘을 도울 엄두를 내지 못했다. 그들 역시 저 작은 불꽃들한텐 치명적인 약점이 있었기 때문이었다.

"눈보라가 치는 동안은 안 된다." 엘리야가 대답했다. 또 다른 해결책을 덧붙이지 않은 걸 보면, 아마도 그 역시 뾰족한 묘수가 없는 것 같았다. 절망적이었다.

카이와 엘리야가 성의 안뜰에 도착하기도 전에 비상 신호를 알리는 뿔 나팔이 울려 퍼졌다. 카이는 화들짝 놀랐지만, 나팔이 한 번만 울리면 방문객의 도착을 알리는 신호라는 걸 떠올렸다. 카이는 아직 전투를 치를 마음의 준비가 되지 않았을뿐더러, 앞으로 그런 마음이 생길지조차 확신할 수 없는 상태였다. 엘리야는 몰아치는 눈보라를 막으려 한 손을 눈 앞에 들어 올렸다. 그렇게 성벽 너머를 다시금 둘러보면서 엘리야는 시력을 최고조로 끌어올렸다. 잠시 후 그가 경보 해제 신호를 보냈다. "님룬트군." 한결 가벼워진 음색이었다. "엘프 군대 전 병력과 남겨 둔 인간 병사들, 그리고 드래곤 전부를 끌고 왔구나. 정말 다행이다!"

카이도 안도의 한숨을 내쉬었다. 최근까지도 카이는 아엘프스탄과 맺은 평화 조약을 신뢰하지 않았다. 자신이 베리안을 공격한 사건도 그렇고, 님룬트, 엘리야 그리고 이스타리엘 사이의 아슬아슬한 관계 역시 이 전쟁에서 가장 불확실한 요소였다. 그렇지만 엘프의 왕은 분별력이 있는 자였으므로 당장 자신에게 닥칠 가장 큰 위협이 무엇인지 제대로 파악하고 있었다. 그리고 그것은 그가 지금껏 헤쳐 온 예사로운 위협과는 전혀 차원이 달랐다.

얼마 지나지 않아 굳이 마법을 시전하지 않아도 성으로 진군하는 군대의 모습이 카이의 시야에도 들어왔다. 눈 앞에 펼쳐진 광경은 정말 장관이었다. 2천 명이 넘는 병사들이 완전 무장을 갖추고 거센 눈과 맞서며 행진 중이었다. 상체로 거센 바람을 버티며 반쯤 얼어붙은 손가락으로 투구와 무기를 굳게 움켜쥐고 있었다. 기병대는 말의 힘을 빌릴 수 있어 그나마 좀 나아 보였지만 그들 역시 뒤따라오는 병사들 못지않게 어렵사리 전진 중이었다. 물론 그중에서도 최악은 단연 드래곤들이었다. 그들 중 대다수가 추위에 약한 날개를 보호하려 온혈인 인간형으로 변신을 택했다. 누더기 같은 옷을 걸치고, 사지를 덜덜 떨며 지푸라기로 발을 감싼 채 비틀비틀 군대를 뒤따랐다. 이런 기온에도 하늘을 나는 것이 가능한 작은 드래곤들만이 기병대의 머리 위를 맴돌았다. 카이는 눈을 가늘게 뜨고 좀 더 자세히 살펴봤다. 저 멀리 무언가가 보이는 것 같았기 때문이었다. 계속 휘몰아치는 눈보라에 시야가 좁아져 저 멀리 공중을 가로질러 접근하는 것이 누구인지 혹은 무엇인지 정확히 알아보기가 힘들었지만 결국엔 알아챘다. "와이번까지 데려오고 있어요!" 그가 소리쳤다.

그러자 엘리야도 마법을 써 재차 시력을 강화했다. 그의 시선이 눈보라를 뚫고 마침내 그것을 발견한 순간 알아들을 수 없는 욕설이 그의 목구멍에서 흘러나왔다.

"사피라가 저들에게 명령을 내려 엘프들을 따라온 걸까요?" 조바심을 참지 못하고 카이가 물었다. "아니면 혹시…"

"…다른 누군가가 저들을 굴복시켰기 때문이겠지." 엘리야가 그의 말을 대신 마무리했다. "맞구나. 그렇게 된 게 확실하다."

말을 마친 엘리야가 성벽 아래로 난 계단을 따라 서둘러 내려갔다. 카이는 종종걸음으로 그의 뒤를 따랐다. 둘이 성 안뜰에 도착하자마자 성의 도개교가 내려졌다. 곧이어 발굽 소리가 어지러이 울려 퍼지는 가운데 님룬트가 말을 타고 입성했다. 갈기가 거의 바닥까지 닿고 콧구멍으로 연신 김을 뿜어내는 새하얀 명마 위에 그가 앉아 있었다. 한눈에 봐도 귀한 혈통의 명마는 불안한 듯 포석이 깔린 바닥 위에서 따각따각 춤을 췄다. 엘프 왕을 뒤따라 또 다른 엘프가 입성했다. 두 번을 쳐다본 후에야 카이는 상대가 누구인지 알아보았다. 눈처럼 하얀 투구를 쓰고 사슬 갑옷 위에는 역시 눈처럼 흰 튜니카를 걸친 낯선 모습이었기 때문이었다. 새하얀 튜니카 가슴 부위에는 태양과 달이 선명히 새겨져 있었다. 옆구리에는 마법사만이 볼 수 있는 투명 검이 매달려 있었다.

동맹군을 맞는 엘리야의 인사는 몹시 불손했다. "베리안이 지금 여기서 뭐 하는 거지?" 엘리야가 님룬트에게 성난 투로 말했다. "그는 추방당하지 않았던가! 열두 달 동안은 사원에서 벗어나지 않기로 합의하지 않았소!"

"하지만 엘프의 신들은 달리 결정을 내리셨네." 님룬트는 냉정한 음성으로 말했다. "신께서 베리안의 꿈에 나타나 정

478

복자의 검이 숨겨진 곳을 친히 알려 주셨지. 신탁을 받은 자를 감히 막을 명분은 이 세상에 없소. 베리안은 여전히 속죄 중이지만 운명의 신이 그를 이 전장으로 보낸 것을 어찌하겠소. 와이번의 새로운 정복자로서."

그 말을 알아듣기라도 한 듯 와이번들이 머리 위를 날며 고주파로 울부짖었다. 와이번의 포효를 난생처음 듣는 트레간디르 수비대 소속 엘프들은 두려움에 떨며 양손으로 귀를 막고 뒷걸음질 쳤다.

"우리는 베리안에게서 검을 다시 취해 다른 엘프에게 전달할 것이오." 엘리야가 대답했다.

"그럴 순 없어!" 님룬트는 결의에 찬 음성으로 말했다. 카이는 이제껏 그의 입에서 이런 결기 있는 음성이 나오는 걸 단 한 번도 듣지 못했었다. "우리는 아노르의 뜻을 따를 뿐이오. 아무리 당신이라도 우리 관습까지 바꿀 수는 없지."

엘리야는 아무 대답도 하지 않았다. 다만 먼 곳을 바라보며 잠자코 서 있었다. 카이는 엘리야가 다툼을 피하려는 이유를 정확히 알고 있었다. 지금 엘프 왕이 아엘프스탄에서 끌고 온 병력 없이는 벨타인과의 전쟁에서 승리할 가능성이 희박했기 때문이었다. 님룬트가 유죄 판결을 받은 아들을 자의적으로 풀어 주고, 와이번까지 덤으로 안겨 준 건 배신에 가까운 행동이었지만 그 누구도 그에 대항할 방법이 없었다.

이윽고 말에서 내려 투구를 벗은 베리안의 얼굴에는 승리를 확신하는 웃음이 가득했다. 그는 경멸하는 눈빛으로 카이를 쏘아보며 한쪽 눈썹을 치켜떴다. "네 염소는… 어디에 숨겼느냐, 마법사?"

"도대체 어떻게 검을 찾아낸 거지?" 분노와 실망감에 이빨을 꽉 깨문 카이가 간신히 물었다.

베리안이 몸을 숙여 카이의 귓가에 속삭였다. "난 그저 도망쳐 나온 농부 놈이라면 그런 걸 어디에 숨길까 잠시 자문해 봤을 뿐이야. 그 답이야 뭐 내 손바닥 보듯 뻔했지. 느슨한 마루판자 아래밖에 더 있겠어? 너희 인간이란 종족들이 알량한 돈 몇 푼을 숨기는 그곳 말이야. 어디 돈뿐이겠냐? 그곳에서 너희 종족의 장남을 찾아내 노예로 끌고 온 적도 한두 번이 아니었거든. 네놈의 속은 그만큼 훤히 다 보이고, 멍청하기 짝이 없지!"

카이는 몸속의 피가 부글부글 끓어오르는 기분이었다. 가장 큰 분노는 저 자신에게 향했다. 베리안의 말이 옳았기 때문에 더욱 화가 났다. 마룻바닥을 닫을 때 예전에 쓰던 휘고 낡은 못을 사용해야 한다는 걸 깜박하고 무심코 새 못을 쓰고 말았던 것이다. 추측건대 베리안은 첫눈에 어디부터 수색해야 할지 알아차렸을 것이다. 그런 상황에서 투명 마법은 전혀 쓸모가 없었다. 저의 경솔함이 저 망할 엘프 놈을 곧장 목적지로 안내해 준 꼴이니.

"지금 내가 들은 말을 큰 소리로 떠들면 어쩔 거냐?" 카이가 베리안에게 속삭였다.

"그러면 난 이틸께서 친히 달빛을 내려 나를 올바른 장소로 인도했다고 말하겠지." 그 말만 남기고 뒤돌아선 베리안은 주변에 있는 종자에게 타고 온 말의 고삐를 쥐어 줬다.

"내 말을 들었나?" 순간 카이의 귓가에 엘리야의 음성이 들렸다. 엘리야는 계속 엘프의 왕과 나란히 서 있었다. 두 왕은 나란히 저를 응시하고 있었다. 격노했던 탓에 카이는 그들이 방금 무슨 대화를 나눴는지 듣지 못했다. 카이가 고개를 저었다.

"어서 검을 다시 보이게 하라! 베리안이 눈에 보이지 않는 검을 들고 전투에 나설 수는 없지 않나."

"하지만 그 상태로도 와이번을 베는 데는 충분했죠." 카이가 중얼거렸다. 사실 그도 자신이 패배했다는 걸 알고 있었다. 카이는 자신의 불평에 화가 났을 엘리야를 진정시키려는 듯 화해의 제스처로 양손을 들어 올려 보였다. 이어 눈을

481

감고는 검에 걸어 둔 마법을 거둬들였다. 스타프린스가 찬 벨트에 황금빛 와이번의 검이 모습을 드러내자 그의 음흉한 얼굴 전체에 미소가 피어올랐다.

님룬트 역시 흡족한 표정이었다. "이제 내 부하들과 내가 지낼 숙소를 마련해 주게나." 그가 엘리야에게 요구했다. "하급 병사와 인간 병사 그리고 드래곤들은 성 앞에 진을 치도록 할 것이네."

"드래곤은 장교 숙소로 데려올 걸세. 추위에 특히 예민한 종족이니 말이야." 엘리야가 반박했다.

"그런 결정은 내 작은아들이 내려야 마땅하겠지." 님룬트가 각진 턱을 공중으로 한층 더 치켜들었다. "난 당신이 아니라 그를 따르겠다고 약조한 거니까 말일세. 그 아이는 도대체 어디 있나?" 님룬트가 사방을 둘러봤지만 그 어디에도 이스타리엘은 보이지 않았다.

"바쁘다네." 엘리야는 그렇게만 대답했다. 알빈가르트의 왕자가 주방의 지하 창고에서 밀가루 포대를 나르느라 정신없다는 말이 차마 입 밖으로 나오지 않았다.

"제가 데려오죠." 카이가 말했다. 베리안의 영향권에서 벗어날 좋은 기회였다. 안 그러면 저 베리안 놈이 늘어놓을 궤변에 조만간 마력이라도 방출하는 불상사가 일어날지도 모르니까.

엘리야가 고개를 끄덕였다. 카이는 인파를 뚫고 서둘러 사라졌다. 안뜰은 이제 성문을 통해 안으로 몰려든 반쯤 얼어붙은 병사들로 인산인해를 이루고 있었다. 카이는 도깨비불 떼가 모여 있는 지하실에 가는 것이 내키지 않았다. 하지만 어쩌면 부엌이나 계단에서 이스타리엘과 마주칠 수도 있으니, 반짝이는 죽음의 불꽃과 조우하는 사태만큼은 피할 수도 있을 것이다.

그렇지만 운명은 얄궂게도 다른 걸 원했나 보다. 카이는 잠시 주방에 머물며 엘프 왕자를 기다렸지만 그는 나타날 기미조차 보이지 않았다. 카이는 한숨을 크게 쉬고는 공포의 지하 창고로 발걸음을 옮겼다. 목적지까지 반쯤 내려가자 욕설을 내뱉는 이스타리엘의 음성이 들렸다. 그대로 멈춰 선 카이가 그의 말을 잠시 엿들었다.

"날 좀 놓으라고, 이 빌어먹을 염소가!" 실랑이가 이어졌다. 뒤뚱거리는 발걸음 소리와 고집스러운 그바일로의 울음 소리가 뒤섞여 들렸다. 카이는 남은 계단을 서둘러 내려갔고 거기서 그들을 발견했다. 어깨에 밀가루 자루를 둘러멘 이스타리엘 주변에서 격앙된 도깨비불 떼가 윙윙거리며 날아다녔고, 그 옆에는 그바일로가 온 힘을 다해 이스타리엘의 바짓가랑이를 물고 늘어지고 있었다. 염소가 얼마나 세게 잡아당겼는지 엘프 왕자가 거의 쓰러질 뻔했다. 도깨비불 떼는 주인을 도우려고 그바일로 머리 주변에서 바삐 춤을 췄지만, 염소에게는 아무런 효력이 없어 보였다. 다만 염소의 짤막한 꼬리에 내려앉은 몇 마리가 꼬리에 불을 붙인 건 효과 만점이었다. 시끄럽게 울어 대며 이스타리엘을 놓은 염소가 카이에게 달려와 불이 붙은 꼬리를 마구 흔들었다. 카이는 침착하게 손으로 비벼 불을 껐다. 카이의 피부에 화상 수포가 올라왔다.

"도대체 무슨 난리야?" 벌써 작은 불꽃 하나가 카이의 눈앞에서 반짝반짝 고통 없는 빠른 죽음을 약속하며 그를 유혹하기 시작했다. 이제 불꽃이 이끄는 대로 쫓아가기만 하면 될 것이다. 모든 것을 내려놓고 저 성벽 총안에서 몸을 던지기만 하면 되는 것이다. 그리하면 만사가 잘 해결될 것이다! 그의 내면에서 나약함이 퍼져 밖으로 흘러나오려 했다.

이스타리엘은 등에 짊어진 포대를 바닥에 내려놓았다. "이제 그만해!" 그가 소리치자 도깨비불은 치명적인 유혹을 거둬들였다. 그리고는 제 주인 뒤 어딘가에 모여 있는 무리에게 날아갔다.

카이는 충동을 가라앉히려 숨을 길게 내쉬었다. "정말이지 도깨비불은 끔찍해!" 그가 중얼거렸다.

"그리고 난 저 망할 염소 때문에 미칠 뻔했고 말이지!" 이스타리엘이 맞받아쳤다. "성 전체를 위해 온갖 궂은일을 도맡아 하고 있는 판국에 그것도 모자라 저 그바일로 놈까지 항시 내 다리를 물고 늘어지니 말이다!"

"항시 그랬다고?" 카이가 자못 심각한 표정으로 제 염소를 살폈다. "그바일로는 아무 이유 없이 그런 행동을 하지 않아."

"저 망할 짐승이 지루했나 보지." 이스타리엘이 왕자답지 않은 말투로 투덜거렸다. "그러니까 나한테 놀아 달라고 들러붙는 거겠지! 아버지에게 까마귀를 보내야겠어. 오실 때 마구간에서 그 얼룩무늬 암컷을 데려오시라고. 그러면 저 못된 놈이 날 놔주겠지!"

"너무 늦었어. 당신 아버지는 지금 밖에 있거든. 군대 전체… 그리고 베리안까지 데리고 왔지."

"베리안이라고?" 그렇지 않아도 심란했던 엘프 왕자의 기분이 더 어수선해진 것 같았다. "내가 그를 사원에 가뒀는데!"

"그랬지. 그런데 당신네 신들이 풀어 주라 명했다지 뭐야. 내 어리석음도 한몫을 하긴 했지만."

이스타리엘은 무슨 그런 당치 않은 말이 다 있냐며 이마를 찌푸렸지만, 카이가 제동을 걸었다. "만나기 전에 우선 마음을 좀 가라앉혀 봐. 그바일로가 너한테 왜 그런 건지부터 살펴보자고." 카이는 그의 대답을 기다리지도 않고 염소를 향해 고개를 끄덕였다. 그러자 그바일로는 화답하듯 음매 하고 울더니 이스타리엘을 또다시 지하 창고 쪽으로 잡아당겼다. 수천 마리의 도깨비불이 우글거릴 지하 창고에 들어갈 생각을 하니 소름이 돋았다. 이스타리엘이 곁에 없었더라면 절대 꿈도 꾸지 않았을 일이었다. 다행히도 엘프 왕자는 선뜻 동행해 주었다. 살짝 그슬린 꼬리를 흔들며 그바일로가 앞장섰고 둘은 염소 엉덩이만 보고 따라갔다. 무시무시한 작은 불꽃들이 어둠 속에서 희미하게나마 그들이 가야 할 길을 비춰 주었다.

엄청난 양의 잡동사니가 쌓여 있는 가장 후미진 방에 도착한 후에야 염소가 멈춰 섰다. 카이는 궤와 의자, 주방 도구 따위로 이루어진 잡동사니 더미를 망연자실 바라보았다. "그래서?" 어이없다는 듯 카이가 물었다. 그러자 그바일로가 뒷발로 선 채 커다란 궤에 앞발을 올렸다. 보아하니 그 궤를 치우고 싶은 모양이었다. 카이가 마법으로 염소를 도와줬다. 마치 유령의 손이 움직이기라도 한 것처럼 커다란 궤가 스르륵 옆으로 움직였다. 그 아래에는 아무것도 없었다. 맨바닥이었다.

하지만 카이는 묘한 느낌을 받았다. 갑자기 아엘프스탄에서 마주했던 한 장면이 떠올랐다. 지하 묘지 아래 숨겨져 있던 비밀 통로. 요정 마법이 깃든 장소. 트레간디르의 석문도 떠올랐다. 데몬족이 공격해 왔던 그 날 트리스탄이 드나들었던 그 마법의 문. 그것 역시 요정의 마법이 만들어 낸 비밀의 문이었다. 그때 방안에 기묘한 푸른빛이 감돌았다. 카이는 아래쪽을 내려다보았다. 푸르고 은은한 광채가 제 손에서 흘러나오고 있었다. 그레타와 베리안의 밀회를 목격했을 때와 똑같이. 엄청난 마력과 무시무시한 힘이 느껴졌다. 시골뜨기 어린 마법사가 감당하기에는 버거운 힘이었다. 이스타리엘 역시 불안한 시선으로 바라봤다. "그게 뭐지?" 그가 속삭였다.

"나도 모르겠어." 카이가 솔직히 대답했다.

반면 그바일로는 전혀 개의치 않았다. 옆으로 밀쳐진 궤에 다시 앞발굽을 올리고 발굽으로 궤를 두드렸다. 복잡한 리듬이 울려 퍼졌다. 카이는 그 리듬을 기억하려고 집중하고 또 집중했다. "세 번 짧게, 두 번 길게, 짧게, 길게." 카이가 중얼거리며 박자를 되뇌자 이스타리엘이 궁금해서 안달이 난 눈으로 그를 바라봤다. 비밀의 문이 윤곽을 드러냈다.

그리고는 아무 소리 없이 스르륵 열렸다. 순간 엘프 왕자의 눈이 더 휘둥그레졌다. 이스타리엘은 그 아래 숨겨진 공간을 살펴보려고 몸을 숙였다. 아마도 그 안이 아무것도 알아보지 못할 정도로 어두워서였는지 이내 도깨비불에게 신호를 보내 그 밑을 수색하라 명령했다. 그에겐 순종적이기만 했던 작은 마수들이었지만 망설이는 기색이 역력했다. 하지만 미적거리면서도 주인의 명령에 따랐다.

"믿을 수 없어!" 몸을 숙여 비밀의 문 아래를 다시 들여다본 이스타리엘이 소리쳤다.

"뭐지?" 카이가 재빨리 되물었지만 왕자는 이미 아래로 이어진 다 썩어 가는 사다리를 타고 내려가는 중이었다. 서툰 자세로 카이는 그의 뒤를 쫓아 내려갔다. 지금처럼 흥분한 상황에서는 항상 그놈의 의족이 말썽이었다. 카이는 욕설을 퍼부었다. 반면 그의 손에서 뿜어 나오는 빛은 그 안으로 한 걸음 더 내디딜 때마다 더욱 강렬해졌다. 이윽고 비밀의 방 바닥에 발을 딛자 이제 그 빛은 그 공간을 환히 비출 정도로 밝아졌다. 그 환하고 푸른 빛에 도깨비불 빛조차 퇴색했다.

눈 앞에 펼쳐진 장면에 카이의 심장이 날뛰었다. 앞서간 이스타리엘은 지하 공간 한가운데에 얼어붙은 듯 서 있었다. 거기에는 자그마한 체구의 미라가 누워 있었다.

"이게 뭐지? 어린아이…인가?" 엘프 왕자가 간신히 입을 뗐다.

"요정인 것 같군." 카이는 단 한 번도 요정을 보지 못했지만 짐작할 수 있었다. 오른손이 따끔거리며 그의 추정이 옳다는 걸 말해 주고 있었다. 그들은 시체에 좀 더 가까이 다가가 자세히 살펴봤다. 아주 오래된 시신인 것 같았지만 용모로 보아 여성임을 알 수 있었다. 눈꺼풀은 감겨 있었고, 양 뺨은 푹 꺼져 홀쭉했지만 머리카락만큼은 사망한 지 얼마 되지 않은 사람처럼 풍성했다. 아직 윤기가 남아 있는 머리채는 자색 실을 꼬아 맵시 있게 묶어 올렸다. 그녀가 걸친 의복은 거의 다 썩어 부식됐지만 얇은 은으로 만든 경량 갑주만큼은 여전히 견고하게 가슴과 어깨를 덮고 있었다. 섬세한 두 손은 기도라도 하듯이 포개어져 있었다. 어쩌면 기도하는 게 아니라 무언가를 꼭 쥐고 있었던 것 같기도 했다. 고이 간직하고자 했으나 수백 년이라는 긴 세월을 끝내 버티지 못하고 사라져 버린 그 무언가를.

"도대체 누구지?" 이스타리엘은 궁금증을 참지 못했다. 카이 역시 마찬가지였다. 그는 죽은 요정에게 시선을 떼지 못한 채 고개만 저였다. 여전히 부드러운 마력의 음색이 그녀에게서 흘러나오고 있었다. 고막을 자극하는 시끄러운 소리가 아니라 잔잔히 읊조리는 허밍에 가까운 음조였다. 단조로우면서도 조화로웠다. 카이는 그 음색에 가만히 귀를 기울였다. 그러자 그의 손에서 푸른빛이 음조에 박자를 맞춰 약동하기 시작했다. "저 요정을 아는지 그에게 물어봐야겠어." 카이가 중얼거렸다. "그리고 저 요정의 마력에 대해서도."

"엘리야 말이로군."

"맞아." 카이가 고개를 끄덕였다. 이런 일에 관해 물어볼 사람이 엘리야 말고 또 누가 있겠는가? 그나저나 왜 이런 일이 자꾸만 일어나는 걸까? 하필이면 지금, 언제 적군이 공격해 올지도 모르는 이 절체절명의 순간에 또 하나의 수수께끼가 등장한 걸까?

카이와 이스타리엘은 잔뜩 긴장한 채 사다리를 올라갔다. 이스타리엘은 도깨비불에게 이 비밀의 묘실을 잘 지키라고 명령을 내렸다.

대연회 홀에서 그들은 엘리야, 이조라, 님룬트 그리고 베리안과 마주쳤다. 넷은 홀 안쪽 불가 근처에 놓인 탁자에 평화롭게 둘러앉아 있었다. 표정만큼은 서로에 대한 불만으로 가득해 보였다. 그들은 하나 같이 입을 꾹 다문 채, 장작을 나르는 하인과 탁자에 테이블보를 덮으며 분주히 회의를 준비하는 하녀의 움직임만을 응시하고 있었다.

이스타리엘의 등장에 님룬트는 혐오스러운 시선으로 그를 노려봤다. 종복이나 입을 작업복을 걸치고, 머리카락에는 밀가루 먼지를 뒤집어쓴 채 나타난 둘째 아들이 영 못마땅했다. 설상가상 그바일로가 바짓가랑이에 구멍을 여러 개 뚫어 놓은 터였다. 프록코트를 걸치고 유유자적 성안을 배회하던 고고한 엘프 왕자의 흔적은 찾아볼 수 없었다. 다만 얼굴만큼은 여전히 아름다웠다. 엘리야가 제 아들을 혹사시킨 게 명백했다. 적어도 님룬트의 시각에서는 그렇게 보였을 것이다.

"이 성에는 저런 하찮은 일을 처리할 종복이 없는 건가?" 님룬트가 인간의 왕에게 따져 물었다. "난 분명 당신에게 의젓한 왕자를 동맹으로 내어 줬는데, 임무를 모두 마친 뒤 저런 비렁뱅이로 만들어 돌려줄 셈이었나!"

"이곳에서 모든 임무가 끝나면 말입니다, 아버지." 이스타리엘이 그의 말을 잘랐다. "살아 돌아올 아들이 한 명이라도

491

있다면 그것만으로도 다행이라 여기셔야 할 겁니다."

님룬트가 고개를 절레절레 흔들었다. 이어 주제를 바꿔 병사들이 머물 숙소 문제를 언급하려 했지만 이스타리엘이 그의 말을 가로막았다. "그건 차후에 정리하도록 하죠. 우선 급히 알아야 할 사실이 있어요. 이 트레간디르 성을 건설한 건 누구입니까?"

"그걸 왜 묻는 건가?" 엘리야가 이마를 찌푸렸다.

"그럴 만한 사연이 있소. 아는 게 좀 있소?" 이스타리엘은 베리안과 님룬트가 합석한 이 자리에서 그들이 발견한 미라에 대해 전부 털어놓지 않기로 결심했다. 카이는 이스타리엘의 판단이 현명했다고 생각했다.

"아니." 엘리야가 대답했다. "내가 기억하는 한 이 트레간디르는 처음부터 이 성벽 위에 굳건히 서 있었지. 이곳은 먼 옛날부터, 그러니까 엘프의 시조였던 폰 아베론 시절부터 엘프의 영토였다."

님룬트가 엘리야의 말에 덧붙였다. "아마 폰 아베론 전하께서 이 성을 건설했을 거다. 그런데 갑자기 그것이 왜 그리 중요한 게냐?"

이스타리엘은 실망한 기색이 역력했다. "큰 의미는 없습니다. 이제 군영 문제를 의논하죠."

"이곳을 누가 건설했는지 *난 알아!*" 그때 갑자기 이조라가 말문을 열었다. 모두가 깜짝 의아한 표정으로 그녀를 응시했지만, 이스타리엘만큼은 다시 얼굴이 환해졌다. "누구야?"

"두 요정 남매야. 누리아와 이라누스였지. 그들은 늪지대 혼령들을 고통에서 해방시켜 주러 이곳을 찾았지만 결국 실패하고 말았대. 전설에 따르면 그들은 이승을 맴도는 언데드 영혼들이 참회하도록 설득하려 했었나 봐. 요정들은 마수들에게 생애 동안 저지른 잘못 때문에 고통을 짊어지게 되었다는 걸 인정하고 회개하라 요구했었지. 그렇지만 늪지대의 그림자들은 속죄하기를 거부했대. 그래서 누리아와 이라누스는 저 마수들이 늪지대를 벗어나지 못하도록 마법을 걸었어."

"넌 그걸 어떻게 알았어?" 이스타리엘이 물었다.

"책에서…." 그녀가 잠시 대답을 망설였다. 머뭇거리던 이조라가 아버지를 흘낏 쳐다본 후 한숨을 쉬며 털어놓았다. "지하 묘지에 있던."

님룬트는 어이없다는 듯 불만 가득한 표정을 드러냈지만 아무 말도 하지 않았다.

"그래서 어떻게 됐는데? 거기에 뭐라 쓰여 있었지?" 이스타리엘이 캐물었다.

"요정 남매는 언데드의 영혼을 포기하지 않았어. 그래서 늪 근처에 이 트레간디르 성을 건설하고 여기서 오랫동안 살았대. 오늘날 우리 엘프가 하는 것처럼 늪지대를 감시하면서. 하지만 시간이 흐르면서 누리아는 이런 상황이 힘에 부쳤나 봐. 빌라가르트로 귀환하고 싶었던 그녀는 오빠를 찾아가 늪지대 마물들을 꾀어내서 깡그리 불태워 버리자고 제안했어. 하지만 이라누스는 거절했지. 안식을 찾지 못한 채 파괴된 영혼은 윤회의 쳇바퀴에서 영원히 이탈해 돌아오지 못할 거라 생각했기 때문이었지. 요정들은 그렇게 믿었어." 이조라는 불안한 눈빛으로 주변을 둘러봤지만 전부 제입만 바라보고 있다는 것을 깨달았다. 베리안마저도. 그녀는 하던 이야기를 계속 이어 갔다. "누리아는 오빠 몰래 어둠의 그림자들을 물리칠 마법의 횃불을 만들어 냈어. 하지만 이라누스가 그 사실을 눈치채 버린 거야. 그러다 남매들 사이에 언쟁이 붙었고 그 과정에서 누리아가 지하 창고의 계단 아래로 떨어지면서 그만 목이 부러져 버렸어. 불의의 사고였지만, 이라누스는 누이를 죽음으로 내몬 자신을 용서할 수 없었어. 결국 누리아의 유지를 받들기 위해 이라누스는 밖으로 나가 늪지대 마수들과 사투를 벌였지. 당시 수많은 언데드의 영혼을 소멸시켰지만, 그들의 수는 압도적이었어. 결국 이라누스마저 늪으로 빨려 들어가고 말았다고 해. 그곳에서 그가 안식을 찾았는지 혹은 그들과 똑같은 운명을 나누게 되었는지는 아무도 모르지."

"정말 허무맹랑한 이야기로군." 베리안이 말했다. "그중 단 하나도 사실일 리가 없다. 바로 그런 이유에서 우리 엘프들이 그런 책들을 금역인 지하 묘지에 보관한 거야. 너처럼 단순한 공주들이 진실인 줄 알고 미혹되는 참사를 방지하기 위해서지."

이조라는 아무 말 없이 고개만 푹 숙였다. 반면 이스타리엘은 카이만큼이나 누이의 이야기에 깊은 감명을 받은 것 같았다. "그래서 그 마법 횃불은 어떻게 됐어?" 이스타리엘이 숨도 쉬지 않고 물었다.

이조라는 어깨를 한 번 으쓱였다. "어떤 이들은 이라누스와 함께 늪 아래로 침몰했을 거라 말하기도 하고, 또 어떤 이들은 이라누스가 그 횃불을 아예 쓰지 않았기 때문에 늪에 빠진 거라고 평하기도 했어. 진실은 늪의 그림자들만이 알고 있겠지."

카이는 이조라가 전한 전설을 전적으로 믿을 수는 없었다. 하지만 그들이 지하 묘실에서 찾은 요정은 필시 누리아일 것이다. 당시 그녀의 오빠가 횃불과 함께 그곳에 동생을 안장한 것이 틀림없었다. 미라의 손이 기이한 자세를 취하고 있던 것은 그 때문이었다. 그렇지만 마법의 유물은 이미 사라진 상태였다. 그렇다면 누군가 그들보다 한발 먼저 그 묘실을 열고 횃불을 훔쳐 간 것이리라. 하지만 누구였을까? 순간 카이의 머릿속에서 끔찍한 의심이 싹텄다. 일평생을 이 트레간디르에서 보낸 누군가가 떠올랐기 때문이었다. 그리고 그 인물은 성의 북쪽으로 난 비밀의 문을 여는 리듬도 알고 있었다. 이스타리엘과 시선이 마주친 카이는 그도 저와 같은 생각이라는 것을 깨달았다. 어쩌면 이런 추측을 지금 여기 모인 일행에게 알려야 할 수도 있었다. 전쟁에서 마주칠 상대가 어떤 존재인지 미리 알아야 했기 때문이었다.

그렇지만 미처 그럴 만한 기회가 허락되지 않았다. 또다시 트레간디르의 뿔 나팔이 울려 퍼졌기 때문이었다.

"혹시 기다리는 사람이라도 있소?" 이스타리엘이 엘리야에게 물었다. 그는 고개를 저었다. 앉아 있던 네 사람 모두 자리에서 일어나 함께 밖으로 나갔다. 성 안뜰에는 병사들이 진을 치고 있어 더 이상의 인원을 수용하기가 불가능한 실정이었다. 눈보라가 치는 혹독한 날씨에도 아엘프스탄에서 온 군대의 절반이 성 밖에서 야영해야 하는 상황이었다. 그럼에도 성의 도개교는 위로 끌어 올려진 상태였다. 아마도 엘리야의 명에 따른 것이리라. 전쟁이 터진 지금 전략적 요충지인 이 성을 필요 이상으로 노출하여 적군에게 약점을 드러내지 않기 위해서였다.

안뜰에 모인 군중을 피해 일행은 곧장 성벽으로 이어진 계단으로 향했다. 그곳에서도 그들은 떼거리로 몰려 있는 인파 사이를 어렵사리 뚫고 올라가야만 했다. 이윽고 남쪽 성벽 총안 사이로 밖이 내려다보였다.

성문 아래에는 두꺼운 케이프를 뒤집어쓰고 구부정한 자세로 서서 추위에 오들오들 떠는 두 사람이 서 있었다. 카이는 두 사람 중 한 명이라도 혹시나 아는 사람일까 확인하려고 여러 번 눈을 감았다가 떴다. 잠시 후 그의 심장이 벅찬 기쁨으로 쿵쾅거렸다. 넝마를 걸친 채 옆에 서 있는 엘프 왕자만큼 그랬을까마는.

"아그네스!" 이스타리엘이 소리쳤다. "어머니!" 그가 부리나케 주변 병사와 궁수들 사이를 헤집고 달려갔다. 그리고 보초병에게 당장 성의 도개교를 내리라 고함을 쳤다. 카이는 가까스로 충동을 억눌렀다. 당장이라도 엘프 왕자를 뒤쫓아 달려가서 제 누이를 꼭 끌어안고 싶었다. 그렇지만 아량을 베풀어 이스타리엘에게 순서를 양보하기로 마음먹었다. 이제 카이와 나머지 일행은 아그네스와 함께 온 엘프 여인에게 시선을 고정했다. 말로만 듣던 그 여인이 눈앞에 나타난 것이다. 레이나 폰 아엘프스탄. 모두 죽었다고 믿었던 엘프족 왕비. 백금발에 섬세한 미모를 지닌 그녀는 얼핏 보면 조금 나이 든 이조라 같아 보였다. 그녀의 모습을 확인한 순간 님룬트는 파르르 전율했고, 베리안 역시 얼굴이 밀랍처럼 하얗게 질렸다. 반면 이조라는 양손으로 얼굴을 가리고는 엘리야의 품속을 파고들었다. 제 눈에서 떨어지는 눈물을 아무도 보지 못하도록.

도개교에 연결된 사슬이 요란한 소음을 내며 움직이기 시작했다. 몇 분 후 카이는 이스타리엘이 성문을 통과하며 도개교 위를 달리는 모습을 바라봤다. 모두가 지켜보는 가운데 이스타리엘은 아그네스를 꼭 껴안았다. 둘은 서로를 부둥켜안고 바닥에 무릎을 꿇은 채 열정적인 키스를 퍼부었다. 레이나가 싱긋 미소를 지으며 아들의 어깨에 한 손을 올렸다. 카이는 이 장면이 참으로 감동적이었다. 저도 모르게 낮은 한숨이 터져 나왔다.

"감동적이야, 그렇지 않나?" 엘리야가 물었다.

카이가 고개를 끄덕였다. "저들이 빌라가르트에서 어떻게 탈출할 수 있었던 걸까요?"

마법사 왕은 고개를 가로저었다. "저들은 도망친 게 아니란다. 넌 설마 저 아래 저들만 있다고 생각하는 거냐?"

그랬다. 카이는 정말 순진하게 맨눈에 보이는 것만을 믿고 있었다. 엘리야의 말에 그는 재빨리 마력을 동원해 시력을 강화해 보았다. 그럼에도 아무것도 보이지 않았다. 그러더니 어느 새 성 밑의 풍경이 달라지기 시작했다. 트레간디르 성 주변을 에워싼 끝없는 눈벌판이 쩍 갈라지며 전사들이 등장했다. 아담한 체구에 매력적인 외모를 지닌 50여 명의 전사가 새하얀 허공에서 신기루처럼 등장했다. 처음엔 반쯤 투명한 모습이었던 그들은 점점 더 윤곽이 뚜렷해져 가며 아그네스와 이스타리엘 주변으로 다가왔다. 공황에 빠진 트레간디르 성에 두 번째 뿔 나팔 소리가 요란하게 울려 퍼졌다. 성 앞을 지키던 보초병들은 겁에 질린 표정으로 한 걸음 뒤로 물러섰고, 안뜰에서는 밖의 상황이 전혀 보이지 않았기에 고함과 비명이 난무했다. 상부의 명령이 없었음에도 누군가 도개교를 다시 끌어올리려 기관을 작동시켰다. 도개교가 다시 올라가기 시작했다.

"당장 멈춰라!" 엘리야가 병사들에게 외쳤다. "두려워하지 않아도 된다. 요정의 여왕 웨이요나가 요정 군대를 이끌고 우리를 돕기 위해 합류한 것뿐이니!"

그러자 웅성거리던 군중의 음성도 도개교에서 나던 소음

도 단번에 멈췄다. 모두가 숨을 죽였다. 트레간디르에 침묵
이 내려앉았다. 마구간에 있는 쥐들마저도 찍소리도 내지
않았다.

엘리야가 성문 앞에 당도한 요정족 전사들을 향해 돌아섰
다. "요정의 여왕이시자 애미시스트의 수호자이신 웨이요나
폰 빌라가르트, 당신을 환영합니다. 우리의 문은 당신께 항
상 열려 있습니다!"

누가 요정족의 여왕인지는 분명했다. 요정족 전사들은 전
원이 드레스 위에 반짝이는 은장 갑옷을 걸치고 있었다. 유
독 여왕만이 섬세하고 얇은 황금 갑옷을 입고 있었다. 웨이
요나는 전사들 앞으로 한 걸음 나와 엘리야와 시선을 마주
했다. 뭐라고 정의하기 힘든 표정이 얼굴에 가득했다. 재회
의 기쁨 혹은 경멸. 어쩌면 두 가지 전부일지도 몰랐다.

"고맙네. 엘리야." 그녀가 대답했다. 요정 여왕은 그 자리
에서 속삭이듯 말했지만 그녀의 음성은 마치 그들 옆에 있
는 것처럼 귓가에 생생히 들렸다. 그녀의 신호에 순식간에
두 줄로 대열을 맞춘 전사들이 질서 정연하게 성안으로 입
성했다. 카이는 북적대던 성 안뜰에 저 전사들을 수용할 자
리가 갑자기 생겼다는 사실이 놀라웠다. 다시 살펴보니 병
사들이 안뜰 구석으로 다닥다닥 밀착해 자리를 만들어 낸

것이었다. 도개교가 다시 끌어 올려지기 전 마지막으로 이스타리엘, 아그네스 그리고 레이나가 다리를 건넜다. 카이는 북새통이 벌어진 성 안뜰을 근심 어린 눈으로 바라보았다. 성안은 미어터질 지경이었다. 트리스탄이 몇 달, 아니 몇 주만 공격을 미루기라도 한다면 칼 한 번 뽑아 보기도 전에 전부 다 굶어 죽거나 전염병에 걸려 제풀에 쓰러질 판국이었다. 카이는 이런 역경을 해결할 뾰족한 묘수를 요정들이 가지고 왔기만을 간절히 바랐다. 물론 레이나 왕비의 귀환이 일으킬 파장이 몹시 궁금하기도 했다. 특히 님룬트와 베리안에게. 이제 곧 알게 되겠지.

이조라

이스타리엘이 아그네스, 레이나와 함께 대연회 홀로 들어서는 순간, 이조라는 엘리야의 손을 꼭 쥐었다. 그의 손을 잡으니 마음이 좀 가라앉았다. 그러지 않으면 마음이 떨려 정신을 잃고 쓰러질 것 같은 기분이었다. 꼭 막힌 그녀의 숨통을 틔워 준 건 레이나였다. 그녀는 이조라에게 다가와 품에 꼭 안아 주며 말했다. "내 딸!" 레이나가 이조라의 귓가에 속삭였다. "들었던 것만큼이나 아름답구나. 그리고 내가 항상 소망했던 것만큼 따사하고."

그 말에 마음의 벽이 와르르 무너져 내렸다. 어머니 없이 살아오는 동안, 언제라도 저를 쓸어가 버릴 것만 같은 거친 파도를 막아 줄 든든한 바위 같은 존재를 곁에 둬 본 적이 없었다. 그 누구도 어머니를 대신해 주기는커녕 비슷한 느낌조차 주지 못했다. 어린 시절부터 어머니가 곁에 있었다면 얼마나 좋았을까! 하지만 운명은 너무나 야박했다. 함께 할 시간이 어쩌면 몇 시간밖에 남지 않았을 지금에 와서야 모녀의 만남을 허락했다. 이조라는 소리 내어 답하지 않았다. 차마 그럴 수가 없었다. 레이나의 눈에 눈물방울이 고여 있었다. 왕비는 고결한 자태로 풍성한 속눈썹 끝에 매달린 눈물방울을 닦아 냈다. 그런 뒤 엘리야를 보며 미소를 지었다. "마침내 행복을 찾으셨나요, 인간의 왕?"

둘의 관계가 그다지 호의적이지 못한 상황에서 이 질문이 나왔기에 이조라는 순간적으로 긴장했다. 지난번 대화를 나눈 이후 엘리야는 단 한 번도 그녀에 대한 감정을 털어놓지 않았다. 마주할 때마다 항상 서로 존중하고 배려했지만, 그들 사이 결속의 끈은 너무 가늘어 끊어지기 쉬웠다.

"그렇소." 엘리야가 대답했다. "행복은 밭을 가는 쟁기 뒤에서 따라오는 것이지 앞에 놓여 있는 것이 아니란 걸 깨달았소. 난 쟁기를 메고 열심히 밭을 갈고 있는 중이오."

다소 난해하지만 명쾌한 답변에 이조라는 시선을 아래로 숙였다. 뭔가 결이 다른 대답을 기대했던 레이나 역시 잠시 당황한 눈치였지만 곧이어 이해한다는 미소를 지었다. "그러면 계속 노력하시죠, 엘리야 님. 그 과정에서 흘린 땀과 피보다 얻을 수확물이 훨씬 값지리라 확신한답니다."

레이나는 이조라의 얼굴을 쓰다듬고는 베리안에게 돌아섰다. 어머니가 품을 수 있는 애정을 가득 담아 그의 두 손을 꼭 쥐었다. "신들이 널 위해 항상 좋은 일만 준비하시진 않은 것 같더구나, 내 아들. 그렇지만 난 알고 있단다. 원래 타고난 네 심장은 선하다는 걸 말이다."

베리안이 코웃음을 쳤다. "어머닌 알고 계셨나요?" 엘리야를 가리킨 그가 소리 죽여 물었다. "저 작자와 귀니퍼 사이를요?"

"그래." 레이나가 시인했다.

"그렇다면 전 당신의 호의는 계속 거절하겠습니다. 더는 할 말이 없군요. 어머니!"

"나도 내 맏아들의 의견에 동의한다." 님룬트가 덧붙였다. "당신의 불명예스러운 행동 때문에 우리 종족은 피해를 보았소. 정말 엘프의 왕비에게 걸맞지 않은 처신이었어!"

"전 그저 사랑에 이끌렸을 뿐이에요." 레이나가 속삭였다. 이 상황에서 최대한 침착하고 의연하게 행동하려는 엘프 왕비의 모습이 한눈에 보였다. 이스타리엘은 어두운 표정으로 그들이 대화하는 모습을 지켜봤다. 아버지의 비난은 이스타리엘을 모욕하는 거나 다름없었다. 그의 목숨을 구하기 위한 어머니의 행동을 불명예라고 몰아붙이는 것은 대놓고 그의 따귀를 후려치는 거나 다름없었다. 이조라는 제 오빠와 어머니에게 깊은 연민을 느꼈다.

"옛날이야기는 이쯤에서 그만하지!" 웨이요나가 끼어들었다. 긴 테이블 상석에 앉으며 요정 여왕이 추종자들에게 손짓으로 착석을 명했다. 그녀는 자신이 앉은 테이블의 반대편 좌석을 이스타리엘에게 권했다. 가장 신뢰하는 심복으로 누구를 발탁했는지 모두에게 명확히 알리는 행동이었다.

"벨타인이 근처에 있다. 느낌만으로도 알 수 있지." 그녀가 말했다. "너희 편에 우리 요정 마력의 힘이 깃들도록 내 친히 요정 전사 50명을 데려왔다. 허나 우리 전사들은 검을 들지 못한다. 그러니 최전방에서 날뛸 데몬족을 막을 수 있는 건 엘프 군대뿐이야. 님룬트, 당신의 병력은 얼마나 되지?"

"거의 2천에 달합니다." 회의석의 상석이 아닌 곳에 자리를 배정받아 심기가 몹시 불편해 보이는 엘프의 왕이 대답했다.

웨이요나는 불만 가득한 그의 표정 따위는 전혀 개의치 않았다. "되크 발두르의 병력은 아마 그 두 배쯤 될 것이다." 웨이요나가 잠시 생각에 잠겼다. 새로운 정보는 아니었다. 엘리야가 슈발벤하인에 밀정을 보내 그 끔찍한 숫자를 이미 파악하고 있던 터였다.

506

"인간이든 드래곤이든, 우리는 불 보듯 뻔한 죽음으로 너희를 내몰지 않을 것이다." 웨이요나가 확고한 음성으로 말했다. "그리고 지금 이 성은 이미 포화 상태이니 엘프 군대는 전원 성의 남부 진영으로 물러난다. 성벽에는 인간 군대의 궁수들을 배치하고 드래곤은 와이번 떼와 함께 공중전을 대비할 것이다."

"뜻대로 되지 않을 것입니다. 바람이 너무 차가워 짐승의 날개가 얼어붙어 버릴 것이니." 베리안이 끼어들었다.

"그래서 내 친히 이렇게 나의 종족을 데려오지 않았느냐. 결정적인 순간 우리의 마력이 트레간디르의 공기를 데워 줄 것이다. 그러면 드래곤이 날아올라 하늘을 책임질 것이다. 와이번은 홀로 나는 족속이니 유령늑대와 맞서 싸우도록 배치할 것이다."

저 섬세하고 매력적인 외모를 지닌 요정 여왕이 전투 전략을 언급하며 진두지휘하는 모습은 몹시 인상적이었다. 이조라는 이제까지 요정족과 대면한 적이 없었다. 저 종족에 대해 이조라가 아는 거라고는 저들이 그녀의 어머니를 빼앗아 갔다는 것뿐이었다. 그것 하나만으로도 이조라는 웨이요나가 혐오스럽기만 했다. 하지만 동시에 위풍당당한 그녀의 태도에 경탄을 금할 수 없었다.

"우리가 대비해야 하는 적군이 달리 또 있느냐?"요정 여왕이 주변을 둘러봤다.

"음, 있습니다." 카이가 말을 꺼냈다. "저희가 생각하기엔…" 그는 이스타리엘과 잠시 시선을 교환했다. 엘프 왕자가 고개를 끄덕이자 카이가 말을 이어 갔다. "저희가 생각하기엔 호리엘 폰 트레간디르가 벨타인의 편에 선 것으로 보입니다. 늪지대의 언데드 망령들과 함께 말입니다."

"뭐라?" 엘리야의 두 눈이 짙은 청록색으로 번뜩였다. 회의석에 앉은 전원이 공포 가득한 표정을 지으며 침묵했다. 이조라의 마음속에도 이유 모를 공포심이 스멀스멀 피어올랐다.

"그 사실을 어찌 알게 된 거지, 젊은 마법사?" 웨이요나가 물었다. 그녀는 일행 중 평온한 태도를 유지하고 있는 유일한 존재였다.

"내 염소가…" 베리안의 조롱 섞인 웃음이 말을 끊었지만, 카이는 휘둘리지 않고 계속 말했다. "염소가 마법으로 닫아 놓은 비밀 석실로 우릴 인도했어요. 그곳에는 족히 수백 년은 돼 보이는 요정의 시체가 안치되어 있었지요. 지금은 감쪽같이 사라졌지만 마법의 유물과 함께 안장되었던 것이 분명합니다. 이조라가 방금 들려준 트레간디르의 전설이 사실이라면 아마도…"

"누리아." 웨이요나가 속삭였다. 요정 여왕은 이 성에 발을 들여놓은 이래 처음으로 흥분한 표정을 드러냈다. 자리에서 벌떡 일어나 잠시 허공을 바라보더니 이윽고 카이를 응시하며 말했다. "앞장서라. 그녀를 봐야겠다!"

이조라는 비밀 석실에 안치된 미라를 바라보며 진저리쳤다. 이 지하 묘실에는 기묘한 분위기가 흘렀다. 축축한 비밀로 가득한 방에서는 도깨비불의 불꽃에 생긴 그림자가 마치 살아 있는 생물처럼 너울거리며 춤을 췄다. 사방에 숨은 수천 개의 눈이 그들을 지켜보는 것만 같았다. 고대의 다른 세계에서 왔을 저 작디작은 육신은 바싹 말라 비틀어져 있었다. 그 광경만으로도 등골이 오싹했다. 반면 웨이요나는 몹시 매료된 모양이었다. 움푹 꺼진 조상의 얼굴을 헌신적인 표정으로 살폈다. "이분이 이 지하에 있으리라고는 전혀 생각도 못 했어." 그녀가 중얼거렸다. 이어 그녀의 시선이 아래로 내려가 포개진 양손에 닿았다. 힘줄과 손가락 마디가 가죽만 남은 피부를 뚫고 나올 것만 같았다. 죽음을 맞이하는 순간에도 몹시 중요한 무언가를 꼭 움켜쥐고 있었던 것처럼 경직된 상태였다. 그렇지만 석분 위에도, 이 비밀의 방 어디에도 횃불 혹은 다른 마법의 유물은 보이지 않았다. "그가 훔쳐갔구나." 낙담한 웨이요나가 결론을 내렸다.

"그자는 도대체 무엇을 하려는 걸까요?" 궁금해진 이조라가 물었다.

"그 횃불은 늪지대 악령들에게 아주 큰 위협이란다." 웨이요나가 설명했다. "그 횃불로 호리엘이 그들을 통제하게 된 것이겠지. 그가 요구하는 것이 무엇이든 다 하게 되어 있으니까."

"그러면 우리 추측이 맞았던 거군요." 마지막으로 사다리를 타고 지하 석실에 내려온 카이가 말했다. 이조라는 푸른빛이 도는 그의 손을 보고 깜짝 놀랐다. 이제껏 보지 못했던 모습이었다.

"네 마력을 제대로 통제하지 못할 거면 어서 썩 위로 꺼져 버리지, 마법사!" 베리안이 약간 두려운 기색이 실린 음성으로 말했다.

"걱정하지 마. 그런 일은 없을 테니까." 카이가 대답했다.

웨이요나 역시 카이의 손이 뿜어내는 푸른빛을 놓치지 않았다. 미라에서 시선을 뗀 요정 여왕이 깜짝 놀란 눈으로 그를 바라봤다. "어떻게 네가…" 그녀는 잠시 말을 멈추고 다른 이들을 둘러봤다. "어떻게 그런 일이 생긴 거지?" 웨이요나가 물었다.

"액체가 든 앰플을 터트렸어요. 아엘프스탄 지하 묘지 아래서요." 카이가 곧바로 설명했다. "그때 유리 조각에 베여 피가 났었죠."

웨이요나가 두 손에 얼굴을 묻었다. "애초에 그걸 넘겨주는 게 아니었는데… 그걸 알면서도…." 그녀가 중얼거렸다.

"뭘 넘겼다는 겁니까? 그 액체의 용도가 뭐예요?" 걱정에 휩싸인 표정으로 카이가 물었다. 그렇지만 요정 여왕은 이 주제에 관해 더는 말하지 않기로 마음먹은 것 같았다. "그리 중요한 건 아니다." 그녀는 그렇게만 대답했다. "이제 다시 회의실로 돌아가자꾸나. 앞으로 어찌해야 할지 상의해야 하니까."

"안 돼요!" 카이가 반기를 들었다. "전 알아야겠어요."

요정 여왕이 한 손을 치켜들었다. 카이는 입을 다물 수밖에 없었다. 처음에 카이는 그대로 포기하려는 것 같았지만, 갑자기 안색이 밝아지더니 주머니를 뒤적거리기 시작했다. 곧 의기양양한 표정으로 한 번 접은 작은 양피지를 꺼내 들고는 모두가 볼 수 있도록 이리저리 흔들어 댔다.

"앰플과 함께 이 서신이 있었어요. 이것이 요정의 언어인가요? 레이나 님은 요정 왕국에 오래 계셨으니 이걸 해독할 수 있을 걸로 확신합니다만." 엘프의 왕비를 향해 돌아선 카이가 눈썹을 추켜세웠다. 그러자 왕비는 불편한 심기를 드러내며 눈꺼풀을 내리깔았다.

"그럴 필요 없다." 엘리야가 손을 뻗었다. "그건 나도 가능하니까."

"엘리야 님이요?" 갑자기 카이가 버럭 소리를 질렀다.

"애초에 내게 고했더라면 그 즉시 내가 해독해 줬겠지." 오히려 못마땅한 음성으로 엘리야가 대답했다.

카이는 망설이지 않고 그에게 양피지를 건넸다.

"허나 이곳은 적절한 장소도 아니고 시기도 맞지 않아." 웨이요나가 반대하고 나섰지만 엘리야는 큰 소리로 읽어 내렸다.

"아녜이, 넌 항상 충성을 바치는 믿음직한 충복이었어. 그러니 네가 그리 바라던 것을 얻게 될 것이니라. 네 도움으로 인간의 왕을 봉인할 수 있었으니까. 불사인 그가 이제부터 영원히 아엘프스탄 지하 감옥에서 썩게 되기만을 바랄 뿐이다. 감옥 교도관이 엉뚱한 짓을 할지 모른다는 네 판단엔 전적으로 동의한다. 그런 일이 발생하지 않도록 내가 손써 놓을 것이니 걱정하지 말라. 네가 원했던 것처럼 내 피가 네게 영원한 젊음을 선사할 것이다. 이 지상에서의 삶을 끝낼 마음의 준비가 된 날이 찾아오면 단 하나만 기억하려무나. 네게 허락한 이 마력은 회수될 수도 있다는 것을."

이윽고 고개를 든 엘리야는 요정 여왕을 힐끗 쳐다본 후 서신에 서명된 이름을 읽었다. "웨이요나."

엘리야는 거친 몸짓으로 카이에게 양피지를 돌려줬다. "아녜이를 이용해 나를 가둔 거군? 무슨 짓을 어떻게 한 거지?" 그가 소리쳤다.

"그건 내가 설명하지." 베리안이 나섰다. "귀니퍼가 아이를 낳기 몇 달 전쯤 나를 위해 일하겠다고 찾아온 첩보원이 있었지. 그녀는 수완이 좋았어. 아엘프스탄 궁중에 기거하는 여러 엘프와 인간의 비밀을 줄줄이 꿰고 있었지. '대마법사를 결계에 가두려면 사랑에 빠진 엘프의 피를 사용하라'고 언질해 준 것도 그녀였지. 그리고 정말 얼마 지나지 않아 그 정보가 내게 큰 도움이 되었어." 말을 잠시 멈춘 베리안은 제 말에 섞인 독이 엘리야의 얼굴에 퍼져 나가는 모습을 물끄러미 지켜봤다. 그리고는 덧붙였다. "물론 당시만 해도 난 그녀의 정체를 몰랐었지. 그 첩보원이 마법사 아녜라는 걸 알게 된 건 시간이 아주 많이 흐른 뒤였어."

"그러니까 당신이 이 모든 일의 주범이로군, 사악한 요정족!" 엘리야는 아주 작은 목소리로 거의 속삭이다시피 말했지만, 그의 음성은 분명 이성을 잃기 직전이었다. 엘리야가 두 주먹을 불끈 쥐었다. "도대체 날 창살 안에 가두는 것이 왜 그리 중요했던 거요?"

"과거는 그만 잊어라!" 웨이요나는 어떻게든 그를 진정시켜 보려 했다. "당장 시급한 건 우리의 동맹을 다시 굳건히 하는 일이니."

"날 그리 기만하고도 나와 내 종족을 당신의 사적인 전쟁에 내몰려는 것인가?" 엘리야가 우레와 같은 호통을 쳤다.

웨이요나가 움찔했다. 이제 요정 여왕도 적극적으로 해명에 나서지 않으면 안 되겠다고 생각한 모양이었다. 그녀는 깊은 한숨을 내쉬었다. "그건 엘리야 당신이 애미시스트와 레이나에 얽힌 비밀을 아는 유일한 존재였기 때문이었네. 어떻게든 내 비밀을 누설하는 것만큼은 막아야만 했다네."

"그래서 내 성을 담보로 걸었잖소!"

"그랬지. 그리고 그 성은 결국 폐허 더미가 되고 말았지. 그것만 봐도 내가 왜 그렇게까지 하려 했는지 충분히 설명되지 않나? 난 당신을 잘 알아, 엘리야. 이 세상에는 영혼을 팔아서라도 갖고 싶은 것들이 있지 않나!"

이조라는 당장 엘리야에게 손을 대는 것이 좋은 생각인지 확신이 서지 않았지만, 지금 그녀의 감정은 어서 그에게 가라고 재촉했다. 조심스레, 마법에 걸린 것처럼 다가간 그녀는 한쪽 팔을 그의 허리에 둘렀다. 순간 그의 반응이 그녀를 놀라게 했다. 그녀를 밀쳐 내는 대신 엘리야는 그녀의 머리칼에 이마를 묻었다. 그의 몸이 파르르 떨렸지만, 숨을 고르면서 그 떨림이 점점 잦아들었다.

"그때만 해도 난 그 일이 어떤 결과를 초래할지 전혀 예상하지 못했어." 웨이요나가 조용히 말했다.

엘리야가 그녀에게 다시 돌아섰다. "애미시스트를 찾아 이 에냐도르 대륙을 누비고 다니면서 그 결과를 예측하지 못했던 것처럼 말이군. 당신이 무슨 짓을 저질렀는지, 눈 뜨고 제대로 보라고, 자칭 자연의 수호자여!"

웨이요나는 아무 대꾸도 하지 못했다. 보이지 않는 가상의 공격에 명치를 얻어맞은 듯 잠시 휘청거렸다. 여왕의 품위가 무너져 내리는 순간이었다.

"저도 제게 무슨 일이 벌어진 건지 알고 싶은데요." 그때 카이가 대범하게 대화에 끼어들었다.

웨이요나는 한숨을 쉬며 그에게 돌아섰다. "넌 요정의 마력을 흡수한 거란다."

"그러면 저도 불사의 몸이 된 건가요?"

"그건 나도 모르겠구나. 아녜이라면 그걸 옳다구나 마셨겠지만 넌 베인 상처를 통해 흡수한 것뿐이니까. 그것이 네몸에 어떤 변화를 가져올지는 나도 정확히 말해 줄 수가 없구나."

"그럼 시험해 봅시다!" 베리안이 대뜸 제안했다. 그 황당한 제안에 카이는 어두운 눈빛으로 베리안을 노려봤다.

"그런데 아녜이는 이 플라스크를 왜 얻지 못한 겁니까?" 궁금해진 이스타리엘이 물었다.

"그녀는 그것을 직접 가지러 올 정도로 용감하지 못했지. 그래서 난 까마귀를 통해 그녀에게 보냈지만, 목적지에 도착하지 못하고 말았다. 아마도 도중에 엘프 사냥꾼에게 붙잡힌 것으로 추정되는구나. 그렇게 저 플라스크도 아엘프스탄 지하 묘지에 보관된 거겠지. 아녜이는 다시 보내 줄 것을 강력히 요구했지만, 난 까마귀의 실종을 운명의 신호로 받아들였지. 원래 인간이 순수한 요정의 마력을 얻는 것 자체가 바람직하지 못했으니까. 더욱이 그 힘이 벨타인을 어떻게 망쳐 놓았는지 보았던 터였다. 그래서 그녀에게 약속했던 보상을 거부하게 된 것이다."

"애초부터 신중하게 고민하지 그랬소." 엘리야가 으르렁거렸다.

"당신 말이 맞아." 웨이요나가 인정했다. "허나 요정 여왕이라고 절대 실수를 하지 않는 건 아니야. 인간의 왕 당신처럼."

누구도 그 말에 차마 반박하지 못했다. 엘리야조차도. 그들 모두가 실수를 저질렀다. 모두의 책임이었다. 지금 이 트레간디르의 고대 밀실에 하릴없이 서서 티격태격하고 있는 이 상황에 그들 모두가 한몫했던 것이다. 더욱이 치명적인 적군의 군대가 그들의 목을 조여 오고 있는 이때. 이조라도 알고 있었다. 자신도 예외가 아니었다는 걸. 이제 할 수 있는 건 모두가 함께 힘을 모아 벨타인의 군대에 저항하는 것뿐이었다.

웨이요나도 같은 생각인 것 같았다. "이제 이 밀실을 벗어나서 다시 전투에 대해 논의하도록 하자."

이미 어두운 밤이 찾아온 지 한참 지난 늦은 시간이었다. 세부 작전까지 전부 수립하고, 그에 따라 각 군영에 병사들을 배치한 후에야 엘리야와 이조라도 침실로 향했다. 남편은 숙소까지 이조라를 에스코트한 후 그녀의 어깨에 양손을 얹고 이마에 키스했다.

"이제 좀 쉬도록 하오. 내일도 몹시 힘든 하루가 될 테니까."

이조라가 고개를 끄덕였다. 그의 가슴에 몸을 던지고 자신을 엄습한 두려움을 토로하고 싶은 충동이 들었지만, 이조라의 몸은 조금도 움직이지 않았다. 아주 찰나였지만 엘리야도 저와 비슷한 생각을 하는 것처럼 보였다. 엘리야가 무슨 말을 꺼내려는 듯 입을 열었지만 이내 다물고는 고개를 절레절레 흔들었다. "그럼 잘 자오, 이조라."

이조라는 옆방 문을 열고 안으로 사라지는 남편의 뒷모습을 끝까지 지켜봤다. 그 뒤로도 잠시 그 자리에 멈춰 서 있었지만, 곧 한숨을 내쉬고는 제 침실로 들어갔다. 침대에 깔린 시트는 얼음장처럼 차가웠다. 벽난로에는 불씨 하나 남아 있지 않았고, 창문에는 눈보라를 막기 위해 임시방편으로 널빤지 하나를 덧대 놓은 것이 고작이었다. 기이한 붉은 빛이 나무판자 틈새로 들어왔다. 양팔을 몸에 감은 채 창가로 걸어간 이조라가 나무판자 사이로 밖을 살폈다. 밤하늘에는 달이 둥실 떠 있었지만, 그녀의 머리카락은 빛나지 않았다. 빛을 잃어버린 그녀의 머리카락에 붉은 달빛이 드리웠다. 블러드문이었다!

그때 아담이 했던 말이 떠올랐다. 그 얘기를 들었던 게 이미 수천 년은 지난 것 같았다. '*달이 피를 흘리고, 심장이 뜨겁게 타오를 때. 그때가 되어야 비로소 당신이 속한 곳을 깨닫게 될 것입니다.*'

이조라는 순간 깨달았다! 이 차디찬 한밤중에 온몸으로 느낄 수 있었다. 맥박이 뛸 때마다 동맥을 타고 그 깨달음이 온몸 세포 구석구석까지 전해져 갔다. 이조라 폰 아엘프스탄, 엘프의 공주. 그녀의 마음에 마침내 평온이 깃들었다. 이제 그녀는 인간의 왕비였다. 그리고 아직 태어나지 않은 그녀의 아들은 한 종족의 왕위를 이을 적장자의 후손이었다. 비록 내일 하루를 넘기지 못하고 멸망해 버릴지도 모르는 종족이지만. 그래도 이조라는 그렇게 되지 않도록 저에게 주어진 소임을 다하겠다고 다짐했다. 해낼 수 있다고 믿어서가 아니었다. 혹은 그럴듯한 전략이 있어서도 아니었다. 다만 마지막이 될지도 모를 이 밤을 그 남자의 품에서 보내는 것 외에 달리 소원하는 바가 없었기 때문이었다. 그녀를 아내로 맞이하기 위해 신들의 뜻을 거역한 그 남자 곁에서!

그대로 돌아선 이조라가 치맛자락을 들고 복도로 내달렸

다. 더는 1분 1초도 허비하지 않겠다는 굳은 결의로. 그리고
는 두 주먹으로 엘리야의 방문을 쾅쾅 두드렸다. 이윽고 방
문이 열렸다. 편한 바지와 튜니카에 머리는 이미 풀어헤친
채였다. 엘리야는 애잔하면서도 동시에 뭔가 희망이 깃든
눈빛으로 그녀를 바라봤다. 이조라는 뭐라 말해야 할지 아
무 생각이 나지 않았다.

"내일 전투가 시작된다오, 공주." 그가 말했다. "무슨 일로
내 방문을 부숴 버릴 듯 두드리는 거지?"

"당신이 살아남길 바라니까요!" 그녀가 다급히 말했다.
"당신이 도른슈트랑을 재건하길 바라니까요. 우릴 위해 그
리고 우리 종족을 위해."

그의 얼굴에 실망한 기색이 스쳐 지나갔다. 그녀의 진의
를 잘못 이해했기 때문이었다. "내 마력을 북돋아 주러 온
건가 보군. 그렇지만 그게 육체적 사랑만으로 가능한 일이
아니라오. 그러니까 어서 당신 방으로 가서 잠자리에 들도
록 하시오."

예전의 엘프 공주였었더라면 이쯤에서 눈꺼풀을 내리깔
고 고고하게 전투지에서 물러났을 터였다. 그렇지만 이조라
폰 도른슈트랑은 달랐다. 이대로 패배를 인정하지 않았다.
이조라는 엘리야를 살짝 뒤로 밀고 그의 방문을 닫으며 역

공을 감행했다.

"아니요!" 그녀가 결의에 찬 목소리로 말했다. "난 이 밤의 고독이 우리 둘 다를 미치게 만들 것이기에 당신을 찾아온 거예요. 인간의 왕이시여, 당신과 나, 우린 함께 이 난관을 잘 헤쳐 나갈 수 있어요. 아직도 기억하나요?"

신혼 첫날밤 엘리야가 그녀에게 했던 말이었다. 이조라는 그날 있었던 일식과 오늘의 블러드문 사이에 벌어졌던 일들을 전부 잊고 이대로 그의 곁에 누워 안식을 찾고 싶었다.

엘리야도 그것을 원했다. 더는 망설이지 않고 그녀에게 다가온 엘리야가 키스했다. 격정적이고, 넘쳐 흐르는 마력으로 짜릿하게. 두 눈을 감은 이조라는 그녀의 몸에 흐르는 작은 전류를 즐겼다. 이조라는 서둘러 드레스를 머리 위로 끌어올리고, 그의 튜니카를 묶은 끈을 풀어냈다. 엘리야가 그녀를 번쩍 들어 침대로 데려갔다. "오늘 밤이 이 지상에서의 마지막 밤이 된다면, 내 지옥에 가서도 노래를 지어 부르며 이 밤을 추억할 것이오." 엘리야가 그녀에게 속삭였다.

"아름다운 노래가 되도록 내가 최대한 노력해 볼게요." 이조라가 화답했다.

아그네스

'하룻밤과 한나절 정도는 회포를 풀 수 있을 것이다.' 빌라가르트에서 둘이 헤어지기 직전 요정 여왕이 했던 말이 아그네스의 뇌리에서 떠나지 않았었다. 어쩌면 요정 여왕은 처음부터 이렇게 되리라는 걸 미리 알고 있었을지도 모른다. 그렇다면 어젯밤이 그들이 함께할 마지막 밤이었단 말일까.

아그네스는 잠든 이스타리엘을 깨우지 않으려 조심스러운 손길로 그의 벌거벗은 가슴을 쓰다듬으며 피부의 모공 하나까지 전부 기억에 담으려 노력했다. 곤히 잠든 그는 너무 피곤해 보였지만, 한편으로는 행복해 보였다. 아그네스만큼이나 잠들지 못하고 뒤척이다 동이 틀 무렵 다시 그녀를 쓰다듬고, 바라보고, 열렬히 사랑했다. 그들은 서로 말을 아꼈다. 이따금 비현실적인 꿈속 대화처럼 나지막이 몇 마디씩 주고받았을 뿐이었다. 마치 블러드문과 여명이 서로에게 속삭이듯. 그렇게 시간은 흘러만 갔다. 느리면서도 너무 빠르게.

결국 이 밤에도 달의 여신은 태양신과의 끊임없이 반복되는 전투에서 패하고 말았다. 그리고 마침내 승리한 태양신의 방패가 동쪽 바다에 떠오르는 순간 자리에서 일어난 이스타리엘이 창가로 향했다. 그리고는 창문에 대놓은 판자를 잡고 떼어 냈다.

"폭풍이 잠잠해졌군." 이스타리엘이 간결하게 말했다. "하지만 추위는 그대로네." 그의 숨결이 작고 하얀 구름이 되어 공중에 둥둥 떠다녔다. 그의 안색은 몹시 창백했고, 근심 때문인지 이마를 찌푸리고 있었다.

"그러니까 요정의 협조 없이는 드래곤이 하늘을 날지 못한다는 말이네요."

그가 고개를 끄덕였다. "도깨비불 떼 역시 마찬가지야. 그러니 우리는 동맹군의 마력에 의존할 수밖에 없는 형편인 거지."

"하름은 어디 있어요?" 아그네스가 물었다.

"도깨비불 떼와 같이 있어. 추위에 몸이 굳어 버렸지. 당장은 도움을 줄 수 없는 상태야."

공포감이 아그네스의 온몸을 휘감았다. 앞으로 닥칠 끔찍한 시간을 떠올릴 때마다 공포가 파도처럼 연이어 밀려들었다. "오늘 전투가 벌어질 거라 확신해요?"

"그래. 적군이 이동 중이라고 우리 첩보원들이 알려 왔어. 데몬 군대가 지평선에 모습을 드러내기까지 얼마 남지 않았을 거야."

자리에서 몸을 일으킨 아그네스가 한기에 몸을 부르르 떨며 담요를 상체에 둘렀다. "왜 벨타인은 기다리지 않는 걸까요? 우리가 식량 부족으로 굶어 죽어 가는 동안 드래곤 노예를 새로 붙잡을 수도 있을 텐데요."

"그가 인간이기 때문이지." 이스타리엘은 자신이 인간 여인과 혼인했다는 사실을 잠시 망각한 채 무심코 말했지만, 아그네스는 전혀 개의치 않았다. "엘리야가 그의 입장이었다면 기다렸을까? 트리스탄은? 안 그랬을 거야. 저들은 모두 증오, 사랑, 분노 따위의 감정을 쫓아 움직이지. 웨이요나가 드디어 빌라가르트에서 나온 지금, 벨타인은 그녀와 맞설 순간을 잠시도 늦추고 싶지 않을 거야. 어쩌면 와이번의 괴성이 울려 퍼지기도 전에 그가 먼저 이곳에 나타날지도 모르지."

아마도 영리한 왕자의 말이 맞을 것이다. 이스타리엘은

인간의 성향을 제대로 파악할 만큼 인간과 충분한 시간을 보냈다. 그리고 그들의 행동 심리를 아그네스 자신보다 정확히 꿰뚫어 봤다. 벨타인은 블루트베르크에서 장장 200년이라는 인고의 시간을 견디며 이날이 오기만을 기다렸다. 그리고 마침내, 웨이요나에게 죽음을 선사하고야 말겠다는 자신의 숙원을 실현할 기회가 찾아온 지금 잠시도 기다릴 수 없을 것이다.

이스타리엘이 침대 옆에 놓인 궤에서 옷을 꺼내 걸치기 시작했다. 튜니카와 솜옷 끈을 조이고 그 위에 사슬 갑옷을 걸친 후 마지막으로 각 신체 부위별 보호대를 착용하는 이스타리엘의 모습을 아그네스는 목이 메어 바라봤다. 맨발에 속옷만 입은 채로 자리에서 일어난 아그네스는 팔 보호대의 죔쇠를 고정하고 등 뒤에서 가슴 보호구의 끈을 조이는 걸 도왔다. 그녀는 온 정성을 다해 일을 마무리했다. 당장은 그를 위해 할 수 있는 일이 이것뿐이었다. 씨알이 먹힐 가능성이 조금이라도 있었더라면, 아그네스는 이스타리엘에게 그냥 저와 함께 이 트레간디르에서 도망쳐 저 멀리 바다 건너 덜 잔혹한 신들이 있는 곳으로 가 버리자고 애걸복걸했을 것이다. 그렇지만 이스타리엘은 절대 그럴 리가 없었다. 그리고 아그네스는 그런 그의 모습을 사랑했다. 이스타리엘의 의연함과 지조 있는 인품을. 자신이 어떻게 되든 그는 최후까지 죽을힘을 다해 싸울 것이다. 그러고 나면, 어쩌면 그들은 영원히 다시 보지 못할지도 모른다. 아그네스는 어떻게든 그 앞에서 눈물만은 흘리지 않으려 안간힘을 썼다. 그를 더 힘들게 하고 싶지 않았기에.

마지막으로 정복자의 검을 허리에 찬 이스타리엘은 아그네스를 바라보며 살짝 떨리는 그녀의 턱을 살며시 들어 올렸다. "벌써부터 그리 낙담하지 마. 난 언제나 널 사랑해. 너와 우리 아들을. 삶이 내게 선행을 베푼다면, 죽기 전에 아이의 얼굴을 보겠지. 내 어머니와 내가 그랬던 것처럼."

불구덩이 한가운데 서 있는 것 같은 느낌이었다. 웨이요나에 대한 증오가 활활 타올랐다. 자연 그대로의 순박한 낯짝 뒤에 진짜 얼굴을 가리고 있는 그녀. 숭고한 척하면서도 권력욕에 도취된 요정 여왕. 이제껏 그녀가 벌인 행각 중에 실제로 이 에냐도르 대륙 종족을 위한 것은 아무것도 없었다. 저 요정 여왕에게는 자비도, 관대함도 없었다. 그렇지 않다면 적어도 자신이 이스타리엘과 함께 빌라가르트에 머무는 것 정도는 허락했을 것이다. 하지만 요정 여왕의 선택은 레오드릴 샘을 봉인하고 이스타리엘을 피의 잔으로 삼아 영원히 그 지하 세계에 매장해 버리는 것이었다.

'당신이 가지 않으면 좋겠어요!' 마음속으로 아그네스가 외쳤다.

"트리스탄과 다시 결투해야 하는 상황이 오면 꼭 주먹과 팔꿈치 공격을 조심해요." 마음속 절규와 달리 아그네스가 담담히 말했다. "트리스탄의 약점은 방어예요. 그러니까 곧바로 공격해야 해요. 당신을 공격할 기회를 허락하면 안 돼요. 하지만 그의 눈빛에 조금이라도 인간성이 엿보인다면 제발 내 오빠를 죽이지 말아요." 결국 울음을 참지 못한 아그네스가 흐느꼈다. 이스타리엘이 그녀를 품에 꼭 껴안았다. 그들은 잠시 그대로 있었다. 밖에서 뿔 나팔 소리가 들려올 때까지. 한 번, 두 번. 그렇게 에냐도르 대륙을 피로 물들일 최후의 전투가 막이 올랐다. 불과 물이 맞붙고, 검과 마법이 난무할 전쟁이었다. 형과 동생이, 아버지와 아들이, 사랑과 증오가 맞서는 잔혹한 전쟁. 하지만 이 전쟁이 어떻게 끝나든 아그네스는 잃을 것밖에는 없으리라.

사피라

사피라는 처음 이 슈투름 산맥을 방문했을 때처럼 이번에도 추위에 얼어붙을 거라 예상했었다. 하지만 이번만큼은 예전과 달랐다. 숨 쉴 때마다 그녀의 폐부를 찌르던 맹추위가 사라졌고, 손 한 뼘 거리도 제대로 보이지 않게 만들었던 눈보라도 없었다. 산맥 전체가 깊은 잠에 빠져든 것 같았다. 빙산이 쩍쩍 갈라지며 내려앉는 일도, 눈사태가 협곡 아래로 덮쳐 앞길을 가로막는 일도 없었다. 매서운 바람 역시 바위 틈새를 찾아 그 안으로 기어들어 간 것만 같았다.

그래서 사피라는 블루트베르크 근방까지 별 어려움 없이 날아올 수 있었다. 하지만 그 지점부터 날개의 힘이 약해지고, 추위가 그녀의 사지를 얼어붙게 했다. 그 즉시 사피라는 따뜻한 피를 지닌 인간의 모습으로 변신하기 위해 착륙했다. 하지만 그것도 아레티가 없었더라면 아무 소용없었을 것이다. 영리한 숲지기는 최대한 신속하게 동굴을 찾아 불을 지피고, 사피라에게 털가죽을 덮어 주었다. 아레티는 남쪽 드래곤 마을에서 털가죽을 챙겨 올 만큼 선견지명을 가진 소녀였다. 아담 역시 한몫을 해냈다. 올가미로 눈토끼를 잡아 와 꼬챙이에 꿰어 불가에서 굽기 시작했다. 사피라는 트리스탄과 함께 설익은 여우고기를 허겁지겁 먹던 옛 기억을 떠올렸다. 데몬 군영에서 본 그의 마지막 눈빛이 머릿속에서 지워지지 않았다. 찰나였지만 사피라는 그의 눈빛에 깃든 믿음을 보았다. 전부 다 잘되기만을 바라는 소망이 마음 한구석에 남아 있었기에 트리스탄은 그녀를 놓아준 것이었다. 한때 사피라 역시 하염없이 약해지는 자신의 모습에 무너지기 직전까지 갔었다. 그리고 지금 그 무력감이 다시 고개를 들었다. 쓸모없는 몸뚱이에 갇힌 것 같은 지난 몇 주 동안의 느낌이 다시 찾아왔다. 드래곤의 피부는 되찾았으나 예전의 자신감은 좀처럼 되돌아오지 않았다. 이렇게 나약하고 무방비한 상태로 벨타인에게서 어떻게 트리스탄의 심장을 되찾는단 말인가? 곁에는 미치광이 한 명과 고작 조잡한 화살과 활만 만지작거릴 줄 아는 엘프 소녀밖에 없는데. 적어도 야레드가 있었다면 그녀에게 다시 용기를 불어넣어 줬을 텐데! 트레간디르 전투를 코앞에 뒀을 야레드. 잘 지내고 있을까? 언젠가 다시 볼 기회가 올까?

사피라는 몰려드는 암담한 생각들을 밀어내고자 애썼다. 길을 떠나기 전에 적어도 한두 시간은 눈을 붙여야 했다.

피곤에 지친 그녀는 생각보다 빨리 잠들었다. 하지만 불길한 꿈에 시달렸다. 트리스탄이 그녀를 어깨에 짊어지고 걸어가고 있었다. 그 길 끝에 그들을 기다리고 있는 건 지친 몸을 뉠 피난처가 아니라 활활 타오르는 장작더미였다. 그곳에 묶인 아그네스와 카이 그리고 이조라가 살려 달라고 비명을 지르고 있었다. 트리스탄이 어깨에서 그녀를 내려놓았다. 그제야 사피라는 그의 얼굴을 제대로 보았다. 망가지고 증오로 일그러진 되크 발두르였다. 그는 이 세상 것이 아닌 듯한 부자연스러운 미소를 지어 보인 후 입고 있던 셔츠를 찢어 버렸다. 가슴 한가운데에 시커멓고 커다란 구멍이 뚫려 있었다. 그곳에서 가느다란 선들을 그리며 피가 새어 나왔다.

사피라가 눈을 부릅뜨고 벌떡 잠에서 깨어났다. 갈증에 목이 타고 반쯤 얼어붙은 상태였지만 자기가 누워 있는 곳이 슈투름 산맥 속 얼음 동굴이란 걸 깨달은 순간 마음이 다소 진정됐다. 꿈에서 본 공포의 장면에 견주면 갈증이나 추위 따윈 아무것도 아니었다. 사피라는 녹여 먹을 눈덩이라도 찾아보기 위해 몸을 일으키려 했다. 그때 아담과 아레티가 나누는 대화 소리가 들려와 잠시 그대로 누워 있었다.

"절대 성공하지 못할 거야." 아레티가 속삭이듯 말했다. "사피라는 지금 거의 탈진 상태야. 이 상황에서 벨타인과 마주친다면 우린 뼈도 못 추릴 거야."

"네게는 활이 있잖아." 아담이 대답했다.

아레티는 반쯤은 터무니없다는 듯, 그리고 반쯤은 재밌어하는 듯 야릇한 소리를 냈다. "비틀거리는 드래곤 옆에서 내가 손수 깎아 만든 저 휘어진 물건 말이야? 저걸로 살쾡이라도 쫓아낼 수 있다면 천만다행일걸. 늑대만 마주치더라도 저 활이 먹힐지…."

"그것참 유감이네." 아담이 말했다. "그러면 우릴 공격할 늑대가 나타나지 않기만을 빌어야겠네."

"당신은 지금 내가 말하고자 하는 바를 이해하지 못했어!" 아레티가 아담에게 가까이 다가가는 소리가 들렸다. "그냥, 돌아가자. 이 임무는 결국 우리 셋을 모두 다 죽일 거야!"

"아니." 아담이 대답했다.

"아니라니. 돌아가지 않겠다는 거야? 아니면 이 임무가 우리 셋 모두를 죽이지 않을 거란 말이야?"

"둘 다야."

잠시 아무 말 없이 침묵을 지키던 엘프 소녀가 갑자기 물었다. "확실해?"

"그래."

"당신이 본 예지 중 일부인 거야?"

"그래." 아담은 망설임 없이 대답했다. 마치 진짜로 본 것을 말하는 것처럼 확실한 대답이었다. 아레티 역시 깊은 인상을 받은 것 같았다. "그렇다면 뭐, 알았어." 그녀가 마음을 고쳐먹었다. "그럼 나도 계속 따라갈게. 난 당신을 믿어. 그러니까 날 절대 실망시키지 말아 줘, 아담!"

그 이후로도 엘프 숲지기의 회의적인 태도는 여전했다. 말수도 줄어들었고, 털 망토로 얼굴을 휘감다시피 했지만 아담의 곁에서 눈발을 뚫고 꿋꿋이 북부로 향했다. 사피라는 그녀를 불쾌하게 여기지 않았다. 애초에 저 엘프 소녀는 여기에 있어야 할 그 어떤 의무도 없었다. 파수꾼의 일원도 아니었고, 님룬트 혹은 엘리야가 사적으로 임무를 명한 것도 아니었다. 그런 만큼 언제라도 그녀가 원한다면 이곳을 떠날 수 있었다. 설령 그녀가 그런 결정을 내렸더라도 사피라는 충분히 이해했을 것이다. 사피라는 혹시 아레티가 아담에게 로맨틱한 감정을 가진 건 아닌지도 고민했지만, 이내 그 생각을 접어 버렸다. 그녀가 살던 샤텐발트 인근 마을

에 아녜이가 만든 주술 부적으로 죽어 버린 연인이 있다고
했었다. 그런 상황에서 또 누군가에게 제 심장을 내어 주기
는 쉽지 않을 것 같았다. 그것도 건장한 사내의 몸에 어린아
이의 뇌를 지닌 미치광이라면 더욱. 아무리 최근 들어 아담
이 주변 사람을 놀라게 할 정도로 지혜로워졌다고 해도 말
이다. 오히려 저 엘프가 그냥 모험심에서 저러고 있는 거라
보는 게 더 타당할지도 몰랐다. 아니면 질투에 눈이 멀어 마
법의 부적으로 남을 급살 맞힌 과오를 씻기 위해서일까? 이
번엔 남을 도움으로써 신들에게 용서를 구하기 위해서?

　얼음 사막은 끝이 없는 것만 같았다. 어느 지점은 눈이 너
무 많이 쌓여 무릎까지 푹푹 빠졌다. 그들은 온종일 몸을 질
질 끌며 힘겹게 앞으로 나아갔다. 손을 뻗으면 닿을 듯 눈앞
에 보이건만 블루트베르크는 절대 도착할 수 없는 곳 같았
다. 악몽에서 보았던 신기루처럼 숨 가쁘게 달려갈수록 멀
어지는 것만 같았다. 저녁이 될 무렵 마침내 산자락에 도착
했다. 얼굴은 벌겋게 달아올랐고, 사지엔 감각조차 없었다.
사피라는 탈진 직전이었다. 산으로 오르는 길 초입에 놓인
커다란 바위에 몸을 기대며 신음을 흘렸다. 잠시 드러눕고
싶었지만 다시 일어서지 못할까 두려움이 앞섰다.

　"저 위에 도착하면 뭘 해야 할까요?" 아레티가 물었다. 입

술이 시퍼렇게 얼어붙은 상태여서 발음이 새어 나갔다.

"우선 까마귀를 화살로 쏘아라." 사피라가 말했다. "그것이 네 임무다."

"그런 다음은요?"

두 여인의 시선이 아담에게 향했다. 그가 정말로 믿을 만한 예지력을 가졌다면 저 위에서 그들을 기다리고 있는 게 뭔지 대략적이나마 상상해 낼 수 있을 테니까.

"그런 다음엔 동굴로 들어가 심장을 가져와야지." 아담이 어깨를 으쓱이며 대답했다. 아담은 그들 중 유일하게 몸을 떨지 않고 있었다. 근육질로 이루어진 신체 조건 때문인 것 같았다. 조금만 움직여도 충분한 열을 생산해 내는 특이 체질이었다.

"만약 벨타인에게 들키면?" 아레티가 물었다.

"그렇게 되진 않을 거야. 내가 보기엔 지금 그곳에 없는 것 같아. 내 환상 속에 그의 모습은 단 한 번도 나타나지 않았어."

"단순히 네가 못 보는 걸 수도 있지 않나." 사피라가 지레짐작했다. "막강한 마력의 소유자이니 보이고 싶지 않으면 모습을 감출 수도 있지 않을까."

"그건 나도 알 수 없죠. 이렇게 계속 멈춰 서 있다 여기서 얼어 죽는다면 끝내 확인조차 못 할 거고요."

아담의 말이 옳았다. 그들은 더는 못 가겠다고 저항하는 다리를 억지로 끌어당기며 마지막 남은 힘을 전부 끌어모아 산을 오르기 시작했다. 지난번보다는 한결 수월했다. 예전만큼 돌무더기가 산길을 가로막고 있지도 않았고 웃자란 덤불이 뒤덮고 있지도 않았다. 몇 미터 전진할 때마다 굴러떨어지던 낙석도 없었고, 머리 위를 맴도는 요망한 까마귀도 없었다. 그런데도 산에 오르기까지 밤이 거반 다 지나갔다. 잠시라도 멈춰 휴식하는 건 생각조차 하지 못했다. 이 얼음 왕국에서 잠드는 것은 죽음보다 두려운 일이었기 때문이었다. 그들이 잠이 든다면 그건 이 산의 깊숙한 동굴에 벨타인이 정말 부재중이라는 걸 확인한 뒤여야 할 것이다.

마침내 동굴 입구에 도착했을 땐 이미 한밤중이었다. 순간 머리 위로 그림자 하나가 휙 지나갔다. 그것이 까마귀라는 걸 사피라가 알아챘다. 까마귀들이 박쥐처럼 은밀하게 밤하늘을 푸드득 날아다녔다. 보기만 해도 정말 으스스한 비행이었다! 순간 아레티는 손가락이 얼어붙어 마비되기 직전인데도 민첩하게 대응했다. 몇 초도 안 되는 찰나 화살집에서 화살을 뽑아 저 은밀한 첩자를 꿰뚫어 버렸다. 시커먼 몸뚱이가 둔탁한 소리를 내며 발아래로 떨어졌다. 이어 또

한 마리가 그리고 세 번째 까마귀가 등장했다. 아레티는 두 마리 모두 단발에 적중시켜 떨어뜨렸다. 아마 저들이 나타난 쪽에는 틀림없이 여러 마리가 더 있을 것이다. "어서 안으로 들어가요!" 엘프 숲지기가 일행에게 속삭였다.

동굴에 들어서는 순간 사피라는 벨타인이 이곳에 없다는 말이 사실일 것만 같은 희망에 부풀었다. 이번만큼은 동굴 통로에 놓인 횃불들이 저절로 타오르지 않았던 것이다. 아담은 부싯돌을 꺼내 불꽃을 튀겨 기름 바른 천에 불을 붙였다. 횃불 두 개에 불을 붙인 아담은 하나를 사피라에게 건넸다. "이곳의 벽은 온통 붉네요. 도른슈트랑처럼요. 그리고 아엘프스탄이 그랬던 것처럼요." 그가 속삭이듯 중얼거렸다. 아담을 집어삼킨 공포가 한눈에 보였다.

"벨타인의 애미시스트가 발산하는 마력이겠지." 사피라가 말했다. 아담은 애써 미소를 지어 보이려 했지만 끝내 뜻을 이루지 못했다. 제발 지금만이라도 저 맑은 머리를 유지할 수 있으면 좋으련만! 목표물을 코앞에 둔 지금 시점에 내면에 자리 잡은 악령에게 또다시 굴복하는 일만큼은 절대 일어나서는 안 된다! 사피라는 사방의 바람 신들에게 부디 그가 정신줄을 놓지 않기를, 그에게 힘을 허락하기를 간절한 마음으로 빌었다. 그들은 잔뜩 긴장한 채 벨타인이 기거하는 커다란 석조 돔이 있는 곳으로 조금씩 앞으로 나아갔다. 아담은 마치 이곳에 백 번은 와 본 사람처럼 자석에 끌리듯 목적지를 향해 나아갔다.

드디어 널찍한 돔에 도착했다. 두 개의 횃불로는 돔의 구석구석까지 밝히지는 못했다. 이곳 역시 아무도 없는 것처럼 보였다. 예전에 에냐도르의 연대기가 놓여 있던 필기대는 텅 비어 있었다. 검은 암석으로 만든 석좌 역시 그랬다. 돔 한구석에 입도 없이 신음만 흘리던 죄수를 가뒀던 우리도 보이지 않았다. 벽에 박힌 수많은 수정만이 예전처럼 횃불의 불빛을 반사하며 화려하게 반짝였다.

"정말 아무도 없어요!" 아레티가 한숨을 내쉬었다. 그녀는 한결 마음이 놓인 것 같았다. "운이 좋았어요!"

"운이 아닐지도 모르지. 어쩌면 운명일지도." 사피라가 기대에 찬 음성으로 대답했다.

아담은 그들이 나누는 대화를 전혀 귀담아듣지 않았다. 그저 좁은 통로를 따라 계속 걸어 들어갔다. 그가 동굴 끝에 난 작은 구멍 앞에 섰다. 그림자 속에 가려져 눈에 잘 띄지 않는 장소였다. 사피라 혼자였다면 그냥 지나쳤을지도 몰랐다. 사피라 일행은 차례대로 그 좁은 암석 틈을 비집고 들어갔다. 잠시 후 적어도 숨통만큼은 틀 수 있을 만큼 널찍한 통로가 나왔다. 조금 더 가니 여러 방향으로 이어지는 갈림 길이 나왔다. 거기에서 갑자기 아담이 멈춰 섰다. 오싹한 전율이 그의 온몸을 관통했다. 손에 들린 횃불이 심하게 떨리기 시작했다.

"왜 그래?" 당황한 사피라가 속삭였다.

"심장이요! 심장 소리가 들려요." 그가 나지막이 대답했다.

"어디에 있어?"

"저기요!" 아담이 팔을 들어 왼쪽으로 난 길을 가리켰다.

"그럼 어서 가 보자!" 사파리가 재촉했다.

아담이 그녀를 향해 돌아섰다. 얼굴이 밀랍처럼 창백했다. 마치 천 길 낭떠러지 앞에 한 발로 선 듯 후들거렸다. "난 여기서 그만…." 아담은 숨이 넘어갈 듯 말을 잇지 못했다.

"안 돼, 넌 이대로 앞으로 나아가는 거야, 아담!" 사피라가 아담의 어깨를 붙들고 흔들었다. "계속 전진해! 트리스탄의 심장을 꼭 찾아야 해!"

아담이 한숨을 두어 번 길게 내쉬었다. 그러고는 고개를 끄덕인 후 눈앞에 난 길을 다시 걷기 시작했다. 주저하는 발걸음으로 그는 사피라를 왼쪽 길로 인도했다. 몇 미터 지나지 않아 그 길은 온통 붉은 보석들로 가득한 커다란 벽 앞에서 끝났다. 사피라가 첫눈에 알아봤다. 전부 루비였다. 주먹만큼이나 큼직한 루비들이 화려한 광채를 뿜어냈다. 수백 개에 달하는 커다란 보석들이 붉게 빛나는 거대한 모자이크처럼 암석에 박혀 있었다. 처음 그 광경을 마주한 순간 누구도 말문을 열지 못했다. 하나만으로도 값어치를 가늠하기조차 힘든 이 귀한 보석이 군집해 있는 장면에 모두 넋을 잃었다.

"이게 뭐죠?" 마침내 아레티가 입을 열었다.

옆에 있던 아담은 이상한 눈빛으로 그녀를 바라봤다. "그게 무슨 말이야? 보다시피 트리스탄의 심장이잖아. 우리가 찾고 있던 바로 그것 말이야."

"내 눈에는 온통 루비만 보이지, 심장은 어디에도 안 보여!" 명확한 어조로 말한 아레티가 한 손을 아담의 어깨에 올린 후 예리하지만 이해심이 가득한 시선으로 그를 응시했다. "당신 눈엔 다르게 보이나 보지?"

아담이 고개를 끄덕였다. 순간 사피라는 그의 권능이 그 자신에게 얼마나 무시무시하게 느껴지는지 깨달았다. 그가 느끼는 두려움은 남들이 곁에서 보는 것보다 훨씬 더 큰 게 확실했다. 아담은 모든 마법을 꿰뚫어 볼 수는 있었지만 때로는 마법이 작동하고 있는지조차 인지하지 못할 때가 많았다. 지금 여기서 그런 것처럼.

"조약돌이 가득 박힌 벽이 보여." 그가 대답했다. "그리고 정중앙에서 조금 왼쪽 아래 심장이 뛰고 있네. 마치 인간처럼." 아담의 몸이 마구 흔들렸다.

사피라는 믿기지 않는 시선으로 벽을 노려봤다. 벨타인은 어떻게든 트리스탄의 심장을 꼭꼭 숨기려 했지만 실패한 것이다. 그 누구도 그가 걸어 놓은 환영 마법을 꿰뚫어 보지 못할 거라 믿었을 것이다. 하지만 아담의 등장만큼은 예견하지 못했다.

"저 돌 중에 어떤 게 심장이야?" 사피라가 질문하며 루비가 빼곡히 박힌 벽으로 다가갔다. "이것인가?"

"그 오른쪽 옆에 있는 거요." 아담이 중얼거렸다.

드래곤 여왕은 경외심이 가득한 손길로 그 돌을 어루만졌다. 루비는 슈투름 산맥에 묻힌 여느 보석과 다르지 않았다. 그냥 차갑고 단단했다. 아무리 느껴 보려 해도 맥박이 뛰고 있다고 여겨지지 않았다. 사피라는 그 돌을 벽에서 파내려 단도를 꺼내 들었다. 생각보다 훨씬 힘이 들었다. 마치 산이 절대 내어 주지 않으려 안간힘을 쓰는 것 같았다. 그때 등 뒤에서 딸꾹질 소리가 들렸다. 아담이었다.

"왜 꼼짝도 하지 않는 거지?" 그녀가 조바심을 내며 물었다.

"산이에요." 선지자가 한탄하듯 말했다. "벨타인이 적수정을 훔쳐가던 그때 산은 이미 한 번 심장을 빼앗겼어요. 그래서 대마법사는 그 대가로 다른 것을 주었죠."

혈산! 순간 사피라의 팔에 소름이 오소소 돋았다. 당시 벨타인이 저지른 짓을 제가 또다시 감행한다면 무슨 일이 벌어질까? 시커먼 산의 가슴속에서 이 심장을 또다시 도려낸다면? 하지만 달리 방법은 없었다. 인제 와서 망설이는 건 아무 도움도 되지 않으리라! 사피라는 루비가 박힌 돌 주변을 무자비하게 칼로 내리쳤다. 단도의 날이 무뎌졌지만 계속 찍어 댔다. 그녀는 칼끝을 돌 틈에 밀어 넣어 후벼 대기 시작했다. 결국 칼끝이 부러졌다. 그래도 그녀는 멈추지 않았다. 이윽고 그녀의 손은 물집이 터져 피범벅이 되었고 피로 얼룩진 손잡이가 미끄러져 땅에 떨어지고 말았다.

"어서 연장으로 쓸 만한 것 좀 찾아봐. 뭐든 찾는 대로 전부 가져와. 그리고 횃불이 더 필요해!" 사피라가 아레티에게 재촉했다. "오늘 밤새 그리고 내일 낮까지 걸린다 해도 난 꼭 해내고 말 거야. 내가 이 산의 심장을 빼앗고야 말겠어!"

트리스탄

커다란 유령늑대의 등에 올라탄 트리스탄은 늪 가장자리에 위치한 난공불락의 성을 바라봤다. 성 옆을 따라 엘프들이 꾸려 놓은 군영은 예전에 그가 노예로 끌려가 복무했던 쾨니히스하인 군영을 연상시켰다. 단지 쾨니히스하인보다 막사들이 새것이어서 좀 산뜻해 보인다는 점만 빼고는 별 차이가 없었다. 그의 시선이 트레간디르 성문 앞에 정렬한 군대의 대열을 훑었다. 숫자로만 보면 저들은 그의 데몬 군대에 미치지 못했지만, 전투력에서만큼은 결정적인 강점이 있었다. 문스워드로 무장했기 때문이었다. 따라서 어떻게든 적군을 약화할 방법을 모색해야만 했다. 전투에서 이기려면 세 가지 측면에서 적에게 앞서야 한다. 더 나은 기술, 무기, 그리고 감투 정신. 문스워드가 있었기에 엘프족은 무기 면에서 분명 우위를 점하고 있었다. 그러니 트리스탄은 저 엘프 군대의 사기를 꺾어 균형을 맞출 필요가 있었다. 저들이 미처 검도 제대로 쥐지 못할 정도로 공포에 덜덜 떨게 만든 다면 승리는 떼어 놓은 당상일 것이다.

트리스탄은 후드를 뒤로 젖혀 아침 햇살이 얼굴을 비추 도록 했다. 모처럼 얼굴을 드러낸 채 유령늑대를 타고 데몬 군 대열 앞을 지나며 병사들의 얼굴을 한 명씩 차례대로 바라보았다. 트리스탄의 시선이 닿자 병사들은 재빨리 머리를 조아렸다.

"원래 너희는 자부심이 강한 종족이다." 트리스탄이 큰소리로 외쳤다. "이 전투에서 승리하는 즉시 너희는 다시 자유를 찾을 것이다. 그러니 증오를 심장에 모아 두지 말고 퍼부어라. 너희의 아버지와 선조의 분노까지 모조리 쏟아 내라. 너희 종족이 당한 그 모든 치욕을 기억하라. 오늘은 데몬들이 이 에냐도르에 흘린 피의 대가를 전부 되갚는 날이다. 오늘이 지나면 감히 너희에게 손가락질할 엘프는 이 세상에 없으리라. 저들에게 문스워드가 있다면, 너희에게는 분노가 있다!" 트리스탄이 제 검을 하늘 높이 치켜들자 데몬들은 그가 듣고자 했던 거친 함성을 지르며 화답했다. 데몬 군대는 트리스탄이 말한 대로 수백 년 묵은 분노를 한꺼번에 쏟아 냈다. 지금껏 그들을 조롱하는 눈빛으로 바라보던 역겨운 시선에 대한 분노의 표출이었고, 귓가에 들리던 온갖 모욕에 대해 복수를 다짐하는 외침이었다.

"앞으로 저 오만한 엘프들이 이 에냐도르의 주인 행세를 하는 일은 더는 없을 것이다. 오늘 저녁이면 그들의 얼굴이 너희보다 훨씬 흉악하게 훼손될 것이다. 그들의 눈은 까마귀의 먹이가 될 것이고. 몸뚱이는 발밑에 굴러다니리라!"

함성이 커졌다. 영혼 깊숙한 곳에서 터져 나오는 거친 포효였다. 일부 데몬 전사들은 손에 든 무기로 방패를 두드리기 시작했고, 창과 도끼를 공중에 높이 들어 올린 전사들도 있었다. 암흑 군주의 군대는 그야말로 사기충천했다. 위협적이고 호전적이었다. 성 앞에서 대치 중인 한 줌밖에 안 되는 엘프군이 두려움에 오들오들 떨고도 남을 만큼 기세가 등등했다.

"궁수 부대, 이 열로! 전 부대 진격하라!" 트리스탄이 명령했다. 그리고는 늑대를 몰아 툴과 벨타인 곁으로 돌아온 뒤 후드를 눌러 썼다.

"마론은 어디에 두고 온 거야?" 툴이 물었다. 데몬의 파수꾼은 유령늑대를 타고 있었다. 반면에 벨타인은 굳이 걷는 걸 선택했다. 벨타인은 전투 상황을 한눈에 내려다볼 수 있는 후방에 남아 있으려는 심산이었던 것이다. 아마도 성벽 통로에 몸을 숨기고 마법으로 적군을 물리치려 할 것이 분명한 요정 군대에서 최대한 멀리 떨어져 있으려는 것 같았다.

"짐수레에 묶어 놓았지. 난 그녀가 따라오는 걸 원치 않으니까." 트리스탄이 소리쳤다.

"편을 바꿀지도 몰라서 그랬던 거겠지." 벨타인이 덧붙였다. 트리스탄은 대꾸할 가치를 느끼지 못했다. 수많은 까마귀 떼가 대마법사 머리 위 공중에서 까악거리며 울부짖었다. 그리고 사방으로 날아갔다가 다시 모여들었다. 마치 곳곳에서 알아 온 정보를 매 순간 벨타인에게 보고하는 것 같았다. 벨타인은 공중에서 시선을 떼지 않고 도깨비불이나 드래곤이 전투에 참전하지 못하도록 폭설을 일으키는 마법을 시전했다.

"베리안 폰 아엘프스탄이 정복자의 검을 취했군. 그렇지만 동생과 함께 최전선에서 싸우지는 않는구나." 벨타인이 말했다. "어서 그를 찾아라!"

"그건 제가 처리하죠." 트리스탄이 말했다. 이어 툴에게 따라오라는 신호를 보낸 후 데몬 군대에 전진을 명령했다.

데몬족과는 대조적으로 엘프군은 대오를 맞추고 대기 중이었다. 워낙 먼 거리라 그들의 눈에는 피에 굶주린 적군의 무리가 함성을 지르며 달려오는 광경이 보이지 않았다. 날카로운 이를 드러내며 달려들 유령늑대의 모습 역시 아직은 시야 밖이었다. 데몬들은 투석기도 다섯 대나 가져왔다. 그런 공성 장비를 활용하면 목재로 만든 성의 도개교는 금세 뚫릴 것이 뻔했다. 그러면 성벽 위 통로에서 진을 치고 있는 수비대도 곤경에 빠질 것이다.

점점 거리가 가까워지면서 트리스탄은 이스타리엘을 알아보았다. 엘프족 특유의 갑옷을 걸치고 흑마를 탄 그는 보병대 후방에 배치된 기마병들 한가운데에 있었다. 그의 용모는 여전히 인형처럼 아리따웠다. 두 군대 사이에 덮인 새하얀 눈처럼 티 없이 맑았다. 아마도 이제 곧 피로 얼룩지게 될 그 새하얀 눈처럼.

이윽고 적군이 사정거리 안에 들어서자 트리스탄은 제 유령늑대의 고삐를 잡아당겼고, 툴도 휘하의 유령늑대 무리에게 정지 명령을 내렸다. 지금 이 순간 유령늑대들은 데몬 군대에 둘러싸여 있었다. 보병이 정확히 일렬로 정렬한 뒤 멈춰 서서 방패를 높이 치켜들었다. 그 뒤로 궁수들이 대열을 갖췄다. 이스타리엘이 이끄는 적군 진영에서도 역시 똑같은 전투 준비 과정이 진행되는 게 보였다. 트리스탄이 예견한 대로였다. 성 위도 마찬가지로 분주했다. 투석기가 이동 중이었고, 공격 준비를 위해 트레간디르 성의 총안에 배치되고 있었다. 그러나 아직 쏘지는 않았다.

"우리한테는 시간이 얼마 없어." 암흑 군주가 툴에게 말했다. "1차 공습이 끝날 때까지 기다려라. 그런 뒤 유령늑대를 진격시킨다! 그다음 곧이어 총공격을 개시할 것이다."

데몬군이 드디어 선제공격을 감행했다. 수백 개의 화살이 파공음을 내며 공중을 갈랐다. 그중 일부는 목표물을 벗어나거나 엘프군의 갑주에 튕겨 나왔지만, 대부분이 놀라울 정도의 정확성으로 겨드랑이, 다리, 목 부위 등 약한 부위를 꿰뚫었다. 일부는 군사들이 탄 말을 맞췄다. 근육이 찢기는 고통에 군마들이 앞다리를 번쩍 들고 일어선 후 풀썩 쓰러졌다. 트리스탄은 마침내 엘프군의 궁수들이 활시위를 당기는 모습을 지켜봤다.

"지금이야!" 암흑 군주가 툴에게 외치자 곧바로 유령늑대들이 출격했다. 상황은 그의 예상대로 흘러갔다. 유령늑대 대신 미리 데몬 군사를 향해 활을 겨눈 엘프 궁수들의 선택은 재앙을 초래했다. 화살 세례가 트리스탄의 군대 위로 퍼부어졌다. 데몬 전사 전원이 머리 위로 방패를 들어 올렸다. 일부는 공격을 피했지만, 일부는 날카로운 문스틸 촉에 맞아 나가떨어지기도 했다. 그러는 동안 유령늑대들은 양 진영의 중간 지점쯤을 돌파해 달려가고 있었다. 이 샤텐발트 마수는 하강하는 드래곤에 견줄 만큼 신속했다. 트리스탄은 갑옷 상의에 박힌 화살 한 대를 뽑아 무심하게 옆으로 집어 던졌다. 그리고 흡족한 표정으로 엘프 궁수들이 허둥지둥 활시위에 활을 얹는 모습을 지켜봤다. 그들 중 어느 누구도 다시 활을 쏠 기회를 얻지 못했다. 광포한 거품을 뿜어 대며 밀려오는 거센 파도처럼 유령늑대들이 그들을 덮쳐 버린 것이다. 보병들의 머리 위를 훌쩍 뛰어넘은 마수들은 곧장 궁수들의 팔을 물어뜯었다. 바로 지금이 총공격을 퍼부어야 할 때였다.

"돌격하라!" 트리스탄이 우렁차게 외치자 데몬들이 돌진했다. 데몬 전사들의 눈동자에는 적군을 죽이고, 파괴하려는 욕구가 이글거렸다.

트리스탄이 탄 유령늑대가 뭔가를 훌쩍 뛰어넘었다. 그제야 눈밭 위에 기이하고 시커먼 부분이 그의 시야에 들어왔다. 한두 개가 아니었다. 성과 일정 거리에 위치한 지점 여러 곳에 비슷한 표시들이 남아 있었다. 누가 그곳에 불을 피웠거나 활활 타오르는 파이어볼로 그 지점을 강타한 것 같은 흔적이었다. 이상한 낌새를 느낀 트리스탄은 즉시 고개를 들어 위쪽을 바라봤다. 투석기 두 대에서 발사된 거대한 마름돌들이 하늘을 가르고 있었다. 그리고는 검게 표시된 지점에 정확히 떨어졌다. 그리고 마침 그 지점을 지나던 암흑 군주의 투석기에 명중했다. 순간 투석기는 어린아이의 장난감처럼 두 동강 나 버렸다. 트리스탄은 데몬군에게 남은 투석기를 세 대를 잘 지키라고 경고하려 했으나 너무 늦어 버렸다. 나머지 투석기가 표시된 지점에 도착할 무렵, 때맞춰 거대한 마름돌이 공중을 가르며 날아왔다. 그중 목표물을 놓친 건 단 하나도 없었다. 도개교와 성문을 공략할 유일한 무기가 요란한 굉음과 함께 박살 나고 말았다. 그러니까 저들의 책략에 당하고 만 것이다. 분노가 솟구쳤다. 저런 노련한 전술을 구사할 자는 딱 한 명밖에 없었다. 엘리야! 200년간 에냐도르 대륙을 떠돌며 쌓은 전투 경험을 요정 연합군에게 전수해 준 것이었다. 하지만 이 세상의 그 어떤 전술을 사용한다 해도 그의 아버지는 트리스탄을 물리칠수는 없을 것이다. 이제 더는 불사의 몸이 아니니까!

바로 그 순간 때맞춰 와이번 떼가 트레간디르 상공으로날아올랐다. 고막을 찢는 날카로운 괴성이 눈발 날리는 공중을 가득 메우며 성난 데몬족의 함성마저 덮어 버렸다. 잠시 머리 위를 맴돌던 와이번은 곧바로 수직 하강하며 엘프의 갑옷을 걸치지 않은 모든 것에 날카로운 독니를 박아 넣었다.

카이

성벽 통로 가장 높은 곳, 엘리야와 요정들 옆에 카이는 온몸이 굳은 채 서 있었다. 아직 전쟁을 치를 마음의 준비가 되지 않았던 것이다. 그건 앞으로도 마찬가지일 것 같았다! 흉벽 아래를 살펴보니 유령늑대에 올라탄 제 형이 데몬군을 지휘하고 있었다. 그 광경을 보는 것만으로도 현기증이 났다. 트리스탄은 이제 인간이라기보다 괴수에 가까웠다. 외모뿐만 아니라 그의 내면까지 변해 버렸다. 벨타인의 잔인함을 흠뻑 들이마신 그는 일말의 망설임도, 회한도 없어 보였다. 하긴 심장마저도 없었으니까.

전투의 첫 부분은 진작에 실패로 돌아갔다. 트리스탄이 유령늑대를 출격시키기 전 적어도 궁수들이 네다섯 차례 화살을 쏠 수 있으리라 기대했었다. 그렇지만 트리스탄이 샤텐발트 마수들을 군대 뒤에 숨겨 놓았다가 적시에 출격시키는 바람에 계획은 무산되고 말았다. 다만 적군의 투석기를 노린 엘리야의 계략은 대성공이었다. 그들이 쏘아 올린 마름돌은 단 한 번도 목표물을 빗나가지 않았다. 어제저녁 미리 계산하여 표시해 놓은 표식을 정확히 맞추며 적군의 핵심 전투 장비를 박살 내 버렸다. 이제 와이번이 맡은 임무를 제대로 해내느냐에 승패가 걸려 있었다.

카이는 성벽 아래로 몸을 숙이며 화살 세례를 피했다. 그의 옆에 곤두박질친 와이번의 사지가 괴로움에 뒤틀렸다. 죽어가는 샤텐발트 마수의 주둥이에서 새어 나오는 독기를 들이키지 않으려 카이가 재빨리 옆으로 피했다. 어쩌면 쓸데없는 행동일 수도 있었다. 웨이요나의 피가 죽음으로부터 저를 보호해 줄 거라 했으니. 하지만 카이는 자신의 목숨을 마법에 내맡기고 싶지는 않았다.

화살 공습이 끝난 후 카이가 다시 몸을 일으켜 저 아래 전장의 혼란 속에서 이스타리엘과 트리스탄을 찾아보았다. 엘프 왕자는 곧바로 발견할 수 있었다. 여전히 제 군마에 앉은 이스타리엘은 한 손으로 고삐를 쥐고, 다른 한 손으로는 문스워드를 휘두르며 주변 데몬들을 한 명씩 차례대로 베어 나갔다. 그의 얼굴엔 며칠 전 탄드리엘을 참수하던 날 보였던 단호함이 서려 있었다. 어느덧 그의 갑옷은 광이 사라지고 진흙이 뒤섞인 눈과 피로 뒤범벅된 상태였다. 하지만 트리스탄의 모습은 어디에도 보이지 않았다.

"저 작자가 뭘 하려는 거지?" 불현듯 옆에 있던 엘리야의 다급한 외침이 들렸다. 왕의 시선을 따라가 보니 데몬 병력 후방에서 양손을 치켜든 벨타인의 모습이 보였다. 그의 양손에서 잿빛 안개가 흘러나와 공중을 뒤덮었다.

"어서 뭐라도 좀 해 보게!" 엘리야가 요정 전사들의 사령관에게 요구했다.

하지만 요정족 사령관은 눈살만 찌푸릴 뿐이었다. "저 안개가 무엇을 의미하는지 모르겠소." 그가 시인했다. "무슨 마법인지 알지 못하면 파훼할 수도 없다오."

"하지만 다른 마법으로 막거나 맞대응할 수는 있지 않나!" 엘리야가 호통을 쳤다. "적어도 그거라도 해 보란 말이야!"

"우리 마력이 무한한 것은 아니오. 당신만큼이나 한정적이지." 사령관이 그의 말을 맞받아쳤다. 카이는 그의 고민을 이해했다. 요정이 마력을 허비하도록 유도하기 위해 벨타인이 대규모 공격을 허위로 가장할 가능성도 있다고 저 역시 의심했던 차였다. 빠르게 접근하는 잿빛 안개구름을 바라보던 사령관은 결국 개입하기로 결정했다. 성벽 위에 선 요정 전사들이 일제히 눈을 감고 마력을 불러일으켰다. 카이

552

는 신기하게도 그들의 마력을 느낄 수 있었다. 몸이 자연스럽게 공조했다. 몸 안의 모든 힘줄 한 가닥마다 요정의 마력이 점점 더 강하게 차오르는 걸 느낄 수 있었다. 또다시 그의 오른손 손바닥이 빛나기 시작했다. 마치 저 마법 공격에어서 동참하라고 재촉하는 것만 같았다.

구름의 이동 속도가 느려지더니 전투 중인 전사들을 뒤덮었다. 그곳을 날던 와이번 한 마리가 회색 안개 속으로 모습을 감췄다가 반대편에서 다시 모습을 드러냈다. 그런 후 유령늑대 한 마리를 덮쳐 목덜미에 날카로운 이빨을 박아 넣었다. 그러나 아무 일도 일어나지 않았다. 와이번은 당황한 듯 분노 섞인 괴성을 질러 대면서 이번에는 데몬을 공격했다. 와이번에게 어깨를 물린 데몬 역시 고통에 신음을 흘리는 것이 전부였다. 와이번을 끌어내려 바닥에 내동댕이친 데몬은 커다란 도끼로 와이번의 가슴 한복판을 내리쳤다.

"구름이 와이번 독을 빨아들이고 있어!" 엘리야가 외쳤다. "어서 몰아내!"

요정 전사들은 마력을 더 끌어올렸다. 그렇지만 이번에는 벨타인이 폭풍을 불러일으켜 잿빛 안개를 거침없이 앞으로 밀어붙이고 있었다. 잿빛 안개가 연이어 와이번을 집어삼켰고 그럴 때마다 색깔이 점점 더 누르통통한 빛으로 변했다.

자리에서 벌떡 일어선 엘리야가 제 마력을 요정 전사들에게
보탰다. 그의 마법 지팡이에 고정된 프레지오라이트가 영롱
한 청록색 빛을 발산했다. 이어 카이도 힘을 보탰다. 격전이
벌어지는 전장을 내려다보며 카이는 맥박이 요동치는 것을
느꼈다. 지금 저 아래 벌어지는 상황은 기사들의 결투와는
거리가 멀었다. 명예나 정정당당함 따위는 찾아볼 수 없었
다. 도망치고, 찌르고, 물어뜯고, 난타하는 아비규환이었다.
바로 그때 데몬 전사 하나가 핼버드 창으로 이스타리엘을
찌르려고 달려들고 있었다. 마지막 순간 공격을 감지한 엘프
왕자가 가까스로 말을 뒤로 물렸다. 다행히 핼버드의 넓은
칼날이 이스타리엘을 비껴갔지만 그 대신에 그가 탄 말의
목을 베고 말았다. 칼날은 그 가련한 짐승을 거의 두 동강이
냈다. 말은 그 즉시 풀썩 고꾸라져 즉사했고 이스타리엘은
내동댕이쳐졌다. 무기를 높이 쳐든 데몬 전사들이 살생 욕구
에 침을 질질 흘리며 그를 둘러쌌다. 카이는 구름에서 시선
을 떼고 재빨리 마력을 쏘아 이스타리엘 주변에 있는 데몬
전사들을 차례대로 쓰러트렸다. 엘리야도 가세했다. 밀려드
는 데몬 전사들로부터 엘프 왕자를 구하기 위해 두 마법사
는 힘을 모아 싸웠다. 이윽고 두 발로 일어선 이스타리엘이
진창에 처박힌 문스워드를 주워 들었다. 그리고는 바로 코앞

에 있는 적군의 목을 사정없이 베어 버렸다. 그 순간 이스타리엘의 입에서 절규가 터져 나왔다. 피에 굶주린 유령늑대에 가까운 울부짖음이었다. 눈송이가 피로 얼룩진 그의 피부에 닿으며 사르르 녹아내렸다.

"어서! 구름이요!" 요정 사령관이 다급히 외치며 엘리야와 카이의 본연의 임무를 일깨웠다. 그와 동시에 어디에선가 날아온 화살이 옆에 있는 병사를 관통하더니 이어 같은 대열에 서 있던 몇몇 요정 전사들도 쏟아지는 화살에 맞았다. 하지만 대다수는 믿기지 않을 정도로 얇고 견고한 갑주 덕분에 몸을 보호할 수 있었다. 그러나 이미 너무 늦어 버렸다. 다른 곳에 정신을 팔고 있는 사이에 벨타인의 독 안개가 저지선을 뚫고 몇 미터나 전진해 왔다. 카이는 남은 와이번 떼를 지켜내기 위해 마력으로 보호막을 씌웠다.

"가서 어서 베리안을 데려와라! 당장 저들을 불러들여야 한다!" 엘리야가 카이에게 소리쳤다.

카이는 고개를 끄덕이고는 뻣뻣하게 굳어 버린 제 근육에 어서 움직이라고 다그치며 성벽 통로를 따라 성탑으로 내달렸다.

안전을 위해 그들은 베리안과 님룬트, 웨이요나와 여성들을 성탑에 피신시키기로 했었다. 성탑의 두꺼운 외벽은 드래곤의 공습이나 그 어떤 포격에도 끄떡없을 만큼 튼튼했기 때문이었다. 행동거지가 오만하고 다부진 근육질 몸을 지녔지만 원래 베리안은 그리 뛰어난 검사가 아니었다. 그가 와이번을 다스리는 새로운 정복자로 나타나지만 않았더라면, 카이는 무슨 수를 써서라도 그를 보병들과 함께 최전선에 내보내려 했을 것이다. 하지만 그러기에 와이번 정복자의 몸값은 너무 비쌌다.

카이는 그의 의족이 견뎌 낼 한도 안에서 최대한 빠르게 종탑으로 연결된 작은 다리를 건넜다. 적군의 공격을 견뎌 내기 힘든 상황이 오면 접근을 차단하기 위해 이 다리를 무너뜨릴 계획이었다. 급한 마음에 카이는 보초병을 옆으로 밀치며 마법으로 문을 열었다. 내부는 고작 양초 하나만이 어두컴컴한 방안을 희미하게 비추고 있었다. 카이는 맞은편에서 그를 응시하는 창백한 얼굴들을 바라보았다. 겁먹은 여인들을 보니 가여운 마음이 들었다. 이조라는 어머니 품에 안겨 흐느끼고 있었고, 문가에는 아그네스가 덜덜 떨며 서 있었다. 아그네스가 불안한 눈빛으로 그를 쳐다봤다.

"이스타리엘은 살아 있어." 아그네스에게 짧게나마 소식을 전한 후 카이는 베리안을 향했다. "어서 와이번 떼를 불러들여! 벨타인이 그들의 독을 빨아들이고 있어. 와이번을

556

이대로 내버려 뒀다가는 전쟁에서 패하고 말 거다. 벨타인이 그들을 이용해 뭔가 다른 계략을 꾸밀 테니. 그가 와이번을 얻게 놔둬서는 절대 안 돼."

"내 아들은 이곳에 남을 것이다." 님룬트가 단호하게 말했다.

카이는 분노가 치밀었다. 지금은 논쟁을 벌일 시간이 없었다! 카이가 양손에 마력을 끌어올리자 푸른빛이 방안을 훤히 밝혔다.

"아니요. 저는 따라갈 겁니다." 베리안이 단언했다. "전 알빈가르트의 왕자입니다. 비겁함은 인간에게나 어울리죠."

카이는 베리안이 제 아버지를 어떻게 설득하든 상관없었다. 인간을 비하하건 말건, 당장은 그가 이 탑을 벗어나 반대편에 있는 성벽으로 순순히 따라오는 것만이 중요했다.

님룬트는 아들의 결정에 승복했다. 베리안의 입에서 '비겁함'이라는 말까지 나온 지금 어쩔 도리가 없었다. 자리에서 일어난 베리안은 카이를 따라나서는 순간에도 별말이 없었다. 그는 마지막으로 여동생에게 위로의 눈빛을 보낸 후 밖으로 뛰쳐나갔다. 카이는 베리안과 함께 다리를 건너 성벽으로 내달렸다. 앞서 달리던 카이가 의족에 뿌리라도 내린 듯 갑자기 멈춰 섰다. 뒤따라오던 엘프 왕자가 그와 부딪칠 정도로 예상치 못한 행동이었다. 베리안은 욕설을 퍼부었지만 카이는 당장 그에게 신경을 쓸 겨를이 없었다. 카이 앞으로 수비대 병사들이 겁에 질린 오합지졸처럼 몰려왔다. 그들 뒤에 무엇이 있기에 이러는 건지 보기 위해서는 무력을 쓸 수밖에 없었다. 이윽고 카이는 저들을 공포에 떨게 한 것이 무엇인지 깨달았다. 카이 역시 순간적으로 두려움에 휩싸였다. 트리스탄이었다! 그가 성벽 통로를 따라 여유롭게 다가오고 있었다. 승리를 확신하는 느긋한 걸음걸이였다. 사방에서 화살이 무더기로 날아와도 털끝 하나 해칠 수 없다는 확신에 찬 발걸음이었다. 그가 천천히 다가왔다. 날아온 화살들은 하나같이 그의 몸에 부딪혀 튕겨 나오거나 옷자락에 걸렸다. 트리스탄은 아무렇지도 않게 화살들을 뽑아 활을 쏜 궁수들에게 되던졌다. 인간 병사들이 한 명씩 차례로 바닥에 쓰러져 갔다. 결국 아무도 감히 그 대열에 설 엄두를 내지 못할 때까지. 되크 발두르는 화살 한 개로 병사들을 간지럼이라도 태우듯 툭툭 건드려 쓰러뜨리면서 앞으로 다가왔다. 도대체 어떤 끔찍한 마법이 걸렸기에 저렇게까지 변한 것일까? 트리스탄의 피부는 무엇으로도 꿰뚫을 수 없어 보였다. 또한 아무런 통증도 느끼지 못하는 것 같았다. 벨타인이 그의 내면에 강철 쇳물이라도 들이부은 것일까? 그의 몸에 심어 놓은 마법의 돌을 보호하기 위해?

순간 요정 전사들이 마법을 시전하며 공격을 개시했지만 아무 소용도 없었다. 트리스탄 가슴 정중앙에 박힌 애미시스트가 맥동하는가 싶더니 그를 겨냥한 모든 마력을 흡수해 버렸다. 엘리야가 한쪽 팔을 들어 올려 공격을 중단시켰다. "아들아." 그가 트리스탄에게 말했다. "부디 과거의 나보다는 현명하길 바란다. 잠시 행동을 멈추고, 네가 지금 무엇을 하고 있는지 생각해 보거라!"

트리스탄이 천천히 그에게 다가갔다. 그가 한 걸음씩 발걸음을 옮길 때마다 성벽 통로에는 온통 아수라장이 벌어졌다. 카이는 그의 얼굴이 보이지 않았지만 저편에서 무슨 일이 벌어지고 있는지 짐작할 수 있었다. 곧이어 엘리야가 비명을 지르며 양손으로 두 눈을 가렸기 때문이었다.

"과거로 돌아갈 방법은 없습니다. 당신도, 나도!" 트리스탄이 엘리야에게 소리쳤다. "우리는 각자 한 쪽을 선택한 겁니다. 웨이요나를 내어 주시지요. 그러면 당신만큼은 놔 드리겠습니다!"

고통에 신음을 흘리며 엘리야가 몸을 웅크렸다. 트리스탄의 무시무시한 마광이 또 한 번 그를 강타했기 때문이었다. 그럼에도 끔찍했던 지난 2백 년의 세월 동안 항상 지켜온

당당함을 잃지 않았다. "그럴 수 없다!" 가쁜 숨을 몰아쉬며 그가 말했다.

"원하시지 않는다고요? 그러면 드디어 당신이 이 에냐도르와 작별할 시간이 되었나 봅니다." 되크 발두르가 엘리야의 목을 움켜쥐고 그를 높이 들어 올렸다.

카이는 도무지 믿기지 않았다. 트리스탄이 어떻게 저렇게까지 잔인하고, 냉정해질 수 있단 말인가? 베리안에게 돌아선 카이가 그의 칼집에서 정복자의 검을 꺼내 들었다. 얼이 빠진 엘프를 뒤로 밀치는 데는 약간의 마력만으로도 충분했다. 카이는 제 앞에 있던 병사들을 옆으로 밀치고 대열을 뚫고 나아갔다. 카이가 총안에 다다르자 트리스탄이 그에게 시선을 돌렸다. 그의 망가진 얼굴을 마주한 카이는 공포에 휩싸였다. 카이는 치명적인 그의 마광이 그를 덮칠 것을 대비해 이를 꽉 물었다. 그렇지만 마광은 쏘아지지 않았다. 카이는 정복자의 검을 난간 아래로 휙 던져 버렸다. 누구도 그를 말릴 틈이 없었다. 성벽에 부딪히며 요란한 소리와 함께 바닥에 떨어진 검은 저 아래에서 사투를 벌이는 군사들 사이로 자취를 감췄다. "이제 와이번은 네 거야. 그래도 넌 웨이요나를 당해 낼 능력이 안 된다는 걸 스스로도 잘 알 거야. 그러니까 꼭 그래야만 한다면 그냥 우리 전부를 죽여, 형. 그렇지만 요정의 여왕만큼은 절대 손에 넣지 못할 거야!"

트리스탄이 엘리야를 놓았다. 그리고 번뜩이는 눈으로 카이에게 다가왔다. 시커먼 망토 자락이 바람에 휘날리며 그 주변에 있던 인간과 요정의 시야를 덮어 버렸다. 이 세상 전체가 시커먼 옷자락과 그것을 걸친 사내의 이루 말할 수 없는 분노로 가득 찬 것 같았다. 카이가 비틀거리며 뒷걸음질 쳤지만 강철 같은 형제의 손아귀가 그를 덥석 붙잡았다. 마법 지팡이가 손에서 미끄러져 떨어졌다. 트리스탄의 냉정한 두 손이 그의 목을 졸랐다. 카이는 발버둥을 치면서도 양손으로 트리스탄의 가슴팍을 밀어내며 버텼다. 그러자 그의 손바닥이 요정의 마력을 뿜어냈다. 살아남고자 하는 소망이 결집한 것일까. 아니면 그의 형제의 심장이 있어야 할 곳을 채우고 있는 고통과 슬픔에 요정 마력이 반응한 것일까. 카이는 눈앞이 가물가물해졌다. 세상이 점점 희미해지더니 시야에서 사라져 갔다.

그때 갑자기 트리스탄이 그를 내려놓았다. 그러더니 몸을 움츠리며 제 가슴을 더듬었다. 카이와 트리스탄 모두 거친 숨을 몰아쉬었다. 카이가 몸을 일으켰다. 막혔던 숨통이 열리자 필사적으로 숨을 들이켰다. 고통과 피로 버무려진 공기를 미친 듯이 들이마셨다. 그의 시선이 트리스탄과 닿았다. 찰나였지만 잔혹한 붉은 눈동자 깊숙이 괴로워하는 트리스탄의 영혼이 보였다. 거기에 깃든 슬픔을 발견한 순간 카이는 또 한 번 숨이 멎을 것만 같았다. "형제여, 제발 맞서 싸워!" 그가 속삭였다.

그러나 트리스탄은 말없이 돌아섰다. 그리고는 단번에 성벽 총안 위로 뛰어오르더니 성 아래서 격전 중인 엘프와 데몬 병사들 위로 풀쩍 뛰어내렸다. 정복자 검이 사라진 그곳으로.

카이는 허리를 숙여 마법 지팡이를 집어 들었다. 곁에 서 있던 요정 여전사가 달래 주듯 그의 어깨에 한 손을 살포시 올렸다. 그의 시선이 닿자 요정은 머리를 숙였다. 망설임 끝에 그는 엘리야를 바라봤다. 마법사 왕은 인정하는 표정으로 그에게 고개를 끄덕여 보였다. 이어 뭔가 말을 꺼내려 했지만, 바로 그 순간 트레간디르의 뿔 나팔이 세 번 울리면서 그들이 가장 우려하던 일이 기어코 일어났음을 알렸다. 늪의 마물들이 봉기한 것이었다! 이제 인간 종족은 에냐도르의 미래를 위해 목숨을 내놓을 준비가 됐다는 걸 보여 줘야 할 것이다.

트리스탄

카이의 손이 닿은 이후 가슴팍이 너무 아파 생각마저 흐리멍덩해질 지경이었다. 되찾은 정복자의 검을 질질 끌며 트리스탄은 힘겹게 벨타인에게 돌아갔다. 그사이 툴이 어디에 있는지 파악도 되지 않았고, 그의 유령늑대들도 보이지 않았다. 하지만 트리스탄은 신경 쓸 겨를이 없었다. 가슴 한복판에서 머리끝까지 퍼진 욱신거리는 통증에 온통 정신이 팔린 상태였다.

대마법사는 단 한 걸음도 다가오지 않았다. 무표정한 얼굴로 그 자리에서 선 채 꼼짝도 하지 않았다. 그의 주변에 눈송이가 너울거렸다. 트리스탄은 그의 앞에 털썩 무릎을 꿇었다. 신음이 흘러나왔다.

"보아하니 네 형제는 이 지상에서의 삶을 끝낼 때가 된 것 같더구나." 벨타인이 말했다.

"그가… 뭘 한 겁니까?" 트리스탄이 간신이 질문했다.

"그건 그리 중요하지 않다." 벨타인이 잘라 말했다. "다만 그를 내버려 뒀을 때 앞으로 또 무슨 일을 벌일지 모른다는 게 더 심각한 거지."

벨타인이 트리스탄의 어깨를 붙잡아 끌어 올렸다. 차가운 손가락으로 트리스탄의 케이프 끈을 풀고 무심히 벗기더니 그의 셔츠를 양쪽으로 찢어 버렸다.

"뭐 하시는 겁니까?" 지친 트리스탄이 무력하게 물었다. 그게 무슨 의도였든 당장 트리스탄은 전혀 저항할 수도 없는 상태였다. 반항의 시간은 완전히 끝나 버렸다. 트리스탄은 그저 모든 것을 포기하고 죽고만 싶었다.

"카이가 네 피부에 걸어 놓은 저주를 풀어 버렸다. 그놈이 감히 어떻게 그럴 수 있었는지는 모르겠다만!" 벨타인이 분한 듯 씩씩거렸다. "네가 지금 이 상태로 웨이요나의 손안에 떨어졌다면 그길로 네 가슴에서 애미시스트를 끄집어낸 뒤 우리를 박살 냈을 게다. 네가 끝까지 그녀를 잡겠다고 고집부리지 않은 건 천만다행이었어!"

한 손으로 트리스탄을 붙든 벨타인은 또 다른 한 손을 그의 가슴에 얹고는 곧장 그의 가슴을 후벼 팠다. 트리스탄은 비명과 함께 그대로 무너져 내렸다. 그의 손에 들렸던 정복자의 검이 바닥에 떨어졌다. 순간 트리스탄의 머릿속에 지금까지 그가 겪었던 수많은 장면이 파노라마처럼 스쳐 지나갔다. 부르크스메아데에서 보낸 유년 시절, 그를 채찍질하던 호리엘, 그의 영혼에 남은 상흔을 어루만져 주던 마론 그리고 이조라, 사피라, 엘리야가 차례대로 지나갔다. 그런 뒤 모든 장면이 희미해지면서 트리스탄은 죽음을 향해 다가가고 있었다. 하지만 벨타인은 그에게 죽음을 허락할 생각이 조금도 없었다. 정해 둔 계획이 따로 있었으니까.

"일어서라!" 벨타인이 호통을 쳤다.

트리스탄은 간신히 대마법사를 올려다보았다. 벨타인 손 위에 놓인 애미시스트가 눈에 들어왔다. 적수정은 피로 얼룩져 있었다. 반사적으로 제 가슴을 더듬자 주먹만 한 구멍이 느껴졌다. 하지만 차마 내려다볼 기운조차 남아 있지 않았다. "왜 난 죽지도 않는 겁니까?" 트리스탄이 주저하며 물었다.

"네게는 불사의 권능이 내려지지 않았더냐, 이 어리석은 놈아. 지금까지 심장 없이도 잘만 살아 숨 쉬었지. 고작 네 목숨 따윌 붙여 놓으려고 네 안에 이 적수정을 보관한 것 같으냐? 착각하지 마라. 날 위해 네가 적수정을 트레간디르로 옮겨 주기만을 바란 것뿐이니!"

트리스탄은 벨타인이 세운 계획의 교활함에 몸서리쳤다. 힘들게 자리에서 일어선 트리스탄이 여전히 전투가 이어지고 있는 성문 앞을 바라다봤다. 참혹한 학살의 현장 그 자체였다. 이제껏 꿈에서 본 그 어떤 광경보다도 처참했다. 성의 해자 주변으로 시체와 잘린 사지가 수북이 쌓여 있었다. 상처 입은 유령늑대들이 그들에게 괴로움을 안긴 적군에게서 벗어나려 울부짖었다. 진흙투성이가 된 전사들은 엘프인지, 데몬인지 식별조차 힘들었다. 전부 오롯이 눈앞의 상대를 짓밟고 넘어뜨리는 데 혈안이 되어 있었다. 그런 학살의 현장에서 선택은 오롯이 두 가지뿐이었다. 짐승이 되거나 죽거나. 그것 외에 다른 선택지는 없었다.

벨타인이 정복자의 검을 들어 와이번이 맴도는 하늘을 향해 검날을 높이 치켜 올렸다. 와이번 떼의 절반이 유령늑대의 날카로운 이빨 혹은 데몬의 칼날에 희생됐지만, 아직 20여 마리가 남아 있었다. 마수 중 한 마리가 무리를 벗어나 보이지 않는 자석에 끌리듯 벨타인을 향해 날아왔다. 그리고는 대마법사 앞에 다소곳이 착지한 후 백조처럼 목을 길게 늘어뜨리며 머리를 조아렸다. 벨타인은 단번에 와이번의 목을 동강 내 버렸다. 와이번의 피가 흰 눈 위를 적시는 사이 벨타인이 번쩍이는 애미시스트를 치켜들자 하늘 위에 구름 떼가 요동쳤다. 그러자 와이번이 한 마리씩 차례로 구름 속으로 날아 들어가 그 안에 배어 있는 독기를 들이마셨다. 샤텐발트의 마지막 마수가 그 안으로 들어갔다 나온 순간 누르퉁퉁했던 구름의 빛깔이 싹 사라지고 다시 잿빛을 되찾았다. 와이번은 그렇게 치명적인 독을 되찾았다.

"웨이요나! 어서 그 성벽에서 나와 당신 병사들이 어떻게 죽어 자빠지는지 지켜보라고!" 벨타인이 소리쳤다. 그의 애미시스트가 광채를 뿜어내자 와이번 떼가 고막이 찢어질 것 같은 괴성을 지르며 곧장 요정들을 향해 돌진했다.

사피라

사피라는 아레티가 그녀를 흔들어 깨울 때까지 기절한 것처럼 잠들어 있었다. 벌떡 일어난 사피라는 좀처럼 떠지지 않는 눈을 비볐다.

"무슨 일이지? 심장을 캐냈어?" 그녀가 중얼거렸다.

"거의요." 아레티가 대답했다. "망치질 한두 번이면 이 산이 내어 줄 것 같대요. 아담이 당신을 깨워야 한다고 했어요. 지금부터는 모두가 정신을 바짝 차려야 한대요."

자리에서 일어난 사피라가 잠시 비틀거렸다. 루비들이 박혀 있는 저 벽 아래에는 망가진 끌과 무뎌진 날붙이 십여 개가 나뒹굴고 있었다. 밤새 교대로 돌아가며 작업을 하는 동안, 나머지는 망치질 소리를 들으며 조금이라도 눈을 붙였다. 그 사이 이제 아침이 밝은 건지, 아니면 이미 환한 대낮이 되었는지 알 길이 없었다. 기대에 부푼 사피라가 이제 돌

568

벽에서 거의 떨어져 나오기 직전인 보석 가까이 다가섰다. 마치 동맥처럼 마지막 남은 한 줄기 광맥만이 그 보석을 간신히 산에 붙들어 두고 있었다.

"꼭 움켜쥐고 있어요." 아담이 사피라에게 말했다. "저걸 빼내는 순간 무조건 달려야 해요. 최대한 빨리 달리고, 절대 뒤를 돌아보면 안 돼요!"

"우리 뒤에서 무슨 일이 벌어지는데 그래?" 사피라가 물었다.

아담의 숨소리가 가빠졌다. 그의 눈에는 죽음에 대한 공포가 가득했다.

"블루트베르크가 붕괴할 거예요. 애미시스트가 이곳을 벗어났고, 그 자리를 채웠던 심장마저 지금 우리가 훔치는 거니까요."

사피라는 맥박이 빨라지는 걸 느꼈다. 순간 정신이 확 들었다. "난 준비 됐다."

고개를 끄덕인 아담이 마지막 바위 조각에 끌을 대고 내리쳤다. 한 번, 두 번, 세 번. 그러자 광맥이 끊어지는 동시에 루비가 사피라의 손에 굴러떨어졌다.

"이쪽이에요!" 끌을 내던진 아담이 달려나가며 외쳤다. 사피라와 아레티가 서둘러 그의 뒤를 쫓았다. 뒤에서 무언가가 빠지직 부러지는 소리가 들렸다. 산 내부에서 폭발이 일어난 것 같기도 했다. 산 전체가 지진이 난 것처럼 흔들렸고 암벽과 통로에 쩍쩍 금이 가기 시작했다. 그들은 필사적으로 터널 속을 달렸다. 사피라는 옆으로 삐져나온 날카로운 바위에 팔꿈치 부근이 찢겨졌지만 아무 통증도 느끼지 못했다. 여기저기에서 천둥 같은 소리가 울려 퍼졌다.

이제 겨우 석조 돔에 도착했다. 돔 천장에서 온갖 보석과 잔돌들이 떨어져 내리고 있었다. 일행은 서둘러 우리가 놓여 있던 텅 빈 자리와 주인 없는 석좌를 지났다. 땅바닥이 요동쳤고, 동굴 앞쪽에 있던 필기대가 푹 꺼진 바닥 속으로 무너져 내렸다. 입구 쪽에서도 벌써 부서진 암석 파편이 와르르 쏟아져 내리고 있었다.

"계속 달려요!" 아레티가 미친 듯이 외쳤다.

몇 초 차이였을까. 그들 뒤로 거대한 낙석이 쿵 떨어졌다. 간발의 차이로 사피라와 일행은 입구로 나가는 통로에 간신히 도착했다. 순식간에 자욱한 회색 먼지가 공기를 가득 메웠다. 먼지가 폐를 파고들어 쿨룩쿨룩 기침이 나왔다. 사피라는 루비를 쥔 두 손을 더 세게 움켜쥐었다. 당장 그녀는 추위도, 통증도, 두려움도 느낄 겨를이 없었다. 밖으로 나가야 한다는 생각만이 그녀를 지배했다. 몸은 당장이라도 부

서질 것만 같았지만, 다리만큼은 계속 앞으로 앞으로 내달
렸다. 뒤쪽에서 찌지지직 갈라지는 소리가 들렸다. 아마도
깊은 땅 밑에서 균열이 시작된 것 같았다. 그 소리는 급속
도로 가까워지고 있었다. 어떻게든 더 빨리 달려야 했다. 더
더더 더 빨리…. 그러나 소리는 점점 더 가까워졌고 이제 곧
그들을 따라잡을 것만 같았다. 그리 멀지 않은 곳에 동굴 입
구로 들어온 햇살이 보였다. 밖은 이미 한낮이었다. 하지만
이대로라면 어쩌면 다시는 태양을 보지 못하게 될지도 몰랐
다. 통로의 양 벽에서 돌덩이들이 무너져 내렸다. 천장이 흔
들리며 한가운데가 쩍 갈라졌다. 그런데 갑자기 온 천지를
흔들던 굉음이 멈췄다. 폭풍 전의 고요함이 이런 걸까? 블루
트베르크가 제 영혼의 마지막 숨결을 토해 내기 직전 숨을
고르는 걸까?

그들 머리 위에서 따다닥 소리가 울려 퍼졌다. 천장이 무
너져 내리는 순간이었다. 바로 그때 아담이 침착하게 양팔
을 위로 치켜들어 통로를 지탱하던 대들보를 떠받쳤다.

"어서 가요!" 아담이 소리쳤다. "내가… 해낼 거야. 견뎌
낼 거야…. 끝까지 버텨 낼 거야!"

그러니까 지난 몇 달 내내 그가 반복해서 보던 광경이 바
로 이것이었다. 섬뜩한 그의 마지막 순간! 처음부터 아담은

알고 있었던 것이다. 자신의 마지막 운명을….

"안 돼!" 아레티가 소리쳤다. "당신이 그랬잖아. 우리는 죽지 않을 거라고!"

"하지만 셋 다라고 하진 않았어." 아담이 신음했다. "그러니까 어서 달려!"

엘프 소녀의 눈동자에 눈물이 차올랐고, 그녀의 턱이 파르르 떨렸다. 몸을 숙인 그녀가 먼지와 땀으로 뒤범벅이 된 그의 이마에 키스했다.

"에냐도르는 네 희생을 절대 잊지 않을 거다, 아담. 약속하마!" 말을 마친 사피라가 아레티의 팔을 잡아당기며 출구로 달렸다. 입구 밖으로 간신히 뛰쳐나오자마자 블루트베르크는 생의 마지막 숨을 토했다. 사피라는 고개를 들어 산 정상이 무너져 내리는 광경을 지켜봤다. 거대한 원뿔 모양의 산이 아래로 풀썩 주저앉았다. 주인을 잃은 낙석들이 공허하게 흘러내렸다.

"당장 날아가야 해요!" 아레티가 외쳤다. "안 그러면 우린 절대로 이 산에서 내려가지 못할 거예요!"

"지금 당장 본신으로 변신하면 추위에 얼어붙고 말 거야!" 사피라가 대답했다.

"그렇겠지." 그때 우측에서 갑자기 낯선 음성이 들려왔다.

당황한 사피라가 주변을 둘러봤다. 산 아래로 내려가는 길목에 버티고 서서 그들의 유일한 퇴로를 막고 있는 데몬이 눈에 들어왔다.

"난 레벨 폰 갈린이다." 그가 외쳤다. "넌 절대 날 지나갈 수 없어, 이 드래곤 계집. 그러니까 어서 순순히 루비를 내게 넘겨라. 그러면 너희를 보내 주겠다!"

이조라

"어서 가라!" 웨이요나의 단호한 명령에도 이조라는 막무 가내였다. 그녀는 공포에 사로잡힌 채 어머니에게 꼭 달라 붙어 떨어지지 않으려 했다.

"곁에서 지켜본다고 한들 달라질 것은 없다. 피의 잔 시대 는 어차피 끝난 거니까. 가거라. 어서 가서 네 남편을 도와 라. 지금 널 필요로 하는 사람은 네 남편이니까!"

요정은 섬세한 손가락으로 이조라의 손목을 움켜쥐고는 거칠게 잡아당겼다. 이조라의 눈에 눈물이 차올랐다. 레이 나가 흐르는 눈물을 닦아 준 후 뺨을 부드럽게 쓰다듬으며 말했다. "가거라, 내 아가! 내가 없더라도 이틸이 널 지켜 주 길 기도하마."

웨이요나는 성탑의 문을 열고 보초병들에게 이조라를 데 려가라 지시했다. 님룬트의 차가운 눈초리와 잔뜩 겁먹은 아그네스의 시선에도 아랑곳하지 않고 그들의 억센 팔이 이조라를 덥석 붙잡았다. 이조라가 절망 어린 비명을 질러 댔지만 그들은 묵묵히 그녀를 밖으로 끌고 나갔다. 바깥세상은 피와 공포로 가득 찬 웅덩이가 되어 있었다. 그 어떤 악몽에서도 이런 참상은 등장하지 않을 것이다. 성벽으로 가는 길목에서 병사들은 붙잡았던 그녀의 팔을 놓아주었다. 그들은 인간이었다. 그래서인지 잔뜩 긴장한 듯 보이긴 했지만 표정에는 연민의 흔적이 보였다. 그들은 성벽 통로를 따라 성의 북쪽을 우회해 내려오고 있었다. 늪지대 쪽으로부터 날카로운 비명과 고함 소리가 메아리쳤다. 서너 명의 궁수가 이조라 곁을 스칠 듯 황급히 달려갔다. 최대한 빨리 북쪽 성벽으로 가려는 것 같았다. 하지만 그녀에게는 이 모든 야단법석이 하나같이 무의미해 보였다.

"제발 날 놓아줘요, 부탁할게요!" 이조라가 울부짖었다. 그녀의 간청이 새하얀 허공에 울려 퍼졌지만, 하염없이 내리는 눈에 묻혀 버렸다. 어차피 소용없는 짓이었다. 잔혹한 요정의 손아귀에서 그녀의 어머니를 구해 낼 방법은 없었다. 이조라가 흐느끼며 몸을 꼿꼿이 세웠다. 헝클어진 금발이 얼굴에 달라붙었지만, 태어나서 처음으로 머리카락 따위는 전혀 안중에도 없었다. 웨이요나의 마지막 말이 머릿속에 맴돌았다. '*대신 가서 네 남편을 도와라!*' 이조라는 괴로운 마음에 남쪽 성벽을 향해 발을 질질 끌며 나아갔다. 맞은 편에서 점점 더 많은 병사들이 달려왔다. 하나 같이 공포에 질려 눈을 커다랗게 부릅뜬 채였다.

이조라는 그래도 앞일을 걱정할 만한 힘이 아직은 조금 남아 있었나 보다. 한 걸음 옮길 때마다 내면에서 공포가 스멀스멀 기어 나왔다. 그녀의 곁을 황급히 지나가는 사람들도 점점 더 늘어났다! 오, 엘리야! 부디···. 드디어 서로를 재발견한 지금 엘리야마저 그녀의 곁을 떠난다면···.

'*신들이시여, 부디 도와주세요! 그에게 아무 일도 없도록 해 주세요!*'

격렬한 전투의 소음이 성호 건너편에서 들려왔다. 두려움에 질린 비명. 짐승처럼 울부짖는 소리. 죽고 죽이는 과정에서 나오는 끔찍한 소음. 그녀가 발걸음을 재촉했다. 그리고 얼마 지나지 않아 그곳에 도착했다. 편을 바꾼 와이번 떼가 요정 전사들을 공격하고 있었다. 독과 마법이 서로 맞부딪치며 격전을 벌이고 있었다. 엘리야와 카이도 보였다. 둘은 요정 전사들 무리에 섞여 있었지만 샤텐발트의 마수들은 그들을 전혀 공격하지 않았다. 벨타인이 와이번들에게 요정 전사들만 집중적으로 공격하라고 명령한 것 같았다. 와이번의 집요한 공격에 요정 전사들은 극심한 곤경에 처해 있었다. 와이번의 연이은 공중 공격을 용케 막아 내는 이들도 있었지만, 일부는 힘에 겨웠는지 보호색 마법을 사용해 주변 지형지물에 흐물흐물 녹아들기도 했다. 치명적인 괴수의 탐욕스러운 시야에서 벗어나기 위한 고육지책이었다. 와이번도 하나둘씩 땅바닥에 추락해 목숨을 잃어 갔다. 하지만 치명적인 상처를 입은 요정들도 만만치 않게 많았다. 이 끔찍한 전투에서 승자는 없었다. 패자만 있을 뿐.

카이 역시 곤경에 빠졌다. 그의 공격 마법을 피한 와이번의 날카로운 발톱이 그를 낚아챘다. 공중으로 그를 번쩍 들어 올린 샤텐발트 마수가 성벽을 넘어 날아가려 했다. 성벽 아래로 그를 집어 던질 속셈이었던 것이다. 하지만 그리되기 직전 번쩍이는 녹색 광선이 그의 프레지오라이트에서 쏘아져 나왔다. 순간 당황한 와이번이 카이를 놓쳤다. 카이의 몸뚱이가 성벽 총안 위에 패대기쳐졌다. 다행히 성벽 아래로 떨어지지는 않았지만 총안 턱에 미동도 없이 축 늘어졌다. 그 광경을 목격한 엘리야가 재빨리 그를 도우러 왔다. 어린 마법사를 황급히 성벽에서 끌어내린 엘리야는 주둥이를 벌리고 재차 공격해 오는 와이번을 마법 지팡이로 갈겨 버렸다. 와이번의 주둥이에서 독이 튀었다. 이조라는 심장이 멎을 것만 같았고 온몸이 마비된 듯 굳어 버렸다. 그 치명적인 액체가 남편 몸에 닿지 않았음을 확인한 후에야 사지를 집어삼켰던 마비 상태를 벗어날 수 있었다. 엘리야가 깊은 시름에 잠긴 표정으로 눈 앞에 펼쳐진 암담한 상황을 둘러보았다. 요정과 와이번, 둘 다 전멸하고 말았다. 물어뜯고 치고받으며 서로를 처형해 버렸다. 애초에 벨타인이 계획했던 대로 모든 게 흘러가고 있었다. 엘리야가 힘없이 털썩 무릎을 꿇고는 양손으로 마법 지팡이를 움켜쥐었다. 그렇지만 이조라는 한결 마음이 가벼워졌다. 아무튼 그는 살아남았으니까. 이제 그를 위로하고 용기를 북돋아 주고 싶었다. 지금 그는 힘을 내야 했다. 그러지 않으면 정말 모든 걸 잃을지도 몰랐다.

불행히도 이조라는 제때 그에게 다가가지 못했다. 지금껏 망루 뒤에 숨어 있던 그림자가 엘리야의 등 뒤로 불쑥 튀어나온 것이었다. 베리안이었다. 그의 오른손에 날카로운 단도가 들려 있었다.

"엘리야!" 이조라가 있는 힘을 다해 소리쳤다. 그녀의 비명에 벌떡 일어선 인간의 왕이 저를 겨눈 칼날을 아슬아슬하게 피했다. 그렇지만 이어진 베리안의 발길질에 마법 지팡이가 손에서 굴러떨어졌다.

"그래, 이제 네 몸에 남은 마력은 얼마나 되려나?" 베리안이 엘리야에게 소리쳤다. "거의 없겠지, 내 말이 틀렸나?"

엘리야는 베리안의 짐작이 맞았다는 걸 확인시켜 주기라도 하듯, 마력 폭풍을 불러일으키는 대신 단도를 꺼내 들었다. 고작 단도를 들어 올리기도 벅찰 정도로 탈진 직전이었다. 그의 눈 아래 시커먼 그늘이 드리웠다. "왜 하필 지금인 거냐?" 손에 든 검을 베리안에게 겨눈 엘리야가 구부정한 자세로 숨을 헐떡였다.

"지금이 바로 적기니까. 그리고 이제 넌 누구에게도 필요 없는 사람이니까! 이대로 지옥에나 떨어져라, 마법사 왕!" 고함과 함께 베리안이 검으로 그를 푹 찔렀다. 엘리야는 재빨리 왼팔을 치켜들며 공격을 피했다. 칼날은 사슬 갑옷의 소매만 베어 냈다. 하지만 비틀거리며 뒷걸음질 치던 엘리야는 뒤쪽에 있던 투석기에 걸려 넘어졌다. 베리안은 승리를 확신하는 미소를 머금은 채 엄지로 단도의 칼날을 연신 쓰다듬으며 그의 주변을 맴돌았다. 투척기 지렛대 바로 아래서 멈춰 선 베리안은 칼을 들지 않은 손으로 투석기 기둥을 짚은 채 거드름을 피웠다. "안타깝지만 더는 네놈이 이 전쟁을 좌우할 수 없을 거야. 넌 이미 모든 걸 잃었거든. 마력, 기력 그리고 마지막으로 목숨까지."

엘리야가 입술을 깨물었다. 지금 이런 상황에서는 베리안의 상대가 되지 못한다는 걸 그도 알고 있었다. 카이는 정신을 잃을 채 바닥에 쓰러져 있었고, 요정 전사들은 전멸했다. 그의 시선이 이조라의 것과 얽혔다.

"하지만 우린 당신도 필요 없어." 그때 갑자기 투석기 뒤에서 낭랑한 음성이 울려 퍼졌다. 그리고 동시에 지렛대가 휙 곤두박질쳤다. 베리안은 비명을 지를 틈조차 없었다. 지렛대에 매달린 육중한 마름돌이 그를 덮쳤다. 몇 톤은 족히 돼 보이는 거대한 돌이 그의 몸을 짓이겨 버렸다. 이조라는 숨이 턱 막혔다. 눈앞에 밝은 점들이 춤을 췄다. 지금 도대체 무슨 일이 벌어진 것인지 상황 파악조차 되지 않았다. 아무 생각도 나지 않았다. 다만 그녀의 다리만이 기계적으로 움직일 뿐이었다. 마침내 엘리야에게 도착했을 땐 투석기 아래엔 피가 흥건히 고이고 있었다. 이조라와 엘리야가 고개를 들어 위를 바라봤다. 거대한 목조 구조물 안쪽에서 호리호리한 인간 병사가 모습을 드러냈다. 그 병사의 손에는 끊어진 강철 쇠새가 들려 있었다. "어차피 이 투석기는 다음 포격 이후 무너졌을 거예요." 병사가 어깨를 으쓱이며 말했다. 구조물에서 내려온 병사가 투구를 벗었다. 그러자 황금빛 머릿결과 고운 얼굴이 모습을 드러냈다. 몇 초가 지나서야 그녀가 누구인지 알아차렸다. "그레타." 이조라가 숨죽여 그 이름을 불렀다.

최근에 몹시도 수치스러운 방식으로 추방당한 그 하녀는 먼저 이조라에게 그리고 이어 엘리야에게 무릎을 굽혀 절했다. 궁중 예법에 어긋나는 순서였다. "도울 수 있어 영광이었습니다, 전하." 그녀가 알랑거리며 말했다.

"카이가 네게 그런 짓을 했는데도 우리 편에 참전하기 위해 돌아왔단 말이냐?" 그것이 자신을 구해 준 그레타에게 엘리야가 던진 유일한 감사 표시였다.

그레타는 연극이라도 하듯 과장된 표정을 지으며 한숨을 내쉬었다. "원래 전투에는 소질이 없어서요. 그래서 이 안에 숨어 있기로 마음먹었던 거죠." 그레타가 자백이라도 하듯 말했다. "부디 넓은 아량으로 저의 겁쟁이 같은 행동을 굽어 살펴 주시어요. 운명의 여신 티케가 전하의 옥체를 보전하기 위해 저의 비겁함을 점지하신 거라고."

"그리하마, 그레타." 엘리야가 말했다. 엘리야의 얼굴에 다시금 왕으로서의 자부심이 되살아났다.

하녀는 여전히 정신을 잃고 바닥에 쓰러진 카이를 힐끗 바라봤다. "이걸로 서로 간에 빚진 건 없다고 전해 주세요." 그레타가 이조라에게 돌아섰다. "부디 내가 그를 용서했노

라고 전해 주세요. 그리고… 아직도 그를 사랑한다는 말도
요." 자신이 한 말에 스스로 감정이 복받쳤는지 눈동자를 굴
려 눈물을 다잡았다. "이제 전 돌프와 토메스가 있는 곳으로
돌아가는 편이 낫겠죠. 어쩌면 또 한 번 숨을 만한 운명의
장소를 찾을지도 모르고요."

"돌프와 토메스가 누구지?" 어리둥절해진 이조라가 물었
지만 그레타는 어느새 성벽 통로를 내달리고 있었다. 앞서
북쪽 늪지대 방향으로 이동했던 병사들을 뒤따라.

야레드

야레드가 늪에서 나온 망령들을 목격한 건 이번이 두 번째였다. 하지만 공포는 조금도 줄어들지 않았다. 대낮에 보니 언데드들은 오히려 더 괴기스러웠다. 썩어 문드러진 모습이 훨씬 더 잘 보였으니까. 야레드는 손가락으로 검을 꼭 움켜쥔 채 늪지대로 향하는 마법의 문을 통과했다. 그의 뒤를 따라 병사들이 우르르 몰려나왔다. 도개교 말고는 이곳이 밖으로 드나들 수 있는 유일한 길이었다. 따라서 늪지대 마물들과 맞서려면 이 문을 열 수밖에 없었다. 보통의 전투에서처럼 질서 정연하게 대열을 갖춰 진군하는 건 고려할 만한 전술이 아니었다. 또한 호리엘이 밖에서 문을 열어 피에 굶주려 날뛰는 망령들을 성안으로 밀어 넣을 때까지 마냥 기다릴 수만도 없었다. 그러니 직접 몸으로 맞부딪치는 방법 외에 달리 선택지가 없었다.

병사들은 하나같이 공포에 휩싸였다. 싸우다 죽는 것도 엄청나게 두려웠지만 늪에 가라앉아 언데드가 되는 것만큼은 정말이지 피하고 싶었다. 아엘프스탄에서 그렇게나 용맹하게 싸웠던 토메스조차도 막상 늪의 마물을 마주한 순간 얼굴이 창백해졌다.

"이렇게 끝이 날 거라 생각해 본 적이 있었나?" 야레드가 거인에게 물었다.

"아니요." 한 손으로 수비대의 검을 뽑고, 다른 한 손으로 전투용 도끼를 꺼내 든 토메스가 나지막이 대답했다. "그날 트리스탄 님의 감명 깊은 웅변을 들은 이후론 없었어요."

야레드는 유년 시절을 함께 보낸 제 친구가 호리엘의 군영에 있던 인간들을 전부 그의 편으로 끌어들인 그 기념비적인 연설을 떠올렸다. 저들은 전부 트리스탄을 따랐다. 엘리야가 아니라. 하지만 트리스탄 역시 다르지 않았다. 저를 그렇게까지 존경하던 병사들을 버렸다. 되크 발두르라는 괴물이 되어.

토메스가 고삐를 당겨 뒤를 향해 돌아섰다. 그리고는 머리를 수그리고 다리를 덜덜 떨며 말안장에 앉아 있는 오합지졸들을 노려봤다. 잔뜩 겁먹은 노예 출신 병사들을 부릅뜬 눈으로 훑고는 도끼를 높이 치켜들었다. 예전에 아엘프스탄 전투에서 보여 주었던 그 모습 그대로였다.

"그가 우리에게 늑대처럼 싸우라 했다!" 토메스가 으르렁 거렸다. "하지만 이제 우리는 늑대에 맞서 싸워야 한다. 와 이번에 맞서 싸워야 하고 살아 있는 시체와도 싸워야 한다. 그는 자기가 불멸이라 했다. 하지만 난 너희에게 말하겠다. 너희 자신이 불사가 되어라! 지금까지 저질렀던 못된 행동 을 참회하고, 너희의 영혼을 신들의 손에 맡겨라. 그리하면 신들께서 황천길에 직접 너희를 영접하시리라. 그러니 이번 이 너희의 최후가 될지라도 나를 따르라!"

그의 말에 동조하는 웅성거림이 병사들 사이에서 터져 나 왔다. 병사들의 마음에 용기가 차올랐다. 그것이 죽음을 향 한 무모한 용기라고 할지언정. 늪의 마물 군단과 대적하는 건 애초부터 승산이 없는 일이었다. 벌써 언데드들이 비틀 거리며 그들을 향해 다가오고 있었다. 창백하고 초췌한 몰 골. 악의로 가득한 눈빛. 질질 끄는 걸음걸이. 그들이 몰려 오고 있었다.

"토메스," 뒤쪽에서 갈라진 음성이 그를 불렀다. 우악스러 운 손이 전사의 팔뚝을 덥석 붙잡았다. 당장이라도 달려 나 가 가장 먼저 늪의 아가리 속으로 뛰어들려는 토메스를 저 지했다. 손가락이 넷뿐인 손이었다. "저들이 날 찢어발길 거다. 난 저들 중 하나가 되고 말겠지. 평생을 악한 짓만 골라 하며 살았으니까."

"그러면 참회하시죠, 아버지. 아버지의 죽음을 막아 줄 건 이젠 없으니까요. 나와 이 도끼밖에는."

돌프가 그에게 매달렸다. 아들의 우직한 팔뚝을 거칠게 흔들었다. 천신만고 끝에 되찾은 아들을 이렇게 다시 보내고 싶진 않았을 것이다. "그러지 말고 함께 성벽 뒤로 도망가자 꾸나. 저 문이 닫히면 저들은 절대 들어오지 못할 거야!"

"호리엘이 문을 다시 열 겁니다. 그러니 이제 트레간디르에 남은 유일한 방패는 바로 우리인 거죠. 우리가 이 에나도르를 지키는 진정한 파수꾼인 거라고요. 이해하시겠어요?"

야레드는 돌프가 아들의 말을 이해했다고 생각하지 않았다. 지금까지 그가 저질러 온 짓거리로 보건대 과거 행실을 진심으로 뉘우칠 자가 절대 아니었다. 야레드는 처음부터 토메스가 마음에 들었지만 그의 저 역겨운 아버지가 항상 신경이 쓰였었다. 십수 년 동안 수많은 고아를 팔아 재낀 나쁜 놈이었다. 제 아들 대신 죽어 주었어야 했으나 도망쳐 버린 고아에게 복수하겠다는 일념만으로. 더군다나 토메스는 이렇게 멀쩡히 살아 있었다. 아버지가 프론슈타인에서 노예상이 되어 버린 사이 토메스는 호리엘 휘하에서 군 복무를 했다. 그러다가 아엘프스탄 군영에 배치된 후에야 저들은 서로의 생사를 알게 되었던 것이다.

"어서, 궁수들에게 신호를 보내세요!" 토메스가 잠시 상념에 젖은 야레드에게 상기시켰다. "잠시 후면 저들이 사정거리 안에 들어옵니다."

예전부터 전해 내려온 바에 따르면 늪의 마물을 소멸시킬 유일한 무기는 불이라고 했다. 하지만 그런 단순한 방법으로 저들을 물리칠 수 있는지는 의문이었다. 일찍이 트레간디르를 지키던 수비대 역시 그런 방법은 절대 먹히지 않을 거라 주장했었다. 엘프들이 마물을 열 조각으로 베어 버렸지만 그럼에도 계속 살아 움직이더라는 무시무시한 이야기까지 전해 내려오고 있었다. 그 이야기가 사실인지 혹은 인간들에게 공포를 조장하려 엘프들이 만들어 낸 헛소문에 불과한 것인지는 아무도 몰랐다.

야레드가 횃불을 들어 올려 성 위의 궁수들에게 신호를 보냈다. 그의 신호를 확인한 궁수들은 곧장 활시위에 화살을 얹고 불을 붙였다. 아직 적들은 슬금슬금 사냥감에 접근하는 포식자처럼 아주 천천히 다가오고 있었다. 하지만 야레드는 이미 알고 있었다. 첫 화살이 공중을 가르는 순간 저들이 미친 듯이 공격해 오리라는 것을. 야레드가 다시 횃불을 아래로 내리자 궁수들이 첫 화살을 발사했다. 일 초도 안 되는 짧은 순간 늪의 마수들이 잠시 멈칫했다. 그런 뒤 그들 중 하나가 비명을 지르며 곧바로 야레드를 향해 돌진했다. 그 뒤를 마물 군대 전체가 뒤따랐다. 양팔을 허우적거리며 입을 떡 벌린 채 다가오는 언데드들에게서 죽음의 악취가 물씬 풍겨 왔다.

'사피라, 나의 마지막 생각이 당신에게 향하는군. 어디에 있든지 항상 행복하기를!'

반쯤 썩어 문드러진 해골이 그를 덮쳐 왔다. 야레드는 검을 휘둘러 언데드의 팔뚝을 잘라냈지만, 마물은 누런 이빨 사이로 침을 질질 흘리며 계속 그에게 다가왔다. 마지막 순간 손에 든 횃불을 떠올린 야레드가 마물의 얼굴에 횃불을 들이밀자 그제야 새된 비명을 지르며 쓰러졌다.

"아엘프스탄의 인간들이여, 너희의 목숨을 최대한 비싼 값에 팔아라!" 토메스가 부르짖으며 앞으로 돌진했다. 이어 병사들이 그의 뒤를 쫓았고, 야레드 역시 그 무리에 합류했다. 야레드는 신들린 사람처럼 검을 휘둘렀다. 왼쪽, 오른쪽, 다시 왼쪽으로 미친 듯이 베어 버렸다. 썩어 문드러진 손가락으로 그를 잡으려던 마수들이 점점 늪지대 쪽으로 밀려났다. 하지만 야레드는 더 밀고 나갈 수가 없었다. 거기서부터는 걸을 때마다 발밑에서 우적우적 소리가 들려왔고, 마치 호수 위의 뗏목을 밟는 것처럼 바닥이 흔들렸다.

침략자들은 이때를 놓치지 않았다. 처음보다 더 많은 언데드가 반격에 나섰다. 야레드는 바로 옆 몇 미터 떨어지지 않은 곳에 있던 병사를 늪지대 마물 다섯이 동시에 덮치는 광경을 목격했다. 죽음의 공포에 새하얗게 질린 병사는 비명을 지르며 맞섰지만 얼마 지나지 않아 저들은 그의 목덜미에 치아를 박아 넣었다. 망연자실한 야레드는 시선을 돌릴 수밖에 없었다. 그의 횃불은 이제 거의 다 타 버린 상태였다. 이것이 그의 끝이리라. 그뿐만 아니라 그들 모두의 끝. 에냐도르가 이렇게 끝장나 버린 것이다!

'사피라, 부디 언젠가 북풍이 인간들이 머무는 저승에도 당신의 향기를 실어 오기만을 바랄게. 북풍이 불면 당신이 온 거라 생각할 테니!'

그의 왼편으로는 토메스가 늪에서 나온 마물 넷을 밀쳐 내며 등 위로 올라탄 또 하나의 마물을 떨어트리려 몸을 거세게 흔들고 있었다. 그는 무시무시한 괴성을 질렀다. 그가 든 횃불도 이제 거의 다 타 버린 상태였다. 토메스 역시 손에 쥔 두 자루의 무기만으로 적들을 하나하나 쓰러트리는 것 외에 달리 방도가 없었다. 엘프의 옛 전설은 사실이었다.

저 살아 움직이는 시체들은 멈출 줄 몰랐다. 싸우고 또 싸웠다. 짐승처럼 끈질기게 물어뜯었다. 어떻게 해도 파괴할 수도, 막을 수도 없었다.

그때 문득 야레드의 눈에 횃불의 광채가 들어왔다. 늪 뒤편 외진 곳에 한 남자가 횃불을 들고 있었다. 호리엘이 분명했다. 공포의 마물 군단을 마법의 횃불로 조종하고 있는 게 틀림없었다. "토메스, 저것 좀 봐!" 야레드가 다급히 고함을 지르며 불빛을 검지로 가리켰다.

순간 전혀 예기치 못한 반가운 일이 벌어졌다. 지금까지 흩날리던 눈발이 갑자기 멈춘 것이다. 짙은 눈구름이 물러가고 그 사이로 햇살이 쏟아졌다. 그러자 늪의 마물들이 날카로운 괴성을 질러 댔다. 언데드들이 횃불만큼이나 밝은 햇살도 혐오한다는 걸 입증하는 순간이었다. 햇살이 닿은 창백한 피부에 연기가 피어오르며 허물이 벗겨지기 시작하더니 급기야 잇소리를 내며 바닥에 하나둘씩 쓰러졌다. 야레드는 고개를 돌려 트레간디르 성을 바라봤다. 웨이요나가 성벽 통로에 서 있었다. 한 손에 애미시스트를 든 채!

"**날아올라라, 드래곤이여. 따사로운 태양이 떠올랐도다!**" 웨이요나가 외쳤다. "**날아올라라, 도깨비불들이여, 늪이 활짝 열렸느니라. 드래곤의 여왕이여, 어서 날아올라라. 우리**

는 지금 네가 필요하다!"

방금 한 말이 정말 사피라를 향한 거였을까? 저 요정 여왕은 지금 그녀가 어디에 있는지 아는 걸까? 야레드가 미처 생각을 끝마치기도 전에 새로운 언데드 떼거리가 다시 몰려오기 시작했다. 피부에는 연기가 피어올랐지만 괴성을 질러 대며 막무가내로 공격해 왔다. 이윽고 뼈마디가 앙상한 손들이 그를 붙잡았고, 창백한 몸뚱이가 야레드의 목덜미를 덮쳤다. 야레드는 몸을 뒤흔들며 저를 덮치는 마물들을 끌어내리고 집어 던졌다. 그러는 와중에 한 놈이 야레드의 검을 붙잡아 비틀었다. 마침내 진흙 구덩이에 떨어진 검이 서서히 그 안으로 빨려 들어갔다. 마물의 텅 빈 눈구멍이 그를 노려봤다.

'사피라, 당신이 살아 있다는 소식을 확인한 것만으로도 고마울 따름이오. 부디 이번 생을 잘 살고, 꼭 내게로 와요!'

야레드의 손에 들린 횃불이 마침내 꺼졌다. 마지막 한 줄기 연기가 피어올라 나선형을 그리며 에냐도르의 허공으로 스러져 갔다. 그렇게 동서남북 사방에서 부는 바람에 녹아들었다. 야레드도 자연으로 돌아갈 채비가 되었다. 하지만 그때였다. 어디선가 광풍이 몰아쳤다. 난데없이 불어온 미친바람이 연기를 사방으로 밀어냈다. 드래곤이었다! 드래곤은 야레드의 머리 위를 아슬아슬하게 스치며 날아갔다. 드래곤의 발톱이 야레드 주변에 있던 늪지대 마수들을 마구잡이로 움켜쥐고 저 멀리로 내팽개쳤다. 조금만 더 멀리 내던졌더라면 좋았을 것을. 그랬더라면 늪이 다시 아가리를 벌려 마물들을 삼켜 버렸을 텐데.

"퇴각하라!" 드래곤들이 파이어브레스로 공격하지 않은 이유를 뒤늦게 깨달은 야레드가 긴박하게 외쳤다. 주변에 인간들이 너무 많았기 때문이었다! 하지만 그의 목소리는 소음에 묻혀 버렸다. "퇴각하라!" 그가 반복해서 큰소리로 울부짖었다. 목소리가 쉴 때까지 몇 번이고.

마침내 부하들이 움직이기 시작했다. 차츰 한 명씩 아직 희망이 있다는 것을 깨달았다. 살아남은 전원이 뒤로 돌아 성으로 내달렸다. 그 과정에서 일부 병사들이 위험한 웅덩이를 미처 보지 못하고 늪에 빠지는 불상사가 일어났다. 사형 선고나 다름없었다. 변고를 당한 이들 중 하나가 바로 돌프였다. 야레드는 그를 알아보지 못하고 이미 그 곁을 지나친 상태였다. 하지만 뒤따라오던 토메스가 돌프를 발견하고는 다급하게 소리쳤다. "야레드, 도와줘요!"

야레드는 망설였다. 돌프의 운명 따위는 아무래도 상관없었다. 저대로 늪에 빠져 버린들 안타까울 것 하나 없었다.

바로 거기가 그에게 딱 맞는 장소니까. 하지만 저 수염 가득한 거인의 얼굴에 깃든 간곡한 표정이 눈에 밟혔다. 토메스도 제 아버지가 저지른 짓을 전부 알고 있었지만, 저대로 죽게 둘 수 없을 것이다.

"토메스, 어서 날 여기서 꺼내 줘! 난 마물이 되고 싶지 않다!" 돌프가 절규했다.

결국 야레드가 크게 숨을 내쉰 후 두 사람에게 달려갔다. "바닥에 엎드려 봐!" 야레드가 지시했다. 거대한 그의 키와 체중을 감안하면 자칫 무모한 시도일 수도 있었다. 구덩이에 빠지기라도 하면 토메스가 야레드보다 더 깊이 파묻힐 것이기에. 그들은 조심스럽게 돌프가 빠진 늪 구멍으로 헤엄치듯 접근했다. 그때 또 다른 드래곤들이 머리 위로 날아다녔다. 야레드는 부디 저 드래곤들이 그들을 늪의 마수로 오인하지 않기만을 간절히 기원했다. 지금 이 상황에서 드래곤의 파이어브레스에 불타 죽는 건 정말이지 상상조차 하고 싶지 않은 일이었다. 늪지대 위로 지옥의 불바다가 펼쳐져 있었다. 언데드의 절규와 인간의 비명이 공기 중에 뒤섞여 연기와 함께 떠다니고 있었다.

"점점 더 가라앉고 있어!" 돌프가 칭얼거렸다.

"상체를 앞으로 밀면서 노를 저어 봐. 그런 다음 몸을 뒤집으면서 다리를 늪에서 빼내 봐!" 야레드가 돌프에게 일러 주었다. 야레드도 이 기술이 정말 효과가 있을지는 확신할 수 없었다. 겨울마다 소년들에게 검술을 가르치러 부르크스메아데를 찾았던 용병에게서 얻어들은 것이었기 때문이었다. 돌프는 상체를 앞뒤로 움직이려 시도했지만, 그럴수록 더 아래로 빨려 들어가기만 했다.

"소용없어. 이러다 늪에 빠져 죽고 말 거야. 너무 차갑구나, 차가워!" 돌프가 흐느꼈다.

늪 속은 몹시 차가웠다. 차가움이 야레드에게도 고스란히 느껴졌다. 늪 속 온도는 기껏해야 빙점을 살짝 넘는 정도일 것이다. 그러니 돌프가 어떤 상태일지는 짐작이 가고도 남았다. 그러는 사이 토메스가 제 아버지가 있는 지점에 거의 도착했다. 토메스가 돌프에게 손을 뻗었지만, 돌프의 손까지 미치지 못했다.

"여기를 보라, 내 전사들이여." 순간 그들 위로 횃불이 비쳤다. 그 음성만으로도 야레드는 온몸의 근육이 팽팽해졌다. 호리엘이 서 있었다. 긴 머리칼을 단정히 묶은 채, 예전처럼 잔혹한 미소를 머금고 있었다. 가죽 갑옷은 새로 기름칠을 한 듯 윤이 났다. 호리엘은 경멸이 가득 담긴 눈빛으로 그들을 내려다봤다. "죄를 참회했느냐? 하긴 그러지 않았어

도 괜찮긴 하겠다만! 이제 곧 내 전사들의 대열에 합류하게
될 테니 말이다."

야레드는 바닥에 손을 짚어 몸을 일으키려 했지만, 두 손은
물컹한 늪 속으로 점점 더 빠져들 뿐이었다. 당혹감이 차올랐
다. 그는 어쩔 수 없이 뒤쪽으로 기어갔다. 그 과정에서 다리
가 또 다른 늪 웅덩이에 빠지면서 점점 가라앉기 시작했다.

"망할 놈아, 엿이나 먹어라!" 토메스가 소리쳤다. 그 역시
어떻게든 일어서려 안간힘을 썼지만, 그럴수록 야레드보다
더 빨리 수렁에 빠져들었다.

호리엘이 횃불을 흔들자 언데드 추종자들이 황급히 다가
왔다. 호리엘이 제 앞 물컹물컹한 바닥을 가리키자 그들은
순종적으로 진창 위에 드러누웠다. 엘프는 그것이 작은 부
교라도 되는 것처럼 뽀송뽀송한 발로 그 위를 사뿐사뿐 걸
었다. 손에는 타닥거리며 타오르는 마법의 횃불을 들고 있
었다. 아무 보석 장식도 없이 요정들의 표식인 담쟁이넝쿨
만 새겨진 고대의 유물이었다. 돌프의 코앞에서 호리엘이
멈춰 섰다.

"저자가 너희에게 몹시 중요한가 보군." 엘프가 영감을 얻
은 듯 말했다. "그렇다면 내 군대에 첫 번째로 합류하는 영
광을 누릴 자격이 충분하지." 그런 뒤 발 하나를 돌프의 머

리 위에 올리고는 체중을 실어 꾹 밟았다. 공포에 질린 돌프가 양팔을 높이 치켜들며 머리 위에서 절 늪 속으로 짓누르는 장화를 치우려 버둥거렸다. 그렇지만 그 과정에서 그나마 지금까지 저를 지탱하던 몸의 균형을 잃어버렸다. 순식간에 양쪽 어깨높이까지 늪에 가라앉고 말았다.

"부디 자비를…!" 턱밑까지 늪에 가라앉으며 다급해진 돌프가 소리쳤다. 하지만 그의 음성은 이내 늪의 수면 아래로 가라앉았다. 그 자리에 부글부글 거품이 올라왔다.

"안 돼!" 토메스가 눈을 커다랗게 부릅뜨고 외쳤다. 이제 너무 늦어 버렸다. 호리엘이 돌프의 머리를 한 번 더 지르밟자 이제는 시커먼 머리카락까지 늪 밑으로 사라졌다. 그의 양손이 사방으로 버둥거렸지만 곧 늪 아래로 빨려 들어갔다. 늪은 마지막으로 커다란 거품을 한 번 내뱉고는 아무 일 없었다는 듯 평정을 되찾았다. 또다시 그의 영혼은 질곡에 빠지고 말았다. 죽음마저도 그에게 저승의 안식을 허락하지 않은 것이다. 그의 불쌍한 영혼은 썩어 문드러진 늪의 감옥에 영원히 처박혀야 할 운명을 맞이했다. 항상 돌프를 증오했던 야레드였지만 그런 생각에 목이 졸리는 것만 같았다. 순간 호리엘이 그에게 돌아섰다. "넌 트리스탄을 도왔던 놈이지." 엘프가 카랑카랑한 목소리로 씩씩거렸다.

"그래. 그리고 난 언제라도 또 그렇게 할 거다!"

또 다른 늪의 마물들이 호리엘의 발치에 드러누우며 야레드 방향으로 부교를 만들었다. 처형장으로 가는 길을 열어 주기라도 하듯. 다음 순서는 야레드일 것이다. 이제 곧 그는 저 지긋지긋한 늪과 사투를 벌여야만 할 것이다. 호리엘의 잔인한 눈동자가 반짝였다. 남에게 괴로움을 선사할 때마다 기쁨의 광채를 발하는 잔혹한 품성이 고스란히 드러났다. 그렇지만 그의 눈이 간과한 것이 있었다. 바로 토메스였다. 인간 전사의 분노가 폭발하며 괴력을 발휘했다. 진흙에서 도끼를 뽑아 든 토메스가 호리엘의 다리를 강하게 내리쳤다. 그 일격에 호리엘의 발목이 동강 나 버렸다. 발목을 잃은 엘프가 비틀거리더니 죽음의 부교에서 중심을 잃고 떨어지고 말았다. 그리고는 돌프가 빨려 들어간 구멍에 곤두박질쳤다. 순간 토메스가 그의 손에서 횃불을 낚아챘다. 그리고 사방에서 그들을 향해 덤벼드는 마물들에게 휘둘렀다. 저 늪지대 마물들과 엘프를 동시에 대적하는 건 무리라는 걸 깨달은 토메스가 횃불을 야레드에게 던졌다. "어서 저 마물들을 쫓아 줘요!" 토메스가 우악스러운 손으로 호리엘의 머리를 눌러 대며 외쳤다.

야레드가 젖 먹던 힘까지 다 짜내 옆으로 몸을 굴려 늪에 빠진 발을 뽑았다. 그런 후 꾸덕꾸덕한 바닥을 찾아 발을 디디고 일어서서 누리아의 횃불을 공중에 들어 올렸다. "썩 물러가라!" 그가 늪의 마수들에게 소리쳤다. 언데드 무리가 어리둥절하여 제자리에 멈춰 섰다. 그들의 머리 위로 더 많은 드래곤들이 날아와 화염을 쏟아부으며 언데드의 대열을 무너트렸다. "지금 당장!" 다시 한번 야레드가 외치자 선봉에 섰던 언데드들이 주춤주춤 물러서기 시작했다.

때마침 도깨비불 떼가 그를 지원하러 왔다. 영롱하게 반짝이는 샤텐발트 요괴들이 언데드 주변을 살랑살랑 맴돌며 늪 깊숙한 곳에서 누릴 영원한 안식을 달콤하게 속삭였다. 도깨비불 떼의 유혹에 이끌려 망령들이 움직이기 시작했다. 야레드는 횃불을 내리고 여전히 토메스와 격전을 벌이는 호리엘을 잠시 응시했다. 둘 다 진흙 구멍에 거의 빠진 상태였다. 시커먼 늪의 진흙이 찬란한 금발 위로, 그리고 방금까지 흠결 하나 없이 반짝이던 엘프의 갑옷을 뒤덮었지만, 엘프는 전혀 두려워하는 기색도, 후회하는 기색도 없었다. "이 늪에서 꼭 귀환하여 네놈들을 전부 이리로 끌어내리고 말겠어!" 호리엘이 야레드를 향해 침을 뱉었다.

"어디 그래 보든지." 야레드가 차갑게 대답했다. "그럼 널 노리던 그 많은 사람한테도 널 죽일 기회가 생길 테니, 잘됐네."

마침내 토메스가 호리엘의 머리를 늪 속으로 꾹 눌렀다. 늪 표면에 보글거리는 거품만을 남기며 호리엘이 사라져 갔다. 그것이 호리엘의 최후였다. 앞서갔던 돌프와 하나도 다르지 않았다. 하인이든, 제왕이든 혹은 평생토록 사람을 고문하고 죽였던 엘프 사령관이든 늪은 모두에게 공평했다. 절대 죽지 않을 것 같았던 악당, 호리엘도 폐에 진흙과 물이 가득 차 꼴깍거리며 험악한 죽음을 맞이했다.

토메스도 여전히 진흙 구덩이에서 사투를 벌이고 있었다. 진흙이 가슴팍까지 차올랐다. 입술은 시퍼렇게 얼어붙었고 곧 다가올 죽음을 감지한 듯 체념한 눈빛이었다. "아아, 안 돼." 야레드가 그에게 말했다. "넌 절대 저들을 뒤따라가선 안 돼. 에냐도르에는 너 같은 사내가 꼭 필요하니까."

야레드는 양팔을 들어 횃불을 머리 위로 세차게 흔들었다. 얼마 후 창공에서 그 모습을 발견한 드래곤이 날개를 접고 그들을 향해 하강했다. 블랙 드래곤이었다. 야레드는 그게 누구인지 곧바로 알아보았다. 이제 얼어 죽을 염려는 사라졌다. 야레드는 커다란 발톱으로 토메스를 움켜쥔 하름이 늪에서 그를 조심스레 들어 올리는 모습을 흐뭇하게 지켜봤다.

마론

마론은 벌써 몇 시간 동안이나 결박을 풀기 위해 안간힘을 쓰고 있었다. 과도하게 손목을 비틀다 보니 피부가 벗겨지고 피가 났지만 마침내 해내고 말았다. 어느 순간 왼손이 쏙 빠져나온 것이다. 서둘러 다른 손까지 빼낸 후 마론은 자리에서 일어났다. 암흑 군주가 짐수레에 묶어 놓은 이 소녀에게 군영의 데몬들은 별로 신경을 쓰지 않았다. 이곳에 남은 이들은 여인과 노인이 대다수였고, 그 밖에 창녀들도 더러 있는 것 같았다.

마론은 최대한 눈에 띄지 않게 막사 그늘을 따라 살금살금 발걸음을 옮겼다. 그리고 어느 한 막사를 지나면서 나무 기둥에 걸려 있던 회색 망토를 집어 제 몸에 둘렀다. 이제 무기로 쓸 만한 뭔가가 필요했다. 다행히 마론에게 운이 따랐다. 때마침 불어온 바람에 한 막사의 가림막이 살포시 옆으로 휘날렸다. 그 틈으로 막사가 비어 있는 게 보였다. 재빨리 안으로 들어간 마론이 막사 내부를 살폈다. 침상에 녹슨 단도 하나가 놓여 있었다. 아마도 상태가 좋지 않아 나중에 수리하기 위해 두고 나간 것 같았다. 그렇지만 마론은 지금 이것저것 가릴 처지가 아니었다. 녹이 슬고 무딘 단도라도 정확히 상대의 심장을 겨눈다면 누군가를 죽이기에 충분할 것이다. 물론 상대가 데몬이 아닐 때만 가능하겠지만.

단도를 집어 벨트에 찬 마론은 쓸 만한 도구가 또 있을지 서둘러 살폈지만 그것이 전부였다. 다시 밖으로 나온 순간 너무 깜짝 놀란 마론은 하마터면 막사 안으로 뒷걸음질 칠 뻔했다. 그 잠깐 사이에 하늘을 가득 채웠던 먹구름이 사라지고, 도무지 그치지 않을 것만 같던 눈발 대신 태양이 환히 비추고 있었다. 쌓인 눈까지 녹아내릴 정도였다. 따사로운 온기가 그녀의 얼굴을 쓰다듬었고, 미지근한 바람이 그녀의 머리칼 사이로 불었다. 몇 초간이었지만 마론은 두 눈을 감고 내면에 샘솟는 희망을 느껴 보려 했다. 그러나 이내 정신을 차려야만 했다. 트레간디르 성 방향에서 뿔 나팔 소리가 길게 울려 퍼졌다. 그러자 군영에 남았던 얼마 되지 않은 보초병들이 모두 드래곤 우리로 달려갔다. 드래곤은 이제 얼마 남지 않았다. 어림잡아 오륙십 마리쯤 돼 보였다. 예전과는 비교도 안 되는 숫자였다. 그중 가장 인상 깊은 드래곤은 몰구르 소유의 화이트 드래곤이었다. 하름처럼 인간형으로 변신하지 않는 드래곤이기 때문이었다. 데몬의 원수는 추위에 약한 이 거대한 드래곤을 굳이 이곳까지 데리고 오겠다고 고집을 부렸다. 예상대로 화이트 드래곤은 절반도 못 와 추위에 얼어붙고 말았다. 결국 다른 노예들이 그의 몸통을 밧줄로 묶어 끌고 오는 수밖에 없었다. 이루 말할 수 없는 잔혹한 학대였으나, 몰구르는 공중전에 나가야 할 경우 반드시 이 드래곤을 타고 출정하겠다는 고집을 꺾지 않았다. 이제 막 의식을 되찾은 화이트 드래곤은 고개를 들어 자신이 깨어난 참혹한 세상을 응시했다. 필시 저 드래곤은 곧바로 다시 잠들고만 싶었을 것이다!

마론은 군영이 정신없이 분주한 틈을 타 슬그머니 그곳을 벗어났다. 그런 뒤 곧장 트레간디르를 향해 달렸다. 길을 찾는 건 어렵지 않았다. 시끄러운 전투의 소음이 들려오는 방향으로 가면 되었다. 마지막 언덕을 넘어서기 직전 마론은 눈앞에 어떤 광경이 펼쳐질지 자못 두려웠다.

전장까지 얼마 남지 않은 지점에 다다른 마론은 또다시 한겨울 날씨를 만났다. 그곳부터는 여기저기 눈으로 뒤덮여 있었고 발아래 질척거리던 땅도 딱딱하게 얼어붙어 있었다.

이런 기묘한 현상의 배후에 있을 자는 단 한 명뿐이었다! 마론은 포복 자세로 언덕을 기어올랐다. 소음을 내지 않도록 유의하며 살금살금 앞으로 기어갔다. 드디어 시야에 벨타인이 들어왔다. 그녀가 있는 곳에서 백 걸음도 채 되지 않을 언덕 꼭대기에 대마법사가 서 있었다. 양손으로 애미시스트를 하늘 높이 들어 올린 채 그녀가 알아들을 수 없는 주문을 외우고 있었다. 그가 쏘아 올린 마력이 번쩍일 때마다 구름에서 눈송이가 펑펑 쏟아져 내렸다. 마론은 숨이 턱 막혔다. 벨타인이 적수정을 손에 들고 있다는 건, 트리스탄의 가슴에서 끄집어냈단 뜻이었다. 하지만 트리스탄은 어디에도 보이지 않았다. 벨타인이 죽였다면 어디에 시체라도 보일 텐데. 지나친 기대일까? 눈가에 눈물이 가득 차올랐지만 마론은 치미는 감정을 꾹 눌렀다. 대신 마음을 다잡고 트레간디르의 상황에 집중했다. 성문 앞에서 벌어진 격전의 소음은 잦아들었다. 여전히 데몬과 엘프는 서로의 머리를 베어 내는 데 혈안이 되어 있었지만, 유령늑대는 후퇴했거나 살아남은 개체 수가 현저히 줄어든 것 같았다. 자세히 보니 꽤 많은 샤텐발트 마수들이 피를 흘리며 격전지의 진창에 쓰러져 있었다. 살아남은 마수들은 엘프 군영 가장자리에 모여 상처를 핥고 있었다. 양측 전사들 역시 몹시 지쳐 보였다.

어느 편의 피해가 더 심한지 확신할 수 없었지만, 마론은 데 몬들이라고 판단했다.

그때 까마귀 한 마리가 머리 위로 스쳐 지나갔다. 마론은 들키지 않으려 바짝 몸을 엎드렸다. 지금 벨타인에게 발각 되면 그야말로 끝이었다. 어수룩한 짓일지언정 마론이 뭔 가 시도해 보기도 전에 그녀를 끝장내 버리고 말 것이다. 그 리고 실제로 마론은 뭐라도 해 볼 심산이었다. 마론은 포복 자세로 계속 언덕을 기어올랐다. 데몬 진영에 남은 유령늑 대들이 있을 만한 장소까지 가려는 것이었다. 그러려면 앞 에 보이는 낮은 구릉을 넘어가야만 했다. 지형상 벨타인에 게 들킬 소지가 다분했다. 하지만 대마법사는 온통 다른 일 에 정신이 팔린 상태였었기에 해 볼 만한 시도였다. 벨타인 은 건너편 성벽에 선 여인에게 잔뜩 집중하고 있었다. 아마 도 웨이요나일 것 같았다. 그녀 또한 붉은 마법의 돌을 손에 쥐고 벨타인이 그녀 쪽으로 계속 밀어 보내는 겨울을 힘겹 게 밀쳐 내고 있었다. 마론은 진심으로 저 둘이 증오스러웠 다. 주변에서 수천의 전사들이 목숨을 잃고 쓰러지는 동안 저들은 뒷전에 물러서서 고작 날씨를 바꾸는 마법에만 매달 리고 있다니! 겨우 이러려고 산맥에서 사악한 적수정을 캐 냈단 말인가? 제법 괜찮은 여름 날씨쯤은 카이도 불러올 수 있었다. 그것도 저런 애미시스트 하나 없이!

마론은 두 마법사에게서 시선을 거두고 서둘러 유령늑대를 향해 내달렸다. 불러도 들릴까 말까 한 거리에 이르렀을 무렵 이미 늑대 무리가 반응했다. 몇몇 늑대들이 목덜미 털을 바짝 세우고 자리에서 일어났다. 목구멍에서는 으르렁거리는 소리가 흘러나왔다. 부디 저 늑대들이 덮치기 전에 그들의 정복자가 저를 발견해 주기만을 간절히 빌었다. 툴은 분명 저 늑대들 가운데 있을 것이다!

"툴!" 마론이 전력을 다해 외쳤다. "나야, 마론!"

마론에게서 가장 가까운 위치에 있던 늑대가 머리를 낮추고 금방이라도 덤벼들 자세를 취했다. 순간 마론이 흠칫 놀라 멈춰 섰다. 만약 그녀의 판단이 틀렸고, 툴이 이곳에 없다면 어떻게 해야 한단 말인가? 그러면 샤텐발트에서 이미 저를 집어삼킬 뻔했던 마수의 아가리 속으로 제 발로 다시 걸어 들어온 셈일 것이다. 그렇지만 마론을 집어삼킨 죽음의 공포는 오래가지 않았다. 으르렁거리는 늑대 사이로 툴이 걸어 나왔다. 피와 먼지를 뒤집어썼지만 여전히 아름다운 데몬의 얼굴이 이렇게나 반가울 수가 없었다. 툴이 절뚝거리며 마론에게 다가왔다.

"마론." 갑작스러운 그녀의 출현에 툴이 의아한 듯 말했다. "난 트리스탄이 널 꽁꽁 묶어 뒀다고 생각했었는데."

"단단히 묶어 놓지 않았나 보지."

그는 웃지 않았다. 잔혹함과 광기로 물든 주변의 전경만큼이나 표정이 싸늘했다.

"당신은 왜 전장에 있지 않은 거야?" 마론이 물었다.

"늑대들이 죄다 다쳤어. 데몬들도 마찬가지고. 몰구르는 한 시간 전에 부리나케 꽁무니를 뺐고. 조금 전에는 아버지도 봤어. 도무지 머리를 찾을 수가 없어서 내 아버지인지 확신할 수는 없었지만." 툴은 손가락으로 대마법사를 가리켰다. 벨타인은 여전히 언덕 위에 서서 애미시스트를 공중에 치켜들고 있었다. "벨타인이 퇴각을 막는 바람에 이 지경이 되어 버렸지. 우리의 죽음 따위는 전혀 관심도 없으니까."

"그러니까 당신은 저자의 명령을 따르지 않았다는 거군." 마론이 단정적으로 말했다.

"그의 것이든, 트리스탄이 내린 것이든 뭐든." 변절한 졸장부의 값싼 핑계처럼 들리지 않았다. 고심 끝에 내린 결단 같아 보였고 결과가 어떻게 되든 기꺼이 받아들이겠다는 의지가 엿보였다.

"그래서 지금 둘 중 어느 하나가 찾아와 당신을 죽이기만을 기다리는 거란 말이야?"

"그래." 그가 말했다. "내 종족을 다스릴 권한이 내게 있었더라면 당장 이 전투에서 퇴각시켰을 거다."

마론은 성 앞의 참혹한 도륙 현장을 다시금 응시했다. "유령늑대가 없으면 당신들은 패배할 거야." 그녀가 말했다.

"맞아. 네 말이." 툴이 인정했다. "하지만 벨타인을 좀 봐라. 지금 그는 아예 눈치도 못 채고 있어. 온통 신경이 웨이요나에게만 쏠려 있으니까."

그때 갑자기 마론의 머리에 한 가지 아이디어가 떠올랐다. 어떻게 보면 성공 가능성이 희박한 정신 나간 계획일지도 몰랐다. 하지만 이 상황에서 시도해 볼 유일한 방법이기도 했다. "그러면 우리가 트리스탄도 설득해 보자. 당신 같은 선택을 하도록 말이야!" 그녀가 속마음을 쏟아 냈다.

그제야 툴이 웃었다. 하지만 즐거워서가 아니라 어이없어서 웃는 웃음이었다. "그는 절대 마음을 돌리지 않을 거다. 벨타인의 손아귀에 완전히 꽉 잡혀 있으니까."

"그러면 어쩔 수 없는 거고!" 마론이 피로 얼룩진 데몬의 팔뚝에 손을 얹었다. 그녀의 눈이 초롱초롱 빛났다. "우리가 어차피 죽어야 한다면 이렇게 손 놓고 앉아서 마냥 기다릴 게 아니라 뭐라도 시도하며 꿈틀대다 죽는 게 낫지 않겠어? 어서 일어나, 툴! 다시 한번 달려 보자, 마지막으로!"

이스타리엘

엘프 왕자는 자신이 전쟁터에서 영혼을 잃어버리리라고는 여태껏 상상도 못 해 봤다. 아엘프스탄 성 앞에서 참전한 경험도 있었지만, 그때는 드래곤을 타고 창공을 날며 싸웠기에 땅 위에서 벌어지는 참상을 몸소 겪어 보진 못했었다. 지난 몇 시간 내내 직접 가담 중인 이 상상 불가의 대학살과는 차원이 달랐다. 그의 검을 데몬이나 유령늑대에 박았다 뺀 횟수는 이제 셀 수조차 없었다. 때로는 제발 자비를 베풀어 목숨을 거둬 달라며 죽어가는 엘프 병사의 애원에 못 이겨 동족의 목을 베기도 했다. 사지를 절단하고, 복벽을 가를 때마다 달큰하면서 시큼한 죽음의 향기가 그의 폐부를 찔렀다. 때때로 이스타리엘은 자신이 더는 살아 있는 존재가 아니라 이성과 감정이 빠져나간 강철이나 얼음 같은 물질처럼 느껴졌다.

이스타리엘은 발목까지 빠지는 진흙탕 속을 어기적거리며 건넜다. 차가운 피의 늪이 화끈 달아오른 그의 몸을 식혀 주었다. 그의 팔은 감각을 잃은 지 오래였다. 아마 그가 상대하는 데몬들 역시 매한가지였을 것이다. 전사들은 대부분 기력이 쇠진했다. 후들거리는 팔을 치켜들었지만 휘둘러 보지도 못 하고 맥 빠진 손에서 검이 미끄러져 떨어지는 일도 많았다. 이 전투는 언젠가부터 무의미한 대학살로 변질됐다. 그럼에도 어느 쪽도 퇴각을 선택하지 않았다. 언덕 위의 벨타인도, 성벽 위의 웨이요나도. 이스타리엘을 이 지옥에서 버티게 한 건 오롯이 아그네스 생각뿐이었다. 아그네스는 그에게 있어 순수한 삶의 척도가 되었다. 순수한 삶! 이제 그를 둘러싼 세상에는 더는 존재하지 않는 단어이긴 했지만.

이스타리엘의 무릎이 덜덜 떨리는 지경에 이르렀다. 아주 잠시였지만 그냥 이대로 바닥에 쓰러져 목덜미를 데몬에게 내줘 버릴까 고민했다. 아직 칼날을 내려칠 힘이 남았다면 가져가라고. 그런데 갑자기 병사들의 대열이 반으로 쫙 갈라지면서 격전지의 소음이 순식간에 사라져 버렸다. 병사들이 하나둘 치켜들었던 무기를 아래로 내렸다. 트리스탄이 그에게 다가오고 있었다. 그 역시 몹시 지친 기색이었지만 여전히 범접할 수 없는 아우라를 뿜어내고 있었다. 북부에서 온 에냐도르의 지배자이자 모든 것을 집어삼키는 화염, 되크 발두르의 등장에 주변에 있던 모든 엘프와 데몬이 공포에 휩싸였다. 다리를 움직일 힘이 남은 자들은 모두 황급히 옆으로 비켜선 탓에 그와 이스타리엘 사이에 길이 만들어졌다. 엘프 왕자는 망연자실한 표정으로 트리스탄의 가슴 한복판에 피로 흥건한 뻥 뚫린 구멍을 바라봤다. 지난 몇 시간 내내 피에 얼룩진 구멍을 수도 없이 본 이스타리엘이었지만 이처럼 소름 끼치고 무시무시한 모습은 처음이었다. 흑마법이 불러온 파멸 그 자체였다. 트리스탄이 손으로 검날을 훑자 검에 화염이 일었다. 그는 지척까지 다가와 멈춰섰다.

"이렇게 다시 보는군, 엘프의 파수꾼." 그가 무미건조하게 말했다. "이제 내 앞에 무릎을 꿇을 시간이 됐다. 어서 굴복하라, 그러면 네 종족만큼은 살려 주지. 너의 전사들을 내 노예로 받아들여 목숨을 부지하게 해 줄 것이다."

"그럴 일은 없어!" 이스타리엘이 외쳤다. "넌 아직도 누가 진짜 적인지 모르는 건가?" 이스타리엘은 애써 팔을 들어 벨타인을 가리키는 데 마지막 남은 힘을 허비하지 않았다. 그러지 않아도 트리스탄은 그의 말뜻을 정확히 이해했다.

"나의 진정한 적은 내게 주어진 불사의 권능이다. 그리고 그것을 내게서 거둬갈 사람은 이 세상에 단 한 명뿐이지. 그러니 내게 무릎을 꿇어라, 이스타리엘, 아니면 죽음뿐이다!"

정 그렇다면 뭐 죽어 주지! 어차피 때가 되었다. 이렇게 피와 죽음이 난무하는 곳에서 한 시간도 버티기가 힘든 터였다. 이스타리엘은 두 손으로 칼자루를 꼭 쥐었다. 그는 아그네스가 한 말을 떠올렸다. '*트리스탄의 약점은 방어예요. 그러니 틈을 주지 말고 곧바로 공격해요.*' 어차피 이스타리엘은 더는 잃을 게 없었다. 트리스탄이 무슨 일이 벌어지는지 미처 깨닫기도 전에 이스타리엘은 문스워드를 머리 위로 들어 그를 내리쳤다. 아엘프스탄에서 익힌 품격 있는 검법이 아니라 잔인하고, 무지막지한 방식으로. 기술도, 속임수도 없이 오롯이 완력에만 의존하여. 트리스탄은 화염이 이글거리는 검을 치켜들어 가까스로 그의 공격을 맞받아쳤다. 이윽고 둘은 칼을 맞대고 서로를 밀쳐 내려 버티고 있었다. 활활 타오르는 화염이 이스타리엘을 삼킬 것만 같았다. 한순간 트리스탄이 다른 한 손을 슬그머니 빼내며 변칙 공격을 시도했다. 이스타리엘은 그 동작을 놓치지 않았다.

'*그의 주먹과 팔꿈치를 주의해요!*' 그의 머릿속에서 아그네스가 소리쳤다.

611

　재빨리 한 걸음 뒤로 물러서자 트리스탄의 팔꿈치가 허공을 갈랐다. 데몬스러운 그의 얼굴이 분노로 일그러졌다. 이스타리엘은 지난번 아엘프스탄 결투에서 이런 식의 변칙 공격에 당했던 적이 있었다. 똑같은 공격에 두 번 당할 이스타리엘이 아니었다. 하지만 그때 갑자기 현기증이 찾아왔다. 동시에 트리스탄의 검 끝이 그를 향하고 있었다. 숫양처럼 저돌적이고, 유령늑대처럼 빨랐다. 이스타리엘이 기댈 건 반사 신경밖에 없었다. 한 걸음 물러서며 가까스로 공격을 피했으나 검 끝이 귓가를 스쳐 지나갔다. 뺨에 그어진 얇은 혈선을 따라 핏방울이 맺히는 게 느껴졌다. 트리스탄의 공격이 이어졌다. 이스타리엘은 있는 힘을 다 끌어모아 검을 치켜들어 트리스탄의 검을 받아쳤다. 적어도 화염의 열기는 이스타리엘에게 닿지 않았다. 마법의 화염은 그를 해칠 수 없었다. 요정으로부터 받은 권능이 이스타리엘의 몸을 보호했다. 둔탁한 소음이 주변에 울려 퍼지기 시작했다. 피에 목마른 데몬들이 반복적인 리듬으로 쿵쿵 발을 구르며 이스타리엘의 죽음을 부르고 있었다. 이스타리엘이 팔꿈치를 치켜들어 트리스탄의 관자놀이를 가격했다. 이 전투지는 그에게 좋은 스승이었다. 지금까지 배워 왔던 명예로운 결투 따위는 전부 잊으라고 가르쳐 주었다.

실제로 효과가 있었다. 뜻밖의 일격이 트리스탄의 얼을 빼놓았다. 트리스탄은 옆으로 비틀거리면서도 화염에 휩싸인 검으로 몸을 지탱했다. 이스타리엘은 온몸이 무녀졌다. 더는 아픔조차 느껴지지 않았다. 손에 가득한 물집도 아무렇지도 않았다. 곧바로 재차 공격을 감행했지만 이제 그의 팔에는 힘이 없었다. 공중을 가르는 이스타리엘의 검날은 너무도 느렸다. 그들의 문스워드가 맞부딪친 순간 그의 뼈가 진동했다. 아주 잠시 손 근육에 힘이 풀리면서 하마터면 검을 놓칠 뻔했다.

"어서 포기해!" 트리스탄이 그에게 소리쳤다. "넌 진작 패배했어!"

그때 이스타리엘의 뒤에서 짐승이 울부짖는 소리가 들렸다. 진흙 위를 질주하는 발소리도 들렸다. 두 전사를 둘러싸고 있던 데몬들이 웅성거리며 또다시 길을 열어 주었다. 이스타리엘은 트리스탄에게서 시선을 거두지 않고 계속 노려봤지만, 트리스탄은 고개를 돌려 소음이 들려오는 곳을 유심히 바라봤다. 데몬들이 주춤거리며 거대한 유령늑대와 그 기수에게 자리를 내주었다. 이스타리엘은 곧장 그들을 알아보았다. 툴과 마론이었다. 이것이 과연 현실일까. 아니면 죽음을 목전에 둔 자에게 나타난 환영일까. 유령늑대의 등에

서 뛰어내린 둘은 이스타리엘과 되크 발두르 사이를 가로막
고 섰다.

"마론." 트리스탄이 이를 악물며 잇새로 말했다. "거기서
잠자코 있으라 했을 텐데."

"하지만 난 그럴 수 없어!" 마론이 소리쳤다. 그녀도 트리
스탄의 가슴에 생긴 커다란 구멍에서 눈을 떼지 못했다. "싸
우는 걸 그만둬, 트리스탄! 넌 승리할 수 없어!"

"당장 옆으로 물러서. 안 그러면 널 해칠 수밖에 없다!" 트
리스탄이 엄포를 놓았다.

"그러면 그냥 우리 둘 다 죽여라." 툴이 마론의 앞을 가로
막아 섰다. "우선 우리를 먼저 죽이고, 이스타리엘 그리고
네 아버지, 네 형제 그리고 이조라까지 다 죽여라! 넌 우리
모두를 죽일 수 있겠지만, 그래도 벨타인은 네게 아무것도
주지 않을 거다."

트리스탄의 시선이 그에게서 마론을 스친 후 다시 이스타
리엘에게 향했다. 잠시 주저하는 눈초리였지만, 계획을 포
기하는 데까지는 이르지 못한 것 같았다. 검을 높이 치켜든
트리스탄이 온 힘을 다해 그 검 끝을 유령늑대의 심장에 꽂
았다. 마지막 하울링을 지른 거대한 짐승이 바닥에 풀썩 쓰
러지는 바람에 그 주변에 있던 데몬 두 명이 미처 피하지 못

614

하고 그 아래 깔려 버렸다.

"이제 그만해!" 그때 이 세상 것이 아닌 것 같은 묘한 목소리가 성 방향에서 울려 퍼졌다. 분노에 휩싸여 있던 탓에 그들 중 누구도 성의 도개교가 내려졌다는 걸 눈치채지 못했다. 번쩍이는 마법 지팡이를 손에 들고 카이가 다리를 건너 다가오고 있었다. 카이는 이 틈을 타 성안으로 밀고 들어가려는 데몬들을 차례로 쓰러트렸다. 하지만 어떤 이유에서인지 성문은 닫히지 않고 활짝 열려 있었다.

"그만하면 충분해!" 카이가 외쳤다. 동시에 프레지오라이트를 들어 트리스탄에게 마력 광선을 쏘았다. 광선에 얻어맞은 트리스탄이 내팽개쳐지자 주변에 있던 엘프들과 데몬들이 놀라 허둥지둥 옆으로 물러섰다. 마침내 트리스탄 앞에 도착한 카이가 마법 지팡이로 그의 목을 지그시 눌렀다.

"이제 멈춰, 형제!"

"넌 내 형제가 아니야!" 예기치 못한 마법 공격에 눈에 띄게 힘이 빠진 트리스탄이 말했다.

"아니, 맞아. 우린 여전히 형제이고, 앞으로도 계속 형제로 남을 거야." 그 말을 마친 카이는 몸을 숙여 요정의 마력이 가득 깃든 손을 트리스탄의 이마에 얹었다. 그러자 검에 이글거리던 화염이 즉시 소멸했다. 동시에 믿기지 않을 일이 벌어졌다. 트리스탄의 눈이 희번덕거리며 돌아가더니 머리가 옆으로 툭 떨어졌다. 모두가 꼼짝도 하지 못하고 카이만 뚫어져라 응시했다.

"뭘… 뭘 한 거냐 지금?" 이스타리엘이 말을 더듬었다. 당황한 이스타리엘이 좀 더 자세히 살펴보려 마론과 툴을 헤집고 나왔다.

"형제애를 베풀었다고나 할까." 어린 마법사가 한숨을 쉬었다. "하지만 오래 붙잡아 두지는 못해. 지금은 잠시 잠든 것뿐이니까." 카이는 손등으로 햇빛을 가리며 남쪽을 바라봤다. 여전히 벨타인이 구릉 위에 서 있었다. 그의 등 뒤로 드래곤들이 등장했다. 맨 앞에 거대한 순백의 드래곤이 위용을 뽐내고 있었다. 그 위에는 데몬족 원수 몰구르가 앉아 있었다. 이어 물통이 떨어지고, 기왓장이 부서져 내리는 한바탕 소음이 트레간디르 성에서 들려왔다. 그곳에는 웨이요나를 위해 싸울 드래곤들이 속속 결집하고 있었다. 늪지대에서 임무를 마치고 돌아온 드래곤들이 차례대로 적당한 곳에 발톱을 세우고 착륙했다. 마지막으로 블랙 드래곤이 내려앉았다. 이스타리엘에게 너무나 친숙한 드래곤, 하름이었다! 그의 종족을 위한 최후의 전투에서 함께 싸우기 위해 그가 때맞춰 깨어난 것이다. 간악한 대마법사를 저지하려 일어선 다른 드래곤 전사들과 함께.

이어 웨이요나가 등장했다. 도도하게 고개를 높이 치켜든 요정 여왕이 맨발로 트레간디르 도개교를 건넜다. 그녀의 손에 들린 애미시스트가 번쩍이며 환한 광채를 발산했다. 그러자 평원 건너편에 있던 쌍둥이 적수정도 격분한 듯 악의에 찬 광채를 뿜어내며 응답했다.

"이젠 정말 끝이로군." 이스타리엘이 속삭였다.

그 순간 벨타인이 데몬족 원수에게 신호를 보내자 화이트 드래곤이 창공으로 날아올랐다.

사피라

사피라는 북풍에 몸을 맡겼다. 슈투름 산맥 꼭대기에서 그녀의 목숨을 구해 준 북풍이 이제는 그녀를 트레간디르까지 데려다주고 있는 것이다. 바람에 몸을 실은 사피라는 지금까지 경험해 보지 못한 엄청난 속도로 창공을 날았다. 얼음 사막 위로 갑자기 찾아온 여름이 빙하를 녹여 버리던 광경을 사피라는 절대 잊지 못할 것이다. 맹렬하고 압도적인 힘이었다. 그리고 그 기적은 레벨이 그녀에게서 심장을 빼앗으려던 바로 그 순간 일어났다. 뒤에서 무너져 내리는 산과 새하얀 설경을 소멸시키는 강렬한 햇빛에 놀란 나머지, 데몬은 어찌할 줄 모르고 우물쭈물 망설였다. 이 공포의 순간을 포착한 사피라는 데몬이든, 드래곤이든 사내라면 그 누구든 극심한 고통에 치를 떨 그 급소를 냅다 걷어찼다. 전쟁의 군주가 고통에 뒹구는 사이 아레티에게 루비를 건네

주고 재빨리 드래곤 본신으로 변신했다. 곧바로 하늘로 날아오른 그들 뒤로 블루트베르크가 무너져 내리기 시작했다. 레벨도 벨타인의 석조 돔과 함께 협곡 아래로 추락했다. 그리고 아담도…. 동굴에 남은 까마귀 떼도 무너져 내리는 산의 압력에서 벗어나지 못하고 함께 나락으로 떨어졌다. 사피라를 하늘 높이 띄워 그 참혹한 현장에서 벗어나게 해 준 것은 북풍이었다. 그 이후로 줄곧 북풍은 그녀와 동행했다. 혹시 바람의 신이라도 강림한 것일까.

그곳에 갑자기 여름을 몰고 와 그녀의 목숨을 구해 준 게 엘리야의 작품일 리는 없었다. 그렇다고 보기엔 그 힘이 너무도 강력했기 때문이었다. 따라서 그런 여름을 허락한 건 분명 웨이요나였을 것이다. 사피라는 요정과 그들의 마력에 대해 잘 알지는 못했지만 느낌상 저 정도의 엄청난 일을 수행하려면 막대한 마력을 소모해야 했을 게 분명했다. 어쩌면 마법사가 가진 모든 마력을 통째로 내놓아야 했을지도 몰랐다. 그리고 그 느낌이 맞는다면 웨이요나는 지금 벨타인 앞에 벌거벗은 채 서 있는 거나 다름없었다. 아마 트레간디르 성에 있는 이들은 그 사실을 전혀 짐작도 하지 못할 것이다. 생각이 거기까지 닿자 두려움이 밀려왔다.

❧

오후의 햇살 아래 트레간디르에 도착했다. 하늘에서 본 돌아올 수 없는 늪의 광경은 충격적이었다. 수많은 늪지대 마물과 인간 병사들이 널브러져 있었다. 꾸덕꾸덕한 땅은 발자국으로 어지럽혀졌고 질퍽한 웅덩이와 늪 구덩이들은 죄다 파헤쳐져 있었다. 도깨비불들이 마지막 남은 언데드를 늪으로 유혹하러 바삐 날아다녔다. 그렇지만 이 땅을 뒤흔들던 격전은 종료된 후였다. 대신 전투는 조금 더 위로 올라와 트레간디르 상공으로 이어졌다. 사피라는 즉각 깨달았다. 수백 년 묵은 원한에 사무친 두 숙적의 명령에 으스러지고 다치는 건 그녀의 종족이라는 걸. 보아하니 웨이요나의 마력은 아직 완전히 고갈되지 않은 것 같았다. 그녀를 향해 돌진해 오는 벨타인 편 드래곤들을 어렵사리 막아 내고 있었다. 웨이요나는 드래곤들을 죽이지 않고 저 멀리 밀쳐 내고만 있었다. 드래곤들은 공중에서 몸을 추스른 후 재차 공격을 시도했다.

사피라가 트레간디르의 성벽에 도착하기 직전 요정 여왕이 얼굴을 들어 그녀에게 싱긋 미소를 지었다.

'드디어 왔구나!' 사피라는 제 머릿속에 울리는 그녀의 음

성을 들었다. '*어서 드래곤을 전부 소환하라. 그러지 않으면 모두 죽고 말 것이다!*'

　사피라는 그 사이 이곳에서 무슨 일이 벌어졌는지 알지 못했다. 또한 자신이 당장 개입해야 한다면 무엇을 해야 할지도 깊이 생각해 보지 못했다. 이 순간 드래곤의 여왕이 아는 건 단 하나였다. 웨이요나에게 남은 마력이 전부 고갈되는 순간 이곳에 있는 그녀의 종족은 전원 몰살당하고 말 거라는 것. 사피라는 금안을 번뜩이며 상대편 드래곤들을 하나씩 차례로 노려봤다. 그중 한 마리가 가장 눈에 들어왔다. 순백의 애꾸눈 드래곤. 그 드래곤의 등에는 하필 악랄한 데몬족 원수가 날카로운 칼을 거머쥐고 앉아 그를 조종하고 있었다. 죽음의 공포에 질린 포식자처럼 드래곤은 제게 맞서는 상대 드래곤의 날개를 물어뜯어 버렸다. 날아오는 파이어브레스에는 더 강력한 파이어브레스로 맞대응했다. 그러면서 점점 웨이요나를 향해 하강하고 있었다. 이윽고 그녀에게 연이어 인페르노의 화염을 뿜어내기 시작했다. 요정 여왕은 애미시스트의 붉은 마력을 쏘아 올리며 지옥 불 공격을 힘겹게 막아 냈다. 바로 그때였다. 사피라가 정체를 알아보기도 전에 거대한 드래곤이 화이트 드래곤을 덮쳤다. 블랙 드래곤 하름이었다. 낮과 밤이 뒤엉키듯 화이트 드래곤과 블랙 드래곤이 서로 맞붙어 각자의 송곳니를 상대의 몸뚱이에 박아 넣었다. 날카로운 발톱으로 상대를 치고, 배를 가르려 할퀴는 동안 뜨거운 화염이 그들이 목구멍 안에 차올랐다. 화이트 드래곤의 발톱이 목을 스치는 순간 하름이 고통에 찬 괴성을 질렀다. 상처에서 피가 솟구치며, 중심을 잃고 비틀거렸다.

격전 중인 드래곤들보다 더 높은 곳을 선회하며 지켜보던 사피라는 지금의 위치를 적극 활용해 전속력으로 하강했다. 등에 탄 아레티가 연신 괴성을 질렀다.

'*심장을 꽉 붙잡고 있어야 해, 엘프 소녀!*' 사피라가 속으로 생각하면서 그녀의 송곳니를 몰구르의 머리에 박았다.

카이

"포기해, 당신이 졌어!" 웨이요나가 벨타인에게 소리쳤다. 승리를 확신하는 자신만만한 표정이었다. "드래곤 여왕이 제 종족을 되찾아갈 거야. 데몬족과 유령늑대는 전의를 상실했고, 늪지대 마물 역시 늪 속 깊은 곳으로 되돌아갔어!" 그녀의 두 눈이 번뜩였고, 숨결이 거칠어졌다. 카이가 요정 여왕을 알게 된 이후 처음으로 그녀가 감정을 드러냈다. 이럴 땐 마치 인간 같았다.

벨타인은 아무 대답 없이 그녀에게 다가왔다. 그가 한 걸음씩 발걸음을 옮길 때마다 녹초가 된 데몬들과 엘프들이 멀찌감치 뒤로 물러섰다. 그의 손에 들린 피에 굶주린 적수정이 고삐 풀린 망아지처럼 날뛰었다. 마치 한창 학살의 즐거움을 맛보고 있던 터에 갑자기 절 막아선 이 고요함이 웬일이냐는 것처럼.

사피라는 공중에서 화이트 드래곤을 길들이려 고군분투 중이었다. 머리를 잃은 그의 라이더는 아직도 등 뒤에 매달려 있는 상태였다. 하름을 포함한 다른 드래곤들은 외곽마을 쪽으로 날아가 성 앞 상황을 차분히 지켜보고 있었다. 드래곤들 중 그 누구도 감히 인간형으로 변신하거나 도망치려 하지 않았다. 데몬족들만큼이나 조용히 숨을 죽인 채 무슨 일이 벌어질지 상황을 주시했다.

"웨이요나." 가까이 다가온 벨타인의 음성이 속삭였다. "무려 이백 년이 흘렀지만 당신은 여전히 아름답군."

그녀는 달리 대답하지 않았지만, 카이는 그녀의 아랫입술이 살짝 떨리는 걸 보았다. 하지만 그것이 짜증이 나서인지 혹은 슬픔 때문인지는 알 수가 없었다.

"당신을 만난 첫날부터 내 심장은 당신의 것이었지." 벨타인이 계속 말했다. "우리는 피를 나눴고, 몸도 하나가 됐지. 인간의 혈관에 흐르는 모든 마력은 당신의 유산이야. 그리고 이 에냐도르 종족들이 겪는 고통도 마찬가지지. 애당초 당신 손에 맞지 않는 것을 건드려 이런 운명의 수레바퀴를 돌린 거니까." 사랑스럽고 부드러운 태도로 시작했던 그의 말은 점점 증오로 물들어 갔다.

"벨타인, 벌써 잊었나 보군. 그 돌을 처음 건드린 건 당신이었어!" 웨이요나가 자신을 변호하려 나섰다. "난 당신에게 거듭 경고했지만 내 말을 들으려 하지 않았지. 인간은 절대 애미시스트를 소유할 수 없어. 인간의 피는 그 힘을 견디기에 너무 묽으니까. 저 돌이 인간인 당신에게 서서히 독을 퍼트린 거야. 해마다 조금씩. 당신을 좀 봐! 내가 사랑했던 그 순수한 청년의 모습은 조금도 남아 있지 않아."

그 말을 들은 벨타인이 손에 든 적수정을 움켜쥐었다. 붉은빛이 그의 손가락 사이를 뚫고 나왔다. "당신은 날 사랑한 적이 없어!" 벨타인이 붉은 광채가 넘실대는 주먹을 높이 쳐들고 웨이요나에게 더 가까이 다가오며 절규했다. 웨이요나 역시 자신을 방어하려는 듯 그녀의 애미시스트를 높이 치켜들었지만, 카이는 그녀가 주춤거리며 한 발자국 뒤로 물러선 걸 알아차렸다.

"당신은 자기 손가락을 더럽히지 않으려 날 노예처럼 광산에 처박아 뒀어!" 이어 벨타인의 마력 광선이 웨이요나를 공격했지만 그녀가 손쉽게 막아 냈다. "그리고 다른 놈이랑 혼인하려고 날 고독한 슈투름 산맥에 방치했어!" 이번에는 붉은 번개가 격렬하게 내리쳤다. 이번에도 요정 여왕의 돌에 흡수되어 아무 성과 없이 소멸했다. "그리고 이 적수정을 얻어내려 내게 또 요망한 손길을 뻗었지. 당신이 원한 건 적수정이었지 내가 아니었어. 내가 아니었다고!" 성큼성큼 걸어온 벨타인이 눈부신 마력 광선을 쏘아 웨이요나를 공격하자 주변에 서 있던 모두가 손을 들어 광채를 가렸다. 카이는 최악의 상황을 우려하며 손가락 틈으로 무슨 일이 벌어지는지 주시했다. 웨이요나의 돌이 가물가물 깜박였다. 어떻게 저럴 수 있는 거지? 웨이요나의 마력이 훨씬 더 강하거나 적어도 벨타인과 비슷해야 말이 됐다. 그리고 전투 내내 마법을 쏟아 내던 벨타인과 달리 그녀는 지금까지 날씨를 바꾸고 드래곤을 보호한 것 외에는 달리 마법을 쓰지 않았었다. 그런데 어떻게 저렇게 마력이 빠르게 고갈됐단 말인가?

벨타인 역시 공격을 멈출 정도로 아주 잠시 당황한 것 같았다. "도대체 무슨 짓을 벌인 거냐? 이 간사한 요정 년아?" 이제 한때 사랑했던 옛 연인에게 몇 미터 거리까지 다가온 대마법사가 물었다. "마력을 다 어디에 허비한 거야? 어째 이리 헛껍데기만 남은 거지?"

웨이요나는 자신이 패했다는 걸 알았다. 그녀는 애미시스트를 든 손을 내리고 벨타인의 눈을 정면으로 응시하며 고개를 저었다. "그건 지옥에나 가서 알아봐, 내 사랑. 이제 당신이 돌아갈 고향은 달리 없으니까."

벨타인이 큰 소리로 웃었다. 고개를 뒤로 젖히고 관객에게 박수를 요청하는 익살꾼처럼 양팔을 뻗어 과장된 몸짓을 했다. 그렇게 여러 번 제 자리에서 빙글빙글 돌던 벨타인은 완전히 승리에 도취해 정신이 나간 사람 같았다. 그런 뒤 갑자기 멈춰 선 뒤 심각한 표정으로 돌변했다.

"정말 그렇게 생각하는 거야? 설마?" 벨타인이 웨이요나에게 물었다. "널 죽이면 그 뒤에 무슨 일이 벌어질지 전혀 예상이 안 되는 건가? 난 모든 파수꾼과 마법사의 씨를 말릴 때까지 계속 싸울 거야! 되크 발두르가 곧 자리를 털고 일어나 저의 자손을 낳아 줄 동반자와 동침할 거다. 그렇게 난 에냐도르를 새롭게 창조할 거야. 나의 신세계는 네가 공들여 만든 지금의 세계와는 전혀 다를 것이다. 혹독하고 차가울 거고, 너로 인해 잃어버린 내 영혼처럼 어두울 것이다. 그리고 지금 내 손 안에서 우리 모두를 지배하는 이 돌처럼 잔혹할 것이야! 요정들이 지배하던 시대는 이제 끝이야, 웨이요나. 그것도 지금 당장 이 자리에서!"

"아니." 웨이요나는 이것이 자신의 입술을 통과할 마지막 말이라는 걸 예감한 듯 나지막이 입을 뗐다. "최후에는 가장 강한 자가 또 다른 강자를 격파하리라. 모든 것을 주고, 가져가는 힘을 누가 얻게 될 것인가?" 웨이요나는 예언의 단어를 하나하나 곱씹으며 카이 쪽으로 몸을 돌려 그의 눈을 응시

했다. 그 어떤 존재의 눈빛보다 훨씬 진중하고 깊은 시선이
었다. "요정은 살아남을 거야. 인간의 몸속에." 그 말을 끝으
로 그녀는 주먹을 펴 애미시스트를 스르륵 내려놓았다. 마
법의 돌은 잔디 위를 또르르 굴러 정확히 카이 앞에 멈춰 섰
다. 돌에는 여전히 미미한 광채가 남아 있었다. 어린 마법사
는 믿기지 않는 시선으로 돌을 뚫어져라 바라만 봤다. 감히
그 치명적인 돌에 손을 대는 건 고사하고, 한마디 말조차 꺼
내지도 못했다. 지금 여기는 에냐도르 최강 마법사들의 결
투장이었다. 어쩌다 마력을 넘겨받은 촌뜨기 어린 마법사가
나설 자리가 아니었다. 도대체 웨이요나는 무슨 의도로 이
런 어처구니없는 짓을 한 걸까? 애미시스트에 손을 대는 순
간 카이는 먼지가 되어 흩어져 버리고 말 텐데.

　반면 벨타인은 웨이요나의 의도를 이해한 것 같았다. 그
가 괴성을 지르며 발악했다. 잔혹한 마법의 돌을 양손으로
꼭 움켜쥔 채 분노를 터트렸다. 애미시스트 주변으로 파이
어볼이 형성되어 점점 커지더니 마침내 하늘에서 곤두박질
치는 혜성처럼 웨이요나를 향해 원시적 힘을 발산했다. 그
녀는 양손으로 눈을 가리며 몸을 움츠렸다. 하지만 어떻게
손써 볼 틈도 없이 벨타인이 웨이요나의 곁으로 바짝 다가
왔다. 얼음처럼 차가운 표정으로 그녀의 목덜미를 붙잡은

벨타인이 웨이요나의 머리채를 거칠게 뒤로 잡아당겼다. 그
런 뒤 애미시스트를 곧장 이마에 가져다 댔다.

"필사의 육신이 될지어다, 이 배신자!" 벨타인이 그녀를 향
해 소리쳤다. **"그리고 당장 죽어라!"**

증오로 시뻘겋게 발화된 돌이 피처럼 검붉은 빛으로 세상
을 물들였다. 귀청을 찢는 끔찍한 비명이 이어진 후 사방에
완벽한 침묵이 내려앉았다. 데몬, 드래곤, 인간, 엘프 가릴
것 없이 새로 열린 시대에 전율했다. 지난 수천 년간 이 에
냐도르를 조율하고 지키던 고대의 수호자가 사라지고 새 시
대가 열린 것이다. 카이는 다리를 잃었던 그 순간이 떠올랐
다. 그때와 비슷한 느낌이었다. 완전체에서 일부가 갑자기
사라진 상실감.

벨타인은 완전히 만족한 것도, 속 시원한 것도 아닌 해괴
한 표정을 지었다. 생기 없이 축 늘어진 웨이요나의 몸을 바
닥에 털썩 놓아 버렸다. 그리고는 아무 말 없이 그녀의 모습
을 바라봤다. 여전히 주먹을 말아 쥔 채 어깨를 씰룩해 보인
뒤 웨이요나가 진짜로 죽었는지 확인이라도 하고 싶었는지
발로 그녀를 툭 건드렸다. 그의 치명적인 사랑은 이렇게 허
무하게 막을 내렸다. 200년 동안의 처절한 투쟁 끝에. 그렇
지만 끓어오르는 증오심은 거기서 멈추지 않았다. 벨타인은

천천히 카이에게 돌아섰다. 그의 복수심이 채워지지 않은 탓이었다. 그리고 앞으로도 절대 채워지지 않으리라는 걸 그곳에 있는 모두가 알고 있었다.

"마력 쓰는 게 낭비일 정도로 가치 없는 놈이로군." 벨타인 이 속삭였다. "하찮은 농부의 죽음에 걸맞게 그리 죽여 주마!"

어느새 벨트에서 단도를 꺼내 든 벨타인이 카이에게 힘껏 던졌다.

카이에게 인생은 왜 이렇게 가혹한 걸까. 카이는 눈치챌 틈도 없이 아주 특별한 순간을 맞았다. 깜짝 놀란 카이가 역 겨운 시선으로 제게 던져진 무기를 응시했다. 어느새 칼날 은 가슴 깊숙이 박혀 있었고 칼자루만 보일 뿐이었다. 통증 은 느껴지지 않았지만, 찌릿찌릿한 전류가 전신을 타고 흘 렀다. 생소했지만 왠지 따사롭게 느껴졌다. 바로 이 느낌일 까. 인생에서 딱 한 번 느낄 수 있는 그 느낌! 죽기 직전의 마지막 느낌! 이상하게도 그에게 죽음은 너무나 평온한 느 낌으로 다가왔다. 잠드는 것처럼, 기절하는 것처럼. 카이는 이 무의미한 트레간디르 전투의 결말을 알고 싶었고, 마지 막으로 그레타의 얼굴을 한 번 더 보고 싶었다. 하지만 이제 는 그럴 수 없게 되었다. 그것으로 카이는 눈을 감고 소리 없이 풀썩 쓰러졌다.

이스타리엘

"옆으로 물러서!" 황급히 카이의 시체에 다가서며 벨타인이 명령했다. 벨타인이 저렇게 다급해진 이유는 어린 마법사가 정확히 애미시스트 위로 쓰러졌기 때문이었다. 저 사악한 마법사가 전능한 마법의 돌을 하나가 아닌 둘을 소유한다면, 이 세상의 그 무엇도 그를 막을 수 없을 것이다. 엘프의 시대 또한 영원히 끝나 버릴 게 분명했다. 죽음을 각오한 이스타리엘이 벨타인의 길을 가로막았다. 엘프 왕자는 트리스탄과의 결투로 기력이 쇠한 상태였지만, 그래도 근육 어딘가에서 새로운 힘이 꿈틀거렸다. 최후의 발악이 될지언정 파멸의 순간을 단 일 초라도 지연시킬 수 있다면 넋 놓고 구경만 하는 것보다는 나을 것이다. 이스타리엘은 아엘프스탄 검술 수업에서 배운 대로 문스워드를 머리 위로 높이 들어 올렸다. 이것이 최후의 결투가 될 것을 알았던 만큼 마지막을 명예롭게 장식하고 싶었다.

"썩 꺼져라!" 벨타인이 호통을 쳤다.

"그럴 수 없어!" 이스타리엘이 외쳤다.

"당장은 네 녀석과 놀아 줄 시간도 없고, 그럴 마음도 없다, 이 엘프 놈!" 아마도 끔찍한 마법을 시전하려는 듯 대마법사가 허공에 대고 손짓했지만, 아무 일도 일어나지 않았다. 어리둥절해진 벨타인이 붉은 눈동자를 이스타리엘에게 고정했다.

"엘프의 파수꾼이로군." 벨타인이 말했다. "쓰잘데없는 엘프 왕자!"

"더는 쓸모없지 않지." 이스타리엘이 대답했다. "이제는 그 어떤 마법도 날 해치지 못하니까. 너의 검은 어떨지 몰라도! 그러니 어서 검을 들고 덤벼라!"

이스타리엘은 제 음성이 미세하게 떨렸다는 걸 스스로 느꼈다. 머리 위로 든 검만큼이나. 벨타인도 그 떨림을 보았다. 승리를 확신했는지 자신만만한 미소가 입가에 떠올랐다. "그래, 정 그렇다면." 그가 중얼거렸다. "라미로 폰 스키르와도 싸웠던 내가 이미 몇 시간 전에 기력이 다한 이스타리엘 폰 아엘프스탄과 싸우지 못할 게 무에 있겠느냐?" 확신에 찬 벨타인이 벨트에서 와이번의 검을 뽑았다. 비록 지난 2세기 동안 손수 검을 들지는 않았지만, 이렇게 손쉽게, 그것도 상대 전사가 원하는 대결 방식으로 파수꾼을 제거할 기회를 놓칠 수는 없었다. 한 손으로 검을 잡아 가슴 앞에 대며 결투 자세를 취하고, 다른 한 손으로는 그의 적수정을 움켜쥐었다. 이스타리엘의 팔 근육이 부들부들 떨렸다. 우라돈 강가에서 눈물을 흘리며 어머니가 해 준 마지막 말이 떠올랐다. '네 자신을 극복해야 한다, 이스타리엘. 그러면 어느 누구도 널 이기지 못할 거란다.'

그리고 이스타리엘은 자신을 극복했다. 쓸모없는 왕자의 모습을 뒤로하고 진정한 엘프의 파수꾼이 되었다. 비록 육체적으로는 곧 죽음을 맞을지언정 그의 정신만큼은 어느 누구도 이기지 못할 만큼 강해졌다.

"당신은 이제 누구와도 싸우지 못할 거야!" 그때 귀에 익숙한 음성이 성에서 울려 퍼졌다. "당신에게는 심장이 있으니까. 그리고 그 심장이 당신에게 영원한 고통을 안길 예정이거든."

이스타리엘은 대마법사에게서 시선을 떼고 어리둥절한 눈빛으로 소리 나는 곳을 바라봤다. 전과는 달리 쫙 펼친 어깨에 당당한 발걸음으로 엘리야 폰 도른슈트랑이 그들을 향해 걸어오고 있었다. 고통에 일그러졌던 두 눈썹은 일직선으로 맞닿아 있었다. 깜짝 놀란 벨타인이 황급히 뒤로 돌아섰지만 자리에 멈춰 선 엘리야가 마법 지팡이로 바닥을 세게 내려쳤다. 그러자 잿빛 안개가 스멀스멀 피어올랐고, 그의 동공 역시 무시무시한 검은 광채를 뿜었다. 그러니까 지금 엘리야가 시전하는 마법은 일반적인 마법 주문이 아니라 저주였던 것이다. 기나 긴 삶 동안 엘리야가 두 번째로 시전하는 흑마법이었다.

"아직도 약하디약하구나, 남부의 왕이여!" 하지만 벨타인이 내뱉은 말은 그게 전부였다. 이어 다른 말을 하려고 입을 열었지만 정작 아무 말도 나오지 않았다. 엘리야의 마법 지팡이에서 흘러나온 잿빛 안개가 벨타인을 휘감아 숨통을 틀어막았다. 그의 입에서 고통스러운 비명이 터져 나왔다. 검을 떨어트린 벨타인이 양손으로 심장을 움켜쥐고 몸을 웅크리자 애미시스트가 그의 손에서 굴러떨어졌다. 동시에 엘리야의 입에서 기나긴 안도의 한숨이 흘러나왔다. 한결 편안해진 숨결이었다. 무덤덤하게 그 광경을 지켜보던 이들마저 눈가가 촉촉해졌다. 그제야 이스타리엘은 무슨 일이 일어난 건지 깨달았다. 엘리야가 고대의 저주에서 해방된 것이었다. 과거 베리안에게 걸었다가 실수로 되돌려받은 바로 그 저주에서! 이제 그 사악한 흑마법은 엘리야를 떠나 또 다른 심장을 찾았다. 바로 벨타인의 심장이었다. 지난 수 개월 간 마법사의 왕은 극심한 고통을 인내하며 때가 오기만을 기다렸다. 가장 벌을 받아 마땅한 자에게 그 고통을 넘겨주기 위해.

"어서… 내게서 거둬 가라!" 가쁜 숨을 헐떡이며 벨타인이 울부짖었다. "네놈은 이런 걸 어떻게 참아 낸 거지?"

"우리 인간은 원래 많은 걸 견디며 산다." 엘리야가 말했다. "당신 같은 괴물까지도 견뎌 냈지 않은가."

"당장 가져가!" 벨타인이 다시 비명을 질렀다. 너무도 다급한 외침이었다. 계속 긴장하며 벨타인을 주시하던 이스타리엘은 그제야 맥이 풀렸다.

"그럴 셈이야." 엘리야가 말했다. 벨타인의 금발을 거칠게 움켜쥔 엘리야가 겁먹은 데몬족을 지나 트리스탄이 의식을 잃고 쓰러져 있는 곳으로 그를 끌고 갔다. "우선 당신이 내 아들에게 건 저주를 풀고 나면 말이지!"

카이

삶으로 다시 돌아오기 위한 첫 숨은 너무 고통스러웠다. 꽉 막혔던 숨통이 트이자 폐에 숨이 차올랐다. 격렬한 기침이 발작처럼 그를 뒤흔들었다. 그르렁거리며 일어서 보려 했지만 다리가 말을 듣지 않았다.

"카이, 이 악마 같은 놈!" 이스타리엘의 음성이 위에서 들렸다. "너 살았구나!" 팔 밑으로 들어온 누군가의 손이 그를 벌떡 일으켜 세웠다. 하지만 카이는 무릎으로 어기적거리는 것이 고작이었다. 그 이상은 아직 힘에 부쳤다. 그의 가슴에 꽂힌 단도에서 출발한 공포의 전율이 온몸 근육을 마비시켰다. 카이는 황급히 단도를 뽑아낸 후 저 멀리 던져 버렸다. 상처에서 피가 흘러나왔지만 누가 볼 새도 없이 아물어 버렸다. "젠장, 젠장, 나 불사가 되어 버린 거야!" 카이가 숨을 헐떡거리며 말했다.

"신들이시여, 감사합니다! 어서 웨이요나의 돌을 쥐어 봐!" 이스타리엘이 외쳤다.

"나더러 또 죽으라는 거냐!"

엘프 왕자가 눈썹을 치켜세웠다. 지저분한 오물과 피로 범벅된 엘프의 얼굴에 떠오른 그 이상야릇한 표정은 평소 보기 힘든 종류의 것이었다. 하지만 그의 말이 옳았다. 어차피 부활할 것인데 죽음이 뭐가 두려우랴. 단지 카이가 두려운 것은 죽었다가 첫 호흡이 터져 나올 때의 고통이었다. 카이는 몇 번이고 마음을 다잡은 후 애미시스트를 바라보았다. 돌은 평온한 상태로 놓여 있었다. 마치 모든 종족을 창조하거나 파멸시킬 힘 따위는 없는 다정한 심장처럼 미미하게 약동할 뿐이었다. 떨리는 손길로 돌을 향해 손을 뻗으며 카이는 온몸을 두들겨 맞고, 뼈가 부러지거나 그의 모든 혈관을 집어삼킬 화염이 곧 저를 덮칠 거라 예상했다. 그렇지만 아무 일도 일어나지 않았다. 그의 손바닥에 흐르던 요정의 마력이 환한 광채를 뿜어낼 뿐이었다. 동시에 푸른빛이었던 마력이 붉은빛으로 뒤바뀌었다. 이어 격렬하게 저를 끌어당기는 것 같은 힘이 작동하며 사지를 마비시켰다. 이 느낌이라면 카이도 겪어 본 적이 있었다. 이보다 강도는 약했지만 프레지오라이트를 처음 얻었을 때 비슷한 걸 느꼈었다. 마법의 돌은 마력이 고갈되면 재충전을 위해 그 주인과 결합해야 했다. 그런 뒤 제 주인에게서 흡수한 힘을 몇 배로 강화한 뒤 크리스털 결정에 담아 두었다가 주인이 필요로 할 때 열 곱절로 되갚았다. 카이는 자신이 이 새로운 결합을 받아들일 수 있을 만큼 충분히 강한지 확신할 수 없었다.

마력이여! 이제껏 난 항상 너의 잔에 불과했노라. 허나 나를 선택한 건 너였으니, 이제는 나를 존중하라! 부디 날 네 폭풍에 휘말려 부서지지 않게 하라!

마법의 돌은 카이의 모든 걸 빨아들이려는 것 같았다. 마지막 한 방울의 피, 마지막 한 가닥 에너지까지. 카이는 몸 전체가 텅 비어 버린 기분이 들었지만, 애미시스트의 굶주림은 충족되지 않은 것 같았다. 마법의 돌은 카이의 몸속에서 빨아들일 양분을 게걸스럽게 찾고 있었다. 과다 출혈로 서서히 죽어가는 느낌이었다. 카이는 두 눈을 감고 제게 주어진 운명에 몸을 맡겼다.

마력이여! 원하는 대로 하라. 그것이 나의 몰락이라면 기꺼이 받아들이겠노라!

사피라

"넌 자유니까 이제 가도 좋아. 널 괴롭힐 고통도, 억압도 더는 없어! 다시 드라고니아로 날아가서 네가 겪은 이 끔찍한 일들을 부디 잊도록 해. 앞으로 넌 다시는 굴복하지 않을 거야. 내가 약속하마. 이제 내가 네 어미이고 넌 내 아이니까!"

사피라는 말만으로 끝내지 않고 새하얀 드래곤을 의붓자식으로 받아들여 약속을 완성했다. 그제야 화이트 드래곤은 그녀의 뜻을 온전히 받아들였다. 감각을 뒤덮었던 장막이 벗겨지고 제대로 듣고, 느끼고, 볼 수 있었다. 사피라는 마지막 굴레를 풀기 위해 조심스레 다가갔다. 여전히 떨고 있던 드래곤은 기대에 찬 눈빛으로 얌전히 기다렸다. 사피라의 날카로운 이빨이 등 뒤에 매달려 죽은 데몬과 연결된 밧줄을 끊어 냈다. 머리 없는 몰구르의 하찮은 몸뚱이가 나락으로 떨어졌다. 한결 가벼워진 소리로 한 차례 포효한 후 돌아선 화이트 드래곤이 황급히 동쪽으로 날아갔다. 아마도 갑자기 고향의 그리움이 밀려온 모양이었다. 사피라는 잠시 멍하니 그의 뒷모습을 응시했다. 하지만 곧 아레티가 등 뒤에서 주먹으로 저를 두드리는 바람에 정신을 차렸다.

"사피라!" 아레티가 외쳤다. "어서 트리스탄에게 가야 해요!"

사피라는 즉시 고개를 돌려 발아래 상황을 파악했다. 웨이요나는 이미 죽어 버렸고, 카이는 그녀의 애미시스트와 사투를 벌이고 있었다. 반면 벨타인의 돌은 주인을 잃고 들판에 나뒹굴고 있었다. 파이어볼처럼 이글거리며 당장이라도 폭발할 것만 같았다. 거기서 조금 떨어진 땅바닥에 축 늘어진 트리스탄이 보였다. 가슴 한복판에 커다란 구멍이 입을 벌리고 있었다. 마치 운명이 그의 심장이 되돌아올 걸 미리 알고 길을 열어 놓은 것처럼. 바로 그 옆에서는 참으로 기이한 장면이 연출되고 있었다. 벨타인이 무릎을 꿇고 있었던 것이다. 게다가 다른 이도 아닌 엘리야가 그를 바닥에 짓누르고 있었다. 사피라는 저 아래에서 무슨 일이 벌어진 건지 이해되진 않았지만 단 하나만큼은 확실했다. 최후의 순간에 늦으려고 온갖 고초를 겪으며 슈투름 산맥에서 이 심장을 가져온 것이 아니었다!

사피라는 즉시 양 날개를 접어 몸에 붙이고 아레티의 비명과 함께 최고 속력으로 하강했다.

그녀가 착륙하려 지표면 가까이 내려오자 데몬들 사이에 한바탕 소동이 벌어졌다. 사피라가 최대한 현장 가까이에 착륙하면서 벌어진 소동이었다. 탈진한 채 옹기종기 모여 있던 데몬 전사 무리를 우렁찬 포효와 날갯짓으로 쫓아낸 후 미적거리며 비켜서지 않은 데몬들을 발톱으로 밀쳐냈다. 그리고는 지표면에 발이 닿기도 전에 인간형으로 변신했다. 아레티가 재빨리 그녀의 손에 루비를 쥐여 줬다.

"달려요! 내가 엄호할게요!" 아레티는 동시에 어깨에서 활을 꺼내 들었다. 사피라는 양쪽에 있는 데몬 병사들을 아랑곳하지 않고 내달렸다. 앞에서 걸리적거리는 이들을 힘껏 밀쳐 내며 계속 달렸다. 이윽고 사피라가 숨을 헐떡거리며 트리스탄 앞에 무릎을 꿇었다. 때마침 그의 얼굴이 말쑥하게 되돌아오는 모습을 바로 옆에서 지켜볼 수 있었다. 이마에 툭 튀어나왔던 혹이 사라지고 짙은 눈썹이 눈 위를 덮었다. 콧대에 반듯한 윤곽이 예전처럼 살아났고 양피지 같던 피부가 건강한 혈색을 되찾았다. 사피라가 손으로 그녀의 입을 가렸다. 눈가에 눈물이 가득 고였다. 그간 그녀는 트리스탄이 얼마나 아름다운 사람이었는지 잊고 있었다!

"이제 어서 네가 건 저주를 풀어라!" 벨타인이 간청하는 목소리에 깊은 감상에 빠졌던 그녀가 정신을 차렸다.

"아직은 아니야." 엘리야가 그의 말을 단번에 잘랐다. 그의 초록 눈동자가 사피라를 향했다. "그게 뭐지? 보석인가?"

"그렇소." 사피라가 답했다. "이 세상에서 가장 값진 보석이지. 바로 트리스탄의 심장이니까."

"심장이라고?" 그녀의 말에 충격을 받은 벨타인은 잠시나마 극심한 고통마저 잊은 것 같았다. 그가 광분하는 눈빛으로 그녀를 노려봤다. "네가 블루트베르크의 숨통을 기어코 끊어 놓았단 말이냐?" 그리고는 다시 가슴을 쥐어뜯으며 바닥으로 무너졌다. 곧이어 그에게서 분노의 마력이 뿜어져 나왔다. 마력을 얻어맞은 사피라는 주변을 에워싼 병사들의 대열까지 나가떨어졌다. 사피라는 반사적으로 몸을 굴리면서 두 손으로 루비를 가슴에 품었다. 주변에서 방패와 다리 보호대가 이리저리 날아왔고 머리에 뭔가 단단한 것이 부딪치는 바람에 몇 초간 정신이 몽롱했다. 다시 정신을 차리자 벨타인이 비틀거리며 일어서는 모습이 보였다. 핏발이 선 눈으로 분노에 못 이겨 턱을 덜덜 떨며 사피라를 향해 손을 뻗어오고 있었다.

"안 돼!" 그림자 하나가 튀어나와 그녀를 덮었다. 믿음직한 남자. 흉터가 가득하지만 사랑할 수밖에 없는 얼굴. 바로 그 남자였다. "사피라!"

"야레드!" 사피라는 가슴이 미어졌다. 그에게서 좀 더 많은 이야기를 듣고, 또 그에게 많은 이야기를 들려줄 수 있으면 좋으련만. 하지만 그와 함께할 이 마지막 순간은 너무도 짧았다. 이제 곧 벨타인의 치명적인 번개가 그를 내리칠 터이니. 눈앞에서 야레드가 죽는 모습을 지켜보니 제가 먼저 숨을 거두고 싶었다. 붉은 광채가 야레드의 등을 강타했다. 둘의 시선이 마지막 아쉬움에 한데 녹아들었다.

여러 사람의 웅성거림이 들렸다. 1초가 흘렀지만 아무 일도 벌어지지 않았다. 그리고 또 1초가 흘렀다. 그리고 또 1초가.

야레드의 가슴이 연신 오르락내리락하는 게 느껴졌다. 사피라의 맥박이 요동쳤다. 여전히 그녀와 얽혀 있는 시선을 거두고 야레드가 몸을 돌려 뒤쪽을 바라봤다.

"어서 일어나!" 야레드의 음성이 들렸다. 그의 목소리가 사피라의 귓전을 가득 메웠다. 그의 숨결은 따뜻했고 생명력이 가득했다. "어서 트리스탄을 구해. 지금이 아니면 기회가 없어!"

야레드가 그녀를 부축해 일으켜 주었다. 사피라는 그의 품에 기댄 채 비틀거리며 트리스탄이 누워 있는 곳으로 돌아갔다. 상상조차 하기 어려운 장면이 연출되고 있었다. 환상일까 착시일까. 양손에 애미시스트를 든 카이가 서 있었다. 하나는 열화를 발산하고 있었고, 다른 하나는 벨타인의 이마에 누르고 있었다. 저 사악한 대마법사가 웨이요나에게 했던 것처럼. "돌이 준 힘은 회수될 수도 있으리라." 카이가 읊조렸다. "이 돌이 불사의 권능을 회수할 것이다. 벨타인 폰 스키르, 이제 지옥으로 떨어져라. 거기서 신들의 심판을 받아라!"

트리스탄! 벨타인이 마지막 숨을 거두기 전 심장을 돌려받아야만 했다. 슈투름 산맥의 대마법사가 저대로 죽어 버리면, 그 마법을 되돌릴 기회가 영영 사라질 것이다. 트리스탄의 내면에는 되크 발두르의 괴로움이 아직 자리 잡고 있었다. 그리고 그 괴로움은 불사의 삶 내내 남아 있게 될 것이다. 그가 아름다운 용모를 되찾았다고 벨타인의 마성이 송두리째 사라진 것은 아니니까. 사피라는 저를 부축한 야레드를 놓고 황급히 트리스탄에게 달려갔다. 그리고는 또 다른 방해꾼이 나타날세라 지체 없이 그의 가슴에 루비를 밀어 넣었다. 순간 심장이 뛰기 시작했다.

엘리야는 당장 무엇을 해야 할지 깨달았다. 재빨리 사피라 옆에 주저앉아 아들의 이마에 손을 얹고 치유 마법을 시전했다. 사피라는 꿈틀거리는 엘리야의 눈꺼풀을 바라보며 그가 읊조리는 주문을 경청했다. 무슨 뜻인지는 알아들을 수 없었어도 간절함과 긴박함이 담겨 있는 것만큼은 느껴졌다. 그러자 트리스탄의 가슴에 상처가 아물기 시작했다. 이윽고 트리스탄이 눈을 떴다. 트리스탄은 어리둥절한 표정으로 제 앞에 보이는 얼굴들을 응시했다.

"어떻게…?" 마침내 트리스탄이 말문을 열었다.

순간 누군가의 섬세한 손이 사피라를 옆으로 밀치고 들어왔다. 녹슨 검을 휘두를 줄도 알고 때에 따라서는 마녀의 부적까지 들이댈 줄도 아는 용맹한 여인, 마론이 아니라면 이 상황에서 또 누가 감히 드래곤 여왕과 그녀의 의형제 사이를 이렇게 대담하게 비집고 들어올 수 있겠는가.

"마론!" 트리스탄의 입가에 미소가 떠올랐다. "네가 보인다."

다행히 소녀는 그게 무슨 소리냐고 따지고 들지 않았다. 지금은 그런 대화로 낭비할 시간이 없었다. 대신 그의 상체를 일으켜 벨타인을 가리켰다. "저기 저 작자를 좀 바라봐! 그리고 어서 저항해. 네 모든 의지를 동원해 저자를 떨쳐 내버려, 트리스탄! 최대한 빨리!"

모두의 눈이 벨타인에게 향했다. 슈투름 산맥의 세계 최강 대마법사가 지금은 부르크스메아데 촌구석에서 온 농부의 손아귀 안에서 간신히 숨만 헐떡이고 있었다. 애미시스트의 파괴적인 힘이 그의 온 혈관을 점점 파먹어 들어가고 있었다. 그에게 허락했던 불사의 권능을 빼앗고, 피에 독을 풀어 그를 찢어발겼다. 고통에 절규하는 벨타인을 바라보며 트리스탄의 입술이 파르르 떨렸지만 그의 눈빛만큼은 저항 의지와 자부심으로 가득 차 있었다.

마침내 성공했다. 남부의 왕자가 자아를 되찾아왔다. 더불어 도른슈트랑의 후계자도 그들에게 돌아왔다. 물론 몸과 마음은 아직 만신창이일 것이다. 그의 영혼에는 무수한 생채기가 남아 있겠지만, 그것을 치유하는 건 사피라의 몫이 아니었다. 예전부터 트리스탄의 상처를 보살핀 건 마론이었으니까. 마무리 역시 그녀가 해낼 것이다.

카이가 벨타인의 이마에 대고 있던 애미시스트를 떼어 냈다. 그리고는 거칠게 숨을 몰아쉬며 벨타인에게서 한 걸음 뒤로 물러섰다. 카이는 자신이 도대체 무슨 일을 해냈는지, 그리고 자신의 능력이 어디까지인지를 뒤늦게 깨달은 사람처럼 보였다. 마치 시간이 거의 멈춰 서기라도 한 것처럼, 아주 천천히 벨타인이 무릎을 꿇었다. 무너지는 그 순간까지 허망한 눈빛을 카이에게 고정한 채로. 그런 뒤 그의 상체가 나무판자처럼 앞으로 고꾸라져 풀밭에 풀썩 떨어졌다.

슈투름 산맥의 대마법사는 그렇게 죽었다.

아무도 비명을 지르지 않았고, 환호하지도 않았다. 자리에서 움직이는 사람도 없었다. 바람 같이 달려와 트리스탄 옆에 털썩 무릎을 꿇고 주저앉은 이스타리엘을 제외하고는.

"인간의 파수꾼, 너 이제 돌아온 거냐?" 여전히 걱정이 가시지 않은 음성이었다.

트리스탄이 이스타리엘을 위아래로 훑었다. "이제야 내 앞에 무릎을 꿇는군." 트리스탄이 말했다.

처음엔 어처구니가 없어 아무 반응도 하지 않던 엘프의 두뇌가 인간의 농담을 뒤늦게 깨달았는지 이스타리엘의 수려한 얼굴에 웃음기가 피어올랐다. "딱 이번만이다, 처남! 그러니 눈에 잘 새겨두도록."

아녜이는 이 순간만을 기다렸다. 지금껏 어딘가에 꼭꼭 숨어 있던 그녀가 드디어 모습을 드러냈다. 평야를 가로지르며 다가오는 아녜이를 사피라는 다소 근심 어린 표정으로 지켜보았다. 마녀의 새하얀 머리카락이 어깨 위에서 찰랑거렸다. 한 걸음 뗄 때마다 드레스에 매달린 검은색 장식이 날

씬한 허벅지를 스쳤다. 그녀는 만면에 미소를 머금고 있었다. 웨이요나의 시체를 지나치는 동안에도 자아도취에 빠진 것 같은 미소가 얼굴에서 사라지지 않았다.

"그러니까 내가 제대로 일을 꿴 거 맞지?" 주변에서 저를 응시하는 군중에게 물으며 아녜이가 자화자찬했다. 데몬들은 허겁지겁 그녀에게 길을 비켜 줬다. 아녜이는 엉덩이를 살랑이며 카이에게 다가갔다. "굉장한 대마법사가 됐군요! 위대한 대마법사 카이 님! 당신이 이런 힘을 지니도록 도운 이 사랑스러운 아녜이에게 고맙단 말도 하지 않을 건가요?" 그녀는 손을 뻗어 마치 어린아이를 대하듯 카이의 뺨을 살짝 꼬집었다. 카이가 그런 그녀를 밀쳤다. "당신이 이 승리에 도대체 뭘 기여했다는 거지? 그저 불행의 씨앗을 뿌린 것 외에 당신이 한 일은 없어!" 카이가 아녜이에게 호통을 쳤다.

"하지만 대마법사님!" 아녜이가 분통을 터트렸다. "어린 시절 당신에게 이 모든 걸 가능하게 할 마력을 심어 준 사람이 바로 나인걸요!"

"그랬지. 원래 속셈은 그 마력을 스스로 취하려던 거였고. 그게 내게로 향한 건 수치스러운 사고였을 뿐, 그 이상도 이하도 아니야!" 카이가 소리쳤다.

그러자 아녜이가 강아지 같은 표정을 지으며 알랑거렸다. "드래곤 여왕이 다시 하늘을 날 수 있게 도왔어요. 내가 아니었으면 심장을 되찾아오지 못했다고요!" 카이가 사피라에게 돌아서자 그녀가 고개를 끄덕여 보였다. 저 마녀의 말은 사실이었다. 그렇지만 사피라는 동정심 없는 저 배신자를 옹호하는 것 같아 기분이 언짢았다. 사피라는 불쾌한 마음에 야레드가 마련해 준 케이프를 단단히 여몄다.

"하지만 애당초 그녀를 마비시킨 것도 당신 짓이었잖아." 카이가 으르렁거렸다.

아녜이가 한숨을 쉬었다. "맞아요. 그렇다면 이건 어떤가요. 벨타인의 명령에 불복하면서까지 엘리야에게 예언의 숨겨진 부분을 알려 준 것도 나였죠."

다시 카이가 돌아서자 인간의 왕이 아녜이의 주장이 사실임을 확인해 주었다.

"흐음. 그것참 대단한 일을 했군. 하지만 18년 전 베리안이 그를 지하 감옥에 가두는 데 일조한 것도 당신이었지."

그러자 아녜이가 어깨를 으쓱이며 토라진 아이처럼 몸을 배배 꼬았다. "그것도 사실이죠. 하지만 샤텔발트에서… 엘프의 파수꾼에게 도깨비불을 보낸 것도 나라고요!"

"그럴 리가." 카이가 묻기도 전에 이스타리엘이 반박했다.

"내가 그들을 불렀고, 그들이 날 발견했어."

"내가 도깨비불 떼를 보내지 않았더라면, 아마 몇 시간이고 꼭꼭 숨어 있었을 거야." 아녜이가 개 짖듯 따지며 대들었다.

"인제 그만!" 카이가 의미 없는 말싸움을 끝내고자 했다. "도대체 여긴 왜 찾아온 거지? 내게서 원하는 게 뭐야?"

아녜이가 지금껏 꿈꿔 온 그 위대한 순간이 찾아왔다. 아녜이는 과장된 몸짓으로 카이 앞에 털썩 무릎을 꿇고 주저앉아 그가 무슨 신이라도 되는 것처럼 양손을 들어 올렸다. "부디 내게 불사의 권능을 허락해 줘요. 당장이요! 내 젊음이 보이나요? 모공 하나 보이지 않는 이 고운 피부가 보여요? 매끄러운 허벅지와 싱싱한 복숭아처럼 탱탱한 이 가슴이 보여요?"

카이가 골똘히 생각에 잠겼다. 아마도 저 괘씸한 마법사에게 최종 판결을 내리기가 몹시 힘든 것 같았다. 사피라 역시 무엇이 더 끔찍할지 판단하기가 힘들었다. 불사가 된 아녜이가 더 끔찍할까? 아니면 지금처럼 다른 생명체의 수명을 갈취하는 늙은 마녀 아녜이가 더 끔찍할까? 어쩌면 저 새파랗게 젊은 몸뚱이에서 가증스러운 머리를 베어 버리는 것이 최선일 수도 있으리라. 그렇지만 트레간디르 전투지에서 지난 몇 시간 동안 수많은 목숨이 사라지고 나서야 겨우 살육이 멈춰진 지금 또 다른 목숨을 거두는 것은 너무 가혹했다.

"그럼 좋다." 카이가 대답했다. "당신 요구를 들어주지. 그렇지만 먼저 여기 있는 자들에게서 빼앗은 수명을 돌려줘야겠어."

"감사합니다, 대마법사님!" 아녜이가 알랑거리며 대답했다. "물론이죠. 당연히 그래야죠!"

카이가 주변을 둘러보며 말했다. "이 마녀에게 수명으로 대가를 치른 자가 있는가?"

"네, 저요!" 아레티가 소리치며 주변을 헤치고 앞으로 나왔다. "5년이요!"

"나도. 3년." 갑자기 어디에선가 아그네스가 튀어나왔다. 사피라는 그녀가 군중 사이에 있는 줄도 전혀 알아채지 못했었다. 벨타인의 최후를 보려고 성을 나선 게 분명했다. 지금은 피로 얼룩진 엘프 왕자의 가슴팍을 손으로 누르고 있었지만.

"그리고 저도 있어요." 귀에 익은 음성에 카이는 화들짝 놀랐다. 그레타가 군중 사이에서 모습을 드러냈다. 인간 병사의 군복을 걸친 그녀가 거의 밀다시피 바싹 쳐올린 머리를 숙이고 걸어 나왔다. 그녀의 뺨은 붉게 달아올라 있었다. 카이와 시선이 마주치자 격렬히 몸을 떨었다. "나도 수명을 돌려받고 싶어요. 모두 합해서 6년이에요. 그리고 내 임신 능력도 돌려받고 싶어요…. 혹시 다시 필요하게 될지도 모르니까요." 주변에서 지켜보던 군중들은 그녀의 마지막 말이 오히려 질문에 가깝다고 느꼈다. 그리고 그것은 아녜이가 아니라 지난 수개월 동안 그녀가 천대하고 급기야 배신했던 한 남자에게 던지는 질문이었다. 사피라는 카이가 더는 저 이상한 여자에게 빠져들지 않기만을 간절히 빌었다.

카이는 벼락이라도 맞은 것처럼 한참을 가만히 서 있었다. 그리고 침을 꿀꺽 삼킨 뒤 하녀에게서 시선을 뗐다. "그리고 또 누가 있소?" 카이가 주변에 외쳐 댔다. 어수선한 속마음이 목소리에 고스란히 드러났다.

"있어요." 마론이 자리에서 일어났다.

"네가?" 트리스탄이 이마를 찌푸렸다. 그러니까 마론은 트리스탄에게조차 알리지 않았던 것이다. 곁에 머무는 내내 마론은 매 순간이 마지막일 수도 있다는 것조차 비밀로 간직했다.

마론이 고개를 끄덕였다. "네게로 가려면 어쩔 수 없었어."

"도대체 몇 년을 저 여자에게 건넨 거야?"

"50년."

"50년이라고?" 선뜻 믿기지 않았다. 트리스탄은 물론 그 말을 들은 사람들 모두가 그랬다. 군중이 웅성거리기 시작했다. 소음이 잦아들자 카이가 마녀에게 돌아섰다. "당신이 거둬 간 수명을 전부 돌려줘! 전부 합해서 64년이로군!"

"하지만 그러면…" 아녜이의 낯빛이 창백해졌다. "난 여든이 넘어 버려요. 불사의 생을 늙은이로 살고 싶지 않다고요!"

"프레지오라이트의 힘을 사용해 그만큼의 수명을 내게서 가져가라. 고통이 따르겠지만 난 불사의 몸이니 어떻게든 극복하겠지. 아무튼 당신이 빚진 수명을 먼저 갚도록 해. 내 눈으로 직접 지켜보겠어!"

아녜이가 결심한 듯 비장하게 고개를 끄덕였다. 그리고는 거칠게 숨을 몰아쉬면서 아레티에게 돌아섰다. 두 눈을 감고 뭔가를 중얼거리자 그녀의 얼굴이 조금 변했다. 그리도 자랑하던 촘촘한 모공이 커졌고 광대뼈가 예전보다 조금 튀어나왔다.

"좋아." 카이가 말했다. "다음!"

아그네스의 3년이 일으킨 변화는 자세히 살펴봐야 알아볼 수 있을 정도로 미미했다. 복숭아처럼 싱그럽던 가슴이 아주 약간 처진 정도였다. 그런 뒤 아녜이가 그레타에게 돌아섰다. 카이의 곁눈질에 주눅이 들어 이내 6년을 되돌려주 자 탱탱하고 매끄럽던 허벅지가 탄력이 떨어지고 엉덩이가 커졌다.

"그리고 이제…"

마녀는 마론을 응시했다. 마론도 그녀를 마주 봤다. 두 사 람은 아무 말도 할 엄두를 내지 못했다. 아녜이의 눈가에 절 망의 눈물이 또르르 흘러내렸다. 허영심을 내려놓기가 몹시 도 어려운 모양이었다. 잠깐일지라도 다른 사람처럼 점점 늙어가야 한다는 것이 괴로웠나 보다.

"지금 포기하면 당신은 영원한 젊음을 절대 얻지 못할 거 야!" 카이가 경고했다.

그러자 그녀가 깊은 한숨을 내쉬며 두 눈을 감았다. 몇 초 도 걸리지 않아 그녀에게 50년의 세월이 흘러 버렸다. 얼굴 에 주름이 패고, 눈가에도 잔주름이 생겨났다. 피부에 검버 섯이 피어오르고, 새하얀 백발이 머리에서 뭉텅이로 떨어졌 다. 격전지에서 사투 중인 유령늑대처럼 아녜이가 울부짖었 다. 제 몸에 일어난 변화를 절대 받아들일 수 없었다. 마법 의 반격에 충격을 받은 아녜이는 팔을 축 늘어뜨린 채 망연 자실 서 있었다. 아녜이를 더 슬프게 한 건 돌변해 버린 주 변 병사들의 시선이었다. 그녀를 바라보던 선망의 눈빛은 모두 사라지고, 무관심 내지는 경멸이 그 자리를 대신했다.

"이제 원하는 대로 전부 했어요." 아녜이가 속삭였다. "이러다 이대로 죽기 전에 어서 수명을 돌려줘요!" 그녀가 카이의 손을 덥석 붙잡았다. 그녀의 프레지오라이트가 밝게 빛났다. 두 사람이 눈을 감았다. 사피라는 이제 방금 목격한 변화의 정반대 현상이 일어날 것으로 예상했다. 아녜이가 곧 싱싱하고 반짝이는 미모를 되찾아 영원한 젊음을 누리게 될 거라고. 하지만 그때까지 번쩍이던 프레지오라이트의 빛이 돌연 소멸했다. 마법의 돌에서 날카로운 휘파람 소리와 함께 격렬한 바람이 흘러나왔다. 아녜이가 놀라 눈을 부릅떴다. "어떻게 된 거죠? 왜 안 되는 거예요?"

그때 엘리야가 그들 앞으로 걸어 나왔다. "네 돌이 두 번째로 마음의 문을 닫았기 때문이지. 프레지오라이트가 네 마력을 아예 거둬 가 버렸구나."

"그게 무슨 말이에요?" 아녜이가 놀라 물었다. "거두다니, 그게 무슨 뜻이에요?"

"그게 무슨 의미인지는 너도 알지 않나." 엘리야가 대답했다. 그렇게 말하면서도 그의 표정에는 연민 같은 게 묻어났다. "네가 예전에 트리스탄에게 했던 것처럼 마법의 돌이 너의 마력을 빼앗았단 말이다. 그러니 이제 넌 마법사가 아니구나.”

엘리야의 말에 아녜이의 목구멍에서 비명이 터져 나왔다. 그 목소리만큼은 그 어떤 젊은이의 열정 못지않았다. 그렇지만 그녀의 가슴에 자리한 심장은 이 쓰라린 충격을 견디지 못했다. 갑자기 아녜이가 경련을 일으키며 양손으로 가슴을 움켜쥐었다. 숨이 멎어 버린 그녀가 무릎을 꿇으며 털썩 쓰러졌다.

“부디 안식을 찾길… 아녜이.” 카이가 말했다. “당신의 전투도 이젠 끝났으니.”

에필로그

8개월 뒤

"인간 아기예요!" 산파가 외쳤다. 왕은 두 눈을 꾹 감고 잠시 호흡을 가다듬었다. 모든 것의 시작을 알리는 중대한 선언이었다. 어쩌면 이 선언과 함께 엘리야 역시 새로운 삶을 시작해야 할 운명이었는지도 모른다. 그는 기계적으로 왔다 갔다 하던 발걸음을 멈추고 의도적으로 크게 심호흡을 했다. 지난 몇 시간 동안 이조라의 방문 앞을 서성거린 거리를 잰다면 족히 수백 킬로미터는 됐을 것이다.

"아들입니다, 전하."

"나도 안다."

"어서 들어가 봐요!" 만삭인 아그네스 뒤에 선 이스타리엘이 투덜거렸다. 아그네스는 출산 예정일이 일주일이나 지난 터였다. 그렇지만 아기가 세상에 나오지 않고 늑장 부리는 사이 이조라의 진통이 먼저 시작됐다. 그래서 아그네스

657

와 이스타리엘은 도른슈트랑을 이끌 차기 후계자의 탄생을 지켜보려 아엘프스탄을 떠나 이곳으로 왔다.

"나도 어서 내 누이를 안아 주고 싶군요. 그러니까 어서 들어가 봐요!"

엘리야는 차마 아무 말도 하지 못하고 그저 무거운 발걸음으로 산파를 따라 안으로 들어갔다. 그 사이 창문은 벌써 열려 있었고 시트도 산뜻한 새것으로 바뀌어 있었다. 하얀 나이트가운을 입은 이조라가 이불을 가슴까지 끌어올린 채 침대에 앉아 있었다. 그녀의 품에는 작은 포대기가 안겨 있었다. 그녀가 다소 근심 어린 눈빛으로 그를 바라봤다. 엘리야가 그녀의 곁에 앉았다. 그리고는 우렁찬 소리로 울어 대는 아주 작은 인간 아기를 물끄러미 내려다봤다. 그가 바라보자 아기가 울음을 뚝 그쳤다. 맑은 하늘빛 눈동자가 엘리야를 자세히 관찰했다. 마법사의 눈동자였다!

순간 엘리야는 아이에게 흘러나오는 마력의 음색을 감지했다. 아녜이의 음조와는 달랐다. 죽어가던 마녀의 마력이 누구에게로 스며들었는지 아직 밝혀지지 않았지만, 당시 배 속에 있던 그의 아들은 아니었다. 아기의 음조는 지난 수백 년간 츠빌링스 섬의 동쪽 도른슈트랑 군도에서 부르던 노랫소리를 닮았다. 그리고 향후 새로이 쌓아 올릴 성벽을 따라

듀엣으로 메아리치게 될 것이다. 아 참, 트리오겠군. 카이를 빼먹으면 안 되지. 아마도 그가 셋 중에 가장 굵직한 음색을 지녔을 테니까. 왕의 얼굴에 흐뭇한 미소가 퍼져 나갔다. "녀석의 음조가 들리는군." 그가 이조라에게 속삭였다.

"음조가 들린다고요? 그렇다면 아이가 마법사…! 그럼 그 말은 곧…?"

"맞아." 왕이 그녀의 말을 끊으며 입술에 키스했다. 나머지 말은 과거 속에 영원히 묻으려는 듯. 그녀는 엘리야에게 팔을 두르고 눈물을 흘렸다. 지난 몇 달간 첩첩이 쌓였던 감정의 둑이 터지기라도 한 것처럼 눈물이 쏟아졌다. 엘리야가 그녀를 마주 안아 주었다. 이조라에게서 풍기는 엄마의 향기와 아기가 뿜어내는 신선한 새 출발의 내음을 한껏 들이마셨다.

"아이의 이름은 지었나요?" 이조라가 행복하게 웃었다. "당신 아버지의 이름을 붙일 건가요? 헨드릭?"

왕이 고개를 저었다. "아이의 이름을 아담으로 합시다. 슈투름 산맥에서 나의 또 다른 아들의 심장을 구하기 위해 목숨을 바친 숭고한 선지자의 이름으로."

"멋진 이름이에요." 이조라가 속삭이며 아기의 얼굴을 쓰다듬었다. "트레간디르로 소식을 전했나요?"

"아직 못했소."

"하지만 트리스탄도 동생이 생겼다는 걸 알아야죠." 이조라가 천연덕스럽게 말했다. 동생. 참으로 듣기 좋은 단어였다!

"당장 까마귀를 보내도록 하지." 엘리야가 말했다.

"마론도 데려오라 하세요. 야레드와 사피라도요!"

트리스탄은 도른슈트랑의 차기 왕위를 거절했다. 처음에 엘리야는 격분했다. 왕의 대를 이어 마땅할 적장자가 최고 존엄의 자리를 거절한다는 것 자체가 인간 종족 전체를 모욕하는 거나 다름없었기 때문이었다. 하지만 오랜 시간이 흐른 뒤에야 그것이 모두를 위해 더 나은 결정이었다는 걸 깨달았다. 왕위 계승자의 행실은 백성들에게 큰 관심거리가 아닐 수 없었다. 반면에 트레간디르에 머무는 파수꾼의 신상에 관해서는 관심을 둘 사람이 그리 많지 않았다. 트리스탄이 정말 신들이 맺어 준 드래곤 여왕과 함께 사는지 사람들은 별로 신경 쓰지 않았다. 드래곤 여왕이 흉터투성이 대장장이와 한 침대를 사용한다 해도, 혹은 근본도 없는 미천한 시골 소녀가 매일 아침 트리스탄의 침대에서 일어난다 해도 변방 구석 성에 사는 사람들에겐 별 관심거리가 아니었다. 엘리야는 그 넷의 조합이 지금까지 트레간디르에 주둔했던 그 어떤 군대보다도 최고의 수비대라고 판단했다.

여전히 님룬트가 그 성을 트리스탄에게 양도하는 걸 끝까지 거부하고 있었지만 그런 건 크게 상관없었다. 언젠가 님룬트도 세상을 떠날 것이고, 그러면 아엘프스탄은 이스타리엘이 물려받게 될 것이다. 아무리 늦어도 그때쯤이면 트리스탄은 제 어머니의 성을 그의 문장에 새겨 넣을 수 있으리라.

"이스타리엘이 축하하기 위해 밖에 와 있소. 내가 어서 방에서 나와 주기만을 기다리고 있지."

"그러면 당장 방에서 나가요!" 이조라가 킥킥거리며 그에게 또 한 번 작별 키스를 했다.

알빈가르트의 왕자는 막상 인간의 왕이 이조라의 방에서 너무 빨리 나오자 잔뜩 걱정스러운 얼굴로 그를 바라봤다. "엘리야." 왕자가 말을 걸었다. 동시에 한 손을 엘리야의 팔뚝에 올리더니 절박한 표정으로 그를 바라봤다. "너무 서두르지 말아요. 어쩌면 조금 더 성장한 후에 마력이 나타날 수도 있는 거니까."

그러자 엘리야가 큰 소리로 웃었다. "왜, 내가 울적해 보였나? 걱정하지 말게. 도른슈트랑은 새 마법사를 얻었다네. 아이는 더없이 건강하고 이름은 아담이라 지었지."

"아담이라뇨?" 아그네스가 반기를 들었다. "그건 예전부터 *우리 아이*에게 주려고 작정했던 이름이었는데!"

"그러면 아이를 먼저 낳지 그랬나." 밝은 목소리로 말한 엘리야가 이스타리엘이 한숨을 쉬는 모습을 보며 즐거워했다. "우리가 다른 이름을 찾아볼게요." 이스타리엘이 못내 아쉬운 표정으로 양보했다. "그건 그렇고 지금 중요한 건 아담 폰 도른슈트랑에게는 형이 있다는 거죠. 어서 트레간디르에 출산 소식을 전하시죠."

"내 생각도 그렇다." 둘이 서로 고개를 끄덕여 인사한 후, 엘리야는 왕비의 출산 소식을 왕국 전체에 전하기 위해 서둘러 자리를 떴다.

알현실을 지나면서 엘리야는 카이와 마주쳤다. 대마법사는 사뭇 진지하게 새로 마련된 도른슈트랑의 왕좌를 꼼꼼히 살펴보고 있었다. 이 성 전체를 혼자 건설하다시피 하면서도 항상 그랬지만 자신의 작품에 여전히 만족하지 못하는 것 같았다. 왕좌에서 힘들게 시선을 뗀 카이가 왕에게 돌아섰다. "세 번째 음색이 들리기 시작하더군요." 그가 미소를 지었다. "축하드립니다."

"고맙다." 엘리야가 대답했다. 이어 카이 곁에 선 엘리야가 침착하고 진지한 시선으로 함께 왕좌를 살폈다. 등받이 윗부분에는 에냐도르의 다른 세 종족의 왕좌처럼 엄청난 보석이 박혀 있었다. 벨타인의 애미시스트를 네 동강으로 쪼개 하나씩 박아 넣은 것이었다. 마법의 돌이 트리스탄에게서 불사의 권능을 회수한 뒤 카이는 즉시 그것을 4등분 해버렸다. 더는 그 돌을 위해 피의 잔을 바칠 일도 없었거니와 네 종족이 그 교훈을 절대 잊어서는 안 된다고 생각했기 때문이었다. 어느 종족 그 누구든 왕좌를 바라볼 때마다 이 돌로 인해 치렀던 잔학하고 무모한 전쟁을 떠올리도록 만들고 싶었다.

"정말 실수였다고 생각하세요?" 카이가 물었다.

"무슨 말인가?"

"웨이요나의 돌을 라일라니에게 넘긴 거 말이에요. 아직도 종종 그 생각을 떠올리곤 해요."

엘리야가 고개를 가로저었다. "이 에냐도르에 요정족이 존재하는 게 우리에겐 더 나을 거라 생각하네. 이 에냐도르 안에서 애미시스트를 안전하게 보관할 곳을 찾아야 한다면 그건 그녀의 가슴속이겠지. 라일라니는 피의 잔을 스스로 짊어지겠다고 나선 최초의 요정이니까."

카이가 한숨을 내쉬었다. 전투가 끝난 다음 날에야 그들은 웨이요나가 라일라니를 빌라가르트에 남겨 두고 온 이유를 알게 되었다. 레오드릴 샘의 수호자인 그녀를 제 후계자로 삼을 목적으로 일부러 그랬던 거였다. 요정 여왕은 애미시스트를 품은 레이나와 함께 트레간디르로 떠나면서 평생 처음이자 마지막으로 흑마법을 사용하여 라일라니의 심장을 페엔 산에 내어 줬다. 그리하여 요정 왕국은 블루트베르크와는 달리 파멸의 운명을 피할 수 있었다. 파멸을 피했을 뿐만 아니라 남았던 소수의 요정들이 잘 꾸려 나가고 있었다. 그곳의 상황은 라일라니에게 돌을 전달하려 그곳을 방문했던 카이가 두 눈으로 직접 목격했다. 불사의 권능을 얻었지만 심장이 없는 요정 여왕이 새로이 군림하게 된 지하 왕국은 매우 인상적이었다. 애미시스트는 제 의무를 다했고 결국 에냐도르를 구했다. 하지만 카이는 자기 내면에 자리를 잡은 그 엄청난 힘을 계속 간직하고 싶지도 않았고 웨이요나의 피가 선사해 준 영원한 삶을 누리고 싶은 마음도 없었다. 그렇기에 그 버거운 짐을 라일라니에게 기꺼이 양도했던 거고, 그러고 나니 홀가분했다.

"내 생각으로는 그녀를 다시 마주할 일은 없을 것 같아요." 카이가 골똘한 표정으로 말했다. "빌라가르트 성은 무너지기 직전이라 요정에게 목숨 걸고 보호해 달라고 부탁하기도 그렇고요."

"잘못 생각했군요, 마법사." 알현실 입구 쪽에서 요정의 음성이 들려왔다. 그곳에 바로 그 라일라니가 서 있었다. 섬세하고, 자그마한 체구의 새 요정 여왕은 오렌지색 머리카락을 자연스럽게 늘어뜨리고 있었다. 그 뒤에는 남자 요정 두 명이 그녀를 호위하고 있었다. 엘리야와 카이가 그녀의 앞에서 무릎을 구부려 절했다.

"요정의 여왕, 환영합니다." 엘리야가 말했다. "무슨 일로 행차하셨는지요?"

그러자 빠른 걸음으로 다가온 라일라니가 부드러운 손짓으로 그들을 일으켜 세웠다. "어서 일어나시오, 인간의 왕. 난 새로 태어난 당신의 아들을 보러 행차한 것뿐이니. 에냐도르의 왕위를 계승할 자에게 걸맞은 권능을 얻게 될 것이오."

"하지만 그 아이는… 인간의 아이입니다." 엘리야가 말했다.

"앞으로 우리는 인간, 엘프, 데몬, 드래곤 종족 사이에 차별을 두지 않기로 했소." 라일라니가 대답했다. "아무렴, 그러지 말아야지. 당신들도 요즘 서로 잘 지낸다면서. 최근에는 데몬족마저도 이종족과 혼인까지 한다고 들었는데."

"그렇습니다. 툴 폰 스키르가 드래곤 여인과 재혼했다 합니다. 까마귀가 소식을 가져왔죠."

"직접 행차하여 만나 보는 것도 좋을 텐데." 라일라니가 제안했다.

"기다리고 있는 두 번째 아이가 태어나면 그럴 예정입니다."

라일라니는 충분히 이해가 간다는 표정으로 미소를 머금었다. "그 아이도 권능을 갖게 될 것이오. 그것도 오늘 당장."

"오늘이요?" 깜짝 놀란 카이가 물었다.

"그래요. 느껴지지 않나요? 이미 여러 시간 전부터 자궁 수축이 시작되었는데. 하지만 당신 누이가 알리지 않으려 한 것 같군. 모두가 이조라의 출산에 정신을 쏟고 있었던 터라."

카이가 마땅한 대답을 찾아내려던 순간 갑자기 어디에선가 한 무리의 꼬마 하얀 악마 녀석들이 툭 튀어나와 알현실로 돌진하는 바람에 말문이 막혔다. 여기저기서 날뛰는 새끼 염소들을 보고 엘리야가 부글부글 끓어올랐다. "저들을 마구간에 두라고 내가 말하지 않았던가?" 엘리야가 카이를 나무랐다.

대마법사가 양팔을 위로 들며 사과했다. "죄송해요. 주인 노릇도 쉽지가 않네요. 너무 많아서요."

"네 마리일 뿐이야!" 엘리야가 으르렁거렸다. 그중 두 마리는 이미 생후 6개월이었고, 나머지 둘은 이제 막 세상에 갓 태어난 새끼였다.

"체감상으로는 훨씬 많습니다만." 카이가 중얼거리며 그 바일로를 부르기 위해 손가락으로 휘파람을 불었다. 그러자 그레타가 대신 나타났다. 짧게 잘랐던 금발 머리카락은 그

새 턱에 닿을 정도까지 자랐지만, 주방에서 일을 시작한 이후로는 보닛 아래 항상 단정하게 갈무리했다. "죄송해요." 그녀가 중얼거렸다. "염소들이 도망쳐서…."

군주들의 시선을 슬쩍 피한 그레타는 어린 짐승들을 붙잡는 시늉을 했지만, 진심은 아닌 것 같았다. 카이는 노골적으로 고개를 돌려 다른 방향을 응시했다.

"도대체 언제까지 이 연극을 계속할 참인가?" 엘리야가 카이에게 속삭였다. 그는 카이가 저 하녀를 얼마나 갈망하는지 누구보다 잘 알았다. 하지만 지금까지의 상황으로 보건대 카이가 저 하녀의 청을 들어주지 않았던 모양이었다. 하긴 또 누가 알겠는가. 실상은 또 다를지도.

"적어도 이만하면 대가를 톡톡히 치렀다는 생각이 들 때까지요." 카이가 그에게 나지막이 속삭였다.

그때 음매 울음소리와 함께 문가에 나타난 그바일로가 곤경에 빠진 그레타를 구했다. "당장 새끼들을 데리고 내 알현실에서 나가거라!" 엘리야가 그바일로에게 외쳤다. 순간 과묵한 요정들의 얼굴에 살포시 미소가 떠올랐지만, 염소는 그저 무덤덤할 뿐이었다. 그바일로의 울음소리가 조금 커지자 새끼 하얀 악마들이 염소의 주변으로 달려와 원을 그리며 뛰어다녔다. 그중 한 마리가 새까만 똥을 한 줌 남기자

667

그레타가 창백해진 얼굴로 허겁지겁 쫓아와 쓰레받기에 황급히 쓸어 담았다.

"도른슈트랑 가문에 활기와 생동감이 넘치는 모습을 보니 참으로 기쁘군요." 라일라니가 말했다. "인간의 왕이여, 부디 눈에 잘 담아 두도록 하시오. 언젠가 임종의 자리에 눕는 그 순간이 오면 이 시간들이 떠오를 것이니. 이것이 바로 진정한 새 시대의 시작 아니겠소. 그대가 염원했던 평화의 시대 말이오."

―《에냐도르의 유산》 끝―

감사의 말

드디어 이렇게 '에냐도르 시리즈'를 끝내게 됐군요. 개인적으로 큰 도약을 이룬 시기이기도 했지만, 한편으로는 모험이기도 했습니다. 시리즈의 성공으로 인생에서 전에 없던 큰 발전을 경험했고 그 결과 전업 작가의 길을 걷게 되었습니다. 부르크스메아데에서 엘프에게 지목되던 순간 트리스탄이 그랬던 것처럼 무릎이 덜덜 떨릴 때도 종종 있었습니다. 드래곤 라이더처럼 양손을 구름 위로 뻗어 보기도 했지만, 때로는 나락으로 추락하거나 현대의 지하 감옥에 갇혀 베리안 앞에 서기도 했죠. 자비 출판을 준비하던 저 같은 작가에게는 좋은 갑옷과 그 착용을 도와줄 사람이 필요했습니다. 그 조력자들이 궁금하신가요?

갑주 중 가장 무거운 부분인 사슬 갑옷이나 다름없는 내 초고를 검토해 준 편집자이자 교정자인 카타리나 아레티 다르겔이 제일 먼저 떠오르네요. 허구한 날 모래알 같은 단어들과 씨름해 주었고, 몇몇 '지하 묘지' 장면들을 삭제하거나 순화해 주기도 했었죠(그 대목에서는 한 번쯤은 그대로 갔어도 좋았을 것 같아, 사랑하는 카타).

이어 화려한 보석으로 치장된 투구는 커버의 신, 알렉산더 코파인스키가 씌워 주었습니다. 그의 서사적인 표지가 없었더라면 이 에냐도르는 그바일로 없는 카이 혹은 애미시스트 없는 벨타인이나 다름없었을 거예요. 이미 곳곳에서 알렉스의 작품에 대한 찬사가 이어지고 있습니다. 대단한 아티스트가 내 조력자가 되어 주어 정말 행복합니다.

제 갑옷 위에는 정교하게 장식된 튜니카가 있습니다. 다른 전사들 가운데 절 돋보이게 해 주었죠. 내 일러스트 디자이너, 루시-메 타첼에게 감사를 전합니다. 에냐도르의 첫 일러스트를 완성하던 해, 그녀는 겨우 16세였지만 매년 성장을 거듭하며 완성도를 높여 나갔습니다. 그녀의 주특기는 항상 마지막 순간에 허겁지겁 모습을 나타내는 거죠. 전투가 막 시작되기 직전에!

내 팔과 다리 보호대 역할은 킴 레오폴트가 맡아 주었습니다. 그녀는 에냐도르가 종이책으로 출간되는 전 과정을 담당하면서 이 시리즈가 출판물로서 전문성을 갖추도록 세심한 노력을 기울여 주었습니다. 인쇄를 담당해 준 카트린 반드레스는 교정본에서 초판본, 수정판까지 전투에 나설 때마다 내 방패가 되어 날 보호해 주었습니다. 그리고 마지막으로 나만의 도끼 같았던 토마스 헤르츠에게도 고마움을 전합니다. 그가 전투력뿐만 아니라 몹시 훌륭한 기획 능력을 갖춘 인재라는 걸 세상에 알리고 싶군요. 에냐도르의 위대한 결말에도 발자국을 남겼고, 내 심장에 화살이 꽂힐 때마다 정기적으로 상처를 돌봐 주었지요(그런데도 내가 이리 살아 있는 걸 보면 나도 마법사인 걸까요!).

그 밖에 테스트 버전을 읽어 주신 리뷰어, 작가 친구들 그리고 독자 여러분에게 이런 엄청난 전투를 함께 해 주어서 고맙다는 말을 전하고 싶습니다. 얼마 있으면 또다시 만나게 되겠죠. 부디 다음에도 잘 따라와 주기를 바랍니다. 내게 충성을 약속하면 여러분들에게 스릴로 갚아 드릴 것을 맹세합니다. 여러분의 심장을 내게 맡겨 주신다면 수천 번 고동치게 해 드릴 것입니다. 우리가 다시 만날 때까지 운명의 여신이 부디 여러분에게 자비만을 베풀기를 바랍니다!

여러분의
미라 발렌틴

저자: 미라 발렌틴(Mira Valentin)

미라 발렌틴은 청소년과 여성 분야 그리고 승마 관련 매거진 분야의 전문 저널리스트로 활동 중이다. 저자는 말을 타거나 인라인 혹은 자전거를 타며 헤센 지역을 따라 길게 뻗은 숲을 감상하는 걸 즐긴다고 한다. 깊은 숲속 어딘가에 있을 신비한 샘과 장엄한 채석장을 떠올리며 주로 청소년 및 판타지 소설의 영감을 얻었다. 도서 관련 행사에 자신이 집필한 책의 등장인물 혹은 친한 저자들의 주인공처럼 꾸미고 나오는 코스프레를 즐긴다.

아울러 저자는 러블리북스(Lovelybooks)에서 주관한 2016 독일어권 최고의 신인 작가 부문에서 2위를 차지했다. 킨들 스토리텔러 어워드(Kindle Storyteller Award 2017)의 판타지 부문에서 저자의 다른 작품인 《Mitreiser und Überfliegerin》로 수상했다.

역자: 한윤진

연세대학교 독문학과를 졸업했으며 독일 뷔르츠부르크 대학에서 수학했다. 현재 번역 에이전시 엔터스코리아에서 번역가로 활동하고 있다. 옮긴 책으로는 《에냐도르의 전설》, 《에냐도르의 파수꾼》, 《에냐도르의 화염》, 《림비: 뇌에 숨겨진 행복의 열쇠》, 《사랑한다고 상처를 허락하지 마라》, 《유리로 된 아이》, 《미친 기후를 이해하는 짧지만 충분한 보고서》, 《유언》, 《결혼의 문화사》 등 다수가 있다.